魅丽文化 飞言情工作室

步步为陷

BU BU
WEI XIAN

依秀答儿 著

江苏凤凰文艺出版社
JIANGSU PHOENIX LITERATURE AND
ART PUBLISHING LTD

图书在版编目（CIP）数据

步步为陷 / 依秀答儿著 . — 南京 : 江苏凤凰文艺出版社 , 2019.6
ISBN 978-7-5594-3625-2

Ⅰ . ①步… Ⅱ . ①依… Ⅲ . ①长篇小说 - 中国 - 当代
Ⅳ . ① I247.5

中国版本图书馆 CIP 数据核字 (2019) 第 074988 号

步步为陷

依秀答儿 著

责任编辑　张　倩　王　青
特约编辑　何　进
装帧设计　刘芳英
出版发行　江苏凤凰文艺出版社
　　　　　南京市中央路 165 号，邮编：210009
网　　址　http://www.jswenyi.com
印　　刷　湖南凌宇纸品有限公司
开　　本　880mm×1230mm　1/32
印　　张　10.5
字　　数　293 千字
版　　次　2019 年 6 月第 1 版，2019 年 6 月第 1 次印刷
书　　号　ISBN 978-7-5594-3625-2
定　　价　38.00 元

·目录·

目录

·目录·

目录

引子 鸳鸯泣血

昭承国，承乾四十五年。

天空湛蓝，白云飘飞。

皇家祭坛位于一处山坳，左侧是绵延青山，右侧则是蜿蜒小溪。晨辉洒落，点点金光照耀在粼粼溪水之上，折射出漫天迷蒙的金雾，掩映着群山，仿佛一幅出自名家的大气画卷，异常美丽。

空旷的草地上，旌旗蔽空，御林军排成矩阵，立于祭坛周边；百官俯首，位列祭祀天坛石阶左右两侧。

天坛之上，昭承国承乾皇帝宇文鸿身穿一袭紫金龙袍，头戴镶龙金冠，面容威严，目光如炬，负手而立。

宇文鸿身侧立着皇后苏沐雨，她面带微笑，目若明珠，身穿百鸟朝凤绸缎长袍，头戴凤冠，浓密如云的乌发间，一双雕刻得栩栩如生的鸳鸯金钗斜飞而出，在日光下折射出耀眼的光芒。

随着祭祀官念毕祭天告文，若干供品被送进祭祀用的铜鼎熔炉之中。

“轰”的一声，凶猛的火舌卷上来，四处舔舐着，熊熊的火焰映红了皇帝与皇后的脸颊，仿佛为他们镀上一层血色光辉。

皇帝宇文鸿的双眼，闪烁着异样的光芒，忽明忽暗。

天坛之上，温度慢慢攀升，皇后苏沐雨体质柔弱，受不了这等酷热，刚想稍微后移步履，却被宇文鸿那突如其来的阴鸷目光制止。

苏沐雨一惊，后背冷汗涔涔，站在原地不敢动弹。

祭天仪式仍在继续，晴朗的天空，突然飘起了乌云，不一会儿，就已遍布四方，眼看就要下雨。这天气，变幻莫测。

“啊！”

就在这时，天坛之上，传出一声尖锐刺耳的惊叫声，拨动了所有人的心弦。

“是血，血啊！”

众人循着尖叫声望去。

只见皇后苏沐雨头上戴着的凤冠上，一双鸳鸯金钗明亮的眼珠子里不知何时竟流下血泪，鲜红的血，触目惊心的血，一点一滴，缓缓滑过苏沐雨洁白无瑕的脸颊，滴落于天坛之上。

“鸳鸯泣血，天必降大祸！”国相一脸惶恐，双腿一软，匍匐在石阶上直颤抖。

此情此景，震惊百官及御林军，不待皇帝宇文鸿开口，众人已齐齐下跪低头，不敢发出任何声响。

皇后苏沐雨不明所以，见众人惊骇的目光直直地望向她，情不自禁颤抖。她感觉脸上黏黏腻腻的，伸手在脸上一抹，那刺眼的鲜红，令她脸色惨白，她惊惧地看向身边的皇帝宇文鸿。

皇帝宇文鸿猛地拽下苏沐雨头上的一双鸳鸯金钗，掷入祭祀铜鼎熔炉之中，一甩袖，冷声道：“鸳鸯泣血，皇后苏沐雨引来天祸，赐其死罪，诛九族，以平天怒！”

“吾皇万岁万岁万万岁！”百官和御林军跪地高呼。

苏沐雨倒在天坛之上，双眼呆滞，只希望这一切都是梦。可是慢慢飘落的雨水，滴在她的肌肤之上，那沁入心扉的冰寒，使她彻底绝望。

祭天之变，震动朝野，母仪天下的皇后，全族被抄斩，此等大事，让整个昭承国人心惶惶。

而在苏家全族斩首前夜，皇后苏沐雨的儿子，也就是承庆太子，神秘失踪！次日，苏家百余族人被送上刑台。

“时辰已到，即刻斩首！”监斩官扔出手中令牌，刽子手们饮酒洗刀。

“还有何话要说！” 刽子手问苏沐雨。

苏沐雨翘首望天，高呼："南宫婉彤！贱人陷害我！尔终有一日，身首异处，以命祭天！"

语毕，大刀落下，苏家族人，皆身首异处，殷红的血，顿时流成河，染红断头台。

苏沐雨那双悲恸的眼，从始至终都睁着望向远处的皇宫！

第一章 婚宴命案

承乾四十六年。

昭承皇帝宇文鸿昏庸无能，荒淫无度，暴政横行。

外戚南宫家族愤然起兵，宇文鸿根基甚深，负隅顽抗，南宫家族历经三年苦战，终推翻暴政，诛杀宇文鸿，自立为王，改国号为天启。此后，因前朝余党众多，群雄割据，不肯臣服，再加各部落分裂作乱，南宫家族又征战近二十年，方一统天下，迎来国泰民安。

天启二十三年。

昏暗的光线，阴森的气息，破旧的石壁，斑驳的铁栅栏。

狄青青缓缓苏醒，石床又硬又湿，睡得浑身都疼，她伸手揉了揉酸涩的肩，坐起来。周围的环境，令她有片刻的愣怔。

这里是天牢。一切的变故，终究不是噩梦，醒来才发觉如此真实。

她低头，看着自己身上尚未脱去的大红嫁衣，金线绣成的凤凰振翅欲飞，极尽奢华。她自嘲地笑了笑，取下头上沉重的凤冠，长发如瀑倾下，她随意地将发束起。

昨日是她大婚之日。

没有等到新郎，却等来了牢狱之灾。

明媒正娶的翊王妃落魄至此，她心中明白，更大的风浪要来了。

整个狄家，怕是要遭难。

正想着，石室大门猛地被推开，阴冷潮湿的风随之灌入。狄青青未及抬头，一声怒喝已传入耳中。

“狄青青！”

狄青青抬眸，来人的容颜，倒是举世无双。他穿着飞扬跋扈的墨色金边长衫，发束金冠，笔直的眉峰下有一双深不见底的眼眸，高挺的鼻梁，抿成一字的薄唇，五官的每一样，如刀锋般，皆是鬼斧神工精雕而成，浑身傲气凌人，隐有气贯九天之势，举止亦是不凡。

只是，这脾气？

“王爷，想不到新婚之夜没见着，第一次见面会在天牢里。”狄青青掸了掸衣袖，整了整嫁衣，从容淡定地坐着。

南宫翊一愣：“你见过本王？”明明昨日迎娶之时，他压根儿没出现，拜堂也缺席。

狄青青笑着耸耸肩：“没见过。猜的。”她伸手指了指南宫翊脚上的黑色鹿皮靴，“民间常道，翊王擅征战，喜穿靴。”她省略了后面一句，性跋扈，怒无常。翊王的飞扬跋扈可是世人皆知。

眼前的女子，如此镇定，虽在大牢，却无一丝狼狈。南宫翊不由细看她的容貌，心中暗惊。黑发及腰，发间零星点缀着珍珠，纯净似夜空里的繁星点点。明明是剪水秋眸，黛眉红唇，妩媚天成，却浑身透着股英气，尤其那双既晶莹又锐利的眼眸，摄魂夺魄，令人怦然心动。

南宫翊皱眉，突然想起来，他是来兴师问罪的。

于是他冷着脸厉声质问：“本王问你，紫涵死了，有人昨晚见到你出现在石亭附近，之后紫涵就遇害了。你为什么要杀她？”

昨晚？狄青青回想起昨晚，因新郎始终不现身，她百无聊赖，便自己揭开红盖，从喜房走出去散散心。

王府很大，亭台楼阁，九曲十八弯，当行至一假山处，她瞧见石亭里，一名紫衣女子提着大红宫灯，正与一名男子说话。隔得远，男子背着身，看不清面貌。不过，身穿大红喜服的男子，想来是她未谋面的夫君。

她并未久留，也不在意，又转了一圈便回到了新房。不过当时，她似乎看到石亭附近有一道黑影经过。

没想到，竟会诬陷她杀了紫涵。

“不错，我昨晚的确经过石亭，也曾见到了紫涵姑娘。”狄青青答道。

南宫翊眸中透出暴戾之色，冰冷地道：“别以为狄家是首富，要挟本王娶了你，本王就不敢拿你怎样，杀人偿命。”

听了这话，狄青青笑了。

这一笑，若兰花盛开，竟美得让南宫翊看呆了。半晌，他才恼怒道：“杀了人，你还笑得出来？真是蛇蝎心肠。”

狄青青打趣道：“心疼了？爱妾？”

南宫翊的俊颜微僵，顿了一下。

狄青青一脸了然：“哦，看样子不是。该不是你的救命恩人，你准备以身相许的人？”

“你！”南宫翊俊颜微红。

“哦。”狄青青又是一脸了然，“看来我猜中了。”

南宫翊气结。明明他来兴师问罪，却被她套话，牵着鼻子走，看来他这个王妃不简单。

他不愿输了气势，突然大步上前，将狄青青拉起来，一步一步将她逼至墙角，一把按住她瘦削的肩，冷冷地盯着她：“你赶紧将事情的经过交代清楚。不然，别怪本王不客气。”

狄青青生来不知道什么叫害怕。

两人的眼睛一眨不眨地凝视着对方。

那一刻，她细看之下才发现，他的瞳仁竟带着些许银灰色，此刻正半眯着，带着愤怒和危险的意味。

狄青青毫无惧意地迎着南宫翊的目光。

而这样镇定的眼神，毫无惧色，不禁令南宫翊动容。

他逼近她，冷冷地对峙。

僵持中，突然，肩上的伤猛地抽痛起来，他的手一时撑不住，整个人前倾，重重地压在她身上。她的身体极软，身上散发着淡淡的清香，竟令他心猿意马。

他用力甩开她，将她甩在石床上，懊恼自己的失态。

狄青青被他甩得浑身疼，还不忘消遣他，佯装一脸了悟：“哦……”她故意将尾音拖得长长的，“王爷，我明白了。该不是寻常花样玩腻了，想找点刺激，想在这里洞房花烛？这才把我打入天牢？”

“住口，本王才不屑碰你。”南宫翊气急败坏。这女人，真不知廉耻。

“我没有杀人。”狄青青义正词严道。

“素不相识，没有动机。信不信是王爷的事。是不是欲加之罪，就不是我能控制的了。”她眼角的余光瞥见他手背上有道很长的伤口，看似一直蜿蜒至肩膀。这伤看起来已有月余，尚未痊愈。

“你的伤？”狄青青多看了几眼。想来刚才他是肩伤发作。

南宫翊有些尴尬：“不劳你费心。”

“王爷，昨日大婚。你没有迎亲，也没有拜堂，喜轿走的偏门。你该羞辱我的也羞辱了，目的也达到了。我们狄家是天下首富，南宫家族推翻前朝又征战多年，正值休养生息时期，想拉拢狄家，联姻也可以理解。既然你不想娶我，我也不想嫁你，但婚又成了，我们大可以各过各的，互不干扰。王爷意下如何？”

南宫翊挑眉诧异地望着狄青青：好一个与众不同的女子。

不知为何，她这样说，他竟觉得心里不舒服。

“我不想从你身上得到什么，无所谓争宠，所以不可能杀害素未谋面的紫涵。我不想当这王妃，王爷大可不必费尽心机陷害我。王爷若真想报恩，就应该找出真正的凶手，慰藉她的在天之灵。王爷这趟白跑了，请回吧。”狄青青毫　不客气地送客。

“你！”南宫翊语塞，竟无言以对。

没想到她伶牙俐齿。他真是小瞧了她。她将该说的都说尽了，余地都没有留给他。而他能做的，只有拂袖离开。

南宫翊走后，狄青青继续躺回石床休息。

既来之，则安之。

迷迷糊糊也不知睡了多久，石门被轻轻推开。

来人的脚步声很轻，但狄青青还是听到了，显然不是南宫翊的脚步声。

她坐起身，望向来人。

此刻，温暖昏黄的烛光落在来人的脸上。

待她看清那男子的长相后，竟移不开眼。

那男子穿一袭藏蓝色的官服，袖口处绣了简单的银丝竹纹，乌黑的发丝用白玉简单地束着，身形修长，浑身透着优雅的气度，与南宫翊飞扬跋扈的气质完全不同。

她不禁暗叹，好一个温润如玉的谦谦君子，赏心悦目。

最引人注目的，是他温暖的目光。当他用这样温暖的目光望着你时，天地间一切仿佛都不存在。

狄青青半晌才回过神来。

“翊王妃。”那蓝衣男子浅笑道。

狄青青回以微笑：“大人是来放我出去的？”

蓝衣男子一愣：“王妃已经知道了？”

狄青青摇摇头，淡淡地道：“猜的，朝廷大员亲自出马，必定是来放我回去的。若提审我，只需狱卒。”

蓝衣男子目光微微一闪，女子如此镇定，当真罕见。怔了半晌，他自袖中取出一个卷轴，递给狄青青道：“王妃冰雪聪明。王府涉案，在微臣管辖之内。王爷着微臣暂放王妃，待证据确凿，再行定论。”

呵，狄青青接过卷轴，稍稍翻了翻，她就知道南宫翊被她说动，却拉不下面子，只能叫别人来放了她。

原来面前的蓝衣男子名唤宫皓月，雍南六郡按察使，官居三品，是大理寺卿霍进贤的得意门生。

狄青青起身便要朝牢外走去。

“等等，王妃。您确定这样回去？”宫皓月突然出声唤住她。

“大人的意思是？”狄青青回头，不解。

“王妃请稍等。”语罢，宫皓月轻击双掌，一名在牢外等候的狱卒连忙端着长托盘进来。

宫皓月接过托盘，小心翼翼地将盖布打开。

他的动作不急不缓，气质如一脉清流，每一个举动都透出浑然天成的优雅尊贵。

“这是微臣准备的衣物配饰，还请王妃更衣。若是王妃换好了，唤微臣一声便好。”宫皓月半躬着身子退出牢房，屏退所有的狱卒。

狄青青望了望托盘之中，一袭天蓝华裳，一条缀满水晶的腰带，一双金线绣花鞋。

不过，最令她感动的还是一把弯弯的牛角木梳。黑色的木梳，好似天边弯弯的月牙，横躺在柔软的衣衫之上，安详静谧。

狄青青低头打量自己的大红嫁衣，瞬间明白了这温润男子的用意，此番成婚于她仿佛是个笑话。大婚之夜便入狱，再穿着嫁衣回王府，只怕遭更多人奚落。

他，有心了。

相赠衣衫一套，木梳一把。

如此细心体贴的男人。

狄青青自问阅人无数，可那一刻，她却觉得心中某个最柔软的地方被刺了一下，眼眶竟微微湿润。

很快她换好衣裳，宫皓月一路将她送出大牢。

到了门口的时候，已有马车等候。

牢外，晚霞漫天，原来已过了一日。

狄青青转首："宫大人此行，可是去王府查探案情？"

宫皓月颔首："正是。"

狄青青微微一笑："可否让我一道看看现场，辅佐查案？青青不才，略知一二。"

宫皓月震惊地望向狄青青，这女子竟会查案？太不可思议了，他迟疑道："可王妃尚是疑犯。"

"所以，才更要为自己澄清。"她神情坚定，"如果大人信得过我。"

宫皓月颔首："那是自然。"他恭敬地撩开马车车帘，"王妃请上马车。"

狄青青拎起裙摆，登上马车。

车旁，宫皓月翻身上马。

狄青青撩开车帘，突然道："宫大人，相赠衣衫木梳之恩，青青铭记于心。"

语毕，狄青青合上车帘，马车缓缓离去。

独留宫皓月一人滞立在风中，片刻后才回神，策马追上马车。

抵达王府时，天色已暗。

翊王府中处处点着长串的大红宫灯，凉风拂过，满园柔和的红光摇曳。

狄青青再度踏入王府，管家林天阳略有吃惊，仍上前相迎：“王妃，您回来了？我这就差人送晚膳去您房间。”

狄青青挑眉：“不用，我在牢里吃过了。”

林天阳干笑一声，侧身向宫皓月作揖：“宫大人，这边请。王爷已等候多时。”说着，林天阳便为宫皓月领路，“紫涵姑娘住的厢房，位于王府东边，名东厢房，是王府专为客人所设。”

“那东厢房除了客房，平时还有什么人居住？”宫皓月问道。

“东厢房亦是我和王府的侍卫长居住之地。”林天阳介绍道。

狄青青一路走着，一路打量着王府。昨日出嫁，她盖着盖头，并没有看清。

东厢房左边是僻静的花园，右边是一个池塘，池塘另一头才是王府下人和侍卫们的居住地，如此来看，东厢房算是一处比较独立的院落。

狄青青来到东厢房的时候，侍卫们早将房门围了起来，不让丫鬟、小厮等不相关的人靠近。

正值夜晚，一盏盏灯笼将东厢房照得通彻，透过人群的空隙，能看到紫涵所在的房间内血迹斑斑！

林天阳见狄青青一路跟随至东厢房，面露难色：“王妃，您恐怕……”

“是我让王妃看一看现场。若有事我承担。”宫皓月道。

林天阳不敢再言，赶紧让侍卫分开让道。

狄青青负手缓缓踱步，走进房间。

首先映入眼帘的是血，很刺眼，虽然已经凝固，依旧触目惊心。

血迹的尽头，是一名靠着床沿的妙龄女子。依着明亮的烛火，能够看出，此女是一个不可多得的美人。

女子的左手无力地垂着，右手搭在床边的灯盏上，手中握着一根火烛。那火烛已经熄灭，可是却点亮了旁边红色的灯笼，红色的灯火映得女子全身都发红。

奇怪的是，女子脸部表情安详，一副如释重负的神色，仿佛得到解脱般。

不用问，这女子就是紫涵。

“你怎么来了？”南宫翊站在尸身旁，满脸的复杂之色，见狄青青突然到来，不由得皱眉询问。

南宫翊身后还站着两个人，分别是正侍卫长叶武以及副侍卫长江城。

“我为什么不能来？”狄青青反问道，“想给自己洗清冤屈，不行？”

南宫翊薄唇微动，想说什么，但突然又想到了什么，只是瞪了一眼狄青青，回头对侍卫长叶武说：“看好她，别让她碰任何东西！”

“是！”叶武领命。

“宫大人，请看。下手之人，真是残忍，如此对待一个弱女子。”南宫翊伸手指向紫涵，“昨晚没有任何可疑之人经过，除了，有人瞧见王妃出现在石亭附近。而石亭离东厢房最近。”

“是，王爷。”宫皓月颔首，他上前查探。

“你认为，我新婚之夜在石亭撞破你俩的奸情，所以有理由杀害紫涵？”狄青青冷冷地哧了一声。

南宫翊立刻拉下了脸：“什么奸情，休要胡说。”

“哦，是私会，抱歉，用词不当。”狄青青潇洒地耸耸肩。

“你！”南宫翊发现自己遇到狄青青以后，变得特别词穷，三两句话便被她驳了回去。而他本就是擅长行军打仗，不善言辞之人。

宫皓月看了又看，面露难色：“线索太少了。”

狄青青也不搭理南宫翊。她绕着紫涵的尸体走了一圈，又迈步在房中各个角落查看，除发现一个打破的花瓶之外，似乎没有其他可疑之处。

管家林天阳看到这一幕，悄悄抹了一把汗。这个王妃，看来不好惹。非但不害怕尸体，还敢四处查探。就凭这一点，男人都汗颜。

“呵呵！基本上可以确定！”最后，狄青青的脚步停在紫涵尸体边，一副思索的神色。

“可以确定什么？”南宫翊见狄青青这般，疑惑地问道。

狄青青伸出手指在南宫翊的面前晃了晃：“可以确定我不是凶手。”

宫皓月轻轻在狄青青身后推了她一下，小声提醒：“王妃，要谨慎。”

“放心。”狄青青小声回道。

南宫翊满脸不信，任谁都不会相信，一个人在案发现场走一走，就找到了凶手。

“那你说，凶手是谁？”南宫翊冷笑问道。

狄青青表情严肃，目光依次扫过南宫翊、宫皓月、管家林天阳、正侍卫长叶武以及副侍卫长江城，最后手指指着紫涵本人。

“凶手就是她自己！”狄青青冷声道。

“胡扯！”南宫翊脱口而出。

狄青青指着紫涵尸体，说道：“你们看她死前脸部的表情，很安详！”

宫皓月上前仔细端详起来，进门时他也注意到了。

“的确，好像还在微笑！”管家林天阳点头说道。

“可是，这又能说明什么？死者的表情千奇百态，不足为奇。”宫皓月疑惑地问道。

南宫翊同样看着狄青青，想听狄青青怎么解释。

狄青青用手指着地上一大片的血迹，而紫涵正是坐在血泊之上，血是从紫涵背后流下的。

“我刚才看过了，她是头部受创，失血过多而亡！”狄青青绕到紫涵身边，轻轻地将其头部向前移动。

众人望去，果然看见在紫涵的后脑部位，有一个伤口，周边的血液已经凝固，看起来有点发黑。

狄青青松开紫涵的脑袋，摆回原位，又走到尸体旁边的四方桌旁，敲了敲面对紫涵的桌角。

这桌子通体都是木质，偏偏这个桌角上加了一层铁皮。

“我猜这个桌子在搬进来时，应该摔过，刚好这个桌角撞了个缺口，你们就用铁皮将其包了起来。”狄青青说着，手指在铁皮上一抹，擦出一层黑红色的污渍。

“对对，我还记得那天刚好下雨，因为搬运途中，有人滑了一跤，所以桌子摔缺一角，就补了一下！”管家答道。

狄青青点了点头，将手指上的污渍放在鼻尖闻了闻，说：“然后，紫涵姑娘不小心，向后倒去，刚好脑袋撞在了上面！”

“然后就失血过多而亡，所以她是不小心自己摔死了？简直荒谬！难道你没看到房间中有打碎的瓷器吗？肯定是有人闯进来，杀害了紫涵！”南宫翊神情不屑，反驳道。

狄青青不置可否：“我好像没说过，没有其他人进来过！”

“王妃的意思是？还请王妃明示。”宫皓月问道。

狄青青继续道：“除紫涵姑娘这个凶手外，自然有一位帮凶。”

“你到底是什么意思？”南宫翊的声音大了几分，耐性已然到了极限。

狄青青不急不躁地说道：“很简单，有人进来和紫涵姑娘发生争执，那破碎的瓷瓶就是证明。后来二人闹得更凶了，致使紫涵姑娘撞在了桌角上，那人见状，就跑了，留下紫涵姑娘一人！”

“然后？”南宫翊追问道。

“然后，紫涵姑娘因为头部受创，行动不便，挪到床边，点燃了那盏红灯笼！本来她是可以求救的，可是她没有这样做，而是坐在那里等死！所以她是杀害自己的凶手，那个离开的人，则是帮凶！”狄青青边说边演示一番，还原当时的情形。

“按照王妃的意思，那个离开的人，就是致使紫涵姑娘死亡的元凶了。”宫皓月接过话。

“哈哈。”南宫翊突然笑出声来，“狄青青，你的这些推断又能说明什么？全是你的胡乱猜测。而且，任凭谁都知道，杀人凶手逃走了，还需要你说？”

宫皓月却道：“王爷，王妃的话不无道理。至少可以推断出王妃不是凶手，因为紫涵姑娘不会甘愿被王妃害死而不求救。所以，此事尚有很多疑点。”

南宫翊的脸色更黑了，冷眼盯着狄青青：“你一个女子，查什么案，赶紧回房，别在这里瞎胡闹。”

“凶手此刻就在这个房间中。”

冷不防，狄青青语出惊人。

在场的人都是一愣，脸上的表情，明显写着不相信三个字。没有证据，没有证人，想在如此短的时间内破案，简直就是不可能。

南宫翊更是满脸不信。

“不信，我们可以打个赌。”狄青青走近南宫翊身边，眼角一勾，似笑非笑地望着他。

这眼神，带着些许魅惑。莫名地，南宫翊心里竟有某根弦被触动。

“没兴趣！”南宫翊走开几步，远离狄青青，故作镇定。

“怕输？”狄青青的目光充满了挑衅，她已经看出，南宫翊此人的情绪几乎都写在脸上，他好强，性子张扬，一身傲骨。

“我怕输，开玩笑！”南宫翊哂笑，说道，“那你说，如何赌法！”

“半个时辰内，我找出凶手，今后我与王爷只是名义上的夫妻，各过各的，互不干涉。我若找不出，王爷大可以再把我送回大牢，附上一纸休书。”狄青青止色道。

管家林天阳伸手抹了一把冷汗，这王妃，处处触王爷的逆鳞。而且，这输和赢，似乎没有区别啊，都是要和王爷划清界限。竟然有女子刚过门就甘愿失宠，真是奇事。

宫皓月若有所思地望着狄青青，不言不语。

“好！”南宫翊却一口答应。

狄青青笑了：“你们在这等我半个时辰，半个时辰之后我就回来！”

说罢，她转身走出东厢房，身影翩然消失在夜色中。

南宫翊命人点香计时，他倒要看看，她有何能耐？

半个时辰将近的时候，狄青青果真回来了。

“时间到了，凶手呢？”南宫翊第一句话就是询问结果。

狄青青没有回答，而是指着管家林天阳、侍卫长叶武、副侍卫长江城，说道：“凶手，就在你们三个人当中！”

“什么！？”南宫翊一惊。

“你是在开玩笑？”南宫翊恼火道，“他们都是本王的亲信！为什么要杀本王的……救命恩人。”

狄青青百无聊赖地把玩着自己零星散落的长发，道：“刚才的半个时辰内，我已经调查过了，在这个王府内，只有你们三人能接近紫涵姑娘。”

“现在开始，我问你们，你们除回答之外，不能说任何话。”狄青青的目光落在南宫翊身上。

“你问。”南宫翊答道。

狄青青笑了笑，问道：“王爷，你是否可以告诉我，昨晚你是何时与紫涵姑娘分开的？”

“子时。”南宫翊回答道。

狄青青点了点头，看向叶武，问道：“叶武，你入睡之前，紫涵姑娘睡了没？”

“不知道！”

“你入睡之时，紫涵姑娘睡了没？”

“不知道！”

“你入睡之后，紫涵姑娘睡了没？”

“不知道！”

叶武的回答，是三个不知道。

接着，狄青青同样问了江城和管家林天阳这三个问题，得到的答案，都是“不知道”。

如此简单的问题，重复问。南宫翊的神情显然不耐烦。

“啪啪！”

然而，狄青青却轻拍手掌，说道：“很好，这样一来，凶手便确定了，不过这动机，的确耐人寻味。江城，你的动机，不妨说来听听？”

猝不及防地公布结果。

众人先是一愣，再是一惊，接着目光纷纷投向江城。

“啊！”江城听了狄青青的话，大惊失色，立马跪在地上，惶恐地说道：“王妃明断，小的有天大的胆子，也不敢在翊王府杀人啊！”

“王妃有什么证据，能证明是他所为？”宫皓月一直没开口，此时突然问道。

狄青青没有正面回答，只是说道：“第一，杀害紫涵姑娘的人，肯定是她认识的人。因为在这深夜，一名女子怎么会让陌生人进入自己的房间呢？第二，紫涵姑娘在王府居住一月有余，你们有谁见过，她与什么陌生人来往呢？”狄青青问道。

“她是孤儿。一个多月前因机缘巧合救了本王，所以本王收留了她。”南宫翊说道。

“所以，翊王府戒备森严，怎么可能有人闯进来杀害一个弱女子？”狄青青说道，“第三，除去翊王，只有他们三个人有理由让紫涵开门。”

“在王府，属管家和紫涵交集最多，叶武次之，而江城，不曾听到有人说，他和紫涵有交集。”狄青青继续道。

“你怎么知道这些？”南宫翊皱着眉头问，“而且，没有交集，不是更应该不是凶手？”

狄青青答道：“刚才的半个时辰，我就是去了解这些。”

“可这些，并不足以证明江城是凶手。”宫皓月亦是凝眉，担心狄青青是否草率了。

“反常必有妖，四个人都住在东厢房，江城与紫涵两人，却如同陌生人，这说明他们在掩饰什么。”说到这里，狄青青看向地上跪着的江城。

“然后呢？”南宫翊听罢，似乎来了兴趣，继续问道。

狄青青走到紫涵的尸体边，说道：“我刚才问了三个问题，只有江城撒谎。”

“撒谎？”宫皓月更加不解。明明大家都是回答“不知道”。

“按照东厢房的布局，江城每次进出自己的房间，肯定会经过紫涵的房外，而在子时之后，翊王府的守卫会轮班。昨晚是叶武值班，天色暗了，江城势必要回房。那么，他在回房的过程中，不可能不经过紫涵姑娘的房间。若是紫涵姑娘的灯是亮着的，说明紫涵姑娘未睡；若是没有灯光，则说明紫涵姑娘已经入睡！而江城回答三个问题时，都说‘不知道’！所以他在撒谎！”狄青青肯定地道。

“王妃，这也不能说明就是小的杀害紫涵姑娘啊！小的只是不敢回答王妃的问题啊。其他人怎么回答我就怎么回答了。”江城连连喊冤。

狄青青“嗯”了一声，她绕过地上的血迹，站在那盏红灯笼旁边，对江城说道：“的确不能说明，你太自信了，相信紫涵姑娘不会求救，也不会揭发你，所以你太理直气壮了！”

狄青青对江城说道：“你以为，没有把握，我会轻易开口？你是要我亲自揭发你，还是你自己认罪呢？”

江城脸上的表情依然是困惑：“我真的不明白王妃为何一口咬定是我杀害了紫涵姑娘？”

“真是不见棺材不掉泪。那我问你，自紫涵姑娘死后，你有没有碰紫涵姑娘的身体！”狄青青冷笑着问道。

“没有！”江城毫不犹豫地答道。

“他没有碰。”管家林天阳在旁如此说道，“出事后，这里一直被封锁，任何人都接触不到。”

狄青青点了点头，说道："那很好。江城，请你站到我这个位置。这里，灯笼旁边。"

江城迟疑了下，也不知狄青青葫芦里卖什么药，只好走过去。

狄青青则退到南宫翊身边，说道："江城，你抬起手掌让我们看看！"

江城眯起眸子，犹豫片刻，抬起了手掌，在红色的烛光下，江城的手掌上，竟然散发出一些绿色的光亮。

"那是什么？"南宫翊不解地看向江城。

江城也是一惊，低头看着自己的手掌。

狄青青笑了笑，走到紫涵的尸体边，将紫涵的外衣轻轻掀开一角，只见紫涵怀中藏着一方手巾，此时也正散发出一些绿色的光点。

"现在，诸位不用我解释了吧。"狄青青说道。

江城脸色大变。

"拿下！"南宫翊手一挥，叶武就领着侍卫上前按住江城，奇怪的是，江城并没有反抗，而是疑惑地看着狄青青，说道："你怎么就那么肯定是我下的手！"

"怀疑加直觉，问你问题也不过是想证实心中的想法。"狄青青说道。

江城点了点头，说道："我倒是没有想到，我的手会沾到这个！"

"那是什么？"南宫翊疑惑地问道。

狄青青回道："一种在红灯之下，会散发出绿色荧光的粉。这粉能渗入肌肤，停留好几日，可不容易洗掉。"

江城瘫软在地："王妃洞察力惊人，江某心服口服。自从紫涵姑娘进府的那一刻，我已经深深地爱上了她，可是，落花有意流水无情。我不知为什么，昨晚会那么冲动，竟然想要冒犯紫涵姑娘，也没有想到，她会撞在桌角上！更没想到，我会与她天人永别！"

"带下去！"南宫翊突然一挥手，侍卫们将江城押了下去。

看着江城被押走的背影，狄青青脸色阴沉。因为她知道江城在撒谎。凶手是找到了，但是这桩命案，远不止这么简单。

案中还有案，别的不说，这屋子里瘆人的红灯笼，就是最大的疑点。

狄青青望着紫涵了无生机的容颜，弯腰抽出紫涵怀里的手巾，仔细看了看，这其实并不是女子常用的手巾，似乎更像是从中间撕开的半块布，她呢喃道："紫涵，你究竟为什么死前拼了命也要点亮红灯笼……你到底想说明什么？江城又为什么要撒谎？你们真正想隐藏的到底是什么？"

宫皓月此时走近狄青青，拱手道："多谢王妃，破案本是臣分内之事，微臣不才，多谢王妃相助。"

狄青青摆摆手："我也是为自己澄清，大人不必客气。"

"叶武，这里就交给你了。"南宫翊大手一挥，"宫大人也请回，江城已拿下，可以复命了。"

宫皓月知南宫翊有逐客之意，毕竟是家事。他颔首作揖："王爷，王妃，微臣告退。"临走前，他颇为担忧地望向狄青青。

而这样的眼神，落入南宫翊眼里，竟觉得心里硌得慌。

"对了，王爷，还有一件事。"狄青青朝南宫翊招了招手。

南宫翊有些尴尬，不情不愿地走过去。

狄青青走到紫涵姑娘身边，将其右手掌抬起来，说道："紫涵姑娘进入王府月余，王爷手臂上的伤，看似也是月余。我推断你手上的伤疤，缝针出自救你之人。紫涵姑娘死前右手握着火烛点燃灯笼，显然她是惯用右手之人。然而，你瞧这针脚，明显是左撇子的惯用手法与方向。所以，紫涵姑娘不是你的救命恩人。"

"什么？"南宫翊一愣，忙弯腰仔细瞧紫涵姑娘的手掌，果然右手比左手要粗糙些，不仔细观察，还真看不出来。他又看了看自己伤口的针脚，果然第一针是左进。

狄青青不着痕迹地将紫涵怀中的半块手巾收入怀中，这件东西，恐怕还大有文章，她一时也没有头绪。

"王爷要报恩，也得找对人。"狄青青看着脸色不佳的南宫翊，摇了摇头，转身朝外面走去。

春寒料峭，月凉如水，繁星点点。

狄青青回到风清苑，也就是昨夜她的新房，想要关上门时，南宫翊却跟随她进来。

狄青青疑惑地挑眉："王爷，刚才打赌我赢了，你别忘了我们的约定。"

南宫翊脸色一沉："可本王的房间也在这，难不成，你让本王睡客房？”

狄青青想了一下，也是，很明显南宫翊的东西都在这间房里。她并不是不知道，但她故作困惑的样子：“不知王爷昨晚原本打算睡哪？今晚可以照样去。”想来南宫翊是不打算进婚房的。

“本王……”南宫翊被她将了一军，发现自己又被她堵住话。

“你有妾室吗？”狄青青问。

“没有。”他答。

“通房丫鬟？或者给你暖床的？”狄青青又问。

南宫翊俊颜微红：“都没有！”

这下轮到狄青青对他刮目相看了。一个如狼似虎的男人。她上下打量着他，一脸不可置信。他该不是，有什么隐疾吧。

“你这是什么眼神？”南宫翊不满地问。

“我在想，你平时都是怎么解决的。”狄青青斜着眼觑他。

“你！”她问得这么直接，南宫翊的脸黑得不能再黑，“你是不是女人啊！”竟然能问出这种问题。

狄青青低头看了看自己胸前起伏的波澜：“你说呢？”

南宫翊顺着她的目光望去，纱衣难掩丰盈，他呼吸一窒，俊颜彻底通红，骤然意识到自己又入了她的套，他词穷，气得无语。

“算了，看来你真的没地方去啊。今夜晚了，随你的便吧。”说罢，狄青青不再跟他抬杠，也不再搭理他。她在房间四处溜达，昨夜是大婚之夜，她没细看，后来又被莫名其妙带去牢房。想不到，南宫翊房间里倒有不少珍藏书。真看不出，她还以为他是个只会打仗的蛮人。

她从小爱读各种奇书。出嫁的时候，狄家的嫁妆排满几条街。其中有一半都是各种书。

狄青青从书架上随手取了一本《天启新律》走近内间，躺上床，翻看起来。

“狄青青，你怎么会断案？你平时都喜欢看这些律法之类的书？”回想起刚才断案时的精彩一幕，南宫翊不得不佩服她的洞悉力和判断力。

狄青青也不抬头：“闲来无事，我是喜欢看书。”

翻着翻着，她见南宫翊杵在那不动，吩咐道：“你很闲？要不然叫管家给我弄桶水来沐浴？牢里一股霉味，难受死了。”

南宫翊薄唇勾起不满的弧度：“你差使本王做事？”

狄青青继续看书：“你可以选择不做，我就随口一说。”

“你！”南宫翊拂袖出门，让管家准备沐浴，他也不知自己怎么了，鬼使神差，竟然会听她的话。罢了，昨夜鲁莽地抓她入狱，是他不妥。

林天阳很快将浴桶与屏风准备好了。

狄青青神态悠闲地放下手里的书，从榻上下来。热腾腾的水，铺满花瓣，白雾弥漫，整间屋子都跟着暖和起来。折腾了两日，她太想沐浴了。

她微微偏头，取下发间的红色珊瑚珠钗，满头青丝洒落，衬得她肌肤晶莹如玉，宛若惊鸿。虽只是一个小小的动作，风韵却是妩媚天成。

南宫翊亦被这样一个小小动作的诱惑而震慑了，竟移不开脚步。

狄青青正准备脱去外衣，见南宫翊还站在原地，疑问地道：“王爷？你站在这里，难道，你准备帮我洗？”

南宫翊明眸圆睁，明明是她要与他划清界限，此时又在引诱他？难道这都是她的欲擒故纵之策？他讥讽道：“狄青青，你可知‘廉耻’二字如何写？”

狄青青万般风情绕眉梢，笑道：“当然知道怎么写。‘廉’字，不就是‘广’字头下面一个‘兼’字。至于‘耻’字，左边一个耳‘字’，右边一个‘心’字（古代耻作恥）。王爷，我说得对不对？”

“你！”南宫翊无语。他的羞辱，她却当作笑话来解释。她分明是故意的。

南宫翊气血直往上涌，愤然拂袖，转身去了外间。

狄青青望着他挺直的背影，哂笑，宽衣沐浴。

烛火摇曳，昏黄的光线映得室中益发温暖。

过了很久，当南宫翊推开内间门时，只见狄青青半靠着床背，微湿的长发垂在胸前，修长的双腿交叠，弧度完美，优雅中不乏魅惑。沐浴过后的她洗尽疲惫，手中握着一卷书，正凝神看着。

狄青青抬头，也不起身：“明日你要早起，早些休息吧。”

南宫翊眯起双眼，俊眉微挑。

“你怎知本王明日要早起？”他突然问道。

狄青青指了指外头衣架上之前管家摆好的服饰，淡淡地答道："王爷的朝服在这里，明日上早朝，自然要早起。快休息吧。"

南宫翊见她始终专心看着书，终于忍不住问道："狄青青，你与本王打赌，要与本王划清界限。此时，又让本王与你共枕？"

狄青青的目光尚落在书卷之上，她强忍住笑，佯装疑惑道："我的意思是王爷请去外间榻上休息。不然，王爷以为是什么？"

"狄青青！算你狠！"南宫翊又着了她的道，心中益发郁闷，愤愤地走向外间床榻，双脚一蹬，便踢掉了一双靴子，也不脱去外衣，只往榻上一横。这女人，竟然让他睡榻。

他觉得，她一定不简单，肯定是以退为进，想引起他的兴趣。这种伎俩他见多了。他不能着了她的道，他就姑且等上一等。若是她要靠近他，他必定好好羞辱她一番，以解心中之气。

狄青青轻笑着摇头，继续看手中的书。她已经摸清了南宫翊的暴脾气，经不起撩，偶尔逗一逗他，还是蛮有趣的。

南宫翊闭上双眸，他等着，等着她的下一步动作。可是他似乎等了很久很久，什么也没等到，终抵不住疲倦沉沉睡去。

一觉醒来时，外边的天已蒙蒙亮。

南宫翊睁开眼起身，他瞥了一眼狄青青，远远瞧见她竟然抱着书卷，躺在床上睡着了，衣裳未脱，被子也没盖。

南宫翊径自换上了朝服，套上靴子。他的动作很轻，并没有吵醒她。

正想要出门，他鬼使神差地又走进内间。

而她睡得鬓发松散的容颜，就这样突兀呈现在他的面前。

晨光熹微，落在她的脸上，她在梦中犹自蹙着眉，嘴角微微下沉，红唇在隐约的光线中泛着蜜一样的光泽。

突然，她轻轻动了动，随着她的动作，脖子下的几颗盘扣都松了开来，露出柔美的颈线。南宫翊只觉自己喉头一紧。

下一刻，他竟是不敢再看，赶紧拿起被子扔在她身上，将无限风情盖住。

然后，他匆匆离开风清苑。

屋外，初升的朝阳洒落在王府的湖面上，水波泛着金色的粼光，美丽至极。

正值春天。

迎面吹来的风，尚有些许凉意，却吹不散他脸上、身上的燥热。

他想起刚才自己的作为。不禁懊恼，自己为何要多事给她盖上被子。

狄青青醒来的时候，已近中午。

房间空无一人，南宫翊应该早就走了。这觉睡得真舒服，狄青青舒展着四肢，打开房门。见到门外站的人，她着实吃惊了下。

“小姐！你醒啦！”琉璃兴奋地叫道。

“琉璃？你怎么到翊王府来了？”狄青青疑惑道，琉璃是从小伺候她的丫鬟，感情非比一般，可惜她出嫁了，此前王府规矩多，不让她自带丫鬟。

“是姑爷派人接我过来的。姑爷说，怕王府的人，小姐用不惯。”琉璃高兴地说，“姑爷真是替小姐着想呢。老爷还一直担心小姐在王府会受气。看来不用操心啦。姑爷一定是被小姐的聪慧睿智迷住了！”

狄青青笑着拍了拍琉璃：“少胡说。”她隐瞒了新婚夜发生的事，还是别让爹爹担心了。

“你呀，改不了咋呼的性子。这里可是翊王府，不比狄家。你平时就待在这风清苑，别处少去，知道吗？”狄青青仔细关照着。

“嗯嗯。小姐放心！我不会给小姐添麻烦的。”琉璃高兴得两眼直冒光。

“走吧，我带你在王府转一圈。”

狄青青心情愉悦，带着琉璃先在风清苑走动，接着她们又在王府兜了一圈。

大婚之夜她盖着红盖头，昨日回来又是晚上。眼下，她才算是将王府风景仔细瞧了个遍。

翊王府奢华气派，别处不说，就单是这风清苑，周围环湖，湖中亭台楼阁数间，成众星拱月状。春风吹遍每一处，桃红柳绿，清新雅致。

经历昨晚断案，敬由心生，王府众人见到狄青青，十分客气，纷纷行礼让道。

狄青青走着走着，小声地问琉璃：“家里可好？有什么异常？”

“没什么异常呀。”琉璃想了想道，“老爷总是心神不宁，怕是担心小姐吧。毕竟，老爷只有小姐一个女儿。不过，我倒是见到老爷前日、昨日都与人密谈到深夜，也不知道谈了些什么。”

爹爹与人密谈？狄青青秀眉紧蹙，也想不出所以然，叹道：“我也总是心神不宁。琉璃，爹爹倾其所有帮助南宫万海夺得皇位，历经二十余年征战好不容易国泰民安，如今爹爹坐拥的财富，这本就是极其危险的事。我常劝爹爹，散财方能保平安。”

“小姐的意思是，皇帝会卸磨杀驴？”琉璃惊道。

“小声点。”狄青青点了点琉璃的额头，“这次我嫁到翊王府，一切都那么不寻常。我担心，大祸将至。”

“啊，那小姐，我们该怎么办？”琉璃张大嘴巴道。

“走一步看一步，但愿我的担心是多余的。”狄青青低声沉吟。今日她烦躁无比，只觉得心慌。

漫无目的地在王府走着晃着。狄青青瞥见不远处，管家林天阳神情凝重慌乱，正吩咐小厮忙前忙后，便拉着琉璃上前询问：“林管家，出什么事了？”

林天阳抹了抹额头汗水，回道：“王妃，昨夜王爷将江城打入大牢。谁想到，清晨时分，江城竟然杀死狱卒，逃之夭夭。真想不到，江城竟是深藏不露的武功高手。这不，我赶紧带人查找江城屋内之物，看看能否有所发现。”

“难怪，昨日被抓，江城并没害怕，还继续扯谎。看来他早有准备。”狄青青并不意外，她知道，事情远远没有这么简单。

“王妃，我赶紧去东厢房查探。”林天阳回道。

“嗯。不过，应该不会有什么发现，江城蓄谋已久，再说当时已经案发，他更不会留下痕迹。王爷在哪？”狄青青锐利的眸子微转，问道，“我过去看看。”

林天阳回道：“王爷起先带着叶武去了大牢，获悉有人在西北城郊十里坡见到江城后，便差人回来通知我查探封锁东厢房。眼下王爷应该带着叶武赶往十里坡了。”

“林管家，请帮我备马车。”狄青青吩咐道。

“小姐，咱们不要多管闲事啊。”琉璃轻轻拉了拉狄青青。

“无妨，事与事之间，往往都有千丝万缕的联系，未必与我们无关。

我去看看。”狄青青神情认真。发生在她大婚之夜的命案，谁敢说，与狄家无关？

林管家有些犹豫，可到底还是应下：“好，王妃稍等片刻。可是，王妃，西北城郊流寇尚未平定，王妃要小心。”

“嗯。”狄青青颔首。

管家林天阳连忙去安排马车。

不多时，马车便备好了。

刻不容缓，狄青青带着琉璃火速赶往十里坡。小的时候曾随爹爹走过商队，她对驾驭马车甚是熟练。

世人皆知，出了西北城郊，荒芜一片，几乎没有人烟。所以十里坡便成了流寇聚集地，这里鱼龙混杂。南宫家灭掉宇文家登上皇位，后又持续征战近二十年，民不聊生。如今天下虽太平，唯有这里流寇四窜，他们来无踪去无影，是以朝廷难以剿灭。

马车越走越荒芜，零星有几户人家，却都是残破瓦房，无人居住。

越走越偏僻，到了十里坡山脚下，山势陡峭，马车已不能再行，狄青青便和琉璃下车步行。

走了一段爬坡路，琉璃累得气喘吁吁，不禁拽住狄青青的衣袖：“小姐，你真的要去啊，看起来人烟都没有。我们到底要找什么啊？”

“没事，别怕。保持安静。”狄青青安抚道。

当她们走到山坡一个拐弯处时，突然身后传来急促的马蹄声。

琉璃吓坏了，连忙抓紧狄青青，紧张道：“小姐，我们遇到流寇了！”

狄青青也有些担心，她克制自己，保持镇定，紧紧护住琉璃。

马蹄声越来越近，来人黑袍翩飞，气势不凡。

远远望见山路上有两名女子，其中一名身影颇为熟悉，南宫翊连忙勒马，停下疾驰。当看清果然是狄青青，他又惊又怒，斥道：“一个女人在这荒野做什么？简直胡闹。”

叶武随后赶到，瞧见狄青青，亦是震惊：“王爷，王妃！”

琉璃拽着狄青青的衣摆，望向南宫翊，怯怯地唤了一声：“姑爷，我们……我们……”

“姑爷？呵呵。”南宫翊嘴角笑意意味不明，这个称呼，倒是别致。

他翻身下马，瞪着狄青青，质问道，“这里是什么地方你不知道？”

“我听林管家说江城逃走了，可能去了十里坡，所以想来看看。”狄青青解释道。不知为何，她总觉得，大婚之夜的命案，只是开始。仿佛一张无形的巨网，才刚刚撒开，一切都是谜。

“你来有什么用？赶快给我回去！”南宫翊大怒。

狄青青站着不动。

琉璃在狄青青耳旁嘀咕道：“哇，这就是姑爷呀，好俊啊，好有气势啊。哇，你看他的眼睛，深灰色呀，颜色好美啊。小姐，小姐。”

狄青青白了一眼琉璃，警告道：“别乱叫姑爷，要叫王爷。”

“哦。”琉璃还是很兴奋，“姑爷真不错，虽然生气但也是担心你。嘿嘿，小姐，姑爷对你真好。小姐你有福了。”她对狄青青的警告充耳不闻。

狄青青无奈地翻了一个白眼，这个丫头，莫名其妙就倒戈了。“哎，跟你说不通。”

“那就听姑爷的话，我们回去呗。”琉璃拉了拉狄青青，这鬼地方她可不想待。突然，南宫翊猛地凝眉，伸开一臂将狄青青和琉璃挡至身后，沉声道：“走不了了。”

叶武闭眼聆听，神情亦警惕起来：“马蹄声，有人来了。”

果不其然，一大队人马迅速上前，将他们围住，少说也有三十人。

为首的，是一名黑衣大汉，络腮胡子，凶相毕露。

团团围住他们四人，黑衣大汉嚷道：“你们是什么人？不懂规矩吗？到我的地盘上干什么？”

南宫翊手背向身后，刚要拔剑，却被狄青青一把按住，将剑按回剑鞘。

狄青青小声道：“王爷，不值得，不要透露身份。我们耽误不起这个时辰。”

她从南宫翊身后，探出头，声音清脆婉转：“这位大哥，规矩我们懂。我们只是进十里坡找人，转一圈就出来，还望大哥不要为难。”

说罢，狄青青掏出一锭金子，抛给黑衣大汉。

黑衣大汉接住，掂了掂分量，颇为满意。

“哟，还是个大美人。”黑衣大汉这时细看狄青青，一脸惊艳，“其他人可以走了，美人，你留下。别跟这个小白脸，不如跟着大爷我，吃香的喝辣的。咋样？”

这话一出，南宫翊的脸色顿时黑了，竟然说他是小白脸，眼瞎吗？

他刚要动，狄青青死死按住他的手，他也不是挣脱不了，只是狄青青突然自身后紧紧抱住他的腰。他一怔，她的身子软软的，贴着他，异样的感觉四处蔓延。他竟像着了魔，舍不得挣脱。

狄青青顾不上了，只得箍紧他，低声道：“王爷，此人有要事，不会久留。你看北边天空灰蒙蒙一片，定是在下雨，此人衣摆两侧皆有泥浆溅起的痕迹。泥浆未干，人已至十里坡，可见他纵马速度十分快。马不停蹄，他一定有要事去南边。”

狄青青说话时，温热的气息吹在南宫翊的颈侧，竟神奇地让他的情绪平静下来。

“此人好赌，你看他腰间的坠子，马背上驮着元宝，俗称‘马上赢’。让我试一试他。”说完，狄青青朝黑衣大汉抛去一个甜美的笑容，“这位大爷，不如我们赌一局，就赌铜板，若是‘天启’二字朝上，请大爷别为难，让我们进去找人，很快就出来。若是花面朝上，我就陪你一天，如何？”

叶武先急了：“万万不可。”

狄青青死死抱住南宫翊，生怕他拔剑，继续道：“怎样？铜钱由你给我，我来抛。”

好赌之人，永远都挡不住诱惑。

黑衣大汉顿时两眼放光：“好，美人，你可别后悔。”他心里痒痒的，要是不费吹灰之力，白捡这么个大美人，哪怕就一天，也赚大了。说完，他连忙摸出一枚铜钱，手一扬，扔给狄青青。

狄青青这时松开南宫翊，走上前接住铜钱。

她回头望一眼南宫翊，如秋水般的美眸中折射出精明锐利的光芒，充满自信。

南宫翊不再阻拦，他也想看看，她究竟要做什么。

彼时天色阴沉，看样子北边的乌云将至，一场雨免不了。

狄青青将铜板放在右手食指与拇指交叠之处，声音出奇的平静：“我开始了。”

黑衣大汉目不转睛盯着她。

“你们看好了！”狄青青说完，旋即拇指向上一推，但见一道浅金色弧线划破天空，格外刺目。

随着铜板的落下，叶武和琉璃的心都悬起来，谁也不敢出声。

琉璃心里默念着，小姐呀小姐，你可别玩大了，把自己赔了。

狄青青飞快出手，只听“啪”的一声，铜板已落在她的左手背之上，而她右手已牢牢捂住左手的手背。

现在，只等她松开右手，看看她左手背上的铜板究竟是字，还是花。

狄青青嘴边绽放如花笑意，将覆在铜板之上的手移开。

动作之自信，令人惊叹。

赫赫“天启”二字，轮廓格外清晰。

“哎呀，不好意思，大爷。你输了。”狄青青笑着耸耸肩。

“哼，真衰。算了，本大爷还有事，你们进去后速速出来。兄弟们，赶路。”黑衣大汉将金子收入怀中，腿一夹马肚，愤愤离去。十里坡有规矩，留下买路钱，不能太为难。

叶武和琉璃终于松了一口气。

人刚走，南宫翊立即暴喝：“狄青青，你胆子也太大了！赌博能儿戏？万一是花面，你怎么收场！”

琉璃赶忙打圆场：“姑爷千万别生气，没把握小姐不会乱来的。姑爷别气坏了，小心身子。”

这一口一个“姑爷”，南宫翊听着居然觉得挺受用。他觉得自己简直疯魔了。自从这个叫狄青青的女人进了门，他就没一刻省心过。

叶武好奇地问道：“王妃始终沉着冷静，王妃方才掷铜板时是否有玄机，所以才如此镇定。”他见识过狄青青的破案能力，斗胆猜测一下。

“对，那只是障眼法。正如你所想，我根本不会输掉自己。”狄青青此时抬脚移开一步，从自己脚下捡起一枚铜板道，“你们看见了没，其实方才我用了两枚铜板，你们看到的那枚抛出去的铜板其实掉在了地上，被我用脚踩住了。而你们看到的‘天启’二字朝上的铜板，是我在抛出铜板时早就搁在手背之上了。天色暗沉，光线本就不好，而你们只注意看飞转的铜板，并没有留心其他的细节罢了。”

“什么！”叶武听罢，愣在原地，想不到竟然是这样的，难怪王妃方才成竹在胸，一点都不紧张。世间怎会有如此聪慧的女子。手法奇特，当真是闻所未闻。

“即便如此，那也是胡闹！”南宫翊依旧气不过。

“姑爷您别生气，我家小姐回去一定向您认错！”琉璃厚脸皮地笑着劝道。

“事不宜迟，我们赶紧进去找人。”狄青青催促道。她有预感，刚才这么一耽误，江城恐怕凶多吉少。

南宫翊俊颜阴云密布，瞪了眼狄青青：“哼，回去再与你算账！”他转首吩咐叶武，“查清刚才那人，择日率军两万，伏击等候，一定剿平这里，取他项上人头。”胆敢侮辱他，还觊觎他的女人。要不是今日事急，若非恶战太耽误时间，他早就剐了那人。

叶武领命：“是。”

狄青青吐了吐舌头，也罢，如果翊王亲自剿平十里坡匪窝，也算是造福百姓。

一行四人，在十里坡内转了一圈，所幸没有再遇到其他流寇。

待找到江城时，为时已晚。

只见江城的尸体躺在丛林边，脖颈儿处一刀深可见骨，血尚未流干。

可见有人先他们一步。

南宫翊长眉深锁，上前查探。

狄青青连连摇头，遗憾道：“不会有线索的，设局之人，思维缜密，紫涵之死已是失误，他不会再失手第二次。我们还是来迟了。”

叶武道：“也算不得来迟，至少凶手没有时间移走江城的尸体。否则我们永远别想知道江城是生是死。”

“江城能从大牢逃脱，武功不低。看来杀他之人，更胜一筹。而且是他的主人，他没有防备，所以才一刀毙命。”狄青青分析道。

南宫翊仔细看了一圈，一刀毙命，十分利落。果然没留任何痕迹，虽心有不甘，可只得作罢。

乌云压得更低，眼看就要下暴雨。

“王爷，赶紧回府吧。此地不能久留。”叶武提醒道。

“嗯。”南宫翊皱眉。

一行人回到拴马处，南宫翊翻身上马，顺手一拉，将狄青青揽至身前。

挨得这么近，几乎贴紧他，狄青青有些尴尬地道：“我们有马车，就在十里坡山脚入口不远。”

南宫翊冷冷地“哧”了一声：“本事挺大，还能驾马车。狄青青，你还有多少能耐？能上天吗，飞回去给本王看看？”

狄青青：“……”

“马车太慢，天已黑。坐稳了！”说罢，南宫翊也不理会狄青青，扬鞭策马。

玄色身影瞬间消失在晦暗的天色中。

琉璃嬉皮笑脸地看着叶武：“这位大哥，我家小姐走了，我又不会驾马车，只能坐你的马了。麻烦了。”

叶武：“……”

叶武尴尬地笑了笑，王妃这么聪明的女子，怎会有这么呆傻的丫鬟。只不过，主仆两人又好似挺般配。

无奈之下，他只得携琉璃同骑，纵马驰骋。

两匹马一前一后在山林间奔驰。突然，一声霹雳冲破了黑云，似要劈开天与地，紧接着黑云里洒下雨点。

风斜吹着雨丝，点点都扑向南宫翊。阵阵狂风，卷起他的长发不停地飞舞，好似那丝丝浓墨都化在了雨中。

渐渐地，雨下得更大。

南宫翊本能地护住怀里的狄青青。

一路狂奔，待回到王府时，他浑身已湿透，豆大的水珠自墨发间不断滑落。

反观狄青青，倒还好，并没有淋到太多雨。

狄青青望着眼前湿透狼狈的南宫翊，心里微暖，第一次对他有了别样的看法。

管家林天阳见到南宫翊和狄青青回来，赶紧飞奔过来。“王爷，王妃，你们可算回来了！”他压低声音，“王爷，出事了！”

不知为何，管家凝重的表情，让狄青青的心陡然一沉，不好的预感袭上心头。

“怎么回事？”南宫翊沉声道。

“皇上有旨意，送圣旨来的余公公已在前厅等候多时。”管家林天阳一脸担忧地看着狄青青。

几乎在这一刻，狄青青可以肯定，她的担心，这么快就来了。

狄家，出事了。

想到这儿，她飞快转身，拔腿直奔前厅。

南宫翊也顾不得全身湿透，紧随其后。

雨依旧下着，屋檐上水珠如同珠帘垂落，滴滴答答。

前厅之中，太监总管余庆林正焦急地来回踱步，见到南宫翊和狄青青松口了气，忙道：“杂家急着回去复命。王爷、王妃，得罪了。”

南宫翊、狄青青跪下接旨。

余公公展开手中金黄色的圣旨，正声宣读：“奉天承运，皇帝诏曰：临江洪灾，民生困苦，然狄谨仁哄抬粮价，以次充好，牟取暴利，证据确凿。此乃欺君之罪，着将狄谨仁押入天牢候审，其余家眷流放千里，原属狄家家产全部充公，以儆效尤。钦此！”

余公公读罢，叹息一声。

晴天霹雳，狄青青脑中一片空白。

如今天下安定，她知道南宫家早晚有一日会削弱狄家的财力。她想过坏的结局，却没有想到会是这么坏的结局。这么直接，这么彻底，将狄家一窝端掉。

她完全蒙了，脑子里“嗡嗡”直响，不知自己在想什么，她的手不停地颤抖着，她想止住颤抖，于是双手环胸，却发现身体抖得更厉害，她整个人颤抖得如同风中的落叶。

南宫翊赶紧接过圣旨：“儿臣领旨，吾皇万岁万岁万万岁。”

见狄青青始终不作声，他用力推了她一下，提醒她。抗旨不遵，死罪一条。

狄青青猛然回神，无奈跟随南宫翊伏地叩首。

南宫翊站起来，想拉狄青青起来，狄青青却纹丝不动，只一味跪着，神情呆滞，他只得作罢。

余公公办完差事，示意南宫翊到一旁说话，他压低声音道：“王爷，皇上的意思是，这桩婚事原本王爷也不愿，现在王爷可以休妻了。”

南宫翊听罢，长眉紧锁。

“杂家赶紧回去复命，皇上想必等急了。”余公公作揖退下。

“余公公请。”

南宫翊送走余公公，回到前厅时，狄青青仍旧跪在冰凉的地上。

屋外初春寒气逼人，直冻得狄青青嘴唇发白。不过短短几日，从她嫁入翊王府，一切都发生了天翻地覆的变化。

她以为，自己可以为狄家尽力，可以为爹爹分忧。

可到头来，她竟如此无力。

一下子，她像是失去了重心，瘫坐在地。

南宫翊望着狄青青失魂落魄的样子，只觉得心里堵得慌。他紧紧握拳，薄唇张了张，却不知能说什么。

狄青青缓缓抬头，昔日神采奕奕的眼眸，此刻只余黯淡。

她一字一字自齿缝间蹦出：“请王爷给我休书。”

南宫翊怔住了，刚才他和余公公私下的对话，她应该听不到才是。他问：“此话何意？”

狄青青冷笑：“如今局势稳定。飞鸟尽，良弓藏。狄家早晚有此一劫。早知如此，王爷何必多此一举，劳师动众娶我，又大费周章陷害我。”

“紫涵的事，本王……”南宫翊想要解释。

狄青青冷冷地打断他：“难道这一切，不是你们早就计划好的？狄家一半私产随我出嫁。再给我爹定罪，没收另一半，呵呵。王爷，如今戏已落幕，王爷目的达成，可以休妻了。”

“你！”南宫翊气得血涌脑门，“你未免太小瞧本王了！”狄谨仁之事，他一无所知，父皇半点都没透露过。她竟然认为他也参与了。

“本王不会休妻。你好好待在翊王府。”南宫翊撂下话，夺门而出。

正值叶武和琉璃赶回来，他们在门外时已听说了圣旨的事。

琉璃听说后，哭得眼泪一把鼻涕一把，见到南宫翊，扑通一声跪下，紧紧抓着南宫翊的衣摆，泣道：“姑爷，你可要替小姐做主啊。小姐太可怜了，无依无靠。您千万不要抛弃小姐。我们小姐嘴硬心软。”

南宫翊叹了口气：“带你家小姐沐浴更衣，别着凉，再好好劝劝她。”

他怎么没看出狄青青嘴硬心软，他看她才是铁石心肠。说罢，南宫翊望着同样淋得湿透的叶武，“换件衣裳，随本王进宫一趟。”

叶武却提议道：“王爷，属下斗胆，皇上的脾气您不是不了解。此时定然不会见您，王爷若是急逼，万一皇上直接下旨休妻，该如何是好？王爷何不先换下湿衣裳，缓几日再看看有无转机。”

南宫翊凝眉，叶武说得是，他也不是不知。先以不变应万变，只是此时，不做些什么，他心里过意不去。父皇，这事做得过分了。

“你去一趟临江，先查查粮仓，探探底，看看究竟是怎么回事。”思忖片刻，南宫翊吩咐道。

叶武立即拱手：“遵命。”

第二章 雨中相伴

此后十几日过去了，狄青青再没和南宫翊碰面。

春日气息愈浓，风过无声，细雨迷蒙，粉红色花瓣随雨雾飞扬。

这日午后，狄青青坐在铜镜旁梳发，素白的指尖自黑木梳上缓缓滑过，她静静地出神。

突然脑海里想起相赠木梳之人，那名温润如玉的男子，雍南六郡按察使，宫皓月。她眉心微跳，心思百转。

她是不是该出去走走，打探下消息。总不能坐以待毙。

“琉璃，我们换换衣裳，出去走走。”狄青青搁下木梳，起身道。

琉璃在一旁嘟着嘴；“小姐，现在都什么时候了？还出去？王府是最安全的！狄家被查封，我们还是安心在王府等姑爷的消息。这些天姑爷没见人影，肯定是打探消息去了，咱们要相信姑爷！”

“相信他？”狄青青神情清冷，“他可是姓南宫。”

“那又怎样？我觉得姑爷心是向着小姐的。哎呀，小姐都怪你，姑爷只能去客房睡。”琉璃一脸不满。

狄青青语气无奈：“琉璃，你究竟是谁的丫鬟啊！我怎么感觉你完全被南宫翊收买了！”

“我才不用收买。我家姑爷又高又俊，又威武又神勇，又温柔又体贴，天下第一美男。”琉璃说着，兴奋得两眼冒光。

狄青青翻了翻白眼："你眼光真的有问题！快走吧，换衣裳。"

琉璃在狄青青背后吐了吐舌头。

狄青青打开檀木衣柜，随手挑了一件月白色长衫，配了一件天青色夹袄，清爽雅致，应时应景。

外面下着细雨，琉璃拿了两把油纸伞。

主仆两人相携出门，来到帝都最热闹的长风街。长风街是帝都商贾云集之地，店铺纵横交错。下雨的时候，景色最是美丽。轻纱般的雾气升腾，风携着雨丝，笼罩着连绵的红色琉璃瓦，美得醉人。

狄青青漫无目的地走着。

突然，她被一阵笛声吸引，笛音先是低沉舒缓、连绵不断，接着若豪情滚滚，风起云涌。

看来吹奏之人，有万千心事，不知与谁说。

狄青青抬头留意了下店前的招牌：天香茶楼。

她迈进天香茶楼。笛声从二楼传来，循着笛声，她来到尽头处的厢房，隔着珠帘，便瞧见了这样的一幕。

宫皓月手持竹笛，正凝神吹奏。

一袭浅蓝色长衫，白玉束发，俊容静敛，飘逸若谪仙。他的手指修长，搭在竹笛之上，仿佛一抹白玉凝翠。

他浑然不知有人靠近，一味忘情地吹奏，音调突然仿若直上云霄又纷纷扬扬落下。豪情与优美融合衔接得如此完美。

曲毕，隔着珠帘，狄青青情不自禁击掌。

"好！真好！想不到宫大人除了擅长断案，还有如此精湛的才艺。"狄青青赞赏道。

宫皓月这才瞧见狄青青，他温暖的目光在她面上流转，旋即起身，恭敬道："翊王妃大驾光临，微臣有失远迎，还望王妃恕罪。"

狄青青素手撩开层层珠帘，微笑道："这里没有旁人，宫大人何必如此客套？"

琉璃拽了拽狄青青的衣摆，小声询问："小姐，这是谁呀？"

"雍南六郡按察使宫皓月大人。"狄青青回道。

"哦。"琉璃无聊地卷着发丝玩，嘟着嘴小声道，"还是我家姑爷俊。"

狄青青瞪了琉璃一眼，这丫头，被南宫翊下了蛊了。

“可以坐吗？”狄青青指着茶桌。

“自然。”宫皓月连忙邀请，“王妃请入座，微臣怠慢了。”

“宫大人叫我名字即可，不必拘礼。”狄青青坐在茶桌边，“再说，狄家获罪的事，大人肯定知道。我不过是挂着王妃虚名。”

“臣不敢逾矩。王妃若有事，尽管吩咐，臣定当赴汤蹈火，在所不辞。”宫皓月略略躬身道。

狄青青道：“我只是出来闲逛。没想到宫大人有此雅兴，在此吹笛。我真是有耳福。真是此曲只应天上有，人间哪得几回闻。”

宫皓月谦逊道：“王妃谬赞。”

他的声音很好听，似檐间丁零作响的风铃般婉转，清脆清亮，更胜笛声。

不知缘何，回想起笛声，狄青青的思绪愈飘愈远。

“王妃，王妃？”宫皓月见狄青青神思缥缈，轻轻唤了一声。

狄青青陡然回神，自觉失态，歉然一笑：“我只是想起方才一曲。宫大人似有满腔抱负，豪情壮志，不得施展。宫大人如此年轻，已居三品高位，不知何事困扰？”

宫皓月愣了愣，明眸微眯，却没有直接回答，而是转移话题道：“上次王妃断案如神，微臣任按察使多年，自叹不如。如今江城已死，线索断了，大理寺束手无策。微臣一直想请教王妃，下面该怎么查？”

狄青青摇摇头：“大理寺都没查到蛛丝马迹。只怕这将是个无头公案。所以，江城死后，我并没有将重心放在紫涵被杀案上。我想的是，背后之人，目的尚未达成，肯定会有下一步动作。目前也只能通过旁敲侧击的方式，希望能从别的事情上，找出一丝一毫破绽和线索。查案的时候，你死死盯在某一处，费尽心思只是枉然。有时无心插柳，柳却成荫。我相信，世间每一桩事，都有千丝万缕的联系。只要你有心，只要你用心，总有一天真相能分明。而我现在，唯有留心、细心、耐心。”

宫皓月赞叹不已：“听王妃一席话，真是胜读十年书。王妃当真是世间奇女子。”

“不敢当。平时喜好看些杂书，卖弄卖弄罢了。狄家遭难，我却束手无策。”狄青青面容浮上忧虑，她斟酌片刻，试探着问，“不知宫大人，对狄家一案，有何见地？”

狄青青一边说，一边伸手取来宫皓月身边的茶壶。她顺势倒了两杯茶，递了一杯给他。

当她手腕靠近的那一刻，宫皓月微微走神，素白皓腕，玉指如兰，纤柔细腻，近在咫尺。他俊颜微红，有些不自在。

狄青青却以为这话题过于敏感，令他为难，尴尬道：“对不起，宫大人可当我从未问过。”

宫皓月忙回道：“王妃。此事乃皇上亲自下旨，狄谨仁被关入天牢，任何人不得探望。微臣也见不到。而粮仓一事，涉及天下民生，目前由大理寺卿亲自过问。”

狄青青凝眉：“我爹不可能以次充好，必有人陷害。”

宫皓月嘴角勾起，沉声道：“王妃当明白，假作真时真亦假。罪与非罪，此事只有一人能说了算。”

狄青青陷入沉思，片刻后道：“大人的意思是，如果能见到皇帝，皇帝松口给我查案的机会，此事才有转圜的余地？”

宫皓月颔首。

狄青青冷笑道：“这岂不是比登天还难？”她并没有说下去，如果本就是皇帝的意图，除掉狄家，怎可能让皇帝松口？

“天无绝人之路。”宫皓月说着，突然停了下来，表情严肃，他认真地望着她，一字一句道。

“机会是留给懂得忍耐之人的。”

像是说给狄青青听，亦是说给他自己听。

机会是留给懂得忍耐之人的！

狄青青被这句话触动了，她直直地注视着宫皓月：“我有件事，想问问你。”

“何事？”宫皓月柔声问道。

狄青青想了一想：“我想问宫大人一句心里话，当时紫涵被害，宫大人将我从天牢带出去。你可怀疑过我就是凶手？”

宫皓月淡淡一笑：“我相信您是无辜的。”

狄青青有些感动，被人信任的感觉，是如此舒心。大婚遭遇的羞辱，莫须有的罪名，狄家又逢难，终究还是有人肯信她的。

“为什么？”她问。

宫皓月只道：“直觉。”

狄青青没再说话，望入他清澈的眼底。

气氛有瞬间凝滞。

琉璃见他们两人对视，气氛愈发不对劲，连忙上前推了推狄青青，附在她耳边道：“小姐，赶快回去吧。姑爷要是知道小姐出来见别的男子，会不高兴的！”

狄青青瞟了琉璃一眼，这丫头的胳膊肘还不是一般往外拐：“行行行，我突然想吃桂花糕，你去买一点，先回去。我稍后就走。”

“小姐……”琉璃不情不愿，不想被支开。

此时的天香楼外，乌云压下，竟如同黑夜提前来临，沿街商铺尚未来得及点灯笼，房间内光线陡然一暗。

宫皓月望了望天，打圆场道：“看来暴雨将至，王妃赶紧回府吧。”

琉璃听到这话，方才展开笑颜，交给狄青青一把伞：“那我去买桂花糕，顺路的。小姐赶紧也回吧。”说罢，她一溜烟跑下楼。

狄青青将杯中茶饮尽，洒脱地起身。

宫皓月客气道：“王妃，我送送您。”

狄青青颔首。

出了天香楼，宫皓月刚与狄青青走到街市之上。

突然，一道耀眼的银光劈下，紧接着，轰隆一声巨响。

春雷炸响，猝不及防。

谁承想，震耳欲聋的雷声，掩盖了不远处疾驰而来的马蹄声。

待到狄青青察觉异常时，为时已晚，不远处一匹黑色骏马，正朝着她所站的方向风驰电掣般直直冲过来。

来得太快太突然，狄青青竟忘了闪躲。

眼看着她就要沦为马蹄下的亡魂。千钧一发之际，但见马上的金甲男子猛地勒住缰绳，硬生生地别过马头。马儿惨烈地嘶鸣一声，摔倒在地。

旋即冷风一扫，寒光闪耀，那名金甲男子自马上腾空飞跃，一个利落空翻，稳稳落地。

与此同时，宫皓月亦抱住狄青青，猛地摔向一旁。他紧紧抱着她，连连在青石子路上打了好几个滚。因他心中着急，用力过猛，始终无法停下，直至“砰”的一声，他的额头撞上了沿街店铺一旁的石柱，方才止住翻滚。

狄青青从始至终都被宫皓月紧紧抱住，并未受半点伤。

那一瞬，时光仿佛静止，她望着他担忧的神情，心中格外宁静，鼻息之间，满满的都是他身上散发出的清冽味道，挥之不散，沁入心扉。

当翻滚停下的时候，额头上传来的剧痛令宫皓月轻哼一声，可双臂却仍紧紧搂住狄青青，丝毫不敢松手。

狄青青听到他的声音，连忙问：“你怎么了，有没有受伤？”

宫皓月忍痛道：“没事，你没受伤吧。”

彼时，沿街店铺的人们纷纷出来点灯。

四周渐渐亮起来。

在浅黄色光晕的照耀之下，他额头之上血流不止的伤口，格外骇人。

狄青青本能地用手去擦拭，惊惶低喊：“天，好多血。”

他轻轻握住她的手，摇摇头：“小伤而已，不碍事。”

“怎么会不要紧，我们快去包扎。”她挽着他的胳膊，想扶他起来。

然而这样的姿势，从后面看，更像相拥而抱。

“你们二人，在此苟且吗？”

狄青青听得头顶之后传来冷若寒冰的声音。

她转身抬头，只见南宫翊一身金甲，正立在他们的身后。

她愕然，原来，方才那马上男子，竟是南宫翊……

“臣宫皓月，见过王爷。王爷千岁。”宫皓月见来人正是南宫翊，当即支撑着一旁的石柱，勉强自地上起身，恭敬地行礼。

因失血过多，他双唇微微泛白。

南宫翊身穿金甲，肩上披着宽大的纯黑披风，此时狂风四起，卷起他黑色袍摆簌簌飞舞。他眼中含怒，咬牙切齿道：“狄青青，你给本王一个解释！”

狄青青直起身，嗤笑：“解释？王爷平日在街市之上都这般疾驰？要不是宫大人救了我，我早就成了你马蹄之下的亡魂。当街纵马，置百姓于不顾。”

南宫翊此刻内心纠结，他想关心狄青青有没有受伤，碍于面子，始终说不出口。他想说，他本因查到一些粮仓的线索，所以才急着赶回去。可看到他们两人相拥一起，他胸口堵得慌。

最后，南宫翊没有解释，满腔怒火无处发泄，他愤然将手中马鞭用力一掷，只见那鞭子横飞出去，在空中划过一道亮银色的弧线，“啪”的一声落地。

他的眼眸之中折射出若刀刃般的寒影，冷冷道：“狄青青，你是本王的王妃！”转而看向宫皓月，他冷声道，“宫皓月，本王的王妃也是你这等三品小官可以碰的？你该当何罪？你为雍南六郡按察使，知法犯法，是否罪加一等？”

狄青青见南宫翊转而为难宫皓月，忍不住出声：“宫大人好心救了我，何罪之有？”

南宫翊冷眼瞟过她：“救你，只需将你推开即可，何需搂搂抱抱，你当本王瞎了眼吗？男女有别，你是本王的王妃，他随意碰触你，就是大不敬。”转头，他锐利的目光扫过宫皓月，只等着宫皓月回答。

宫皓月缓缓屈膝，直至单膝着地半跪着，拱手道：“方才实乃情急，微臣疏忽礼仪，对王妃大不敬，还请王爷治罪，臣甘心受领。”

空气之中，处处皆是令人窒闷的气息。

南宫翊冷笑：“大不敬本是死罪。本王罚你在这大街上跪两个时辰。”

“臣，谢过王爷，王爷千岁。”宫皓月另一膝也跪下，伏身一叩，脸色平静。

这时，轰然的雷滚过天际。顷刻之间，落下密密麻麻的雨滴。

狄青青愕然地望着此时静静双膝跪在地上的宫皓月。

她不可置信地看着南宫翊，质问道：“你让他当街在暴雨中跪两个时辰，你没看见他受了伤？”

南宫翊见她维护宫皓月，更怒：“是他咎由自取。让他淋清醒点，本王的女人也敢肖想。”

“你这是以权欺人。”狄青青气愤至极。

“官大一级尚且压死人，更何况是本王。”南宫翊上前抓住狄青青的手臂，“赶紧跟本王回去！”

“我不！别忘了我们的约定。你无权干涉我。”狄青青是真的动怒了，势要与他抬杠。

“随你。”南宫翊猛地放开她的手臂，丢下这句话，负气离开。

他本有粮仓的事与她说，既然她这样固执，不说也罢。

暴雨如注，掺和着宫皓月额角缓缓流下的血水，一同滑下，点点没入地上，不复可见。他的唇，方才只是泛白，此时却已是泛紫泛青。

狄青青赶紧打开手中的伞，替宫皓月遮挡。

可惜伞太小，狄青青后背已被雨水浇得湿透。

“你快起来！他让你跪，你还真的跪？现在他已经走了，你赶紧起来。”她着急道。

宫皓月抬头望着她，见她同样淋雨，心中动容。他轻轻摇头道：“不过两个时辰，忍一忍便罢。王爷没有说错，是臣逾矩。臣甘愿受罚。”

“他没有看错，臣确有非分之想。”最后一句，宫皓月的声音极低。不是说给狄青青听，而是说给自己听。

狄青青欲将他拉起来：“没有人知道你跪没跪，你在流血，会没命的。”

宫皓月轻轻将她的手拂开，摇了摇头：“普天之下，莫非王土；率土之滨，莫非王臣。自责当自省，臣并没有怨言，甘领此罚。”

他仰起头，注视着她：“雨大，王妃赶紧回去，若王妃因淋雨生病，那臣便自责更深。”

他望着她的目光是那样的温暖。

狄青青心中微涩，过了半晌，方才坚定地说道：“宫大人，既然此事因我而起，我怎能袖手旁观？既然宫大人决定要在这雨中跪上两个时辰，那我自当奉陪。”

宫皓月一愣，惊道：“王妃，你何苦？万万不可。”

狄青青道：“我意已决，你不用再多说。两个时辰，我陪着你。”

大雨滂沱，他跪着，她站着。

狄青青从怀里取出一块方帕，想要擦拭他额上的血迹。

宫皓月忙伸手接过，轻拭额头：“多谢王妃，臣自己来。”

宫皓月抬手时，狄青青注意到他整个左臂袖子全破了，露出手臂上形似鸳鸯的烙印。

毕竟是男子身躯，狄青青也不好多看。她只觉得那烙印形状很特别，让人过目难忘。

狄青青将伞尽量靠向他，此事因她而起，她内心愧疚。

风雨交加。

此时的宫皓月衣衫虽狼狈，可整个人淡然沉稳。

来来往往的百姓窃窃私语。

“翊王还真如传闻中一般狂傲暴戾。”

一人连忙小声阻止：“你不要命啊，堂堂三品按察使，都得跪在雨中，岂能妄议王爷。”

“哎，宫大人，就是那个手下无冤案的宫大人？”

“不是很清楚，大概是。”

“管它是谁的天下，只要能让我们吃饱饭就行。仗打得够久了，多亏翊王能征善战才有今日太平。”

“你说，那名陪着宫大人站在雨中的女子是谁？”

“不知道，好像刚才听宫大人喊她王妃。”

“王妃？该不会是狄家的人？”

“狄家？哪个狄家？”

“笨，还有哪个狄家啊。当然是天下首富狄家，天启王朝不论是帝都，繁华的雍南六郡，西郡还是临江，只要有人居住的地方，就有狄家的店铺。”

“可狄家还不是倒了。”

“你懂个屁！自古以来，功高盖主都没有好下场。一旦江山稳定，任凭谁都会想将狄家铲除。你想，谁愿意自己坐拥天下，财政大权还掌握在别人的手中？”

“哎，算了，算了。我们不过是平民老百姓，有饭吃，有活干就行了。”

狄青青在一旁听得清清楚楚。

她只冷冷一笑，是的，狄家掌握经济命脉。皇帝岂能容忍狄家的存在？爹爹不是守着财富不放，只是进退两难。所以，她与南宫翊的立场，注定是对立的。

只是眼下，她该如何救爹爹出狱？

风雨肆虐中，她陷入了沉思。

狄青青回到翊王府时，夜已深。

温度陡降，湿透的衣裳贴在她的身上，被风一吹，益发刺骨，冻得她瑟瑟发抖。

推开房门时，里面漆黑一片。

她一件一件地将湿透的衣服自身上褪下，只余内里薄薄一层亵衣，紧紧贴着肌肤。在雨中站了两个时辰，太累太累，她此刻无心其他，只想擦干身子，好好倒在床上，睡上一觉。

可近至床前时，突然传来的低沉男音，令她浑身一个激灵。

"狄青青，你回来得可真早！"

狄青青听出是南宫翊的声音，不满道："你在这做什么？"

"刺啦"一声轻响，只见黑暗中有火光一闪，南宫翊将一旁的烛火点燃。

点点昏黄跳动，随之房中慢慢亮起来。

当南宫翊看清面前的景致时，不由全身紧绷，呼吸凝滞。

此时的她，全身皆湿，亵衣紧紧地附在身上，玲珑有致的曲线毕露。精致的锁骨，丰满的胸，纤细的小蛮腰，修长的双腿。再往下，她竟赤着双足，如踏白莲，精致小巧。

见他目光灼热不同寻常，狄青青惊觉自己刚才将外衣都脱了，连忙想找东西遮挡。可手边什么也没有，她只得窘迫地环住胸。

南宫翊自觉失态，尴尬地咳了几声，脱下外衣，给她披上。

狄青青赶紧将自己裹紧，恼道："你怎可以随意进我房间？"

南宫翊蹙眉，明明这里是他的房间。不过，他也没想到她会脱去衣服，回味刚才活色生香的一幕，他喉咙一紧，心口仿佛有万千蚂蚁啃噬。

可再想到宫皓月搂着她的一幕，他沉下脸，质问："你在雨里陪他两个时辰？"

狄青青不想多说："我累了，我要休息，王爷请出去。"

南宫翊的声音更冷了："你别忘了自己的身份。"

狄青青浑身发冷，这时候开始头疼："我没忘。不用王爷提醒。我是满门获罪之人，你的挂名王妃。可以随时被休掉。"

南宫翊见她有些站不稳，稍稍扶了下她：“本王不是那意思。”他不善言辞，不会表达，想了又想，问道，“你觉得他哪里比本王好？”

狄青青头脑发热，身体亦是轻飘飘的，她并没有听清，声音含糊：“什么？比你好？”

南宫翊却听成了“什么都比你好”。

顿时，他只觉得气血上涌，突然上前一步揪住狄青青，怒道：“你等着。我不会放过他。”

然而狄青青并没有回答他，也没有反抗，只是软软地倒在他怀里。

他抱住她，隔着湿透的衣服，感受到她身上烫得吓人。

他伸手摸了摸她的额头：“该死！”

南宫翊赶紧将狄青青抱上床，想要脱去她贴身湿衣时，他突然停下，觉得不妥，连忙开门唤来林管家，又让林管家唤来了琉璃。

琉璃睡得正香，被喊来时睡眼蒙眬，揉着眼睛问：“姑爷，怎么了？”

管家林天阳则准备好了沐浴桶，一整桶水冒着热腾腾的气。

南宫翊吩咐道：“琉璃，你家小姐着凉发热，先给她沐浴暖暖身子，再换上干净衣裳。”

“哦，好的，姑爷。”琉璃清醒多了，她瞥了一眼床上安静昏睡的狄青青，又瞥了一眼脸色不佳的南宫翊，小心地问道，“姑爷，你们吵架了？”

其实，小姐这么晚不回来，她就知道不对劲。可南宫翊打发她早点休息，她又不便多问。直觉告诉她，一定与白天见到的宫皓月有关。

南宫翊瞪了一眼琉璃，这丫头，咋咋呼呼的，倒也不笨。

“快去！她只是淋了雨，应该无大碍。明晨我请太医过来瞧瞧。”南宫翊催促道。

“好的。姑爷。”琉璃赶紧走进内间，来到床边，替狄青青脱下湿透的内衣，并用被子将狄青青盖好。

“小姐呀小姐，你这到底是干什么？”她抱怨着。

突然，琉璃眼眸一转，计上心来。

她“嘿嘿”一笑，抱着肚子，冲到门外。

果然南宫翊没有走，在门外守着，她上前一把拽住南宫翊衣袖：“姑爷，我……我肚子好痛，我不行了，我要死了，麻烦，麻烦姑爷把小姐抱进浴桶。”

说完，她一溜烟捧着肚子跑开了。

“琉璃！”南宫翊直喊。

“姑爷，我肚子疼，我不行了！我很快就回来！”琉璃跑得飞快，转眼就不见人影。

“你简直……”南宫翊气得无语，这一对主仆，性格迥异，简直是人间极品，都让他遇上了。

万般无奈，南宫翊只得折回房间。

床上，狄青青仍然昏睡着，难得她如此安静，在烛火映照下，浓密的睫毛仿佛两把小扇子，轻轻颤动着，红唇弯成甜美的弧度，完全没有平日里的犀利，此刻她安静得像一个精致的瓷娃娃，惹人疼爱。

南宫翊不由得看呆了，当他掀开被子时，才惊觉被琉璃坑了。

她竟未着寸缕，他赶紧别开头，倒吸一口气，平息自己杂乱无章的心跳。

虽然只是一瞥，但冰肌玉骨，凹凸有致的身段已牢牢印入脑海，挥之不去。

他害怕自己失控，干脆，他吹灭烛火。

没有烛火，没有月光，他再掀开被子，可习武之人，暗中视物并不难。他渐渐地，管不住自己的眼睛。干脆，他随手扯下腰带，将自己的眼睛蒙上，摸黑将她抱入浴桶中。

水很热。

南宫翊觉得自己更热，汗涔涔落下，后背湿透了。

他用浴巾轻轻替她擦拭，每擦一下，都像是煎熬。他渐渐地，管不住自己的手，浑身燥热难耐。

好在，琉璃终于回来了。

否则，他真的控制不了自己了。

琉璃摸黑进屋，偷偷“嘿嘿”笑着。她点上蜡烛，假装无辜，声音惊讶：“姑爷，你怎么不点灯啊。呀，你眼睛怎么了？”

南宫翊如获大赦，慌乱地背过身，用力拽下蒙住眼睛的腰带，赶紧将浴巾交至琉璃手上，狠狠剜了她一眼。

琉璃吐了吐舌头，继续装傻：“谢姑爷。”

南宫翊气不打一处，真是拿她们主仆两人没辙，眼下他浑身绷紧如铁，燥热得几乎要炸裂，匆忙出门透透气、消消火。

琉璃望着南宫翊夺门而出的背影，又望了望浴桶中昏睡的狄青青，嘀咕道：“小姐啊小姐，姑爷还真是君子，熄了烛火，还蒙上眼睛。哎呀，真可惜！”

次日，夜，皇宫。

书房中，殿门敞开，月影晦暗不明，映得殿中益发阴森。

南宫翊跪在冰冷的地上：“儿臣叩见父皇。”

南宫万海负手而立，脸色阴沉：“怎么，你也想为狄家求情？”

南宫翊俯首：“儿臣不敢。儿臣斗胆提议。此次临江洪灾，粮食短缺，狄家已富甲天下，实在没必要以次充好，以权谋私。儿臣以为，其中定有蹊跷。”

南宫万海手里本来握了支青玉笔，此时往桌上狠狠一撂。

“啪”的一声，静夜之中格外清晰。

南宫翊心中一凛，不再作声。

“哼。有没有蹊跷朕并不关心。既然狄谨仁落下把柄，朕岂能轻易放过。狄谨仁这只老狐狸，敛尽天下财富。这户部还不如给他当家。连年征战，国库本就空虚，朕处处受制于他，朕不满已久。”

“可毕竟，狄谨仁似有隐退之意，将一半财富作为陪嫁，也算是名正言顺交给了皇家。”南宫翊思量再三，将原本手中所持奏本悄悄塞入袖中，回道。

“只怕他野心不仅如此。宁可错杀一千！”南宫万海冷冷道。

“父皇，如若此时除去狄家，只怕天下不服。人言可畏，毕竟昔年狄谨仁倾其所有，帮助南宫家，世人会说……”南宫翊没有说完，意思已明确。过河拆桥，狡兔死走狗烹。

南宫万海面露不耐烦之色，逼近一步，鹰一般的眼眸紧盯南宫翊：“怎么？娶了狄青青，你动情了？”

南宫翊心漏跳一拍，忙俯身叩首：“儿臣没有。儿臣只是就事论事。”

“哼。不过是一个女人而已，你贵为翊王，又是朕的长子，大好山河，前途无量。要是你动了心，朕更不能留狄家。”南宫万海坐回龙椅，继续批阅奏章。

“请父皇放心。儿臣有分寸。”南宫翊谨慎回答，再叩首。

“起来吧。没什么事，你先退下。狄家的事你就不要插手了，此前你不是不想娶狄青青？眼下有了借口，早点废妃。朕等你回复。”南宫万海没再抬头，一边批阅一边道。

“父皇……”南宫翊心有不甘。

“怎么？”南宫万海抬头，眼神凌厉。

“时辰晚了，请父皇早些休息，保重龙体。儿臣跪安。”南宫翊再叩首，终究是忍住了。

皇宫外，叶武一直在等候。

见到南宫翊出来，连忙问：“王爷，可将证据呈上？”

南宫翊摇头：“父皇不让我插手狄家的事，多说得不偿失，再找机会吧。”

“那眼下如何办？”叶武问道。

“继续暗中调查，我们不过查到些蛛丝马迹，不足以证明什么。待到铁证如山，父皇也奈何不了。”南宫翊回道。

“可是，如果最后用铁证逼皇上放过狄家，会不会影响王爷？”叶武担忧道。皇上生性多疑，如果真这么做，怕从此对王爷会心存芥蒂。

“无妨，本王是长子，幼弟不足十岁。父皇年事已高，会权衡的。”南宫翊摆手道。

狄青青像是睡了很长的一觉，睡得迷迷糊糊，梦里似乎有人抱着她，一勺一勺给她喂着汤药，又似乎有人反复给她擦拭着额头。

也不知睡了多久，她费劲地睁开眼，只觉得周围的烛火刺眼，好一会儿她才适应这强烈的光线。她支起身，半靠着床背勉强坐起来。

“你醒了。你睡了一天一夜，喝杯水吧。太医来过，开了药，烧已经退了，没有大碍。”南宫翊坐在一旁，见她醒来，递过去一杯水。

方才南宫翊从皇宫回到风清苑后，小坐一会儿狄青青便醒了。

狄青青没有接，愣了愣。环顾四周，竟然只有南宫翊在，她有些尴尬，问道："琉璃呢？"

接着她像是想起什么，低头看向自己的衣裳，全都换过了，会是谁？她下意识揪紧胸口。

她这样的神情，瞬间让南宫翊回忆起昨晚的旖旎风景，他清了清喉咙，扯了个谎："是琉璃给你换的。"也不算说谎，毕竟衣服是琉璃给换上的，他只是……

"哦。"狄青青松了口气，一时也不知再说什么。

这时，琉璃端着燕窝粥走进来："小姐，你醒啦。姑爷估摸着你快醒了，让我去熬粥。现在正好，趁热喝了。"

南宫翊接过琉璃手中的粥，舀了一勺，吹凉，喂到狄青青嘴边。

狄青青却把头偏至一边，不喝也不说话。

南宫翊坐在一边，手里端着碗，拿着也不是，放下也不是。

气氛有些尴尬。

毕竟昨日两人闹得不愉快，此时各自都有芥蒂。

琉璃见状，连忙识趣地接过南宫翊手中的碗，放在床边茶几上，打圆场道："小姐，你就别和姑爷闹别扭了。"

狄青青没回答，想起南宫翊让宫皓月在暴雨里跪两个时辰，仗势欺人，她心里不舒服。民间传言，南宫翊飞扬跋扈，目中无人，果真如此。当街纵马，他错在先，竟然还惩罚宫皓月。

这样的人，她实在不想理会。

"琉璃，不要叫姑爷，要叫王爷，这是大不敬，可以治你死罪。"狄青青别开头，严肃道。

南宫翊："……"

"小姐。"琉璃嘟着嘴不满道，"你生病的时候，都是姑爷……王爷照顾你。明明姑爷挺好，小姐怎么看不见？"

"不要再说了！"

"不要再说了！"

南宫翊和狄青青同时道。

"琉璃，总有一日他会休妃，而我也要将爹爹救出来。我们与他，真的不是同路人。”狄青青叹息一声，头偏向另一边，不看南宫翊。

琉璃见状，心内感慨万千，识相地说：“王爷、小姐，我先出去。你们有话好好谈一谈。”

琉璃沮丧地离开后，房中气氛更尴尬，两人陷入长久的沉默。

已入夜，烛火闪烁，折射出满地斑驳的光影。

周遭分外安静，静得连彼此的呼吸声都清晰可闻。

终于，狄青青打破沉默。

“王爷，我有些乏，想休息。”

南宫翊站着不动，望着她柔美的侧颜，她那么笃定他会废妃，眼下父皇也逼着他废妃，他不想废妃，但他能以什么样的理由回绝父皇。又能以什么样的理由留住她。

猛吸一口气，他几乎是咬牙问道：“你盼着本王废妃，好与宫皓月双宿双飞？你们都喜欢断案，所以情投意合？”

狄青青秀眉紧蹙，她和宫皓月不过见了几面，印象不错，谈什么双宿双飞？狄家逢难，她哪有心思儿女情长？

与南宫翊这种人是说不通的，她懒得解释，一言不发。

她的不语，更像是默认。

南宫翊顿时火气上涌，难道她不懂，离开他，狄家只会更危险。他是唯一她可信的人，她却不信。而今，他都不确定能不能保住她。

如果……

那只有最后一个办法。

南宫翊冲动地扯下腰带，“啪”一声甩出很远，撞在桌上，又悄无声息地滑落。

声音惊动了狄青青，她转头，愣愣地看着他在她面前，发狠般脱下金色长袍，震惊令她一个字都说不出来。

下一瞬，狄青青只觉得眼前一晃，她已被南宫翊牢牢按倒在床榻上。

“你……”

未及开口，他已重重地吻下来。

她惊呆了，他的唇炙热绵软，这是从未有过的体验，她睁圆了眼，瞪着他放大的俊颜，他好看的眼眸闭着，长长的睫毛如扇子，一阵阵酥麻感传遍全身，令她脑海里一片空白。

她想反抗，可双手被他反扣，动弹不得。

越吻越深，南宫翊的呼吸越发急促，此刻他已无法思考，只剩下原始的冲动，只想立刻得到她。越吻越冲动越急切，他腾出一只手，陡然松开她的腰带，想要更深一步探入。

而狄青青一只手获得自由，扬手便给了南宫翊一耳光。

“啪”的一声，像是瞬间打醒了南宫翊。他停下，双手撑在她颈侧，心狂乱地跳着，急促地喘着气。

烛火摇曳，散发出淡淡的光晕，一圈一圈似乎将周遭的一切都笼罩在迷蒙里。

狄青青被他压在身下，及腰长发铺满床，如同一卷精致的水墨画。脸颊晕染如霞，明亮的眼眸里闪烁着晶莹的光，被肆虐过的菱唇红肿润泽，她的衣襟被他拉开，露出白玉般的肩头，瘦削的锁骨，饱满的峰峦。

他像是被一桶冰水从头淋到脚，瞬间清醒了。

哪怕此时浑身每一个细胞都叫嚣着想要侵占她，可他依旧凭着强大的自制力迫使自己慢慢冷静下来。

他在做什么？

他想着，如果她是他名正言顺的王妃，如果她怀有他的子嗣，父皇就不会逼他废妃。至少，他可以赢得宝贵的时间给狄家洗清冤屈。

可是，他这样强迫她，侵犯她，与禽兽何异？

他猛地松开她，慌乱地起身，披上外衣，几步跨至桌边，捡起腰带，他想要扣上，却几次都扣不好，再细看，他手心里竟满是汗水，不住地打滑。

他甚至不敢回头看她，他想，她一定更恨他了。

“你早点休息。”说罢，他夺门而出，颀长的身影瞬间消失在暗夜里。

独留狄青青呆愣地躺在床上，怔怔地望着雕刻繁复的床顶，只觉那一圈一圈的缠枝花纹直绕上心头。

过了好久，她才坐起来，情不自禁拉高被子将自己裹好。唇上，湿热的感觉仍在。她胡乱擦了擦，可怎么也抹不去他炙热的气息，她的心很乱，杂乱到似乎感觉不到还在跳动。

身侧茶几上，还搁着之前的燕窝粥。她突然端起来，一股脑儿连吞带咽，吃完后尚不知是冷是热，是饱是饥。

搁下碗，她又躺回被子里，呼吸依旧很乱。

她索性强迫自己闭上眼，却仍止不住胡思乱想，脑子里翻江倒海。

一夜无眠。

次日，琉璃闲来无事在花园里逛着，见到不远处柳树下叶武正在练剑。

柳絮随风扬起，琉璃跑上前，喊了一声："喂，石头！"

叶武停下手中的剑，石头？是喊他？

琉璃走近叶武："对啊，就是喊你。整天说不出几句话，像个门神一样杵在王府，不是石头是啥？我觉得你应该站在门口，当个镇宅风水石。"

叶武："……"

"对了，王爷呢？大早上起来到现在也没见着人。"琉璃无聊地折了一枝桃花赏玩。她生得娇俏，此刻真是人面桃花相映红。

叶武摇头："我没见到。"

"昨晚上王爷又去西厢房睡了，喂，我说你家王爷怎么回事啊，到现在连个女人都搞不定！他不是能征善战吗？把攻城略地那一套都用上啊！"琉璃一脸郁闷。

叶武："……"

他想示意琉璃，南宫翊正朝这里走来，而且就要走到她身后了。

琉璃没懂他的暗示，依旧喋喋不休："哎，我说，你们家王爷是不是从没有过女人啊！一看就没有经验。要我说，就应该……"

"就应该怎样？"南宫翊站在琉璃身后突然问道。

叶武："……"

说得好像她很有经验一样。

"啊！"琉璃吓了一跳，连忙转过身，她脸皮倒是极厚，赔笑道，"姑爷，早。"

叶武恭敬道："王爷。"

南宫翊双手环胸："本王倒是想知道，怎样才能得到你家小姐的心？"

琉璃挠了挠头，坏笑道："想要得到一个女人的心，首先要得到她的身子。直接按倒。"

扑哧，“喀喀。”叶武只差没有被自己的口水呛死。这个琉璃，简直了。果真有怎样惊世骇俗的主人，就有怎样惊世骇俗的丫鬟。

南宫翊剑眉微蹙：“本王不想勉强。本王有几件事问你。”

琉璃点头如蒜，一脸崇拜，两眼直冒光：“姑爷请讲，琉璃一定知无不言，言无不尽。”

叶武鄙视地瞥了一眼，这丫头，一脸卖主求荣的样子。

南宫翊犹豫了下，方才道：“如果，有人让你家小姐生气了，怎么做，她才会原谅他呢？”

琉璃“呃”了一声，道：“一般很难有人让小姐生气，被她气到还差不多。”

南宫翊：“……”

“嗯，不过，要是我让小姐生气了，我就会采好多好多花给她。小姐很喜欢花，尤其是黄颜色的。小姐看着心情好，就原谅我啦。”说着，琉璃摇了摇手中的桃花。

南宫翊听完，若有所思，转身离开。

琉璃朝南宫翊背影摆摆手：“姑爷，祝你早日得手啊！”

待到南宫翊走远，叶武终于忍受不了：“琉璃，你一个姑娘家，说话怎么口无遮拦。”

琉璃执起桃花枝朝叶武头上一敲，模样率真可爱：“我家小姐都不嫌弃，要你操什么心？”

“你，小心嫁不出去。”叶武皱眉。

“为什么要嫁人？我可是要一直陪着我家小姐。怕啥？再说了，嫁不出去，还有你垫底啊。”琉璃拽住叶武衣摆，“走吧，看你闲着也是闲着，一起去买桂花糕，小姐最爱吃。”

叶武被琉璃拽着走，疑惑道：“什么叫有我垫底？”

“傻呀。我是王妃的丫鬟，你是王爷的侍卫。你跟石头一样闷，谁会要你？我口无遮拦，也没人要。实在都没人要，咱俩凑合一下呗。”琉璃随口胡扯道。

叶武：“……”

狄青青一夜难眠，将近凌晨才浑浑噩噩睡着，不知不觉，睡到晌午才起来。

用过早膳后，她立在风清苑前的小湖边发呆，也不知在想什么。

一阵风吹过，柳叶飘飘，点点桃花坠落，她素白的长裙亦随风飘舞。

然而迎面走来的南宫翊，却破坏了这一番如画般的美景。

南宫翊捧着一大簇花，艳丽蜡黄的颜色，硕大的花瓣，分外惹眼。他走到狄青青面前，停下脚步，将花塞到她怀里。

狄青青低头看着花，愣了，蒙了，完全不知他要做什么。昨夜他差点侵犯她，今日又做此怪异之举动。

南宫翊望着她明澈如秋水的眼眸，深吸一口气，动容道："青青。"

这称呼，让狄青青有种不好的预感。他平时可是连名带姓叫她的。

"青青，昨夜是我冲动了。我，我喜欢你！"南宫翊一字一句说道，神情无比认真。

他该不是脑子坏了吧？狄青青站着不动，困惑地望着他。她注意到，他第一次自称"我"。

此刻，他眼眸的颜色更深了，灼热光芒似星星之火，渐渐燎原，直烧得她脸颊发烫。

盎然春色下，他嘴角微扬："青青，我南宫翊执此一人，终身不改。"

狄青青听完，脸沉了一分。他不是认真的吧。

南宫翊长眉轻蹙，继续道："从前我排斥狄家，不想娶你。大婚之夜的事我向你道歉。我不知你是如此聪慧的女子。这段时日以来，你已深深刻入我的心。从今日起，我会想尽一切办法，弥补之前的过错。"

狄青青听完，脸又沉了一分。不是吧，他看样子是认真的。

她忍不住提醒："王爷，我们有约定。"

南宫翊挑眉："约定？在哪？用纸写下来了吗？"

狄青青："……"

南宫翊突然一把抓住狄青青的手，用力一拉，将她的手按在自己心口，说："我没有与你说笑。你听明白了吗？我认定了你，就绝不放手。我一定会让你喜欢上我的。我会证明给你看，你要什么，我都给你。我的心，我的人。"

他的胸口烫得吓人，他的心怦怦猛跳，震动着她的手心。

他这么直白，狄青青像是被触动了，想抽回手，却被他紧紧地抓住。

气氛越来越暧昧，周遭仿佛在升温，空气越来越稀薄。

她想别开脸，他却托住她的下巴，强迫她直视。他的眼眸里，清晰地倒映着她小小的身影，离得近，他身上有股阳刚的气息，令她浑身不自在，脸越来越烫。

南宫翊见她眼眸里有一丝动容。

他缓缓低头，想要轻轻吻上她的额头。

眼看着他的薄唇越挨越近。

狄青青大窘，猛然回神，赶紧岔开话题："王爷，是琉璃告诉你我喜欢黄色的花？"

南宫翊皱眉，好好的气氛被她破坏了。无妨，他会慢慢来。

见他不回答，她继续问："王爷自己去买的花？"

南宫翊颔首。

狄青青轻轻扬眉，微笑着问："王爷买花的时候有没有发现，街市之上卖这种花的特别多？"

南宫翊回想了一下，好像的确是，于是他点头。

狄青青美眸一翻，将手中的花塞回南宫翊怀里："王爷，这花名唤瑞霄，祥瑞入云霄之意。眼下清明在即，此花是专用来上坟的，所以街市到处在卖。"

南宫翊："……"

帝都，皇宫，养心殿。

南宫婉彤正在花园里闲逛，她如今四十有余，依旧美艳妖娆。年轻时手段毒辣，岁月倒是磨平了她的锐气，如今只余下优雅。

她本是前朝承乾皇帝宇文鸿的贵妃，颇受宠爱。后来她的兄长南宫万海夺得皇位，创建天启皇朝。

南宫婉彤便从前朝贵妃成了今朝的承贤公主，此后，她一直都住在深宫之中，从不踏出养心殿。

她养了一只鸟，一只暹罗国商人送过来的鸟，圆圆的脑袋，有一身漂亮的羽毛，金黄色的翅膀上有着绿色的斑纹，好看极了。

最关键是这鸟会说话，虽然只是重复人说过的话。但是南宫婉彤将它当作心肝宝贝，每天都会亲自喂食。

今日也不例外，天色刚刚暗下来，南宫婉彤就端着一盆鸟食走进卧室，卧室临窗处有一只铁笼，笼子里面就是那会说话的鸟。

“娘娘，皇上说要过来看你！”养心殿门前，南宫婉彤的侍女紫秦低声禀道。

“知道了。”南宫婉彤聚精会神地喂鸟，对于皇上要来看她，没一点兴趣。

紫秦如今四十岁有余，亦是前朝遗留下来的宫女，谨小慎微，做事仔细妥帖，一直侍奉在南宫婉彤身边，平时沉默寡言，只有在和南宫婉彤说话时，才会多说几句。

整个养心殿，仿佛与世隔绝一般。

的确，如今的南宫婉彤早已远离是非。恩恩怨怨，就让它随风而去。

“你退下吧。”南宫婉彤挥了挥手。

紫秦依言关上了房门，站在门口沉默片刻，便独自离去。

房内，南宫婉彤拿起手中的鸟食，正准备喂笼中的鸟，她突然又停住了，像是想到了什么，喃喃道：“他要是推门怎么办？”她不想见皇帝，又不好直接拒绝。

她放下鸟食，走到门前，将其反锁上，这才回到鸟笼前，说道：“这样，他就不用进来烦我了！”

“他要是推门怎么办？”这只鸟居然重复起南宫婉彤的话来，“这样，他就不用进来烦我了！”

南宫婉彤听到鸟的话，笑了笑，将鸟食放在笼中的食台上，那鸟见了食物，就从笼中另一端跳了过来，去啄食台上的食物，只见深红色的喙在食台上一点，就有小半碗食物进了鸟的嘴巴。

南宫婉彤见此，满脸笑容，正要抬头时，只听得细微的“嗡”声响起，南宫婉彤的脖颈儿上出现一道血痕，很细很细。

她来不及做任何反应，睁着美眸。

而后，她的头颅离开身体，缓缓跌落，鲜血四溢。

接着，“啪”的一声，没了头颅的身体轰然倒地。

满屋子，血流成河……

宫皓月正在按察使府中整理档案，突然太监持皇帝口谕而来，命宫皓月火速进宫查案。宫皓月立即放下手边的工作，跟随太监进入皇宫。

案发现场外围被禁卫军封锁，皇帝南宫万海负手而立，神情阴鸷。

宫皓月行过礼之后，南宫万海手一摆，沉声道：“此案扑朔离奇，大理寺卿力荐你。说你是帝都第一神断。”

宫皓月惶恐地跪在地上，闻言连忙俯首：“臣不敢当。才疏智浅，望皇上恕罪。”

“无妨。”南宫万海示意宫皓月起身。

当宫皓月站起来时，南宫万海多瞧了他一眼，当看清他的容貌时，南宫万海的目光在他脸上停留片刻，温润如玉，雅致天成。像，真是像，可惜他是个男子。

宫皓月见南宫万海有片刻失神，小声提醒：“皇上？是否随微臣一同进屋？”

南宫万海脸色不佳，也不敢再进房间，他极力掩饰自己内心的恐惧，摆手示意余公公说话。

余公公亦是怯怯道：“宫大人，门是从里面反锁的，窗子也是锁上的。承贤公主因头颅被砍而死，房间里面没有任何作案凶器，只有地上一大摊鲜血，还有笼子中的鸟。侍卫宫女们都私下议论，非人力所能及，怕是鬼神所为。” 宫皓月听罢长眉深锁。

余公公推开房间大门，宫皓月走进房间里，看着满地暗红之色，沉思片刻，对身旁的余公公说道：“显然，承贤公主死于昨晚，是什么时候发现的？”

余公公答：“是今晨，有宫女发现门被锁住，公主深居简出，按照公主的习惯，每日早晨，公主都会去花园散步。所以……”

宫皓月走到门边，只见门闩被外力撞断，转头再看别处，窗户紧闭，没有任何破坏的痕迹。

“皇上有令，这里的一切都没有动过。”余公公在一旁小声地说道。

宫皓月别过头，透过门缝，看了眼外面站着的南宫万海。收回目光后，宫皓月又回头看着地上的无头尸体以及旁边孤零零的头颅，头颅脸部的表情与常人无异，并无惊恐，更显得诡异阴寒。

“公主每日都会亲自喂鸟吗？”宫皓月走到鸟笼边，看着里面空荡荡的食台，问道。

这时，或许是鸟以为有人要喂它吃东西，便蹦到了食台边叫了起来：“他要是推门怎么办？”

宫皓月和余公公同时一惊，互相望了望，余公公的目光中流露出骇然之色。但是这还没有完，那鸟又叫道：“这样，他就不用进来烦我了！”

鸟的声音自然不是什么天籁之音，而是很尖锐的声音，直钻耳膜，听得旁边余公公背脊发凉。

宫皓月犹豫片刻，迈出房间，来到南宫万海面前，道：“禀皇上，此案非常离奇，现场堪称密室，没有任何漏洞。非臣一人之力能破之。”

“此话怎讲？”南宫万海的声音略哑，内心不平静。

“若是皇上肯许一人来助臣，此案，或许能解！”宫皓月曲身一拜，非常诚恳地说道。

“你要何人来助你破案？”南宫万海皱着眉头望向宫皓月。

“此人破案才能犹在臣之上。只是，此人身份特殊，还需皇上首肯！”宫皓月回答。

“哦？”南宫万海诧异地看着宫皓月，道，“你不要同朕卖关子，到底是什么人，你说便是。”

“此人乃翊王妃！”宫皓月曲身再拜，说道。

“什么？”南宫万海目露震惊，余公公亦是震惊。翊王妃？女子查案，闻所未闻。

“王妃才智过人，前不久还帮助臣侦破翊王府的命案，希望皇上首肯，让其助臣找出杀害承贤公主的凶手！”宫皓月言语恳切，请求道。

“可笑！堂堂天启皇朝，还需女人破案？狄家的本事真是通了天！还生了个这么能干的女儿！”南宫万海突然一甩长袖，怒目瞪着宫皓月。

宫皓月慌忙下跪，伏在地上道：“臣罪该万死，只是，臣能力有限，实在需要翊王妃帮助臣。”

余公公此时附在南宫万海耳边小声道："皇上，当年的事，皇上可还记得？"

南宫万海神情一凛，不言语。

余公公继续道："昔日前朝皇后苏沐雨被满门抄斩，死前曾诅咒承贤公主！"

二十多年前那一幕，彻骨之痛，南宫万海怎会忘却？

苏沐雨死前翘首望天，高呼："南宫婉彤！贱人陷害我！尔终有一日，身首异处，以命祭天！"

大刀落下，殷红的血，染遍断头台。

南宫万海闭眼回忆，佳人已逝，心恸不已。

"会不会诅咒应验了？苏皇后，她回来了？"余公公浑身直抖，声音都在发颤。太可怕了，一间密室如何作案？常理根本无法解释。

南宫万海狠狠剜了一眼余公公："不许胡说！查，宫内凡有妄议前朝诅咒之事者，杀无赦！"

余公公惶恐跪下："是。皇上恕罪。"

"哼！宫皓月，你胆子倒不小，敢提议罪臣之女查案。"南宫万海阴鸷的眼眸直直盯着宫皓月。

宫皓月则低头不语，

南宫万海负手而立，回望一眼血流成河，骇人听闻的凶案现场，不寒而栗，首肯道："罢了，准翊王妃来一同查案。"

"谢皇上。"宫皓月伏在地上，拜了又拜，宠辱不惊，清澈的眸中似有微波荡漾。

第三章
密室杀人

南宫翊是一个说到做到的人。只要是他认定的，就绝不会有放手的理由。所以，一向无敌的狄青青也开始不无敌了。

狄青青以为，南宫翊属于性情张扬，脾气暴躁的那种人，没想到他执着起来跟牛皮糖一样，她算是彻底领教了。

按照琉璃的说法，叶武就像翊王府的门神。

那南宫翊现在简直就是风清苑的门神。而且，他大剌剌地每日都睡在外间。害得狄青青每日都等他睡了才敢入睡，生怕他像上次那样失控。这样的日子，简直要疯了。

“青青，起床用早膳！”这日大清早，南宫翊的声音又在狄青青屋外响起。

狄青青以为自己在做噩梦，但是那声音没有停歇的迹象，才让狄青青醒悟，这不是梦，而是真实的！这样的日子过了半月有余，她简直受够了！

“不吃。”狄青青喊了一句，就将头埋入被子中。什么人！大清早还让不让人睡觉！晚上她得防着他，不敢入睡，一大早他又鬼叫。

“砰！”一声闷响，南宫翊直接以内力震开了房门，冲至床边，对躲在棉被中的狄青青说道：“青青，起床了，不能睡懒觉！”

“谁说不能睡懒觉了！我天天睡，怎么了？你别随便进来行不行？好吧，这里是你的房间。能不能让我去住西厢房啊！”狄青青把被子蒙在头上。让她动脑子行，可让她对付无赖，她是真没辙啊，有理也说不清。

“不行！不准睡懒觉，晨起要锻炼！”南宫翊一把掀开狄青青的被子，将她从床上揪起来。

“喂！”狄青青头一低，算是被南宫翊打败。她需要哪门子锻炼啊。

“你先出去！”狄青青下起了逐客令。

南宫翊不解地看着狄青青，问：“为什么？”

“因为我要换衣服！”狄青青翻着白眼，对他，她彻底无语。

“哦！”南宫翊好像才反应过来，将手中的早餐放在桌上，说了句，“记得吃。”说罢，便离开了狄青青房间。

“啊啊啊！”狄青青手指深深地插入发丝中，整个人无比烦躁。她瞥了一眼桌上的早餐，茯苓糕、红枣血燕，竟然还有罕见的樱桃酒酿！

她只觉得气不打一处，大喊一声：“琉璃！”

琉璃其实一直在门外，听到狄青青叫唤，一路小跑进来，嘿嘿笑着：“小姐，有事吗？”

“你！”狄青青指着南宫翊端来的早膳，都是自己最爱吃的，连少有的樱桃酒酿都弄来了。狄家有钱，所以稀罕物她吃过不少。

“你，到底出卖了我多少事？”狄青青质问道。简直了！她简直要怀疑究竟谁才是琉璃的主人了。

“嘿嘿，小姐。连你初潮什么时候来的我都告诉姑爷了！”琉璃的脸皮比城墙都厚。

狄青青顿时脸红得火烧一样。

梳妆穿戴好，用完早膳后，狄青青垂头丧气地走出风清苑。她觉得，遇到难的案情不怕，遇到强的对手也不可怕，可怕是……牛皮糖一样的对手和猪一样的队友！

她走着走着，走到离前厅不远的庭院里，这里松石错落摆放，风景独特雅致。

只见南宫翊手里执着一杆银枪，清风吹动间，南宫翊身形如飞燕，如蛟龙，手腕一沉一翻，长枪若银龙横扫，击出一波波璀璨光芒，霸气席卷整个庭院。

“武功倒是不赖。”狄青青倚着走廊柱子，看着晨练的南宫翊。见他平时佩剑，想不到使枪也一流。

练罢，南宫翊负手而立，收起长枪，接过侍卫递来的方巾，擦了擦脸上的汗。

瞧见狄青青在一旁观看，南宫翊眉头微挑，笑问道："怎样？是不是被本王的威风吸引了？有没有心动？"

狄青青："……"

见狄青青转身要走，南宫翊连忙追上前："别走啊，今日要不要出去逛逛？"

"没兴趣。"

"要不然我带你赏桃花？"

"你家园子里够多的了！"

"再不然，我带你去吃醉仙楼的酱鸭？"

"吃过无数次了！"

"糖葫芦呢？"

"我今年二十了！"

"要不然……"

"喂，你今日不上朝啊，这么闲？你没有公事？"

"没有，现在你就是本王最重要的公事。其他无关紧要的，本王都推了。"

狄青青："……"

就这样一直被南宫翊缠到下午时，狄青青觉得自己已经疯了，长发早就被她揉乱，鸡窝似的，毫无形象可言。她怎么也想不通，南宫翊明明是个如狼般的血性男子，平日横扫沙场，怎么会有这么难缠的一面？简直了。她耷拉着脑袋，坐在前院石桌边，思忖着，有的人死在战场，有的死在官场上，有的人死得其所，而她绝对是死在沟里的。

一抬头，南宫翊又来了，身后跟着小厮，端着一大堆东西。

"青青，下午茶点来了。"

狄青青看着堆成小山一样的各色精致茶点，简直将帝都长风街所有的品种都集齐了，她突然觉得无力，直想撞墙，一个字都说不出来。

然而，就在这个时候。

“王爷！”前院中传来管家林天阳焦急的声音，他满脸都是汗水，边走还边擦着汗。

“何事如此慌张？”南宫翊挑眉，问道。

林管家稍作停顿，压低声音说道：“皇宫出了离奇命案，皇上宣王妃入宫查案。”

南宫翊皱眉：“好端端的怎会出了命案。大理寺不查？按察使府不查？宣青青入宫作什么？”

林管家道：“我打听到，是按察使宫大人提请王妃相助。皇上准了。”

宫皓月？南宫翊最讨厌听到这个名字：“他？可笑，他自己没本事，就惦记着本王的王妃。可恶！不行，皇宫是非之地，青青不能去！”

“我去！”狄青青此时起身，坚定地说，“我要去！既然皇上宣我，谁也别拦我。”

她朝林管家吩咐道：“备马车，我换件衣裳就入宫。”

“青青！”南宫翊望着狄青青飞快奔回房的背影，无奈地喊道。这女人，就这么喜欢查案？不知为什么，扯上宫皓月，他总有不好的预感。

思及此，他连忙和林管家说：“罢了，本王陪她一起去。别出什么幺蛾子。”

大约过了半炷香，狄青青换上一袭桃红色宫装，配上深红色的珊瑚耳坠和素白珍珠头饰，脖颈儿之上戴着一抹翠玉，明珠生辉，美玉荧光，雅致脱俗。她一扫之前颓废的样子，神采奕奕，美目盼兮，在盎然春色中，更胜满园盛开的桃花。

很少见狄青青精心打扮，她总是随意穿着素衣，用青色缎带简单束着长发，一派素雅，想不到稍作打扮竟妩媚妖娆，勾魂摄魄。此刻，南宫翊不由看呆了，他忘了呼吸，俊颜越憋越红，脚下仿佛生了根，一步也迈不开。

等狄青青径自坐上马车，车轮启动，碾过门前青石板路，他才回过神来：“喂，本王也要坐马车！”

马夫听到翊王的声音，赶紧停下马车。

南宫翊几步奔上前钻入马车中，吩咐道：“走吧。”

狄青青诧异地看着突然挤进来的南宫翊，马车空间并不大，两个人坐显得拥挤。她无奈皱眉："王爷为何不骑马？"

南宫翊故意挨近狄青青，颀长的身躯往后斜躺，一双长腿慵懒地敞开，占据更多的空间："本王的马有点累，需要休息休息。"

狄青青："……"

走着走着，马车拐弯的时候，路面不平，车身晃得厉害。

南宫翊顺手一拉，将被挤到角落里的狄青青揽到怀里："这样安全。"说完，他假装闭目养神。

"你！"狄青青被他紧紧搂着，美眸不停地瞪他，无奈他一直闭着眼。

她挣扎了几下，怎么也挣脱不了他的禁锢。

南宫翊继续闭眼，声音透着慵懒魅惑："本王不是圣人，再乱动，本王就不能保证什么了。"

狄青青："……"

她一向巧舌如簧，现在却也开始词穷了。

她再也不敢动，只得不甘心地伏在他胸前。他的心跳强而有力，一下一下，震得她心绪缥缈起来。

南宫翊怀抱佳人，闭目养神，嘴角略略上扬，扬起一抹得逞的笑容。

到了皇宫，南宫翊携狄青青步下马车。

彼时夕阳西下，一抹余晖将天空染得血红，薄云层层叠叠，漫天妖邪之色，竟有几分诡异。

狄青青第一次来到皇宫，不禁惊叹。

皇宫背靠延绵的山脉，冬日积雪尚未融化，晚霞之下似有银光万丈，照耀着连绵的宫殿，飞檐斗拱，金色的琉璃瓦，气势恢宏。

步入皇宫花园，曲径通幽，错落的景致交叠，湖泊水榭，九曲回廊，处处桃花怒放。

承贤公主南宫婉彤居住的养心殿，位置偏僻。

深宫幽幽，行至一处拐弯时，宫皓月与余公公两人显然已等候多时。

余公公见到南宫翊，恭敬道："翊王殿下，可否借一步说话。翊王妃，皇上已在御书房等候，您与宫大人可先行一步。"

南宫翊神情一凛，他也想先得知一些内情，于是便与余公公走至前方不远处的柳树下。

此时霞光散去，天色暗沉下来。

宫皓月穿着藏蓝色官服，美如冠玉，气质温文尔雅，见到狄青青，他恭敬道：“王妃天人之姿，令微臣开了眼界。”

狄青青秀眉一扬，笑道：“宫大人也会说这般客套话？”

宫皓月不语，可清澈的眼眸里难掩惊艳之色。

狄青青嘴角带着浅笑，道：“还得多谢宫大人。”

“此话怎讲？”宫皓月优雅地伸手做了一个“请”的姿势，为狄青青引路。

狄青青略带感激，道：“上次我与宫大人在天香茶楼相遇，曾与宫大人提到，如何才能有机会给狄家翻案。宫大人提醒我此事唯有皇上松口。眼下，宫大人给我制造这个面圣的机会。可见，宫大人是真的将我的事放在了心上。青青不胜感激。”

夜风吹来，宫皓月瞥了一眼不远处的南宫翊，若有所思，对狄青青说道：“此案非同小可，王妃定要慎之又慎。”

“嗯。我明白。只是爹爹身处大牢，机不可失，失不再来。”狄青青凝重道。

两人一路行至御书房殿前。

殿前有十几层台阶，狄青青停顿片刻，敛了神色，撩起裙摆，拾级而上。她明白，此行，凶险万分。

她心中思量着，盘算着，冷不防脚下一个踉跄，差点踩到自己的裙摆。

“小心。”宫皓月连忙伸出右手，扶住她盈盈一握的纤腰，将她牢牢扶稳。贴得近，几乎毫无间隙，她身上温热的体温令他俊颜微红。见她站稳后，他连忙尴尬地抽回手：“微臣逾矩了。”

狄青青倒没在意，致以微笑：“多谢。”

行至殿前，有太监上前宣道：“皇上吩咐，翊王妃一人先行入内。”

狄青青颔首，推开书房沉重的黑檀木门，走入其内，又轻轻关上门。

南宫翊与余公公此时也抵达，一同步上台阶。

余公公快步上前，嘱咐御书房门前小太监。

南宫翊则眯起眸子冷冽地瞪着宫皓月，眼神锐利如刀。

宫皓月谨小慎微，恭敬拱手：“王爷千岁。”

此时，南宫翊故意将腰间玉牌解开，任其掉落在地，哐当一声，玉佩静静地躺在地上。

“宫大人，本王的玉佩掉了，捡一下。”南宫翊抬起线条分明的下颌，嘴角斜勾，一副视其为蝼蚁的藐视神色。

宫皓月安静地垂首：“是，王爷。”

他屈膝，弯腰，半蹲下身伸手去捡玉佩，当右手刚刚触碰到玉佩时，冷不防南宫翊抬脚踩住他的手。他一动不动，也不言语，暗夜之下，看不清神情。

南宫翊嘴角扬起冰冷的弧线：“刚才，你是用这手碰了她？”他用力踩下去，毫不留情。

宫皓月只咬牙承受，不置一词。额间，一滴又一滴汗水滑下，滴落在冰冷的地面之上。

“如有下次，本王废了你的手。”说完，南宫翊抬起靴子，眸底黯黑如点漆，满是肃杀和冷酷。

宫皓月起身，只轻轻掸去衣摆灰尘，俯首行礼：“微臣明白。”

余公公入内通报过后，这时走上前来，禀道：“皇上命王爷一同进去。”

南宫翊颔首，回眸瞪了宫皓月一眼：“此事你若连累青青，本王定不饶你。”

说罢，南宫翊大步跨入书房。

话说，方才狄青青走入书房，并未见到皇帝南宫万海，她心中不免紧张，双手轻轻绞动着衣袖，手心里沁出一层薄汗。等了片刻，倒是南宫翊从门外进来。

不知怎的，看到他，她的情绪竟平静下来。

片刻，南宫万海才从偏门步入御书房。

“儿臣见过父皇，父皇万岁万岁万万岁。”

“儿臣见过父皇，父皇万岁万岁万万岁。”

南宫翊与狄青青双双下跪行礼。

殿中火焰如豆，将他们交错的身影投映在地上。

南宫万海走上前，脸色阴云密布，看不出喜怒，对狄青青道：“你就是狄谨仁之女？抬起头来。”

狄青青迎上南宫万海如鹰般锐利的视线：“正是儿臣。”

“呵，胆量不小，还会查案？狄谨仁倒是生了个好女儿。”难得有女子不惧怕他，敢直视他的眼睛，南宫万海倒有些意外。

狄青青回道：“儿臣不才，平日里喜欢看些杂书，对查案略知一二。”听到南宫万海提到父亲，狄青青心中一痛，俯首一拜，“儿臣有个不情之请，若儿臣能侦破此案，望皇上看在儿臣有几分才能的分上，给儿臣一个机会，查清爹爹所涉的粮仓案。”

“大胆！”南宫万海瞬间震怒，一掌拍在案上，惊得黑釉茶盏一震，茶水泼了满桌，“竟敢以此威胁朕！”

“父皇息怒！”南宫翊心惊，眼皮直跳，他怎么也没想到狄青青会单刀直入。以父皇的性子，即便答应，只怕从今以后都会记恨在心。

烛火虽明亮，却驱赶不了满室阴暗与寒冷。

狄青青镇定地俯首道：“父皇息怒，儿臣只是想，狄家虽有钱，然并不涉政，说到底不过一介商人，能掀起什么风浪。万一是有心人所为，或背后有更大的阴谋，难道皇上不想知晓？若爹爹清白，儿臣愿劝说爹爹散尽家财，告老还乡。若爹爹枉法，儿臣愿受牵连。”

南宫翊攥紧双手，心里如被蚂蚁啃噬，可再着急他此时也不能表露。南宫万海冷笑道：“好一个牙尖嘴利的女子。哼，既然你开口，朕就给你三天时间。三天查出凶手，朕就给你机会查粮仓一事。如若不然……”话未说完，南宫万海冷眼看向南宫翊，“你说，如何处置？”

竟然问他？南宫翊瞬间如置身冰窖，来不及细思，俯首道：“狄青青狂妄自大，不守妇道，出言不逊，顶撞父皇。如若不能破案，臣即刻草拟废妃，以平息父皇盛怒。”

狄青青一怔，她明白，此时南宫翊若帮她说话，可能会招致南宫万海更大的怒意。可他这么直接说出来，她竟觉得心里闷得难受。

“呵。”南宫万海冷笑，长袖一甩，“废妃便宜她了，如若三天破不了案，与狄谨仁一同斩立决。翊儿，届时你亲自执行。”

“是，儿臣领旨。”南宫翊俯首一拜，面上无波无澜。

“儿臣遵旨。”狄青青亦是一拜。

南宫万海显然怒气未平，一扬袖，人已走至屏风后。

南宫翊赶紧将狄青青拽走，他后背已被汗水浸透，出了殿门被寒风一吹，汗毛倒竖，细看之下，手掌竟微微颤抖。

狄青青松了口气，不管怎样，她总算是争取到了一个机会。她本以为南宫翊这急躁性子，出了御书房肯定会朝她怒喝，然而他却难得一言不发，只阴沉着脸，不知在想什么。

步下台阶，宫皓月与余公公已在等候。

见二人脸色不佳，气氛不对，宫皓月也没多问，只道："还请王妃移步凶案现场。"

狄青青颔首。

养心殿位置偏僻，一行人走了好一会儿才抵达。

月凉如水，倾泻一地银光。

养心殿外，戒备森严，目测起码有二十余名禁卫军在门前值守。无数宫灯闪烁，直照得黑夜如白昼。

越亮越反衬得周遭更黑暗，唯有养心殿透出阵阵诡异之色。

狄青青心中一凛，看来事情比她想的，要严重得多。

当狄青青推开养心殿的大门，里面的场景……瞬间，震惊了她！

在房间里仔细走过一遍后，狄青青默然站在房间内，南宫婉彤的尸体静静地躺在地上，此时已经用白布遮盖住，饶是如此，这冷清的房间中，依旧充斥着阴森的气息。

狄青青神情凝重，第一次觉得，心里没底。

这桩案子，关系到整个狄家的命运，而她，一时间，也没有找出任何破绽。这是一桩堪称完美的密室杀人案。

"第一个进门的人是谁？"狄青青问宫皓月。

宫皓月答道："自从前朝灭亡后，承贤公主一直住在深宫中，极少外出。最多去寝宫前的花园散步。推测承贤公主死亡时间是昨晚，今晨有宫女发现门被反锁住，唤而不答。于是找来禁卫军破门而入，然后就发现房间里森然的一幕。没有任何人有机会破坏现场。"

"这鸟，是鹦鹉吧。"狄青青看着笼子中的鹦鹉，那鹦鹉似乎第一次看到有人认出它的真面目，蹦到铁笼边，在笼中对狄青青不停地张望。

宫皓月道："微臣没见过这种鸟。此鸟名唤鹦鹉？"

狄青青点头道："应该是暹罗国商人进贡的，此鸟名唤鹦鹉。此鸟能学人说话。"

宫皓月恍然，赞道："王妃真是博览群书，见多识广。微臣确实听到此鸟说话了。"

"哦？说什么了？"狄青青问道。

就在这时，鹦鹉突然叫起来："说什么了？"

狄青青伸手逗了逗鹦鹉，这鹦鹉竟然在学她说话，她和宫皓月说道："鹦鹉擅长模仿刚听到的话，或者是经常说的话。"

这时，鹦鹉又扑腾着翅膀，叫了起来："他要是推门怎么办？"

"这样，他就不用进来烦我了！"

宫皓月道："王妃，微臣听到的便是这两句。对了，还有一事，据皇上所说，昨晚皇上曾想探望承贤公主，可惜门反锁，皇上以为承贤公主已经睡下，便走了。"

狄青青眉头皱得更深，叹道："哎，这两句话只能说明，房门是承贤公主自己反锁的。"

宫皓月道："微臣也是这样想的。所以，微臣觉得一人之力，无法侦破此案。不知王妃有何高见？"

狄青青不语，神情复杂，转身对南宫翊说道："今日迟了，不如先回府休息，明日再来。"

南宫翊见狄青青这般神情，心中陡沉："怎么了？"

狄青青摇摇头："门是承贤公主自己反锁的。窗户没有从外面打开的痕迹。此门是唯一通道，房中没有任何杀人凶器，没有脚印，也没有任何痕迹。"

她闭一闭眼，复睁开："完美的密室。我暂时没有头绪。"

南宫翊将狄青青揽至身侧，抚慰道："无妨，还有时间。我们先回王府吧。"

狄青青心思凝重，也没有挣脱。

说罢，几人走出养心殿。

此时，余公公上前道："王妃、宫大人。皇上有令，为便于查案，已在偏殿设下厢房，这几日请留宿皇宫。还请移步。”

南宫翊颔首，皇宫要案，查案人员不能随便离开，这也在情理之中。他携狄青青来到偏殿的厢房之中。

房内帷幔垂落，虽陈设简单，却布置得清爽雅致。

晚膳已经备下，狄青青秀眉深锁，没有胃口。南宫翊给她舀了一碗汤，这汤是用新鲜的春日竹笋制成，配上水嫩的豆腐，绿白相间，清爽可口。

狄青青轻轻晃动着瓷勺，思绪似连同汤中的涟漪一道荡漾开去。

她觉得脑子里空空的，南宫翊不断地往她碗里夹菜，她也不知自己吃下的是什么，又是何味道。

一味凝神苦思，不知不觉已至深夜。

“早点休息吧。”南宫翊不便打扰她，见实在晚了，开口道。

“嗯。”狄青青也觉得自己有些乏了。

待走入内室时，狄青青这才发现，厢房只有一张床，没有榻，也无其他。

南宫翊脱下靴子，坐在床边道：“这几日，委屈你和我一起睡了。”

狄青青略有一丝尴尬。可她也知道，宫里人多嘴杂，又能让南宫翊去哪呢。她和衣上床，在内侧躺下，拉上被子。

南宫翊脱去外衣，在她身侧躺下。

尴尬的气氛在两人之间蔓延，狄青青始终不曾说话。

南宫翊打破沉默，开口问道：“青青，你信不信鬼神？”

狄青青没想到他会这么问：“有敬畏之心，但不信，怎么了？”

南宫翊道：“余公公私下和我说，宫中四处议论，我姑母南宫婉彤之死非人力所为，乃是鬼神所为。父皇震怒，不许旁人议论，否则杀无赦。之所以肯让你查案，恐怕也是为堵住悠悠众口。”

狄青青皱眉：“眼下首要任务是，找到凶器。”

“前朝的苏皇后，你知道吗？”南宫翊问狄青青。

“就是那个引来天怒的苏皇后？”狄青青反问道。

南宫翊点了点头，说：“天下人都知苏皇后引来天怒，却少有人知，苏皇后在临死前，怀疑是我姑母嫁祸于她。她更是在行刑前，诅咒我姑母，说终有一日，我姑母会以首祭天。”

“以首祭天？岂不是和承贤公主死状相同？”狄青青心中思量着。

“对，当年这件事情，被前朝皇帝宇文鸿封锁了消息，极少有人知道。”

狄青青听后，了然道：“难怪派了这么多禁卫军值守现场。前朝？此事竟牵扯到前朝？难道王爷你信鬼神？”

南宫翊过了好一会儿才回答：“我不信。可是……青青，需要我为你做些什么？”其实他本不信，可此刻，他纠结起来，三日之内若查不出真相，如果真是鬼神所为，青青可否免罪呢？

然而，狄青青始终没有回答。

半晌，南宫翊半侧着身，手臂支起撑着头，望向狄青青，这才发现，原来她已经睡着了。

他伸手，轻轻抚平她在梦中仍然紧皱的眉。

在烛火映照下，她鬓发微乱，肤如凝脂，娇媚横生，他身体逐渐压低，贴近她水润的菱唇，终压抑住心底的渴望，小心翼翼地在她脸颊落下一吻，喃喃道：“青青，我该拿你怎么办呢？”

狄青青没有想到，一连三日，她和宫皓月都没有任何进展。

到了下午时分，皇帝南宫万海带着余公公和禁卫军统领戚风以及数十名禁卫军来到养心殿。

尚一筹莫展的狄青青、宫皓月以及南宫翊见到南宫万海时，连忙跪下行礼。

南宫万海一脸阴鸷，身上龙袍绣满金线，耀眼的光芒刺得人眼睛都疼。

“哼，期限将至。狄青青，你可有进展？”南宫万海冷声质问。

“回皇上，儿臣尚无头绪。”狄青青俯首承认。

“哼，休怪朕不客气。”南宫万海转首吩咐戚风，“不能再等了，今日必须清理现场，将尸首送到停尸房，明日一早出殡。”

“属下遵命。”戚风拱手，示意手下禁卫军赶紧入内搬走尸体，清理血迹。

“来人，罪妇狄青青，口出狂言，押入天牢，择日与狄谨仁一同处斩。”南宫万海厉喝一声。

命悬一线。

“皇上。”

“皇上。”

宫皓月与南宫翊齐齐出声。

宫皓月抢先道：“皇上，此案本乃臣分内之事，王妃本属帮忙。还请皇上降罪微臣，不要责罚王妃。”

南宫万海笑得狰狞：“论罪自然少不了你，一同押入天牢，等候发落。”他拧眉瞪着南宫翊，脸色阴晴不定，“翊儿，你有什么话要说？”

南宫翊五内如焚，深吸一口气道：“回禀父皇。儿臣……本该废妃，可……”

“可什么？”南宫万海咄咄逼人。

南宫翊俯首道：“儿臣也是才得知，青青怀了儿臣的子嗣。儿臣早年一直征战，从未顾及家事。而今，儿臣二十有六，尚无子嗣。能否请父皇格外开恩，待狄青青诞下麟儿再行处置？”

此话一出，最震惊的莫过于狄青青。

她不可置信地望着南宫翊，此刻他伏在地上，眉宇间俊朗依旧，却无往日凌然傲气，这可是欺君之罪啊，又这么容易揭穿。他竟然！如若被南宫万海知道，无异于丧失信任，自毁前程。

“什么？”南宫万海一惊，一时倒没有接话。

养心殿内，禁卫军们已将南宫婉彤的尸体抬出，只余地面深红色的大片血迹，格外瘆人。有几名禁卫军提了几桶水，准备开始清理血迹。狄青青远远望着，心急如焚。如此棘手的案子，她从未遇到过，至今连凶器都找不到，若说房内每一个角落，她都找遍了，除了……

想到这里，她似灵光乍现。

“等一下！”狄青青突然喊住抬尸首的禁卫军，抬首望着南宫万海，“可否请皇上宽限一个时辰，当时与皇上约好三日时是酉时，如今才申时。”

南宫万海神情不屑：“一个时辰，又能如何？”

狄青青跪拜：“可否让儿臣亲自清洗血迹，虽未能破案，至少也能甘心。亦是儿臣对承贤公主的一份孝心。”

南宫万海倒也没阻拦：“去吧。”

狄青青赶紧起身。南宫翊赶紧跟随，宫皓月亦是。

三人站在血迹旁，地上南宫婉彤的尸体，已经被搬走。

“青青，你是不是想到了什么？”南宫翊的声音有些紧张。

“不知道。”狄青青蹲下来，开始擦拭地上血迹，“所有地方我都看过了，我不信鬼神。不可能没有杀人凶器。除非这是一种我们不曾听过，不曾见过的凶器。”

“那会是什么？和地上的血迹有关？”宫皓月俯身帮忙，问道。

“我也不知道，我只是觉得，我没有漏掉屋里任何角落，也翻遍承贤公主的尸身，只有她身下这一片血迹没有找过。”狄青青仔细擦着血迹，深褐色的血渍，有的地方凝结了厚厚一层，可除了擦出一些发丝外，并无所获。

太阳西沉，点点血红霞光透进殿中。

眼看着，血迹就快清除干净，大半个时辰已过去了。

就在连狄青青都要绝望之时，突然，她低呼一声。

“这是什么？”狄青青伸手在染血的地板上用力搓。

“什么东西？”南宫翊低下头，细细地端详，除了暗红的颜色，哪里有什么奇异之处。

“发现什么了吗？”宫皓月赶紧靠过来。

狄青青在二人的视线中，不断搓着地板，将血渍擦去大半，从里面捏出一根细长的金红色的长丝，像女人的头发，可是长度却是女人头发的十几倍！

“这是头发吗？”南宫翊惊异地看着狄青青手中的长丝。

宫皓月则道：“不是头发，头发没有这么长，可以给我看看吗？”

狄青青观察片刻，如释重负般舒了口气，几日来紧绷的秀眉终于舒展开来，她将手中的长丝递给宫皓月。

南宫翊万分紧张：“有进展？”

狄青青颔首：“至少，我们找到了杀人凶器。”

宫皓月正端详着长丝。

南宫翊一把从宫皓月手里将长丝拽过来，不敢置信地瞪着眼睛：“就这个？一条线？你说这丝线就是杀害我姑母的凶器？”

狄青青启唇道：“别小看它，比头发还细，硬如钢铁，柔弱蚕丝，好一个杀人利器！”

“如果我没猜错，这应该是暹罗国的金蚕丝，而且是很少见的极品，除了皇宫贵族，其他人根本用不起！”宫皓月接过南宫翊手中的金蚕丝，将金蚕丝收拢，用干净的白布包裹着。他长舒一口气：“终于有了物证。”

此时狄青青深深望了宫皓月一眼，若有所思，停滞片刻。过了好一会儿，她才道：“没错，就是金蚕丝。宫大人见闻也不少。”

宫皓月拱手微笑：“王妃谬赞。”

找到了杀人凶器，狄青青起身绕着鹦鹉铁笼转了一圈，又环视周围的窗户以及干净的墙壁，最后仰着头，遥望房顶木梁，对南宫翊说：“你能上去看看吗？”

“没问题。”只见南宫翊双足轻轻一点，身姿翩然旋转，墨袍翻飞间，人已到了几丈高的木梁上，如此轻功，不禁让狄青青心内喝彩。

“你仔细看看上面，有什么不寻常的地方。”狄青青在下面喊道。

南宫翊应了声，就顺着木梁四处观察，最终站在了南宫婉彤身死的正上方，他伸手触摸眼前的木梁，仔细摸索，那里有一处刮痕，很细，不仔细看还真难发现。

“这里有利器割过的痕迹。”南宫翊对下面的狄青青说。

“你再看看，看有没有别的什么发现？”狄青青说。

“所有木梁上几乎没有灰尘，看来肯定有人上来过。”南宫翊站在原处，四处张望。静立片刻，南宫翊突然皱起眉头，身形一跃，到达挨着墙壁的木柱上。

“这是？”出现在南宫翊面前的，是一个精致小巧的木制机关，卡在了木梁上，只有指甲大小，这等木制机关甚是巧妙，他以前从未见过。

“找到什么了吗？”下面的狄青青见南宫翊半天不动，询问道。

南宫翊只是“嗯”了声，又跃至其余地方，仔细排查，一共找出了三个木制机关，外加留在木梁上的一处割痕。旋即，他跃下木梁，轻松着地。

“如此，神鬼杀人一说，终于可以排除了。”狄青青翻看着南宫翊取下来的木制机关，嘴角勾起一丝玩味的笑。

“可是，我们并未找出凶手。时辰快到了。”宫皓月看了看天色，着急道。

“无妨。对皇上来说，是人为还是鬼神更重要。解决了这个难题，皇上必会宽限几日。”有了这个思路，狄青青在房间里四处走动，她找出了更多的细微的割痕。若平时看，只会以为是普通刮痕，此刻再看，就没这么简单了。

南宫翊疑惑道："这些机关要如何杀害我姑母呢？毕竟房间没有人进来过的痕迹。机关毕竟是死物，难道机关会自己启动？"

"承贤公主之死是否与机关有关，目前只是怀疑，还没有论定。"宫皓月道。

南宫翊的话亦提醒了狄青青，她的目光落向房中唯一的活物，鹦鹉！她不疾不徐走上前，开始逗铁笼里的鹦鹉，陷入沉思。逗着逗着，她伸手按了按鹦鹉的食台，食台随之下沉。突然，她眸中精光一闪，灵动的眼珠一转，如醍醐灌顶，瞬间想通了一切。

"单凭这木制机关和一根金蚕丝，恐怕无法让父皇相信。"南宫翊忧心忡忡，父皇的脾气他很清楚。

"那我们就在皇上面前重现案发时的情景。"狄青青目光晶亮，她心里已然有了答案，眼下只等还原场景。

"王爷、王妃，时辰到了。"宫皓月提醒着。

"嗯。我们现在就面圣。"狄青青应道。

果然如狄青青所料，南宫万海听说能证明并非鬼神所为，终于松口宽限时间，并且宣来文武百官，只为见证事实。

狄青青明白，南宫万海急于打破前朝苏皇后前来寻仇的传言，稳定宫中人心，这是最好的办法。

天色完全暗黑下来，还下起了淅淅沥沥的小雨。

养心殿外，站满了文武百官以及太监总管、宫女总管、嬷嬷等。

南宫翊负责将木制机关重新装回去。

宫皓月则找来一个木头人，将其固定在鸟笼前。

一切布置妥当后，狄青青又亲自安排了一些细节。

最后，狄青青对宫皓月和南宫翊说道："好了，你们都出去吧。"

南宫翊和宫皓月依言走出养心殿。

此刻，所有人包括皇帝南宫万海都是面朝南宫婉彤的寝宫站着。此时，房门是打开的，门口处两名禁卫军笔挺站立着。

偌大的房间，只剩下狄青青一人以及不会说话也不会动的木头人。

“可以开始了。”狄青头，对外面所有人点了点头。

“父皇，只要您点头，就能揭开这个密室杀人案。”南宫翊说道。

南宫万海转头看了一眼南宫翊，那眼神，竟是南宫翊看不透的神色。

“开始。”南宫万海声音里透着些许冰冷。

南宫翊朝房间里面的狄青青打手势，狄青青见状，转身背向众人，面朝铁笼中的鹦鹉。宫女紫秦唯唯诺诺地走进房间，对着狄青青的背影，说道：“娘娘，该吃药了。”

狄青青没有回话，紫秦便接着说：“娘娘早点休息。”说完后，便转身离开。

这时，她将鸟食挂在木头人的手指上，再将木头人的手掌抬起来，使得挂在木头人的手指上的鸟食刚好落在食台上，又没有给食台增加重量。

狄青青做好一切准备工作，刚刚转身准备走出房间，不料那鹦鹉突然叫唤起来：“娘娘，该吃药了！”

“我恨他，他也恨我。”

“我恨他，他也恨我。”

鹦鹉重复了两遍。

狄青青皱眉，但此刻鹦鹉说什么并不是最重要的。她疾步迈出房间，走到宫皓月旁边站着，一同看着敞开的房门。

南宫万海与众臣都在雨中等着。黑夜里小雨下得更细密了，如绵绵针刺一般。南宫万海有宫女撑着伞还好，可苦了其他人。

“鹦鹉要是不吃怎么办？”宫皓月有些担心。

狄青青瞟了他一眼：“昨日今日都没人喂食，不可能不吃。安心等待。”

“嗯，是微臣着急了。”宫皓月歉然道。

房内，只见鹦鹉开始啄食，约莫过去一盏茶的工夫，房内一点动静也没有，文武百官都开始小声议论。南宫万海的脸色，明显表露不耐烦。

就在众人的耐心都到达极点之时，突然，“哐”的一声，房内发出重物落地的声音，牵动了所有人的神经。

众人一看，竟是木头人的头颅掉落在地。

接着，整个木头人轰然倒地。

此情此景，与南宫婉彤之死如出一辙。

房内无一人，木头人却已身首分离。

“成功了。”南宫翊大喜道。

所有人都张大了嘴巴，目瞪口呆。

南宫万海与众人疾步上前查看，只见木头人脑袋和身体分了家，切口平滑如镜。

“解释一下！”南宫万海盯着地上的木头人，一脸复杂之色。

狄青青走至铁笼边，说道：“其实，这鹦鹉也是凶手之一。”

“啊！”众人大惊，鸟是凶手？怎么可能？

“此鸟名唤鹦鹉，众所周知，公主喜欢此鸟。每日，公主都会亲自给鹦鹉喂食。而凶手，正是抓住了这点。”狄青青敲了敲铁笼，清脆的金属响声在房间中回荡。

“大家请看！”狄青青捡起此时掉落在地上，被木头人压在身下的金蚕丝，向众人解释道，“此物乃是暹罗国的金蚕丝，韧性堪比钢铁，却又柔润无比，颜色近乎透明，如果将它拉直，再高速移动，是不是和锐利的刀锋一样呢？”

“你意思是，这金蚕丝就是杀人凶器？”南宫万海问道。

“正是。”狄青青拿着金蚕丝，别过身，手指铁笼里的食台，阐述道，“这食台就是导火线，当其重量发生变化的时候，就会触动机关！金蚕丝便是绑在这食台之上。因为颜色近乎透明，天暗时根本不可能发觉。金蚕丝连接着房梁上的几处机关。当公主喂鸟，倒入鸟食，食台下降，此时便是启动机关。当鸟儿啄食后，食台上升，便是触发机关。金蚕丝高速移动，顷刻间将公主断首。”

南宫翊此时再次跃上房顶木梁，取下几个木制机关，双手呈上道：“父皇请看，正是这些机关。”

“凶手利用这些机关，制造了完美的密室。利用凡人害怕鬼神的心理，利用前朝的诅咒。案发之后，成功地将大家的注意力转移到神鬼杀人上。”狄青青解释道。

“而当时，由于大量血迹淹没了金蚕丝，后血迹凝结成块。所以我一直没有头绪，也没有找到金蚕丝这件凶器。直到禁卫军移走承贤公主的尸体时，我才猛然觉得应该自己来清洗血迹，因为这是最后的机会。我坚信，任何不合常理之事，一定会有一个合理的解释，只是没有找到。所有地方我都反复找过，唯有承贤公主身下这片血迹了。”狄青青一口气说完。

也不知人群里谁先击掌。

紧接着，如雷般的掌声响起一片。

南宫翊连忙转身，摆手示意大家不要击掌，周遭渐渐安静下来。君心难测，他不想过于招摇，以免招致父皇不满。

“谜题解开了，可凶手呢？凶手是谁？”有人问道。

“凶手定是一个熟知公主习惯的人，这些机关，也不是一时半会能安装好的。凶手一定谋划许久，可以看出，这凶手很有耐心。”狄青青适时地说道。

“那凶手究竟是何人？”南宫万海冷声道，他并不在乎这些什么机关怎么杀人，只要不牵扯前朝诅咒。目前他只想找出凶手。究竟是谁这么大胆，胆敢利用前朝诅咒，杀害南宫婉彤。

狄青青摇了摇头，道：“暂时不知，望皇上宽限五日。”

南宫万海看了眼狄青青，讽刺道：“呵呵，狄谨仁倒是生了个好女儿。”说罢，他转身朝殿外走去，道，“狄青青，如果你能五日内找出凶手，朕便给你一个证明你爹清白的机会！”

“多谢皇上！”狄青青赶紧跪拜叩谢。她内心激动不已，虽然过程艰难，虽然差点命悬一线，终究她还是得到了这个救命的机会。

她跪在地上良久，平复着自己剧烈激动的心跳。爹爹，我一定想办法救你出来！

“人都走了。快起来吧。”南宫翊单膝跪地，将她自地上扶起来。

狄青青环顾四周，房间只剩下她、南宫翊和宫皓月三人，其余人等，都已经散去，除了门口的禁卫军。

“青青，我们现在就开始找凶手。”南宫翊催促道，虽然解开金丝断头之谜。可凶手还没找到，期限五日。他实在不想狄青青再有任何危险了。

狄青青哑然失笑，摇了摇头，道：“我累了，大家都回去休息吧。”

宫皓月亦道：“今日有惊无险，王妃确实需要好好休息。”

“可……”方才命悬一线，南宫翊心有余悸。

“放心。”狄青青朝南宫翊自信一笑，“走吧，我们去好好吃一顿。凶手不用找，只用等就行。”说罢，她朝宫皓月示意道，“放出风去，就说我们已经有了嫌犯人选。”

宫皓月立即明白：“是，王妃英明。”

南宫翊并不擅长断案，俊朗的眉宇间写满担忧，问道：“等？会不会太冒险？”任何对狄青青不利的风险他都不愿再冒。

“凶手，比我们更着急。”狄青青红唇妖娆一勾，星眸折射出精锐之光，已然成竹在胸。

三日后。

雨一直下，满园春色皆笼在淡灰色的水雾里。皇宫偏殿里，极安静，静得能清晰听见檐间雨声“沙沙”直响。

南宫翊心焦地在大殿中走来走去，凶手找到之前，他们不得踏出皇宫半步。

“能不走来走去吗？晃得我头晕。”狄青青舒适地躺在床上，懒得动弹。前几日费尽心神，眼下她的确疲惫万分。

“三日过去了，一点动静都没有。我能不着急？”南宫翊坐立不安，忧心如焚，“青青你已经在殿中睡了三日，真是皇帝不急急死太监。”

“停下！”见南宫翊还在床前来回踱步，狄青青干脆伸手，拉住他的衣摆。

南宫翊终于止住脚步，回望她。

离得近，她明艳照人的容颜，在他眼前放大。此刻，她显得格外镇定，眉宇间平添几分冷艳之色，直将他的心神都摄住，脚下再也挪不开半分。

“青青。”南宫翊突然伸手环拥着她，“我很担心。你若有事，我不敢想。”

狄青青怎么也推不开他，无奈道：“比起凶手，你更应该担心的是，你那日说……说我怀有你的子嗣，这欺君之罪该怎么办？”

南宫翊：“……”

趁着他分神，狄青青用力隔开他，终于挣脱禁锢，从床上坐起来。

刚起来，冷不防，她突然又被他按倒在床上。

满头青丝如瀑布洒落，铺了满床。他的墨发亦是垂落在她耳侧。

长发纠缠，四目相望。

南宫翊半压在她身上，剑眉微挑，戏谑道："也不难办。要不然，你从了我呗。现在还来得及。"

狄青青："……"

他的目光灼热逼人，听着像是玩笑话，可眼神格外认真，半真半假，让狄青青的心直颤。

"你起来。"她闪躲着。

他的目光划过她红润如海棠的双颊，不慎裸露在外的香肩，呼吸一紧。眼看着身上越来越重，南宫翊几乎把重量都压在她身上，她都要喘不上气来。她后悔提这个话题，赶紧道："歇了三天了，要不然把养心殿的宫女和太监都叫来问问？"

"好！"南宫翊一听这话，立马来劲了，一挺身从狄青青身上起来。

"我这就去吩咐。"话未说完，人已消失在殿门前。

狄青青只觉得好笑。南宫翊这急性子，率直中尤有几分可爱。

偏殿之中。

南宫翊将养心殿的宫女太监们都传唤来。

宫皓月作为此案主审，自然也到场了。

三人坐在偏殿内，面前跪了一排宫女太监。

宫皓月开始一一盘问宫女和太监。

重点自然放在南宫婉彤的贴身宫女和太监身上，整个审问的过程，狄青青神情慵懒，兴致缺缺。

倒是南宫翊，在一旁问个不停，频频打断宫皓月，就差没问每一个人的祖宗十八代了。不过这也不能怪他，谁让他担心狄青青。

"不用问了，凶手既然能设计出这么精密的密室，如果连不在场证明都没有，那凶手就是介于天才和蠢材之间的人。我想，这种人应该还没有出世。"狄青青伸了伸懒腰，从椅子上站起来。

"那怎么办？"南宫翊看着狄青青的悠闲样，直皱眉。

狄青青对南宫翊扬唇一笑："其实，在我心中，已经有一个嫌疑人。"

南宫翊眼眸一亮："是谁？都不曾见你审问过任何人。"

狄青青此时意味深长地望向宫皓月，认真地问："宫大人，我想听听你的高见。"

宫皓月惭愧地答道："微臣愚昧，实在不知凶手为何人。"

狄青青单手托着下巴，看了宫皓月许久。

直看得南宫翊妒红双眼，想上前将她推开。

宫皓月亦是诧异："王妃，怎么了？"

狄青青笑了笑："没什么，只觉得宫大人何必谦虚。"

宫皓月没回答

狄青青也未深究，只道："宫大人与我都曾听到那鹦鹉的话，'他要是推门怎么办'和'这样，他就不用进来烦我了'这两句话。"

"对。"宫皓月点头答道，"皇上说他曾想看望承贤公主，可惜门反锁，皇上以为承贤公主已经睡下，就走了。"

"鹦鹉这两句话，说明姑母不想见父皇，姑母怎知父皇要来见她？自然有人通报，这通报之人，就是凶手？"南宫翊猜测。

"方向对了。"狄青青继续道，"门关上，公主就开始喂鸟，可是凶手怎么知道公主会在这个时候喂鸟呢？"

"凶手必定长伴她左右，对她的习惯十分了解。"宫皓月说道。

狄青青点了点头，道："我们假设这个通报的人，和知道公主准时喂鸟的是同一个人，那么，此人十之八九就是凶手，因为也只有此人，才能在公主的寝宫里安装那么精密的机关！"

"那这人会是谁？"南宫翊问道："她的动机又是什么？"

经常和狄青青在一起，耳濡目染之下，南宫翊已经开始考虑凶手的动机了。

狄青青赞赏地瞥了眼南宫翊，说道："别忘了，承贤公主还有另外一个身份。"

"前朝贵妃？"南宫翊皱着眉头说道。

"对。"狄青青笑道，"前朝的事情，你们比我更清楚，所以，接下来……"她故意不说下去。

宫皓月接过话："只要去查皇宫里宫女和太监们的档案，找到凶手应该就不难。”

狄青青点头，又道：“不巧，还原杀人现场那天，我正好撞到了凶手，她露出了一点破绽，被我发现了。”

“那天！”南宫翊和宫皓月都吃惊地看着狄青青，那天还原杀人现场时，他们二人也在，但是他们二人并没有发现谁是凶手。

“是谁？”南宫翊问道。

狄青青卖了个关子：“先保密，我锁定了目标，但是要抓人，必须要有证据。所以，还请宫大人查一下。我再睡一觉，如何？”

宫皓月连忙恭敬道：“是，王妃。”

待到夜色降临时。

宫皓月终于捧着宫里的档案回来。他列了一份名单交给狄青青。

“名单上的人，都是前朝留下的人，而且曾是前朝苏皇后与承贤公主身边的人。”宫皓月说道。

狄青青锐利的目光一扫，最后手指着一名叫紫秦的宫女卷宗。

“就是她了！”狄青青指节叩了叩桌子，咚咚作响。

南宫翊翻开卷宗，扫了一眼：“这紫秦本来是苏皇后的侍女，不知什么原因，在卷宗记录里消失一段时日，那段时日刚好是朝代更替之时，后宫记载混乱，也许是缺失了。后来她因谨慎心细，又成了南宫婉彤的侍女。所以，她的动机是为苏皇后复仇？”

“或许吧。”不知为何，从下午起，狄青青心里生出一股莫名的烦躁。

这感觉是莫名的，凭空在她心底产生。

“那为何不赶紧将她抓起来？”南宫翊问道。

“要不，微臣现在派人拿下她，一审便知。”宫皓月提议。

狄青青没有回答，其实她是想等待紫秦背后的人，看看会有什么动作。但此时此刻，她没有说出来。紫秦就在眼前，如果直接拿下紫秦，她总觉得，会错过什么。可究竟会错过什么，她也不知道。

也许这就是她觉得莫名心慌的地方。

过了许久。

狄青青心内反复纠结，不能再等下去了，她轻叹一声：“好吧，拿下她审问。”

宫皓月拱手恭敬道："是，王妃！现已入夜，微臣定拿她个措手不及。"

宫皓月转身打开殿门，刚要出门时。

"王爷！王妃！宫大人！"禁卫军统领戚风突然自远处飞奔过来，半跪在南宫翊面前，拱手道，"有一名唤紫秦的宫女，在自己的房间里上吊自杀了！"

"什么！"狄青青等三人同时惊呼。

而她终于知道自己为什么会产生莫名的忧虑，原来是因为这个。

"我忽略了，没想到她会自杀。"狄青青懊恼地闭眼，复睁开，对戚风说道，"快带路。"

"是！"

统领戚风带着狄青青、南宫翊与宫皓月，直奔紫秦居住的地方。

当看到紫秦房间里的场景时，狄青青杏眸圆睁，惊得挪不开脚步，半晌说不出话来。

有很多事情，会被渐渐遗忘，直至消失在日常的记忆中，但是当某一天，见到某样东西或某个人，那忘却的事情，又会如潮水一般涌进脑海。

红灯，这种颜色，曾经一度被狄青青深深怀疑，几天几夜都为此费过神，最终也没有解开这个谜底。就在狄青青几乎快忘却时，这红灯又出现在了她的面前，就像是在深深地讽刺她。

再见红灯！

数十盏红灯笼！散发出诡异的血色光芒，照得房间亮如白昼。

"这！"南宫翊愣在门口，看着紫秦上吊的身体，在红灯的光芒下，小幅度地摆动。

"快放下来。"狄青青的目光在房间中凌厉一扫，让人将紫秦的尸体抱下来，自己则在房间中来回走动，观察着点亮的一盏盏红灯笼。

她回想起，当初紫涵死的时候，房间中点了一盏红灯笼。

现在紫秦上吊自杀的时候，则是点了不下十盏的红灯笼。

这两件事之间，到底有何关联？

紫秦被放下后，狄青青上前验尸。她仔细查看死者的脖颈，眼睛闭合但凸出，舌头伸长，道："确实是自缢。"

"不是他杀？"南宫翊疑惑道。

“王爷，紫秦并没有挣扎痕迹，面带赤紫，且白绫勒痕明显，确实是自缢。”宫皓月解释道。

“你看，勒痕相交于耳后，并无交叉。如果是被人勒死。颈后痕迹通常有交叉迹象。勒痕颜色不深，嘴角流出涎沫，可见刚死不久。”狄青青补充道。

“原来如此。”南宫翊了然道。

狄青青站在尸体旁边，眼中满是思索之色。

片刻后，她左右看了看，见宫皓月和南宫翊正带着禁卫军搜查房间，便蹲下身子，试探性地伸手在紫秦怀中四处摸索。紫秦？紫涵？有没有关联？看年纪差别，会不会是母女？

“真的有。”狄青青小声嘀咕，半信半疑地抽出手来，一块手巾出现在她眼前，和先前紫涵的手巾一模一样。看起来是另外半块。

“王妃。”宫皓月突然喊她。

狄青青一惊，连忙将手巾揣进怀里，转身问宫皓月：“宫大人，什么事？”上次她得到了半块手巾，这次得到了另外半块。这些东西，她不想上交。因为她觉得其中必定大有文章，一旦上交便是石沉大海，难见天日。

“我们找到一个檀木箱，上面还有前朝的封印封条。看起来从未打开过。”宫皓月指着不远处一个乌黑发亮的四方木箱，道。

南宫翊此时走上前来：“涉及前朝，父皇最忌讳。我们谁都别碰那个箱子。”

狄青青道：“如此，请皇上过来一趟，可以结案了。”她转身向宫皓月道，“劳烦宫大人去请皇上。”

“是，王妃。”宫皓月颔首。

待到宫皓月走后，南宫翊还有些担忧，问狄青青：“真的可以结案？”

“皇上那边可以结案了，我这里还没有。”狄青青若有所思。

“什么意思？”南宫翊不解。

“对皇上来说，他要的凶手已经找到，我们可以交差了。但是，恐怕案中还有案，只是我一时没有头绪。不过无妨，先查清我爹的案子再说。”狄青青一只手托着下巴，反复摩挲着。

南宫翊：“没懂。你总摸下巴做什么？又没有胡子。”

狄青青：“……”

南宫翊：“能不能再说详细点？”

狄青青耐着性子解释：“大婚命案，狄家获罪，金丝断头，我觉得每一件事情背后，都像有一股无形的力量操控着。有人撒下无形的网，而我们都在圈套之中。不过，即便困在局中也无妨，以不变应万变，总会有破绽。所以，目前可以结案了。懂了没？”

南宫翊：“听懂了。”他顿一下，“但是没明白。”

狄青青美眸一翻：“……”

南宫翊想了一想，道：“你的意思是，先打发了父皇。再获得调查狄家一案的机会，争取从别的地方找出线索，再回过来解开当初未解之谜。对吗？”

狄青青刮目相看：“挺聪明啊。”

南宫翊微笑道：“夫人教得好。”

狄青青：“……”

说话间，禁卫军统领戚风率人抬着皇帝的坐轿而来。宫皓月紧随其后。

南宫万海从轿中下来。

南宫翊和狄青青上前迎接。

南宫万海的脸色依旧阴沉：“凶手自尽了？”

狄青青赶紧回道：“是。凶手正是承贤公主的贴身侍女紫秦。”

南宫翊接过话：“据查，紫秦本是前朝苏皇后的侍女，不知因何成为姑母的侍女。前朝苏皇后被株连九族，紫秦潜伏这么多年，恐怕就是为了替苏皇后报仇。父皇，儿臣找到一个箱子，上面还有前朝的封印，儿臣不敢擅自打开，还请父皇开箱。”

南宫万海长眉拧成死结，脸上寒意凝成冰，他走近檀木箱，吩咐道：“戚风，打开它。”

戚风上前撕下封条，打开箱子。

随着箱子打开，空气里飘散着一股陈年的味道，箱子里尽是一些奇怪的物什，年代久远。

戚风注意到，箱子里面，还有几件婴儿的衣服以及一条上好的绢丝手帕，手帕上面写满了俊秀的字迹，这些字迹似乎记录了一段历史。

戚风看到手帕上的字迹后，当即脸色剧变，直接收拢起来，不敢再看。

南宫万海见戚风这般神情，挑眉："写了什么，说来听听。"

戚风惶恐："臣不敢。"

南宫万海不耐烦道："有什么不敢，快说。"

戚风声音发颤："手帕上是，是苏皇后的遗言。苏皇后怀了，怀了皇上的儿子，此子手臂上刻有鸳鸯图案，与手帕上的鸳鸯图案一模一样。"

"什么！"南宫万海几乎怒吼一声。

惊得所有禁卫军齐齐下跪，戚风亦是。

戚风额头上汗水涔涔落下，跪拜道："臣冒犯皇上，罪该万死。"

南宫万海上前一把抢过戚风手中的手帕，仔细看过去，他苍凉的面容被惊愕一点点吞没。从来没有什么事能让他如此震惊。看着看着，他鹰一般的眼眸柔光乍现，似是回忆起曾经的美好。

他想起来了，这块手帕，是他送给她的，这种上等绢丝，薄如蝉翼，是他当时从南疆弄来的贡品。赠予她，只为博美人一笑。她竟然，给他生了个孩子！那一夜，她竟然怀了他的孩子！原来前朝失踪的那个孩子，是他的骨血！难怪宇文鸿对她痛下杀手，也许是这个缘故。而他，竟然什么都不知道！

一股奇异的感觉流过四肢百骸，昔日的美好时光在脑海里不断涌出。

屋内格外静寂，无人敢出声，唯有窗外的风声簌簌，雨声沙沙，如泣如诉。

很久，南宫翊终于小心地唤了一声："父皇？"

南宫万海猛然回神，将手帕递给南宫翊："朕尚有一子流落民间，找出他。"

南宫翊素来胸怀宽广，一时倒没觉得什么："如此，该恭喜父皇。"他接过手帕仔细看了看，此时狄青青站在他身旁，也能看清。

苏皇后与南宫万海的孩子？狄青青秀眉微蹙，当她看到手帕上的鸳鸯图案时，心底掀起惊涛骇浪，几乎脱口而出："我见过这个鸳鸯图案！"

"什么！"南宫万海和南宫翊同时望向她，"在哪见过？"

狄青青猛地回首望着宫皓月："那日雨中，你蹭破衣袖，我在你左臂之上，见过这个鸳鸯图案。"

宫皓月并没见着手帕，尚未反应过来，南宫万海已一步上前，攥住宫皓月的胳膊，撸起衣袖，果然，左臂之上赫然烫着一个鸳鸯印记。

“拿手帕来。”南宫万海大喊一声。

南宫翊递上手帕。

南宫万海一只手持着手帕，逐一比对，他声音难掩激动：“一模一样，真的一模一样！”他手上突然用力，几乎要掐入宫皓月手臂的肉里，“你这印记，打哪里来的？”

宫皓月的神情波澜不惊，只小心翼翼回道：“微臣是孤儿。此印记自记事起就有，不知从何而来。”

“好！好！好！”南宫万海连说三个“好”字。

“原来朕流落在外的皇子，远在天边，近在眼前。”南宫万海松开宫皓月，重重拍了拍他的肩。

宫皓月惶恐，连忙跪地：“皇上，微臣不敢。”

“哈哈哈！有什么不敢，证据在此，第一次见你时，朕便觉得你长相似沐雨，可惜你是名男子。谁承想你竟是她的儿子，也是朕的儿子。真是太好了。”

宫皓月忙道：“皇上，仅凭一块手帕断定微臣的身份，是否不妥。微臣提议，此事是否交由大理寺卿亲自查证，抑或滴血验证。总之，皇室血脉，不容差池，望皇上慎重。”

“嗯！不愧是朕的皇子，考虑周全。戚风！”南宫万海大手一挥，正声道，“传大理寺卿即刻觐见。”

戚风领旨：“是，皇上。”

如此戏剧性的一幕，狄青青愣是想不到。她陷入了沉思。片刻，她抬眸望了一眼南宫翊，却见他望向自己的眼眸，一丝亮色也无。

此刻，唯有南宫翊心情最复杂，俊朗的五官格外凝重，唇色发白，眼前发生的变故，他本想说些什么，却发现自己一句话都插不上。

宫皓月依旧恭敬地伏在地上，谦和谨慎。

南宫万海上前将他扶起，目光难得柔和：“你的性子，也和你母亲一般。沉静娴雅却又不失傲骨。哎，当年朕与你母亲情投意合。然而……罢了，过去的事不提了。你的生辰是？”

宫皓月小心地回道："微臣是孤儿，具体生辰不清楚，但是承乾四十四年生。"

"呵呵。"南宫万海开怀大笑，"那就对了，错不了。"他望向南宫翊，心情愉悦，"翊儿，你是承乾四十五年生，如此，你便多了一位皇兄。"

南宫翊应道："恭喜父皇。"他的喉间溢出一丝不易察觉的沙哑。

狄青青突然想起一件事，南宫万海还没立太子，而自古以来的传承方式都是，立长。如此一来……

窗外，雨越下越大。

噼里啪啦作响，有如一曲《十面埋伏》，愈演愈烈。

待到大理寺卿霍进贤匆匆赶来，南宫万海屏退南宫翊和狄青青："此案已结，你们可回府。"

南宫翊恭敬地应道："多谢父皇。"

南宫万海则朝狄青青道："这次你勘破奇案。朕给你三个月，查清狄家粮仓一案。"

"多谢父皇。"狄青青喜出望外。

"儿臣告退。"

"儿臣告退。"

南宫翊率先走出房间，僵直的背影没入茫茫雨中。

狄青青跟随他离开，走的时候，回望了一眼。

南宫万海和大理寺卿霍进贤正说着话。

风雨更甚，吹得房内十数盏红灯笼瑟瑟发抖，满室红光比先前更诡异。

一路疾驰，南宫翊少有地一路无话，只是沉默。

回到王府后。

狄青青迫不及待地将自己关在房间中，所做的第一件事，就是点亮一盏红灯笼。接着她拿出两块手巾来，半块是从紫涵那里得来的，另外半块则是从紫秦身上得来的。

两者拼在一起，果然是一整块。

这两者之间，到底会有什么关联呢？

紫涵，紫秦。难道二人是母女不成？

狄青青这样推断，也就能解释，为什么二人各自有半块手巾。可是，二人为什么都要在临死前点亮红灯笼呢？

难道是为了说明，她们二人是母女吗？这样的认亲方式，有点过于荒谬，所以狄青青直接排除。

狄青青拿着手巾在红灯笼面前照来照去，还是没有发现任何可疑之处。

但凭直觉，狄青青能看出，无论是紫涵，还是紫秦，必定是想告诉别人什么，但又无法说出口，只能用红灯笼来暗示。

可究竟暗示什么呢？

她苦思无果。

外面雨一阵急，一阵缓，正如此刻狄青青跌宕起伏的心绪。

第四章
临江查案

大理寺很快查清事实，宫皓月果然是南宫万海之子。

南宫万海大喜，当即令宫皓月更名为南宫皓月，封静王，赐静王府，并将整个刑部交给其管辖，并且在皇宫设下宫宴，朝廷要员皆受邀请。

虽然苏沐雨是前朝皇后，可众所周知，她并不得宠，而且被前朝皇帝宇文鸿视为心腹大患，最后满门抄斩。所以她与南宫万海之子封为静王，朝中大臣无人敢有异议。

是夜，宫宴空前盛大。处处灯火通明，似银河倒挂。

皇宫里一片热闹欢腾，下了许多日的雨终于停了。

正值春暖花开，随处可见盛开的杜鹃与芍药，芬芳四溢，丝竹管弦之音不绝于耳。

南宫翊携狄青青来到皇宫御花园，叶武、琉璃亦跟随左右。

琉璃素来最爱看热闹，兴奋得一直叽叽喳喳："小姐小姐，好漂亮啊。哇，你看那花，开得真好。哇，你看那灯笼，会自己转耶！皇宫到底是皇宫啊。"

"小声点。"狄青青敲了下琉璃的头，"皇宫规矩多，一定不能随便说话。"

"嗯。不过想想上次遇到的宫大人，竟摇身一变成为皇子。哼，真是不爽。"琉璃突然一脸不高兴，"他倒是攀了高枝。"

狄青青道：“他身份本就如此，何来攀附一说。休要乱讲。”

“小姐。”琉璃不满，毕竟宫皓月，不，现在是南宫皓月，高了姑爷一头，成了皇长子。皇室情况复杂，今后指不定怎样呢。

狄青青以眼神制止琉璃。皇宫之事，不是她们能随便议论的，弄不好会招致杀身之祸。

“好吧，出来溜达总比整日窝在翊王府强。小姐，你一连这么多日都在房中，翻书，看灯笼，你到底中了哪门子邪啊。也不怎么搭理姑爷。哎，姑爷也是的，每天脸色也不好。这日子，真是太没劲了。我都要发霉了。”琉璃就是话痨，喋喋不休。

南宫翊和叶武走在前面，狄青青和琉璃走在后面，离他们有十米远。不远处，几位锦袍官员见到南宫翊，一如既往的客气寒暄：“王爷，来得可真早。”

“今晚真是熠熠生辉，英姿焕发啊。”

有目光投向南宫翊身后不远处狄青青的，赞道：“好福气，翊王妃可是女中豪杰啊！”

“翊王妃屡破奇案，真是闻所未闻啊。”

众官员绝口不提静王之事，皆小心避讳。官场那一套，南宫翊自然熟稔，他只笑着颔首应付。忽地，他回望一眼狄青青，今日盛装的她，比平日里更美，一袭玫瑰千瓣刺绣衫，百褶如意裙，乌发高高盘起，斜插着一枝碧玉簪，上面缀着珍珠流苏，端庄秀雅，既有灵气，又不乏英气。

明眸熠熠顾盼神飞，娇媚无骨美艳三分，直看得他心神荡漾，神游太虚。直到叶武轻轻推他，提醒道：“王爷，静王来了。”

南宫翊转过头，蹙眉看向迎面走来的宫皓月。

果然人靠衣装，宫皓月今夜换了双肩绣有盘龙的浅金色长袍，比起平日里穿的普通官服，自然是华贵许多。

宫皓月走至南宫翊面前，一脸温和的笑容，若主人般做出一个“请”的动作。

“皇弟，座位已安排好。还请皇弟上座。”

皇弟，这样的称呼，南宫翊起先一愣，接着如鲠在喉，神情多了冷意，道了句：“恭喜。”

不想多待，南宫翊刚要离开，说实在他对宫皓月从无好感。

“等下，皇弟是否该唤一声皇兄？”宫皓月脸上依旧是如沐春风般的微笑，然而，说话却咄咄逼人。

南宫翊渐渐收拢双拳，牙关紧咬，终于自齿缝间迸出两字：“皇兄。”顿一顿，他声音冰冷，“不管你是什么身份，有些事你想也别想。”

宫皓月微微眯眸，突然勾唇：“不知皇弟可曾听过丽姬的故事？”

南宫翊的瞳孔猛地收缩，折射出危险的光芒，双拳握得死死的，青筋暴露，骨骼直响，几乎是咬牙切齿。

然而，这时身后的狄青青已经走近。

南宫翊狠狠瞪了宫皓月一眼，和叶武说道：“走，我们先过去。”

宫皓月见到狄青青，清澈的眼眸一亮。

狄青青率先开口：“密室杀人案已结案，多谢宫……静王殿下给我这个机会，彻查狄家粮仓案。”

宫皓月正色道：“青青，这么说就见外了。若没有你，此案又要成为悬案。”

这称呼，狄青青一愣，他素来喊她王妃，即便不喊王妃，也可喊她全名，可他叫得如此亲昵，她有些不适应。她抬步时，脚下一顿，差点没站稳。

宫皓月伸手扶住她，声音似温软的风，徐徐送来：“我很感激你破解我的身世。能不能不要叫我静王，叫我皓月。青青，虽然从前我并不在乎地位。可自认识你后，你不知，我多想拥有能和你匹配的身份，能站在你身边。青青，我……”

琉璃的眼睛死死盯着宫皓月握住狄青青胳膊的手，她突然跳出来，冲到他们中间，假装四处张望：“咦，姑爷呢，叶武呢。”

这一搅和，宫皓月被迫放开狄青青。

适逢几名官员过来祝贺宫皓月。

狄青青略显尴尬，忙道：“你忙。我们先过去。”

说完，狄青青拽着琉璃走开。他的话是何意？她边走边想，微微乱了心神。

不远处，南宫翊已入座，他凝眉不语，手里握着酒杯，轻轻晃动着。

宫灯闪烁，映上他刚毅的侧颜，带着几分阴冷。

叶武从未见过南宫翊这般阴鸷的神情，问道："王爷，方才静王所说的丽姬是？"

南宫翊听罢，眉心一跳，猛地收紧拳，"咔嚓"一声，酒杯骤然捏碎。

他咬牙一字一句道："前朝第三朝皇帝宇文绝，尚是皇子时，爱上弟媳丽姬，求而不得。登基后，便治罪皇弟，抄其家产，夺其爱妻。"

"什么！那静王是公然向王爷宣战？"叶武惊道。

"哼，狼子野心。本王岂是吃素的。"南宫翊怒道。

这时，狄青青款款走过来。

叶武赶紧让开，退至南宫翊身后。琉璃亦是退后两步，站在叶武身边。

狄青青入座后，侧身一瞥，发现南宫翊指缝间竟有一股鲜血溢出，她一惊，忙伸手一根根掰开他的手指，关切道："怎么了？"

南宫翊猛地回神，手骤然松开，鲜血，碎瓷片，清酒一道滑落。伤口被烈酒灼烧，火辣辣的，直钻心尖，可他丝毫感觉不到疼，只望向狄青青，眸色醉人，道："没什么。过几日，我们就出发去临江，查粮仓案。"

"好。"狄青青不追问，只是掏出一方手帕，递给南宫翊，"先包一下。"

"嗯。一个小口子，不碍事。"南宫翊勉强一笑。

这时，对面宫皓月迎完客人，亦入座。

皇帝南宫万海携贵妃，在众人簇拥下，缓缓走来，在主台上入座。

只见那贵妃身穿大红色牡丹宫装，袖口、衣摆绣满金色的波浪花边，雍容华贵。生得是凤眼修眉，腮凝新荔，神采精华，见之忘俗。

"这位是？"狄青青不免多看了几眼，小声问道。

"这是贵妃千乘碧雪。千乘家族是数一数二的大家族，尤其掌握了军权，不容小觑。"南宫翊解释着。

冷不防，狄青青眯着眼睛瞪着他，精光乍现："你和你父皇的贵妃有一腿？"

南宫翊正在喝着茶，"扑哧"一声，险些尽数喷出来。

"青青，休要语出惊人，我与她风马牛不相及，何出此言？"南宫翊无奈道，有时他真的跟不上狄青青的思路。

狄青青分析道："你看千乘碧雪此刻正襟危坐，头偏左，身体刻意与皇上保持距离。可见她虽受宠，却不爱皇上。她自入座以来，一直看向我，凤眸如刀，满腔敌意。你再瞧，她手中团扇本是装饰用，春寒未退，她却拼命扇扇子，可见心中郁火难平。我与她素不相识，何来敌意。所以我只能怀疑你了。”

说完，狄青青斜眼一勾，向南宫翊示威。

南宫翊薄唇一撇，无辜道：“你想多了。本王才不是那种人。”

狄青青依旧一脸怀疑。

南宫翊突然问：“怎么，你吃醋了？”

狄青青美眸一翻：“是你想多了。”

南宫翊心情似好了许多：“别怕承认，我又不会笑话你。”

狄青青：“……”

罢了，她不想与他费口舌。

她四处张望几眼，突然发现宫皓月一直目不转睛地望着自己，清亮的眼眸里仿佛流淌出绵绵情意。

而此时，南宫翊突然伸手揽住她，将她箍得紧紧地，动弹不得。

一时间，气氛无比怪异，回想起宫皓月之前说过的话，她更觉得尴尬，只得“喀喀”两声，低下头来。

随后，宫宴开始。宫女们端来各色精致的菜肴、点心。

狄青青能感受到宫皓月炽热的视线始终追随着自己，她浑身不自在，见到点心端上来，连忙拿了块桃花糕塞在嘴里，可越吃越尝不出味儿。

嘴里塞得满满的，狄青青一抬头，见宫皓月托着下巴，正好笑地望着她。

她一惊，差点噎着，连忙端起手边的杯子，一饮而尽。

喝完，才发现原来是酒。

太烈太辣，她想猛烈地咳，为了形象只能忍着。

南宫翊诧异地看着狄青青，赞赏道：“夫人真是豪饮呢。”

狄青青喉咙里辣得火烧一样，脸憋得绯红，好不容易才顺下去。

南宫翊宠溺地捏了下她的脸颊，频频往她碗里夹各种各样的菜。

狄青青望着面前堆成小山一样的碗，无奈道：“我哪吃得完。”再看看对面依旧紧盯着自己的宫皓月，她内心长叹，和男人打交道，还真不如和死人打交道啊。她是真不擅长啊！

琉璃在狄青青身后偷笑，轻轻戳了下叶武：“石头，王爷和王妃秀恩爱呢。看来很快就要有小世子了。”

叶武脸微红：“注意用词。”

“你看静王，一直看着我们家小姐，成何体统。”琉璃愤愤道。

叶武挑眉：“你也看出来了？静王对王妃有非分之想？”

“废话，有眼睛都能看出来。”琉璃叹息一声，“可惜我家小姐不太擅长和男人打交道。她要是这方面有我一半就好了。”

叶武：“……”

“那你家小姐擅长和谁打交道？”叶武好奇地问。

“和死人打交道。”琉璃翻了翻白眼。

叶武：“……”

宫宴歌舞持续，舞姬身姿曼妙，轻盈飞旋，一抬眼，一甩袖，流露出无限风情，众人喝彩连连。

酒过三巡，众臣皆有醉意。

歌舞看得乏了，皇帝南宫万海有些倦意。

这时，千乘碧雪悠然捋了下自己额间长发，抚了抚头上沉重的珠冠，提议道：“皇上，此次寻回静王，翊王妃可是首功，世间竟有奇女子能断案。臣妾倒真想开开眼界，看看她还有何才华，令人惊叹。”

南宫万海半倚在龙椅上，声音懒懒的：“如此甚好。”他看向狄青青，“狄青青，不如你给众臣表演一段。”

狄青青在席间躬身行礼：“儿臣领旨。”

她略略低头，掩盖住自己说话，质问南宫翊：“还说和千乘贵妃没关系？你看，她为难我了。”

南宫翊此时压低声音问：“青青，你会弹琴吗？”

狄青青在桌下朝他摆摆手，面上嘴唇几乎不动：“不会。”

南宫翊神情担忧：“歌舞呢？”

狄青青保持唇形不动，声音自齿间溢出：“我琴棋书画女工，除了下棋其他都不会。”

南宫翊：“……”

无奈，南宫翊只得起身打圆场：“父皇，我尚年幼时，您最爱听我母妃弹琴。要不今夜，儿臣为您弹奏那首母亲自己谱的曲。”

南宫翊这话，勾起南宫万海心底里美好的记忆，南宫翊的母妃很早就去世，他一直颇为遗憾。

“好，朕甚是怀念。”南宫万海此时已将让狄青青表演的事忘到九霄云外。

千乘碧雪脸色不佳，但也奈何不得。她犀利的目光如刀刮一样扫过狄青青。

狄青青疑惑，千乘家族与狄家素无瓜葛，这贵妃的敌意从何而来？

少顷，宫女们搬来长台，抱来乌木长琴。

南宫翊走上前，轻轻撩起衣摆，优雅坐下，指尖搭上琴弦，他试了试音，乌木琴发出低沉悦耳的声音，他正襟危坐，开始弹奏。

轻拂琴弦，柔和的音色如同一股清流自山涧而下，直流到人心坎里去。听着舒心愉悦，可渐渐琴声转为悲凉，如泣如诉，仿佛让人看到一盏红烛，一人独影，漫漫长夜，孤寂无奈。

此时的南宫翊，沉浸在琴声中，他闭着眸，指尖在琴弦上拨动，眉宇间有着些许思念，些许哀伤，孤傲俊朗的气质浑然天成。

狄青青坐正了身姿，听着听着，陷入沉思。

曲调凄凉过后，南宫翊手指如长轮劲转，音色陡然高了几分，越来越快，磅礴大气，直奏出战场上的铁马金戈，刀光剑影。

突然，全曲在一个至高音处结束，戛然而止，令人意犹未尽。

南宫翊起身，回到座位之上。

起先，曲毕后周遭一片静寂，静得连风吹过花海，荡漾之声都格外清晰。接着，南宫万海终于从精湛的琴声中回神，感慨万千，略显苍老的脸上亦有一丝动容。

“好！真好！更胜当年你的母妃。”南宫万海大为赞赏。

这下子，朝臣们才幡然从美梦中惊醒，纷纷鼓起掌来。

“想不到，堂堂翊王能征善战，还有如此高超的琴艺。”

“此曲真是天籁之音。”

“人间哪得几回闻。”

狄青青不禁刮目相看：“想不到，你还有此等绝艺。我还以为，你只会舞刀弄枪。不过，还是感激你替我解围。”

南宫翊不满地瞟了她一眼。他在她心中就如此不堪？

狄青青叹息一声：“此曲真是写尽你母妃的一生。”

南宫翊心头一颤：“说来听听？”

狄青青轻轻道：“起初，琴音舒缓明快，一如待嫁少女的美好向往。接着长夜漫漫，一灯一人，夫君时常不在，道尽婚后孤独寂寞。最后曲风陡转激昂，正是战火连绵，她既相思又忧思。最后，戛然而止，正如你母妃最后的结局——郁郁而终却又不曾后悔。可见，你的母妃是真的倾心你父皇。”

月色如流水倾泻，似为南宫翊面上覆上一层清霜。

他神情缥缈起来，目光里浮起隐痛，语气饱含沧桑：“母妃出身名门，知书达理，我知父皇敬她，却未必爱她。可惜我母妃一片痴心。”

似是想起什么，他疑惑地望向狄青青：“你不是不会弹琴？竟能参透琴音？”

狄青青白了他一眼：“不会弹就不会听啊。”

南宫翊感慨：“若母妃还在，必定视你为知音。”

狄青青问道：“这么好的曲子，曲名是什么？”

南宫翊苦笑：“没有名字。不然，还请夫人赐名？”

狄青青静默片刻，道：“妾心依旧。”

南宫翊起先一愣，接着明白了此曲名之深意。无论他的父皇宠她，还是冷落她，无论是否聚少离多，她始终爱他，为他担忧，等着他。正所谓“妾心依旧”。听罢，南宫翊神情微动，望着狄青青的眼神格外认真：“多谢夫人赐名。”

狄青青倒有些不好意思，忙摆摆手：“我瞎起的，别太当真。”

南宫翊但笑不语，眼角溢满柔光。

他的目光太过炽热，狄青青尴尬地坐得离他远一些，只觉浑身都要被他烧穿了。他牢牢盯着她，虽没有逾矩之举，可那侵略的眼神，好似一层层褪去她的衣裳，逼迫得她无所遁形。

终于，她忍无可忍，伸手想遮住他的眼睛，恼道：“不要再看了！”

他却擒住她的小手，凑至薄唇边，轻轻印下一吻。他的唇滚烫，仿佛直烫到她心底。

她的脸瞬间红了，无奈抽不回手，赶紧别开脸去。

见她这般娇怯模样，南宫翊笑得畅快，心情愉悦。

自南宫翊弹奏一曲之后，其余歌舞更加索然无味，南宫万海宣布宫宴结束。所有大臣起身道谢告辞。

南宫万海挥手示意，便有朝臣开始三三两两退下。

南宫翊亦转首对叶武和琉璃说道："你们先回府。"

叶武和琉璃依言退下。

南宫翊起身，欲和狄青青一同上前给父皇跪安后再离开。

谁知这时，禁卫军统领戚风火速奔来，神情焦急。

狄青青最是敏锐，嘴角漫起冷意，推一推南宫翊："出大事了。"

南宫翊刚站起来。

戚风已然扑通一声，在南宫万海面前单膝跪地，禀道："皇上，不好了。兰舒公主投水自尽了。"

"什么！"太过意外，太过震惊，南宫万海怒目圆睁，头后仰，竟直直向后昏倒过去。

"皇上，皇上。"这下可吓坏了一众妃嫔。

尖嚷声、呼喊声、抽泣声、奔走声……不绝于耳。

千乘碧雪最是沉着，她冷喝一声："都不要吵，赶紧请太医来。"

此时，宫皓月与南宫翊均奔至主台。

宫皓月自身后将南宫万海扶起，用力掐他的人中穴和合谷穴，边掐边道："暂时不要移动父皇，父皇只是一时情绪激动，导致心血逆流。此时移动反而会加重病情。"

少顷，刘太医火急火燎地赶来。

见到宫皓月，刘太医上前查看一番后，恭敬道："多谢静王殿下，皇上心血逆流，按压人中穴和合谷穴最为重要。待我为皇上施针。"说罢，刘太医打开药箱，取出一排银针，开始施针。

千乘碧雪此时环顾四周，见戚风还跪着等待复命，忙道："皇上这边有本宫照料，待施针后送皇上回寝殿休息。你们赶紧去瞧瞧兰舒公主。"

南宫翊拱手道："烦劳贵妃。"他转身朝禁卫军统领戚风道，"公主在何处？”

戚风悲痛地道：“一个时辰前，有人发现明月湖里漂起一具浮尸。我便派人打捞，本以为是位宫女，谁知竟是兰舒公主。哎。”

宫皓月神情凝重，道：“走，赶紧过去看看。”

一行人火速赶往明月湖畔。

明月湖乃是皇宫中最大的湖泊，位于整个皇宫建筑群的西北角。湖边奇石嶙峋，桃柳林立，此刻月影婆娑，倒映在湖上，更添几分阴森的味道。

明月湖边，禁卫军将现场围得密不透风。

见到南宫翊和宫皓月后，禁卫军恭敬地分立两边，让出一条道。

“翊王。”

“静王。”

道路的尽头，一名白衣女子躺在地上，已死去多时。虽然肢体僵硬，面部浮肿，依旧能瞧出原先是个精致的美人。

南宫翊走上前，单膝跪在南宫兰舒身体边，声音沙哑：“皇妹是父皇心头最爱，就这样死了。一定要查出真凶，为她报仇。”

宫皓月此时正围着尸体仔细查验，他时而翻了翻南宫兰舒的衣摆，时而轻轻拨动她的头颅。此时禁卫军递上手套，他伸手戴上，又启开尸体的口唇，仔细看了又看，最后道：“没有凶手，她是自尽。”

南宫翊的声音陡然提高：“皇妹千金之尊，集万千宠爱于一身，她有什么理由自尽？”

狄青青此时也戴上一副手套，蹲在尸体身边左摸摸右摸摸：“灯笼靠过来些，再照亮点！”

南宫翊近前一步：“青青，你怎么看？我只信你。”

狄青青静默片刻，轻声道：“口鼻部有蕈状泡沫，亦有泥沙，手中尚握有水草，可见死前曾在水里挣扎，因窒息呛入大量泥沙。如果是先被害再投水，死者口唇紧闭，是不会有泥沙的。确实是自杀。”

南宫翊踉跄后退一步，不敢置信，痛声道：“为什么？究竟为什么？”

狄青青依旧蹲在地上，想翻开南宫兰舒的衣襟仔细查看，无奈周围人多，受到限制。回头望见南宫翊一脸痛楚，狄青青犹豫片刻才道：“或许是为情所困。”

她站起身，问宫皓月道："可否前往兰舒公主寝殿看看？"

宫皓月略略思索，吩咐戚风道："兰舒公主系自杀，还请将她遗体停放回她的寝殿。"

戚风忙回道："是，静王殿下。"

狄青青与南宫翊先行来到兰舒公主的寝殿。南宫兰舒住在皇宫西北角落，名唤枫月院，院里种满紫竹，夜风吹过，"沙沙"直响。

"兰舒公主很喜欢竹子？"狄青青问枫月院的宫女，"既然名唤枫月院，为何都种竹子？"

宫女蕙兰回禀道："王妃，以前枫月院的确都种满枫树。但一年多前，兰舒公主突然命人将枫树都移走，改种竹子。"

"哦。"狄青青心内疑惑，又问，"公主没说原因？"

蕙兰回道："没有。"

"嗯，我们进房中看看。"狄青青四处打量。

蕙兰带路，引着狄青青在房中四处走动，房间并不大，物什也很少，却显得更精致更奢华，可见兰舒公主平日里十分讲究。

蕙兰一一指过去："这里是公主平日睡觉之地，这里是公主梳妆之地，这里，公主闲暇时最爱在此处绣花，这是她平时绣花用的竹篓。"

狄青青打开竹篓仔细翻了翻，里面有一枚绣了一半的香囊，上面绣有竹叶花纹，她端详，眼眸微闪。

"什么时候发现公主不见了？"南宫翊问道。

"早上用过早膳后，公主吩咐，说她不需要午膳了，不要打搅她。奴婢便不敢打搅，到了晚上也不见公主有动静。再下来，就是得知公主溺水了。"蕙兰低头回答，时不时地抹眼泪，"公主与世无争，安静娴雅，究竟是为何？"

"没错，兰舒公主早上就投湖了，到了晚上浮尸上来，时辰差不多。兰舒公主这段时间有何异常行为？"狄青青一边翻动着南宫兰舒平时看的书、穿的衣服，一边问道。

"这大半月来，奴婢总觉得公主有心事，魂不守舍，吃得极少，连平日里最爱的绣花都不碰了。公主素来沉默寡言。从不与奴婢们多说什么。"蕙兰泣道。

“嗯。我知道了。”狄青青站在梳妆台前，把玩着桌上一支象牙发簪。又是竹节形状！她嘴角略勾，问南宫翊，“你皇妹可有心仪之人？”

南宫翊一愣：“从未听说。想来皇妹也到了待嫁年纪。”

“哦。”狄青青微愣，她直觉兰舒公主不可能没有心上人！

恰好此时，宫皓月领着戚风将南宫兰舒的尸体停放在了枫月院正厅。

狄青青与南宫翊缓步来到正厅。

只见南宫兰舒安静地躺在那儿，苍白精致的脸上血色全无。蕙兰见状，扑上去痛哭流涕：“公主，公主！”

狄青青突然道：“静王殿下，兰舒公主应该是溺水自尽无疑。如今你执掌刑部，可否派一宫中老嬷嬷协助我一道，将公主的衣裳脱去擦身，待我检验过后，再换上干净的衣裳。虽未必会有发现，总不留遗憾。”

“这，不合规制。”宫皓月沉默片刻，同意了，“好，依王妃所言。”

很快，宫里年长的曹嬷嬷来到枫月院正厅，所有男子皆退出，只留下狄青青和曹嬷嬷两人。

大约一炷香时间，狄青青自正厅走出来，她脱下验尸的手套，交给一旁的侍卫。

宫皓月忙上前问：“可有发现？”

狄青青摇头：“浑身都没有伤痕，确实是自尽。静王可以结案了。”

南宫翊走近狄青青身侧，见她脸色泛青，嘴唇发紫，知她累了，将自己的披风解下，密密包裹着她，心疼道：“夜已深，起风了。你我去探望下父皇便赶紧回府吧。”

狄青青亦倦了，忍不住打了个哈欠。

“好。”

元极殿是皇帝的寝居之处。

殿内纱帷重重，南宫万海已经醒转，千乘碧雪在一旁服侍着，一口一口亲自喂着汤药。南宫兰舒的情况戚风已经全部汇报过了。

此刻的南宫万海像是瞬间苍老许多，脸色灰败。

“父皇，请节哀。”南宫翊跪地劝道。

狄青青亦跪在南宫翊身侧。

片刻，宫皓月亦走进来，禀道：“父皇，一切已安排妥当。”

南宫万海神情颓丧，悲恸道："按最高礼仪厚葬。哎，舒儿究竟为什么想不开？你们查，一定要查出她为什么想不开。"

宫皓月忙回答："父皇请节哀，儿臣定仔细查。"

"朕乏了，你们都跪安吧。"南宫万海悲痛入骨，无心言语，手一挥，示意他们统统退下。

"是，父皇。"

南宫翊，狄青青与宫皓月三人齐齐退出元极殿。

回翊王府的路上，狄青青已十分困倦，时不时打哈欠。

南宫翊揽过她，让她头轻轻靠着自己肩膀。

狄青青的声音透着倦意："南宫翊，你的皇妹不是处女。"

南宫翊被狄青青这句话惊到，下意识地猛地用力收紧胳膊，狄青青被他圈在怀里，动弹不得，艰难道："放开，我喘不上气了。"

南宫翊赶紧松开："你不是说皇妹的确是自尽？"

狄青青顺了顺呼吸："她确实是投水自尽，只是这原因。起先我只是猜测。事关公主名节，所以我斗胆请曹嬷嬷验了下，果然如我所料。兰舒公主已不是处女。但此事不能声张。曹嬷嬷很清楚，若她透露，为保公主名节，必定会杀她灭口。而我，也只能装作不知道。"

"可恶！皇妹长居深宫，极少外出。是何人糟蹋她？"南宫翊一拳砸向马车窗棂，大怒道。

马车震了又震。

狄青青忙道："你冷静点。公主是自愿的，没人强迫她。如果我没猜错，公主对此人极为痴心。你看满园都改种成竹子，篓子里有尚未完成的绣给男子用的香囊，上面也是竹叶纹，就连象牙发簪都是竹节状的。不知这竹子与公主倾心之人，有何关联。"

"既然如此，完全可以提请父皇成全她，为何要投水自尽？"南宫翊痛心疾首。

狄青青叹道："也许兰舒公主有难言之隐。香囊绣了一半未送出，肯定是中途出了变故。究竟是什么样的男子，能让眼光甚高的兰舒公主失了魂，丢了命。最好先查查她身边的侍卫，看看她平时都与何人接触？"

"我觉得此事必有蹊跷。"南宫翊嘴边漫起冷意，"青青，眼下一桩事接着一桩事，我真觉得心中不安。本来宫宴过后，我们可以出发前往临江彻查狄家粮仓一案。可眼下又得耽搁了。”

“青青，你在听？”南宫翊低头，发现狄青青已经倦极睡着。他心疼地将她搂紧，轻抚着她如缎般的长发。

到了翊王府。

琉璃正在门前翘首以待。

见到南宫翊下了马车，忙叫道：“姑爷！你们可算回来啦！”

南宫翊怀里抱着狄青青，以眼神制止琉璃喊叫。他小心翼翼地抱着她，眼神醉人又柔和，仿佛抱着最珍贵的宝物。

他朝风清苑大步走去，背影没入浓重的夜色之中。

清晨时分，下着小雨，细亮如银丝。

时间转瞬过去大半个月，办完南宫兰舒的丧事之后，已近初夏。

狄青青与南宫翊终于可以踏上前往临江查案的旅途。

临行前，狄青青额外获准去天牢探望父亲狄谨仁。

马车抵达天牢，狄青青与南宫翊步下马车。天牢两扇铜门紧闭，门上雕着两个骇人的青铜兽首，眼珠暴突，面目狰狞。

铜门漏开一道缝隙，狱卒长出来相迎：“王爷，王妃，请进。皇上有令，只有半炷香时间，还望王爷多担待。”

南宫翊颔首，携狄青青一同入内。

走过幽冷阴森又漫长的走道，拐过弯，步下台阶，来到更深的地下牢房。没有窗亦没有光，墙壁上烛火跳动。

狄青青的心揪起来：“爹爹恐怕风湿病又要犯了。”一直走到尽头处，狱卒长将石门打开：“王爷，王妃，请。”

门又矮又窄，南宫翊与狄青青弯腰进入牢房。

牢房里没有想象中糟糕，颇为干净，石床上亦铺着软垫，牢房高处竟然还有一扇小窗，倒也没那么阴暗潮湿。

“爹爹。”狄青青几步奔上前，扑到狄谨仁身边，眼角淌下泪，“爹爹你受苦了。”

她抬起头，泣道：“爹爹，你头发白了许多。”短短数月，爹爹像是老去许多，额头上也生出十余条皱纹。

狄谨仁轻轻抚着她的头："女儿，爹爹本就老了。"

"岳父大人。"南宫翊拱手道。

狄谨仁望向南宫翊："多谢王爷照拂，老夫在这狱中没有受半点罪。"

"应该的。"南宫翊应道，见到狄青青哭泣，他的心跟着揪起来，他从未见过她哭泣，一般的事也难不倒她。此刻她的泪，让他觉得心都要碎了，他情不自禁伸手替她擦去泪痕，柔声道："会有办法的。"

狄青青颔首。

狄谨仁打量着南宫翊，目光碰撞的刹那，似能感受到南宫翊对狄青青那份情感，他感慨道："青青啊，爹爹果然没看走眼。满朝放眼望去，当属翊王为人正直，可以依托。"

"王爷。"狄谨仁突然郑重道，"老夫有一事相求。"

"自家人何来相求，岳父请讲。"南宫翊恭敬道。

狄谨仁的声音苍凉无比："狄家虽富甲天下，可老夫唯有青青一个独女，老夫也有散去家财之意，可无奈仍有小人作祟。眼下皇上视狄家如心头刺。即便查清粮仓一案又能如何？俗话说，嫁出去的女儿泼出去的水，青青与我再无关系。狄家涉案牵扯不到青青。还望王爷，到了万般无奈之际，保全青青即可。"

"爹爹！"狄青青一听急了，此话分明有诀别之意。

狄谨仁摆摆手，严肃道："青青你先出去。我有话单独和王爷说。"

狄青青无奈，可又拗不过狄谨仁，只得起身走到石门外。

牢门重重关上，空气里只余死一般寂静。

"岳父何出此言？"南宫翊问道。

狄谨仁叹道："老夫虽陷牢狱，外面的事亦有耳闻。皇上的心思，王爷岂能不了解？此番皇上虽然答应查案，恐怕已是犯了皇上心中大忌。即便沉冤得雪，皇上又岂能放下芥蒂？只会觉得王爷相逼。王爷想要救青青一人易，想要救整个狄家太难。必要时，弃马保车。"

"可是……"南宫翊凝眉，狄谨仁说的他自然懂。可他如果做得出来，他也不是南宫翊了。

"王爷，听说眼下多了静王？"狄谨仁问道。

“确实。”南宫翊道。

“所以，王爷更要为自己前途考虑。毕竟皇上多了一个选择，而王爷少了一条路。留得青山在。”狄谨仁站起身，恭敬作揖，“礼节在前，承蒙王爷喊老夫一声岳父。请受老夫一拜。”

“不敢当。”南宫翊忙扶住狄谨仁。

“青青就拜托王爷了。”狄谨仁重重握住南宫翊的手臂。

“放心！本王此生不负青青，若有违背，愿受百毒蚀骨之苦，痛不欲生。”南宫翊郑重起誓。

狄青青在门外等候一会儿，石门便打开了，她刚想进去，里面却传来狄谨仁苍劲的声音：“青青，时候恐怕到了，赶紧回吧。”

南宫翊亦道：“我们也该启程了。”

透过门缝，依稀能看到狄谨仁在石床上坐下，闭目养神。狄青青心里不舍：“爹爹，可我还有话想问。”

“青青，关于粮仓一案，爹爹一无所知。查得怎样，便是怎样，莫要强求。”

狱卒长上前关闭石门。

“那，爹爹保重。”狄青青望着关上的石门，再看不见爹爹身影，心里空落落的。

“我们走吧。别急，眼下最重要的是查案，粮仓一案，此前我已多方查探过，有一些线索，一会儿途中与你细说。”南宫翊知她不舍，安慰道。

“好。”狄青青一步三回头，依依不舍地离开天牢。

出了天牢，狄青青与南宫翊前往帝都最大的码头，盛京码头。

雨依旧下着，迷迷蒙蒙，浩瀚的江面上仿佛浮动着一层白蒙蒙的轻纱。远近的山峰若隐若现，往来商船频繁，白帆点点，如梦如幻。

南宫翊撑着伞，引狄青青下马车：“前往临江路途多山，车马难行，唯有水路最是便利。”

码头上，琉璃和叶武已在等候，琉璃见到狄青青，兴奋得直挥手：“小姐，姑爷，这边这边。”

叶武眉头直皱：“你声音小点。”

琉璃轻哼："要你管。你又不是我夫君。"

叶武："……"

狄青青走上前去，琉璃连忙帮她打伞："小姐，你看这艘船漂亮不，姑爷包下啦。我带了好多好多你爱吃的点心。"她晃着手里的包裹。

"你呀，出门在外，谨言慎行，知道吗？"狄青青点一点琉璃的额头。

"哎呀，知道了。小姐、姑爷，快上船吧。"琉璃拉着狄青青就走。

南宫翊与叶武先登船。

琉璃心急走在先，也登上了船，还不忘回身催："小姐，快点快点。"

狄青青抬步，刚要走上踏板。

"青青，等一下。"

突然，身后传来清冷的声音，穿透嘈杂的雨声，鼎沸的人声。

狄青青循声回首，却见一人独立雨中。

宫皓月一袭白衫，迎着风雨，他并没有打伞，雨不大，落在他墨色长发上，凝成水珠，晶莹一闪，缓缓坠落。

"静王殿下？"狄青青一愣，"你怎么来了？"

宫皓月几步走上前，笑容如沐春风："以前你帮了我几次，该我回报你了。我领了皇命，特来相助。"

一时间，狄青青微愣，不知如何接话。

南宫翊本已上船，见到宫皓月，黑着脸走下船，拽着狄青青就走："快些，船要开了。"

"等等，他请了皇命一同查案。"狄青青挣脱，指一指宫皓月道。

宫皓月此时从袖中取出一卷布帛，递上前："皇弟，不信可过目。"

南宫翊并不接，只淡淡道："就算皇命说一同查案，又没说一同乘船。这是本王包下的船，你搭其他船，请自便。"

说罢，他干脆一脚踢飞登船所用的踏板，抱起狄青青足尖一点，纵身一跃，人已置身船中央。

"开船！"南宫翊一挥手，命令道。

船夫起锚，船缓缓离岸。

独剩宫皓月一人立于码头边。

宫皓月朝狄青青挥了挥衣袖，喊了句："临江见！"

狄青青倚靠着船舷，脸一阵红，一阵白，很是尴尬，伸手抚上额头：“南宫翊，你也太小家子气了吧，这么大的船，多带一个人又何妨？”

南宫翊：“船上只备了四个人的饭菜。”

狄青青：“……”

船很大，垂下巨型白帆，随风张扬鼓起，奢华气派。

甲板上有两层楼，下层设施齐全，敞亮的大厅里铺着厚密的毛绒地毯，拐角处是雕花楠木楼梯。

南宫翊带着狄青青走上二楼，这里是一间厢房，有榻有床有茶桌。

桌上早已备下各色糕点与茶水。

软榻上垒着一摞书。

狄青青上前翻了翻，竟然都是些稀奇的书，她眼波微动：“都是你准备的？”

南宫翊在桌边坐下，提起茶壶，给自己倒了一杯茶，也给狄青青倒了一杯：“那是自然。走水路要明日傍晚才能抵达临江。”

“以前随爹爹跑生意，我去过临江，那里依山傍水，风景秀丽，民生富饶。”狄青青接过茶杯，轻轻抿了一口。

“是，但因水系发达，极易导致洪灾。江南还好，江北此次受灾严重。我此前曾派叶武去秘密打探，略有所获。”南宫翊正色道。

狄青青眼神一亮：“说来听听？”

“你爹在临江有三处粮仓，其中江北萧县粮仓最大，粮仓建在江心一座小岛上，主要通过纵横的水路将粮食送达存储。而此次出事的，便是萧县粮仓。经临江督查宋允提查明，洪灾以后，从萧县粮仓运出百船赈灾粮，送往灾区，被截获后发现皆是应丢弃的陈年霉米。而与此同时江南本来粮食短缺，市面上却涌出许多高于市价十倍的精米。因此，铁证如山。”南宫翊饮了几口茶，叙述道。

“就算一船粮食价值千两，百船不过十万两。我爹何必？想必是其他人冒用我爹名义？”狄青青疑惑道。

“未必是冒用。因为叶武查到，萧县粮仓的主事李雍原本坚称，装上船的都是精粮。可后来在严刑之下，还是改口了。”南宫翊长眉一扬，“我已拿到李雍最初的口供。”

狄青青惊讶道："什么时候的事？我怎么不知道。"

"时机不成熟，也算不上铁证，拿着也是枉然。我本想以此劝说父皇重审，但……"南宫翊凝眉，欲言又止，干脆换了话题，"所以此案疑点就在上船的时候是精粮，到港查货却成了霉米，经萧县粮仓的人确认船无误。这就奇了，行船不过一夜时间，凭空精粮变成霉米。真是见鬼了。"

狄青青听着，陷入了沉思。如果这是有心设计，岂不又是一桩奇案？好似南宫婉彤金丝断头案一般，仿佛神鬼所为，无法解释。

那这一系列的案件，是否有关联？

总而言之，设计这一切的人，能力或许在她之上。

狄青青深吸一口气道："我去甲板走走。"

她走出厢房，来到甲板上。迎面扑来雨水清新的味道，令人思绪宁静。

烟雨霏霏，满山青翠皆在眼前，美得好似一幅写意水墨画。

雨滴落下，河水溅起无数圆圆的涟漪，她呆呆地望着这一圈圈的涟漪，一时也没有头绪。

她只觉肩上的担子，越来越重。

船在江面平稳行驶。

到了次日午后，船已由江面驶入支流河道，虽不波澜壮阔，然九曲十八弯，水清澈见底，河边重重垂柳在风中飘摇，如同一卷天然垂帘。

船帆已收起，船夫改用长长的竹篙插入河底，缓缓前行。

狄青青在厢房中坐了片刻，有些困倦。南宫翊手持一卷兵书，斜靠着软榻闲暇翻看着。

狄青青站起来，想去床上午休一会儿。

谁知这时，船猛地一晃。

事发突然，狄青青根本无法站稳，跌跌撞撞连退几步。南宫翊敏捷地伸手揽住她，可船晃得太剧烈，两人一道倒下，相拥滚在榻上。

船终于不再晃动。

然此时，南宫翊已将狄青青压在身下，姿势暧昧。

行动远远先于思考，许是压抑太久。南宫翊突然俯首，狠狠地吻住她，当他意识到自己的冲动时，舌已然卷住她的舌，深深掠夺着她。

狄青青屏住呼吸，脑子里无法思考，只得无力地抓住他的衣领。

南宫翊疯狂地吻着她，只要她稍有反抗，他便变本加厉，直到她软在他身下，再也无力。终于吻够了，他略略支起手臂，剧烈地喘着气。他居高临下地望着她，她酥肩半露，衣襟微敞，脸红得如渗血，胸前波澜不断地起伏，他满意地从她眼里看到了紧张、无措和迷茫，不同于平日的明慧与敏锐。

他深色的眼眸，此刻格外暗沉，他气息极不稳："夫人还要让我睡多久的榻？"

狄青青只觉脑中轰一下，对于男女情事，她是懵懂的。大婚以来，包括昨夜，南宫翊一直都睡在榻上。

"不说话就是默认。"南宫翊邪气一笑，不等她回答，抓住她的手牢牢按在榻边。

这样的姿势更没有安全感，狄青青低呼："我不……"

话还没说完，他又重重堵住她的唇。

激情一触即发。

谁知突兀的女声打断一切。

"小姐、姑爷，船搁浅了！"琉璃跌跌撞撞地跑上楼通报，然而推开门看到的这一幕，让她悔得肠子都要青了。

琉璃见状，立即反应过来："我马上走。你们继续。你们一定要继续！"

说罢，"砰"一声，琉璃把厢房门关好，一溜烟跑没影了。

这让狄青青瞬间清醒了几分。

她立刻推开南宫翊，赶紧坐起来，胸前的盘扣有几粒松开了，她尴尬地去扣，许是扣子太圆，手总打滑，越着急越扣不上，手心里全是汗。

南宫翊懊恼地叹息一声，平息自己狂乱的呼吸，见她手足无措的样子，又气又好笑，干脆伸手想帮她扣。

然而，狄青青却如惊弓之鸟般跳开。

南宫翊一把按住她的肩头："我帮你扣。"

狄青青再不敢动。

南宫翊略略俯首，他扣得很慢，仿佛周遭一切都静止了，唯有彼此的呼吸声，此起彼伏。

突然，几缕墨发自他肩后滑落，她情不自禁伸手替他别至身后。

他抬眼望了她一眼，眸中荡漾着似水柔情。

她一惊，手像是被烫到一般，慌忙缩至身后。

“我，我出去走走。”衣裳扣好后，狄青青迫不及待地从他怀里跳开，心怦怦乱跳，杂乱无章。

她“噌噌”飞快地跑下二楼，见一楼长台上摆着茶壶，方才觉得喉咙焦渴似火烧，唇也是火辣辣的。她连忙上前倒水，连喝几杯，却半点没有浇灭心头的燥热。她摸了摸自己的脸，亦是滚烫。这样子没法出去见人。她知道，琉璃肯定在甲板上，而二楼有他。此时此刻，船虽大，她却无置身之处。

南宫翊独自坐在二楼厢房中，回想起方才她仓皇逃离的模样，嘴角扬起一抹邪气的笑容。

甲板上，琉璃仰天长叹，悲愤万千，连连跺脚。

叶武奇道：“怎么了？”

琉璃欲哭无泪：“我坏事了。我竟然坏事了。我期待那么久，他们差点就要睡了。竟然，被我破坏了。”她猛敲自己的头，“都怪我，都怪我！”

叶武嘴角抽搐：“注意用词！”

琉璃白了他一眼：“石头一块。不行，我要弥补。石头，你有没有催情药之类的东西。”

叶武大窘。

船夫们折腾一番后，船终于不再搁浅。只是耽误了一个时辰，待到船靠岸时，已是入夜。

“青青、琉璃，你们换上男装，等会儿方便一些。”南宫翊将两套衣服交给她们。

“哦。”狄青青接过衣服，倒也没多问。

“下了船注意些，尽量不要暴露女儿身。”南宫翊吩咐道。

“姑爷放心，这种事儿我和小姐经常干，熟门熟路。”琉璃笑着说道。

狄青青：“咯咯。”

南宫翊挑眉望向狄青青，戏谑道：“经常？”

狄青青面色一红，忙尴尬转身："我去换衣服。"

不多时，狄青青从厢房走出来的时候，已然化身一名翩翩少年郎。天蓝色的锦缎长衫，长发盘起，白玉束冠，明眸皓齿，清爽如兰，既优雅又不失英气。

南宫翊竟看得移不开视线。

琉璃也换好了衣裳，见到狄青青不免吹嘘道："姑爷，咋样？以前小姐这样出门，可是有很多爱慕者呢。有一回，啊——"

冷不防，狄青青用力踩住琉璃的脚。

狄青青皮笑肉不笑，咬牙道："不要再说了。"

"哦？"南宫翊提高了声音，好奇道，"有一回怎么了？"

琉璃挠了挠头，干笑道："没啥，总之就是迷倒男女一片。"

"走吧，下船了。"狄青青拉着南宫翊便走，不能再进行这个话题了。

船夫已经架好踏板，恭敬地等候他们下船。

临江城是东南方水陆交通的汇集地，很是繁华。雨已停，夜色如辽阔的黑幕，繁星点点，码头店家云集，远远近近到处都挂着长串的红灯笼，在风中摇曳。

身后，墨色的夜与漆黑的港湾似融为一体，分不清水和天。身前，却是另一番盛景，像是步入纸醉金迷之地，灯火辉煌，拱桥上人头攒动，小贩们高声吆喝，兜售着各色精致的吃食，还有卖花灯的，在人群中来回穿梭，闪亮得直晃眼。

狄青青走下船，刚着地，清亮的男声响起。

"青青，你们终于到了。"

狄青青抬头，见宫皓月竟已在码头等候。他换了一袭蓝色锦缎袍，与夜同色。她一愣，他们的船搁浅了一阵子，倒是宫皓月先到了。

看到宫皓月，南宫翊再好的心情也顿然全无。

南宫翊黑着脸，冷冷道："皇兄，到得挺早。我们要去用晚膳。"

"那正好，我也没吃，在这等了一会儿。我们同行。"宫皓月谦和有礼，惊艳的眼神却一直停留在狄青青身上。

南宫翊烦透了，也寻不出词拒绝，毕竟皇命难违。他转身对狄青青说道："走，去百花楼。"

百花楼？听这名字，像是烟花之地。

狄青青跟随南宫翊，一行人自码头穿过拱桥，又穿过商铺林立的街道，来到巷尾深处的一座三层小楼，门牌上赫然写着三个烫金大字——百花楼。

“奇怪啊，这到底是青楼，还是酒楼啊？没挂灯笼，也没人在门外招待？”琉璃又新鲜又好奇。

“这里都是官妓，所以外面看起来比较低调。”宫皓月给琉璃解释道。

“哦。”琉璃应道，她小心地望着宫皓月一眼，静王温润如玉，倒也不假。不过她可得提醒小姐，千万不能被旁人的温柔迷昏了头啊，她家小姐最招架不住这一套了。

“临江城往来的富商以及重要官员，一般都在此地洽谈，所以我想看看，能否有收获。”南宫翊对狄青青说道。

平日里，他才不屑来这种地方。

“嗯。”狄青青颔首，这点她很赞同，越是鱼龙混杂之地，越能获得消息。难怪下船前，南宫翊让她们换上男装，竟是此意。

步入百花楼的那一刹那，狄青青亦是震惊，想不到外表平凡无奇，一入正堂竟如此气派：几根巨型雕花木柱直通三层楼顶，屋顶皆是繁复的木雕，巨大的烛台垂着，伸出数不清的烛盏，一支支燃烧的蜡烛，把大厅照得透亮，投下无数道摇曳的光。

大厅的尽头，是几扇巨幅屏风，屏风之前搭着唱台，此刻正有几名红衣歌姬跳舞，舞姿并不撩人，衣着也得体，是循规蹈矩的宫廷舞。

“啧啧，到底是官妓，果然层次不同啊。普通青楼相比差远了。”琉璃大开眼界，赞道。

“说得好像你很了解一样。”叶武轻嗤道。

“废话，我当然知道啊。我从小在青楼里长大，十岁那年，有人诬陷我偷金首饰，小姐一眼识破真相，还我清白。后来，小姐将我从青楼里赎出来，我就一直跟着小姐啦。”琉璃得意地扬眉。

叶武讶异，难怪琉璃语不惊人死不休，还对男女之事指指点点，原来是从小耳濡目染。

南宫翊听出话中之道，长眉一挑：“你俩同年，这么说，你家小姐十岁就逛青楼了？”

“呃。”琉璃惊觉自己说漏了嘴，赶紧捂住嘴，只露出一双圆溜溜的大眼睛。

狄青青无奈翻白眼，真是欲盖弥彰。

南宫翊侧身瞟着狄青青：“我年二十时才去过青楼喝酒，夫人还有何壮举，不妨说来听听。”

狄青青：“……”

此时，百花楼鸨母迎上来：“哟，几位贵客从何而来呀？”

“要一间上好的包厢。”宫皓月避而不答，递上一锭银子。

南宫翊却道：“不用，坐在大厅即可。”说罢，他走向西南角，挑了一张小桌，只有左右两个座位，他撩袍坐下，指一指身旁座位，“青青，你坐这。”

狄青青只觉头皮发麻，南宫翊的小气还真绝了，摆明了不想和宫皓月同桌吃饭，专挑这最小的双人桌。

无奈她也不好表示什么，只得坐下。

宫皓月只是淡淡一笑，在他们隔壁一桌坐下。

“好嘞。”鸨母是见多识广之人，来人出手阔绰，衣着华贵，定是达官贵人。她忙喊道：“姑娘们，上菜，上酒，接待贵客了。”

琉璃和叶武识相地自己找了座位坐下。

一行人分三处坐，真是太尴尬了。

南宫翊招手示意鸨母过来，他在鸨母耳边轻语几句。

鸨母抬头，眼神怪异地打量了狄青青一眼，忙颔首。

片刻，数名女子自楼上下来，桃红柳绿，燕瘦环肥，容貌各有千秋。

鸨母交代了几句，姑娘们便开始斟酒上菜，殷勤招待。

奇怪的是，狄青青这一桌，姑娘们上菜之后再无人招待，南宫翊独自斟酒，慢慢品着，狄青青有些饿了，卷了一块鸭酥吃起来，又吃了几筷青笋。她心内赞赏，味道还真不错，清爽不腻。

倒反是宫皓月那一桌，围满了姑娘，倒酒的倒酒，夹菜的夹菜。

有一名最是貌美的姑娘，杏眼瓜子脸，腰细如瓶，挨在宫皓月身边的座位坐下殷勤地劝酒。

“哎呀，公子生得好俊，温文尔雅。真是我们的梦中情人呀。”

“公子你打哪来呀，我叫月荷，公子可要常来哦。”

宫皓月显然不擅长应付，俊颜潮红，拘谨地坐着，一味推拒。

狄青青边吃边疑惑，她看了看南宫翊，又低头看了看自己的装扮。明明南宫翊相貌举世无双，自己男装也是风度翩翩，为什么没人围上来？起码也得倒酒啊？

不寻常啊！他们魅力比宫皓月差这么多？

不可能吧！

狄青青给自己倒了杯茶，轻啜几口，终于问道：“你跟鸨母说了什么？她不想做我俩生意？”

南宫翊夹了一筷菜，举止优雅地送入口中，吃得慢条斯理，从从容容，他缓缓道：“我说，我俩是龙阳之好。姑娘就免了。”

“扑哧”一声，这次狄青青再也没忍住，上好的茶水尽数喷出，所幸她喷向了旁边，不然出丑就大了。

南宫翊一脸淡定地起身，取出帕子，细细替她擦拭着嘴角，神情暧昧，动作轻缓又温柔。

狄青青尴尬地抢过他手里的帕子，狼狈地擦拭着自己。

他微微一笑，复又坐下，悠闲地吃菜。

刚才的动静，令众人皆朝这边望来，尤其那些姑娘们意味不明的眼神，狄青青简直想夺门而出。

正在尴尬时。

鸨母突然高喊一声：“冰蓝姑娘要出来唱曲了！”

瞬间，众人的目光都被吸引过去，纷纷望向唱台。

冰蓝姑娘人未到，掌声已如雷鸣般响起。

“看来，是这里的头牌要出来了。”狄青青微微眯眸。

南宫翊却兴致缺缺。他招手示意鸨母过来，问道：“向你打听件事。漕运总督李荣江可是这里的常客？”

鸨母面露难色：“这……”

南宫翊递上一锭金子。鸨母眼神一亮，慌忙收入袖中：“确是，二楼他有一个常用包房，他的相好琴雨儿没死前，他隔三岔五就会来。琴雨儿死后，他就有段时间不来了。对了，琴雨儿是百花楼原来的头牌，她香消玉殒后，我们这才从西郡高价请来了沈冰蓝姑娘，最近李大人偶尔会来听听曲。”

这时，一阵丝弦音过后。

唱台之上，屏风之后，翩翩丽影转出，一袭长及地的浅粉色绣石榴长裙，容貌清丽淡雅，温婉柔顺，眸子里水光盈盈，我见犹怜。

沈冰蓝抱着琵琶缓缓落座，盈盈一笑，指尖拨动琵琶弦，乐声时而如山泉般清亮，时而如小溪九转回肠，时而凄凉，时而婉转，种种不同情绪蕴于琵琶声中，听得底下之人如痴如醉。

随后，她轻启朱唇，婉转吟唱。嗓音滑润如玉，如怨如慕，如泣如诉，余音袅袅。

一曲罢，众人恍在梦中，半晌才回神，旋即掌声如潮。

沈冰蓝起身致谢，不经意的目光瞟至南宫翊这边，顿时一惊。哐当一声，琵琶落地，她慌忙弯腰捡起。可一双秋水眼眸，再也离不开南宫翊身上。

南宫翊正思索着鸨母的话，冷不防狄青青推了他一下，他猛地回神：“怎么了？”

狄青青半是戏谑道：“这头牌认识你。”

南宫翊这才往台上望去，打量了下沈冰蓝，瞪了狄青青一眼：“我不认识她。”

“但人家认识你。”狄青青转动着手中的茶杯，杯中清茶荡漾，“她看你的眼神，绝非初次相遇的倾慕，而是夹杂着惊喜、担忧和倾慕。南宫翊，你当时在何地受的伤？”

南宫翊挑眉道：“当时在西郡平流寇之乱，路遇伏击，受了重伤，怎么了？”

狄青青问鸨母：“你这新来的头牌，来了有多久？”

几个毫不相干的问题，问得南宫翊一头雾水。

鸨母笑道：“四个月余三日。”

“呵呵。”狄青青美眸闪过精光，手中茶杯微微一晃，洒出些许茶水来，她一字一字玩味道，“你的救命恩人，找到了。”

南宫翊一愣，脸色微变：“青青，什么意思？”

狄青青将茶杯往桌上一撂：“你瞧见没，这位冰蓝姑娘是用左手弹琵琶！曲毕她一直盯着你看，目光还时不时看向你的手。你四个多月前在西郡受伤。鸨母说冰蓝姑娘是从西郡请来的头牌，来了四个月余三日。难道，你还没明白？”

“你的意思是？”南宫翊有些发蒙。

“鸨母，麻烦要一间包厢，请冰蓝姑娘过来问问吧。”狄青青站起来，冷冷道。

“哦，好。”鸨母不明所以，但直觉今日之客绝非凡人，不能得罪，赶紧照办。

第五章 与君决裂

不多时，众人已齐聚二楼厢房。

少顷，鸨母领着沈冰蓝走入厢房。

沈冰蓝进门后一一行礼，举止大方得体，最后走至南宫翊面前，她身姿纤柔，眉眼若空谷幽兰，声音娇怯道：“这位公子，你的伤可好了？”

南宫翊一怔：“是你救了我。”

“公子，举手之劳不足挂齿，你没事便好。”沈冰蓝悄悄多望了南宫翊几眼，忙垂下头，脸红至耳根。

这般小女儿姿态，落入狄青青眼中，有些刺眼。她略略偏首，看向一边。

宫皓月此时问道：“冰蓝姑娘，看你气质不凡。因何缘故沦落至此？”

触及痛处，沈冰蓝眼眶一红，两行清泪已然滑落。她赶紧抬袖擦拭，幽幽道：“对不起，我失态了，让各位见笑。家父本是前朝太医沈四海，后满门获罪，爹爹在狱中病亡，家中所有女眷充作官妓。”

宫皓月目露微惊：“原来是赫赫有名的沈太医之女。沈太医实乃当之无愧的神医，可惜遭奸人所害，真是难为你了。”

“难怪，你会给伤口缝针。”狄青青说话的时候，瞥向南宫翊手背上的伤，如今伤疤只余一道线，可见缝针之人技艺高超。

“如此，多谢了。”南宫翊致谢道，“若不是冰蓝姑娘出手相助，我这使惯刀枪的手臂只怕恢复不了这么灵活。不知姑娘有何心愿，若我所能，必为姑娘完成，以作答谢。”

“咯咯。”狄青青微咳两声。这南宫翊还真是挺重情重义。

“我已沦落风尘，此生还能有何心愿？”沈冰蓝轻轻咬唇，厢房里烛火忽明忽暗，映得她含泪的双眸越发凄楚。

“鸨母，我替冰蓝姑娘赎身。”南宫翊伸手至衣襟，取出一沓银票放在桌上，“看看够不够。”

鸨母瞟了一眼银票，双眼发亮，却仍是为难道：“这位爷，冰蓝姑娘一直卖艺不卖身。再者赎身之事，银两好办，可她是罪臣之女，这官妓不同于其他。”

“这样就没问题了。”宫皓月突然亮出手中一块玉牌，上面赫然写着“静王”二字。

鸨母毕竟是久混官场之人，只一瞥，她双眸圆睁，吓得软跪在地，语无伦次：“不知静王殿下驾到，我，我……”

前不久，举国公布，新封静王，掌管刑部，天下刑狱皆归静王管辖，取消一个罪奴之籍，又有何难？鸨母连连跪拜道：“我马上就去取冰蓝姑娘的身份文契。”

沈冰蓝不想竟有如此变故，“扑通”一声跪在地上，喜极而泣：“多谢各位贵人，助我脱离火海，冰蓝愿一生为奴为婢，报答恩情。”

宫皓月淡淡道：“不必谢我，既然你对皇弟有相救之恩，我不过顺水推舟，举手之劳。待我回京，就注销你的罪籍。从此你便自由了。”

皇弟？除了静王，普天之下，就只有那位能征善战的翊王了，沈冰蓝一惊，身子一软，跌坐在地，眼前这位气贯九天，霸气俊美的男子竟是翊王？她只知他器宇不凡，定不是寻常人，谁知竟出身皇家。

南宫翊屈身将沈冰蓝扶起，道：“姑娘言重了，本是姑娘救了本王，何须言谢？你暂且与我们同行，稍后本王再思量如何安置你。”

沈冰蓝起身，低头娇怯道：“谢王爷。”

老鸨一听当朝两位王爷竟然都到了这百花楼，腿软得连跌带撞，赶紧找来了沈冰蓝的身份文契，颤抖着交给南宫翊。

南宫翊也不看，转手交给了宫皓月：“这事烦劳你了。”他向来是非分明，涉及刑部的事，总是绕不过宫皓月的。即便他心中再不愿意和宫皓月打交道，也不得不遵循规矩。

宫皓月收下："应该的。"

南宫翊将桌上的银票递给鸨母。

鸨母吓得连连摆手："不用不用。"给她一百个胆子也不敢收，尽管她花了重金将沈冰蓝请来，心疼得要死。

南宫翊淡淡道："拿着，做什么营生都不易，怎好叫你亏本？"

鸨母颤抖着双手接过银票，唇齿哆嗦："谢……谢过两位王爷。"

南宫翊转身望向狄青青，见她眉间略有疲惫，柔声道："天色已晚，要不我们去客栈休息？"

狄青青的视线一直落在沈冰蓝身上，心底波澜难平，好一个似水柔美的女子，我见犹怜，虽流落风尘，却出身名门，能歌善舞又会医术，同她自己完全性情迥异。她总觉得胸口闷闷的，也不知自己怎么了。

"青青？"南宫翊见狄青青发呆，又唤了一声，"走不走？"

"嗯。"狄青青猛地回神，讪笑一下，"等下，我还想问几个问题。"

宫皓月走近狄青青身侧，声音比夜色醉人："青青，你是想问前任花魁琴雨儿之死？"

"正是。"狄青青眼眸晶亮，赞道，"同道中人，静王殿下总是知我意。"

不承想，这句话让南宫翊顿时黑了脸。言下之意，她与他就不是一路人了？肝火陡蹿，直涌脑门，他长腿一钩，钩了张圈椅坐下，长臂一揽，已然将狄青青搂至身边；接着大手在她腰上用力一按，她便顺势坐在他腿上。动作一气呵成，霸道却不失轻柔。

狄青青本站着，被南宫翊凭空一拉，还没反应过来，人已坐在他腿上，置身他怀里。周围这么多人看着，他竟然？

她刚要动，南宫翊低声警告："别乱动，后果自负。"说罢，他抬手替她理一理鬓边额发，柔声道，"本王有些乏了，你也坐会儿，赶紧问吧。"

狄青青尴尬地望了宫皓月一眼，只见他平日温柔的面容此刻也多了几分阴冷。

宫皓月隐忍着，率先开口："鸨母，琴雨儿是什么时候死的？"

鸨母回道："大约五个月前，那日晚上，她房中很久没有动静。我们推门而入，发现她已七窍流血身亡。"

狄青青一惊："是被人毒死的？那没有报官？"

鸨母叹道："我们这里不过是烟花之地，一名妓女，死了就死了，谁还会过问是怎么死的？自然是收尸草草掩埋了事。"

"那除了漕运总督李荣江是她的常客，还有哪些人经常与她往来？"狄青青问道。

"那可数不清。"鸨母回道，"琴雨儿与冰蓝姑娘不同，是留客人过夜的。她的'入幕之宾'可就多了去了。"

狄青青微微眯眸，略一思忖："琴雨儿死后，可发现她少了什么？"

"这？"鸨母想了想，"她平日里花钱大手大脚，没什么积蓄。不过她死前一段时间，像是宽裕了很多，还给自己买了对翡翠镯子，可贵了。可镯子还在，并没有人偷走啊，东西也没有少，是谁要毒死她呢？"

"她买镯子的钱从何而来？"南宫翊问道。

鸨母摇一摇头："真的不知。"

"她可还有遗物在？"宫皓月蹙眉。

"有的。衣服什么的都烧了，首饰和一些银票还留着。一时也没敢动。我这就去取来。"

鸨母说罢，小跑离开，很快便取来一个包裹，打开后，里面是一些首饰，并无特别，另外有几张面额不大的银票。

狄青青坐在南宫翊腿上问案，别扭又难受，她想站起来，无奈他如铁山般难以撼动。她也不想当众驳他的面子，只得作罢。

鸨母识趣地将包裹捧在狄青青面前，方便狄青青翻看。

南宫翊怡然端起茶杯品着茶，喝着喝着，将茶杯喂到狄青青嘴边。

狄青青本能地避开，脸色已不佳。

他却在她耳畔轻呵一口气，用只有她能听见的声音，逗弄道："我明白了，夫人是要我用嘴喂？"

狄青青一愣，尚未反应过来，南宫翊一只手扳过她的下巴，他抬头饮尽杯中茶水，一低头，嘴对嘴将茶水喂入她小巧的檀口之中。

她美眸圆睁，被迫喝下温热的茶水，虽不烫，可浑身都仿佛因之火烧起来。

南宫翊并未停留，离开她的唇后，悠然自得继续搂着她，仿佛一切从未发生过。

众目睽睽之下，狄青青又气又窘，只觉无地自容，无奈又不能发作。南宫翊此举着实过分。

一旁的宫皓月将唇抿成一道笔直的线，双拳收拢。

狄青青强压下心里的恼意，眼下正事要紧。她先翻了翻鸨母递上来的首饰，取过手镯仔细看了看，是值些钱，并无特别。接着她拿过银票一张张仔细查看。

突然，狄青青一顿，其中一张银票落款竟是萧县钱庄。萧县？她父亲最大的粮仓在萧县。这是巧合，还是其中有何关联？

宫皓月也发现了，问道："鸨母，琴雨儿和萧县什么客人有来往？"

鸨母想了又想道："应该没有。"

狄青青看了片刻，她将银票还给鸨母："好了，我没有什么要问的了。"

鸨母松了口气，连忙将包裹收好，恭敬道："二位王爷若还有什么想问，我随时配合。"

南宫翊起身，却并没有放开狄青青，而是顺势将狄青青打横抱起："既然问完了，我们去最近的客栈休息。"说罢，他也不管其他人，直接抱着狄青青走出厢房，步下楼梯，颀长的身影消失在转角。

琉璃和叶武自然是要善后的。

琉璃拿好行李。

叶武则对沈冰蓝道："沈姑娘，请随我一起。你可要收拾下东西？"

"不用。"沈冰蓝敛眉，细声道，"风尘中物，本非我所有，我亦不想带走。"

说罢，沈冰蓝解下头上所有的发饰，腕上金器，只余身上一件素白长衫，统统交与鸨母道："这段时间多谢照顾。"

鸨母干笑一声，摇钱树走了，虽舍不得，但也无奈，看来她又得另寻头牌了。

"走吧。"琉璃情绪不满地瞥了一眼沈冰蓝，摆手道。

沈冰蓝客气道："您是？"

"哦，我是王妃的贴身丫鬟。"琉璃大大咧咧道。

“王妃？”沈冰蓝一愣，旋即明白过来，她也觉得奇怪，翊王一派正气，怎会抱着一名少年俊郎，原来是女扮男装的王妃。

“原来如此，王爷与王妃真是缱绻情深。”沈冰蓝咬着唇，面上难掩失落。

琉璃可是贼精贼精的，哪能看不懂她的神情，呵呵一笑。

叶武好奇道：“你笑什么，笑得这么怪异？又在打什么算盘？”

琉璃白了他一眼：“就不告诉你。”

叶武：“……”

头顶苍穹漆黑如墨，淡淡月光洒落在宁静的街道之上，夜雾缭绕，朦胧似幻境。

南宫翊抱着狄青青走在空寂的大街上。

前后皆无人，狄青青的声音终有几分冷：“我有脚，放我下来。”

“我偏不。”南宫翊不理她。

“南宫翊！”狄青青按住他的手臂，突然正色道，“刚才人多，我给你几分薄面。你与静王之争，何须将我夹在中间。”

南宫翊一怔，手一松，狄青青已顺势滑落着地，他解释道：“我不是那意思。”

“是不是那意思，并不重要。”狄青青理了理微皱的衣裳，怒形于色，“南宫翊，别耍孩子气了。”

说罢，狄青青甩袖兀自往前走，也不知怎的，今晚她心中格外烦躁，有股无名火，无处发泄。若平日里，南宫翊耍无赖，她也懒得较真。

前面招牌是一家君来客栈，狄青青直接走了进去。

掌柜正在算账，见有人来，连忙上前待客：“这位公子，小店只有最后一间上房了。”

狄青青掏出一锭银子，往桌上一撂：“我要了。”

掌柜一边取出房牌交给狄青青，一边望向门外：“二楼左拐最里面一间。可公子不是还有同行之人？”

“随便他们住哪，我管不着。”狄青青面无表情，接过房牌，噌噌直接上楼，再不回头。

独剩下南宫翊立在客栈门前，心中五味杂陈。

片刻，掌柜见南宫翊站在门前一直不走，他走到门外打了个招呼：“抱歉，房间今日全满，客官可去对面问问。”

适逢宫皓月、沈冰蓝等一行人赶到。

琉璃看出不对劲，上前小心地问道：“姑爷，小姐怎么了？”

南宫翊不语。

琉璃大概也猜出什么事，安慰道：“没事儿，小姐就这脾气，睡一觉明日她就好啦。”

叶武此时走上前，道：“王爷，我刚去问了，对面这家清风客栈还有数间上房。我们在这住下。”

“嗯。”南宫翊转身时，冷冷觑了一眼宫皓月。

一时间，两人四目中似有火花迸出，来回交错。

宫皓月冷冷地嘲讽一笑，神情不屑。

南宫翊则是紧握双拳，薄唇抿成刀锋。今时今日，宫皓月已非从前。

次日清晨，朝阳初升。

琉璃一大早就醒了，她走出房门，舒展着筋骨。

一侧身，不曾想，南宫翊正站在走廊不远处，长身玉立，霞光映上他刚毅的侧颜，更显俊美。

琉璃起先吃了一惊，左顾右盼，四周并无其他人。她小心走上前：“姑爷，你找我？”

南宫翊将手中一包东西交给琉璃：“等会儿你去对面给青青送早点。”

琉璃接过，还热乎乎的，愉快道：“姑爷这么早，自己去买早点了？”

南宫翊神情僵硬，颔首。

琉璃嘿嘿一笑：“姑爷真是有心啊，还有什么要交代？”

南宫翊想了一想，道：“昨夜那位沈冰蓝姑娘，你看稍后去给她选几套衣裳，本王再给她一笔银两，足够她享用一生，你看如何？”

琉璃瞠目结舌，表情略夸张：“姑爷今日就要送走沈姑娘？”

南宫翊白了她一眼：“难不成还跟着我们一起查案？”

“呵呵。”琉璃眼神坏坏的，笑得诡异，“姑爷，好不容易来了个对手，好歹多留几日，同行又何妨，回到帝都再做打算呀？”

南宫翊挑眉望着琉璃，不解其意。

“哎呀。姑爷，这女人心，海底针。对付女人，就要像钓鱼一样，放放线，再收收线。所以，像我家小姐这样矫情的人，就要晾一晾她。”琉璃愤愤道。

南宫翊：“……”

“姑爷，你可不能轻易错过机会。何不用沈姑娘，制造些误会，好好气气我家小姐。”琉璃灵动的眼眸转动，出主意道。

“罢了，本王舍不得。”南宫翊轻笑一声，“琉璃，你到底是谁的丫鬟？”

琉璃道：“小姐的和姑爷的，有什么区别嘛。”

南宫翊乐了：“这话本王爱听。”

“姑爷，琉璃自小在青楼长大，见得多了。小姐呀，看不清自己的心。需要外力刺激她一下，她就会有危机感，就知道姑爷的重要和姑爷的好了。姑爷一直惯着小姐，突然冷落她，再加上新来了沈冰蓝姑娘，我保管她会吃醋。到时候就……嘿嘿。”琉璃说得头头是道。

南宫翊有些动摇：“万一弄巧成拙，怎么办？”若是将狄青青推得更远，岂不是得不偿失？

“不会的，姑爷放心！琉璃有经验。”琉璃拍胸脯保证。

“真的？”南宫翊还是不放心。

“再真不过了！”琉璃神采飞扬，“相信我，姑爷，今儿起，少和小姐说话，时不时过问一下沈姑娘，保管有奇效。”

“你呀，鬼机灵。”南宫翊心情大好，轻戳琉璃的额头，转身走下楼梯。

“小姐呀小姐，你就等着接招。”琉璃掂了掂手里的早点，嘴角扬起。

叶武此时从房间走出来，方才的对话他也听到不少：“琉璃，可别引狼入室。”

“少来。”琉璃推开叶武，“一块石头懂啥，姑爷定力好，才不会被勾去。再说了，你我看紧点不就行了。”

叶武的声音微嗤：“说到底，你未婚嫁，你能懂啥？”

“比你强就够了。哦。”琉璃“噌噌”跑下楼，“我去给小姐送早点。”

接近中午时分，南宫翊去找狄青青，发现宫皓月已在狄青青房中坐了多时。

宫皓月见到南宫翊，正色道："皇弟，我一早调来了卷宗，与青青讨论了下粮仓案的细节。疑点集中在两处，装船时是精粮，到港时确实是霉米，那么是如何调包的。这必定不是一般人能办到的，非权即贵，手段高明。第二，琴雨儿之死，恐怕是因她知情，被人灭口。漕运总督李荣江与她往来密切，嫌疑最大。琴雨儿手中有一张萧县的粮票。两处疑点都指向萧县。看来我们得出发去一趟萧县才行。"

南宫翊心中一嗤，这几处疑点还用宫皓月说？他也不多话，直接道："本王连去萧县的船都准备好了，走吧，现在就出发。"

狄青青起身，神情微愕。南宫翊一上午没见人，原来已经着手准备好前往萧县的船了。她刚要开口，谁知南宫翊直接转身离开厢房，只丢下一句话："收拾好东西，码头见。"

南宫翊突然的冷淡，一反常态，狄青青有些不适应，心里竟觉得怪怪的。

一众人在昨日的码头集合后，登上一艘小船。船只有一层，船舱大约能坐下四人，叶武和琉璃自然是在甲板上站着。

南宫翊对沈冰蓝道："你进来坐吧。"

沈冰蓝轻轻颔首，面色醉若海棠，莲步轻移，在船舱翩然入座。

狄青青注意到，沈冰蓝今日换了件桃红绣花长裙，与在百花楼穿的样式大不同，显然是新买的。果然是人靠衣装，如此一穿，立即显露出沈冰蓝身为官家小姐端庄娴雅的气质。

如今沈冰蓝坐在船舱，狄青青就不想进去了。

狄青青在船头坐下，迎着风。

阳光温暖，晒得河水金光粼粼，船只划开一湖碧水，缓缓前行。

狄青青望着青山碧水，望着河水里自己纤长的倒影，怔怔出神。

宫皓月默默走上前，给她肩膀披上披风，眉头轻皱："阳光虽暖，江风却冷，进船舱坐坐吧。"

狄青青拢紧肩头的披风，摇摇头："我想静一静。"

宫皓月一脸宠溺，又递上糕点道："前往萧县需要经过一段狭窄的水路，所以只能乘小船。吃些点心，到萧县恐怕要晚上了。"说完，他便在狄青青身侧坐下。

狄青青接过油纸包，取了一块糕点，慢慢吃着：“你有心了。”

“何必与我这般客气？青青，你还当我是从前。”宫皓月眉梢微扬，嘴角笑意连连。

南宫翊此时立在船尾，背倚着船舷，长腿交叠，凉风吹得他衣袂翩飞，墨发飘扬，衬着背后辽阔秀丽的山河，更显得身形孤单寂寥。

琉璃悄悄靠近，小声道：“姑爷，千万要忍住！”

南宫翊没好气地瞪了琉璃一眼：“怕是没气到你家小姐，本王自己先气死了。”

琉璃干笑一声：“姑爷，小不忍则乱大谋。你看，小姐要是不介意，为什么不进船舱坐呢？对不？”

南宫翊薄唇略勾：“算你说得有几分道理。”

琉璃贼兮兮地“嘿嘿”一笑。

叶武仰天长叹，这琉璃都出的什么馊主意。这下好了，好好的船舱只有沈冰蓝坐着，其他人都在甲板上，进也不合适，不进也尴尬。这都叫什么跟什么？这日子简直比打仗还难熬。

尴尬的境地一直持续到晚上。

夜幕如盖，倒扣在水面上，水天一色，分不清边界。漫天星辰闪烁，仿佛触手可及。

船头点起一盏引路灯，照亮前方一丈水面。

少顷，“咯噔”一声，船停了下来。

船夫喊道：“到了，靠岸了！”

南宫翊率先下船，宫皓月一直等到狄青青上了岸，才最后一个登岸。

萧县码头在山的北面，需要翻过山才能抵达繁华地带。月光寂寥，四周荒凉，荆棘丛生，没有人烟。

南宫翊走在最前面，清冷的声音传来：“要到山顶才有住宿，大家辛苦一下。”

叶武则是取出几个火折子点燃，每人给了一支，提醒道：“这条山路荆棘颇多，西侧是陡坡，大家仔细看好路，尽量远离陡坡。”

说罢，一行人开始登山。

不知缘何，狄青青总觉得有些不对劲，心神莫名慌乱。她走在后面，远远望着南宫翊暗黑模糊的背影，秀眉凝起。

沈冰蓝与琉璃同行。

宫皓月则走在狄青青身边，时不时撩起路旁伸出的树枝，轻轻道："青青，小心。"

夜太静，四周，安静得有些不正常。

半山腰有一处平地，四周则是密密的竹林，黑压压的一片，竹叶被风吹得哗哗直响，格外瘆人。

走着走着，南宫翊突然停下脚步，神情一凛。

月华寂寥，夜风突起。

"有埋伏。"南宫翊眼睛眯起，冷喝一声，几乎同时，他拔出腰间长剑，但见冷月下寒光一闪，在夜空中划过绝冷的弧度。

四周冲出几十名黑衣人，直接围攻上来。

"叶武，保护王妃。"南宫翊丢下一句。

只见他右足轻轻一点，身形如飞鸟疾掠，剑招如流云飞卷，撕破夜空，顷刻间，几名黑衣人哀号倒地。

南宫翊飞旋而起，气势如虹，寒光顿扫，又是几人倒下，漫山竹叶洋洋洒洒坠落，好似一场缤纷暴雨。

叶武全力保护其他人。南宫翊只身奋战。

琉璃此时奔至狄青青身边，兴奋道："姑爷简直太厉害了。哇哇，你看，那招式，那气势，简直绝了。"

狄青青本来心提到嗓子口，听到琉璃这么一说，顿时无语："都什么时候了，你想什么呢。"

一拨黑衣人被逼退，另一波再度涌上来。

此时，一名黑衣人自后方飞身上前，手中双斧直劈向南宫翊。看起来是这群黑衣人之首，他招招狠辣，直击要害，片刻间已与南宫翊过了几十招。

其他黑衣人见南宫翊被拖住，开始围攻狄青青。

叶武心中暗叫不好，这些人有备而来，目标竟是王妃。他一人难抵众人，护着狄青青且战且退，围上来的人越来越多，不知不觉，他们已退至西边陡坡处。

南宫翊寒眸一瞥，见狄青青有难，心中怒气暴起，也不再想抓活口。他陡然拔地飞起，腾空后翻三圈，剑随身动。为首的黑衣人没猜透南宫翊此招路数，待回神时，长剑自他颈前横扫，割断喉咙，他重重倒地，死不瞑目。

了结此人，南宫翊飞身跃向狄青青。

然而此时，一名黑衣人手持人刀，正自身后攻向狄青青，而叶武正应付身前三人，丝毫没留意到身后的危险。

“青青小心！”

说时迟那时快，宫皓月猛地扑向狄青青。

而南宫翊眼明手快，长袖一扬，射出一枚菱形飞镖。

“唔。”

宫皓月抱住狄青青，闷哼一声，刀砍伤他的后背，强烈的剑气震得他们无法站稳。狄青青脚下一滑，宫皓月紧紧抱住她，两人自陡坡上急速滚落。

与此同时，袭击狄青青的黑衣人眉心正中南宫翊射来的飞镖，他睁圆了眼，轰然倒地。

南宫翊飞身赶到，可惜没能来得及抓住狄青青的衣角。

只得眼睁睁看着宫皓月抱着狄青青滚落斜坡。

他想都没想，就要纵身跃下。

叶武上前死死拽住他，急道：“王爷，此坡不高，不会有危险。眼下当务之急是抓活口，究竟何人要害王妃。”

南宫翊心知如果让这些黑衣人逃走，再找就是海底捞针。

他怒急甩袖，愤然跃起，直奔过去，手中长剑发狠般朝余下的黑衣人横扫，一时间哀鸿遍野，鲜血四溅。

如此发狂般排山倒海的气势，一些黑衣人害怕得想悄悄撤退。

只见南宫翊绝地暴起，飞旋一圈，剑气如波震出，顷刻间，所有黑衣人皆倒地，痛苦地挣扎抽搐。

南宫翊犹不解恨，将这些黑衣人纷纷挑断手筋脚筋。

这样一番场景和变故，沈冰蓝自是吓得不知所措，唇齿发抖，一句话也说不出来。

琉璃则是趴在陡坡边，泣不成声。

“哭有什么用，本王这就去找。”南宫翊五内俱焚，厉喝一声。

琉璃赶紧用袖子抹干眼泪。

“叶武，让琉璃带沈姑娘去山顶借宿。你审问这些黑衣人。凡有不说者，格杀勿论。”话未毕，南宫翊人已直奔山下。

宫皓月抱着狄青青从坡上滑落，坡并不陡，可是沙石遍地，荆棘丛生。宫皓月紧紧护着狄青青，不让她受丝毫损伤。他自己则被碎石划开无数道伤痕。

下滑一段后，有一棵树横挡在中间，“砰”一声拦腰撞向宫皓月，他们终于停了下来。

狄青青置身宫皓月怀中，只觉他怀里清香怡人，终于不再滚动，她紧紧贴着他胸口，听着他心跳杂乱无章，沉沉入耳，心底有一丝异样。

“青青，你没事吧？”宫皓月揽着狄青青纤细的腰，关切道。

狄青青听出他声音有异，似在隐忍着痛苦。

她连忙从他怀里坐起来。

借着月光，她看见他肩后中了一刀，血浸湿胸前一大片衣襟。他身上没有一片完整的衣衫，皆被碎石荆棘划破。她赶紧执起他的手，只见他手背上血肉模糊，许多碎石深深扎入肉里。

狄青青鼻间一酸，哽咽道：“你伤得好重。”

宫皓月轻轻按住她的肩，声音虽无力，却溢满柔情：“你没事就好。我很担心。”

“别说了。我们赶紧找个地方休息，我帮你清理伤口。”狄青青站起身，四下望了望，不远处竟有一个小山洞，她喜出望外，赶紧将宫皓月扶至山洞里。

洞里太暗，又潮湿，不能视物。

“你还有没有火折？”狄青青问道。

“有。”宫皓月从怀里取出一支火折交给狄青青。

“刺啦”一声，狄青青点燃火折，照亮四周，她聚拢一些枯枝，点燃篝火。洞内仅能容纳两人，十分拥挤。有了火光，洞中有了几分暖意。

“今夜我们是回不去了，就在这里休息一晚。”宫皓月斜躺靠在石壁上，无力道。

火光映衬得他嘴唇苍白无血色。

狄青青上前，伸手触及宫皓月衣领的盘扣，轻轻道："静王殿下，我帮你脱去外衣，包扎一下伤口。"

宫皓月突然捉住她伸过来的小手，按在自己胸口。

"青青，时到如今，你还与我这般生分。还不肯唤我一声名字？"他的眼眸里情意流转，纯净，清澈，让人想起飞檐之上雨滴坠落。

狄青青不语。

宫皓月也不让步，只按着她的手："叫我皓月。"

"皓月，你需要止血。"狄青青敛眸，不再坚持。

宫皓月微微一笑，默默地望着她。

狄青青深吸一口气，帮他脱去破碎不堪的外衫，松开他衣领，露出胸膛和肩膀，她仔细检查了下，道："还好，伤口不是很深，如若不然，流血至天明，你命休矣。"

宫皓月嘴角一弯："那我也心甘情愿。"

狄青青没有接话，头更低。她想了一想，脱下自己的外袍，"刺啦"几声，她将外袍撕开，撕成布条："你把手臂抬高，我帮你包扎止血。"

"好。"宫皓月依言。

狄青青凝神帮他包扎，离得近，鼻息间皆是他身上清冽的香味。

宫皓月望着她近在咫尺的容颜，宛若幽兰却不失英气，恰恰是将女子妩媚与睿智糅合一起，天下竟有这等奇女子。对她，他早已深陷。

"你帮其他人清理过伤口？"宫皓月语意带酸，她清理伤口看起来挺熟练。

狄青青没好气道："帮死人清理过。"

宫皓月："……"

旋即，他哑然失笑。

待到狄青青包扎好，打好结，刚要退开，猛地，宫皓月抓住她要拿开的手。

她不解地望着他。火光跳动下，他脸上是从未有过的灼热和认真。

她隐隐觉得不对劲，想要避开他炙热的目光。

他却难得强势，将她下巴转过来。

他每靠近一分，她的心就揪紧一分。

“青青，你冰雪聪明，我不信你不知道，我的心意。”

狄青青一怔，本能道：“我是有夫之妇。”

宫皓月握紧她的手，凑近唇边，落下君子一吻：“你不是旁人，你是狄青青，你想要自由，没有人能拦得了。”

狄青青猛地抽回手，别过脸：“你失血过多，别说胡话了。”

说罢，她赶紧坐到洞穴另一侧，不再说话。

火光跳跃，偶尔烧得木柴“啪”一声爆裂，刺破一室尴尬的寂静。

良久，宫皓月突然道了句：“青青，我等你。”

次日，晨曦微露，天边裂开一抹淡红。

周围的一切，轮廓渐渐清晰，青山绿树，野花芬芳，露珠晶莹。昨夜竟下过一场雨，此刻万物被雨水洗刷过，格外明洁，分外清新。

宫皓月醒来时，发现洞里只有他一人。狄青青呢？

他一惊，连忙起身，走出洞外，谁知这一连串动作牵扯到伤口，疼得他冷汗直流。他连忙扶着一棵大树缓缓坐下。

“你别动。”狄青青从不远处走来，低喊道。她手里捧着硕大的叶片，里面盛满了水，她屈膝俯身，“来，喝一口吧。”

宫皓月饮了几口，泉水的甘甜沁人心扉。

“青青，我多么希望一直这样下去，没有人找到我们。”宫皓月心中一暖，动容道。

“呵呵，在这等着饿死？”狄青青白了他一眼，拉过他的一双手，将剩下的水倒在他手背上，然后仔细地帮他挑去昨晚滚落时插入的碎石。

过了一晚，手背伤口益发血肉模糊。

“忍着点。”狄青青挑出一颗略大的石子，一边弄，一边说，“再不清洁，待到伤口全部凝结，回到街上就得用刀割开处理了。”

待到狄青青处理好伤口，她站起身，扶住宫皓月，道：“能起得来么？前面五十米有山泉，我们过去冲洗一下。”

“嗯。”宫皓月忍着痛，挨着树干，狄青青也扶住他，他缓缓直起身。

刚迈出一步，谁知背后伤口一扯，撕裂般的疼痛让他脚步不稳，直直地栽倒在狄青青身上。

狄青青冷不防被他带得仰倒，宫皓月则与她一起倒下，重重压在她身上。他的唇，几乎挨到她的脖颈，狄青青连忙撑起手，隔开他："你没事吧？伤口裂了？"见他神情不对劲，她也不好立即推开他起身。

宫皓月痛得唇齿打战，脸色发白，额头汗珠涔涔滑落，他低喘道："可能是裂开了。"

然而此时，南宫翊率叶武以及萧县衙役刚刚赶到，看到的便是宫皓月压倒狄青青一幕，他们两人皆无外衫，虽然内衫厚实，终究引人遐想。

"南宫皓月，你太过分了！"

暴怒瞬间淹没理智，南宫翊几乎想也没想，一步上前拽起宫皓月，再一掌将他震飞。习武之力，再加上南宫翊内力雄厚。只一掌，宫皓月如同断线风筝般重重甩出去，腰撞在树干上，再重重落地。他伏在地上，噗一声，喷出一大口鲜血，面前寸草皆被血染。

晨光万丈，绚丽的朝霞笼罩了整个山峦。

狄青青起身奔上前，见宫皓月倒在地上，气息微弱似一缕牵住风筝的细线。她颤抖着手，想要扶他起来。

宫皓月又吐出一口鲜血，脸色一点一点苍白，了无生气。

那血，溅至狄青青脸上，滚烫的，似直烫到她心底里。

狄青青伸手一摸，鲜红的血，更胜朝霞之色。她眼前一阵眩晕，脑中乱如麻，南宫翊方才一掌，分明正中宫皓月昨夜的刀口，此时此刻，她不敢想，伤得有多重。

"皓月，皓月，你坚持住。我们马上去找郎中。"

宫皓月牢牢握住她的手，他望向南宫翊站立的方向，似用尽最后的力气："不，不怪她。是我……"

"别说了。"狄青青心里一揪。

宫皓月似是倦了，静静闭上眸，头轻轻挨着狄青青，原本紧紧握着她的手，亦是缓缓松开。

狄青青扶着他，一言不发。

面前，出现一双墨黑色的靴子，满是泥泞，她知是南宫翊走到她面前。

她缓缓抬头，平静得令人害怕。

南宫翊也知自己下手重了，他想解释，却又不知自己能解释什么。

此刻他亦是很狼狈。俊颜灰败，眼圈发青，一袭上好的锦袍褶皱不堪，长发亦是凌乱。

南宫翊担忧地望了她一眼：“我以为你们在坡下，没想到你们落至坡中央。”他想说，他找了一整夜，半夜又下了一场大雨。但他终究没有说出口。

狄青青抿紧唇，极力克制自己，才能让自己说出完整的话：“南宫翊，他昨夜为我挡下一刀。滚落时，外衫皆被碎石割破。方才他伤口裂开，疼痛不止，才与我双双跌倒。”

南宫翊没有接话。心口闷闷的，无法呼吸。她如此平静，令他捉摸不透。他宁可她朝他吼。一种不知名的恐惧感，几乎要将他淹没。他感觉，她似乎离他越来越远，他想抓也抓不住。

这时，叶武识相地率人赶紧上前抬起宫皓月：“快快快，赶紧背静王下山。分头行动，你去衙役通报，你骑最快的马火速找最好的郎中。大家都在县衙会合。”叶武妥善地指挥安排着。

狄青青没再看南宫翊一眼，与叶武同行，护送宫皓月下山。

南宫翊只得跟随她一道。

一行人匆匆赶至萧县街市之上。

途中，南宫翊为狄青青准备了一件外衫，狄青青暂时穿上。

昨夜遇险之事早已知会县衙，行馆清晨时分便已收拾好。此时先锋快马已请来郎中等候，只等南宫翊、宫皓月、狄青青一行人抵达。

待到衙役们将宫皓月放下，平躺在行馆床上，一名胡子花白的老者立即上前诊治。

南宫翊大步跨进来，衣带生风。

刘县令慌忙下跪：“翊王大驾，有失远迎。鄙县竟出了歹人，伤了静王，还请翊王殿下治罪啊。这位秦大夫是鄙县最好的郎中。”

狄青青近前，见秦大夫诊完脉，又仔细翻看了伤口，忙问：“怎样？伤得重吗？”

秦大夫叹了口气：“背上一刀，所幸砍得不深，亦是止血及时，并无大碍。只是貌似又受了严重的外力，心脉俱损。待我为他施针，护住心脉，再续以丹参、三七、雪莲、川芎、阿胶等名贵药材吊气。但愿静王殿下能挺过这一关。需有人精心照料，此时万万不能让他受风寒，那可是致命的。”

“我来照料他吧。”狄青青回首觑了一眼南宫翊，冷冷道，“该忙什么你去忙，这里交给我。无须你操心。”

“青青。”南宫翊薄唇微动，终究没说话，他转身对叶武道，“走。”

叶武连忙跟上，小声道：“王爷，昨夜审问行刺黑衣人的结果，令人意想不到。另外，还有新的线索。”说罢，他附在南宫翊耳边低语几句。

南宫翊眼睛陡然圆睁，不可置信，旋即他眯起眸子，折射出数道精光，他薄唇凝成冰冷的弧度：“事情，越来越复杂了。走！带本王去看看。”

说罢，他拂袖与叶武匆匆离开。

秦大夫正在开药方。

狄青青见南宫翊离开，望了一眼尚在昏睡的宫皓月，问秦大夫道：“他几时能醒？”

秦大夫道：“心血逆流，待我施针后便会醒。”他写好药方后，交与刘县令。

刘县令赶紧差人抓药，对狄青青道：“翊王妃，你的两名婢女已安排在行馆住下，是否需要唤她们前来照拂？何须王妃亲自操劳。”

两名婢女？狄青青恍然，大概刘县令以为沈冰蓝也是她的婢女。

她摆摆手道：“不用了，我自己来吧。”

“这……”刘县令也不便再说，心中疑惑，明明她是翊王妃，怎么和静王如此亲近？难道她是静王妃，他搞错了？不不，他立刻又否定自己的想法，不可能弄错。

秦大夫取出锦盒，打开里面有几十枚长短粗细不同的银针，他开始给宫皓月施针。

狄青青这时问道：“刘县令，我有几件事问你。”

“好，翊王妃。”刘县令恭敬回道。

“萧县粮仓属何人管辖？”狄青青在宫皓月床边的圈椅坐下，有侍女奉上茶水和糕点。狄青青方觉自己已饿了大半日，随手捡了一块桃酥，边吃边问。

“属漕运总督李荣江管辖。粮、盐皆属漕运，非本县衙管辖权内。”刘县令道。

“狄家粮仓被发现以次充好，在此之前，狄家萧县粮仓可有何异常？”狄青青又问。

刘县令想了又想：“也没什么异常，狄家粮仓事发之前，漕运总督李荣江说有公务，曾在行馆住过十多日。照理上面严查，应该更谨慎才是，谁知没多久反而出事了。”

狄青青心中冷笑，一名二品大员会因公务住在一个县城，还住了十多日。恐怕问题就出在这里了。可如果此案牵扯到朝廷重要官员，查案也不在她能力范围内。她心头不免有些烦躁。

“想来河道上船只也属漕运总督亲自监管？”狄青青道。

“正是。”刘县令回道。

“我已知晓，你退下吧。”狄青青摆摆手。

“是，翊王妃。”刘县令恭敬地退下。

狄青青有些乏，轻轻后仰，靠着椅背，陷入深思。

入夜，银月如钩，悬挂在黑丝绒般的夜空上，雨后迎来的是初夏的闷热。没有风，时不时有几声虫鸣，听着倒叫人心烦意乱。

南宫翊自行馆外匆匆返回，他今日有重大发现，终于能解释得通，粮食是如何在运输中途调包的，他只想第一时间将这好消息告诉狄青青。

然而，当他来到宫皓月所在的行馆厢房前，里面一幕深深刺痛了他的眼。

他站在屋外，一动不动，仿佛有无数只手在挠心，气息难平。

狄青青不知屋外有人，端起手中药碗，递给宫皓月：“秦大夫还说施针后你便会醒，不承想你昏睡至入夜。可见伤得太重，你现在感觉如何？”

“没有大碍。”宫皓月勉强支起身，却咳嗽起来。

“别逞强。”狄青青将他扶起，让他斜靠在床头，“算了，我喂你吃药。刚送来的，还烫着呢。”

她舀了一勺，吹凉，送至他唇边。

宫皓月温柔地望着她，俊颜虽苍白无血色，嘴角却含笑，他咽下药汁，道了句："这药真甜。"

狄青青笑了："昔日的按察使也知道嘴贫。"她见宫皓月一直看着她，可目光似乎越过她，看向她身后，定定无神，她疑惑道，"你看什么呢？"

宫皓月猛地回神，掩饰道："没什么。"他又咽下一口药汁，再一口，直到喝完。

狄青青神情专注，喂完后搁下药碗，正待起身回头。

宫皓月突然伸手握住她的柔荑，不让她走："青青，若你一直这么对我，我愿千刀万剐。"他拖延着，直到门外南宫翊的身影消失才松开她。

狄青青抽回手，讪笑道："静王殿下又在说胡话。"

"叫我皓月。"宫皓月不满。

"皓月。"狄青青纠正道，他伤得重，她不想与他较真。

"青青，你知我说的不是胡话。"宫皓月咳了几声，因咳嗽牵扯肩背伤口，他咬牙忍痛，清隽的五官纠在一处。

狄青青心内不忍，替他拉高被子："你多休养。"

他想再度握上她的手。

狄青青迅速后退，俯身低头，脸颊微红，匆匆道："你好好养伤，我明日再来。"

宫皓月望着她仓皇逃离的背影，无奈一笑。

"青青，我等你。"他冲她背影喊道。

狄青青离开的脚步一顿。旋即，她纤细的身影消失在暗夜之中。他一语双关，她岂会不明白？清晨时，他目光坚定，说："青青，我等你。"他想等她离开南宫翊吗？

此刻这句话，令她心神微乱。

月影婆娑，满园树影映在地上，纵横交错，缠绕人心，令人烦闷。南宫翊回到自己的厢房，他打开一坛酒，仰头便饮。

冰凉甘甜的酒液灌入喉中，却丝毫浇不灭心头之火。

一坛饮罢，他把酒坛砸向一边，"哐当"一声，酒坛碎裂，接着他又提起一坛畅饮。

沈冰蓝在行馆里，听到有动静，连忙奔向南宫翊的厢房。

进入厢房时，只见南宫翊饮罢第二坛酒，他猛地摇晃着酒坛，发现没有酒了，恼意顿生，刚要发作，沈冰蓝连忙上前抢下酒坛，好言劝道：“王爷，烈酒伤身，不要再喝了。”

南宫翊猛地在桌边坐下，一拳狠狠砸在桌上，震得桌上杯盏瞬间翻倒。

他虽能喝，但两坛酒下肚，已有几分醉意。

此时他微醉伏在桌上，沈冰蓝才敢仔细瞧他，她的心“扑通扑通”跳得杂乱无章。上次在西郡匆匆相遇，他受了伤，她替他缝合伤口。本以为此生没有机会再见，谁承想还能有这般机缘。她也没有想过，自己还有恢复自由身的时候。

此刻他近在眼前，深刻俊美的五官，摄人心魄的眼眸，墨黑的长发束着华贵耀眼的金冠，霸气侧漏。

沈冰蓝看得痴迷了，竟舍不得移开脚步。她知道自己配不上他，知道他有王妃，也知道他一颗心系在王妃身上。可她控制不住自己有非分之想，哪怕为妾为婢，她也心甘情愿。

“王爷，我去帮你熬醒酒汤。”沈冰蓝柔声道。

南宫翊眼神迷离，只觉得房中物什天旋地转起来，他猛地将桌上杯盘全部扫落，拽住正要离去的沈冰蓝，只一瞬，已将她牢牢按在桌上。

他视线模糊，想要看清楚，却总觉得朦胧。他用力甩头，可依旧看不清身下之人。只觉得她面颊红如火，长发散乱。

“青青，本王哪一点比不上他？”南宫翊神情暴戾，怒吼。

“王爷。”沈冰蓝满眼心疼地望着他，她不傻，能感觉到南宫翊和狄青青之间，总隔着山，隔着水。

南宫翊又甩了甩头，眼前的人影似与他朝思暮想的人影重叠。他想要低头，一亲芳泽。

沈冰蓝此刻心狂乱地跳着，屏住呼吸，脸红得耳根都发烫，若能和他一起，哪怕是替身，她也知足了。

眼看着，他的唇越来越近。

她期待地闭上双眸。

然而南宫翊突然停了下来，他摇了摇头，半醉半醒：“不，你不是她。她才不会这么柔顺乖巧。柔顺的女子何其多，乖巧的女子要多少有多少，可本王就好她那样的。够烈的性子，看透一切的智慧，本王喜欢。本王喜欢得恨不得将心掏出来给她看。”

南宫翊松开沈冰蓝的双手，正想起身。

不承想，厢房之门突然打开。

狄青青一步跨进来，看到眼前的一幕，她怔住。

“你们？”那一刻，狄青青脑中“轰”一声，脸上血色褪尽。

南宫翊慌乱地站起身，双手竟不知搁哪里合适，驰骋沙场的他，此刻竟不知所措。

屋外不断涌进来的寒风，令他瞬间酒醒了大半，无尽的懊悔将他淹没。

“青青，不是那样的。我……”他本就不擅长解释，此时更是言辞无力。

沈冰蓝亦是又惊又慌，从桌上滑下来，腿一软，她重重跌在地上，双手不停地搅着衣摆，跪拜道：“对不起，王妃不要误会，什么事都没有发生，我先退下了。”

狄青青冷冷地瞪着沈冰蓝，似要将她看穿。既然什么都没发生，何须沈冰蓝此地无银三百两？

沈冰蓝慌乱地奔出房间，与狄青青擦肩而过时，她咬着唇，红着脸，怯怯地望了狄青青一眼。

狄青青眼神益发阴冷，沈冰蓝如此害怕，是想衬托她是洪水猛兽吗？

“青青。”南宫翊上前几步抓住狄青青的胳膊，手竟不自觉地微微颤抖，“你找我有事？对不起，我刚才喝多了。”

狄青青一指一指掰开他的手，淡淡道：“没事，我只是来拿些替换衣裳。”

“青青，你别生气。”南宫翊悔得肠子都要青了。

厢房之中，气氛如胶凝，空气似越来越稀薄，渐渐无法透过气来。

半晌，狄青青神色平静，道：“我没有生气。在乎才会生气，不在乎谈何生气？”说罢，她从厢房里将自己物什拿走，转身离开。自始至终，没有多余的表情。

她的不在乎令南宫翊更心慌。她要是气得扇他一耳光，他反而觉得心里踏实一些。

琉璃听到动静，后知后觉赶过来时，正值狄青青离开。

“小姐？”琉璃小心试探着唤道。

“收拾一下厢房。”狄青青吩咐完，转身大步离开。

琉璃望着满地碎瓷片，傻眼了。难怪她听到“哐当”的声音，想不到“战况”这么激烈啊。

“姑爷，我来打扫。你和小姐吵架了？”琉璃见南宫翊一脸失神，忍不住问道。

南宫翊摇头，懊悔道：“本王喝多了，差点将沈姑娘当成了青青。”

琉璃本来捡起一片碎酒坛，此刻又啪嗒一声掉落在地，摔得更碎。她差点惊掉了下巴，道：“姑爷，咱商量着气气小姐。姑爷你这票玩得有点大啊。”

南宫翊：“……”

“小姐是啥反应？”琉璃好奇地问道。

“她没生气，也没多说什么。”南宫翊叹道。

“哦，小姐越沉默越冷静，就代表她越生气。”琉璃安慰道，“姑爷，没事的，说明小姐是很在意姑爷的。”

南宫翊不置可否。

罢了，此时此刻，他还是多花些心思在狄家粮仓一案上。毕竟这对狄青青来说，才是目前最重要的事。

两日后，也不知是谁透露了消息，漕运总督李荣江，临江督查宋允提，纷纷赶至萧县。

与案相干人员，倒是齐了。

这两日当中，狄青青去过一趟萧县粮仓，粮仓被封，里面空无一物。狄青青仔细勘验了粮仓，并无所获，也没有被盗或者是做手脚的痕迹，可见整件调包案皆是在粮食装船出发以后完成的。

如此一来，对于狄青青来说，线索中断了。

此案不同于一般的杀人案，能设下此案之人，必定暗中有股势力支持。所以想要查清此案，亦要动用权势。仅凭狄青青一人单枪匹马是不行的。

这日正午，南宫翊在萧县最大的酒楼春风楼设下酒席。

一众人等皆到场。

作为当地官员，刘县令何曾见过这么多达官权贵，他紧张得说话齿间都打战：“翊王殿下，翊王妃，请上座。宋大人，这边请。李大人，请入座。”

宫皓月在县衙行馆侍女的搀扶下，也缓缓步入春风楼。休息了两日，他脸色依旧苍白，唯薄唇略有血色，瞧着令人揪心。

狄青青忍不住关切道：“你要紧吗？要不然还是回去休息吧。”

宫皓月摆摆手，勉力道：“青青，不碍事的，狄家的事不能再耽误，唯恐夜长梦多。我希望能帮上你。”

南宫翊冷冷地瞥了一眼宫皓月。

宋允提和李荣江连忙起身恭敬行礼。

南宫翊平淡地道：“免礼。都坐下。”

人齐后，刘县令颤颤巍巍坐在了最下手的位置，示意春风楼小二赶紧上菜。

不一会儿，精致的菜肴摆满桌，皆是时令的江鲜。

李荣江眼眸一转，笑道：“翊王殿下，静王殿下，来临江怎么也不知会下官？下官也好准备准备。”

“呵呵，你想做什么样的准备？”南宫翊执起手中酒杯，不停地转动，眼睛望着杯中荡漾的琥珀色酒液，语意双关。

李荣江一愣，脸色一青，只得干笑一声。

南宫翊薄唇一勾，眸里精光幽深。他今日布下天罗地网，只等鱼儿上钩。

狄青青笑问：“不知李大人从何地而来？”

李荣江道：“回王妃，下官天不亮时就从临江赶来。”

“哦。我看你气色不佳，倒像是有两日没睡好觉了。”狄青青饮了一口茶，淡淡道，“昨夜大人在何处公干？真是不辞辛苦呀。”

李荣江一惊，他本是夹了一块鱼，不慎掉在碗里，他忙道：“王妃抬举了，二位王爷大驾光临，昨夜下官忧虑招待不周，急得一宿没睡。”说罢，他抬袖抹了下额头汗水。

狄青青一边剥着虾仁，一边说，也不抬头：“哦，李大人你衣领尚沾有米粉，鞋后跟有红色河泥及米粉混合物。我记得临江和萧县都没有这种特殊颜色的泥土，还以为大人是刚从哪个粮仓连夜巡视归来呢。”

被她一语洞穿，李荣江的脸色瞬间灰败，他不知如何辩解，也已说不出话来。

宋允提此时插了一句："红色河泥，岂不是只有江心一处孤岛才有？"

"呵呵。"南宫翊将酒杯往桌上一搁，声音顿冷，"宋大人，依照你当时查验，临江收货时确是陈米，然而萧县粮仓发货时，粮仓主事李雍坚称装船的是精粮。后来不管是屈打成招，还是受了威胁，他改了口。宋大人，你就没怀疑过，中途调了包？"

"调包？"宋允提一惊，"下官从没往这方面想过，百艘船，浩浩荡荡，如何调包？"

"本王亲自查实，运粮时，由于船吃水重，行船缓慢，船夫皆会在江心孤岛休息一晚。而江上运粮船只皆由造船局统一制造，除船上的铜印编号不同以外，外观一模一样。所以只要趁着船夫在孤岛休息过夜时，用一模一样编号的载满霉米的船只替换即可。江心孤岛水路狭窄，纵横交错，地处隐蔽。夜黑风高，只需事先将载满霉米的船只藏匿在各个支道上，无人能发觉。"南宫翊说完，自袖中取出一枚铁扣，"砰"一声重重搁在桌上，"这就是在各个支道上寻获的拴船的铁扣，宋大人可带人仔细搜寻，应该还留有许多。"

"可是，怎么可能有人私造百余艘船？"宋允提疑惑更深。

"如果不是私造，而就是官造呢？风声过后，再换换编号也非难事。"宫皓月此时冷笑道。

"啊！"宋允提大惊失色，目光投向李荣江，造船局归漕运管辖，岂不是监守自盗！

"所以，李大人，你昨晚火急火燎转移粮食，又赶去江心孤岛，早上再装作若无其事般出现在萧县。你想掩盖什么？还是想查探一下才放心？"南宫翊毫不客气道。

狄青青诧异地望着南宫翊，面露赞赏之意，她只是怀疑李荣江，想不到南宫翊连证据都找到了。难怪这两日，南宫翊几乎不见人影，原来是查探去了。也难怪他今日设下此宴，原来是想瓮中捉鳖。

"下官……"李荣江面如死灰，语无伦次。

鱼已在网，南宫翊也不急，他悠闲地品着酒，慢慢道：“外面都是本王的人，天罗地网，设这么大的局也不是你一人之力，还有什么人指使？一并交代，本王耐心有限。”

李荣江深知自己已经暴露，神情惊恐：“王爷，下官也是不得已啊。他们已经杀了琴雨儿，下一个就要轮到我了。”

“琴雨儿怎么死的？他们又是谁？”狄青青陡然起身，追问道。

“下官有时在百花楼过夜，也就是喝多了就和她透露了几句。他们就杀了她……下官不想死啊……”李荣江离席，突然跪倒在地，“翊王殿下，静王殿下，求你们开恩啊！”

“你若从实招来，按天启律法，本王可上书免你死罪。”宫皓月此时出声，他虽伤病在身，气势却不减。

李荣江狠狠磕头，头磕在地上不肯起来。

南宫翊冷冷道：“行了，起来说话。”

然而，李荣江依旧头磕在地上，一动不动。

狄青青本来喝着茶，突然她美眸圆睁，猛地站起身，高喊一声：“不好！”

南宫翊像是感应到什么，连忙上前一脚踹开李荣江。

但见李荣江僵硬地朝旁边倒去，双眼、双耳、鼻孔、嘴角皆流下乌黑的血液。毫无疑问，他中了剧毒而死。

“可恶！竟然在本王眼皮底下下毒。来人，叶武，封锁整个春风楼。连只苍蝇都别想飞出去。”南宫翊气得一拳砸向木梁柱，直震得房间都抖上三抖。

叶武自厢房外冲进来，领命道：“是。”

刘县令吓得腿都软了，语无伦次道：“怎么可能呢？菜大家刚才都吃了，李大人面前既没有酒也没有茶，他只吃了菜。这座位当时我也没特意安排，随意坐的。这凶手是怎么当着我们的面下毒的呢？”

狄青青走上前，查验李荣江的尸体，道：“指甲顷刻间全部发黑，连脖颈儿处的血脉都成了黑色，这可不是一般的毒药，普通人不可能有。只需一滴，片刻就致命。”

“那只有皇宫里的禁药绝命散！”南宫翊惊道。

狄青青此时观察了一下李荣江的座位，她仰头望去，上方木梁交错，她脑海里精光乍现，像是突然拨开层层迷雾，大喝一声："凶手就在楼上！快，凶手就是通过楼板缝隙，将毒药滴至李荣江碗里的。"

南宫翊一听，直奔楼上厢房。狄青青赶紧跟上，宫皓月和临江督查宋允提跟随其后。

可惜他们还是晚了一步。进门之时，下手之人服毒自尽，轰然倒下。七窍流血而亡，和李荣江中的是同一种毒。

"他来不及逃走，只能自尽。"狄青青上前，翻过死者的身体，是一名年约四十的男子，"体毛细软，喉结不明显。近身一股膻味。"

狄青青猛地抬头，望向南宫翊的美眸里写着不可置信："他是太监。"

南宫翊本来在安排人查看还有没有同党漏网，听狄青青说完，忙一步上前，当见到死者的脸时，他一愣："好眼熟。"

宫皓月近前，突然道："这是皇宫副总管姚德广的手下！"

"对！没错，正是他！"南宫翊亦道。

"宋允提！"宫皓月神情一凛，厉声道，"火速给皇上上书，快马加鞭送去。"

"慢着。"南宫翊阻止道，"前几日我们上岸时，在山腰袭击我们的人，其中也有几名太监。"

狄青青问道："所以，那时候你就怀疑和宫里有关？"她心下雪亮，难怪南宫翊查清这些细节，都没同她说。

"是。只不过那些人皆是死士，不肯交代。我当时不过猜测，今日更加证实。"南宫翊神情凝重。

"所以，你担心，父皇是知情，抑或是不知情？"狄青青的眼神冷了几分。

"青青，别再说了。祸从口出。"宫皓月无力地撑着柱子，担心地摇头，示意狄青青不可妄语。

"这封信，我来写。我派亲信火速送回。"南宫翊略一思忖，坚定道。

狄青青明白，这么做，其实南宫翊冒了一定风险。如果皇上不知情，无疑提醒了皇上。可若皇上知情，想必对南宫翊会心存芥蒂。

"我来写吧。"宫皓月有些疲惫，唇色泛白，勉力道，"查案本是我分内之事。事系狄家，皇弟不必冒险。刚才是我没有细想。”宫皓月忧思的神情令人动容。

宋允提伸手抹了一把汗，事情之复杂，牵扯之深广，已不是他这个临江督查能担待的。

“不用你操心。这是本王的家事。”南宫翊漠然地瞥了宫皓月一眼。

“青青，此案只能查到这里。你父亲狄谨仁被陷害已水落石出，人证物证皆有，相信足以还他清白。只是涉案之深，姚德广的真实目的，需等我回宫当面禀明父皇，再做商议。”南宫翊对狄青青认真地说着。

狄青青颔首，此案最终皆由南宫翊出力为她破解，这是她所想不到的。后面的事，也不在她能力范围内。

此时，宫皓月似支撑到了极限，脸上已了无血色，喘息困难，他倚着柱子，缓缓滑倒。

“皓月！”狄青青正好瞥见，赶紧上前扶他。

宫皓月眼眸紧闭，昏倒在狄青青怀里。

“刘县令，快！赶紧将秦大夫请来。静王伤口又裂开了。”狄青青一只手捧着宫皓月清瘦的下颌，一只手用力掐他的人中穴，满脸急切。

刘县令亦是心急如焚，连忙道：“下官这就去。”

少顷，宫皓月缓过气来，他无力地将头依靠在狄青青肩上，声音微不可闻：“别管我，你的事要紧。”

狄青青宽慰道：“都是因为我，你才会受伤，我怎能置之不理？你不要多想，养伤要紧。”

宫皓月也无力再说什么。

“青青，你也累了罢？我们稍作休息，明日就可启程返回帝都。”南宫翊想要上前拉起狄青青。

狄青青却侧身躲开，不让他碰触自己。

“青青。”南宫翊不死心地唤道。

“静王伤重，经不起舟车劳顿，你先返回，我留下照顾他。过些日子待他伤情稳定再回帝都。”她淡漠道。

宫皓月看在眼里，艰难开口：“你跟他走吧，刘县令会差人照顾我，我不想你为难。”

狄青青叹了口气道：“你知，我要做的事无人能阻止。”

这话，亦像是说给南宫翊听。南宫翊脸色陡变，双拳紧握。

她的疏离，让南宫翊的心跌落谷底，她依旧不能原谅他吗？她铁了心要与他决裂吗？即便他为她做了那么多，依然抵不过宫皓月的只言片语。他只觉得自己的心，像是被利刃凌迟，一片又一片，鲜血直流。

琉璃本来在春风楼下等候，此时也跟随叶武一道上来。

叶武拱手道：“王爷，经过反复排查，没有其他可疑人员了。”

南宫翊颔首。

狄青青扶着宫皓月，让他依着柱子斜躺，轻声道：“我和他说几句话，你坚持一下，秦大夫很快就到。”

宫皓月只温柔地望着她，默默不语。

狄青青起身，一步一步走向南宫翊。

无比认真的神情，让南宫翊心生不好的预感。他屏住呼吸，竟不敢说话，甚至有种想转身逃开的冲动，久经沙场的他何曾惧怕过什么？可如今，他确是深深地害怕着，他像是隐隐知道，她要说什么。

狄青青在离南宫翊一步之遥停下。

她望着他，眼底清明：“南宫翊，你我相识一场。我很感激你帮助狄家洗清冤屈。但是帮忙归帮忙，感情归感情。如今你也找到真正的救命恩人。我觉得，你我都需要给彼此一点时间，好好想一下。我们分开一阵子，我愿意时，你也愿意时，我自然会回去。”

南宫翊不语。他需要想什么？他根本无须想，对她，他早已深陷，不能自拔。他有什么不愿意，他巴不得时时刻刻守在她身边，寸步不离。可此时，他竟一个字都说不出来。

狄青青见琉璃也在：“你和我一同留下罢。”

琉璃的脸拉下来，干笑几声：“我想待在翊王府。”她左顾右盼，突然灵光一现，一把拉过叶武，“小姐，我和叶武情投意合，私定终身，我得留在翊王府。”

叶武一脸蒙：“……”

“好吧，我也不勉强。”狄青青微微一笑。

南宫翊深知多说无益，他没留下一句话，屏住呼吸猛地转身离去，匆匆奔下楼，背影萧索。他不敢再待下去，他不想让宫皓月看他的笑话，他也生怕自己会失控，做出更出格的事，狄青青只会离他更远。

他一路奔至大街，猛地仰起头，澄净的蓝天，没有一丝云，周围嘈杂热闹的人声，他似乎都听不到，时间仿佛定格，来来往往的人们，有说有笑，错身而过。唯有他一人，孤独寂寥。

叶武和琉璃跟随其后。

琉璃哀叹一声，心有不甘。事情怎么越弄越糟呢？

叶武咳了两声："你怎能当众乱说。"

琉璃白了他一眼："你懂啥？只要我在翊王府，小姐总会回来。只要回来就有机会。"

"可是……"叶武八尺男儿，也不免脸红。

琉璃用力推了他一下，满脸鄙夷："得了吧，我都不在乎名声。你一个男人在乎什么啊。"

叶武："……"

第六章 永不回首

皇宫，南宫翊已返回帝都。

书房内，烛火即将燃尽，烛泪蜿蜒垂下，甚是骇人。

南宫万海神情深不可测，把玩着手中的琉璃麒麟，漫不经心地说道：“三日前，朕还未收到你递来的奏折时，姚德广就已经畏罪潜逃。朕还纳闷儿，他怎么无缘无故失踪了，原来竟是这么一出戏。朕已派戚风追查，务必擒获姚德广。”

南宫翊回禀道：“儿臣揣测，许是姚德广贪财，本想从中牟利，不想被发现。于是嫁祸狄谨仁，后事情败露，屡屡想杀人灭口。”

“皓月遭到伏击，伤势如何？”南宫万海也不接话，关心道。

“休养几日，应当无大碍。”南宫翊想到狄青青那日的话，心中一恸。

“既然狄谨仁是被陷害的。待刑部提审过你派人押送回来的杀手，七日后，便放了他吧。”南宫万海挥挥手，示意南宫翊退下。

“父皇……”南宫翊还想说什么。

此时，千乘碧雪端着汤药走进来，身姿傲然，莲步盈盈：“皇上，该吃药了。”

南宫翊疑道：“父皇可是身体欠佳？”

南宫万海揉了揉眉心，有些困倦：“近来失眠心烦，调理罢了，跪安吧。”

“儿臣告退。父皇保重龙体。”南宫翊跪拜后离开书房。

出了宫门，叶武照例在等候，见南宫翊脸色凝重，忙问道：“皇上不肯放了狄谨仁。”

南宫翊摇头：“父皇答应七日后释放。”

“那王爷为何愁眉不展？”叶武疑道。

“父皇的脾性，岂会轻易作罢？不合情理。”南宫翊分析道，“众所周知，父皇已容不下狄家，然而狄家所涉粮仓一案最后牵扯到皇宫，不管父皇是否知情，常人自会联想是父皇授意，姚德广不过是替罪羊。所以，父皇轻易放了狄谨仁，岂不是让人觉得父皇是被迫？但父皇此时又没有杀狄谨仁的理由，皇权受到质疑和威胁，父皇能忍下这口气？只会心里更加憎恨狄谨仁。”

“王爷的意思是？”叶武追问。

南宫翊继续道：“今夜父皇称七日后放了狄谨仁，心平气和未动怒，反而让本王心中不安。总觉得父皇已另有打算。至于是何打算，本王心中没数。”

叶武皱眉：“那该如何是好？”

南宫翊凝声道：“且走一步看一步。”

夜月柔和，淡淡洒落。

南宫翊与叶武返回翊王府，走到前厅时，一名女子突然唤住他。

“王爷。”那声音娇柔温婉。

南宫翊侧身一瞥，但见海棠树下，沈冰蓝身姿纤柔，清雅若兰，她手里端着一盏瓷盘，里面搁着青玉瓷碗。府中灯笼暖光摇曳，映得她益发楚楚动人。

“王爷连日奔波辛苦，又操心。我特意准备了淮山茯苓莲子羹，给王爷去去肺燥。”说罢沈冰蓝低眉顺目，递上羹汤，脸颊胭红。

南宫翊心神不宁，懒得多看，不耐烦道：“你是谁？”

沈冰蓝一愣，千算万算想要找机会接近他，千想万想没想到等来的竟是他已认不出自己。她咬着下唇，尴尬无措。

叶武咳了一声，提醒道：“这是百花楼的沈姑娘啊。”

南宫翊这才正眼看了沈冰蓝一眼，其实前几次他都没细看她的长相，隔了几日，他倒也忘得干净。他“哦”一声，依旧没有接过她手中的盘子。

一时，沈冰蓝更尴尬，递上也不是，放下也不是。

南宫翊略一思忖，道：“抱歉，本王忘了你的事。叶武，明日给沈姑娘百两黄金，再给她雇一辆马车。”他对沈冰蓝道，“这些钱足够你购置一套宅院，开一家药铺，下半生富足。算本王报你之恩。天下这么大，你想上哪都行。本王近来事多，恕不相送。”说罢，他抬脚便要走。

沈冰蓝呼吸猛地凝滞，心从云端坠地。她扑通一声跪下，手中的盘子亦是“哐当”一声着地，莲子羹洒了满地。抬眸时她两行清泪已滑落：“王爷，我已没有亲人，还请王爷不要赶我走。哪怕随便一个角落，哪怕做丫鬟，只要能留在王府，我都愿意。”

南宫翊无心多言，只丢下一句：“王府只有青青的位置，再无任何角落。”语毕，人已走远。

沈冰蓝听罢，脸色煞白，跌坐在地。

他话里的意思，断绝了她所有的念想，半点余地都无。

除了离开，她别无选择。

七日后，沉重的天牢大门缓缓打开。

迎面扑来的风带着初夏的清爽，狄谨仁没想到自己还能有重见天日之时，他深吸一口气，好一会儿才适应牢外的强烈光线。

释放狄谨仁的太监丁连生，将圣旨交至狄谨仁手中。

狄谨仁跪谢：“吾皇万岁万岁万万岁。”

“起来吧。皇上还有口谕，跟咱家去那边。”丁连生引领着狄谨仁走至天牢外拐角处。

狄谨仁恭敬问道：“丁公公，皇上有何吩咐？”

丁连生笑得诡异，露出森森白齿：“皇上口谕，待狄谨仁出狱，诛杀之。”说罢，他猛地自袖中拔出匕首，明晃晃直刺人眼。

狄谨仁大骇，可背后是绵延的高墙，他无处闪躲，眼睁睁看着匕首即将刺入自己的心脏。

千钧一发之际，丁连生突然痛苦地闷哼一声，他的心口被长剑贯穿，剑尖滴下鲜血。接着，长剑猛地抽走，他不敢置信地低头，瞪着自己胸口的血窟窿，鲜血喷涌而出，他“轰”的一声倒地。

南宫翊反手收剑回鞘，干脆利落。

“岳父大人无碍？”

狄谨仁惊魂未定，颤声道：“皇上口谕，出狱后杀我。王爷杀了丁公公，如何向皇上交代？”

南宫翊凝眉：“既是口谕，便无实证。我只需解释误以为丁连生是姚德广的同伙，欲杀你灭口。正巧被本王撞见。”

“不可，皇上疑心本重，定能识破。王爷地位岌岌可危，老夫岂能心安？”狄谨仁痛惜道，“王爷何须为了老夫，自毁前途。”

“自家人，岳父见外了。我料定父皇放你是假，杀你是真，早有准备。岳父大人赶紧走，我已安排人送你去南疆。”南宫翊赶紧携狄谨仁走向藏在不远处的马车。

狄谨仁登上马车前，将一枚玉佩交与南宫翊，郑重道：“执此玉佩，至西郡鹏通银楼，我已将毕生积蓄转移至那里。王爷可随时调用，备不时之需。”

南宫翊握紧玉佩：“这……”

狄谨仁拱手相拜：“此一别，不知何日再见。王爷保重，青青就拜托了。”

时不等人，车轮辘辘启动，碾过青石板路。

“岳父慢走。”南宫翊目送他离开，直至再也看不见。

皇宫内，南宫万海震怒滔天，整个御书房里外都笼罩在阴霾之下。

宫女、太监们都瑟瑟站着，生怕自己被波及。

南宫翊跪在地上，神情无畏，字字铿锵：“儿臣性直鲁莽，误以为丁连生是姚德广同伙，要杀狄谨仁，毁灭人证。当时也没细想，直接拔剑。”

“逆子，你，你，你！”南宫万海吃了哑巴亏，连说三个“你”字。他怒急攻心，苍老的手背上，青筋恐怖地突起，直指南宫翊，“你太让朕失望！此前朕让你废妃，你谎称狄青青有孕，以为朕真的不知？成大事者，岂能被女人羁绊？滚！罚你闭门思过三个月，无诏不得外出。回去好好清醒清醒！快滚！”

“儿臣领旨谢恩。”南宫翊跪拜退下。

南宫翊走后，南宫万海犹嫌不够，将书案上笔墨纸砚统统砸烂，宫女们吓得瑟瑟直抖，纷纷跪下。

突然，南宫万海胸闷如窒，喉咙一甜，一大口鲜血自喉中喷出。霎时间，染红了光滑如镜的地面。他直直后仰，砰一声倒地，双眸紧闭，不省人事。

太监宫女们乱作一团。

“快叫御医。”

“快去请千乘贵妃！”

五日后。

狄青青与宫皓月抵达帝都盛京码头时，已日落西山，暮色垂临。

步下船只，踏上岸边，狄青青深吸一口气，沐浴在漫天血色的霞光里，她环顾四周，神情略显迷茫。

十多日来，宫皓月的伤养得差不多好了，除了脸色仍旧苍白。

狄青青踟蹰不前。

宫皓月看出她的心思，小心问道：“若是不想回翊王府，不妨去我那边落脚几日。”

狄青青一顿，美眸瞪他一眼。

宫皓月忙道：“你别误会，我是指原本我在帝都的宅院。静王府正在修缮中，我还没有搬去静王府。我那儿人少，不会有人私下议论。”

“走吧。”狄青青微微一笑，倒也爽快。

宫皓月的住处，离按察使府不远。

到达时，已是夜色如墨，月儿东升。

狄青青第一次来到宫皓月的宅院，门宽不过三尺，门楣简陋，毫不起眼。

然进入其中，院子虽不大却极其精致，紫竹、假山铺设精巧，一盏琉璃灯安置得恰到好处，侍卫已点上蜡烛，里面透出七彩的光泽，既有情趣又别致。

狄青青环顾四周，讶异道：“你只有侍卫，没有婢女？”

宫皓月笑容如暖阳：“我不习惯婢女服侍，我自幼在穷苦人家长大，寒窗苦读考得功名，今日有如此显赫的身份，着实意外。”

狄青青笑而不语："带我参观一下？"

宫皓月优雅地伸出一只手，藏青色衣袖在宫灯下，划过一道完美的弧度："请。"

狄青青踏进主屋，里面物件并不多，一盏长台，台上供着两棵盆景小松，中间是一鼎香炉，香炉雕刻精巧，她靠近前闻了闻，眸中闪过幽深的光芒："暹罗国的紫萝香？"

"什么都瞒不过青青，友人相赠。"宫皓月赞赏道。

狄青青在四周转了转，书柜、文墨、软榻、屏风，看似简单，摆放的位置却大有讲究，她喃喃低语："出身穷苦人家，可摆设格局都不凡哪，处处透着贵族气息。"

"什么？"宫皓月没有听清，问道。

狄青青的视线落在他书案旁静静搁着的一支竹笛上，竹身光滑，色深色润，定是经常被人抚摸，笛尾缀着竹叶形状的象牙装饰，尽显清雅之风。她想起曾经在长风街天香茶楼里，他吹奏的竹笛，也是这支，天籁之音记忆犹新。

竹笛？狄青青的瞳孔猛地收缩，像是被闪电直击，浑身一阵麻，汗毛竖起。这一刻，她只觉得自己魂魄都出了窍，神游天外。

"青青？"见她发呆，宫皓月柔声唤道，"你刚才说什么？"

狄青青猛地回神，搪塞道："哦，我说方才见到你院子里还有新种的海棠，看起来，你没有想搬去静王府的意思呢。房间里一切如旧，丝毫没有动。"

"搬不搬我都无所谓。除非，那里有你。"

冷不防，宫皓月突然将她抵至墙角，他一只手撑着墙，一只手牢牢环住她纤细的腰。

狄青青错愕，他清爽的气息环绕，两人挨得如此近。

"青青。"他的唇，几乎贴近她的脸颊，"你对我亦有意，对吗？"

说完，他也不待她回答，欲吻上她的唇。

狄青青一慌，偏头，他的唇落在她嘴角。刹那间，似有电光火石四射，触感令她全身一震。

"别逃，青青。"宫皓月不肯松手，扳过她的下巴，执意要吻下去。

然而这时，屋外侍卫火速来报。

“静王殿下，皇上病危，宣殿下火速入宫。”

“什么！”宫皓月大惊，“父皇身体素来康健，怎么可能？”

侍卫拱手道：“殿下才返回帝都，尚不知前几日，翊王不知缘何惹得龙颜大怒，被罚闭门思过三个月，皇上气得吐血昏厥，之后身体每况愈下。殿下别细问了，马已备好，赶紧入宫吧。”

宫皓月立即道：“好。”

他并没松开狄青青，反而牢牢按住她的肩，这一刻，他的神情是从未有过的严肃：“青青，眼下形势难料，你在这里等我，切记不要乱跑。”

狄青青微笑，轻轻颔首。

“等我！”

宫皓月走前强行在狄青青唇上印下一吻。

“你留在这，守着她，务必护她周全，否则万死不足抵罪。”宫皓月撂下狠话，与他平日里谦和的风格完全不同。

侍卫一颤，忙领命：“是，殿下。”

待宫皓月走后，侍卫如石雕般守在门前，时不时往屋内瞟一眼，心内嘀咕，静王竟将翊王妃守在自己房中，哎，这真是……

狄青青走至门前，唇边带笑：“我渴了，哪里有茶？”

侍卫不敢怠慢，忙道：“在前面厨房，翊王妃，我带你去。”

“好。”

侍卫走在前头，冷不防，砰一声，冷硬的物什重重砸在他后脑勺上，他尚来不及反应，便昏了过去。

狄青青扔掉手里的粗木棒，心猛烈地乱跳。

她抬袖，反复擦拭方才宫皓月碰过的唇，冲出大门，拔腿狂奔，身影没入无边夜色。

翊王府。

叶武正在前厅来回踱步，突然传来“砰砰”急促的砸门声。他一惊，连忙打开。见到来人竟是狄青青，叶武几乎石化，见她神情不对，隐约感觉不好，语无伦次道：“王，王妃……”

“南宫翊呢？”狄青青劈头就问。

“王爷入宫了。宫里来报，说姚德广率一众死士闯入皇宫，禁卫军统领戚风难敌，让王爷火速前去增援。”叶武回道。

“他走了多久？”

“刚走不久，带了数队人马，大约快到皇宫了。”

“你为什么没去？”狄青青几乎失控崩溃。这与宫皓月奉旨入宫，完全不是一个理由！果然不出她所料，这是一个圈套！

“王爷说，也不知宫里情况怎样，怕王妃万一回来，没人照应，让我留下。”叶武急道，“王妃，是不是出事了？”

狄青青心在颤抖，都这时候了，南宫翊还惦着她。

“叶武，幸好你在，幸好你在！”狄青青努力让自己镇定，“我问你，南宫翊究竟为什么得罪了皇上？被罚闭门思过三个月？”

叶武便将狄谨仁之事原委说了一遍。

听完时，狄青青怔在原地，夜风四起，横冲直撞，宫灯被吹得几乎灭掉。她立在风中，眼角一滴晶莹的泪滑落。

为了她，竟是为了她！

他为了她，竟不惜得罪皇帝。

她知道，眼下她不能乱，生死攸关，她必须冷静。

“叶武，你听着。从一开始这就是一个圈套，我来不及解释。我只告诉你，过了今晚，南宫皓月将登上帝位。现在他们要陷害南宫翊谋反，你先派一队人去南城门打开城门等候接应，我与你带上剩下的所有能调动的人马，火速入宫救出他。机会只有一次，有半点差池，我们都死无葬身之地。”狄青青强迫自己一字一字说清楚，每说一个字，心上仿佛被刺入一针，痛却不见血。

“王妃，这……”叶武惊骇得说不出话。

“信我就别问为什么！快！”狄青青几乎吼起来。

“是！”叶武领命，火速安排。

皇宫，元极殿。

今夜注定不平静，夜风突盛，无星无月，风雨欲来。

短短几日，南宫万海的身体每况愈下，脸色萎黄，眼窝青紫深陷，形容枯槁。昔日如鹰般猛锐之人，此刻也不过是残枯之叶。

贵妃千乘碧雪守在南宫万海身边，余公公、禁卫军统领戚风分立两旁，宫皓月已经赶到，焦切地伴在床前。

烛光刺眼，南宫万海自知大限将至，他猛咳一阵，千乘碧雪替他顺着背。好不容易咳嗽停了，他目光失望地望向殿门："翊儿怎么还没来？"

余公公道："皇上，已差人去喊了，想来快了。"

南宫万海无力地点头，千乘碧雪赶紧喂他喝了几口参汤吊着气。

明晃晃的闪电破空劈下，天地间陡然一亮，似让万物无所遁形，又瞬间隐于更深的黑暗。

这时，殿外似有火光闪动，紧接着如雷的脚步声响起，元极殿大门"砰"一声被大力撞开，两队金甲侍卫手持长枪冲入元极殿。

南宫翊一身银甲，黑靴霸气，斧劈青山般完美的轮廓，傲然冷绝的神情，手中银剑耀得刺眼。只不过，他跨入殿中的那一刻，心陡然一沉。

他中了圈套！

眼前哪有姚德广作乱？父皇南宫万海正躺在床上。难怪入宫一路上并无打斗痕迹，他以为姚德广因熟悉皇宫，直捣内殿作乱。

他心知中了奸计，收剑回鞘，单膝下跪道："父皇，儿臣救驾来迟。"

南宫万海费力支起身，身后由千乘碧雪扶着。他伸出手，手臂不知因病还是因气，颤抖得如风中落叶："逆子！逆子！你要谋反吗？"

与此同时，南宫万海喉咙喷出一大口鲜血，溅得一地黏湿，血腥味充斥着整个大殿。

又是一阵强烈的闪电，紧接着轰隆隆的雷声，仿佛天怒咆哮。

南宫翊一身正气，傲然昂首："儿臣不敢，望父皇明察。"

"你！你！"南宫万海不断地呕出鲜血，痛声斥责，"朕还没死，你，你急什么？翊儿，皇帝不好当，万万不要毁，毁在女人手里……"

"皇上。"千乘碧雪用力撑着南宫万海。

她与宫皓月对视一眼，南宫万海的话中之意，莫非还想将皇位传给南宫翊？

南宫万海拼着最后一口气，每说一字都吐出血来："传，传位于，翊王。”可惜声音极低，只有他身后的千乘碧雪能听见。

千乘碧雪佯装没听清，急切地问：“皇上，传静王？”

南宫万海喉如火烧，心内如焚，却再也说不出一个字，只得抬起手，想要指向南宫翊。然而这时，千乘碧雪却自背后暗中使力，将南宫万海的手指向了宫皓月。

南宫万海人骇，双眸瞪如铜铃，原来！原来他错了！枕边人一直是条毒蛇，这是个精心布置的局，可惜他再无力反抗，他不甘心地哆嗦着唇，却说不出半个字，鲜血不断地自口中涌出。突然他全身抽搐几下，怒火攻心，气绝而亡，死不瞑目。死时，枯槁般的手依旧指向宫皓月。

千乘碧雪佯装痛声哭喊：“皇上，皇上！皇上驾崩了！”

戚风与余公公一同跪下，对宫皓月恭敬叩拜，道：“吾皇万岁万岁万万岁。”

宫皓月此时正襟危坐，神情深不可测，正声道：“先皇驾崩，依礼葬之。翊王意图谋反，即刻押入天牢候审。”

“是。”戚风身为禁卫军统领，必须听命新皇。

他领命，一声号令，数队人马自元极殿后冲入殿内，重重包围。他厉喝一声：“速速擒拿翊王。”

一时间，南宫翊的金甲侍卫齐刷刷亮枪，明晃晃的枪头与禁卫军对峙。

戚风拱手：“翊王，得罪了。”职责所在，他拔刀迎上。

两军展开了激烈的厮杀。

剑芒交错，火花四射，殿中处处弥漫着鲜血的气息。

南宫翊率金甲侍卫且战且退，他始终不肯拔剑，只以剑鞘应战。如果他拔剑了，岂非坐实自己谋反。

很快南宫翊退至元极殿外，一路往皇宫宫门外撤去。

轰隆一声，响雷碾过，电光火闪，照亮遍地横尸，触目惊心。

南宫翊再骁勇，可不肯亮剑，寡不敌众，退至宫门前时，只剩下寥寥数十人，禁卫军伤得亦重，几十人将他们团团围住。

戚风有心放过南宫翊，虚晃几招，给南宫翊使了个眼色。都是行军打仗之人，自是惺惺相惜，更何况南宫翊始终不拔剑，他知晓这是何意。

南宫翊会意，正待飞身跃上宫墙，退出宫外，可此时，宫皓月却率数百名禁卫军赶到，皆是弓箭手，他一声令下，弓箭手齐齐单膝着地，拉满弓，箭在弦上，蓄势待发。

南宫翊心一沉，看来今日是天罗地网。

宫皓月冷笑道："皇弟还是束手就擒。今夜你插翅也难逃。戚风，怎么还不动手？想违抗皇命？难道你与他是同伙？"

戚风不敢抗命："微臣不敢。"

就在这千钧一发之际，宫门传来轰隆一声，随着宫门沉沉打开，叶武率南宫翊的亲卫军赶到。来势汹涌，直将戚风剩余的禁卫军逼退几十步。

宫皓月拳头握紧，指节"咯"声清晰可闻。可恶，只差一步，叶武怎可能率亲卫军增援呢？此事天衣无缝，究竟是哪里出错？

叶武上前："王爷，我们赶紧撤。"

南宫翊疑惑道："你怎知出事了？"

宫皓月此时大喝一声："今夜谁也别想走。弓箭手，上。"

弓箭手应声，"嗖嗖"松弦声此起彼伏，银箭如流星般射出，划破暗夜，衬着闪电，一时竟分不清是电闪雷鸣，还是利箭直飞。

亲卫军们拔剑挥开剑雨，断剑叮叮当当纷纷坠落。

今夜甚是诡异，狂风大作，电闪雷鸣，可偏就下不来雨，老天仿佛憋着一口气，格外窒闷。

此时，一名白衣女子自宫门走来。

她手持火把，步伐稳健，神韵轻灵，英姿不凡。她的出现，仿若点亮暗夜。

此时，弓箭手正准备拉弓射第二轮箭。宫皓月看清来人，大惊失色，慌忙阻止，喝道："停下，快停下。"

狄青青一步一步走上前，步步生莲，火光映照得她绝色的容颜宛如暗夜盛开的昙花，光芒四射。

南宫翊这才注意到，狄青青自他身后走来，他亦是震惊。他一直不肯拔剑，此刻终于拔剑出鞘，寒光直指地下，护住狄青青。

狄青青走至南宫翊身侧，停下脚步。

宫皓月眯起眸子，像是意识到什么，眸底露出冷光："青青，你怎么来了？不是让你等我？过了今夜，一切就结束了。"

狄青青突然笑起来，笑声如银铃般清脆，回荡在夜空。

“宫皓月。”她喊的是他原来的名字，“尚未开始，何谈结束？”

宫皓月心一沉，显然是狄青青带着叶武前来增援，那她一定是知道了什么，他咬牙道：“你什么时候怀疑我的？”

“你识得天蚕丝，家中有暹罗国的紫萝香，你却说不认识鹦鹉。宫皓月，我已被你利用很久了。”狄青青一字一句道。

“你！”宫皓月心中一痛，震惊道，“你竟这么早就怀疑我了？”

“呵呵，可惜还是晚了。”狄青青自嘲道。

“青青，你过来。”宫皓月脸色阴鸷，她站在南宫翊身边的一幕，如芒针刺痛双眼，他尽量平缓语气，朝她招手，“南宫翊大势已去，你过来，我待你如初。”

“如初？”狄青青讪笑，接着冷笑。她不想多言，只对南宫翊小声道，“南城门是我们的人，赶紧走。”

南宫翊有些犹豫，这一走，他就真的坐实了谋反。

他冷声吩咐叶武：“男儿身正何惧陷害，本王不走。叶武，护送王妃去南疆与狄谨仁团聚。”

语未毕，叶武已用力劈向南宫翊后颈。

南宫翊没有防备，骤然倒下。狄青青费力扶住他，与叶武对视一眼，早就知道他这个性，幸好事先就商量过对策。

叶武一声号令：“弟兄们，上！保护王爷王妃撤退。”

一时间，亲卫军蜂拥而上，向禁卫军和弓箭手攻去，混战交织，刀光交错，呐喊声此起彼伏。

叶武背着昏迷的南宫翊与狄青青撤退，其余亲卫军且战且退，皆奔向南城门。

宫皓月眼睁睁看着狄青青远离自己的视线，气急败坏：“不要射箭，住手。不要伤到狄青青。”他厉喝，对戚风道，“全力追捕。一定要把狄青青带回来。”

他几乎是疯狂地咆哮：“一定要把她带回来！不能伤她一根头发！听到没！”

又是“轰隆”一声，闪电将他狂怒的脸照得煞白，暴怒的吼声亦被滚滚雷声淹没。

“是！”戚风拱手领命。

雨，依旧下不来。

叶武与狄青青出了南城门，一连数日疾驰。

暂时甩掉追兵，他们在永湘城落脚，这是一座依山背水的小城镇，并不富裕，然民风淳朴。远离帝都的繁华，这里唯有宁静。

客栈老板十分热情，弄了一桌好菜招待，准备好干净的客房，还烧了洗澡水。

狄青青沐浴后，擦干长发。丰盛的饭菜，舒适的热水一扫连日来奔波的辛苦。她走入卧房内间，见南宫翊也梳洗沐浴好，换上干净的玄色长衫，坐在软榻边。

窗边，霞光如轻绸般缥缈洒落，他墨发散在肩上，时不时被晚风撩起，整个人沐浴在霞光中，格外俊美。

狄青青心神微微荡漾，缓缓走至他身边。这几日奔波，都没说上话。

“起夜风了，刚沐浴，小心着凉。”她反手将窗合上。

“青青，我不想连累你。”南宫翊终于开口，神情却疏离。

狄青青蹙眉：“何不说是我连累了你？”

南宫翊挑眉望向她，一双眼眸灿若星辰：“你知道了狄谨仁的事？他已安全抵达南疆。你不用觉得亏欠我，更不用有负担。这次宫变也与此事无关。”

狄青青一步跨至他身前。

南宫翊别过头，不愿面对她。他素来心傲，如今沦落逃亡，又能给得了她什么？

屋内静寂。

有窸窣声响起，持续好一会儿，最后归于无声。

南宫翊心内诧异，狄青青半晌都没有回答他的话，他转过头。

那一刹那，他显然没想到会见到这般景致，狄青青仅着肚兜，及腰长发如瀑披散，无一丝点缀，纤细的腰，修长莹白的双腿，她的呼吸有些急促，胸前美好的弧度随着她的呼吸起伏，比不穿衣裳更诱人。

“你做什么？”南宫翊喉咙发紧。

“做妻子应该做的。”狄青青灿烂一笑，颊边晕染如霞。

“你疯了？”南宫翊猛地回神，拿起披风将她裹住，害怕自己失控，连忙背过身，不敢再看。

谁知狄青青从身后紧紧抱住他。

他一怔，想要挣脱，却又不舍，贪恋着她的体温。

狄青青将脸紧贴着他的后背，幽幽道：“萧县遇险，你当我不知你寻我一整夜？当时你衣服上满是褶皱，长发打结，半夜时曾下过一场雨，你定是淋湿以后又干了。我知你惦着我。”

南宫翊后背一僵。

狄青青脸颊轻轻蹭着他，继续道：“你当我不知，宫皓月是先看到你来了，再故意摔倒，压在我身上被你看到，惹怒你向他击出一掌？我已听到脚步声，他不可能听不到。”

南宫翊的瞳孔猛地收缩，内心似有涟漪荡漾开去，原来，她都知道。

“那，你为什么……”

“别说话。”狄青青打断他，小手将他圈得更紧，“我的性子，你又不是不知，我真要与你决裂，何须当着宫皓月的面对你撂下狠话？不过是想借机留在他身边，查探蛛丝马迹，又不想他起疑。”

她大胆地伸手解开他的腰带，探入衣内，替他褪下玄色长衫：“翊，我狄青青认定你，此生不改。”

南宫翊心内如海潮翻涌，竟不知是该欣喜还是酸涩，他按住她微微颤抖的手，阻止她的动作，狠心拒绝：“不行，青青，我不能。”

狄青青咬唇，鼓起勇气，将他的身子扳过来：“你看着我。”

南宫翊被迫迎上她的目光，她双眸熠熠生辉，似两汪深潭，倒映着他的身影。她贴紧了他，他鼻息间皆是她身上淡淡的香味，甚至能感受到她身体的温度，是滚烫的。

狄青青柔弱无骨的小手在他胸前游移，撩拨得他快要崩溃，声音近乎嘶哑：“青青，眼下生死未卜，前路坎坷，我不能这么做。”

她望入他眼底，一字一字认真道：“我进了你的门，生是你的人，死是你的鬼。”她的声音清亮无比，字字直击他心尖。

南宫翊仿佛石化，僵滞立着。

身周陡然安静，霞色褪去，夜幕来袭，屋中光线越来越暗。

狄青青纵是再大胆，毕竟是女子。好在光线越来越暗，及时掩饰了她的羞涩，她脸颊似要燃烧，猛然，她踮起脚尖，捧着他的脸，印上一吻，顺势将他按倒在软榻之上。

这一吻，像是压垮南宫翊理智的最后一根稻草。他猛地翻身，将她牢牢锁在身下，他压抑了太久太久，此刻如脱缰的野马，再无法自控。

她被他吻得喘不上气，却不忘解开他最后的内衫，用力甩出几丈远。

“青青，我爱你。”彻底占有她时，他忘情地低喊。

她忍着撕裂般的疼，手指深深插入他浓密的墨发间，唇齿纠缠，她颤抖着紧紧地拥着他，融为一体。

何须思量问明天，只恋眼前。

何须执手看永远，但求无悔。

五更天，屋外的动静令南宫翊警觉地坐起来，他披上衣裳打开房门。

叶武已在房外，神情凝重，小声道：“王爷，我们被包围了。他们到处在找王妃的下落。”

南宫翊异常冷静：“意料之中，当年宫皓月身为雍南六郡按察使，往南本就是他的势力范围。除非我们去南疆。”

“不如我们改道向西绕行至南疆。”叶武急道。

南宫翊附在叶武耳边低语几句。

叶武大惊：“王爷，这……”

“普天之下，莫非王土，按本王的意思办吧。你且等片刻。”南宫翊说罢，转身将门合上。

他缓缓走近床边，天虽暗，可习武之人素来能在暗中视物。

昨夜他将她累坏了，此刻她睡得很沉，乌发如云铺洒，肌肤细润如玉，神情安宁，唇边弯着甜美的弧度。他忍不住伸出手碰触，轻轻抚上她英气的眉，挺立的鼻梁，饱满的唇，柔美的颈线，最后停留在裸露的香肩之上。

屋中静得呼吸声清晰可闻。

他恋恋不舍地摩挲着她裸露光洁的脊背。

狄青青感应到，迷迷糊糊睁了睁眼，又闭上，伸手环住他的腰，娇嗔道："翊，别闹了，我不会再离开你。让我再睡会儿嘛。"

南宫翊听着她的娇言软语，心中酸涩。

他伸手，在她颈后一劈，她顿时身子软在他怀里，一动不动，昏睡得更沉。

他撩开被子，替她一件一件穿上衣裳，从里到外，她凝脂般的肌肤上布满被他烙下的痕迹，床上点点绽开的落红，每一样都深深刺痛他的眼。他替她将长发简单束好，穿上小巧的鞋子，将她打横抱起。

他立着，突然停了停，薄唇覆上她的唇，流连印下一吻。

她的唇，软软的，温热的，他的却是冰冷的，一如他此刻的心，冰冷麻木，没有痛觉。

推开门，叶武已等候多时。

清晨的凉风涌入，横扫一室，吹得窗幔张扬狂舞。

南宫翊贪恋地看着怀中熟睡的狄青青，深吸一口气，将她交给叶武。他别开眼，不敢再看，生怕再看一眼，自己再也放不下。

眼前仿佛回到初见一刻，她穿着锦绣凤袍，虽在牢中，依旧英气逼人，既有女子妩媚，又有男儿谋略，正如同她一双既晶莹又锐利的眼眸，只一眼，便教他永生难忘。

"送她去南疆与狄谨仁团聚。"南宫翊冷静地吩咐。

"可是，王爷……"叶武难以接受，王爷这不等于去送死？可不这么做，谁都走不了。

"快走！"南宫翊厉喝一声。

叶武虽八尺男儿，不免落泪，哽咽道："是。"他不敢久留，赶紧抱着狄青青从后门潜出，身影没入黎明前的黑暗之中。

望着叶武远去的身影，他喃喃道："本王无憾。"

南宫翊愣怔地坐在屋中，不知在想什么，门外是墨海般的夜，启明星高悬，不远处似有火光攒动。他猛地站起身，拿起一件狄青青的黄色披风披在肩上，从正门离开，将追兵往西引去。

帝都，天牢之内。

宫皓月率戚风以及若干禁卫军火急火燎踏入天牢。

狱卒打开一间干净清爽的牢房，除了有铁窗，有铁门，里面陈设倒也雅致，一盏茶台，一张软榻，还有书架、衣橱等，这是专门用来羁押王公贵族之地。

南宫翊面前泡着一壶热腾腾的清茶。

他为自己满上一杯，慢慢品着，也不看向来人。

宫皓月的脸色极为难看，踏入牢内，直接问："青青人呢？你把她藏哪了？"

南宫翊饮尽杯中茶，嗤笑一声："多此一问。"

宫皓月神情一僵，是啊，南宫翊的性子宁死不屈，就算知道怎会告诉他。如今南宫翊已是阶下囚，竟还赤裸裸地挑衅他。

戚风在旁禀道："皇上，属下派去永湘城的人回报，当时他们已包围了客栈，隐约见到一名穿着黄色披风女子往西而去，便全力追捕，谁知竟是翊王。当时天未亮，许是看错了。"

"哼，分明是他假扮，调虎离山。如此简单，你们也识破不了？朕要抓南宫翊，也要擒狄青青，一群废物！"宫皓月呵斥。

戚风赶紧下跪："皇上恕罪！"

南宫翊又为自己倒了一杯茶，杯中清波荡漾，他淡淡地道："你已得到皇位，放过她。"

宫皓月眸中蕴含怒火："皇位与她，朕都要！你以为，你不说，朕就没辙？"他冷袖一扬，"戚风，传令下去，南宫翊意图谋反，罪证确凿，一个月后，于宫门外腰斩。朕亲自监斩。"

南宫翊听后，没有任何表情，只执起茶杯。

戚风大惊，跪求道："翊王虽有罪，但毕竟是皇戚，岂能……"

宫皓月冷冷地打断："布下天罗地网，朕不信她不来。"这话既是说给戚风听，亦是说给南宫翊听。

南宫翊手一颤，茶水不慎翻出些许，都烫在手背上，可他却丝毫感觉不到疼。想起心底那抹倩影，他的心再度揪起来。

青青，你千万不要回来。

一个月后。

帝都，宫门刑场位于皇宫的正西方，离皇宫有很长一段距离，是帝都执行重刑犯死刑之地。刑台呈半圆形，后方是一座宏伟的监斩楼，楼有两层，二层是看台，围栏皆用铁柱立成，供人站立。一层是监斩台，十多层台阶，左右各立着两个大鼎，鼎由三只铜狮子驮着，彰显威严。

今日，半圆形的刑台上高高竖着“井”字腰斩台，约一层楼高，碗口粗的绳上吊着又厚又重的青铜铡刀，刽子手已手持大刀，站立一旁，只等一声令下，斩断绳索。

宫皓月此时已高坐一楼监斩台，文武百官分立二楼看台。

刑台外围，围满从四面八方聚来的老百姓。

今日天阴恻恻，乌云压得极低，街上狂风怒号，虽已是夏日，风依旧刺人肌骨。一场暴风雨顷刻将至。

囚车缓缓驶来，南宫翊一袭黑衣，自囚车上走下来，他傲气凌然，身背挺直若青山，虽戴着刑具，却丝毫不损他气贯九天之势。他一步一步走上刑台，步步用力，震得石台都在颤抖。

围观人们不免议论纷纷。

“翊王平素性子跋扈了些，想不到竟会谋反。”

“皇家的事，不要瞎议论，新皇登基，哪朝哪代不是血洗？”

“哎，杀了翊王，日后外敌来犯，何人领兵保家卫国？”

“自然是靠千乘家，你看新皇登基，立刻册封先皇遗孀千乘碧雪为皇后。子纳父妾，不就是为了稳固帝位。谁让千乘家只有这一个女儿？必须拉拢。”

“千乘将军老矣，其子游手好闲，征战还不是靠翊王？哎，皇朝不稳，内忧外患，百姓受苦啊。没了翊王，就怕蛮夷作乱。眼下西郡边境屡屡受扰，一战在所难免。”

“你说，新皇为何举国通缉翊王妃？为何与一名女子过不去？”

“就是那个首富狄家之女？狄家不是已经完了，为何还穷追不舍？”

“你没看出来？布告上虽通缉翊王妃，却不能伤她半分，否则死罪论处。这说明什么？新皇是看上翊王妃了。”

“哦，原来如此。”

“小声点，你说翊王待斩，今日翊王妃会不会现身？”

轰隆一声巨响，顿时风起云涌，黑云盖过头顶，狂风吹得树木呼呼作响，人们几乎站立不稳。闪电在空中窜动，接着瓢泼大雨铺天盖地地倾倒下来，将花草树木吹打得零落狼藉。

报时官此刻喊道："时辰到！"

宫皓月起身，神情幽若暗夜，他拿起斩令，刚要掷地，却突然停住，眼眸眯起，直直望向不远处。

一阵风吹来，雨被吹得如烟、如雾、如尘。雨点连成线，如同断线的珍珠，又如万丈银丝抛下，形成道道瀑布般美丽的雨帘。

但见一名青衣女子分开雨帘，缓缓走来，她长发披在肩上，如上好的锦缎，无一丝装饰，丝丝缕缕垂至腰间，精致的容颜，眉扬若剑，瞳黑如墨，唇艳似火，她浑身湿透，却不见一丝狼狈，仿佛神女下凡，每一步都踏起水花无数。

宫皓月激动地奔下监斩台，她终于现身。一个多月了，他夜卧龙榻，梦里却全是她，挥之不去。他等了那么久，此刻只觉得心要跃至喉口，难耐难熬。他几乎迫不及待要得到她，一刻都不想等。

狄青青走到宫皓月身前。她缓缓抬眸，睫毛上缀着雨珠，倒像是含泪欲坠，惹人怜惜。

宫皓月想拥她入怀，好好疼宠一番，可惜众目睽睽下，生生地忍住了："青青，你总算来了。"

狄青青淡淡地道："王侯将相，岂能滥用腰斩酷刑。皇上设此刑，不就是要我来？"

宫皓月微微一笑："什么都瞒不过青青。"

狄青青正声道："皇上新任皇位，想必朝中根基不稳，如今要杀翊王，恐怕百官皆有微词。"她瞟了一眼监斩台二楼的百官们，他们正窃窃私语，"不如我劝劝翊王，让他臣服皇上，皇上给他一个机会，如何？"

宫皓月的神情顿冷："你专程来为他做说客？"

"既要我来，便知我意。难道非你设此刑所想？"狄青青反问。

"你！"宫皓月语塞，他尽量控制自己，"你如何让他臣服朕？"

狄青青道："我与他单独说几句，皇上试试便知。"

宫皓月思忖片刻，皱眉道："好。若他愿臣服，朕便给他机会，让他攻打西番蛮夷，戴罪立功。”

西番蛮夷？狄青青心内翻滚，前朝，当朝，四十年都未能平定西番蛮夷，眼下西蛮屡屡扰乱边境，此时让南宫翊出兵，与送死何异？可只要活着就有机会。

她转身，步上刑台。

刑台之上，南宫翊见她走来，俊颜渐渐苍白，心痛得窒息。

她停在他面前，雨依旧下着，她脸颊上晶莹坠落，分不清是雨水，还是泪水。

他的声音近乎嘶哑：“青青，你何苦要来。”

狄青青眼眶里不断涌出热流，只有她自己知道，这是泪，不是雨。她只问：“为什么？”

南宫翊知她问的是什么，他眷恋地望着她，只道：“男儿顶天立地，岂能东躲西藏，苟且偷生？我只恨自己中了奸计，而非血洒沙场。我自记事以来，便随军征战南北数十载，见惯尸横遍野，民不聊生，饥寒交迫，老母丧子，新妻丧夫，幼子无母。好不容易天下太平，只要姓南宫，谁当皇帝不是一样？我岂能为一己之私，重燃战火，置苍生于不顾。青青，此生得你，我已无憾。对不起，我不得不负你。他爱你，必不会亏待你。”

狄青青冷冷地打断他：“他不姓南宫！”

南宫翊猛地一震，以为自己听错了。

狄青青嘴角勾起清冷的弧度：“还记得你的皇妹南宫兰舒？她为情所困，投水自尽。而她心仪之人，恐怕正是宫皓月。满院枫树改种竹子，竹篓里搁着绣了一半的香囊，竹叶花纹，明显是男子使用的款式。还有梳妆台上竹节形状的象牙发簪，她如此偏好竹子，可见定是心爱之人所好，可见用情至深。”

她停一停，继续道：“恰恰宫皓月就喜爱竹子，第一次我在天牢见到他，他官服袖口就有竹叶花纹，我曾留意过，明显是后绣的。他擅长吹竹笛，笛尾缀着象牙雕成的竹叶配饰。这些竹叶的形状、样式与南宫兰舒未绣完的香囊上一模一样。”

“可这……”南宫翊无法置信。

“别忘了，发现南宫兰舒尸体，是册封静王晚宴时，只因她不能接受自己兄妹乱伦，故而选择那日早晨投水自尽。”

“可这也不能说明他不姓南宫啊？毕竟他身上有鸳鸯烙印。”南宫翊不解。

“我斗胆推断，如果从一开始这就是宫皓月布的一个局，蓄意接近你的紫涵，潜伏在翊王府的江城，都是为了取得你的信任，获得翊王府的消息。狄家粮仓案也是他一手策划，目的是获得钱财，瓦解皇室和狄家的关系。宫皓月没想到的是，紫涵死了，是我破了此案，引出了江城，打乱了他的布局，所以只能将江城灭口。但是这也让他想到了一条新的计策，就是利用我的推理才能，助他一臂之力。我猜测他原本想先靠南宫兰舒上位驸马，进入皇室，再谋下一步。然而与我相识后，他便放弃这一计划，精心设计了更快捷的局。他在天香茶楼等候我，故意以笛声吸引我，他吹得一手好笛，恐怕南宫兰舒也为此倾倒。那日你罚他跪在雨中，他故意让我看到他手臂上的鸳鸯印记。”

狄青青抬袖，温柔地拭去他脸颊上的雨珠：“下一步，宫皓月设计了姑母南宫婉彤金丝断头案。紫秦不过一介宫女，岂有这等头脑设计密室杀人，更不用说弄到暹罗国的天蚕丝以及布置那些精巧的机关。其背后必有主谋。宫皓月故意向先皇推荐我断案，当时我便有一丝疑惑，他既识得天蚕丝，岂会不认识鹦鹉，岂非反常？这次我去他的府邸，他家中常用暹罗国的紫萝香，可见他与暹罗国渊源匪浅。”

“当时他详细介绍了天蚕丝，是怕我不能识破，便不能推进他的计划。还记得当时一同审问太监宫女们，我问他，心中可有嫌犯人选？他回答说没有。可能吗？紫秦露出这么大的破绽，他刑狱出身，能力岂会在我之下？当时我便心中存疑。”她一口气说完，稍作停顿。

南宫翊凝眉，安静地听着。

狄青青继续道：“金丝断头案之后，宫皓月身份曝光，受封静王，同时南宫兰舒却死了。在这件事上，他并没有露出任何破绽，我起初也并没将他们联想至一起。导致此后很长一段时间，我都陷入迷茫。出发至萧县，我们遭遇伏击，半真半假的相救，更让我怀疑，何人透露我们的行踪。春风楼，李荣江即将说出真相，却当着我们的面被杀，何人如此了解我们的动向？当即我决定留在他身边，寻找蛛丝马迹，所以才对你说了那番狠话。

他能演戏，我又何必只看戏？”

南宫翊听罢，陷入沉思。

狄青青冷然一笑：“在萧县养伤的那段日子，他丝毫没有疏漏，直到有一日，他出去半日，许是有人向他传递消息，随后第二日我们便启程返回帝都。下船时，我心想无论如何也要去他住处看看，不能一无所获，便假装不愿回翊王府。果然，他将我带回家。”

“别小看他在按察使府旁边的住处，门楣简陋，里面却别有洞天。院子里紫竹、假山铺设精巧，安了一盏琉璃灯。屋内一张长台，台上供着盆景小松，香炉里焚的是紫萝香。要知道，一个人的习惯最难改，他说自己小时候穷苦，可骨子里却是贵族做派，这屋内屋外的摆设与宫廷布置何异。只能说明他自小便知自己是皇族，苦练修养气质，不愿沦落为凡人啊。”

说到这时，狄青青叹息一声：“再后来，我见到他屋中那支竹笛，猛然联想起南宫兰舒，种种细节穿成线，方才恍然大悟。他院子里还有刚种下不久的海棠，可见他根本无意搬去静王府。当时侍卫来报，皇上病危，宣他入宫。我立刻就联想到，他无须搬去静王府，因他早知自己会直接入主皇宫。当即我打晕侍卫赶去翊王府，可惜还是晚了一步。这才带着叶武前去皇宫增援。”

她神情一凛：“宫皓月此人心思极深，绝不会做无益之事，他若知自己是南宫血脉，断不会利用南宫兰舒，浪费时间。前朝皇后苏沐雨，前朝宫女紫秦，既然一切都与前朝有丝丝缕缕的关联，何不斗胆推测，他姓宇文呢？他是宇文鸿与苏沐雨之子，你父皇看到的手帕上的字迹等都是他伪造的，他想假借南宫家皇子身份上位，再伺机匡复前朝，他早就在暗中培养了一股势力，才能操纵这一切。这样一切就说通了。”

南宫翊此刻恍然大悟，薄唇紧抿，竟是这样的，那他岂能让南宫家二十余载的经营付之东流？

狄青青走近一步：“翊，今时困境，不如臣服他。他允诺让你出征西番，戴罪立功。曾经，宫皓月对我说了句话，我一直铭记，机会是留给懂得忍耐之人的。此话大约是他自己的真实写照。我想，现在该轮到我们了。一切只是推断，我留下，寻找证据，还有始终未解的紫涵、紫秦临死前的红灯之谜。”

南宫翊眯眸，出征西番，得胜谈何容易。

他轻轻吐出一字："好。"

狄青青突然昂首，伸出双手在刑台之上圈住他的脖颈，将他拉低，她轻轻抵着他的额头，缱绻情深，在场之百姓，文武百官无不动容。

监斩台上，宫皓月狠狠握拳，愤然咬牙。

她动情地望着他，雨已停，此刻才能清清楚楚地看见，两行清泪顺着她的脸颊静静流淌："翊，我怀孕了。求你，一定要活着回来。"

南宫翊浑身一震，心中如被烙铁炮烙。他多想再抱一抱她，可惜他身戴枷锁。他多想保护她，可他身陷囹圄。

在众人凝视下，她踮起脚，在他冰冷的唇上轻轻一吻。

唇上的温热抽离时，他的心仿佛一并被掏空。只余她清亮坚定的声音飘散在耳旁。

"翊，我爱你。"

狄青青心一横，毅然转身，离开刑台，走上监斩台。每走一步，都仿佛踏在刀尖上，痛得格外清醒，她只觉得脑海里安静得可怕。

她不知自己的前路在何方，却只能毅然走下去。

一直走到宫皓月面前，她声音冷冷的，也没看他："告别而已，皇上别介意。"

"带翊王过来。"宫皓月忍怒拂袖，示意戚风过来，他低声安排几句，戚风赶紧照办。

此时，南宫翊的枷锁已被解开，他步下刑台，缓缓走上监斩台。

雨虽暂时停了，雷电依旧，轰隆声震痛耳膜，他望着眼前高高在上的宫皓月，曾经他视作蝼蚁之人，曾经他不屑之人，如今已是他最大的坎。

可再大的坎，再难，他也必须跨过去。

南宫翊缓缓屈膝，先是单膝着地，再双膝跪地，俯身一伏："吾皇万岁万岁万万岁！"每说一个字，都似在心间刺入一刀。

宫皓月冷笑："曾经你让朕在雨中跪了两个时辰，当时可曾想过自己有今日？"

南宫翊隐忍不语。

宫皓月摆手示意。

戚风上前，单膝着地，奉上一盏黑漆长盘。盘内放着三杯酒，一纸休书，一支白玉笔。

宫皓月眸中闪过阴毒："南宫翊，你蓄意谋反，本是死罪。朕网开一面，这三杯酒里有一杯不是毒酒，若皇天佑你，你喝下的不是毒酒，朕便留你封号，许你带兵攻打西番蛮夷，戴罪立功。你若得胜归来，还是从前一人之下万人之上，尊贵的翊王。"

狄青青几乎惊喊："你分明不是这样答应我的。"

宫皓月瞥了她一眼，"你已在囊中，朕何须与你谈条件。"他的眸中透出狠绝，直直刺向南宫翊，森森冷笑："这已是朕的底线，你若幸运，喝了没毒的酒，现在便可以离开，前往西郡领军。"

"好。"南宫翊话音未落，长袖一拂，顷刻间三杯酒同时落入他宽大的左手之中，他手指如轮转动，三杯酒在他手里飞快转动，停下时，已然分不清原先哪杯是哪杯。

宫皓月怒目圆睁，完全没料到他会这么做！

"不要。"狄青青只来得及凄厉高声一喊。

然后，南宫翊右手取出其中一杯酒，抬袖一饮而尽，与此同时，他左手一扬，另外两杯酒顷刻间倒在地上，琥珀色酒液交融一处，迅速与雨水汇集，再难区分。

"你！"宫皓月猛地起身，神情若猛兽直欲噬人。他竟然！如此一来，根本无法分辨他喝下的究竟是不是毒酒。

狄青青捂住嘴，美眸溢满悲恸，全身止不住颤抖，好似风中残叶。她浑身早就湿透了，此时才觉得刺骨的冷，如置身九天冰窖。她一味想往前冲过去，看看他究竟好不好，无奈宫皓月伸出一臂阻拦她。

南宫翊转眸遥望着狄青青。

他的眼睛那么美，深灰的颜色，如梦似幻。

这一瞥，饱含了太多太多的情绪，有眷恋，有不舍，有懊恼，有遗憾，然而更多的是坚定。前路漫漫，他记住了这句话，机会是留给懂得忍耐之人的。

他骤然用力，右手捏碎酒杯。

鲜血自指缝间四溢，他抬起手，松开五指，碎瓷片掉了一地。休书赫然搁在眼前，他停顿了一下，指尖不断地滴着血，一如他此刻的心。终于，他手指一扫，以鲜血挥就签字。

落款的那一刻，狄青青身子一软，若不是宫皓月自身后扶住，她几乎要摔倒。

停歇片刻的雨此时又下起来，天地间一切皆笼在水雾里，风吹乱她的长发，扬在风中，她纤弱的身姿在雨里飘摇若浮萍。她的视线一直盯着那鲜血落款的休书，直至一字一字，化开在雨中。她以为自己看透一切，她以为自己很坚强，她以为自己知道将来要面对的远比这更残忍，此刻不过是刚刚开始。可到了这一刻，她才知究竟心有多疼。她终究不过是个逃不过七情六欲的凡人。

她想起，大婚时他在牢中羞辱她，她巧笑应对。

她想起，他率真正直，屡屡被她气得哑口无言。

她想起，他初次向她表白，却捧着上坟用的瑞霄花，模样可气又可爱。

他说："我南宫翊执此一人，终身不改。"

"你要什么，我都给你。我的心，我的人。"

也许那时，她心里的某一角，便已悄悄崩塌。

她想起，萧县遇险时，他寻了她一整夜，满心的焦切都写在俊颜之上。

她想起，他默默调查，弥补了她在人脉上的不足，揭开了狄家所涉粮仓案。他为了她，不惜数次得罪南宫万海。如他所许，他为她，倾尽所有。

她想起，那一夜，她与他交颈厮磨，入骨缠绵。

可一切的美好，终将结束在这一场携着天怒人怨的暴雨之中。

风雨凄凄。

南宫翊拱手，字字震声："皇上，臣领命，赴西郡领兵。"

宫皓月无话可说，双拳攥得手背青筋毕露，狰狞可怕。

南宫翊转身，一步一步走下监斩台，他穿过刑台，围观的人群自动分开，让出一条笔直的道来。如此翊王，人们都是敬重的。

他不再回头，直往西去。

暴雨肆虐着天地，黑沉沉的天就像要崩塌下来，处处都被骤雨鞭打得七零八落。如硝烟般的雨雾中，他冷硬笔挺的身影，越来越远。

他一步一步走着，一步比一步沉重，却不曾停下。他捂住心口，忍住蚀骨的疼痛。

薄如锋刃的嘴角，一道鲜血淌落。

他不能回头，因为，只有他自己知道。

他喝下的，其实是有毒的酒。他以内力封住血脉，阻止毒性蔓延，他不能倒下，他有太多未完成的事，他有在等他的人……

狄青青凝望着他渐渐远去的身影，越来越模糊，直至彻底消失在视线之中。

风冷，雨冷，身冷，心更冷。

她昔日明锐亮丽的双眸，此刻亦如被风雨扑灭的烛火，无一丝光亮。

终究再撑不住，她身子一软，跪倒在地。

第七章 乘风破浪

皇宫。

玉华殿在皇宫中位置绝佳，离皇帝的居所元极殿最近，殿内有挑空的中庭，大气恢宏，奢华雕饰，镶金嵌玉，处处不落凡俗。后殿乃是就寝之处，里面帐幔轻垂，红烛轻摇，华丽得如梦似幻。

“皇上驾到。”

余公公尖细的声音响起。

狄青青也不起身迎接，只捧着一卷书斜靠着贵妃榻，随意翻看。

宫女芷凤上前小声地提醒道：“狄姑娘，皇上来了。”

狄青青撂下书卷，嗤笑一声，狄姑娘？如今她的身份还真是挺尴尬。

宫皓月走至后殿，撩开雪青色的帐幔，佳人横卧软榻，他心内荡漾，快步走过去，在狄青青身侧坐下，柔声道：“青青，这玉华殿你可满意？还缺什么，尽管吩咐他们。”

狄青青闭眼假寐，揉了揉眉心：“我的婢女琉璃还在翊王府，我不习惯别人服侍。把你这些眼线撤了。”

宫皓月微僵，摆摆手示意宫女芷凤退下，柔声哄道：“依你，明日就将琉璃叫来。”

狄青青不冷不热地回应：“多谢。”

“青青。”宫皓月耐着性子，声音温润如玉，“好不容易忙完朝事，我马上就来你这。一个多月，我每日每夜想的都是你，无法入睡，今夜总算能安寝。”

狄青青想起南宫翊白日里所受之苦以及苍凉远去的背影，心口剧痛。她淋了雨，受了些风寒，猛地咳嗽起来。

“你怎么了？不舒服？”宫皓月想要伸手抚她的背。

狄青青却本能朝后一退，避开。

宫皓月的手尴尬地停在半空中，他咬牙，缓缓垂下手。

良久，他声音极轻：“你与我如此生分。你究竟知道了多少？”

夏日暴雨后，依旧闷热。恼人的知了不停地叫唤，令人心烦。

狄青青缓缓侧眸，直直望着他，雪亮的瞳仁，似射出两道精光：“不算多，宇文皓月。”最后四个字，她一字一顿，字字有声。

宫皓月的脸刹那间凝成九天寒冰，太阳穴突突猛跳，黑眸蹿出火焰。

狄青青淡淡地挑眉：“怎么，想杀了我？”

半晌，宫皓月突然笑出声来：“杀你？我怎么舍得？你可是我唯一真心爱的人。”他猛地抓住她的衣襟，将她拽至身前，贪恋地看着她精致绝伦的五官，手指拂过她脸上每一寸，最后反复描摹她狭长的眼郭，痴迷道，“我就爱你这一双慧眼，看透一切，让我欲罢不能。天底下只有你一个狄青青。”

他猛地执起她的手，贴在唇边细吻着，她想抽回，他却不放。

“养虎为患，你就不怕有朝一日我坏你大事？”狄青青冷冷出声。

宫皓月停顿一下，却将她逼至床沿，一指轻轻挑起她精致的下巴，半是调笑半是宠溺道：“怕什么，还不是我的手下败将？”

狄青青被他牢牢圈住，无处可逃，心底不免有一丝慌乱。

“青青，你与南宫翊性情不投。我与你才是志趣相合，你喜破案，我亦擅长此道，我们有太多相似之处，所以我与你最般配。我忍耐了那么久，终于得到你。青青，我这就封你为贵妃，从今往后，我们便能朝夕相伴，共享这大好河山。”他越说越激动，振臂一挥，“来人，拟诏！”

殿外太监余公公连忙入内侍候。

宫皓月吩咐：“拟诏。狄青青聪慧无双、娴雅端庄，着，册封……”

“且慢。”狄青青突然阻止。

余公公躬身立着，小心翼翼觑了他们一眼，不知该如何是好。身为太监总管，新帝登基，他必须效力新帝。

宫皓月眉心紧蹙。

狄青青展露一抹清雅的笑容，美如月光，看得宫皓月心神微醉。

她淡淡道："既然我是你唯一所爱，为何不是皇后？"

"朕……"宫皓月语塞，心内琢磨着该如何解释千乘碧雪之事。

"呵呵。"狄青青将他略略推开，坐直了身，"我听说皇上已经册封千乘碧雪为后，还封了几位婕妤，皆是重臣之女。"

"青青，朕刚坐上皇位，你心如明镜，岂会不知朕为何封碧雪为后？至于其他人，更不值一提。"他突然拉她入怀，柔声道，"我只爱你。我保证，其他女子皆是摆设。贵妃一人之下，万人之上，我只宠幸你，可好？"

狄青青冷冷地挣脱他："贵妃也是妾。"她站起身，离开软榻，取下发间的簪子挑了挑火芯，内殿亮堂许多，将一切照得无处遁形。

她把玩着手里的金簪，一字字道："我狄青青学识匪浅，自视甚高，可不嫁权贵，但求知己。从没想过当妾，与人共侍一夫。"

语毕，满室寂静，空气压抑得令人窒息。

余公公在宫中年代最长，圆滑惯了。见这阵仗，他抹了一把额头汗水，权衡再三，小声在宫皓月身旁提醒："皇上，老奴斗胆提个建议，皇上刚继位月余，已娶父妾为后，若再纳弟媳，恐怕……不如缓缓再说，可先让宫人称狄姑娘一声狄娘娘，具体名分日后再想法子。来日方长。"他与南宫翊素来有私交，此番也算是尽力。

宫皓月皱眉，沉思片刻，他摆手示意余公公退下。其实他也知目前册封贵妃不妥，可他真的急于将狄青青拴在身边。

余公公躬身退至殿外守候。

宫皓月思量许久，终于开口："青青，你要的，我允诺你。给我一些时间，待我处理好一切。"

狄青青浑身一冷。他话中之意，可是待他恢复前朝，连千乘碧雪也可弃之？他倒是比她想的还要狠。她转身，凌厉的目光在他身上来回巡视，谁说容貌不会骗人？细看分明是清雅温润的脸庞，谪仙般淡然的气质，可偏偏是冷血无情，工于心计，手段阴毒狠辣。

狄青青半晌没有回答。

气氛僵滞了片刻。

狄青青道："我累了，想早点休息。还请皇上移步。"

宫皓月自榻上起身，冷冷审度着她："你让我走，心里还惦着他？你不愿为妾，只是你拖延的说辞？"他逼近她，猛地将她提起，压倒在榻上，"南宫翊有什么好？我才是最尊贵的皇室嫡传血脉，南宫家不过是篡位的乱臣贼子。我隐忍这么多年，筹谋许久，只不过拿回本应属于我的东西。肩负重任，我从未将儿女情事放在心上。唯有你！让我魂牵梦绕。你要的，日后我都可以给你。我也不想委屈你。只是，今夜我一定要得到你。我要你彻底忘了他！"

语罢，"刺啦"一声，他用力撕裂她胸前的衣襟。

狄青青平静地望着他："得到我的身子很容易，可再要得到我的心，就难了。"

宫皓月本要用强，突然停住。

她这么烈的性子，他要是这么做，恐怕……

他停顿的这个空隙，狄青青因身上压着沉沉的重量，突然一阵阵恶心涌上来，她赶紧推开他侧过身，止不住干呕起来。

宫皓月脸色铁青，他可不是一般人，一看便知怎回事。

"你怀孕了？"他的声音隐忍着暴怒。

狄青青干呕不止，无力回答他。

"余庆林。"宫皓月怒喊一声。

余公公应声连忙奔入来，跪地道："皇上，何事吩咐老奴？"

"速请御医来。"

"是。"

少顷，御医宋文轩提着药箱火速赶来，他年约四十，慈眉善目，神态谨小慎微，入了殿内忙下跪："皇上万岁万岁万万岁。"

宫皓月瞥了一眼狄青青，神情难测："把脉看看她是否有孕？"

"是。"御医宋文轩连忙上前诊脉。他取出枕包、红线等物。

狄青青也不好拒绝，只得伸出手腕。她思量着如何才能保住孩子，心里没底。

宋文轩把脉片刻，道："皇上，脉象圆滑，如盘走珠。确实是喜脉。"

宫皓月的声音比寒冰还要冷："打掉。"

狄青青心一沉，一时不知如何是好，毕竟人为刀俎。

想不到，宋文轩却双膝跪下，他抬袖擦拭着额头的汗水，小心翼翼道："皇上，使不得呀。这位姑娘脉沉无力，体寒湿重，本就底子薄，要是生生打落这胎，且不说隐有性命之忧，必定元气大损，日后恐难再孕。只有这一胎好生调养，将气血补足，日后方能多子多福。"

宫皓月听罢俊颜满是震惊，狠狠闭眼，双拳紧握，复又松开，再紧握，如此反复，心内翻滚纠结。

时间艰难地流逝，每一刻都似煎熬。

宋文轩一直跪着，不敢起身，因害怕，额头不断滴落汗水，他也不敢擦，渐渐面前凝成一小摊水。

红烛将要燃尽，却无人上前更换。

宫皓月见宋文轩如此胆小无用，没有迁怒于他。

过了很久，宫皓月终于抚平心头怒火，他再度在狄青青身边坐下，声音尽量平缓："青青，我可以不计较你所有的过去。你生下这个孩子，如果是男孩就送出宫；是女孩可留在你身边，这是我的底线。我要你为我生儿育女，只有你生的孩子，才有资格继承江山。"

狄青青沉默了。

宫皓月捧起她的脸，在她颊边轻吻一下："如此，你可明白我的真心？"

他起身，对跪地的御医宋文轩道："你开药给她好生调理，如有差池，唯你是问。"

"是，皇上。"宋文轩伏地跪拜。

宫皓月转头对狄青青道："今夜你好好休息，明日我再来。"说罢，他拂袖离去，龙袍在残烛的照耀下金光四射，直晃人眼。他不敢再待，生怕自己会反悔，他满心怒气无处发泄，生怕自己会在她面前失控。

宫皓月走后，残烛终于熄灭，殿内陡然黑暗。

狄青青起身上前换了一支蜡烛，殿内重新亮起来，一切如旧。

宋文轩自地上爬起，跪了太久，他双腿直抖，颤颤巍巍道："微臣这就去开方熬药，微臣告退。"

“慢。”狄青青环顾四周，四下无人，答谢道，“多谢宋御医替我解围。”

宋文轩敛眉：“微臣实话实说，解围不敢当。微臣昔日不过是随军军医，如今在宫中任要职，自要替皇上分忧。”

“下去吧。”狄青青柔和一笑。

“微臣告退。”宋文轩躬身后退，直至退出玉华殿。

狄青青低头，轻轻抚上小腹，思潮起伏，眼前浮起南宫翊挺拔的身影，不管有多难，她也要保住孩子。方才宋文轩暗示她，他以前是军医。她立即明白他话中之意，定是南宫翊曾有恩于他，才会在此时鼎力相助。

漫漫长夜，孤寂难眠，她辗转反复，茫然地躺在床榻上，望着床顶飞龙游凤奢华的刺绣，心生凄凉。陌生的皇宫，囚笼般的玉华殿，她从未体会过这般惶惶，这般不安，如此痛苦。窗外树影摇曳，月色朦胧，他的俊颜又闯入她的脑海里，始知，思念竟是这般苦楚。

琉璃被宫皓月调入皇宫。来到玉华殿，她小心翼翼地跟着宫女芷凤进入内殿。

狄青青正在镜前梳妆，铜镜里映出来人，她转身，喜道：“琉璃。”

琉璃本就红着眼眶，此刻见到狄青青瞬间泪崩，扑到狄青青怀中，放声大哭：“小姐，小姐你从没离开过琉璃那么久。琉璃好担心，呜呜。”

狄青青动容道：“好了，不哭不哭。”

琉璃边擦眼泪，边泣道：“小姐，怎么会这样，一切都变了。”

“什么都会变，但我永远都是你的小姐。”狄青青扶起琉璃，严肃道，“今非昔比，在宫里要处处谨慎。否则，随时都会丢掉性命。切记！”

“我懂。”琉璃点头。经历变故，她亦是稳重许多。

宫女芷凤上前道：“娘娘，今日皇后娘娘召各宫娘娘前去宜和宫小坐，该出发了。”

狄青青起身，她穿了一袭素蓝色的天丝长裙，简洁朴素，发间只簪了一支白玉，脖颈佩戴着白玉项链，一蓝一白显得肌肤赛雪。

她吩咐琉璃道：“你先熟悉周围，了解下礼仪宫规，我去去便来。”

琉璃忙应道：“好。”

狄青青走出玉华殿，芷凤紧随其后。

玉华殿离宜和宫并不远。正值夏日，一路上柳树成荫，牡丹盛放。狄青青走着，突然停下脚步。

迎面走来两名女子。一名身穿红衣，生得千娇百媚，容色妖娆。一名身穿黄衣，气质清丽淡雅，温婉柔顺。两人身后都跟着随行宫女。

芷凤在狄青青身后小声介绍道："娘娘，穿红衣的是中书令之女赵涵沁赵婕妤，穿黄衣的是吏部尚书之女容听雪容婕妤。"

狄青青心中冷笑，本想绕开她们。

冷不防赵婕妤故意迎了上来，声音尖亮："哟，这就是那位没有名分，却又称作'娘娘'之人？本宫还以为是何等人间绝色，不过尔尔。"她边说边抚上自己妖娆的脸庞，一脸得意。

狄青青最烦与这些蠢妇打交道，侧身绕道便走。

"呵。商人出身就是没规矩，招呼都不打。"赵婕妤讥讽道。

容婕妤赶紧拽住赵婕妤，好言劝道："好姐姐，少说两句吧。"

狄青青猛地顿住脚步，回眸瞪了一眼赵婕妤。

犀利如刃的目光，令赵婕妤打了个冷战，虽张着口竟没再说出话来。

谁知这时，一名管事太监火急火燎赶来，身后跟着一名体型微胖的杂役宫女，上前便对那容婕妤禀道："娘娘，您的金镯找到了，是在芷月房中搜出来的。"

跟在容婕妤身后的宫女芷月一惊，慌忙跪下，脸色煞白："娘娘，怎可能在奴婢房中搜出来？奴婢什么都不知道啊，冤枉啊。"

那管事太监道："你也别喊冤，人证咱家也带来了。秋兰，你说说。"

秋兰在容听雪面前跪下，瑟瑟道："昨夜，奴婢经过凝香宫时，曾见到芷月在您房前走来走去，后来进去又出来，当时奴婢也没在意，谁知她竟做出这等事来。"

芷月愤然道："秋兰，我与你是同乡，又同时入宫，一直对你照顾有加，你为何要冤枉我。娘娘，奴婢真的没有偷，奴婢是冤枉的！"

容听雪柳眉直皱，咳了几声后，厌弃道："唉，身边人出了这等事，真是丢尽本宫的脸。罢了罢了，李公公送她去掖庭吧。"

芷月一听，哭倒在地，抱着容婕妤的衣摆不放，道："奴婢在娘娘身边服侍月余，忠心耿耿，天地可鉴啊，怎会做这等鸡鸣狗盗之事？望娘娘明察啊。”

李公公上前扯开芷月，踹了她一脚，骂道：“人证物证俱在，娘娘饶你性命已是格外开恩，还嘴硬！走吧，贱人莫要再扰娘娘。”

那芷月哭叫连连，直喊冤枉。

芷凤在狄青青身后叹道：“去了掖庭，干的都是最粗重的脏活，每年活活累死打死多少人。可惜了。”

狄青青本不想管闲事，听罢，突然折回去，锐利的眼神自一干人等身上扫过，最后指着李公公手中的金镯，伸手道：“给我瞧瞧。”

李公公一愣，迫于狄青青浑身透出的凌厉气势，竟鬼使神差地将金镯子递给狄青青。

狄青青掂在手里仔细看了看，做工精致，搭扣精巧，不是凡品。

容婕妤此时开口道：“入宫时皇上赏赐的，也没戴过，本也不在乎，但丢了总要找找。管教不严，让你见笑了。”

赵婕妤却讽刺狄青青道：“有什么好看的，没见过上品吗？”

狄青青懒得抬眼看她，只问容婕妤：“你在吃药？”

容婕妤抬袖掩唇，连连咳嗽：“受了些风寒，吃了十多日药了，也不见好。”

“何人给你熬药，送药？”狄青青又问。

李公公回狄青青道：“回娘娘，熬药送药都是厨房的粗活，就是这个秋兰，正是她送药时撞见了芷月，这才能找回镯子。”

狄青青上前几步，走近秋兰面前，明眸上下扫视，看得秋兰心中发怵。

此时，赵婕妤不满道：“明明在说镯子的事，问什么吃药。容妹妹，我们赶紧走吧，别让皇后娘娘等急了，几个下人，让李公公处置便是。”

芷月依旧扯住容婕妤的衣摆不放，哭道：“娘娘别走，奴婢真的是冤枉啊！”

容婕妤素来要面子，当众被揭丑本就羞恼，此时只想赶紧离开，她提了提裙摆，叹道：“放开，你做这等事，本宫也护不了。好自为之。”

“等等。”狄青青俯身，逼视着同样跪在地上尚未起身的秋兰，字字有声道，“是你偷了金镯，嫁祸芷月，贼喊捉贼。”

秋兰起先一怔，脸微白，接着连连叩首道：“奴婢与娘娘素不相识，娘娘何出此言啊？”

“呵呵。”狄青青把玩了下手中的金镯子，放回容婕妤手中，“仔细瞧瞧，镯子缝隙里有药渣残留。”

一时，众人皆愣住了。

李公公连忙上前查看，果真，镯子搭扣的缝隙处，留有些许药材碎末。闻一闻，甚至还有些淡淡药香。他一惊，连忙厉喝秋兰：“好啊你个贱婢，煎药送药都是你，这药渣你怎么解释？”

“奴婢冤枉啊！”秋兰哭得死去活来，“有药渣为何一定与奴婢有关啊，兴许是别处沾染的。”

狄青青冷笑道：“我来替你说一说吧，你与芷月是同乡，又同时入宫。她如今已是一等宫女，你却还在厨房做杂役。虽然她平时对你照顾有加，但你依旧嫉恨在心，陷害她，她被打入掖庭就如你意了。是不是？”

“娘娘，绝对没有的事啊。娘娘！无凭无据，奴婢要冤死了啊！娘娘不能这样啊，娘娘放过奴婢吧！”秋兰装腔作势，哭声凄厉刺耳。

赵婕妤偏头凑过来，质疑狄青青道：“你在这瞎猜，也不能随意冤枉人啊。”

“无凭无据？”狄青青冷笑，“李公公，你再看看镯子上是否有一道血痕？”

李公公细看后，立即颔首：“回娘娘，是有！在这！在这！”他拿着镯子，指着一点血丝，拿给赵婕妤和容婕妤过目。

容婕妤狐疑地瞧了瞧，更加疑惑。

赵婕妤也不再吭声。

狄青青突然上前一把抓住秋兰的手腕，厉声道：“你想戴镯子过过瘾，又不知如何打开这精巧的搭扣。你体型偏胖，岂能戴得进去？生套硬拽，看看你手腕上有没有擦伤的痕迹便知！”

说罢，她一把撩开秋兰的左腕，果然一道血痕清晰可见。

证据确凿，无可抵赖。

秋兰见状，双眼一翻，吓得当场昏死过去。

李公公怒急上前猛踹秋兰几脚：“装死啊。你个黑了心的贱婢，竟然欺骗咱家。各位娘娘，偷盗又诬陷，这是死罪，咱家这就拖了她去处置，不污了各位娘娘的眼。”

芷月连跪带爬至狄青青面前：“多谢娘娘相救，多谢娘娘慧眼，多谢娘娘。”她连连磕头。

狄青青嘴角拉高，也不看众人，兀自拂袖离去。

衣摆随风摆动，长发飘摇，孤傲美丽，背影有着说不出的飒爽英姿。

李公公望着狄青青远去的身影，情不自禁赞道：“翊王妃……”他忽然捂住嘴，意识到称呼不对，改口道：“娘娘真乃神人。”曾经，他只听闻过翊王妃侦破金丝断头案，今日得见，果然厉害。

赵婕妤撇了撇嘴，声音酸酸道：“被她误打误撞而已，有什么了不起的。哼。”

“咯咯。”容婕妤连咳几声，取了帕子擦拭嘴角，幽幽叹道：“姐姐有所不知。狄青青擅长断案，而皇上本是按察使出身，与她可谓兴趣相投。眼下翊王刚废妃，皇上碍于颜面，暂时不能给她封号。只是，想必她才是皇上心头所好，否则何必横刀夺爱。而你我，不过是……”她指一指柳树下遍开的牡丹，“你我才是这百花丛中的装饰啊。”

赵婕妤听得半懂不懂，只恼道：“一个弃妃，懒得理她，快走吧。”

容婕妤摇头叹息，转而对跪在地上的芷月道：“今日你受了冤屈，起来吧。本宫亦有失误，下去领二两赏银吧。”

芷月伏在地上，泣道：“多谢娘娘。”

宜和宫，是皇后千乘碧雪的居所。

要说气派和地理位置，还是玉华殿更胜一筹。

今日宜和宫内，设下小宴，摆放几张小茶几，几个蒲垫，茶几上搁着几盘精致的点心，都是夏日里最清爽的吃食，有马蹄糕、水晶葡萄、甘露浆等，每人面前还奉上了热腾腾的清茶。

千乘碧雪高高在上，端坐在主位上。

左下方第一顺位坐着一名冷艳的女子，眉若弯刀，眼若寒星，比起方才的赵涵沁和容听雪，眼前这位女子风格迥异，看起来精明厉害，颇有些手段。

狄青青问身后的芷凤：“想必这便是兵部尚书之女秦玉贞？”

“正是。”芷凤颔首。

狄青青入殿后，向千乘碧雪福身行礼：“皇后娘娘千岁。”

千乘碧雪眼角扫过她，指着秦玉贞身边的座位，只淡淡道：“坐。”

狄青青刚要落座，眼眸扫过蒲垫，又扫过眼前的杯盘，她突然嗤笑一声，抬脚踢开蒲垫，也不顾忌，直接跪坐在地上。接着又拿起茶杯，手一扬，明绿的茶水倾倒在蒲垫之上，瞬间没入其中。

千乘碧雪惊诧地望着这一幕，接着恼怒道：“你这是为何？无名宫嫔，竟敢向本宫挑衅？”

狄青青摘了颗葡萄，慢慢剥了，往嘴里一送，顿觉清凉甘甜。

彼时，赵婕妤和容婕妤也到了，纷纷入座，她们亦诧异地望向狄青青。

狄青青神态自若，慢慢道：“此蒲垫边缝有一处针脚凌乱，想来刚才有人动过手脚。芷凤，撕开看看便知。”

芷凤狐疑上前，用力一撕，果真从蒲垫里找出两枚银针，雪亮尖细。她取出，交给狄青青。

狄青青将银针搁在茶几上，冷冷道：“宫里规矩，茶只能倒七分满。”她指一指其他人，“你们都是。我那杯却有九分满，估摸着是加了点料，怕被发现，再倒了点水。”

“你是说，本宫要毒害你？”千乘碧雪怒了，猛地起身，手指狄青青。

“当众下毒估计不敢，泻药什么的，兴许还成。杯口还有药粉残留，验一验便知。”狄青青怡然自得，又拈了块马蹄糕，边吃边道。

“你！休要胡说！本宫刚才入座，你便到了。”千乘碧雪气得发间金钗直摇，“不要仗着皇上喜欢你，就肆无忌惮。宫里有宫里的规矩。”

“我并没有指皇后娘娘，总有人先来。这种小伎俩，怕是入不了皇后娘娘的眼。”狄青青欲言又止，侧眸望向身旁的秦玉贞。

秦玉贞双手绞着衣摆，揉捏得极皱。都说皇上对翊王妃情有独钟，她本想给狄青青一个下马威，不承想轻易被识破。是她太轻敌。

“哼。”秦玉贞起身，声音清冷，“皇后娘娘，臣妾不太舒服，先行告退，改日再来请安。”说罢，她撩裙快步离开宜和宫，随行宫女芷灵赶紧跟随其后。

“什么人啊，皇后都不放在眼里。”赵婕妤朝容婕妤小声嘀咕。

容婕妤手持团扇，发间步摇微晃，轻轻掩着唇：“秦婕妤仗着家中执掌兵部，皇后都要让她三分。昔日的翊王妃又是个能看透一切的人。都是厉害的主，我们惹不起，还是少开口为妙。”

赵婕妤噘着嘴，不甘道，“那我就坐山观虎斗。总会两败俱伤。”

容婕妤低头讪笑，赵婕妤真是空有美丽却无脑之人，她不再言语。

千乘碧雪面上恢复平和端庄，开口道：“秦婕妤年轻气盛，你就不要同她计较，左右也没什么大事。不必惊动皇上，让皇上烦扰。”

狄青青但笑不语，拾了葡萄慢慢吃。

气氛尴尬，容婕妤与赵婕妤同千乘碧雪寒暄片刻后，亦草草离开。

狄青青并没有离席，只是屏退了芷凤，让芷凤先行返回玉华殿。

千乘碧雪亦屏退一直在身边伺候的玉嬷嬷。

殿中只剩下狄青青和千乘碧雪两人。

狄青青抬眸望了眼正襟危坐的千乘碧雪，慢悠悠道：“皇后娘娘想必有话和我说，何必兜圈子，直接喊我来便是，还找这么些人作陪。”

她此刻回想起，当日在册封静王晚宴上，千乘碧雪满怀敌意的眼神，当时她还戏谑南宫翊是否和父皇妃妾有一腿。原来，千乘碧雪是因为宫皓月对自己敌视。只可惜，那时，她看出果，却不知因。

“你果然聪慧无双，心如明镜。那你更应该清楚，本宫要和你说的是既然和翊王已成为过去，希望你不要执着，一心好好侍奉皇上。”

狄青青本在喝着甘露浆，听到这话，差点噎着。

她刚要回答，却注意到千乘碧雪几个不经意间的小动作，她皱眉：“你怀孕了？”

千乘碧雪一惊，此事只有她几个亲信知晓，她一直瞒着，待出生后谎称孩子未足月，方能瞒天过海，否则便暴露了先皇在世时，她便已经与宫皓月……

千乘碧雪寒了脸：“你怎知？”

狄青青分析道：“看你坐姿略后仰，又总是轻抚小腹，又不食生冷，怕是过不久要显怀了。”她见千乘碧雪脸色不好，又补充道，“难怪娘娘宁冒天下之大不韪，倾力相助皇上荣登大宝，竟是这个缘故，呵呵。”

“你究竟知道多少？”千乘碧雪眼神如刀，浑身危险之气弥漫。

“我应该知道什么？”狄青青从容淡笑，“我只是感慨，听闻皇上比娘娘小三岁。皇后娘娘对这个邻家初恋的小弟弟，还真是用情至深啊。”

此话一出，千乘碧雪猛地支起身，用力撑着身前的茶几，止不住颤抖。

“怎么可能，你怎么可能知道？”千乘碧雪只觉得心怦怦猛跳，仿佛回到昔日少女时，彼时她懵懂青涩，情窦初开。

家中高门宅院，偶尔偷偷溜出去。天如镜，溪流清，竹屋净，树下清秀少年郎，闲听风雨静读书，如何能忘？往来多时，情已深种，然而家中怎肯让她嫁与寻常人，早早便将她送入深宫，相伴长夜孤灯。她本以为此生已如死灰，谁知再相逢，勾起万缕情丝，百转千肠，为他铤而走险，孤注一掷，人生足矣。

她起身离开座位，一步步逼近狄青青，目光带着审问，带着不敢置信。

谁人绕得过一个“情”字？狄青青叹息道：“推断而已。皇后娘娘入宫已久，深宫幽幽，哪有机会与外臣频繁接触，滋生情意。除非少年相识，青梅竹马，不然何以性命相助？只此解释，难有其他。”

“呵呵。”千乘碧雪笑起来，先是低声轻笑，再是畅快淋漓的笑，后又涩然苦笑，最后竟是悲戚怆然，眼角隐有泪光闪烁，“千年难遇奇女子，难怪他……难怪……”

“皇后娘娘放心，青青不会告知旁人。”狄青青站起身，“我先告辞。”

“慢着。”千乘碧雪侧过身，掩饰自己的难堪，唯有声音透出她的沧桑与心碎，“他是皇上，怎可能无妃无妾？此生得愿，我已知足。我看他总郁郁不欢，你就遂了他愿吧。”

狄青青脚步一顿，好生意外。她回眸冷笑道：“皇后娘娘好大度。可惜，襄王有意，神女无梦。”说罢，她抬步要走。

“你以为，翊王还能活着回来？别做梦了。”千乘碧雪摇头，“你就死心吧。”

狄青青猛地回身，唇色顷刻煞白，她一把拽住千乘碧雪：“你这话是何意？”

千乘碧雪的视线落在狄青青素白的手上，手指纤长莹白，细看之下微微发抖，她转眸，只见狄青青已毫无方才之锐气，焦切跃然脸上，她一字字道：“翊王出征，皇上既未给军饷，也未派援军，只此西郡驻守军五万余人，敢问如何能赢？”

狄青青手一松，倒吸一口冷气，脑中一片空白。

千乘碧雪说的每一句话，都如利刃插入她的心尖。她站立良久，神情惘然，最后只道：“多谢娘娘告知，青青先行告退。”

她离开宜和宫，回玉华殿的路并不远。

她急急地往前走，路却越走越长，两旁百花怒放，她随手拽了一把海棠捏在手里，不知不觉揉得粉碎，走过几道弯，路过数处亭，腿脚已麻木，她浑然不觉，只一味走着，脑子里嗡嗡直响。她不敢停下，只要一停下，便止不住内心恐慌。最后，竟不知自己身置何处……

高墙深院，宫殿绵延，前路未知，退无可退，狄青青环顾四周，终于流下泪水。

一晃月余过去。

天气渐渐炎热，花草晒得萎黄，地面上仿佛蒸腾出白气。

宫皓月甫登基，政务繁忙，但每日抽得时间总要来玉华殿陪狄青青。狄青青虽不冷不热，他倒是极有耐心，想尽法子哄她，又弄了些稀世珍宝。

狄青青安心养胎，每日闲来看书，月余倒是将宫中藏书看去不少。

这日到了傍晚，下了一场急雨。雨后空气格外清新，绿叶色浓，海棠莹润，琼珠乱撒，打遍新荷。

狄青青四处走走，透透气，不知不觉走到皇宫里极为偏僻之地。

一群宫女太监们正围在一起，像是玩着什么，兴高采烈。

狄青青好奇地走上前，原来一群人竟在玩骰子赌钱。领头的显然是一个红衣公子，确切地说更像是个大男孩，年岁大约同自己差不多，肤色白皙，睫毛浓密，生得明眸皓齿，朱唇玉面。一身红衣如烈火。看着便像是富家纨绔子弟，也难怪，否则怎会在这宫中聚众赌博？不过，他既能进得后宫，这身份还真是耐人寻味。

宫里只有些等级高的宫女太监识得狄青青，再加上她几乎不外出，到了这偏僻之处，自然无人认识她。

狄青青本也无事，索性在旁观战。

“哎，又输了。”一名小太监哀叹道，“将军，奴才实在没钱了。能不能不玩了呀？”

他们竟然唤红衣公子将军。狄青青一愣，年轻倒罢了，这娃娃脸长相与身份违和感也太强了。

“不行！本帅还没玩过瘾，来来来，快押注，本帅坐庄。”红衣公子撸起滚着金边的袖子，一脚踩在石凳上，兴致高昂。

然而，一些太监宫女都不敢玩了。

于是，红衣公子指着狄青青道：“你看了这长时间，怎么还不下注？快，赶紧的，别扫兴。”

狄青青今日穿得极素，不过一件月白绸衫，长发简单束着，打扮倒和宫女无异。显然这位红衣公子，将她当成普通宫女了。

红衣公子此时已经摇好骰子，只等开大小。

几名宫女太监都压了小。

狄青青只笑了笑，她取出些碎银，素手一扬，手在“大”字上悠悠兜了一圈，却并没落下。接着她又将手搁向“小”字一边，还是没落下。来回几次。

片刻，红衣公子不耐烦地催促道：“快点下注，别犹犹豫豫的。”

狄青青最终押了大。

红衣公子微愣，掀开摇盅。

有太监激动地叫起来：“六六七，大！将军你输了！”

“再来！”红衣公子皱眉，扬起手摇骰子。

这次狄青青押了小。

“一三三，小！将军你又输了！”太监宫女们齐齐叫喊着，“将军，你可是说过，只要我们这些人加起来能赢你十两，你便给我们一百两，可不能食言啊。”

红衣公子摆摆手，霸气道：“本帅岂会食言？”他继续摇骰子。

狄青青依旧赢，直到她赢了十两，便不再下注，只道：“够了，我不玩了。你们继续。”

宫女太监们起哄围着红衣公子喊：“一百两，一百两，将军。”

红衣公子取出一袋银子往桌上一撂，倒也豪气，对狄青青道：“这里两百两有余，拿去分吧。你拿一半，其余的给他们分。”

狄青青笑了笑，分文未取，转身便要走。

“慢着！”红衣公子突然喊住狄青青，“赢了本帅就想走？哪有那么容易。”

狄青青回眸，这人真是纨绔得紧：“那你想怎样？”

“你是哪宫的宫女？报上名来，本帅要纳你为妾！”红衣公子扬言。方才只是觉得她与众不同，没有细看，此时一瞧，竟觉不同凡响，仿佛一盏雨后白玉兰，神采奕奕的双眸好似赋予白玉兰灵魂，显得她整个人生动无比。

狄青青几乎以为自己听错了。纳妾？

其他宫女们都羡慕地望着狄青青，一脸妒忌。

不承想，狄青青却突然反问：“怎么，将军家中逼婚，心中不爽，所以才来此地豪赌，以泄心头之火？”

语毕，红衣公子瞠目结舌：“你……”

狄青青没让他开口，直截了当道：“你以为，我会信什么一见钟情？看你的发冠，与众不同，华贵繁复却不似为了彰显权势，更像是才行过弱冠之礼，尚未换下冕冠。可是这样？”

红衣公子愣愣地点头，明眸眨也不眨盯着狄青青。

“你年满弱冠，家中让你娶妻，也属正常。你莫名其妙要纳一名陌生女子为妾，怕是想气气你的父亲或是你的未婚妻，令你的婚事无疾而终。不知，对否？”

红衣公子几乎惊掉下巴：“你会读心术？”

“不会。”狄青青淡定自若，“猜猜罢了。”

一众宫女太监们听得一愣一愣的，最后全部情不自禁鼓起掌来。

一片喧闹声中，狄青青转身要走，谁知红衣公子上前一步，一臂将她拽回。他眯起明眸，朱唇扬起弧度，露出邪气的笑容。这一刻，他不再像个大男孩，流露出男人的气息。

“刚才确实想气气家父，不过眼下，本帅是真对你有兴趣。”

狄青青懒得抬眼：“呵呵，意思是要强人所难？”

红衣公子语带轻佻：“那怎会？本帅岂是不讲理之人。骰子没意思，我们赌牌九。你若赢了，本帅许你一个愿望；你若输了，春宵一刻值千金，今晚你便乖乖随本帅回去暖床。”

“你，去拿牌九来。”他指挥道。

很快，一名小太监取来牌九。

牌九的玩法很简单，只比点数大小，点数相合以九点最大，超过九点去整留零，以此类推比较。

看来狄青青今日是不得不趟这浑水了。

为公平起见，由小太监发牌。

发牌的时候，红衣公子抬眸觑了狄青青一眼：“对了，还没问你叫什么名字。”

其他围观的宫女太监们互相看了看，大家都不认识狄青青，也不知她打哪里冒出来的。

狄青青掀开面前第一张牌，三点，她摊开牌：“你没必要知道。”

红衣公子一愣，还从没有人这样和他说话，好有性格，不过他喜欢。他翻开自己第一张牌，是四点。

此时第二张牌已发来。

红衣公子翻看一下，嘴边露出笑容。

而狄青青翻看一下牌，突然大笑起来，那笑声清脆如铃，她将牌“啪”一声盖在桌面上：“这位公子，这赌注太无趣。我再加一道赌注，赌些不一样的。”

她一边说，一边从衣袖里取出一把精致的匕首往桌上一撂。接着，素手一抬，除去发髻，瞬间墨发如流水般倾泻。

一连串举动，惊艳众人，不知她要做什么。

狄青青抿嘴一笑道：“要是我输了，我就断了这满头青丝，从此常伴青灯古佛。要是你输了，就绕着这绵延宫墙爬上一圈。大家说，好不好！”

围观的宫女太监们自然想看热闹，沸腾起来，一致高喊：“好！”

大家纷纷挤破脑袋往里钻，都想看个究竟。

红衣公子见狄青青气势如此盛，不禁心虚。他的牌已经是双四八点，难道她的牌是九点，才敢如此嚣张？可能吗？

这一刻，他犹豫了。她竟然敢赌这么大。若是他输了，绕着宫墙爬一圈，千乘家也丢不起这个脸。要是她输了，断了这么美的长发不说，还要常伴青灯古佛。这可是他不愿看到的。况且，这样一来他如何得到她？

眼下的状况，办法不是没有，只有他弃牌。只要他弃牌不跟，便没有输赢。只是这样的话，他就必须放她走。

放她走……

突然，红衣公子眼前一亮，他直勾勾地望向狄青青。只见她灵动的水眸中满是狡黠之色。

霍地，他恍然明白。这才是她的高明之处啊，拿准了他的心理，逼他弃牌。她赢了，他得放她走，她输了常伴青灯古佛，他一样得不到她。她用这种方式告诉他，无论输赢，都别肖想她！

好一个精明厉害的女子！他牢牢记住她了！

他心知自己吃了暗亏，只得道："算你狠，本帅认栽！今儿就不跟了。"他将牌甩在桌上，"本帅是八点，你也亮亮底牌。"他真的很好奇，她究竟是真的拿到了九点，还是只是玩心理战术。

啪一声，狄青青将自己的牌往中间一推，顿时和方才剩余的牌混在一起，不分彼此。她笑得惬意，道："你既已弃牌，没必要知道我的牌。"说罢，她拿起发簪，悠闲无比地将长发随意绾起。

"砰"的一声巨响，红衣男子愤然一掌劈在桌上，但见一道深深的裂纹自桌面急速向狄青青身前蔓延，最终裂纹停在她面前一寸处，并没有伤及她，桌子也没有完全裂开垮掉。

狄青青暗惊，这一掌，真是好大的威力，也拿捏得十分准。果然人不可貌相，看似年少纨绔，看似朱唇玉面、弱不禁风，他倒也有几分真本事。

不过，也吓不到她。

红衣公子极不甘心，追问道："看你也不像常赌之人。至少可以告诉我，骰子你是怎么赢的？"

狄青青莞尔一笑："不难。靠观察，靠推断，你发现没，我每次放大放小，都会在上方停顿一下。于你，自是以为我在犹豫。于我，却是观察你的表情。每当我放对了，你脸颊的肌肉便会轻微跳动，喉结也微缩。所以我自然可以次次赢。"

"什么！竟然是这样。"如此细微的观察力，他真是叹为观止。

"将军，再也不见。"说罢，她转身离去。

“喂，本帅名唤千乘浪，你记住了！本帅满足你一个心愿，我说到做到。”他朝她的背影大声喊道，“还没本帅得不到的东西。我一定要将你弄到手！”

狄青青突然停下脚步，愣在原地。

千乘浪，乘风破浪，好有气势的名字，原来他竟是千乘老将军的幺子。难怪他们喊他一声将军，难怪他自称少帅。

而这时，千乘碧雪突然自不远处匆匆寻来。

她眉蕴薄怒，步履生风，见到千乘浪便斥责道：“弟弟，你怎的混在这处？本宫找了你一个多时辰。”

千乘浪厚着脸皮笑道：“宫里闷得慌，出来玩玩，你可别怪罪他们啊，都是我喊他们玩的。”说罢，他摆摆手示意宫女太监们赶紧离开。

那些宫女太监们见皇后娘娘来了，畏畏缩缩，四散而去，赶紧各自忙活去了。

千乘碧雪横眉瞪了他一眼：“胡闹，爹爹知道少不了整治你。听姐姐劝，赶紧成家，也好收收心。”

千乘浪指了指狄青青的背影，谄笑道：“姐姐，这是哪宫宫女，赏了我呗，我可喜欢得紧。有了她，我的心也就收了呗。”

千乘碧雪疑惑地望去，只觉那背影熟悉，她凝声道：“你转过身来，让本宫瞧瞧。”她这个弟弟一向眼高于顶，玩心虽重，可对女子素来没什么兴趣。若真是良缘，收作妾室倒也无妨。

狄青青心知躲不过，索性大大方方地转身，恭敬行礼：“皇后娘娘。”

千乘碧雪双眸霍然圆睁，不敢置信。

千乘浪软磨硬泡道：“就依了我吧，姐姐。”

“住口！”千乘碧雪怒道，“你可知她是谁？”

“谁？”千乘浪不解，皇上的几位婕妤他都见过。

“狄青青，你来这里做什么？”千乘碧雪冷冷地瞪着狄青青。

狄青青歉然一笑：“闲来无事走走，皇后娘娘莫要多虑，青青告辞。”说罢，她纤秀英挺的身影，慢慢消失在晚霞之中。

这下轮到千乘浪震惊了。狄青青，她的事迹他可是听说过的。她竟然就是有“神断”之称的，曾经的翊王妃。百闻不如一见，果然非同凡人，竟将他的心理拿捏得如此精准！也难怪他输得那么惨。

见狄青青走后，千乘碧雪厉声斥责：“胡闹！你想夺皇上的人吗？你是千乘家唯一的希望，什么时候才能知道长进！”

“我……”千乘浪听不进去，心神早就随着狄青青的倩影远去。

狄青青独自踏着晚霞，在皇宫里漫步，

皇宫就像是一个没有尽头的深渊，她感觉自己犹如那下坠的石子，悬空没有着落，只有不停地往下。这么久了，南宫翊音信全无，她只能自己安慰，没有消息便是最好的消息。没有军饷，没有援军，又是多年平定不了的西番。她不禁轻轻抚上自己的小腹，怅然若失。

待回到玉华殿时，宫皓月已经坐在殿前花园里的石亭中等她了。他身着龙袍，宫灯高悬，耀得金色璀璨。他手掌轻轻一挥，身后的太监侍卫都退下，在远处候着。旋即，他朝狄青青招招手。

狄青青站在石亭台阶下，中间的那段阶梯，就是二人的距离。

她站着没动。

最后宫皓月只得一步步迈下台阶，立在狄青青面前，轻声问：“今日怎么有闲情在御花园里走走？”

狄青青回道：“不然呢？还能出宫逛逛？”

宫皓月语塞。

狄青青望着石亭中悬挂着的鸟笼里的雀鸟，自嘲道：“其实我身在宫中，不断案，不走天涯，与其他妃嫔何异？皇上何必执着。”

宫皓月沉默片刻。他明白，狄青青见惯世面，可不折了她羽翼，如何能留在他身边。他自袖中取出一只锦袋，错开话题道：“青青，我找了件有趣的东西。你瞧瞧。”

“皇上不必费心，珠宝首饰，我没兴趣。”狄青青径自往玉华殿走去。

宫皓月走在她身侧，倒也不恼：“都不是。你看了肯定喜欢。”

进入殿中，他从锦袋里取出一件物什，中间圆圆的，通透似水晶，周围镶嵌着金边，手柄上点缀着数颗红宝石。

狄青青终于看了一眼，疑惑道：“琉璃？”

宫皓月道：“这可不是普通的琉璃，你看。”他取来一卷书，翻开，执着手柄用琉璃照着书上的字，字竟然变大了。

狄青青从他手里接过，仔细看了看，又对着书反复照了照。

她咧唇微笑，眼眸晶亮，赞叹道："我曾在书中读过，遥远的西方，有种透明琉璃能放大物体，西方称其为放大镜。可惜我从没见过。原来竟是这般模样，果然妙极。"

宫皓月见她爱不释手，入宫以来，还是第一次见她笑，他心内触动："博你一笑真是不易。知晓放大镜，青青果然见多识广。"

狄青青用放大镜东瞧瞧，西望望，心情甚好。

宫皓月不禁感慨："青青，我们多久没有这样在一起了，我真怀念以前。尤其是在萧县养伤的日子，你日日陪伴着我。"他突然止住话。可惜那样美好的时光里，他有他的筹谋，而她已然看透，半真半假。

狄青青嘴边的笑容亦是顿住。

宫皓月执起她的手，认真道："不管过去如何，我自初见便对你是真心。这么久了，你感受不到吗？"

狄青青不着痕迹地抽回手，这些日子，他一直想法子哄她。也许他对她是真心的。她也知道他对千乘碧雪以及其他妃嫔只是利用。可正是这样，才是他最可怕之处。

不忘初心，方得始终。然，宫皓月已经迷失心性。为权势，为江山，为仇恨，他在这条路上走得太远。虽然他总对她微笑，可那笑容，不自觉地，她心里会生出一股寒意，这寒冷蔓延全身，冷彻骨。

她望着红烛闪烁，突然怀念起南宫翊，直白，坦然，光明磊落。

"过几日我带你出去散散心，可好？"宫皓月见她沉默不语，以为她有所触动，喜道。

狄青青转过头来，看着他："出宫？"

宫皓月颔首："过几日千乘老将军过寿。"

"哦。"狄青青了然，难怪她会遇到千乘浪。看来宫皓月目前非常倚仗千乘家族。

狄青青本没在意这件事，想不到数日后，宫皓月早朝后，身穿一袭素白长衫出现在她面前。她才想起，他说过要带她出宫。见惯了他身穿龙袍华服，突然回归素雅，她一时错愕。

宫皓月吩咐琉璃道："速去给你家娘娘换身便服。"

琉璃忙应道："是，皇上。"

自从宫皓月当上皇帝，琉璃性子亦转变许多，在他面前恭谦小心。平时也很少出玉华殿，小姐已是不易，姑爷和叶武生死未卜，她尽量不惹是非。

少顷，狄青青换了袭青衫，长身立玉，翩翩若兰。

宫轿已然在门口恭敬等候，两人先后上轿。

一路上，狄青青兀自望着轿外，沿途景色如走马灯般在眼前略过。

帝都繁荣依旧，人们往来匆匆，经历新皇变革，似乎并没什么变化。她心内凄然感慨，果真应了那句话，任凭风雨飘摇，人生一梦方自醒。

不多时便抵达千乘家族大门前，威严的两座石狮子，朱漆大门，金色牌匾，题名"千乘府"，从敞开的大门往里面瞧，能瞧见大理石铺就的院落里，架着一个正红色"寿"字屏风，几十桌酒席摆着，瓜果茶点已经奉上。

千乘老爷子六十大寿，办得很低调。

宫皓月到来，千乘德仁赶至门前跪迎，其余官员亦是齐齐下跪。

"皇上万岁万岁万万岁。"

宫皓月抬手："平身，今日朕便服出游，不必拘礼。"

众官员起身，各自回席。

狄青青注意到，跟在千乘老爷子身后的便是那日见过的千乘浪。千乘浪是千乘德仁晚年才得的独子，从小含着金汤匙长大的。

千乘浪的目光一直追随着狄青青，瞥见她身旁的宫皓月时，轻轻蹙眉。

狄青青跟随宫皓月走进千乘府。

院子里铺陈着连绵的洞石假山，旁边是盛开的繁花以及翠绿的松柏，石亭流水呼应，更添几分宁静。

宫皓月与狄青青入座。

热闹的寿宴开始，不同于宫宴，人声鼎沸，轻松惬意。可在这喧闹底下，狄青青却能看出，这群看似谈笑自如的官员们，都被一层阴霾笼罩着。听闻宫皓月登基后，朝局正在悄悄洗牌，一些前朝旧臣得到重用，而一些反对他的官员，总会因一些证据确凿的罪名锒铛入狱，或斩首示众或销声匿迹。

狄青青瞥了一眼身旁的宫皓月，如沐春风般的俊颜，她心内顿冷，他太擅长伪装，这般阴毒手段，不正是他最擅长的吗？

原因只有狄青青心里清楚。待到宫皓月根基稳定，还会有更大的血雨腥风，届时他将恢复前朝。

宫皓月见她望着自己，和颜悦色道："怎么了？"

狄青青慌忙偏头，道："没什么。"

见状，宫皓月心情颇好。

待到宴席接近尾声，暖阳普照，众人皆喝得微醉。

此时，千乘老爷子的二夫人宋玲月，让小厮们搬来一个青铜鼎，年代看起来非常久远，给老爷子贺寿。千乘老爷子平日里就爱收集古董，见了铜鼎自然高兴。

可各位夫人却对这个铜鼎的年代争论不休。有的说这个年代，有的说那个年代。最后各位夫人几乎互掐起来。

"都别争了！"千乘浪最头疼这些妇人七嘴八舌，他走到狄青青跟前，笑容灿烂，"听闻娘娘素有神断之称，可否为我们辨识一番？"

狄青青一顿酒席吃得心不在焉，眼前虚浮的繁华总令她想起南宫翊。

千乘浪突然喊她辨识古董，她抬头道："我也不懂这些。"

宫皓月却笑道："看看也无妨，去吧。"他知她平日里闷得慌。

"好吧。"狄青青起身跟随千乘浪来到铜鼎前。

铜鼎约四尺高，锈迹斑斑，看起来非常久远，上面雕刻着飞禽走兽，鼎的三足，也刻成某种兽类的脚。

"叮。"

千乘浪敲了下鼎，清脆的声音响起。

狄青青听到这声音，眉头便皱起来。

宫皓月此时与千乘老爷子去了后堂谈事。

宴席结束，百官们也陆续散尽。

狄青青看了看道："此鼎，乃皇族祭祀用品。"

能嫁入千乘府的自然不是一般人，众位夫人也是见惯古董的，她们左摸摸右摸摸，都没有定论。

"如何？"千乘浪在狄青青身侧问道。

狄青青没有回答，只是绕着铜鼎走了一圈，闻了闻古老的青铜味，她拿出宫皓月给她的放大镜，端详上面的图案，半晌后，摇头唏嘘。

“别争论年份了。此鼎，只是一个赝品。”狄青青满脸遗憾地说道。

“什么？”众人都一惊，不敢置信地看着狄青青。

“说是假的,有何凭证？二娘买古董可从没打过眼呢。”千乘浪疑惑道。

“也不是没有凭证，就怕你们不愿意。”狄青青淡淡道。

二夫人宋玲月连忙道：“还请娘娘帮忙验证。”

“可否拿匕首和火烛来？”狄青青征询道。

很快有小厮取来匕首与火烛。

狄青青当着众人的面，自古鼎不起眼的角落里刮下一层青铜锈，小心地放在铺了棉布的桌子上。

“点火烛。”

千乘浪亲自奉上火烛。其余人也是瞪着一双眼睛，生怕漏了哪个环节。

“制作青铜器赝品的方法很多，其中就有一种叫作复古。顾名思义，复古就是以某件古青铜器为模板，通过加工，使之成为历史更加悠远的古董。”狄青青用匕首小心翼翼地挑起刮下的青铜锈。”

“要识别此类古董，最简单的方法就是闻它散发出的气味和听它传出的声音。”狄青青将匕首上的青铜锈凑到火焰前，“真正的青铜器，其表面的锈迹是很难灼烧的。如果是赝品，那这层青铜自然是后来加上去的，必定不是纯青铜锈，因为如果是纯的，没有办法附上去。”

狄青青话刚说完，就见匕首上的青铜锈如油脂般燃烧起来，还伴随着一阵噼里啪啦的响声以及一股怪味。

“真的烧起来了！”不知哪位夫人叫出声。

“我揣测，铜鼎是真，确是皇家祭祀用物，只是这年代，至多也就是前朝。通过赝品制作高手加工，就成了上古遗物。”狄青青慢慢道来。

二夫人宋玲月称奇道：“娘娘果然神人。想不到我竟错买赝品给老爷子做寿，哎。我还买了同一批货，现在想来，恐怕也是真假难辨。此刻再去寻那贩子，恐怕早就逃之夭夭了。”

“要不然，还请娘娘一道帮忙看看？”千乘浪建议道。

狄青青闲来无事，应道：“好。”她转身时，不想千乘浪紧贴在她身后，她这一转身竟直接栽倒在他怀里。

千乘浪将美人抱满怀，一时间心神荡漾，竟舍不得放开。

二夫人宋玲月连忙上前拽开千乘浪，打圆场道：“哎哟，哎哟，劳烦娘娘和我去库房瞧瞧？”

狄青青微瞪一眼千乘浪。

千乘浪的脸皮比城墙还厚，干笑两下。

千乘府管家连忙在前引路，狄青青跟随其后，千乘浪本想追上她。

二夫人宋玲月伸手将他拽住，硬拖着他走在后面，她正色道：“你何时看上了皇帝的女人？”宋玲月可是精明得很，千乘老爷子原配去世后，一直是她操持里外，对千乘浪也是视如己出。

千乘浪谄笑道：“什么都瞒不过二娘。”

宋玲月微斥：“你不要命了？这可是要牵连九族的，你也得为家族，为自己姐姐想想。”

千乘浪皱眉：“你想哪去了。我是那种人吗？我喜欢，我纯欣赏不行啊。我喜欢她也不是非要得到她啊。”他停顿了下，望着狄青青纤丽的背影，叹道，“只是，怕日后再无其他女子能入眼了。对了，那婚事给我退了。杀了我也不会娶。哼！”说完，他小跑几步追上狄青青，玉面溢满灿烂如阳光般的笑容。

“哎，你！”宋玲月指着他背影，气不打一处来。

不消片刻，众人便来到一片独立的花园前，里面有一座孤立的房舍，门前栽种着一根根紫竹。

宋玲月介绍道：“这便是库房，我平日里没什么爱好，就好收集古董。”

狄青青与宋玲月及千乘浪一道进入库房中。

里面很大，几排博古架，上面摆放着一件件古董，风格各异，大小不一。狄青青见惯世面，也不免吃惊，果真有不少好货。她随手拿了一件古董赏玩，这是一个方形的酒杯，四边附着瑞兽头颅，淡金色外加一层绿色。

“这件好货，上古年代，有点意思。”狄青青赞道。

千乘浪道：“造假之人能骗过二娘，也是有些手段。二娘，将你一道买的另外几件都给娘娘瞧瞧。”

宋玲月连忙将另外三件物什取出来，都是小件。

狄青青看过后，不外乎也是同样的方法作假。唯有一件东西引起她的注意。这是一件乌黑的、残缺的东西，表面有焚烧痕迹，拿在手里，沉甸甸的。狄青青掂在手中反复看着，长眉冷凝，神情渐渐不对劲。

宋玲月忙道："哦，这不是花钱买的，这是清理铜鼎时，从灰里刨出来的。我没扔，就搁着，也不知道是个什么玩意儿。"

千乘浪问道："怎么了？这是什么？"

"看起来像是一支发钗，历尽光阴，又被焚烧得乌黑。而且，你看这图案。像不像鸳鸯？"她指了指。

"一件破玩意儿有啥好看的。既然都是假的，就别看了。我带你去府里转转如何？"千乘浪玩心顿起，热情道。

狄青青的心思却全在这鸳鸯钗上。钗上甚至露出点点猩红之色，只是很不起眼罢了。鸳鸯钗……她想起宫皓月手臂上的鸳鸯印记，渐渐陷入深思。

"走吧。好不容易来一趟。"千乘浪急道。

"这件东西可否给我？"狄青青对宋玲月道，"我或许有用。"

"当然可以。只是，这件破烂，娘娘要不要再挑一些好货。我这可有不少宝贝。"宋玲月笑道。

"不必，多谢。"狄青青将鸳鸯钗收入袖中，"只是，还望此事替我保密。"

宋玲月笑容一僵，皇家之事果然复杂。她应道："娘娘放心，不会再有第二人知晓。"她不禁疑惑，一件破烂，难道还能有什么故事？

千乘浪心急火燎地打发走宋玲月，拉着狄青青一路逛千乘府。

府里景致倒也雅致，但并不奢华，到底是世代武将之家。途径千乘老爷子的书房，千乘浪也拉着她逛了逛。

房舍中都是一些简陋的家具，只是在侧面的墙壁上，挂着几件兵器，这些兵器大多已经残缺，锈迹斑斑。

"它们都跟随我父亲征战多年。"千乘浪见狄青青瞧着墙壁上的兵器，便解释道。

"虽已沉寂多年，却是宝刀未老，锐气犹存。"狄青青走近几分，看着墙上的一把大刀，凭着敏锐的感知力，她能清楚地感受到，大刀曾饮血无数。

"刀已归鞘，往事尘封。"千乘浪感慨道，"当年先皇打下江山，不外乎两大家族鼎力相助，一个是我们千乘家，另一个则是你们狄家。"

狄青青一怔，沉默了，狄家已经没落。然而千乘家就真的能荣盛一世？

她拿起千乘老爷子的茶壶，闻了闻，问道：“这茶倒是奇怪，进屋便能闻到浓烈的味儿。是什么茶？”

“苦菊。”千乘浪道，“先苦后甜。我爹一辈子只喝这种茶。”

“倒像人生百味。”狄青青感慨道，“看来千乘老爷子不忘初心，不喜奢华，真是难得。也难怪千乘家屹立不倒。”

“呵呵。”千乘浪此时露出冷笑。

这一刻，他退去平日里的纨绔，眼眸深沉得仿佛成了另一个人。

“将来的事，谁说得准。”他冷声道。

千乘家族的兵权，或许是宫皓月的一块心病，千乘家族也一直在小心应对。

狄青青亦是感受到，突然心底一冲动，直问出口：“我想打听一件事。”说完，她又后悔了。千乘浪是敌是友？她怎能轻易信任。

“什么事？”千乘浪来了兴趣。

“罢了，不问了。”狄青青忽地情绪低落，心里沉闷。想到南宫翊生死未卜，眼底雾气氤氲。

千乘浪瞧出异样，她那平日里犀利的眼眸盛满忧伤，他小心地确认：“你是想问翊王？”

话音一落，狄青青鼻间一酸，眼角晶莹有光，她深吸几口气，硬生生忍住。

泪将落未落，最是惹人怜惜。她这般举世无双的女子，也有如此脆弱一面。千乘浪只觉心都跟着她酥软了。长这么大，他还第一次体会什么叫心疼。原来，她身在皇宫，心系翊王。

他幽幽叹道：“翊王与我爹曾一道出生入死，此次领命攻打西番。皇上让千乘家按兵不动，我爹心中不快。任凭外人都知是何意。但你也别过分担心，翊王岂是池中物。前几日，我无意中听我爹提起，翊王似筹到军饷，募集了人马。”

狄青青听罢，眼角那一滴晶莹，终无声滑落。

千乘浪一愣，情不自禁伸手想要为她拭去泪水。

“多谢，我该走了。”她偏头一避，匆匆转身，仓促离开。

千乘浪望着她远去的背影，伫立良久。

第八章 王者归来

清风醉了荷叶，红了枫叶，又白了寒霜，日子转瞬到了初冬。

养胎的日子，静寂平淡。御医宋文轩每隔一日便会来诊脉。狄青青小腹日渐隆起，她也干脆整日闲暇看书，无事不出玉华殿。

宫皓月除了上朝，商议朝政外，倒是每日都来陪她，偶尔还会将奏折搬来批阅。

只是，见她小腹日渐隆起，想必他亦是介意的，时常脸色深沉不知在想什么。

狄青青知道，宫皓月很能隐忍情绪，他为她，也算是忍到极点。

是夜，一灯如豆。

宫皓月还在翻阅奏折，今日他格外阴冷，自进入玉华殿便未置一词。琉璃亦是小心端茶侍候。此刻，他的背影在烛火中益发冷寂。狄青青卧在软榻上，指尖自泛黄的书页划过，心扉亦如书页般，一页页翻过，今日不知怎的，她也心神不宁。

宫皓月如此反常，她知道，他一定有事要说。心，竟然莫名紧张。

终于，宫皓月批完奏折，起身。他慢慢走到狄青青身前，开口道："他要回来了。"

狄青青的手猛地收紧，书页不自觉地被揉皱。

她心里瞬间明白他的意思，却不敢开口确认。南宫翊，他终于得胜归来了？半年了，整整一百八十二日，她不知自己如何走过，心每日都在煎熬。

而他，终于要回来了。

宫皓月冷笑着重复了一遍："南宫翊，要回来了。"

琉璃本在泡茶，舀了一匙翠绿色的茶叶，此时手一抖，纤细的茶叶撒满地，她连忙弯腰去捡，她一根一根地捡着，手直抖，额头汗水淌下，她不敢站起来，生怕自己会暴露出澎湃汹涌的喜悦心思。

狄青青菱唇微动，最终只说了句"哦"。

她想继续翻书，可又觉得太刻意，只得将手里的书放下。

气氛如胶凝。琉璃惧怕得不敢呼吸。

"出去！"宫皓月冷冷地吩咐。

琉璃这才反应过来，赶紧退出内殿。

狄青青贝齿咬唇，心中思量着。

宫皓月却突然上前，扳住她的下颌用力吻下去。这些日子，他一直克制自己，今日再也按捺不住。

可是她的唇，没有温度，他吻着，连带他的心也一点点变冷。她就像只剩躯壳，没有灵魂，任他吻着，冷漠得令他心底发狂。

他突然推开她，看见她高耸的小腹时，所有的欲望都变得冰冷。

"青青，这么久了，你依旧无动于衷？你还要我怎么做？我还不够忍？"他怒极低吼，眼底布满猩红。

"皇上待我极好，什么都无须再做。"狄青青望着宫皓月，冷静道。

"呵呵。"他突然冷笑连连，最后放声大笑，"狄青青，原来你才是心最狠的那个。无欲无求，才是对我真无所求。"

他猛地捏住她的手腕。

她疼得直皱眉，钻心地疼。

他的声音寒冷得不似在人间："五日后他凯旋，朕已设宴款待，你也可以参加，只不过，不是团聚，朕一定会让你彻底死心。"

说罢，他猛地甩开她的手，暴怒离去。

狄青青揉了揉自己被捏青的手腕。他自称朕，怕是对她已失去耐性。

琉璃见宫皓月离开，赶紧进来，奔至床头，急切道："小姐，没事吧。"

狄青青摇摇头："没事。"

宫皓月走后，琉璃忍不住奔腾而下的泪水："姑爷终于要回来了。"

狄青青深吸一口气，手抚上小腹，那里突然猛烈地跳动起来，她低头，眼神柔和，默默念道："爹爹要回来了，你也很高兴，对吗？愿与子同袍，何日团聚，许我十里红妆。"

五日后，南宫翊完胜西番蛮夷，凯旋。

这一战役，具有重大历史意义，耗时半年余。烽火燃不息，锦旗漫天飘，挥刃斩蛮夷。结束了长达几十年与西番之间的冲突。从此迎来安定盛世。

南宫翊抵达帝都时，晚霞漫天，满城百姓竞相出迎，围满十里长风街，声势浩大，极为壮观。

与此同时，皇宫大宴，文武百官皆参加，翊王功不可没，百官们议论纷纷。

千乘碧雪有段时日不曾露面，今夜亦没出现。狄青青心里清楚，千乘碧雪小腹高耸，又不想外人知晓腹中孩子的真实月份，以求瞒天过海。

是以今夜，宫皓月携狄青青一道出席晚宴。

宫皓月身着九龙金袍，气势恢宏，在龙座上坐下，他指了指自己身侧的座位，示意狄青青坐下。

狄青青略微迟疑，这是属于皇后的座位，虽然千乘碧雪不来，但她无名无分……而且她不愿意。

正犹豫，宫皓月已将她一臂搂至怀中，她不得不屈膝在他身旁坐下。

她小腹隆起，坐下多有不适。宫皓月招手示意，琉璃赶紧将准备好的软垫递上，他亲自替她垫在腰后，悉心照料仿佛寻常人家宠妻的丈夫。

宫皓月亲昵呵护的举动，令席下赵涵沁、容听雪、秦玉贞三位婕妤脸色极难看，要知道，她们入宫半年有余，别说宠幸，连宫皓月龙颜都只在宴席上见过。谁不知狄青青一人霸宠，可亲眼见到，还是别样难受。

容婕妤入秋以后一直咳嗽，至今未好。她取出帕子，轻轻掩唇，猛咳几声后，脸色发白。

赵婕妤一向与容婕妤交好，忙关切道："妹妹你身子骨弱，先回宫休息吧。"

容婕妤连连摇头，咳喘道："今夜必有好戏，岂容错过。"

赵婕妤嗤笑一声，扶一扶头上华贵的珊瑚珠钗：“如你所说，我等只是这百花丛中的摆设，哪有出头之日？好戏不好戏，与我们何干？”

容婕妤但笑不语，意味深长地看了看身旁不远处的秦玉贞。

秦婕妤素来心高气傲，独来独往，她今日特意穿了一袭红衣，寒眉星目，如烈火般冷艳无双，又如一朵孤傲红梅在这初冬季节乍然绽放。她不屑地瞥了一眼容婕妤和赵婕妤，又将怨恨的眼神投向狄青青。

狄青青素来敏锐，自然感受到敌意。她冷冷地望了望秦玉贞，秦玉贞是有些家底的，千乘家族之后，掌握兵权的重臣当属兵部尚书秦雷阳，是以秦玉贞有孤傲的本钱。上次秦玉贞整她不成，想来也不会轻易作罢。

思及千乘家族，狄青青在席下扫视一圈，果然见到千乘浪坐在席中，他正托着腮帮子，玉面若芙蓉，一双明眸灼热地望着自己，也不避讳，真是可气又可笑。

千乘浪见她望过来，便朝她挤眉弄眼。

狄青青展颜一笑，心情略好。

这时，余公公上前来禀道：“翊王傍晚入帝都，此刻已赶至宫门。”

“击鼓迎翊王。”宫皓月眸色一沉，微抿杯中酒，吩咐道。

余公公手中拂尘一撩，尖着嗓子喊道：“击鼓，迎翊王。”

在宴席后方的宫廷乐队，立刻开始击鼓，鼓声如雷，震耳欲聋。这是给予凯旋者最高礼遇。

初冬的风，已开始有些刺骨。

狄青青却觉得莫名的热，心跳不自觉加速，她下意识地抓紧袖口。

片刻，远远地，南宫翊身着银甲，踏风而来，整整一百八十二日，半年的岁月，说长不长，说短也不短。他消瘦些许，面庞的棱角磨砺地更加深刻，眉似远山，薄唇微抿，益发英俊。待他走近时，狄青青惊呆了。他额前数缕银发随风飞扬，如一脉冰雪，凛冽寒冷，衬着那一双深银色的眼眸，道不尽的沧桑，说不完的故事。

狄青青眼眶湿润了，究竟经历何事让他半白了长发？

南宫翊踏步至宫皓月面前，单膝跪地，拱手道：“皇上万岁万岁万万岁。”

宫皓月平静道：“此役使得西郡从此太平安居，翊王功在社稷，辛苦了。赐座。”他手指着左手边最尊贵之位。

南宫翊起身：“谢皇上。”他落座后，却没看向狄青青，反而朝相反的方向频频望去，似乎在等什么人。

今晚的夜是灰蓝色的，银汉迢迢，繁星却躲在云层后，看样子要变天。

此刻的南宫翊，虽在眼前，却仿佛遥远的星辰，目不可见，更不可及。

狄青青的视线紧紧追随着他，整颗心揪起，魂魄似被他慑住。他却始终没正眼望过来。她心中一紧，闷得透不过气。曾经她是独立惯了的人，六岁便不要爹爹抱。曾经她以为，这辈子，没有哪个男人能令她心碎心痛。曾经她以为，自己足够坚强，不需要任何男人的怀抱和依靠。

然而此时，只有她自己明白，她有多脆弱，她有多渴望他能伸手抱一抱她。

这时，一名随后而来的女子，撩起长及地的裙摆，在南宫翊身侧缓缓坐下。

狄青青看清来人后，心内震惊。来人身穿浅金色长锦衣，桃红丝线绣出一朵朵怒放的梅花，从裙摆一直延伸到腰际，肩若削成，腰若约素，清雅绝俗，温婉妩媚。竟是沈冰蓝！

狄青青几乎快要遗忘沈冰蓝这个人，曾几何时，她是如何回到了南宫翊的身边？

沈冰蓝落座后，南宫翊侧头，温柔地望了她一眼，将自己的狐毛黑金披风解下，裹在她肩头，又递了杯茶至她手中，关心道：“帝都天冷，小心着凉，喝杯茶暖暖身子。”

比起备受冷落的自己，这一幕，深深刺痛狄青青的眼。她一言不发。

宫皓月是见过沈冰蓝的，他略有兴致地问道：“翊王挺念旧情，沈姑娘曾经救过你，你倒是怜惜相待。”

南宫翊侧身回道：“也是与她有缘，本已分道扬镳，谁知在西郡战场上再次相遇，她又救了我。半年来朝夕相伴，与我同生死共患难，如今她已怀有我的子嗣，只因战事未结束，一直还没给名分。”

西郡，狄青青想起，沈冰蓝原先便在西郡，后至临江。他们在西郡再度相遇，相濡以沫，日久生情，甚至有了孩子。她脑中曾想过百次千次，与他重逢的场景，想过激动的，伤感的，痛哭的，相望不能相守的，却万万没想过会是这样的。

“哈哈。甚好，既然尚无名分，不如朕给你们赐婚。”宫皓月伸手搂住狄青青的肩膀，开怀大笑。

“臣，多谢皇上成全。”南宫翊起身恭敬道。

狄青青也没挣扎，她双唇微微哆嗦，连带身体也在颤抖，灵魂仿佛被抽离，脑子里空空的，不知在想什么。

“你冷？”宫皓月低眉柔声问道，“为什么发抖呢？要不要叫他们拿件狐皮来披着？”

狄青青摇头：“我不冷。”她知道宫皓月明知故问，她尽量克制自己，可怎么也控制不住。

宫皓月搂住她，伸手取了块糕点，喂她吃。

狄青青本能一避。

宫皓月眼角划过凛冽的寒光，突然扳过她的下巴，一低头，含着糕点强行喂至她口中。

狄青青被迫吃下，心乱如麻，也不知是苦是甜。这相似的一幕，陡然让她回想起临江百花楼中南宫翊曾以唇喂她喝茶。而宫皓月此举显然是报复当日所为。

她囫囵吞下糕点，余光扫向南宫翊，却见他丝毫不为所动，仿佛与他毫无关系，她只觉得心更沉，直沉至无底深渊。

宫皓月的眼波流转，黑如深潭，瞥了一眼南宫翊，嘴角扬起丝丝缕缕嘲讽，接着他轻抚她的脸颊，宠溺道：“一会儿散席，朕还去你那儿。”

狄青青神情漠然，也不作声。

宫皓月冷冷地盯着南宫翊，见他神色并无多大变化，才道：“前朝名医沈四海之女沈冰蓝，才貌双全，贤良淑德，赐翊王为正妃，择日完婚。”

沈冰蓝喜形于色，连忙出席，与南宫翊双双跪下，叩谢皇恩：“谢皇上，皇上万岁万岁万万岁。”

“都坐吧。”宫皓月大手一挥，示意宴席开始。

一众宫女鱼贯而入，端着酒菜奉上，歌舞四起。

南宫翊时不时为沈冰蓝夹菜：“多吃点，现在可是两人的身子。”

沈冰蓝娇羞地低头：“王爷，吃撑了对胎儿不好。”

“好好，听你的。”南宫翊语气温柔，“谁叫你会医术。说不过你。”

他们的声音不高也不低，恰恰狄青青也能听清。她的手不自觉抚上自己高耸的小腹，心里有酸有涩有苦有痛，怎么也不是滋味。

整个晚宴，狄青青如坐针毡，走不也是，留也不是。

直到一段剑舞引起她的注意。

高亢的弦乐过后，一名红衣领舞女子，身姿如燕，如烈火般飞旋出场，连连转了几十圈，接着她边舞剑边扬舞，腰细若蛇，足若金莲，手中银剑寒光直扫，将柔美与刚烈糅合得恰到好处。她的脸上蒙着雪白面纱，只露出飞扬如剑的眉和一双寒星般的眼眸，令人想入非非。

众人皆拍掌称好。

待到舞毕，红衣女子负剑身后，双膝跪在宫皓月面前。

狄青青的目光扫了下座席，只见某位婕妤的座位空空如也，果然如她所想。

红衣女子揭开面纱，露出倾国倾城的冷艳姿容来：“皇上，臣妾斗胆献舞助兴，望皇上不要怪罪。”

宫皓月顿了片刻，问道：“你是秦尚书之女秦玉贞。”

“正是臣妾。”秦婕妤俯首道。

“剑佳，舞佳，人亦美。重赏！”宫皓月的视线在秦玉贞身上停留片刻，不知在想什么。

秦婕妤见他终于注意到自己，喜出望外，连忙道：“谢皇上。”

此时，席间容婕妤对赵婕妤道：“瞧见没。翊王不过半年，琵琶别抱。看来狄青青只能死心了。眼下这秦玉贞又想乘虚而入。岂不是好戏连台？”

赵婕妤望着秦婕妤空空的座位，咬牙切齿道：“我说她做什么去了，这个狐媚子，招数还真多。可皇上也没说要宠幸她呀。我看她白折腾了。”

“别急，或许还有反转。”容婕妤神态自若，淡定地观戏。

秦婕妤谢恩之后，退回座位，神情不免失落。

她这一舞后，普通歌舞顿时索然无味，众人看得昏昏欲睡。

这时，宫皓月突然转头对南宫翊道：“歌舞甚是无趣。朕突然想起，朕受封静王之夜，曾听得翊王天籁琴音，如今朕已身在龙座，倒十分怀念从前。”

狄青青微愣，让一个凯旋的功臣献曲，怎么感觉颇有几分为难的意思。而且，曾经南宫翊是为南宫万海献曲，如今让他为宫皓月献曲，莫不是要试探南宫翊是否真心臣服？

南宫翊倒也没推辞，起身道:“皇上想听，臣便为皇上弹奏一曲助兴。”

“如此甚好。取琴来。”宫皓月龙颜大悦。

片刻，宫女搬来琴台，架上长琴。

南宫翊撩袍走上前，席地而坐。

宫灯摇曳，柔光倾泻，照得他额前鬓发如雪。

他静静地抚上琴弦，充满力道的音色自指间跃出，没有舒缓的前奏，唯有金戈铁马般的韵律，转瞬有如无数道寒光自琴弦射出，滚滚琴音直奏出战场激烈，生死搏斗，豪情壮志，曲至高潮处，花草树木似都在琴声中摇晃，众人皆醉。

然而，琴声斗转，由激昂转为舒缓，缠绵，渐行渐低，直至最后一个尾音，似有若无，飘散在空气中。

众人听得恍若隔世，久久无法回神。

狄青青听罢若有所思，此曲与上次他在册封静王晚宴之上所奏，异曲同工，只不过他加以改变。她突然想起，上次她为曲子所题的名字，眼眸微亮。

曲罢，宫皓月赞道：“翊王既能上战场，又有闲情雅致。如今抱得美人归。真是人生得意。”

南宫翊恭谦回道：“不敢当。全凭皇上做主。”

歌舞继续，官员们开始三三两两互相敬酒，互相走动，晚宴气氛渐渐轻松。

只是，夜风却开始猛烈，吹得树影摇晃。

稍坐片刻，余公公提醒宫皓月道：“皇上，刮风了，看样子要下雪。皇上可要先行歇息？”

宫皓月偏头看向狄青青，见她始终出神地望着南宫翊，隐怒道：“不过半年，他已移情别恋，你还要执迷不悟？”

狄青青不语。冷风直往她衣领里钻去，心凉身凉。

宫皓月愤然作色：“还不能明白，只有我对你是真心的。”

“真心？”狄青青一晚上心神恍惚，此刻更是寒心，口不择言道，“这话皇上对南宫兰舒也说过？”

宫皓月起先一愣，旋即明白她话中之意。

“你！”他语音一顿，竟不知如何接话。她竟然知道！她从未提过南宫兰舒之事，他以为她根本不可能知道！

“你因为这事一直不肯与我亲近？”他俊颜略过难堪。

狄青青也不在意：“男人三心二意岂不正常？青青也不过是百花丛中一朵。今日入你眼，明日成黄花，谁人知晓？”

宫皓月眸中冒出两道火苗，直欲焚烧一切：“狄青青，以前我迫不得已。我对你全心全意，你不要不识好歹。”他猛地收紧手臂，将她牢牢箍住，而在外人看来，他不过是亲昵的举止。

狄青青被他勒得几乎喘不上气。

她眼神里连不屑都懒得掩饰，宫皓月脸色变得极难看，突然松开她，他站起身：“朕乏了，今日去秦婕妤处歇息。”

席下，秦玉贞本已灰心，突然听到宫皓月提及她，起初她反应不过来，直到身旁宫女芷灵拼命推她：“皇上要去云影宫呢。”

秦玉贞才如梦初醒，连忙跪拜道：“臣妾恭迎圣驾。”

此时，容婕妤轻轻点了一下赵婕妤，“你瞧，果真咸鱼翻身。”

赵婕妤气道：“不过是又多一个狐媚勾引皇上，与你我何干？”

容婕妤轻摇手中绢帕，笑容深远：“非也非也，唯有狄青青不受独宠，这后宫风云，才能有变。”

赵婕妤听得懵懂，意思是，开了这口子，她们就都有机会了？

宫皓月本已跨出一步，突然停住，转头居高临下地看着席间脸色发白的狄青青：“你若后悔，朕便不去。”

他连称呼都改了“朕”，狄青青只冷笑：“皇上怎以为我会介意？”

宫皓月仿佛被一桶冰水从头淋到脚，比那初冬寒风冷上更多。是啊，若不在乎，何来介意？从来不爱，有何所畏？他像是被人活生生扒开原形，无比难堪。

他愤然转身，怒道：“去云影宫。”

余公公不明所以，只担忧地望了一眼狄青青，赶紧跟随宫皓月离开。

秦玉贞大喜过望，连忙碎步跟上去。虽小心翼翼可也止不住脚步雀跃。

待他们走远，容听雪也站起身，用帕子掩了嘴，咳了几声，道：“变天了，好冷。我也乏了，姐姐，我先回凝香宫。”

赵涵沁忙站起来，幸灾乐祸道：“甚是无趣，我也走了。不过，今夜能见到狄青青失宠，也不算白来一趟。快走快走，要下雪了。”

宫皓月走后，气温陡降，官员们也陆续散场。

晚宴渐渐人影稀疏。

南宫翊扶起沈冰蓝，将她的披风拢紧，柔声道：“起风了，我们赶在下雪前回府，别着凉。”

沈冰蓝娇羞低头：“嗯。”

狄青青冷冷地望着这一幕。

琉璃终于按捺不住了，在狄青青耳边抱怨着：“我不信，姑爷竟然变心。肯定是那狐媚子，混过青楼到底没脸没皮。哼，竟然乘虚而入。”

琉璃的声音并不低，故意让他们听见。

当众揭她的短处，沈冰蓝听到，脸色煞白，柔弱的身子摇摇欲坠。

南宫翊冷冷瞪了一眼琉璃，搂住沈冰蓝，哄道：“别气，我不在意。”说罢，他转身便要离开。

狄青青突然出声阻拦：“慢着，翊王请留步。”

南宫翊停住脚步，睨了眼狄青青，对沈冰蓝道：“你在宫门外等我，我很快便来。”

沈冰蓝有些不情愿，恋恋不舍地离开，走几步还频频回望，直至消失在暗夜里。

狄青青坐得久了，不免腰酸，她小腹高耸，起身有些困难，琉璃将她扶起。她步下主台，一步一步走向南宫翊。

分别这么久，她记得他的一切，仿佛就在眼前。她走到他面前，抬眸见他额间几缕银发飘逸，忍不住心疼地想伸手抚触。

然而，南宫翊却退后一步，避开道：“娘娘有何事与臣说？”

疏离的神情，淡漠的语调，冰冷的气息。狄青青的手僵在半空中，缓缓垂落，她颤声问：“半年了，你可好？”

南宫翊只恭敬回道：“劳娘娘记挂，一切都好。”

冷风四窜，终于漫天漫地飘起细雪，起初并不大，晶莹剔透，如柳絮般纷纷扬扬。

二人再无话，气氛僵滞。

狄青青滞立片刻，一袭天水碧色宫装，因着有孕，平添几分成熟的妩媚。鬈曲的睫毛之上缀满晶莹的雪花，转瞬融化，仿佛凝结在眼角的泪花，模样分外惹人怜惜。

可南宫翊不为所动。

她突然问："你也不问问我好不好？孩子好不好？"

南宫翊顿了一下，视线落在她隆起的小腹上，半晌才道："都是过去的事了。"

"是，都过去了。"狄青青语意凄凉，"你走吧，我明白了。"

南宫翊拱手道："臣告退。"

说罢，他转身离去，没有留恋，不带一丝牵挂。

琉璃见他背影远去，红了眼眶："姑爷好狠的心。小姐快回去吧，雪下大了，可不能受风寒，腹中孩子要紧。"

狄青青一直望着他远去的方向，久久不动。

雪，越下越大，宫灯下如鹅毛飞舞，似烟非烟，似雾非雾，整个皇宫都笼罩在迷蒙之中。一丈之内，不能视物，再看不见他的背影。

然而此时一把伞撑来，替她挡去风雪。

狄青青没回头，便道："将军好兴致，看完戏还不走？"

千乘浪一惊："你都没回头，怎知是我？"

狄青青道："你身上有苦菊茶的香味，上次我问过你。靠近便知。"

"哎，你这人，就是太聪明。"千乘浪孩子气地跳脚，直叫嚷，"这一点太不可爱了，一点悬念都没有，没劲没劲。"

"所以，男人都喜欢温柔婉约的女子，对吗？"狄青青这句话像是问千乘浪，又像是在问那已远去的背影。

"谁说的。我就喜欢你这样的。温柔女子要多少有多少，你这样的才是人间难觅。"千乘浪赶紧赔着笑脸，解释道。

"你是谁呀，怎能这般和娘娘说话，这里可是皇宫！"琉璃着急指责道。这厮口无遮拦，可别给小姐惹祸。

狄青青介绍道：“他是皇后的胞弟，千乘家族的继承人，少年将军千乘浪。”

“咦，这介绍怎么听着有些贬义？”千乘浪怪声怪气道。

“将军想多了。我该走了。”狄青青裹紧身上的披风，转身便走。

琉璃则是一把抢过千乘浪手里的伞，对他吐了吐舌头，道：“谢谢将军的伞。”

雪花狂舞，尽数落在千乘浪身上，略显狼狈：“哎，这一对没心没肺的主仆。”他掸了掸肩头的积雪，赶紧离开皇宫。

这一场初雪整整下了三日，皇宫笼罩在一片银白之中。

可当太阳钻出云层时，不消半日，积雪便融化成水，仿佛从不曾下过。红梅初绽，晚菊盛开，一如既往地热闹非凡。

玉华殿却冷寂下来，门可罗雀，像是被人遗忘在皇宫中。

直到这日，来了一位不速之客。

秦玉贞领着宫女芷灵敲开玉华殿大门。她穿着一袭绣满牡丹的妖娆薄袄，裹着雪白的貂皮披风，盛气凌人。

琉璃打开宫门，疑惑道：“你们来干吗？”

“放肆！贱婢不知分寸，口无遮拦，见了玉妃娘娘也不下跪。”芷灵破口大骂。

琉璃一愣，玉妃娘娘？原来是得了晋封上这里来炫耀了。

狄青青听到殿外动静，此时才从内殿走出来。

秦玉贞冷嘲道：“没品阶的弃妇，果然连宫女也没教养。既然你无力管教，本宫替你管管。芷灵，教训教训她！再送她去掖庭好好清醒清醒。”

芷灵说罢上前狠狠扇了琉璃一耳光。

下手极狠，直打得琉璃眼冒金星，脸颊迅速隆起鲜红的五指印。

芷灵还要再扇，举起的手臂却突然被人擒住。

狄青青上前阻止，重重将芷灵的手甩向一边，怒道：“放肆。竟敢在我宫里动手。玉妃娘娘你这与人私通的贱婢，我是否该上报刑部处死？”她使了眼色让琉璃退至她身后。

接着，她犀利的目光牢牢锁住芷灵，直到芷灵心虚地发抖。

“你说谁私通呢？不要血口喷人！”秦玉贞气得两颊艳红。

狄青青指着芷灵衣摆露出一角的香囊，突然一把用力将其拽出，她拿在手上晃了晃：“分明是侍卫用的东西，一名宫女随身携带？不是私情是什么？查一查便知？”

“我没有，我……这是我捡的，觉得好看而已。”芷灵结结巴巴。

“捡的？我看看。”狄青青端详了下香囊，讪笑道，“我看你身上其他配饰，绣工比这好多了，看来你平时手艺不错。竟也觉得这等粗糙之物好看？”

“我，我就是觉得好看。你，你又没有证据。”芷灵气势已弱了几分。

秦玉贞狠狠剜了一眼芷灵，这丫头竟然隐瞒她。她强势道：“狄青青，没证据休要胡说！”

狄青青狂笑一声：“若我有心找，你们还怕我找不出证据？”

秦玉贞与芷灵对视一眼，各自心虚。狄青青的洞察力以及神断之名，她们见识过，上次想陷害她，均被轻易识破。

狄青青又道：“我瞧芷灵也是你带进宫的婢女，感情不一般。”

秦玉贞暗自心惊，疑道：“你怎知？”

“你们之间的默契，不是短短数月所能建立，如同我和琉璃一般。玉妃娘娘，我猜你定是嫡女出身，否则入不了这皇宫。大约你年幼丧母，府中妾室庶妹又多，这才防范心这么重。”狄青青一一指出。

秦玉贞瞠目结舌，承认：“是，我三岁丧母，父亲纳了十位妾室，庶妹十多名，我每日都生活在钩心斗角之中。”

“你我井水不犯河水。你不想芷灵出事，我也要保护琉璃。今日就当你没来过，我也什么都没说，请便吧。”狄青青冷声逐客。

话到这份上，芷灵连忙拉了拉秦玉贞。

秦玉贞虽心有不甘，却也无奈。

琉璃此时松了口气，小姐真是太厉害了，要是被送去掖庭，她命休矣。

狄青青补了一句：“玉妃娘娘，那日你献剑舞，博皇上垂青，何尝不是为其他人打开大门。听闻，这段时日，皇上不止去了你那，赵婕妤和容婕妤都有眷顾。我奉劝你一句，不要弄错了自己的敌人。”

说罢，她转身拿起书卷，准备走入内殿。

“等等。”秦玉贞突然喊住她，“狄青青，你真的对皇上无意？仍旧心系翊王？”

狄青青回首，却没有回答，只展颜一笑。

随后她步入内殿，只留下一句：“甲之熊掌，乙之砒霜。”

秦玉贞凝眉，望着她萧瑟孤傲的背影，咬唇道：“你又是何苦？聪明如何？神断又如何？看透别人，却看不透自己，还不是落得个寥落下场。”

“娘娘，我们快走吧。”芷灵拽着秦玉贞，只想早点离开。

秦玉贞愤然跺脚，转身离去。

芷灵连忙跟上。

“我问你，你是不是和侍卫有私情？”秦玉贞板着脸问。

“我……我，是的。”芷灵承认。

“你呀！好糊涂，要是被人抓到把柄，我可要跟着受连累。”秦玉贞斥责道，“还不赶紧断干净，这里是皇宫，走错一步，死得比在尚书府还惨，懂吗？”

“我知道了，娘娘放心。”芷灵哽咽道。

“哎，我这才明白皇上为何对她情有独钟。其实皇上不过是在气她，只要她低头，皇上立刻会回到她身边。”秦玉贞见惯了争宠，自然明白个中道理，幽幽叹道。

“可是，娘娘。狄青青不可能低头。”芷灵分析道。

“是啊。所以我才说她看不透自己，明明和翊王已是不可能，还执着于他，放弃自己唾手可得的地位。”秦玉贞突然止住脚步，回望一眼玉华殿，金碧辉煌，隐匿于秀丽景色之中，“或许，她根本不在乎地位。”

芷灵噘嘴：“世上竟有这样的人。”

秦玉贞露出一抹凄然冷艳的笑容：“可我不得不在乎。”说罢，她拂袖离去。

随着她们渐行渐远。

琉璃走进内殿，见狄青青正将几株梅花插入花瓶中。

她上前问道：“小姐，就这样放过她们，她们下次还会不会来找麻烦？”

“秦玉贞本性不坏，只是斗惯了，已成了习惯。”狄青青减去多余的梅花枝，一边打理一边回道，“深宫之中，不过都是些可怜人，能不计较就别计较了。”

“嗯。”琉璃颔首，片刻后她叹道，“小姐，难道我们就要一直困在这深宫之中？姑爷变心了，皇上更是过分，哼。”

“咔嚓”一声，狄青青不慎将主枝剪断，她执着剪刀，望着剪得七零八落的红梅，不知在想什么。

过了很久，她才道：“机会是留给懂得忍耐之人的。”

她重新修枝，这次将花枝全部修剪很短，倒也别有一番味道。

终于完成，她兀自欣赏着瓶插。

“你说，对吗？宇文皓月？”她像是在问花，又像是问自己。

天气晴好，转眼到了祭天的日子。

宫皓月命人送来华丽的外出服和厚重的貂皮披风，让狄青青明日一早随他一同去城北祭天冬狩。

大雪后的晴天，最合适冬狩，此次冬狩还需安营扎寨过夜，是以非常隆重。

次日，狄青青携琉璃来到宫门前。

宫皓月的皇辇在最前端，明黄色，十分耀眼。禁卫军金甲装束，威风凛凛，浩浩荡荡护在两侧。

天方亮，红日初升，血色霞光与远处山顶积雪遥相呼应，美轮美奂。

琉璃必须随其他宫女一道步行。

玉妃秦玉贞，赵涵沁和容听雪两位婕妤，皆站立在送行队伍之中，恭送皇帝。

狄青青左顾右盼，并未找到自己的轿辇，正疑惑，余公公小步上前提醒道：“娘娘请坐皇上的轿辇。皇上已经等了有一会儿，就等娘娘来了出发呢。”

狄青青微愣。此时有宫女上前扶她上轿，她也不好推辞，只得跨上去。

轿中极为宽敞，摆设奢华，宫皓月坐在正中间，穿一袭绣金龙墨黑袍，少了几分平日的温和，倒衬得他沉默威严。

他面前摆着雕花小桌，放着鎏金茶盘，碧玉茶杯，南红茶勺，雅致天成。

狄青青微微感慨，他素来讲究情趣雅致，用物精巧别致，当时她也是从这一点判断出他身份不一般。因为人的习惯最难改。

她在他身边的座位坐下，小腹隆起，行动多有不便。

宫皓月耐心等候。等她坐稳后，撩开车帘，转头向轿外吩咐："出发。"

此时，长长的号角声吹响，响彻长空。

起轿，队伍浩浩荡荡地出发。

赵婕妤和容婕妤相互望了一眼，赵婕妤满眼妒色，怨道："真想不通她有什么好，让皇上念念不忘。"

芷灵则在秦玉贞耳畔嘀咕："皇上竟然只带她去，明明那么久没踏入玉华殿了。"

秦玉贞眼神顿冷，只道："还是皇上先向她低头了。"

接着，祭天队伍步出皇宫，向城北而去。

出了北城门，延绵的山脉如玉龙横卧，阳光遍洒，似耀眼的水晶光芒四射。

官道之上，扬起漫天的尘埃，连绵的金甲骑兵连贯步行，一面面锦旗在寒风中猎猎作响。

一路之上，宫皓月与狄青青谁也没开口，谁也没动。

气氛尴尬，令人窒息。

狄青青觉得嗓子有些干哑，她终于先动了动，伸手想拿茶杯。谁知宫皓月同时伸手取茶杯，两人的手碰至一处。

她往回一缩，他却捉住她的手。

她试着抽回手，他一臂将她搂入怀中，搂得极紧，仿佛久别重逢。

隔着厚重的衣裳，她甚至能听到他的心跳声，一下比一下剧烈。

宫皓月紧紧抱着她，不愿放手，他长舒一口气道："青青，我这么久不去玉华殿，你也不在乎。可我还是惦着你。"

他收紧手臂："你赢了，我不能没有你。"

她几乎不能动弹，只能听他诉说。

"我虽去了她们宫中，却不曾碰过她们。只是气气你罢了。"宫皓月轻轻抚摸着她的长发，宠溺地亲吻着她的额头。

狄青青挣扎着起身，尴尬地撩开车帘，望向窗外。

谁知，却看到南宫翊领着亲卫军纵身而过。他穿着素黑长袍，披着雪狐袄，长发以银色缎带编束，衬着额前几缕银发，别有味道。

南宫翊似感应到，勒马回身望了一眼狄青青。他并没停留，绝尘而去，只留一抹颀长俊朗的背影。

狄青青抓住窗棂的手，猛地收紧，指甲深深陷入木框。

宫皓月并没发现她的异样，继续道："青青，你可知，当年也是祭天的日子，南宫婉彤那贱人，陷害我的母后，致使母后满门抄斩。"

狄青青回首，问道："当年之事一直讳莫如深，究竟南宫婉彤是如何陷害苏沐雨的？"

宫皓月见她终于开口，便坐近了些，慢慢道来："二十多年过去了，无从考证。也不知她在我母后的鸳鸯钗上做了什么手脚，祭天当日，鸳鸯钗的双目竟流下血泪。我父皇认为鸳鸯泣血，天必降大祸，是以诛杀母后全族。"

"所以苏皇后死前诅咒南宫婉彤终有一日以首祭天？"狄青青不禁回想起当时南宫婉彤断头惨死，正是宫皓月一手设计的。

"哼，贱人，我已让她多活了很久。"宫皓月憎恨道。

"南宫婉彤为了争宠，陷害你的母后。可没想到后来，竟是她的亲哥哥杀害她的丈夫。所以，她房中的鹦鹉才会说，'我恨他，他也恨我'。她恨南宫万海杀了她丈夫，南宫万海则恨她害死他情人。兄妹俩虽同处皇宫，却形同陌路。原来竟是这样的缘故。"狄青青了然。

"我无心管他们兄妹间的恩怨，南宫万海外戚篡权，只有我才是正统皇室血脉。青青，难道这天下不该还给我？"宫皓月冷冷道，"没错，从前我是想利用南宫兰舒进入皇室，你猜对了。"

狄青青讪笑一声。

宫皓月突然扳住她的下巴，强迫她看向自己："若非不择手段，如何肩负复国重任？我何错之有？"他望入她眼底，俯首轻吻她一下，柔声哄道，"别和我闹了。很快，我便能完成一切。而你，与我共享这大好河山。我们生很多孩子，好不好？孩子像你，一定聪明绝顶。"

狄青青面无表情，听他说完。过了许久，她才开口："若你生在寻常人家，该有多好。"

她眼里清明似水，波澜荡漾。

他一怔，显然没想到她会这么说。

“我多么希望，你只是那手下无冤案的雍南六郡按察使。一如我第一次在牢里见到你，温润如玉，谦谦君子，心细如发，体贴入微，令人过目难忘。”她娓娓道来，神思飘远。

“所以，你曾对我动心？”宫皓月的声音蕴含一丝激动。

狄青青没有承认，亦没否认。

人生没有如果。

行将踏错一步，谁知后事如何？

宫皓月再度将她拥入怀里：“就要结束了。忘记过去，我们回到从前。”

狄青青低垂着头，看不清神情，唯有衣角被她揉得极皱。怎么可能回到从前？俱往矣。

正午前，众人齐聚祭天台。

寂静的群山环绕，峰峦叠嶂，连绵起伏，一眼望不到尽头。山顶积着白雪，直冲云霄，山间松树青翠婆娑，遥相呼应，美得不似在人间。

先行出发的禁卫军早已搭建好祭天台，安好驻扎的营帐。宫皓月的皇帐金顶银盖，缀满长流苏，奢华气派。旁边错落扎着大大小小的白色营帐，星罗棋布。

祭品一一摆好，鼓声四起，铜鼎里火苗直蹿，滚滚浓烟冲上蓝天。

天高云淡，煦阳和暖。

宫皓月携狄青青步上祭天台，跪拜祭天，俯首三叩。

南宫翊及其他人则在台下同叩首。狄青青注意到，南宫翊竟将沈冰蓝也带来了，他伸手搀扶着沈冰蓝，仔细呵护。

祭拜仪式一直持续到日当正午。

祭天结束后，狩猎开始。

冬季狩猎，最适合的天气便是大雪过后几日，此时狩猎不会影响到动物们的繁衍，可猎一些银狐、紫貂等，取皮毛过冬。

皇家猎场很大，连绵几十里，狩猎的队伍，虽有数百人，对于皇家猎场来说，不过沧海一粟。

宫皓月换了一身金甲，背挎长弓，腰悬长剑，纵马立在整个队伍的最前面，右边则是南宫翊。

狄青青站在不远处，目送他们离去。

此时，天空传来“嗷嗷”叫声，尖锐刺耳。

众人抬头，竟是一双大雕。

“皇弟，你看两只大雕靠得如此近，是不是正适合你一箭双雕呢？”宫皓月手指着半空之中，两只雕正在盘旋。

南宫翊笑了笑道：“那有何难，我五岁便能射雕。”说罢，他弯弓射雕，动作干脆利落，没有一丝迟疑。

随着“嗡”的一声脆响，宫皓月和狄青青同时抬头，射出去的箭，划破长空，然而，却出乎意料地落空。

眼看大雁受惊要飞散。

这时宫皓月连忙补射一箭，利箭如一道黑色闪电，同时贯穿两只大雕的身体。“嗷嗷”一声惨叫，两只大雕急速坠落。

“皇上万岁！”

“皇上神武！”

宫皓月身后跟随的禁卫军见到这一幕，皆大声喝彩，振臂高呼。有人连忙将两只大雁捡回来。

宫皓月收回弓，嘲弄道：“听闻皇弟日日醉卧美人乡，此刻怕是手软，哈哈。不知是否腿软，能骑马否？”

禁卫军亦是哄笑一片。

“皇上神勇，臣昨夜确实饮了酒，今日有些眼花。”南宫翊拱手赔笑。

狄青青远远望着南宫翊，陷入沉思，经过这次西番战场的洗礼，南宫翊身上的气息，变得成熟而稳重。渐渐，连她也看不懂了。

宫皓月开怀畅笑一番，陡然拔剑，指向身前的山林，高呼道：“谁猎杀的猎物最多，赏银千两。”

“哗。”

皇帝下令，群情高涨，禁卫军个个双眼露出精光来。

“出发。”宫皓月剑一落下，身后的禁卫军如同潮水一般，涌进皇家猎场。

除却留守的禁卫军，宫女女眷等自然留在营寨之中。

狄青青亦返回皇帐用膳，午睡。近来她越发贪睡，这一觉睡至将近傍晚，醒来时帐外已是晚霞漫天。

琉璃在旁等候，见狄青青醒来，知晓她这几日总腰酸，便在她身后替她揉捏。

狄青青喝了口热茶，醒了醒神。

琉璃边捏边恼道："此前一路走过来，竟看到沈冰蓝那贱人，一副柔弱样，看了就讨厌。姑爷……王爷竟带她来，真扫兴。"

狄青青依旧困倦，闭眼假寐："按规矩，祭天仪式上皇后和王妃都要参加。"

"也是，虽未正式迎娶，毕竟皇上已经赐婚。哼，想想还是气人。图个眼不见为净都不行。"琉璃愤愤道。

狄青青突然睁开眼，警告道："你可别动歪脑子。不要去招惹沈冰蓝。"

琉璃干笑一声，她什么都没做呢，小姐未卜先知。她连忙道："不会，不会，我只是见到叶武没去围猎，守着沈冰蓝呢，我晚上想找他叙叙旧。行不？"

狄青青复闭上眼，倒也没拦着："好。用过晚膳你就去吧，早些回来。"

琉璃忙应道："小姐放心。"

晚膳过后，琉璃也走了好一会儿。

宫皓月还未回皇帐，不知为何，狄青青总觉得心神不定。

她走出帐外，山间的夜是深蓝色的，丝绒一般，繁星雪亮，仿佛伸手可及。深吸一口气，呼吸间皆是清冽的味道。

不远处，一丛丛篝火，火焰燃到极致。不知是谁，高歌一曲，浑厚嘹亮的歌声回荡在夜空中，火光映得他们笑容满面。

倒真像是太平盛世。

狄青青算算时间，琉璃去得太久，她有些不放心。她记得南宫翊的营寨在最北边，犹豫片刻，她决定去一趟。

夜黑，并不是每个帐篷前都有火把，走着走着，也许是心神恍惚，狄青青竟迷失了方向，越走越偏，不知不觉竟走到边缘无人地带。

空旷的山野，静谧的森林。

她意识到自己走错了，刚停下脚步，便感觉到不对劲。

转头，但见两只诡异的绿眼正瞪着她，眼里发出幽幽凶光，竟是一头全身长着黑毛的狼，张着血盆大口，后腿微屈，前腿向前伸出，蓄势待发。

狄青青只觉心提到嗓子眼，忘却呼吸。

黑狼弓身跃起，猛地朝她扑来。

寒风自耳畔刮过，她睁大美眸，看着雪亮如弯钩般的利爪从她身前划过，刺啦一声，上好的衣帛裂开一道口子。

与此同时，黑狼“嗷”的一声哀号，摔倒在地上，双腿直蹬，最终一动不动。

一切发生得太快，狄青青甚至来不及反应，她颤抖着望向黑狼，只见一支利箭贯穿黑狼的双眼，一箭毙命。

好厉害的箭法，浓墨般的夜，仅凭黑狼暗夜中发光的绿色眼瞳，便能于黑狼跃起移动时将它一击毙命。

何人出手相救？

狄青青朝射箭方向望去。

一个高俊的身影朝她走过来，待看清时，她错愕，竟是南宫翊。

南宫翊经过狄青青身旁时，面无表情，弯腰拽起黑狼的双腿，将它拖走。

“翊，等等。”狄青青突然喊住他。

南宫翊停住，却道：“娘娘赶紧回皇帐，不要随意走动。”

说罢，他抬步要走。

狄青青突然自身后抱住他。她的小腹已高耸，相隔在他们中间，她只能抓着他的手臂，侧脸费劲地贴着他的后背。

“别动，就一会儿。”她几乎是恳求。

焦首朝朝还暮暮，煎心日日复年年。他的后背依旧如此宽广、如此温暖，她因受到惊吓而慌乱的心跳渐渐平静下来。

南宫翊僵立片刻，终于将她的手指一根一根掰开，甩开她的手，往前直直走去，没再理会她。

狄青青望向远处，原来是沈冰蓝手执火把，出来寻找南宫翊。

沈冰蓝自然也见到了狄青青。她站着不动，火光映得她的容颜，楚楚可怜。

“不是教你不要乱跑？外面危险，赶紧回去。”南宫翊背着身，伸手揽住沈冰蓝扶柳般的细腰，带着她往回走。

走出几丈远，他突然想起什么，停下脚步，转身对狄青青警告道：“管好你的丫鬟，别耍在冰蓝饭菜里放泻药这种不入流的伎俩。”

沈冰蓝赶紧劝阻：“我没事，王爷莫要计较。”

狄青青微愣：“琉璃？”琉璃果然没听她的劝告，去招惹沈冰蓝。

南宫翊一扬手，抛出一个香囊。

狄青青伸手接住，打开闻了闻，果然是番泻草粉末。

“此次被我发觉，再有下次定不轻饶！”说罢，他揽着沈冰蓝头也不回地离开。

狄青青尴尬地立在原地，也没解释是否与她有关，既然说不清，何必再说。

他如此绝情，她又何必矫情。

“这只狼是？”沈冰蓝一路走着，见他拖着一匹黑狼，疑惑道。

“哦，之前猎到的。正好拿回去取了皮，铺在软榻上。”南宫翊回道。

“嗯。”沈冰蓝娇柔地应道，不再多问。

狄青青依旧立着不动，一任寒风肆虐，目送他们缱绻相携，渐行渐远。

沈冰蓝回望一眼狄青青，担忧道：“娘娘还在那站着，这里偏僻又危险，要不要送娘娘回皇帐？”

“没事，不用管她。”南宫翊冷漠地道。

走出几十余步，南宫翊突然回头，却见黑暗的尽头空无一人。他心内一惊，要知道，这可是返回营帐的唯一通道。狄青青没有跟上来，人又不见了，难道她……

他本来手里拖着狼，突然“啪”一声，狼沉沉掉落在地。

他没有捡，只僵立着。

沈冰蓝疑惑道：“怎么了？”

“没什么，突然想起今日猎到银狐，还是用狐皮做软垫合适。”南宫翊的神情在黑夜里晦暗难明。

“好，你做主便是。”沈冰蓝柔顺道。

南宫翊将沈冰蓝送回营帐，道："你先回去，我还有事。"

沈冰蓝突然抱住他，顾不得周围有旁人，温言软语道："王爷，我小腹有些疼，你留下陪陪我好吗？"

南宫翊迟疑片刻，终究没有离开，抱起沈冰蓝步入营帐之中。

不久，整个营寨传来骚动声。

火把窜动，人来人往，嘈杂不堪。

南宫翊匆匆步出营帐，见叶武也在四处转，凝眉问道："出什么事了？"

叶武忙低声回禀："娘娘失踪了，哪里都找不到。皇上大怒，亲自去寻了。"

南宫翊大惊，果然！已入夜，她能去哪？

"走，往北边找。"南宫翊带上叶武往刚才的方向狂奔而去，唯一的解释，就是她出了营帐，进入了树林。那，该有多危险！

话说，狄青青被千乘浪拽走，一路进入树林。只见一棵大树上拴着一匹好马。

"我失踪了，会引起轩然大波。"狄青青没好气道，"你带我来这里做什么？"

"怎样？我带你去兜兜风，免得你受气。"说罢，他将她一提，抱上马，接着他也纵身一跃，翻身上马，双腿一夹，策马奔腾。

"你哪只眼睛看见我受气了？放我下去。"狄青青大声喊道。

"你说什么，大声一点，我听不见！"千乘浪故意喊道。

"我说别太快，颠得我肚子疼。"狄青青气愤道。

"知道了。"千乘浪果然放慢了速度。他纵马驰入一条小路，拐了几个弯后，竟然奔出树林，来到一大片开阔的草原。

星垂平野，夜空如黑丝绒般笼罩着大地。马儿仿佛在天地的尽头驰骋，迎面扑来的清冷空气令人心旷神怡。

景色之美，狄青青几乎看呆了。她坐在马上，几乎忘却一切烦恼，忘却自己身在何处，心，格外宁静。

不知不觉中，马儿停了下来。

狄青青被千乘浪抱下马。她这才注意到，他们竟来到一座隐匿在山脚处的寺庙。

“今晚我们在此借宿一晚。”千乘浪拴好马，便上前敲门。

片刻，一名穿着青衣的小和尚打开老旧的木门，双手合十：“施主有何事？”

千乘浪亦双手合十：“我们想借宿一晚。”

小和尚道：“施主这边请。”说罢，便领着他们入内。

狄青青疑惑道：“你怎知这里有座寺庙？我从没听说过这里。”

千乘浪玩味道：“他们都去狩猎，我就到处转转，谁知让我发现这么个好地方。”

“你倒是挺务正业。”狄青青斜眼觑着他。

“嘿嘿。人生得意须尽欢，把酒问月醉美人。”千乘浪煞有介事地说着。

狄青青冷不防踹了他一脚：“纨绔子弟。”

千乘浪揉了揉后脑勺，干笑道：“你别生气嘛，我也是想逗你笑。你笑起来可好看了。来，给爷笑一个。”

狄青青终于忍不住扑哧一声笑出来。

“你瞧，这就对了，就要这般开开心心。”千乘浪声音亢奋。

“他们找不到我，指不定乱成什么样。要不然，还是回去吧。”狄青青皱眉。

“别管他们。人，有时候要懂得消失。他们越乱越好，才能体现出你的价值。这时候你就安然看戏。”千乘浪将歪理说得头头是道。

狄青青一阵恶寒。

小和尚将他们领至厢房，作揖道：“二位施主请，鄙寺简陋，请将就。”

说罢，小和尚转身离开。

“你睡这间，我睡隔壁。”千乘浪将狄青青推进房中，“别犹豫了，也该整整南宫翊，谁教他惹你生气。人嘛，要学会任性！”

“喂。”狄青青话还没说完，千乘浪已将门关上。

“早点休息。”隔着门板千乘浪大喊一声。

狄青青哀叹一声，千乘浪行事不按常理出牌，你说他像孩子，有时说得也挺有道理。也罢，干脆万事不想。

厢房里摆设简单，一张床，一桌两椅，再无其他。被褥厚实，散发出沉香的味道，倒也清爽。

狄青青和衣躺下，许是累极，竟然很快进入梦乡。入宫以来，她从未睡得如此香甜。

次日，她在晨钟中幽幽醒转。

悠远的钟声似从山顶传来，在整个山谷中回荡。

狄青青刚起身，便听到厢房外越来越嘈杂，凌乱的脚步声纷至沓来。

她推开房门，只见南宫翊迎面奔来。她一愣，想不到竟是南宫翊先找到她。

南宫翊疾步在门前停下，一掌猛地抵住门框，拦住去路。他脸色发青，见到狄青青劈头怒斥："你疯了，冬日树林豺狼出没，你怀着孩子，不要命了！"

狄青青扬眉困惑道："不知王爷以何身份质问我？前夫？旧爱？孩子生父？"

"你！"南宫翊无语，脖颈上青筋若隐若现。

"既然你我已无关系，是生是死，不用你管。王爷只需安抚好家中娇妻，免得被人下药了，欺负了。"狄青青冷冷一笑，"你可要看紧了，我的手段可多了。"

南宫翊皱眉，刚要开口。

宫皓月率其余人马火速赶到。

也许宫皓月听见了狄青青的话，他冷冷地觑一眼南宫翊。

南宫翊收紧双拳，后退几步，远远立着，不再说话。

狄青青突然想起什么，下意识瞟了一眼隔壁厢房，千乘浪带着她出走，这罪名可不小。谁知隔壁厢房大门敞开，里面空无一人，而她四下扫视，发现千乘浪正远远站在寺庙门前，原来他早已混入寻找她的大军之中。此时他悠哉游哉走进来。她哑然失笑，这小子，逃得真快，将烂摊子扔给她。

宫皓月几步上前，神情急切："青青，你怎么跑这里来了？你可知我有多担心？树林里常有野狼出没，你一个女子，多危险！"

狄青青的目光依旧落在南宫翊身上，神情略带讽刺："昨晚心情不佳，出来走走，谁知迷路了，越走越远，所幸找到这家寺庙，实在累了便借宿一宿。"

“罢了，没事就好。”宫皓月不忍责怪。

狄青青环顾四周，昨夜天黑看不清，此刻才发现这座寺院大部分建筑都被大火焚烧成焦黑的木炭。看规模，这里曾是一座极大的寺院，如今只剩下一座大殿，数间厢房以及满目的断壁残垣。

寺院住持听到动静，赶来迎接，见是皇家仪仗，大吃一惊，连忙率一众僧人跪迎，山呼高喊：“皇上万岁万岁万万岁”。

宫皓月下令众僧平身，又命令侍卫们退守寺外，只余南宫翊与千乘浪。

狄青青心内好奇，问道：“这是什么寺院？”

宫皓月沉默片刻，感慨道：“此乃前朝皇家寺院，后来发生大火，烧毁大半，此事在当时轰动一时。没想到现在竟已没落至此，被世人遗忘在深山之中。”

住持双手合十道：“两朝更替，年久失修，如今只余老衲等十数人。”

宫皓月正色道：“朕回宫便拨款重建，还此地鼎盛荣昌。”

住持听罢喜出望外，连忙跪谢。

狄青青自是明白，此情此景触动了宫皓月的前朝情结。

狄青青问道：“不知住持如何称呼？”

“老衲名唤空寂。”空寂住持揣测眼前这名女子定不是凡人，恭敬道。

“我能四处走走吗？”狄青青问宫皓月。

“你高兴便好。”宫皓月揽着她温和道。

狄青青侧眸瞥了一眼南宫翊，见他望向别处，不知在想什么。她回身，与宫皓月一同往断壁残垣走去。

千乘浪此时拽了下南宫翊：“走啊，一起看看热闹呗。”鲜少有人知道，他与南宫翊交情匪浅。

南宫翊如石雕一般立着不动。

千乘浪顺势推了南宫翊一把：“有了新欢，别忘了旧爱。如此奇女子，我也喜欢得紧。”

南宫翊终于有了反应，眼眸似刀剜了他一眼。他突然抬脚，猛地将脚下的石子踹飞。石子呈弧线划过半空，最后竟牢牢嵌入墙壁里。

千乘浪微惊：“好大的火气，好深厚的内力啊。”

“其实，你心里想什么我知道。”千乘浪意味深长地说了句。

南宫翊瞪他一眼，懒得理他，拂袖跟上狄青青。

几人顺着青石板，绕过大殿，步行片刻，来到一大片废墟面前，焦黑的木柱，倒塌的墙壁，印证着当年那场大火的猛烈。

“大火是从哪里蔓延出来的？”狄青青问。

空寂住持脸上浮起一抹伤感：“二十多年前，那日深夜，上任住持空无的禅房中突然起火，火势迅猛异常，我们都来不及反应，很快便扩散开来。如果不是最后下了一场及时雨，恐怕，寺院早就不复存在。”

“空寂住持，带我们去看看如何？”不知为何，狄青青对那起火的禅房心生好奇。

空寂住持看向宫皓月，征询他的意见。

“那便去看看。”宫皓月同意。

空寂住持点头，在前面领路，绕过倒塌的木梁，踏过漆黑的地面，留下一个个脚印，来到一面墙壁前，说道：“就是这里，大火过后，禅房只剩下一面墙壁。”

狄青青抬头看去，焦黑残缺的墙壁上，还刻着一个模糊的禅字，除此之外，别无他物。狄青青又低头看去，地上是一层黑色的污垢。

宫皓月迈步走到残壁边，看着上面的禅字，沉默不语。

狄青青弯下腰来，伸手在地面黑色污垢上抹了抹，放在鼻尖闻了闻，秀眉微皱，转头看向住持，问：“上任住持呢？”

“在大火中圆寂了。”空寂住持悲戚地说道。

千乘浪摸着下巴疑惑地对南宫翊道：“你前妻到底要搞什么？烧焦的地方有什么好看的。”

南宫翊瞪他一眼，不接话。

千乘浪耸耸肩，一副吊儿郎当的样子。

在众人不解的目光中，狄青青在这间已经不存在的房间中走来走去，这里看看，那里瞧瞧，有时用手摸一摸，有时候用脚蹭一蹭。

最后狄青青拿出一条手帕，挖出一块黑乎乎的泥巴，放在手帕上仔细看，丝毫不嫌脏。最后她用手帕将黑色泥巴包起来。

宫皓月问道：“怎么，看出什么问题？”

狄青青摇头道：“暂时不知。我有些累了，想回厢房小坐片刻。”

“好。”宫皓月扶她一把。

众人自刚才来时的路，原路返回。

狄青青回到自己昨夜住宿的厢房，又让小和尚打来一盆清水。宫皓月以及南宫翊和千乘浪都在房中看着她。

狄青青将带回来的黑泥掰下一块放入清水之中，随着黑泥软化沉淀，她嘴角扬起弧度，对众人道：“这场大火，不一般。你们看，水面上飘起一层油脂，房屋若是正常燃烧，不会产生这么多油脂。二十多年了，这些油脂渗入泥土都没有消失。”

“所以，这场大火是人为？”南宫翊问道。

“尚不能肯定。”狄青青望向一脸凝重的宫皓月，“我想去空寂住持的禅房，单独问他几个问题。”她刻意强调“单独”二字。

宫皓月皱眉，不好拒绝，只得道：“你去吧。”

少顷，小和尚恭敬地领着狄青青来到空寂住持的禅房，道：“皇妃，里边请。”

狄青青推门进入，随后关上门。

空寂住持正在蒲垫上打坐，见到狄青青，起身沏上两杯清茶，与狄青青面对面坐下。

狄青青闻着醇厚的山茶香，只觉得神清气爽：“确实是好茶。”

空寂住持双手合十，问道：“不知皇妃想问什么？”

狄青青慢慢道：“住持，当年那场大火，后来如何收场？”

“上任住持留下几颗舍利，我们做了几场法事，算是终了。”空寂住持叹道。

狄青青目测空寂住持年纪五十不足，二十多年前他应当正值年少。

狄青青又问：“寺院后来都没修缮？”

空寂住持摇了摇头：“两朝更替，战火延绵，这里早已被人遗忘。我们去哪里筹集那么多钱重建寺院。”

“哦。”狄青青品一口清茶，沉默片刻，转入正题，问道，“大火发生时，寺院里面有没有出现一些异常情况？”

空寂住持一脸惊疑，问道：“皇妃怀疑大火并非意外？”

“无法证实之前，没有人能肯定任何事。”狄青青答道。

空寂住持颔首道："发生大火时，除空无住持在房中修禅没有出门外，其他一切都很正常。"

正说到这，狄青青想继续问，房门外突然有小和尚唤空寂住持，说扫地僧突然昏倒，让空寂住持过去看看。

空寂住持起身道："还请皇妃稍等片刻。"

狄青青微笑颔首。

片刻，空寂住持返回，致歉道："让皇妃久等。扫地僧平日身子硬朗，今日也不知怎么了，突然昏倒。还好没事，虚惊一场。"

"没事便好。"狄青青微笑道。

"我们刚才说到哪里？"空寂住持问道。

"你就说说，那位空无住持的事。"狄青青问道。

空寂住持微低额头，沉思片刻："空无住持，是我的师兄。是寺院建立以来，所得到评价最高的一位住持，他才华横溢，对于佛法与禅机，更是无人能及。"

"若我能见见空无住持，或许真是一种机缘。"狄青青道。

"空无住持担任住持一职时，还非常年轻，即便如此，却没有一人不信服。"说到这里，空寂住持抬头看向狄青青，欲言又止。

"但说无妨。"狄青青微笑道，"如果你想弄清楚当年的真相，我知道得越多越好。这也是我单独前来的原因。"

空寂住持颔首，道："这里盛极一时，前朝承乾皇帝每年都来祭拜。当朝先皇大火前也曾到访数次。前朝苏皇后更是常客，每次来都会虔诚地请教空无住持，聆听佛语。"

狄青青脸上无波无澜，脑海中却掀起风暴。苏皇后？为什么又听到这个名字，前朝的皇家寺院，一场离奇的大火，圆寂的空无住持，这一切，会有什么联系？

"当时皇家寺院香火鼎盛，只可惜，一场大火，付之一炬，又或者，这便是佛祖对我们贪慕虚荣的一种惩罚。"空寂住持双手合十，诚恳念道，"阿弥陀佛。"

"住持多虑，天灾人祸，在所难免。"狄青青宽慰道。

"皇妃言之有理。"空寂住持说道。

狄青青起身，环视禅房一圈之后，疑惑道："空寂住持，我想问你一个问题？"

"皇妃请说。"空寂住持恭敬地看着狄青青。

狄青青手指案几上熄灭的灯烛："寺院燃火烛，都是用什么？"

空寂住持半抬着头，想了想，说："进城买的油，放在储物房里存着。"

"哦。"狄青青点了点头，道，"打扰空寂住持，我问完了。"说罢，她起身离开。

空寂住持出门相送，两人一路走到寺院中间的大院子里。

院子方方正正，两边摆放着许多松柏盆栽，冬日里依旧颜色青翠欲滴，显得生机勃勃。

几名小和尚见到空寂住持和狄青青，都过来行礼，只有一名年迈的和尚不以为意，他脸上疤痕纵横，看着可怖，躺在院子里的长椅上晒着太阳，皱巴巴的衣服，如同他本人一样没有精神。

"能慧。"空寂住持对着那年迈的和尚唤道，"现在感觉如何，是否好些？"

"能慧？"狄青青微愣。这名字与这年迈和尚的形象简直南辕北辙。

"大火后寺院里的僧人走的走，散的散。有一日，能慧突然来到寺院，非要在这里扫地，这一扫，转眼竟已是二十多年。"空寂住持解释道。

能慧转过头来，瞧着空寂住持，又看向狄青青，懒散道："无大碍，晒晒太阳，就没事了，我这老命可硬朗得很。"

"如此甚好。"空寂住持转身带着狄青青离去。

"刚才就是能慧和尚昏倒吗？"狄青青凝眉问道，若有所思。

空寂住持答道："对。"

"哦。"狄青青颔首，忽然停下脚步，对空寂住持道，"住持就送到这里，我要去寺院别处走走，只想一个人。"

空寂住持没再说什么，双手合十恭送，独自离去。

狄青青一个人绕进寺院废墟，又回到原先那间起火的禅房，也就是被烧死的空无住持的住所。

她感觉，真相一定就在这。

狄青青在只剩下一面墙壁的禅房中踱着步子，最终停留在未倒下的墙壁对立面，站立的地面处，有一个灯台，历经风雨之后，已经变得锈迹斑斑，黑得彻底。

狄青青踢开灯台，在响起一阵金属的撞击声之后，她半蹲下身子，看着灯台离开的位置，留下一个灯台模样的印记，包围着印记的，是厚厚的黑灰。

这些黑灰，并不像普通的黑灰，一般燃烧余下的黑灰，在经历许久的时间后，会变得坚硬，结成一块块，但这些灰烬，狄青青的手按下去的时候，能明显感觉到柔软。比她此前挖走的黑泥还要软许多，看来起火处便是这里。

这时，狄青青突然感觉到有人在附近。

她猛地回头，却见方才的扫地僧能慧一闪而过。

她起身，看看天色，自己也该离开了。

往回走的时候，狄青青在院子中又遇到了扫地僧能慧。

能慧面无表情地继续扫地。

狄青青瞟了一眼地上三三两两的落叶，眸中流露出精明之色。人在扫地，心却不在扫地上。

狄青青走到能慧身旁，突然唤道："空无住持。"

能慧一顿，突然停下手中的动作，回过身来，看着狄青青，佯装疑惑道："皇妃喊谁？"

"没什么。"狄青青摆了摆手，微笑道，"只是突然想问问你，有没有见过空无住持。"

能慧没有回答狄青青，又开始扫地。

狄青青盯着他苍老的背影，又说道："天下寺庙何其多，你为何非要待在这里扫地？"

能慧干脆转身走开，伴随着冬日冰凉的气息，往后院而去。

狄青青见能慧渐渐远去，嘴角扬起一抹睿智的笑容："到底是什么原因，让你掩盖容貌，停留这么久呢？"

第九章
一睡不醒

狩猎结束后，狄青青与宫皓月等一行人一同返回皇宫。

谁知刚到宫门前，一向闭门不出的千乘碧雪此刻竟在焦急地等候，她小腹高耸，显然离临盆不远了。站得久了，她不停地搓手，踱步。

见到宫皓月终于回来，千乘碧雪连忙走近轿辇。见狄青青与他同坐，她脸色不佳，但也顾不上计较，忙道："皇上，宫里出事了。"

宫皓月挑眉："何事？"

千乘碧雪似受了惊吓，声音微颤："今晨，宫女去唤赵婕妤，谁知她安睡于床，竟已无气息，且全身无一伤口，甚是骇人。"

宫皓月不以为然："后宫之事，让青青去看看即可。朕还有朝事更紧要。"说罢，他朝狄青青宠溺一笑，"小心身体，别累着。"

千乘碧雪不免心惊，毕竟赵婕妤是他的妃妾，竟半点情分也无。

狄青青颔首，自轿辇上缓缓步下。

宫皓月没有停留，轿辇直往书房而去。朝事耽误两日，还有几位大臣正等着他商议。

南宫翊亦跟随其后，往皇宫书房走去。

狄青青望着南宫翊颀长冷峻的背影，心里总觉得，最近朝事是不是越发紧张了。看来，恰是山雨欲来风满楼。

千乘碧雪虽心有不甘，却只能道："那你随本宫去看看。"她似累了，说话有些喘，毕竟将要临盆。

“皇后娘娘，你身子若吃不消，可将情况大概与我说一下。”狄青青上前扶稳她，对于千乘碧雪，她还是有几分敬重的。

“姐，你回宫休息，我和青青一道去看看，有什么情况我告诉你。”千乘浪不知打哪冒出来，突然插话道。

“你不用去参议朝事？”狄青青见他吊儿郎当，疑惑道。

千乘浪不屑道：“我才不想听，缺我一个也无妨。”

“你！”千乘碧雪气恼道，“你是千乘家独子，怎的终日不思进取。不是游手好闲，便是混在脂粉堆里。简直……”

“好姐姐，别气别气，你都快生了，就别操闲心了。回宫养胎要紧。我自有主张，姐姐不用担心。”千乘浪嘴甜，哄道。

千乘碧雪叹了口气，对狄青青道：“今晨，宫女芷晴见赵婕妤没有起来，本以为赵婕妤累了多睡会儿，谁知到晌午也没起床。芷晴再去喊，才发现她已身亡。房间从未有人进出，身上也无伤痕，面容安详，就像是一睡不醒，甚是骇人。宫里议论纷纷，私下传言有鬼怪作祟。”

“我去看看，皇后娘娘请安心。”狄青青安慰道。

“嗯。如此，本宫先回去了。”千乘碧雪亦有些撑不住，在玉嬷嬷的搀扶下，挺着肚子缓慢离开。

千乘浪见千乘碧雪走远，蹦跶至狄青青面前：“走吧，哪个宫你知道吗？闷得慌，这下有戏瞧了。”

狄青青白他一眼，道：“人命关天，你怎么不当一回事。”说罢，她扬长而去。

“哎，我哪有不当一回事。”千乘浪连忙追上，赔笑道，“我也就是凑个热闹，你说你一个女子，热衷查案，你是为何？”

“就如同你好赌一样，兴趣罢了。”她冷冷道。

千乘浪：“……”

走着走着，很快到了凝香宫。凝香宫分为两殿，赵涵沁和容听雪两位婕妤同住凝香宫。赵涵沁住左殿，容听雪住右殿。

禁卫军已将凝香宫左殿团团围住。

戚风见到狄青青后，恭敬拱手：“娘娘，请随臣来。”戚风数次领教过狄青青的断案能力，见她到来松了口气，又是一桩疑难案件。

狄青青微微颔首。

踏入左殿前，她侧眸望见容听雪正立在右殿门前，双眸哭肿若核桃，时不时拿帕子擦拭眼泪，楚楚可怜。

芷月在旁劝道："娘娘别哭坏了嗓子，好不容易不咳嗽了。"

狄青青心中思忖，平日里容听雪与赵涵沁关系不错，入宫又同居凝香宫，眼下突然剩下她孤零零一人，倒也可怜。

她没有停留，直接跨入赵涵沁所住的房间。

房间不大，布置得极为奢华，进门便是一架四扇屏风，绣有梅兰竹菊。绕过屏风后，里面放着楠木桌椅，紫檀卧榻，以及雕满云纹的床榻，红色帐幔垂至地面。

宫女芷晴立在床头，脸色惨白，害怕得直哆嗦。

见到狄青青来，芷晴双腿一软，跌跪在地。

赵涵沁安静地躺在床上，像是睡着一般。

狄青青镇定地走上前，仔细查看。

但见赵涵沁面若桃花，唇若丹朱，表情自然，身体极软，皮肤无任何青紫伤痕，颈侧有几片鲜红色瘢痕。

狄青青翻了翻赵涵沁的眼睑，有小片状出血。

千乘浪凑上前观察，亦觉得瘆人："如此活生生，真是睡死的？"

狄青青白了他一眼，对戚风道："剑借来一用。"

戚风虽有疑惑，仍然拔剑递给狄青青。

狄青青取剑，执起赵涵沁的手腕轻轻一割。刹那间，腕间竟然流下粉红色血液，诡异可怖。

芷晴吓得抖得如风中落叶。

连千乘浪都一脸惊诧，跳开一步，直嚷道："真是见鬼了。"他看向狄青青，不可思议道，"你一点都不害怕？"

狄青青将剑还给戚风，淡定道："死人有何可怕？活着的人才是最可怕的。"

"刚才我所为，还请封锁消息，任何人不得透露。"狄青青边吩咐，边开始查看每一个角落。

“是，娘娘。”戚风拱手。

“我问你，昨夜赵婕妤何时入睡？”狄青青唤来芷晴，询问道。

“入夜奴婢便回宫女房休息了，所以不知。”芷晴颤抖着回答。

狄青青看出她的恐惧，安抚道：“别怕，不是鬼神所为。昨夜你走之前，可有人来过？或者赵婕妤有何异常？”

芷晴镇定些许，想了又想：“没人来过，并没有什么异常。”

“这一段时间，都没有异常？”狄青青又问。

“婕妤娘娘这段时间得了圣宠，心情可好了，整日春风满面。真的没有异常。”芷晴连忙补充道。

圣宠？狄青青一愣，下意识问道：“皇上来过几次？”

“这……”芷晴略尴尬，又怕狄青青生气，最后道，“十几次。”

“还挺频繁。皇上每次来赵婕妤处，没去对面的容婕妤处坐坐？”狄青青又问。

芷晴心想狄青青似乎更关心皇上宠幸谁的事，她结结巴巴道：“容婕妤一向体弱多病，皇上看过她一次便没再去。”

“哦，竟是这样。”狄青青眼眸一转，细细思量。

“皇上每次来，都做些什么？”狄青青又问。

芷晴无措地绞动着衣袖，这种事更不知如何作答：“奴婢不知。每次婕妤娘娘都与皇上独处，早早将奴婢打发走。皇上直到天亮才走。”

“哦。”狄青青托着下巴，颔首道。

千乘浪着急了：“青青，你问这些没用的干啥？和本案又不相关。”

狄青青冷眼觑他，回道：“未必无关。”说罢，她在房中仔细勘查，不放过任何一个角落。突然，她注意到屏风后地面上有一抹黑色，她弯腰轻轻在地上抹了一下，又凑近鼻间闻一闻，心下雪亮。

她又翻了翻衣橱，见到一个长垫，还有备用的床褥等物。

千乘浪凑过来，好奇道：“有什么发现？说来听听？”

“保密。”狄青青美眸一翻。

“啊。”千乘浪哀号一声，“那她究竟是怎么死的，总能告诉我吧。”

“暂时不能。”狄青青勘查完所有地方后，对戚风道，“我先走了，继续封锁现场。”

“是。”戚风恭敬道。

“哎，我怎么跟姐姐交代啊。”千乘浪不甘心地跟在狄青青身后。

狄青青突然停住脚步，千乘浪险些撞上来。

她展颜一笑：“先跟皇后娘娘说，保证与鬼神无关。”此刻，她嘴边的笑容仿佛冬日里凭空绽放的蝶兰，艳冠百花。

千乘浪的魂魄似被摄住，脚下生了根，竟忘了抬步。只看着她英姿飒然的背影渐行渐远。待回神时，佳人早已不见踪影。他懊恼地跺了跺脚，罢了，他还得去看望姐姐。

狄青青离开凝香宫，走在长长的鹅卵石路上，经过几处凉亭，正当拐弯回玉华殿时，不想路上却遇到南宫翊。

南宫翊似刚从书房出来，神色匆匆，一脸凝重。

狄青青下意识地想避开他，谁知转身时竟不小心踩到自己的裙角，她身子本就笨重，整个人向后仰倒。

“小心！”南宫翊一惊，及地腾空飞身上前将她抱住。冲力过大，他抱着她栽倒在地，只是他始终垫在她身下，没让她受到半点伤害。

狄青青惊魂未定，一时没从他身上起来，软软地趴在他胸前。

她高耸的小腹抵住他，他的手亦是护着她的腹部。

时间仿佛静止，离得近，彼此温热的呼吸交融着。

她望着他，他深灰的眼眸里倒映出她的身影。她的心“怦怦”乱跳，似有千言万语，可话到嘴边却无一字。

这时，胎儿突然剧烈地动起来，用力踢了南宫翊一脚。奇妙的感觉流过四肢百骸，南宫翊全身如遭电击，竟不知如何开口。

狄青青亦感受到一连串的胎动，像是宝宝感应到她纷乱的心境。

她赶紧坐起来，极力掩饰自己的失态，假装岔开话题：“你到这里来，想打听赵婕妤之死？”

南宫翊站起来，掸去身上尘土，道：“中书令赵凡晨与我交好，自然想替他问问。”

狄青青小声道：“她是被人谋害，手段很高明。”她刚想继续，却望见不远处宫皓月走过来。

南宫翊听到脚步声，连忙转身道：“皇上。”

宫皓月脸色阴鸷："你二人在此做什么，搂搂抱抱？"

狄青青自地上站起来，解释道："刚才我差点摔倒。翊王扶我一把，仅此而已。"

"是吗？"宫皓月冷笑，望着南宫翊，一字一句道，"冒犯皇妃，本是死罪。罚你在此跪半个时辰。"

狄青青一怔。这一幕，瞬间令她回想起，曾经南宫翊命宫皓月在雨中跪了两个时辰。时过境迁，如今宫皓月已为天子，执掌乾坤。

南宫翊自然明白宫皓月的用意。

他垂首，看不清神情，缓缓屈膝，先跪下一腿，再双腿跪地，他的声音亦听不出情绪："谢皇上隆恩。"

宫皓月冷冷地盯着跪在地上的南宫翊，却不打算放过他，声音若鬼魅般幽深："沈冰蓝乃是沈四海之女，听闻沈四海有独门绝技，能施银针调整胎位，皇后即将临盆，御医道胎位不正，就让沈冰蓝住进宫里，替皇后安胎。"

南宫翊微愣，迟疑道："这……"

"怎么？"宫皓月挑眉。

"能入宫侍奉皇后是她的福分，多谢皇上。"南宫翊俯首一拜，恭敬道。

"朕将宜和宫旁的林夕宫暂拨给你们，这段时日，你们便在宫中小住吧。"宫皓月眸底划过精算之色。

南宫翊长眉紧蹙，半晌，终于开口："臣遵旨，皇上万岁万岁万万岁。"

寒风肆虐，如锋刃层层刮过。

明明很冷，狄青青额间却沁出一层薄汗。宫皓月此举无异于软禁南宫翊。这样一来，南宫翊任何举动都在他眼皮底下。

"你呢？"宫皓月冷眼望向狄青青，"你要在这里陪他？"

曾经，狄青青在雨中陪伴宫皓月两个时辰，而今……

狄青青毅然转身，不再看向南宫翊："皇上放心，如今我与他已无关系。"说罢，她头也不回地返回玉华殿。

她越走越快，生怕自己会回头。

直至，她一步跨入玉华殿宫门，"砰"一声，反手将宫门重重关上。

殿中寂静无比，此刻才听得她心跳声如雷，久久不能平息。

琉璃疑惑地从殿内走出来，见殿门紧闭，而狄青青背靠着殿门，急促喘息着。她关切道："小姐，你怎么了？"

"没什么。"狄青青闭眼，深吸一口气，"我累了，想睡一会儿。"

琉璃赶紧端来一碗燕窝："小姐这几日辛苦劳累，吃了燕窝再睡吧。"

狄青青在床边坐下，接过碗。

白瓷勺在汤碗里搅动，血燕丝丝缕缕随波荡漾，她舀了一勺，心不在焉。

"小姐，你有心事？"琉璃担心地问。

狄青青思忖片刻，道："方才宫皓月让南宫翊和沈冰蓝入宫，在林夕宫小住，名义上是让沈冰蓝给皇后娘娘调整胎位。"

"那，实际上呢？皇上的打算是？"琉璃脸色发白，心内不免慌乱。

"不知。宫皓月心思太深，我若能猜透，便不会有今日之困。"狄青青食不知味，连吞带咽，将燕窝吃完，她搁下碗，对琉璃道，"总之，他一定筹谋了什么。我一时没有头绪，我想好好睡一觉。"

琉璃连忙扶着狄青青躺下，她知晓狄青青思绪繁杂时最喜睡觉，往往能解开所有的困惑。

狄青青许是累极，倒头便睡。

一觉醒来，竟已入夜。

殿外是墨海一般的夜，殿中一盏红烛瑟瑟摇曳。她勉力支起身，这才看清楚，床尾坐着一人，竟是宫皓月。

"你醒了？"宫皓月神情高深莫测，"还没用晚膳？"

狄青青颔首。

"我也没用晚膳，一起吧。"他起身走至殿前，打开殿门吩咐传膳。

很快，几名宫女将精致的菜肴摆满桌。海参烩牛筋，焗明虾，鲍鱼珍珠，芙蓉蛋，杏仁佛手，明珠豆腐，芝麻卷，枣泥糕，八宝蜜饯，等等。

宫皓月屏退宫女们，琉璃亦守在门外，只与狄青青独处。

他取了一副碗筷，摆在狄青青面前，又给自己取了一副碗筷。

"饿了吧。"他夹起一块豆腐放入狄青青碗中。

狄青青执起筷子，尝了一口，味道清爽开胃，她有了些食欲。

宫皓月兀自吃着，视线落在狄青青高耸的小腹上："听宋文轩说，还有一个多月便要生了？"

狄青青筷子一顿，思忖着如何回答，她改问道："皇后娘娘产期就在这几日吧。"

宫皓月没有理会，又舀了一勺芙蓉蛋放在狄青青碗里："前几日吃了这菜，口味适中，想着你肯定喜欢。今日便让人做了给你尝尝。"

狄青青一时不知如何开口，只得默默吃菜。

"青青，等你生下孩子，我便搬来玉华殿。"宫皓月突然道。

她手一颤，几乎握不住筷子，他这话何意？

"怎么？朝夕相伴，寻常恩爱夫妻，不正是你想要的？众人之前我是皇帝，在你这我只是丈夫。"他察觉到她的小心翼翼，愁眉深锁，剥开一只明虾放入她碗中，"多吃点。"

狄青青吃着菜，心里忖度着，他既然这么说，必定有所准备，要匡复前朝，扫清所有障碍。可惜她困在这里，丝毫不知他究竟有何计划。而他，也没有半点破绽可寻。

按他话中之意，不出两个月，他便要达成目的，所以他现在就开始软禁南宫翊？还是他另有打算，会是什么呢？

她注视着他，他一抬袖，一敛眉，举手投足道不尽的优雅尊贵。她想，他从小必定时刻提醒着自己的身份，才能将这与生俱来的尊贵保持得这么好。他如此看重血统，怎么可能轻言放弃。

宫皓月似乎感受到她打量的目光，放下筷子回望她。

一时间，四目相对，两人似在神思较量。

狄青青心内盘算着，上一次她虽有察觉，终究晚他一步，这次他有所防范，更不可能有疏漏。暂不论南宫翊变心，这亦是关乎苍生之事，她岂能置之不理。难道坐以待毙，眼睁睁看着事情发生？

她也知道，于宫皓月而言，必定想要彻底征服她。

他们两人，都善于洞察细节和心思，若不是立场不同，会是最好的搭档。可眼下，他们却彼此步步为营，虽然近在咫尺，心却远在天涯。

这时，宫皓月突然伸出手，想要抚摸她的脸。

狄青青本能一避。

宫皓月的脸色顿沉，黑眸隐忍压抑着火苗，他强行抚上她的脸，顺着眉眼，挺立的鼻梁，最后手指在她唇瓣上反复摩挲。

狄青青没有动。

思量再三，她终于开口："不管你要做什么，别伤及无辜。"

他起身，只以修长的手指挑起她精致的下巴，俯身，温润的唇在她唇上印上一吻。清新的气息如旧，天人一般的容貌，温柔如醉的眼神。她想，是人都会为他迷醉。

可她知道，这样的假象之后，他的手段有多狠毒。

宫皓月离开她的唇，呼吸有些急促，他极力隐忍着情欲，他忍了太久，就快不用再忍。他抚平气息，柔声道："什么叫无辜？天下之人，唯有你，我不会伤害。"

语意虽暖，狄青青却浑身骤冷。

宫皓月起身，坐回原位，继续用晚膳，动作极慢，似享受着每一刻。

狄青青亦重新拿起筷子，吃了几口问道："皇上不问问赵婕妤一案？"

宫皓月毫不在意："有你查案，何须我操心。"

"我是指，毕竟是你的妃子，你也曾频繁留宿过。你不问问，也不看一眼？"狄青青慢慢道。

"无知愚妇一名，有何可看。在她宫里度日如年。"宫皓月不屑道。

狄青青一愣，没想到他留宿十几次，竟是如此评价赵涵沁。既然如此，为何频繁去赵涵沁宫里，对面容听雪冰雪聪慧，仅左右之隔，为何不去容听雪宫中呢？

她眯起锐利的眸子，陷入沉思。

宫皓月用完膳，取过手边的湿帕擦拭嘴角，见她眼皮微垂，秀眉凝成"川"字，不知在想什么。他神情冷寂，一把按住她的手，将她拉起来："今日我有些空闲，我带你去一个地方。"

"我有些累了。"狄青青直觉他定要做什么，想拒绝。

宫皓月岂容她反抗，拉着她便走："不会耽误太久。难道，你不想看看，南宫翊此刻和佳人正在做什么？"

狄青青瞬间明白他的意图，白天他下令南宫翊和沈冰蓝入住林夕宫，此刻怕是他们已经住下。昔日刑场分别后，漫长的岁月，南宫翊和沈冰蓝再次相聚，相知相守，每日他们都在做些什么呢？

突然间，她胸口涌上莫名的冲动。鬼使神差一路跟随宫皓月来到林夕宫。夜黑月明，银色光芒如流水般倾泻。冬日的竹林，几乎毫无遮挡，一眼便能望到尽头。

殿前宫灯高悬，随风荡漾出一圈圈蜜色的光晕，将整个林夕宫笼罩在朦胧似幻的美景之中。

只见南宫翊席地而坐，一只手撑在一盏长案上，另一只手正为自己斟酒。琼浆玉露如流线般倾注至酒杯里，他抬袖，一饮而尽。

少顷，沈冰蓝走上前来，柔顺道："王爷，今日再喝两杯，不能再饮了。"

南宫翊宠溺地望着她，伸手拂过她绸缎般的长发，带了几分醉意："真怀念在边疆，你为我跳舞助兴的日子。西番的夜是深蓝色的，篝火点点，明日赴沙场，生死未卜，幸好有你相伴。"

沈冰蓝娇羞地垂首："王爷想看，我再为你跳便是。"

"你怀着身孕。"南宫翊似有不舍。

"无妨，时日还短。活动活动筋骨也是好的。"沈冰蓝眼眸里仿佛溢出似水柔情来。

她缓缓步下宫殿台阶，素手扬起，翩翩起舞。

今夜她正好穿着一袭银色及地长裙，在月色下闪耀着鳞波光芒。她慢慢飞旋，舞姿轻盈，身段纤柔，每一个动作都极慢，却也极到位，雅致天成。风起，撩动着裙角蹁跹，灯摇，照耀着银光闪烁，此刻，她仿若月下仙子。

她越转越快，整个人沉浸在忘我的飞旋之中。突然，她似踩到裙角，一个踉跄几乎要跌倒。

但见南宫翊纵身一跃，飞身上前，已是将佳人抱在怀中。

月影不明，映得沈冰蓝双颊越发红润，水眸荡漾。

"抱歉，身子到底笨重了，不能给你献舞。"沈冰蓝怅然若失。

"怎会，今夜你真美。"南宫翊缓缓俯身，拥着她。洁白的月色洒落在他额发间，如霜似雪。

狄青青站得虽远，却也看得真真切切，面前两人似在拥吻。刺骨的寒风吹过，她忍不住打了个寒噤。

也不知过了多久，眼前两人终于依依不舍分开。

沈冰蓝声音哽咽，双臂紧紧环住南宫翊的脖颈儿："多谢王爷给我一个家。”

“你我何须说这种话？”南宫翊解下披风，牢牢裹住她，将她打横抱起，声音醉人：“夜凉，回殿吧。”

他抱着她，步入内殿，走过之处，宫女们放下重重纱幔。

离得远，再也听不清他们说什么。

殿内红烛摇曳，将两人相拥相依的身影投映在薄纱之上，随风轻动，如梦似幻。最后，沉重的雕花殿门关上，仿佛将所有的寒冷都关在门外，更是将木然滞立的狄青青关在门外，只余一室的温馨与浓情。

“怎样？你可亲眼见到了？”宫皓月在一旁，声音比寒冰还要冷。

狄青青不语，只觉脚下似有千斤，竟迈不开步子。南宫翊从西番回来，此前几次相遇，他移情，他绝情，虽能想象到，可真正这一幕发生在眼前，她的脑子仿佛被抽空，整个人失去了灵魂。

她一直站着，仿佛凝成冰雕，一动不动。

久到宫皓月冷冷地丢下一句：“我知你尚未死心，对我心有芥蒂。今晚你好好在这看着，看到心彻底死为止。”说罢，他扬长而去。

狄青青一直站着，望着林夕宫。

里面烛火一盏又一盏灭去，直至最后一盏，终归于黑暗。明月高悬，将她的悲凉照耀得无处可避，寒风割遍她每一寸肌肤，她站着一动不动，直至睫毛凝满夜露，将落未落，似泪水一般。然而，她早已无泪。

终于，迈开脚步返回玉华殿，她仿佛一缕游魂，寂寥地飘荡在暗夜。

次日，冬阳和煦。

狄青青在刺眼的金色阳光中醒来，站了大半夜她浑身酸痛，却仍旧起身梳妆，换上一袭天蓝色厚袄。铜镜里，清晰倒映出她精致的容颜，只是那飞扬的眉，始终紧锁。

抛开昨晚的事不去想，对于赵涵沁一案，她已经了然于心。生平第一次，她没有当场揭开真相。木梳划过瀑布般的乌发，她怔怔望着铜镜，突然“啪嗒”一声，她一愣，才发现自己不慎将木梳捏断。

望着狰狞的断齿，仿佛直刺心底。她用力收紧拳，断齿深深刺入掌心里，留下一个个红紫的印迹。

痛，让人格外清醒。她眯起锐利的眸子，当下做了一个决定。

用完早膳后，狄青青携琉璃一道前往凝香宫。

清冷的空气吹来阵阵梅花清香。新年将至，宫中处处在布置着，无数盏灯笼悬挂在枝头上，远远望去，红火一片，犹胜百花怒放。

凝香宫是一座青灰色的院落，如今附近却格外萧条，正门由侍卫把守着，见到狄青青后自动让开一条道。

狄青青并没前往赵涵沁居住的左殿，而是直接往容听雪所在的右殿走了去。

琉璃心中虽不解，仍紧随其后，走着走着，琉璃突然“哎呀”喊了一声。原来她被人从身后撞了一下。

接着哐当一声，是金属物件坠落在地上的声音。

狄青青生性警觉，循声转头望去，见一名宫女低头连连致歉：“娘娘对不住，是奴婢不小心撞了琉璃。”

狄青青打量一眼，道：“没关系。”她瞧清楚了，这名宫女是容听雪身边的芷月，她曾经为芷月洗清偷盗的冤屈。

铜盆不慎打翻，芷月赶紧蹲下身子，将黑乎乎的东西直往盆里装，连连道歉，她的双手染得乌黑：“对不起，脏了娘娘的眼。”

琉璃望着地上黑乎乎的焦黑东西，疑惑道：“哪来这么多炭灰啊？”

芷月回道：“容婕妤素来怕冷，久咳不愈。加上宫殿阳光不足，阴暗潮湿，所以容婕妤每日都要持续用炭火取暖。”

狄青青示意琉璃：“容婕妤是北方人，自然有这习惯。走吧，我正要去见见容婕妤。”

琉璃忙应道：“是，小姐。”

狄青青穿过回廊，越往里走，越发安静无声，只余廊下檐间铜铃随风轻响。来到容听雪厢房前，门微掩着，里面漏出一道阴暗的光线。

琉璃刚想敲门，狄青青伸手阻止。

门是古旧的梨木雕花门，纵横的疤痕诉说着岁月的痕迹。她轻轻推开，那一刻，仿佛推开了另一个世界的大门。屋里一股药香，混合着阴暗潮湿的气味，一道雪白纱幔由顶部垂地，随风扬起。

隐隐可见纱幔之后，一名女子正卧在床榻上，身影纤弱无力。

“咯咯。”床上女子便是容听雪。她连连咳嗽几声，听到有动静，无力道：“芷月，炭火盆换好了？冷得紧，把门关上，风吹进来了。”

狄青青示意琉璃去把门关好，她自己则撩开纱幔走进去，脚步无声，缓缓来到容听雪床边。

容听雪斜卧在榻上，闭目养神，秀挺的鼻，细弯的眉，若烟雨中青山般缥缈。她看起来很憔悴，面色白得近乎透明，眼哭肿了，睫毛上泪迹未干，整个人仿佛一碰即碎。

感觉到有人立在床头，容听雪缓缓抬眼，见到狄青青，她大惊，掩不住骇色，险些跌下床来。

狄青青将她扶稳，又在她腰后垫上枕头。

容听雪一阵猛咳，止也止不住。她连忙用绢帕捂住唇，尽量不失态。

狄青青四下扫了一眼，见到床头小几上放着一个葫芦，估摸是药葫芦。她打开葫芦盖子，将葫芦递给容听雪。

容听雪倒出两枚药丸服下，这才缓了过来。她的视线落在自己素白的绢帕上，触目惊心的血，如红梅绽放。她凄然惨笑，幽幽道：“让你见笑，我这般弱的身子骨，怕是挨不过寒冬了。”

“所以，你怕黄泉路寂寞，才将你的好姐妹一起带走？”狄青青不紧不慢地说着。

容听雪一惊，脸上仅剩的血色褪至干净。她眼底若死灰般沉寂，叹道：“你真乃世间奇女子，上次芷月偷盗一事，你当场就揭露真相。我早该知道瞒不过你，既然你心中已明白，又为何到我这宫中来呢？”

“你说呢？容听雪，你冰雪聪明，又岂会不知？”狄青青反问道。

容听雪苦笑道：“你想知道为什么？”

“不仅仅如此。”狄青青在她面前坐下，挥手示意琉璃，“去门边守着，别让任何人进来。”

琉璃听着她们二人打哑谜，越发迷糊。听得狄青青吩咐，赶紧在门边等候。不过，屋中谈话，她是能听见的。

容听雪勉强支起身，从床榻上下来。

这时，敲门声突然响起，打破一室寂静。

琉璃赶忙问道：“谁呀？”

“奴婢芷月，给婕妤娘娘送来炭火盆。”门外芷月小声答道。

容婕妤与狄青青对望一眼，容婕妤回应道：“交给琉璃拿进来吧，芷月你先退下，无事不要进来。”

芷月依言推开门，将炭火盆交给琉璃，复又将门关上。

琉璃赶忙将炭火盆送至容听雪床榻边，立刻转身回到门边守候。

还是刚才的火盆，只不过换上新的炭火，点点猩红幽幽燃烧着。

容听雪半蹲下来，火盆仿佛她的性命一般，她挨得极近，汲取着温暖，片刻她脸上多了几分血色，精神亦是好转。她娓娓道来：“我父亲是吏部尚书，我娘不过是一名歌姬，生我那晚，我娘死于大出血，我从小便被正室夫人刘氏养在膝下。我父亲有八子，却只有我一个女儿，我虽出身低微，却成为尚书府名正言顺的嫡出小姐，我的哥哥们也很宠爱我。只是我，生来身子弱，病魔缠身。即便这样，我仍旧很快乐。”

“我猜一猜？直至有一日，你听说自己的娘亲，并非大出血而死，而是被正室夫人刘氏谋害？”狄青青接过话。

容听雪愣了愣，惊叹狄青青的分析力，旋即道：“你都能想到，可见我的怀疑不是空穴来风。”她停一停，双手在火盆前不停地搓动着，继续道，“刘氏给我娘下毒，导致提前生产并且大出血，而我这一身病，也是从娘胎里带来的。”

她从腰间解下一个香囊，递给狄青青：“这血迹斑斑的香囊，便是我娘唯一留给我之物，上面染满了她生产时的鲜血。我每日都要拿出来看，提醒自己，那些人是何等虚伪。他们对我好，只是想掩盖曾经的丑陋恶行，免受良心的谴责。可我却无能为力，不能替我娘报仇，还得认贼作母。”

狄青青接过容听雪手中的香囊，仔细看了看，绣工精湛，菊花花瓣层次分明，可惜被鲜血染透，只余骇人的黑褐色。她打开香囊闻了闻，突然皱眉，这个味道？难道是？

“你娘是不是睡眠不好？”狄青青突然问。

容听雪摇摇头：“我并不清楚，只是后来听说我娘每夜都爱点香入睡。怎么了？”

“没事，你继续。”狄青青单手托着下巴，一边思索，一边聆听。

“从知晓真相那一刻起，虽然每日强颜欢笑，可我再没快乐过，那年我才十岁。新皇登基后，选秀入宫，父亲本舍不得我，我执意要入宫，亦是想远离是非，远离他们虚假的嘴脸，远离伤心地。哪怕在深宫里聊度余生，也是值得的。”容听雪突然仰头，深吸一口气，叹道。

“所以入宫以后，赵涵沁与你形同姐妹，无话不谈，让你觉得这世间还是有真正的友情和亲情的？”狄青青问道，她见过无数生死，每一个凶手，背后都有一段不为人知的故事，让人可恨可叹。

“是啊，她那样开朗，虽然骄纵，但本性不坏。我觉得虽然深宫寂寞，但有个人说说话，日子也不难熬。”容听雪说着，眼眸里突然窜出怨毒，“可是，自从她得了圣宠，她就变了。她变得盛气凌人，每次皇上走后，她都要炫耀一番。除了炫耀，几乎不再与我往来，就像是害怕沾染我生病的晦气。”

“于是，你觉得，她和刘氏以及你的哥哥们一样，都是虚情假意。”狄青青点破。

“难道不是？人间太苦，这世上哪有真情？”容听雪不屑道，“我以为皇上对你一片真心，可他不照样流连赵涵沁处？翊王曾与你海誓山盟，不照样琵琶别抱？你一点都不觉得痛心？”

“我不会。”狄青青断然回道。

容听雪诧异地望着她：“为何？”

此时炭火盆里火苗骤然卷上来，容听雪受了惊一般，本能一避。

狄青青嘴角咧开一抹淡然的笑容，在火焰中分外妖娆：“因为我为了自己而活，无须依赖他人。即便心痛，但更重要的是，看清事实，找出真相，不要被人利用。”

容听雪被她的笑容惊艳了，神情却更加疑惑。

“我问你，十年过去，你无凭无据听信他人之言，认为正室夫人刘氏害死你娘。试问，她膝下有数子，不愁地位不保，为何容不下你娘？真若害死你娘，她何须养育你？一道害死你不难。当时你兄弟尚年幼，如何能参与？与他们何干？疑点太多，过去太久，真也罢，假也罢，既然他们皆对你好，你何必耿耿于怀？再者，你的父亲总是真心相待吧？”

容听雪听罢，垂首不语。

“时隔多年，我只能略作猜测。”狄青青打开香囊递给容听雪，“这里面有回心草和柏子仁两种药材的香味，时隔多年依旧如此清晰，可见当时必是日日使用，日久渗透香囊。按理说，这只是安神助眠的草药。但如果你娘失眠严重，还要点香，又倘若她点的安神香是西番的龙花舌香，那就糟了，此香与柏子仁合用，天长日久便能引起血崩之症，你能活着产下，已是奇迹。”

容听雪听罢水眸蒙上雾气，颤声道：“你的意思是，我娘不是被人所害？的确，我父亲与西番商人有往来，家中有不少西番稀罕物。难道……我真的错了？”

“过去太久的事，我只是猜测，并没有实证。我再问你，你是否见到皇上在赵婕妤处留宿十几日，早晨才走？”狄青青追问道。

“是的。皇上只来过我这一次，见我病着便走了。之后频频留宿赵涵沁处。赵涵沁每次都要向我炫耀，暗讽我身子太弱，只配做绿叶衬托她。”容听雪说着，双手情不自禁紧握，神情愤怒。

“既然皇上留宿十几日，你可有见过敬事房过来记录？”狄青青问道。

容听雪一愣，茫然地摇了摇头。

“我在赵婕妤房中，发现她衣柜里有一床地垫。”狄青青指出，“平白无故，她需要地垫做什么？”

“难道皇上不曾临幸她？每次来，都让她睡地铺？难道皇上这么做，只是为了气气你？”容听雪惊诧地求证。

“如你所想。我再问你，既然皇上的目的只是气我，并未真的临幸赵婕妤，那他住在哪宫都一样，为何不在你宫中留宿，而选择十几日皆留宿赵婕妤处呢？”狄青青取过火钳，轻轻拨动着炭火。

火星燃得更旺，时不时爆响一声，直击心底。

容听雪像是脑海闪过一道光，陡然明亮：“原来，皇上一箭双雕，一来气你，二来让我与赵涵沁互生嫌隙。赵涵沁十几晚都未得宠，心火难泄，碍于面子无处诉说，只得在我这卖弄？我却因为此事，嫉恨赵涵沁。可他这么做的目的是什么？我与赵涵沁，于他不过是蝼蚁罢了。”

“若牵连你的父兄呢？”狄青青冷笑，“你的父亲吏部尚书容怀青掌握了整个官吏的选拔，你的数位兄弟，皆在吏部任要职。皇上想要任命自己的心腹，岂不是都要看你父兄脸色？正愁没有由头呢。”

“天哪。”容听雪一惊，陡然跌跪在地，一直隐忍的泪水终于奔腾而下。她本就是聪慧的女子，此刻已全然明白，她泣不成声，“刘氏待我如亲女，我却怀疑她，辜负了她的养育之恩。赵涵沁本就不是值得真心相待之人，我却因莫须有的嫉恨害了她。我一念之差，却要牵连父兄受诛。”她用尽全力爬向狄青青，瘦如枯槁的手臂紧紧拽住狄青青，“你既然来问我，是不是有办法，你告诉我，我该怎么办？求求你了。”

狄青青凝眉，抬脚踢一踢火盆，对琉璃道：“炭火烧久了，需要通风，把窗打开。”

容听雪听罢，全身一颤，脸色灰败，目光直直盯着炭火盆，失了魂魄般反复呢喃：“怎么办？怎么办？”

琉璃虽听完全程，却也没听出所以然，正疑惑，听见喊她开窗，忙愣愣地跑去开窗。打开窗时，扑面而来的冷风让人头脑清醒，她这才感觉到自己有些心慌气闷。

狄青青望着瘫软在地的容听雪，只说了四个字：“犹未晚矣。”

“你是说……”容听雪猛地抬头，眸中闪过凄楚、不甘、悔恨、坦然，最后了悟，她垂首，“我明白了，多谢你。”

“告辞。”狄青青示意琉璃跟她一起离开。

容听雪没再开口，只挨着火盆更近，她似乎很冷，整个人蜷缩成一团，不停地哆嗦。

出了凝香宫，琉璃终于忍不住问：“小姐你知道了什么啊，她究竟明白了什么啊，我怎么一点也不明白。”

狄青青突然停住脚步，深深回望一眼凝香宫，叹道：“她如此聪慧，可惜心思太重，自怨自艾，害人又害己，从未真正快乐过。”

琉璃还是摸不着头脑：“小姐，你最近越来越高深莫测。”

狄青青点了点琉璃脑袋：“你呀，一点长进都没有。”

“呵呵。”琉璃干笑几声，挠了挠头。

两人的身影相携没入皇宫九转八弯的后花园中。

是夜，正值入梦。

“走水了！”

突然，尖锐的喊叫声刺破寂静的夜，像是谁骤然打碎了一整面镜子。接着，嘈杂的喊叫声四处响起，人们惊慌失措，往来奔走的脚步声纷乱。

火苗直直往屋顶上蹿去，张牙舞爪四处舔舐，所到之处，一片狼藉。不多时，空中已凝着浓重的黑烟，向四面八方蔓延。

琉璃慌慌张张奔至玉华殿，焦急大喊："小姐小姐，皇宫走水了。"话音未落，人已奔至狄青青床前，"也不知哪里着火，要不要我们到御花园避一避，别被殃及。"

狄青青睡得正香，听见琉璃喊声，咕哝道："放心，离我们很远，再睡一会儿，天亮火灭时再去看看。"

琉璃顿时傻眼，小姐何时多了预知能力。她都没搞清楚哪里着火，小姐怎么如此淡定。

"睡吧，别吵。"狄青青翻了个身，又沉沉睡去。

这边狄青青淡定自若，那边皇宫里已乱套。风助火势，四处肆虐。禁卫军统领戚风指挥众人救火，无数桶水，纵横交错泼向突突蹿起的火舌，浓烟滚滚，空气里皆是焦土的气息。

大火烧至将近黎明，终于平息。

灭火的众人灰头土脸，被烟熏得只露出一双眼睛，累得瘫坐在地。

整个凝香宫在这样一场无妄的大火中付之一炬。

这时，狄青青来到失火的凝香宫前，断壁残垣，焦黑的土地，她在废墟转了一圈。"咯吱"一声，一根断梁轰然倒塌，震得地面黑灰漫天飞扬。

"这里危险，娘娘请站远一些。"戚风连忙上前道。

"嗯。"狄青青后退十多步站稳，这时她瞧见南宫翊也在救火行列之中。他穿着青色长衫，此刻虽被熏黑，长发微乱，额前几缕银发随热风扬起，却丝毫不影响他挺拔如青山般的气势。此时，他镇定自若地指挥太监们善后。

戚风拱手道："娘娘，昨夜凝香宫突然失火，唯有容婕妤体弱没能逃出来。其余宫女都妥善安置了，暂无大碍。微臣已奏请皇上，皇上片刻便到。"

狄青青颔首，问道："看起来，连赵婕妤的遗体也一并付之一炬了。"

"是的，臣失职。"戚风神情懊恼。

"可怜两位妙龄女子，皆丧身凝香宫，真令人惋惜。"狄青青的神情多了几分沉重，目光凝视着废墟，久久不移。

南宫翊善后完毕，来到狄青青身侧。

戚风见南宫翊到来，忙致谢："昨天夜里，多谢王爷指挥有度，避免殃及别处。"

南宫翊瞥了一眼狄青青，视线落在她小腹上，看样子她离生产不远了，提醒道："回房休息，这边空气不好。"

狄青青冷嗤一声："王爷怀抱美娇娘，乐不思蜀，夜里到能起得了床，真是令人吃惊。"

南宫翊没料到她反过来嘲讽自己，脸色发青。

此时宫皓月已然到来，他自轿辇上下来，听见狄青青讽刺南宫翊，未置一词。

戚风连忙上前禀报："皇上，凝香宫失火，虽没殃及别处，也没其他损失。可容婕妤不幸身亡，赵婕妤的尸体也付之一炬，这该如何是好？"

"起火的原因？"宫皓月清秀的脸上布满阴云。

"微臣在容婕妤房间残骸处发现一只烧变形的铜盆，容婕妤日夜离不开炭火取暖，恐怕是不慎打翻炭火，引燃纱幔导致大火。昨夜又是西风，赵婕妤的左殿也未能幸免。"戚风一一道来，因狄青青在场，他朝狄青青道，"臣只是推测，娘娘在此，还听娘娘高见。"

"你分析的没错。我刚才看了一圈，的确如此。"狄青青应道。

"娘娘，如此，赵婕妤之死的谜题，只有您能解释了。"戚风道。

"呵呵。"狄青青淡淡一笑。

宫皓月走近狄青青身侧，定定望着她，柔声问道："你曾勘验过现场，可有收获。"

狄青青清了清喉咙，慢慢道："其实赵婕妤也是死于意外。"

语出，众人一惊，他们心中肯定赵婕妤是被人谋害，没想到狄青青竟会这么说。

南宫翊瞳孔猛地收缩了下，那日她不慎摔倒，他抱住她，明明她说过赵婕妤是被人谋害，手段高明，缘何现在她却改口？

宫皓月亦是惊诧，第一次质疑道："当真，你不会弄错？"

狄青青冷笑："人命关天，皇上几时见我弄错过？"

宫皓月语塞，只得问道："那究竟是怎么一回事？"

"当日据我验尸，赵涵沁面若桃花，唇若丹朱。表情自然，身体极软，皮肤无任何青紫伤痕，颈侧有几片鲜红色瘢痕，眼睑有小片状出血。割开手腕当即流下粉色血液，戚风亦是亲眼所见。可见赵涵沁死于炭毒。炭火可以取暖，但若不开窗通风，久而久之便会呼吸衰竭，失去意识，窒息而亡。而特征便是这样，面部肤色呈樱桃红。"狄青青解释道，"戚风，你可还记得，赵涵沁房中屏风后地上有一抹黑色痕迹？"

戚风略略思索，道："的确有。难道，那是炭火铜盆留下的痕迹？"

"正是。"狄青青道，"我问过赵涵沁的宫女芷晴，她说那晚赵涵沁的确用了炭火取暖，只不过房间当时有一扇窗是打开的。清晨的时候，她从屏风前取走炭盆，去倒炭灰，当时她以为赵涵沁还在睡觉，没有打搅。赵涵沁是南方人，不懂用炭火取暖需要开窗，那日特别冷，也就是她关窗这么一个细微的失误，导致她一睡不醒，香消玉殒，想来真是可惜。"

说完的时候，狄青青视线一直注视着赵涵沁房间废墟的方向。她从未说过谎，逝者能安息吗？她掩盖了部分事实，应该是容听雪故意给赵涵沁送去铜盆取暖，而那扇致命的窗，便是容听雪亲手关上的。所以容听雪才说，不过一念之差。

是啊，善恶本就在一念之间。一念生，一念死。一念天堂，一念地狱。但愿她这么做，是对的。

狄青青深吸一口气，默默闭眼，心中为逝者致哀。

宫皓月凝眉良久，道："赵涵沁因炭火中毒而亡。容听雪因打翻炭火引起火灾而亡。短短几日，两人皆因炭火在宫中丧命。如此离奇，是不是太巧了？朕该如何向朝臣交代？"

狄青青挑眉："交代得了，交代不了，事实都是如此。没有巧事，何来巧字？我阅过无数案件，缘起缘灭，阴差阳错，比比皆是。皇上曾任按察使，想来见识过的案情不会比我少。难道不是？"

宫皓月的神色越来越黯淡，不知在想什么，很久才道："也罢，既然青青断过案，朕无须怀疑。戚风，让大理寺前来结案。"他停一停，望着凝香宫直皱眉，"这不祥之地，不用重建了，推平它改建成小湖。"

"青青，你好好歇息。"宫皓月当着南宫翊的面，轻轻拂过她的面颊，在她嘴角吻了一下，“我先去忙，等我。”

狄青青微微一笑，不语，目送他离开。

宫皓月坐上轿辇，金色轿辇在朝霞的光芒下闪耀得刺眼，渐渐远去。

南宫翊并没有离开，只以疑惑的眼神望着狄青青。

岁月流逝得并不快，然而眼前这个男人，却不再似从前。曾经他心思豪放，喜怒哀乐都写在爽朗的俊颜之上。然而经过残酷的洗礼，他变得无法捉摸，哪怕站在你眼前，却像是远在天边。

红日东升，光芒妖冶，寒风肆虐，卷起无数黑灰在废墟之上盘旋。他就这般站着，背后是狂舞的黑雾。妖冶与尊贵并存，凛然与冷漠共处。

“王爷对我的分析有疑惑？”狄青青问道。

南宫翊摇了摇头：“岂敢质疑娘娘，娘娘自有神断。”

“呵呵，既然如此，我先回了。”狄青青讪笑，“王爷一夜没睡，美娇娘怕是等急了。”说罢，她转身便走，一刻不想多留。突然，背后，南宫翊提醒道：“娘娘，过几日暴风雪将至，自己小心。”

狄青青脚步一顿，犀利的眼眸晶亮，没有接话，亦没有回头，迈步离开，身影消失在血色的朝霞之中。

傍晚时分，狄青青携琉璃前往地处皇宫西角的尚宫局司设房寻找一些材料。

琉璃好奇地问：“小姐，你到底要做什么？又让我弄竹篾，又让我弄糊纸。”

“我要做两盏孔明灯。”狄青青在司设房宫女干杂活处四处寻找着。

有认识狄青青的宫女连忙恭敬行礼，问道：“娘娘需要什么，吩咐奴婢就行。”

“我要寻红色染料，将我的孔明灯染成红色。”狄青青回道。

“哦。这样啊。奴婢带娘娘去做红灯笼的地方取就好啦。”小宫女神采飞扬，笑道，“要过年了，姐妹们都在忙着扎红灯笼，布置各宫呢。”

狄青青对红灯笼这个词格外敏感，仿佛刺中她心底最深的神经。一切的谜题，都是从她踏入王府，见到满室的红灯笼开始，而至今所有未解的谜题，又似乎都与红灯笼有关，可她依然没有头绪。

小宫女领着狄青青和琉璃前往制作红灯笼的工坊。

这是一间极宽敞的屋子，顶棚约两层楼高，用十几根粗梁支撑着。几十名宫女穿着粗布衣，穿梭其中。有的坐在那扎灯笼，有的在染红布，有的则在雕刻木框，分工仔细，井井有条。

穿过屋子，后院便是染缸和晾晒红布的地方。

小宫女对老嬷嬷笑道：“徐嬷嬷，这是玉华殿的娘娘，想要一些染料。”

狄青青深居简出，很少有人见过，可一提玉华殿，人尽皆知。玉华殿里住着皇帝夺来的前任翊王妃，虽没名分，但人人都唤一声“娘娘”。

徐嬷嬷连忙应承下来：“娘娘稍等，老奴找个瓶子装一些给您。”

狄青青颔首，她习惯性地四处打量。

见到一名灰衣嬷嬷正在指挥另一名粗布衣衫的宫女往染料缸里倒一袋白色粉末。那粗衣宫女似乎腰不好，几乎站不直，手一抖，洒出不少粉末在缸外。

灰衣嬷嬷见状，一脚踹上去，大骂道：“不中用的货，这粉可贵了，卖了你也赔不起！”

那粗衣宫女连忙跪地求饶。

狄青青好奇地走上前，见染缸内颜色鲜红，却往里倒白色粉末，不禁奇道：“这是什么粉末？”

徐嬷嬷跟上前，回道：“娘娘有所不知，这粉名唤‘血狐’。用了此粉能使染出的布料更红更艳丽。”

“雪狐？大雪的雪吗？”狄青青并没听说过，确认道。

“不是，是鲜血的血。”徐嬷嬷答道。

狄青青颇为惊讶：“明明是白色，为何叫‘血狐’？”

徐嬷嬷笑道：“这老奴就不懂了，奴婢们都是些粗人，只知道前朝沿袭下来的方法，我们照用。这是娘娘要的染料。”

狄青青颔首接过，她们不知也不奇怪。前朝的方法沿用，又是前朝，她心内一颤，为何总与前朝有千丝万缕的联系。她弯腰，取出绢帕，将方才掉落在地的“血狐”粉末包了许多在帕子里，扎好帕子放入袖中。

琉璃在旁笑道：“小姐，你的好奇心又来了。”

狄青青点了点琉璃脑袋："不好奇哪来长进。走吧，天快黑了，我们回去将孔明灯做好。"

"好的。"琉璃点头如捣蒜。

两人相携离开，回到玉华殿。

待到天完全黑下来时，狄青青终于将孔明灯染好，她与琉璃来到明月湖边。

比起凝香宫大火后的凄凉冷寂，这里处处悬着宫灯，灯火洒在碧湖上，光影随波晃动，璀璨如天上繁星。

狄青青从琉璃手中接过蜡烛，点燃一盏孔明灯，热气升腾，孔明灯缓缓上升，漂浮在夜空中。她又点燃另一盏孔明灯，两盏孔明灯相继朝夜空飞去，天际是唯美的墨黑，放飞的两盏灯一前一后，为茫茫黑夜点缀了一抹红，仿佛照亮了前往天边的路。

望着它们一点点远去，狄青青默念道："愿逝者安息。"

琉璃终于了然，惊道："原来小姐是为了赵婕妤和容婕妤制作的孔明灯。难道，容婕妤杀害了赵婕妤？可小姐你却……"联系前后，她终于懂了。小姐竟隐瞒了真相，而容婕妤之死，莫非是小姐暗示容婕妤自尽……

"我不杀伯仁，伯仁却因我而死。"狄青青面容凄艳，在湖边交错的灯火下，格外萧瑟。

琉璃不忍见她这般，劝道："容婕妤左右不过是死，小姐您没有罪过。"

狄青青长舒一口气。

望着孔明灯凝成两个小点，最后消逝。

良久，她喃喃自语："但愿，我走的第一步，是对的。"

琉璃不懂她话中之意，抬手给她披上一件缎袄："夜凉了，小姐早些休息。"

"嗯。"狄青青拢紧衣领，"暴风雪就要来了，琉璃，凡事十二万分小心。"

"哦。"琉璃应声，她疑惑地回望一眼夜空，万分诧异，明明天高云薄夜深邃，哪里像要下雪？

虽不解，琉璃忙跟上狄青青的脚步。

第十章 血染苍茫

“啊”一声如鬼魅般的尖叫，刺穿寂静的夜空。

余公公惊惶失措地奔至玉华殿，用力敲着玉华殿的殿门。

“娘娘，娘娘。”余公公隔着殿门大声喊着。

狄青青正在梦中，听到喊叫声，浑身一激灵，浑浑噩噩醒来，才发觉自己不知做了什么噩梦，头皮发麻，惊出一身冷汗。

琉璃睡在外殿，被余公公的敲门声叫醒后，赶紧打开外殿大门。

夜黑，余公公手中执着一盏灯笼，照得他此刻脸色煞白。

门一开，他赶忙道：“劳烦你家娘娘去趟宜和宫，皇后娘娘……难产，情况不是很好……”

琉璃大惊，吓得直哆嗦，语无伦次：“好，奴婢这就……”

狄青青听到动静，披衣起身，忙打开内殿之门，望向余公公和琉璃，问道：“出什么事了？”

余公公额间冷汗涔涔落下，他抹了一把汗：“请娘娘去一趟宜和宫。皇后娘娘傍晚时分阵痛，谁知难产，眼下命悬一线，娘娘赶紧过去看看，拿个主意吧……”

狄青青呆滞片刻，怎么也没想到出了这样的事。她下意识地加速穿衣，心里莫名慌乱，手竟然不听使唤，几次都扣不上领口。

琉璃赶忙取来貂皮披风，给狄青青披上。

余公公望了望狄青青高耸的小腹，怕是离生产不远，也真是难为她了。他忙对琉璃道：“你也一道去，照顾你家娘娘。万万不能再有其他闪失。”

狄青青穿戴好，边走边问：“这么重要的时刻，皇上没在？”

“皇上刚好有要事去东城外密议，谁知皇后娘娘突然阵痛，稳婆御医全上了，谁知遇上难产，眼下皇后娘娘就剩一口气吊着。奴才已经派人通知皇上，天亮或许能赶回来，就怕等不及呀。”余公公一面在前面走着，一面说道。

狄青青的眉心跳了跳：“我又不懂医术，公公为何找我前去？又能帮上什么忙？”

余公公叹道：“皇上不在，皇后娘娘意识不清，老奴入宫几十年，岂会不识人，眼下能拿主意能主持大局的，唯有娘娘您了。”

狄青青不再多问，先看看情况再说。

琉璃一路护着狄青青，两人跟随余公公赶往宜和宫。

夜风骤起，吹散浓厚的云层。一轮满月高悬空中，格外明亮，照得皇宫之内一切无所遁形。

四周静谧，唯有风吹过宫檐，铃铛“叮咚”直响，太单调的声音，反而令人有种毛骨悚然的感觉。

宜和宫仿佛被巨大的黑暗笼罩。台阶之上，宫女们端着铜盆匆忙往来，神情慌张。越是走近，越能清晰闻到空气中飘散着一股淡淡的血腥味。

玉嬷嬷是皇后身边的老人，见到狄青青前来，哽咽道：“皇后娘娘有话想跟你说。”

狄青青颔首，神情凝重，跟随玉嬷嬷进入宜和宫。

到了殿前，狄青青意外地瞧见南宫翊竟然也在，不免惊诧。

南宫翊神情焦灼，倒也解释了一句：“冰蓝也在里面。”

狄青青了然，她猜也是因为沈冰蓝之前为千乘碧雪纠正胎位，生产时自然要在场，难怪南宫翊一名男子在产房前守着。今夜若皇后出事，难脱干系的人太多了。

“难为王爷心疼娇妻，在产房血污之地候着。”狄青青冷言嘲讽。

南宫翊俊颜闪过尴尬之色，不再说话。

狄青青侧身而过，不再理他，只吩咐琉璃道：“你在殿外候着。”

琉璃恭敬应道："小姐放心。"

玉嬷嬷推开沉重的殿门，里面御医和宫女跪满一地，死灰般的气息笼罩着整个大殿。

狄青青抬步跨入，寒风随着开门直钻入内，肆虐一切。

玉嬷嬷连忙回身将门关好。

步入内殿时，狄青青瞧见沈冰蓝跪在最前面，她穿着素青色长裙，长发只简单束着，像是辛劳许久，神情疲乏，低着头强撑着。

沈冰蓝见到狄青青，茫然地望了她一眼。

狄青青没有停留，直接越过她，撩开垂落的帷幔，径直走进去，来到千乘碧雪床前。

数十盏红烛高照，殿内亮如白昼，却将满床血污照得恐怖瘆人。稳婆急得团团转，不停地念叨："皇后娘娘，再用力，再试一次。"谁都知道，若皇后出事，她们都得死。

只见千乘碧雪躺在床榻上，唇色苍白，湿透的长发贴在脸颊边，哪里还有平日里冷厉霸气的模样，气血全无，虚弱无比。

狄青青上前握紧千乘碧雪的手，声音微颤："皇后娘娘……唤我有何吩咐？"

对于千乘碧雪，狄青青从来都没有敌意。狄青青打心底是敬佩她的，她睿智，大气，沉稳，冷静，是能成大事之人，亦有母仪天下的威仪。

千乘碧雪睁开沉重的眸子，勉强开口，气息弱得似风中残烛："我快不行了，定是有人想加害于我……请你一定要……为我找出真凶……我不甘心。"

狄青青心底一涩，眼眶湿润："娘娘休要胡说。"

周遭静得骇人，红烛越燃越旺，烛影之下，万物都似在瑟瑟发抖。

"其实，我很羡慕你。他那样爱你，你占据他全部的心思。我以为自己足够大度，能容得下你。"千乘碧雪费力地说着，"呵呵……可我不是圣人……"

"别说了，等生下孩子，我们可以慢慢说，你想怎么恨我都行。"狄青青眼角滑落一滴晶莹的泪。

"我是不是很可笑？我那么恨你，恨不得将你碎尸万段，可到最后一刻，能想到的，能依赖的，竟然只有你……狄青青……我羡慕你，拥有举世无双的智慧……”她的声音越来越低，越来越喘，整个人像是断了线的风筝，一头栽下去。

“我懂，皇后娘娘，你不会有事的。”狄青青哽咽道。

稳婆一边哭一边道：“皇后娘娘意志坚强，一直在挺，可胎儿始终出不来，明明胎位也拨正了，真是……皇天在上，请保佑皇后娘娘啊！再这样下去，怎么得了。”

御医宋文轩跪在床前，此时重重叩拜：“皇后娘娘，臣有句话不得不问，等下若有闪失，保大人，还是保孩子？皇上不在，此事由谁做主？”

稳婆听了眼泪一把鼻涕一把，直抬袖子擦拭。

千乘碧雪用尽全力，一字一句道：“保孩子。”

她突然用力，狄青青感受到她牢牢抓住自己的手，指甲已深深陷入自己的肉里。

“孩子，是我……和他唯一的联系了……”千乘碧雪苦笑着，无尽的泪水滑落，转瞬没入被汗水浸湿的长发中，不复可见。

这时，宫女端来一碗催产的汤药。

宋文轩接过汤药，端至千乘碧雪面前，小心翼翼道：“这碗催产汤，药性极烈，可能会导致皇后娘娘血崩，若放弃孩子，娘娘尚有一线生机。”

千乘碧雪支起身，本来涣散的目光如炬，牢牢盯着狄青青：“我所托，莫要忘记。”说罢，她便要就着宋文轩的手，饮下汤药。

这一刻，狄青青脑海里有如惊涛翻滚，杂乱无章，乱到她自己都不知在想什么。突然，她双眸陡然明亮，像是猛地下定决心，手一扬，将宋文轩手中的汤药打翻。

“哐当”一声，药碗打翻在地，白瓷碎成一片片，浓黑的药汁泼得到处都是。

“你！”千乘碧雪大骇，“你要做什么？”

“宋御医，如有万一，保大人。皇后娘娘是当事人，头脑不清醒，岂能由她来决断。”狄青青冷静地一字一句道。

“这……”宋文轩有些为难。

“皇上那边，我会交代。皇后娘娘不能喝那碗要她命的药。”狄青青坚定道，眼底迸射出的火花，让人可敬可畏。

“好。”宋文轩也似下定决心。

“不可……”千乘碧雪急火攻心，一时间竟昏厥过去。

“赶紧弄醒她。”狄青青尽量保持冷静。

宋文轩连忙上前掐千乘碧雪的人中穴，又替她按摩其他几处穴位。

也不知过了多久，也许很短，却像一个世纪般漫长。终于，千乘碧雪幽幽醒转。

千乘碧雪满脸痛苦与不甘，咬牙切齿：“狄青青，我信任你，你要做什么……我不会放过你的！啊！”她几乎吼叫出声，竭尽全力。

这一叫，似触动体内无数蕴藏的力量。

迟迟没有动静的羊水再度流下来。

稳婆一喜，连忙道：“皇后娘娘再用力，用力，能看见头了。”

稳婆激动地拽住孩子的头，千乘碧雪配合着用力。嘶喊声，喘息声，紧张的呼吸声交错起伏。

终于，稳婆将孩子拽了出来。

然而，当孩子被拽出来的那一刻，稳婆惊呆了。这孩子，是个死婴。一动不动，不哭也不闹，任凭你怎么摇晃，他都寂寂无声。

宋文轩亦是震惊，竭尽全力，期待已久，终于生出来，却始终听不到那一声嘹亮的婴儿啼哭，难道？

唯有狄青青不意外。果然她赌对了！

稳婆吓得语无伦次：“皇后娘娘，是，是……”

千乘碧雪声音微弱，仿佛飘在云边：“是什么？”她也隐隐觉得不对劲，心中划过无限的绝望。

“是死婴。”稳婆带着哭腔。

狄青青上前看了一眼死去的胎儿，稍做检查，皱眉道：“胎儿面色安详，无肿胀，无青紫。眼睑下结膜未有出血症状。非窒息而亡，而是生产时已亡。目测死亡时间不超过一日。”

“难怪皇后娘娘屡次阵痛，胎儿始终不出来，原来胎儿已无气息配合，差点害得娘娘一道丧命！”宋文轩抬袖抹汗，一晚上他紧张至极，此时也不知是该松口气，还是？

“苍天啊！是谁害我儿！”千乘碧雪悲痛欲绝，怆然大叫一声，眼前一黑，再度昏厥过去。

“宋御医，快给娘娘止血。”狄青青冷静吩咐，“其余的事情，我来安排。皇后娘娘这死婴不寻常，恐怕有内情。”

“娘娘圣断，昨日微臣把脉时，皇后娘娘还有胎动，怎么今日……哎……”宋文轩悲叹道，“臣这就用七莲丹给皇后娘娘止血。”

狄青青颔首，她转身离开内殿，撩开帐幔，走向外殿。

此时她才惊觉自己脚步虚浮，每一步都像快踏空，全身隐隐颤抖。

走至外殿时，狄青青望着满地跪着的人，沉痛道：“皇后娘娘诞下死婴，万幸皇后娘娘无碍。现在，我奉皇后娘娘懿旨，查胎死腹中缘由。众位都到门外候着，我一一盘问过后，方能离开！”

“是。”众人俯首，互相对视一眼，彼此皆不知发生了什么事。

很快余公公与玉嬷嬷将一干人等都带至殿门外，等候狄青青盘问，宜和宫殿门紧闭，将冰冷寒风都挡在门外。

风越来越大，竟下起小雨，打在脸颊之上，刺痛无比，才发现原来不是雨，竟是冰雹。

余公公给在场每一个人都做了登记，玉嬷嬷则是亲自记载问话。陆陆续续，众人问完后都被遣退，只余御医宋文轩、沈冰蓝两人，南宫翊一直在殿外守候此刻亦在。

琉璃时不时为狄青青掸去额间、肩上的冰雹，关切道：“小姐，千万不能受冻。还有一个月就要临盆了，不能有闪失。”

狄青青一边翻看刚才玉嬷嬷的记载，一边思考，听到琉璃的话，应了声：“好。”

沈冰蓝实在太累了，此刻几乎站不稳，唇色发白。她身形晃了晃，南宫翊见状，一把将她扶稳，搂在身侧，关切道：“折腾一晚上也累了，当心孩子。”

沈冰蓝娇羞地低头一笑，为人妻，将为人母的幸福洋溢于嘴角。

这一幕，狄青青无暇顾及。

琉璃看得眼里直冒火，拳头紧紧握着，双颊气呼呼，忍不住讥讽道：“小姐，咱们的孩子只有自己多心疼了，哪像有的人，只会捡别人剩下的现成的。对吧，小姐。”

狄青青正在思索重要问题，也没细听，随口附和：“嗯。”

沈冰蓝闻言，咬紧下唇，直咬得唇色惨白，双手死死捏住袖口。一双水眸里，盈盈泪水呼之欲出。

刺骨的寒风肆虐，细小的冰雹，虽不大，打在屋檐上，噼里啪啦直响，吵得人心烦意乱。

狄青青合上手中的记载册，交至玉嬷嬷手中。

甫一抬头，便见到沈冰蓝一脸委屈状，而南宫翊脸色发黑，伸手护着身侧的佳人，如待珍宝般轻拍着她的肩侧，柔声哄着：“不要生气，与她生气不值得。”

刺眼的一幕，狄青青不知是冷还是痛。与她生气，不值得，是指自己？

呵呵，狄青青冷笑：“沈冰蓝，我现在开始问你，听说你的父亲沈四海有独门绝技，可以施展银针调整胎位。可否详细介绍下施针方法？”

沈冰蓝双唇微微哆嗦，看起来楚楚可怜：“娘娘怀疑我？”

南宫翊薄唇张了张，最后开口道：“冰蓝尽心尽力为皇后娘娘施针，时常需弯腰跪侍数个时辰，其心可鉴。你若没有确切的证据，断断不要冤枉她。”

“哈哈哈。好一个护妻心切。”狄青青仰天大笑，笑得不可遏制，停下时，目光里溢满伤痛，连余公公都不忍直视。

她深吸一口气，平复后已然恢复从前坚不可摧的狄青青的模样，她平静地一字一句道：“不想被人怀疑，就好好回答我的问题。”

沈冰蓝被狄青青的气势镇住了，只得回道：“沈家祖传调整胎位针灸手法，主穴至阴穴，用三棱针扎至出血，然后用陈艾熏之。再分别扎隐白，三阴交，京门三处辅穴。可令胎位顺转，化危险于安。”

“据我所知，你乃遗腹子，你父亲沈四海获罪时，你尚未出生。你是如何学会医术以及针灸之术的？”狄青青挑眉。

“你怀疑冰蓝医术不够？”南宫翊发难道。

狄青青懒得抬眼，只吩咐玉嬷嬷：“我所问，都要记载。”

玉嬷嬷应声，将问题记下。

“你！”南宫翊只得作罢。

提及往事，沈冰蓝将唇咬得发白，道：“家父获罪病逝，女眷皆充作官妓，家母私藏父亲所著之书，且家母本是医女，技艺精湛，不在家父之下，自小教导我医术以及针灸之术。”

“你深居翊王府，皇上怎知你有此绝技？”狄青青追问道。

“是微臣推荐沈妃。微臣诊断皇后娘娘胎位不正，特向皇上推荐，以保皇后娘娘平安。”宋文轩回道，他尚未离开，正等狄青青问话。

狄青青了然，又问：“你为皇后施针多久，施针到何时？”

“到昨日为止，恰恰二十日。”沈冰蓝精疲力竭，体力撑不住，无力地回道。

“宋御医，方才你在皇后娘娘床头曾言，昨日你把脉时，尚有胎动。你昨日何时把脉，是你先把脉，还是沈冰蓝先施针？”狄青青轻轻掸了掸袖口的冰雹，语气像是问天气，然凌厉之意令人骇然。

沈冰蓝一僵。

宋文轩想了想道：“是臣先请脉，随后才施针。”

南宫翊越听脸色越不好，阴云密布，似要爆发雷霆之怒：“问来问去，你还是怀疑冰蓝。皇上回来后自有公断，她休想冤枉你。冰蓝，我们走。”说罢，他不想再听，披风横甩，银光闪耀，抬步便往殿下台阶走去。

彼时天微微亮，因着下雪，厚重的云层只裂开一道灰蒙蒙的口子，天地间似雾气蒸腾缭绕，万物轮廓皆朦胧。

沈冰蓝见南宫翊已迈下台阶，赶紧转身跟上，也不再回话。

这时，一直沉默的琉璃急了，她本就看不惯沈冰蓝，此刻更是恼火，上前拽住沈冰蓝：“我家娘娘还没问完话，谁敢走，便是对我家娘娘大不敬，你担待得起吗？”

沈冰蓝亦怒了，柔弱的脸涨得通红：“你是何身份？竟敢拉扯我？”

“呵呵。”琉璃冷笑道，“身份？你我都是青楼里出来的人，谁比谁尊贵？有什么好骄傲的。无非你比我擅长勾引男人，爬得快些。”

“你！你太过分了！”沈冰蓝气结，她最厌恶的便是自己曾经沦落青楼。她气得直抖，见南宫翊回身望过来，赶忙将求救的眼神投向南宫翊。

“你不准走，娘娘还要问话。”琉璃死死拽着沈冰蓝，丝毫不肯松手。

狄青青出声制止道：“琉璃，休要胡闹，回来！”

可，太迟了。

天微亮，光线不佳。不知是因下着冰雹，台阶湿滑，还是因沈冰蓝与琉璃两人用力拉扯，只见沈冰蓝柔弱的身姿后仰，直挺挺地从宜和宫殿前台阶上摔了下去，翻滚了整整二十多个台阶。

南宫翊虽离得不远，可与沈冰蓝摔下的方向不同，他伸出手，一切太快了，快到他只来得及触到沈冰蓝的衣角，眼睁睁地看着她滚下台阶。

沈冰蓝摔下台阶后，一路翻滚，直至拦腰撞在树干上，才停下。她躺在那里，手臂摊开在地，一动不动。

“啊！”殿下有宫女瞧见，陡然尖厉地叫起来，“血，好多血啊！”

南宫翊纵身一跃，飞奔而下。

狄青青一路顺着台阶而下，宋文轩连忙上前小心护着她。

琉璃呆滞地站在原地，愣愣地注视着自己的双手，明明她没有推沈冰蓝啊，怎么就摔下去了？再后知后觉，她也知道自己闯下大祸，一时间脚下犹如灌了铅，半步也挪动不了，脑子里嗡嗡直响，心神一团乱，她自己怎样都无所谓，就怕连累小姐……

南宫翊率先来到沈冰蓝身前，他不敢轻易碰她，生怕有闪失。

狄青青和宋文轩随后赶到。

眼前的场景，众人都惊呆了。

鲜血浸透沈冰蓝的下身，她本是穿了件素青色长裙，此时已成了鲜红，血一路蜿蜒漫开，似伸向四面八方的魔爪。

狄青青即便见惯了骇人场景，此刻也不免心神慌乱。

冬日刺骨的冷风肆虐，冰雹越下越大，打得眼前一片迷蒙，渐渐转为稀稀落落的雪花。打在脸颊上，已浑然不觉得冷。

宋文轩尚且镇定，连忙上前给沈冰蓝把脉，他的手微抖，极力控制着自己。片刻，他抬头，眼神空洞无光：“她小产了，孩子没了。”

不远处，宫皓月急急朝宜和宫赶来，随同太监已将千乘碧雪的情况告知他。待到他来到宜和宫殿下，却看到了意想不到的一幕。

狄青青的心沉入谷底，第一次没了主意，琉璃闯下大祸，该怎么收场？

宫皓月见沈冰蓝倒在血泊里，皱眉询问：“怎么回事？”

南宫翊单膝跪地，言辞恳切：“琉璃将冰蓝推下台阶，害她小产丧子，如此恶婢，恳请皇上惩处，为臣尚未出世的孩儿报仇。”

狄青青只觉呼吸都艰难，狠狠闭眼，不知该如何解释。

宫皓月瞥了一眼昏迷的沈冰蓝：“宋文轩，你先给她医治，务必保她平安。”他偏头，遥望一眼站在台阶之上不知所措的琉璃，冷冷道，“其余人等，全部随朕去林夕宫，朕自有公断。”

少顷，众人齐聚林夕宫。

宫皓月端坐于主位之上，狄青青因怀有身孕，宫皓月为她设一张座椅，其余人皆恭敬站着，唯有琉璃跪在地上。

宫女用一副软担将沈冰蓝抬进来，沈冰蓝知道自己小产，眼神空洞游离，泪仿佛流尽了，她双肩不停地抽动，悲痛欲绝。害她之人琉璃就在眼前，可惜她一点力气也无，只软绵绵地趴在软担上，指着琉璃：“你……好狠毒……”

宋文轩随沈冰蓝一道进来，跪下道：“皇上，娘娘，王爷，沈妃胎儿不保，所幸血已止住，性命无大碍。”

琉璃半伏于地，到了这一刻，她反倒镇定了，常年跟随狄青青，此刻哪怕是获罪，她也应当保有自己的气度。她重重叩首：“罪婢无可辩解，此事与娘娘无关，全因当时天尚未亮，罪婢一时失手，致使沈妃跌下台阶小产。还请皇上发落。”

狄青青沉默不语，纵然擅长辩驳，可她此刻一点理由也想不出来。她棱角分明的唇动了又动，始终说不出一句话来。几乎一晚没睡，又折腾至今，她头晕眼花，几乎要熬不住。

宫皓月一派风雅地侧身斜躺在椅子上，锐利的眼神打量着每一个人，像是看好戏。他端起茶杯，轻抿一口，深吸一口冬茶香气，慢慢道：“既然琉璃已认罪。按律，以下犯上，死罪。除非……”

他停顿了下，视线落在南宫翊身上：“除非翊王念及旧情，青青，琉璃死罪与否，让翊王自行定夺。”说罢，他继续品茶。

殿外，天光大亮，绵绵小雪已转为鹅毛大雪。雪花随风肆虐狂舞，不多时便将整个皇宫笼罩在茫然的白色中。

狄青青望着南宫翊孤绝冷傲的身影，他穿着黑金丝长衫，浑身凛冽之气，自然天成。他站在那里，就像一幅壮丽的风景，让人情不自禁被吸引过去。

她扶着座椅把手，一点一点支起身。

全身无力，她以为自己站不稳，终究她还是站稳了，一步一步走近南宫翊身前。

四目相望，虽然彼此没有开口，目光里却有万千情绪流转。她静静望着他，缓缓道："新婚第一次见你，是在天牢。我曾无数次设想过自己的大婚，自己的夫君。不得不承认，你还是给了我最大的意外。"

南宫翊神情一僵，薄唇紧抿。

她神情缥缈，思绪翩飞，整个人似沉浸在往事中。

虽没有美好的开始，他厌恶她，她不屑他。可他的真性情，还是渐渐吸引了她。曾记得，他明眸圆睁，讥讽她，狄青青，你可知'廉耻'二字如何写。

她觉得惹怒他，其实很有趣，她喜欢看他气炸了却无话可说的窘态。

不得不承认，她活了二十年，只有他走入了她的心。

她叹了口气，声音空灵，仿佛不在尘世，幽幽道："曾经你终身不改，曾经我此生不改。如今，都要改了吗？"

南宫翊握紧拳头，细看之下手臂微微发抖。

这句话，在场的只有他们两人懂是何意。

曾经他送她满捧黄色瑞霄花，盎然春色下，他嘴角微扬，青青，我南宫翊执此一人，终身不改。

曾经在永湘城，她伸手解开他的腰带，替他褪下玄色长衫，翊，我狄青青认定你，此生不改。

是啊，如今都要改了吗？

"我……"南宫翊只说了一个字，再说不下去。

狄青青低头片刻，再抬起时，眼角已有泪痕。

在他面前，她轻易不落泪，上次落泪依稀记得是在刑台之上，雨水，泪水，难分彼此。

她哭着对他说："翊，我怀孕了。求你，一定要活着回来。"

他活着回来了，可一切都变了。

狄青青狠狠闭眼，深吸一口气，菱唇吐出三个字：“俱往矣。”

南宫翊一言不发。

沈冰蓝见南宫翊似有动摇，急忙道：“王爷，您要为臣妾做主啊。这可是王爷您的亲骨肉。”

大殿之上，安静得令人窒息。

琉璃突然跪着侧身，面朝南宫翊，声音恳切道：“姑爷，您不用为难，琉璃甘愿一死，此事与小姐无关。姑爷，琉璃叫您一声姑爷，不论斗转星移，沧海桑田，您永远是琉璃心目中的姑爷。”

这一声“姑爷”，勾起狄青青心底无限往事，泪水奔涌而出。

曾经，琉璃那么崇拜他，“哇，这就是姑爷呀，好俊啊，好有气势啊。哇，你看他的眼睛，深灰色呀，颜色好美啊。小姐，小姐。”

她一直知道，琉璃早就向他倒戈了。

“姑爷别生气，我家小姐回去一定向您认错！”

狄青青气得无奈：“琉璃，你究竟是谁的丫鬟啊！我怎么感觉你完全被南宫翊收买了？！”

“我才不用收买。我家姑爷又高又俊，又威武又神勇，又温柔又体贴，天下第一美男。”

可如今……

狄青青起先只是流泪，渐渐小声地哭泣起来，双肩隐隐颤抖。

琉璃跪着爬到狄青青脚边，拉着她的裙角痛哭道：“小姐，你不要难过。琉璃这条命本就是捡回来的。若没有小姐，琉璃早死了。琉璃这辈子最开心的，就是跟着小姐这段日子，吃喝不尽，玩遍天下。小姐，以后琉璃不能照顾你了，你快要生了，自己一定要多当心，按时吃饭，不要看书太久，脖颈儿会酸，琉璃不能再给你揉背了。”

狄青青抬袖拭去眼泪，突然牢牢盯着南宫翊，道：“夫妻一场，我从未求过你什么？你若肯放过琉璃，你我见面是路人。你若不肯放，你我见面……”

话音未落。

“小姐，保重。”琉璃突然猛地起身，冲着林夕宫中的柱子便要撞去。

狄青青未说完的话哽咽在喉口，转为惊呼。

南宫翊突然扬手，明晃晃的银光一闪而过，待狄青青看清时，已来不及阻止。软剑自琉璃背心刺入，深不见血，唯见雪亮的剑尖自心口露出。

南宫翊反手收剑，冬风钻入殿中，掀得他墨黑衣摆猎猎翻飞。

琉璃软软倒下，双目紧闭，了无生息。

宋文轩上前探了探鼻息，唇齿直抖："她……她没气了……"

狄青青麻木地站着，不怒也不哀，眼里似一潭死水，激不起半点涟漪。半晌，她只是默默将刚才没说完的话，轻轻说完："你若不肯放，你我见面是仇人。"

南宫翊听得清楚，他恍若未闻，双膝跪下，对殿上高坐的宫皓月道："皇上，琉璃罪不可赦，臣已将其依律处置。罪婢琉璃出自翊王府，肯请皇上批准由翊王府收尸。"

宫皓月自座椅上起身，他捋了捋微皱的袖口，慢慢道："准了。朕该去瞧瞧皇后了。善后事宜，劳烦翊王。既然皇后已生产，你与沈冰蓝就回王府吧。"

"是，皇上。"南宫翊拱手恭敬道。

宫皓月走近狄青青身边时，见她神情木然，他错身而过，并未安抚。方才他们的对话他都听清了，他心思缜密，此刻他不插手不多言语，只会加速南宫翊与狄青青决裂，所以他难得袖手旁观，径自走出林夕宫。随同太监们连忙为他撑起明黄色的伞，身形渐行渐远。

林夕宫内，琉璃安静地躺在地上，就像是睡着一般。

沈冰蓝冷漠地望着这一切，不言不语，唯有扬起的嘴角显露出几分得意之色。

狄青青冷眼瞥见，她突然疾步逼向沈冰蓝，眼底一片深沉，如漆黑的夜，神情直欲噬人。

沈冰蓝一惊，浑身不寒而栗，呼喊道："王爷救我。"

南宫翊偏头，见狄青青逼近沈冰蓝，也不知要做什么，他抬手一推。

狄青青身子本就笨重，南宫翊这一推，令她硬生生地后退数步，直至腰猛地撞在桌角上才停下。

"砰"一声闷响，却被屋外狂风横扫声覆盖了。

南宫翊目视着她，薄唇微动，终究没说一个字，只是上前将沈冰蓝护在身旁。

狄青青讪笑着摇头，原本想说的话，在看到南宫翊怀抱沈冰蓝的样子时，尽数咽了回去。她本想让沈冰蓝好自为之，别让她抓到把柄。可他那样护着沈冰蓝，罢了，她还有何话可说？

腰受到猛烈撞击，可她丝毫感觉不到疼。

她转身，心口剧烈地疼，头也撕裂般疼，折腾了一夜，又经历噩梦般的上午，整个人仿佛被千军万马踩踏过，浑身都痛得麻木。

一步一步，她一个人走出林夕宫，形单影只。终于，只剩下她一人了，她忽然想起远在南疆的爹爹，忽然想起早逝的娘亲。

天空像被捅破了窟窿，狂风大作，雪花肆虐狂舞。

刺骨的风直钻入衣襟，却远不及她心冷。冰冷的雪落在她发间、眉间，却丝毫没融化，只因她此刻已毫无温度。

她不知自己如何步下台阶。四周白茫茫一片，远处，近处，目光所及之处，都裹着厚厚的积雪，掩盖了曾经发生的一切。

她跌跌撞撞，一脚深，一脚浅。苍茫大地只余一种颜色，她不知自己该去何方。

突然，她身后传来惊恐的喊叫声。

“娘娘，娘娘！您在流血！”宋文轩不放心，从林夕宫出来，追上狄青青。当他看到雪地之上两行参差不齐的脚印，每一个脚印，都带着血迹时，他几乎惊叫出声。

狄青青木然转身，隔着朦胧飞雪，诧异地望向宋文轩。她太累太累，眼皮渐渐沉重。

宋文轩几步奔上前，扶稳狄青青，急切道：“娘娘，你……你要提前生了……”

天太冷，狄青青这时才感受到，腿间一股暖流涌出。她一怔，心下了然。可她太累了，眼前一黑，双腿一软，直直倒下，再无知觉……

狄青青仿佛走过漫长的黑夜，她似置身洪流之中，意识飘忽起来，身侧人影憧憧，穿梭往来，她神志半明半灭，配合着用力，她知道自己诞下了一个男孩。可她太累了，无法睁开沉重的眼皮，甚至不能看孩子一眼。

她太累了，仿佛周围一切都不存在。她只想好好睡一觉。

她一直睡着，睡着，不愿醒来。

偌大的世界，万千山水，少她一人又何妨？她像是独自站在梦境的白光之中，俯视着华丽的世界，人间的疾苦，以及自己内心的沧桑。

她彷徨着，走着，不知自己置身何处，也不知时光流逝。

仿佛走到梦的尽头，再无去处，迷蒙的白雾之中隐约浮起一道苍凉的声音。

“凡事要用心灵去观察，闭上眼，才能看到别人看不到的细节。身不同，境不同，道亦不同。案不同，时不同，破亦不同。”

一语点破心中所惑，狄青青浑身一激灵，猛地自梦中惊醒，睁开沉重的眼皮。酸，好酸痛，酸痛得眼皮几乎承载不住炫目的光线。

细碎的阳光，从窗棂中射入，似冬日里一股清流，落在她眉间，将她整个人镀上一层淡淡的金色。

她缓缓睁开眼，环顾四周，这是玉华殿，一切如旧，宁静又幽美。

“娘娘醒了，娘娘醒了！”

宫女芷凤惊喜地大喊出声，她激动得语无伦次：“快端粥来，娘娘肯定饿了。不不，端水。不不，赶紧通知皇上！”

狄青青淡淡地瞅着芷凤，这名宫女，她曾几度不想要，也一直拒之门外。她知道芷凤是宫皓月的眼线，眼下琉璃不在了，自然芷凤又回来了。只不过，此刻芷凤脸上倒是有几分真切。

芷凤上前将狄青青扶起来，泣道：“娘娘，您已经昏迷了十多日，皇上都快急疯了。”

狄青青想开口，喉咙干哑，好不容易才找回自己的声音：“我饿了。”

“好，马上就拿来，娘娘稍等。”芷凤一边抹泪，一边说道，“娘娘醒来就好，奴婢还以为……”她泣不成声。

很快，一名小宫女端来粥。

芷凤接过粥，仔细吹凉，道：“娘娘刚醒，先喝些清爽的粥汤。”

芷凤刚要喂狄青青，狄青青自己接过碗道：“我自己来。”她的手有些虚浮，有些颤抖，可她还是牢牢控制住自己，她一口一口喝着，未置一词。

不多时，宫皓月匆忙赶来，他奔至床前，猛地将狄青青拥入怀中。

好在狄青青碗里的粥汤早已喝完，否则便洒了一床。

宫皓月止不住地颤抖着，发自内心地恐惧："青青，我好害怕，我差点以为再也见不到你了。生完孩子，你昏迷了十一天，御医束手无策。"他越搂越紧，隔着冬衣，尚能听到他心跳如雷。

狄青青被他搂得快断气了，艰难道："松开，我喘不上气。"

宫皓月赶紧将她放开，复而捧起她的脸，紧贴着她，汲取着她脸颊的温暖："还好，还好。你没事就好。不然我要这万里河山，又有何用！"

狄青青面露动容之色："多谢你这十多日不眠不夜的照拂。"她不再言语，只望着他疲惫的俊颜，他素来保持着优雅，从没如此颓丧过。此刻他长发凌乱，眼窝深陷，清亮的眼底布满血丝，下巴胡茬儿未剃。

她有多久没有这般好声好气同他说话了？宫皓月微愣："你知道？"这十多日他几乎没上朝，寸步不离守在她身边，若不是此前有紧急的事，他也不会离开。

狄青青微微一笑，点头道："我知道。我意识清醒，只是太累，想多睡一会儿，让你担心了。"

宫皓月再度将她拥入怀中，真切道："我从未体会过这种害怕的感觉，天知道，我宁愿自己身在地狱，也不愿你受这样的苦。我不敢离开，我怕一走，你会……一睡不醒……"他几乎说不下去，松开她，他拉过她的手，按在自己心口，喃喃道，"这里，像是被掏空了，青青，没有你，我该怎么办？"

狄青青另一只手按在他的手背上，眉眼之间柔情脉脉："皓月，都过去了。"

她这样叫他，她有多久没有这样叫他了？

宫皓月欣喜若狂，他更贴近她，见她没有避开，突然头一低，吻在她的唇上，她没有躲，这样的认知令他全身颤抖，每一个毛孔都张开了。

她轻轻回吻了他一下，如同春风一般，温暖得让他心里发酸。她，终于接受他了？

宫皓月顷刻间疯狂，深深吻着她，直至崩溃边缘。忽然，他猛地离开她，再这样下去他就要失控了，她的身子还不能承受，他必须忍。

他喘着气，无法平复，问道："青青，你知道我等这一天等了多久？"

他伸手抚摸着她的唇，他不敢再吻，却又舍不得离开，只能反复摩挲着。终于，她是他的了。

“让你久等了。”狄青青浅笑着，她似乎累了，侧身靠着他，蜷缩在他身前。

宫皓月惊喜地揽着她。

这样的宁静，从未有过。窗外风雪早停，遍洒的阳光似能温暖人间一切。

宫皓月想起一事，他迟疑许久，终究还是问出了口：“青青，你怎么没问我孩子的事？”

狄青青一怔，沉默片刻道：“你总会告诉我的。”

宫皓月叹了口气，声音轻柔似流水潺潺：“你诞下一名男孩儿，当初我承诺你，如果是女孩，你可以留下。所以……”他停一停，斟酌了下，还是道，“孩子我让南宫翊抱走了，他说会养在沈冰蓝膝下。”

狄青青自他怀中起身，望着满地洒进来的阳光，仿佛遍地生出金莲，刺得眼睛生疼。她冷笑：“我知道了。”

宫皓月见她脸色不好，刚要劝她。

狄青青突然打断，神情决然：“你不用说了，我与那孩子无缘，从此便与我无关。”

“你若如此想，便最好。”宫皓月自身后搂住她，贪恋着她身上的馨香，“青青，我们终于可以在一起了，我们会有很多孩子。”

狄青青低头，轻声道：“你为我耽误那么多朝事，快去忙吧。我再休息一会儿，有些头晕，让宋御医来替我诊脉。”

宫皓月连忙道：“瞧我，这么重要的事都忘了。”他起身吩咐芷凤道，“速去请宋御医，给娘娘好生调理。如有差错，唯你是问。”

芷凤连忙跪下，跪拜道：“皇上放心，恭送皇上。”

宫皓月心情愉悦地大步离开，脚步生风。

宋文轩请过脉后，狄青青服下汤药，又吃了些流食，一觉睡至第二日天明，此时，她恢复得差不多了，整个人神清气爽。她起身坐在铜镜前，唤道：“芷凤，替我更衣。我去皇后娘娘那一趟。”

“是。”芷凤连忙挑了件描金锦绣凤袍，又取了一对珊瑚步摇。

狄青青瞥见，皱眉道："太奢华，取我的天丝长衫便可。"

芷凤轻咬红唇："是，娘娘。"

少顷，狄青青换好素白长衫，披一件藕色狐狸毛坎肩，如缎长发绾起，只斜簪一支碧玉，简单素雅却不失风韵。

芷凤小步跟在狄青青身后，刚要踏出宫门，狄青青回身阻拦道："你在这里等我，我去去便来。"

芷凤不好拒绝，只得道："娘娘，外面积雪很厚，路滑，您可要仔细。"

狄青青应声，独自一人走出玉华殿。

听闻暴风雪下了十日，踏出殿门，外面白皑皑一片，连绵不绝，雪太厚，花树几乎瞧不出轮廓，冰封湖面，凝冻如镜，飞檐翘角上挂满冰凌，在阳光之下，夺目绚烂。

走过一处拐角，行至湖边假山处时，突然有人低唤一声："娘娘。"

这声音很耳熟。狄青青一愣，莫不是秦玉贞身边的芷灵？

她慢慢转身，却见眼前芷灵扑通一声跪在雪地里。

"你这是做什么？"狄青青诧异道，记忆中芷灵同她主人一样飞扬跋扈、趾高气扬。

"求您救救我家小姐吧，求您了！"芷灵"砰砰"猛磕头，地面的积雪早已凝成硬冰，她的额头顷刻间肿破流血。

狄青青伸手阻拦："起来吧，玉妃娘娘出事了？"

芷灵不肯起身，一味磕头，冰面上一片鲜红血迹，像是冬日里群放的红梅，触目惊心。

她边磕头，边泣道："我家小姐曾经得罪过您，我们亦屡次为难您。您没有理由帮我们。可我们实在走投无路，天底下除了您，没人能还我家小姐清白。请您受我这一百个磕头，救救我家小姐。"

狄青青皱眉道："不用磕头，你起来说话。"

可芷灵坚持不停地叩首，一下又一下，"砰砰"声直击人心。

狄青青没再阻止，她知道，这是芷灵的诚意，她不禁感叹，芷灵是秦玉贞从家中带来的婢女，果然忠心不二。她不禁想起了琉璃，心口痛得难以呼吸。

良久，芷灵终于磕完一百个头，她头晕目眩，无法站起来，额头鲜血顺着两颊流下，染湿了她的衣领。

“说吧。”狄青青的眼神分外清明，“你家小姐现在人在何处？”

“皇上已将小姐打入冷宫。”芷灵抬袖拭泪。

“走，我跟你去一趟。”狄青青心下觉得此事非同一般，她必须亲自走一趟。

芷灵喜出望外，刚要跪拜叩谢，狄青青弯腰抬手拦住：“赶紧走，不宜久留。你在前面，我稍远一点跟着。”

芷灵四下环顾，颔首带路。

狄青青余光扫过地面磕头留下的血迹，她抬脚踢了下一旁的松树，哗啦啦，积雪落了一地，顷刻间将所有痕迹覆盖。接着，她转身，若无其事地远远跟着芷灵往冷宫走去。

冷宫地处皇宫最北边，路很漫长，狄青青跟着芷灵走了许久。凛冽的北风刮来，吹得她格外清醒。

越走越荒凉，最后她们来到一座破旧的宫殿。

“要委屈娘娘从这里钻进去。”芷灵指着墙角一个大洞，歉然道。

“无妨。”狄青青随她一道弯腰钻进去。

院子里厚厚的积雪覆盖，无人打扫，几乎堵住门口。老旧的木门被冷风吹得吱呀直响，殿前的柱子红漆斑驳，墙面更是大片脱落。

殿内极冷，没有火盆取暖，亦照不到阳光。

这里，与世隔绝般的死寂，阴暗潮湿，空气中充斥着腐败的味道，即便正常人，久待也会抑郁得病。

秦玉贞冻得瑟瑟发抖，不停地搓动着双手，见到狄青青，她突然停了下来，怔怔地望着狄青青。

昔日冷艳无双的容颜如今透着苍白与绝望，秦玉贞寒星般的眼里泪光点点，语意凄凉：“没想到你真愿向我施以援手，过去……”

“往事不值一提。”狄青青直截了当道，“到底出了什么事？”

秦玉贞叹了口气，道：“枉我出身大户门庭，饱读诗书。你的气度，我自愧不如。皇后娘娘诞下死婴，都说是被人所害，我也有所耳闻。后来，皇上命大理寺介入，宫中大肆搜查，经勘查大理寺认为皇后娘娘是临产前被人投毒，导致胎死腹中，险些一尸两命。谁承想，禁卫军竟搜至我的云影宫，从我房里搜出一瓶莪术，大理寺验过之后，说是特殊品种的莪术，一茎能开出七朵花，药性极烈。皇后娘娘正是服用这种药才诞下死婴。”

“一茎开出七朵花的莪术？那必定生长于极热的南疆地带。”狄青青思索了下道。

“狄青青。”秦玉贞突然激动，长眸圆睁，上前拽住她的衣角，“我从未出过远门，更遑论南疆，我对药理一窍不通，怎可能识得莪术？定是有心人陷害啊！”

“盛有七花莪术的瓶子，是凭空多出来的？你难道未曾察觉？”狄青青问道。

秦玉贞摇摇头：“说到这个真是奇了，这个瓶子本是皇上赠我，白玉精雕而成，晶莹剔透，遍体镶嵌着镂空黄金。我本用来盛香料，谁知，竟变成了莪术，我真是做梦也想不到，究竟是谁要害我。”

“皇上赠你多久了？”狄青青又问。

“好些日子了。我一直珍藏着，舍不得赏玩。”秦玉贞眉心有着舒展不开的愁绪，叹道，“我知道自己平日骄纵跋扈，得罪了不少人，我出事没人愿意帮我。可我也非贪生怕死之人，若能一死抵罪，死又何妨？可是，此罪我们秦家担不起啊。”

狄青青眼皮直跳，直觉不好：“你担心，此事会波及秦家，皇上会将你的父亲兵部尚书秦雷阳撤职？”

秦玉贞苦笑道：“你昏睡多日，有所不知。朝中局势风起云涌，我爹手握重兵。我入宫，本该稳固地位，助爹爹一臂之力，谁知竟遭此诬陷。皇上将我打入天牢那日，已将我父亲一并撤职。”

“什么！”狄青青身形猛烈一晃。兵部尚书被撤职，那秦雷阳手中的兵权，何去何从？

“娘娘。”芷灵含泪补充道，“被打入冷宫后，我与小姐急疯了，四处求助无门。听闻娘娘您终于苏醒，我们又燃起一线希望。娘娘，小姐深知曾对不住你，关照我定要磕满一百个头，求您相救。”

秦玉贞突然扑通一声跪在地上。

“你这是干什么？快起来。”狄青青连忙蹲下扶她，“跪天跪地跪父母，莫要轻易跪人。”

秦玉贞轻轻摇头，举手竖起三指，郑重道："举头三尺有神明，我秦玉贞对天发誓，没有害过皇后娘娘，如有半句虚言，愿遭五雷轰顶，死无全尸。请你受我一拜。"她重重叩首，伏在冰冷的地面上，泪水奔涌而出，哽咽道，"若我还能重见天日，秦家得以保全，我愿为你做牛做马。"

秦玉贞起身，抬首之时已悄然拭去眼角的泪痕，强撑着一身傲骨。

狄青青心里似滚着惊雷，事态远比她想的要严重，她所剩的时间已不多了。她闭一闭眼，复又睁开，执起秦玉贞的手，拍了拍她的手背，一字一句道："我会还你清白。"

那一刻，秦玉贞眼底流转过无数复杂的情绪，道："你真的相信我？"

狄青青转身，只道："抱歉，我必须走了，我的时间不多，有太多事，我必须尽快完成。"说时，她已大步离去，脚下生风，从来时的洞里飞快钻出去。

秦玉贞追至门前，望着狄青青远逝的背影，心内百感交集，她转头吩咐芷灵："我现在困在笼中，动弹不得。你不用管我，我能照顾好自己。狄青青一人，势单力薄，你去看看她有何需要帮手，一定不遗余力。"

"是，小姐。"芷灵重重颔首。

狄青青一路出了冷宫。

她越走越急，越走越快，寒风在耳畔"呼呼"肆虐。她身子一阵阵发冷，直至瑟瑟发抖。

突然，她猛地停下来，站在分岔的路口。心中涌上无穷无尽茫然，大脑一片空白。宫皓月即将匡扶前朝，他必定已经全然部署好。可她要做的事，全都未完成。如何斗得过他？

眼下，她就像站在这分岔口，向左，向右，向前，向后？她只能选择一次，没有机会和时间重来。这么多人的生死系在她的身上，天下苍生，百姓疾苦，重担压得她喘不上气。

头，疼得仿佛刀绞。

自大婚以来所有的事，在脑海里交错上演，不断翻滚。头痛欲裂，仿佛有无数洪流在奔腾，反复冲撞着她的额骨，似要将那骨节一节一节裂开。

她也不知自己究竟站了多久，风卷起积雪，狂舞飞旋，片片晶莹的雪花落在她身上，落在她眉间，她浑然不觉。

日光猛烈，却丝毫驱赶不了她心底的寒冷。

往事一幕幕，走马灯一样掠过。她强迫自己一件件，一点点去回忆，每一个人，每一件事，每一个细节，每一丝联系，脑海里无数的点，慢慢连成一条线。

突然，她想起什么，整个人像被雷击中，浑身一震，接着如风中残叶般剧烈地颤抖起来。她飞快地跑起来，拼命地跑，一路狂奔回玉华殿。

到了玉华殿，芷凤诧异地望着狄青青火急火燎的样子，福身问道："娘娘，您怎么了？"

"去帮我弄一些竹篾来，我想自己做一盏灯笼。"狄青青吩咐。

"啊？"芷凤半晌回不了神，"娘娘要灯笼，奴婢去司设房取便是，为什么要自己做？"

"你别问那么多，快些去取。"狄青青皱眉。

"是。娘娘稍待片刻，奴婢去去就来。"芷凤连忙去取，不敢耽搁。

芷凤去取制作灯笼用的竹篾时，狄青青则将自己一直藏着的两块手巾拿出来，一块是紫涵死时找到的，另一块则是紫秦死时找到的。

曾经，狄青青无数次将手巾合在一起，又反复在红灯笼下照，始终没能找到答案。然而刚才，她突然想到自己一直忽略了的一件事。

她一直认为，红灯笼和手巾之间的必然联系，是手巾在红灯笼照耀下会呈现某些东西。可如果这两块根本不是手巾，而本就是制作灯笼用的布料呢？前朝制作红灯笼的方法，是用血狐粉染色，如果用血狐粉将这两块手巾染色再制成红灯笼，究竟会获得什么答案？

很快芷凤取来了竹篾。

狄青青让芷凤在外等候，她则将染上血狐粉的两块手巾覆在竹篾制成的灯笼架之上。框架之内固定着一根蜡烛，一盏简单的灯笼便做好了。

她起身，将门窗全部关上，帐幔放下。

内殿之中，光线顿时暗下来。

芷凤远远望着，也不知狄青青在做什么，更不便多问。

一切准备妥当后，狄青青点燃手中的火折，这一刻，她的手隐隐颤抖，心跃至喉咙口，她不敢想，万一还是不对，后果会怎样。此刻，她已是山穷水尽，时间紧迫。

第一次，火折点燃红烛，用时那样长，从火星到燃起火苗，仿佛过了许久，狄青青屏住呼吸，静静等待。

沙漏静静流淌，每一秒都像是凌迟。红红的火焰，投射在染就血狐粉的手巾上，显现出鲜血一般炫丽的颜色。

她不敢喘息，生怕熄灭了火苗。就在她快要绝望之时，一行行白色的清隽的字迹显现了出来……

火一般的红，衬得每一个字仿佛在烈焰中浮起，既模糊又清晰，狄青青读完时，背脊直挺挺一僵，手停在那里，只觉得脑中安静得可怕。

她曾想过无数种可能，最后竟仍然超出了她的想象。

她做梦也没有想到，真相竟然是这样的。

她起身，吹灭了蜡烛。

顿时，周围一片黑暗，字迹也不复可见。原来这手巾上用无色特殊粉末写下了字，平日里怎么照都是看不到的，只有当血狐粉染就整个手巾时才能看到。血狐粉平时是白色的，在红烛照耀下才会呈现出绝美的红色，而当时留有字迹的地方不能融合血狐粉，因而呈现出来白色。这就是为何紫秦和紫涵，死前要点燃红灯笼，她们正是想暗示，红灯笼能照出手巾上的字迹。

狄青青猜测当年这手巾上染有血狐粉，然而紫秦和紫涵有所不知，血狐粉年久会失效，所以她们死时，红灯笼已无法照出字迹。唯有重新染过血狐粉，才能显现。

狄青青将手巾从灯笼上取下，收进怀中，将桌上制作灯笼的东西一并扔了，又收拾了一番。她推开内殿的门，芷凤在门外候着。

狄青青对芷凤道："我要出去一趟，若皇上来了问起……"

语未毕，芷凤突然跪下，正色道："若皇上问起，奴婢便说娘娘闷得慌出去走走，奴婢也不知娘娘去了哪。"

狄青青微微讶异，挑眉望着芷凤。

芷凤拜了一拜道，目露敬仰，道："奴婢知晓娘娘对奴婢心怀防范，一直避而远之。奴婢虽然是皇上派来服侍娘娘的人，可奴婢心里早就认定娘娘是主子。奴婢虽不知娘娘要做什么，但奴婢知晓娘娘要做的一定是对的。请娘娘放心，奴婢不会出卖娘娘。”

狄青青心内感动，叹道：“起来吧。你知道得越少，对你越好。我走了，你保重。”

芷凤起身：“是。”

狄青青冲她微微一笑，那笑容仿佛新雪下绽开的幽兰，令百花羞涩。

她转身，匆匆离去。当她跨出玉华殿的那一刻，芷凤眼角滑落泪水，一滴又一滴，缓缓坠落在她的锁骨之上，没入衣衫，不复可见。不知缘何，望着狄青青远去的背影，她总觉得，娘娘再也不会回玉华殿了……

折腾一日，此时已近傍晚。狄青青往千乘碧雪的宜和宫走去，宜和宫离得并不远，很快便到了。

大雪覆盖下的宜和宫与昔日盛景完全不同，显得庄严静谧。台阶上积雪已清扫干净，留出一道笔直的路来。

狄青青拾级而上，玉嬷嬷在殿前瞧见，连忙上前相迎，道：“娘娘，你终于醒了。皇后娘娘等了你好几日，你终于来了。”

狄青青微笑颔首，随着玉嬷嬷走进内殿。

斜阳遍洒，殿内光线却晦暗不明，窗上都悬挂着白纱，所有帐幔寝具都换成了素色，处处都流露出浓重的哀伤。

千乘碧雪坐在一张案前，面前摆着清茶，炭火上铜炉正烧着水，咕噜咕噜响。她穿着素白的衣裳，裙摆垂落在地，长长拖曳着，延伸至远处，头上簪着乌木钗，黑与白融合，整个人仿佛一幅忧伤的水墨画。她执起铜炉，缓缓注入杯中，顿时茶香四溢，热气袅袅。

狄青青端起一杯茶，吹凉饮了一口，沁人心扉，回甘无穷，她赞道：“皇后娘娘的茶艺绝顶，能饮到确是福分。”

千乘碧雪苦笑：“可我早没了心境。那日多谢你，救了我一命，若非如此，我又岂能安坐于此。”她怔怔望着杯中清茶荡漾，“你应是我最痛恨的人，可却是你救了我。日后，我该以怎样的心境面对你呢，狄青青？”

“皇后娘娘无须言谢。只要是青青遇上，断不会袖手旁观。更何况娘娘是青青少有敬重之人。”狄青青微笑道。

千乘碧雪深吸一口气，贝齿深深陷入红唇：“丧子之痛，痛彻心扉。

秦玉贞那贱人，我定要她不得好死！”

“娘娘凭何判断秦玉贞是凶手？就因从她房中搜出一瓶罕见的七花莪术，人赃俱获？那她又是何时何地，何时开始？又是如何用这七花莪术不着痕迹地害死娘娘腹中的胎儿的？方式、动机，娘娘可曾想过？”狄青青抬手轻轻摩挲着拇指上的翠玉扳指。

千乘碧雪被狄青青问住了，半晌才道：“大理寺说是混入我的安胎汤药中，他们找到我当时服用的药渣，从里面找到了这味毒药。也有人见过秦玉贞去过御药房。怎可能有错？”

“不是有错，是大错特错。”狄青青将茶杯往案上一搁，“啪”一声令千乘碧雪心惊肉跳。

浓重的压迫感逼来，千乘碧雪几乎窒息：“你的意思是？”

狄青青冷冷道：“耳听三分假，眼见未必真。大理寺只知其一，不知其二，七花莪术，虽能令胎儿死于腹中，但必不是一日之功，需每日少量服用，天长日久，毒入胎中，母体却无恙，方能不被察觉。”

“怒会蒙眼，恨会蒙心。娘娘也不想让无辜的人受罪，让真相永埋暗处，灰飞烟灭吧。”

“那……到底是谁？”千乘碧雪猛地拽下案上一枝水仙花，发狠般用力一揉，翠绿色的茎汁染满手，“我贵为皇后，谁敢如此！可恨可恶！”

“我还需找到证据。”狄青青突然起身，双目直视千乘碧雪，“我若找出真相，想向娘娘提一个要求作交换。”

千乘碧雪轮廓分明的唇微微颤抖着：“我必满足你。”

“那便好。”狄青青在内殿中转了几步，四下打量，问道，“娘娘的日常起居，我需要四处看看，可否？”

千乘碧雪道：“那是自然，大理寺也来看过，我没让他们动任何东西，这里至今还是原封不动。”

狄青青从袖中摸出她的放大镜，一处一处仔细观察起来。

她看了许久，静心凝神，最后在千乘碧雪的梳妆桌前停下来，她用放大镜仔细观察了每一件东西，却并不碰触它们。

片刻后，狄青青指着一只比手掌心略大些的贝壳，这贝壳外形饱满，光泽莹润，显然是一盒唇脂，她问道：“皇后娘娘这唇脂好生特别，从前每次见到娘娘，都觉得娘娘唇若丹朱，虽红却不艳，虽润却不腻，颜色鲜艳，怕是用的什么秘方吧。”

千乘碧雪幽幽道：“确是我自己调配，用红蓝花汁液，加丁香、藿香、苏百合、朱砂等混合少许油脂。女为悦己者容。可惜心悦君之，君却无视。哎，如今也无心装扮，你若喜欢便拿去吧。”

狄青青自然听懂千乘碧雪的意思，千乘碧雪对宫皓月一片痴心，从少女心萌动时便是，想来宫皓月因自己冷落千乘碧雪许久，如今两人的唯一羁绊——孩子夭折，千乘碧雪心中之痛可想而知。虽活着，却是常伴孤灯，凄凉空寂。

她取出一方绢帕，用铜挑子揭开贝壳，抹了一点唇脂在帕子上，摆摆手道：“我对这些，不感兴趣。娘娘睿智，这里都保持了原样。”说罢，她将贝壳合上。

千乘碧雪凝视着狄青青，似要从她脸上瞧出些许痛楚和悲怆来，然而没有，她终于忍不住问道：“狄青青，你的事我都听说了。我真想知道，你是如何做到的？”停顿了一下，她继续道，“跟随多年的婢女殒命，被所爱之人撞伤而提前生产，被情敌抱养自己的儿子。狄青青，你究竟如何做到不在乎？”

狄青青拿着放大镜的手，在听到“被情敌抱养自己的儿子”这句话时，狠狠一颤。她不着痕迹地继续用放大镜四处探寻，一边回道：“皇后娘娘，我有四句话，送给您。”

千乘碧雪起身凝立。

狄青青一字一句道：“把自己当成别人，把别人当成自己，把别人当成别人，把自己当成自己。皇后娘娘心思聪慧，参透不难。”

千乘碧雪美眸微敛，刚要细思这几句话的含义，谁知殿内寒风顿起，玉嬷嬷衣摆带风，匆忙入内，她抬眼看了下狄青青，禀道：“皇后娘娘，皇上要来了，片刻便到。”

狄青青一惊，直觉道：“不好，我必须躲起来。”

第十一章 残忍真相

千乘碧雪美眸里流转着光彩，对玉嬷嬷道："你先在殿外候着，准备接驾。"

狄青青赶紧将茶台前她饮过的茶杯收起，反扣在茶盘上，并将她坐过的蒲垫放回原处，她四处扫视，时间虽紧迫却有条不紊，凡是她碰过的东西都归回原位，直至看不出任何痕迹。

千乘碧雪长眉轻蹙，不甚理解："青青，你便是来看我，又如何？为何要躲起来？"

狄青青耳听远处似有脚步声，一把按住千乘碧雪的手臂，她的眼，瞳仁乌黑，此刻清澈明亮，满是真切之意："我来不及解释。你相信我，事关重大，不能有半点闪失。"

"哎。"千乘碧雪尚未来得及开口，狄青青已匆忙躲入床底下。

"皇上驾到！"玉嬷嬷在殿门前高喊一声提醒。

千乘碧雪连忙整了整衣襟，双膝跪地迎接。

宫皓月身着九龙戏珠锦缎袍，双肩亦是盘龙，气度非凡。他走至千乘碧雪面前，和颜悦色道："皇后不必多礼，起来吧。你身子尚未恢复，以后见朕不用跪。"

千乘碧雪自地上起身，抬眼看了他一眼，那角度，刚好将他漂亮的眉眼，柔和的唇，天人般完美的轮廓，微垂两肩的墨发，瞧了个彻底。龙袍仿佛为他添了一层金光，尊贵优雅，令人无法直视。

千乘碧雪的心猛地直跳起来，二十年了，她每次见到他，依旧控制不住心潮澎湃。他就是她这一生的毒药，她早已毒入骨髓，无药可救。纵然她出身名门，纵然她曾经辉煌，权倾后宫，可她在他面前，终究不过是一个渴望爱情的懵懂少女。

宫皓月并不知千乘碧雪在想什么，他瞥见茶盘，疑惑道："皇后真是好兴致，一个人品茶，还是在等人？"

千乘碧雪一怔，狄青青的担心竟不是多余的，他果然注意到了。

想了想，千乘碧雪语意凄凉道："愿得一心人，白首不相离。春时采花夏泛舟，秋来游猎冬品茶。臣妾日夜在等皇上，皇上是明知故问？"

宫皓月俊颜微僵，只得岔开话题："皇后身体还有哪里不适？"

千乘碧雪眼里闪过恨意，双手紧紧握成拳："身体恢复易，可心伤难愈。丧子之恸，不共戴天！生产那日，若不是狄青青阻止我饮下催产汤药，只怕此时臣妾已赴黄泉。"

宫皓月在听到狄青青的名字时，神情舒展开来，嘴角微扬。

千乘碧雪瞧得清清楚楚，她坐下，给自己斟了一杯茶，黯然品道："我与你青梅竹马，多年情分，想不到终究不敌旁人。我怎么也忘不掉，昔日竹屋前，我抚琴，你吹笛，岁月静好。皓月，若我没有被逼入宫，一切会不会不同？"

狄青青在床下听着，心中有些着急，千乘碧雪频频提及自己，也不知是何用意。

宫皓月亦坐下，千乘碧雪为他倒了杯茶，他抬袖饮毕，目光平静如水："皇后重创初愈，不要胡思乱想。这茶，色泽碧绿，余香袅袅，你的茶艺还与少时一般精湛。"

千乘碧雪的神情渐渐被痛楚覆没："臣妾永远忘不了，那日下着细雨。爹爹将我送入皇宫，马儿铃铛轻摇，车轮辘辘碾上青石板路，我一直回望，烟雨蒙蒙，却始终没有见到你来相送。我一直想，若你来了，或许我会有勇气，挣脱家族的枷锁，天涯海角，只要有你。可是你没有来……"

宫皓月放下茶盏，望着茶水荡漾起的涟漪，一动不动，眼底生出剑光般的寒意："去又能如何？徒增羞辱罢了。男儿志在四海，岂能浪迹天涯，苟且偷生？年幼受尽冷眼欺辱，朕只知一事，唯有掌握至高无上的权势，才能得到自己想要的。”

千乘碧雪手中的茶杯“啪”一声掉落，眼里多了分惘然。是啊，初相识，他正被一群孩子拳打脚踢。

“看看你，长得跟女孩似的。”

“没爹没娘的野孩子。”

“你叫我一声爷爷，我就把这个包子给你。”

她永远忘不了，他蜷缩在树根下，小拳头捏得紧紧的，脏污的小脸依旧掩不住绝色的俊俏，眼神里燃烧着隐忍的火焰。

她年长几岁，武将世家，学过些拳脚，冲上前去将他们统统赶跑。

“我是千乘家长女，谁再敢欺负他，我要你们好看！”

她蹲下身，摸了摸他饱满挺立的额头，将刚买的点心都给了他：“你乖啊，你叫什么名字？”

自那以后，她经常偷偷溜出去。天如镜，竹屋青，他在树下读书，溪水倒映着他清绝的身影。细雨中，她抚琴，他吹笛，春秋数载，默默相伴，教她如何能忘？

往事已矣。

千乘碧雪捡起跌落的茶杯，轻声道：“皇上，臣妾失态了。不知皇上今日来，有何事？”

“的确有事。”宫皓月正色道，“秦玉贞害皇后临产丧子，本已罪大恶极。朕顾及秦雷阳的颜面，暂且将秦玉贞打入冷宫。谁知秦雷阳非但不感恩，反而变本加厉，做出丧心病狂之举。”

残阳自西窗洒入，将千乘碧雪落寞的身影投射在冰冷的地面上。

千乘碧雪敛眸，掩饰自己心中的酸楚，果然他是无事不登三宝殿。她苦笑，原以为，他对自己心有怜惜，还是自己多情自扰。

她佯装紧张问道：“怎么了？出了什么事？”

宫皓月身上寒意迸射，冷冷道：“朕将秦雷阳免职，秦雷阳迟迟不肯交出兵部尚书的兵符，朕已觉得不妥，谁知昨日秦雷阳竟然借口北方游牧部落骚扰边境，将军队紧急调往北漠边境山中。”

千乘碧雪一惊：“秦雷阳公然造反？”

狄青青在床底下亦是无比震惊，竟发生这样的事。难怪昨日她醒转时，宫皓月忙于政务，竟是出了大事。

千乘碧雪正色道："秦雷阳造反，不知皇上意欲如何？"

"朕今日斟酌再三，已派南宫翊前往镇压。只不过……"宫皓月话音未落，突然听得声响。

"咔"一声，声音并不大，却足以引起宫皓月的警觉。

狄青青在床下，听得宫皓月派南宫翊前去镇压秦雷阳，极度震惊。她猛地一颤，不小心额头撞在了床下的横梁上，弄出了声响。

宫皓月立即起身，疑惑道："什么声音？谁在那？"

他循着声音而去，几步便走到床边，四处巡视起来。

狄青青躲在床下，心几乎跃至喉咙口，脸一阵阵发热。若被他发觉，她全盘计划便都乱了。

千乘碧雪明眸微眯，神情镇定，她走到床边，又绕至屏风后，片刻抱出一只猫来，她轻轻抚摸着猫，柔声道："你又调皮了？"

宫皓月见状，释然道："原来是只猫。"

千乘碧雪弯腰将猫放下："去玩吧。"她复起身，问道，"不知臣妾能为皇上做什么？"

宫皓月也不隐瞒，直接道："朕需要千乘家助朕一臂之力。朕现握有禁卫军数万，加上宫外军队数万。若效力千乘家的十万精锐之军能相助朕，一举剿灭秦雷阳及其同党。朕便可彻底铲除所有心腹之患。"

千乘碧雪聪颖无双，她的神情被惊愕吞没，道："同党……皇上的意思是……"

"如你所想。"宫皓月整个人似覆上寒霜。

千乘碧雪向后重重退了一步，"你终究不肯放过他，是为了她？"

霞光褪去，夜幕一分一分侵入，宫皓月沉浸在明灭交错的光影之中，映得他轮廓半阴半阳，他仿佛置身阴暗的角落，连同心都是黑暗的，一字一句自薄情的唇中吐出："总要有个结局。"

"臣妾明白，只是臣妾的父亲已经老了。"千乘碧雪望着他。

"所以，还得劳烦皇后说服你的弟弟。"宫皓月突然扬唇一笑，伸手揽住千乘碧雪纤柔的肩，"朕永保千乘家的地位。"

千乘碧雪扑通一声跪下："臣妾定不遗余力。"

宫皓月上前将她搀起："朕还有事，先走一步，皇后辛苦了。"

千乘碧雪微微福身："臣妾恭送皇上。"

宫皓月转身离去。黑暗如猛兽般吞噬着殿内一切，他的身影越发模糊，直至什么也看不见。

待到宫皓月离去，玉嬷嬷才敢带着宫女进来掌灯。

宜和宫的灯笼用的都是淡彩罩子，点上烛火以后里面透出朦胧柔美的光泽，一层一层折射开来，光影荡漾。千乘碧雪定定地站着，绝色容颜在模糊不清的光线里益发朦胧。

她抬手遣退所有宫女，又令玉嬷嬷关上殿门在外等候。

少顷，狄青青从她身后走来。

千乘碧雪轻声道："你也都听见了？皇上的意思你听明白了？"

"秦雷阳调兵至北漠，皇上派翊王镇压。其实是想设局，进而对外宣称，翊王与秦雷阳一道谋反。如此一来，皇上名正言顺率禁卫军以及千乘家的军队，将翊王与秦雷阳一道铲除，从此洗清朝纲，再无障碍。"狄青青淡淡一哂。

"你绝顶聪慧，自然明白，我如今是两难的选择。翊王已与你背道而驰，昔日情谊一去不复返。你还想救翊王？"千乘碧雪语气沉重，叹道。

"皇后娘娘切莫着急。"狄青青指一指新燃的宫灯，"华灯初上，天尚早，先待青青将皇后娘娘产下死胎原委，一一道来。"

千乘碧雪猛地转身，杏眸圆睁，不敢置信道："你已经知道了？"

狄青青粲然一笑："我早就猜到了，之前缺的不过是铁证罢了。"

"那是谁？"千乘碧雪的眼神直欲噬人，猛地拽紧狄青青的双臂，她颤抖得似狂风中飘摇的扁舟。

"娘娘莫急，容青青先为娘娘解说什么叫指纹。"狄青青取过一盏宫灯，在灯下摊开自己的双手，"娘娘请看，指腹上是不是有螺纹？有的似凤尾扫过，有的似一层层圆圈。"

千乘碧雪端详了一会儿，蹙眉颔首："是，我看清楚了。"

狄青青又道："我早年随爹爹的商队走遍天涯，出了北漠往西，有很多我们从未见过的东西。比如，我手上这个，放大镜。"狄青青又拿出袖中的放大镜，递给千乘碧雪，“你用这个放大镜，再看这指纹，是否觉得很清晰？”

千乘碧雪咬唇，心中酸楚四溢：“我知道，这是皇上特意为你寻来的宝物。只为博你一笑。”

“呵呵，当日娘娘产下死婴，娘娘痛极昏迷。我即刻排查宜和宫中所有宫女、太监，每一人都让玉嬷嬷详细记下笔录。娘娘谨慎，宜和宫亦是固若金汤，一般人根本做不了手脚，定是某种慢性药物致使娘娘胎儿日积月累中毒，进而在生产那日突然死亡，而娘娘丝毫没有察觉。”狄青青一边说，一边找来一块干净的白布，铺在茶台上，从千乘碧雪的梳妆台上取来胭脂粉，又从书案上取来红墨等物。

最后，她将千乘碧雪的贝壳唇脂用白布包裹着小心捧来。

千乘碧雪疑惑地望着她，不解其意。

狄青青将自己的左手拇指指腹蘸了红墨，在白布上按下一个指纹。她抬头道：“请娘娘也按一个指印。”

千乘碧雪依言照做。

狄青青示意她比较：“娘娘你用放大镜细看，你我两人指印纹路是否不同。”

“你这么一说，确实不同。你的纹路缝隙宽些，我的更曲折。”千乘碧雪端详片刻道。

狄青青道：“我曾在一本西方奇书上看到，千人指纹千人不同，世间每个人的指纹都是不同的。”说完，她用白布捧起贝壳唇脂，将细腻的胭脂粉轻轻吹到贝壳上。她解释道：“娘娘你看，有指纹的地方会显出清晰的纹路。而这里，贝壳的底部，本来就有一个比较模糊的纹路，我之前就注意到了。现在我吹上胭脂粉，指纹已十分清晰。你看这大小和方向，正是左手拇指指纹，巧的是这拇指腹上有三道刀割伤痕。娘娘，你应该知道，谁的左手拇指指腹上有三道割痕吧。”

狄青青的话一字字刺入耳中，千乘碧雪脑中嗡嗡直响。她当然知道，依稀记得宫皓月坐在树下，神情认真地削着竹笛，他一片一片削着，目光涣散，心思也不知飘在何处。她好奇地走过去，却突然惊叫起来：“呀，你的手指破了好几道口子。”

他只淡淡道："无妨。"血染在竹笛上，红的鲜艳，绿的凝翠。

"那哪行，我回去给你拿最好的金创药。"

狄青青观察着千乘碧雪的表情，见她的神情越来越黯淡。于是指一指宫皓月刚喝过的茶杯："皇上刚才饮茶的这个杯子我没动过。你且看。"说罢，她在茶杯上亦吹了些胭脂粉，淡淡的拇指印显现出来，分外清晰，三道割痕赫然在目。

千乘碧雪脸色惨白："这又能说明什么？"

"我一一盘查过，能进入你内殿之中的，无非是玉嬷嬷、宋御医、沈妃，自然还有皇上。你说，皇上为何会在你的贝壳唇脂上留下了指印？"狄青青循循诱导。

千乘碧雪心中隐隐有答案呼之欲出，却垂死挣扎："为何？难道他只是好奇？"

"呵呵。"狄青青冷笑一声，"他从不做没意义的事，你再清楚不过了。天长日久令你中毒，在饭食汤药中下毒都不易办到，也容易让人察觉。可如果将七花莪术粉末混在你的唇脂中呢？每日抹一点，每日吞食一点？日复一日？"

千乘碧雪双腿一软，跌跪在地，她用力捂住心口，那里太痛太痛，似要爆裂。

狄青青补充道："他将七花莪术粉末混入你的唇脂中，因他需要托着贝壳才能充分混合，他的手指不慎沾染到唇脂，所以贝壳底部留有一个模糊的指印，时日久了已经干涸，不曾退去，方才我撒上胭脂粉不过是让纹路显现得更清晰。"

"多么高明的一石二鸟、坐收渔利之计。他栽赃秦玉贞，逼反秦雷阳，再诱南宫翊去北漠，最后利用你和千乘家对秦家的仇恨将他们一网打尽。真可谓一本万利，令人拍案叫绝的好计啊！"狄青青一字一句道，"若不是皇上栽赃秦玉贞下毒，必须抛出七花莪术这个谜底。我一时半会儿真不知他是如何办到的。皇上与我，同样擅长刑狱，我未必能胜他一筹。他怎可能留有痕迹让我查到？若不是西方书中所说的指纹比对法，是他不了解的奇门手段，我又如何破解得了？然而天网恢恢，邪终究不能胜正。"

"啊！"千乘碧雪痛呼一声，脸色死人般白，眼底却是噬人的血红，

“他为什么要这么做！虎毒不食子啊！”

“娘娘真的不懂？”狄青青虽不忍看着千乘碧雪痛苦，可此时不得不戳穿真相，“飞鸟尽良弓藏，尘埃落定后，千乘家才是他最大的心腹之患。秦雷阳尚不能容，为何能容千乘家？虎毒不食子，可他不想因子受制于外戚，重蹈前朝覆辙。”

千乘碧雪突然一跃而起，猛地将狄青青一同扑倒在地，她失声尖叫，声音极凄厉：“你骗我的！你一定是骗我的！”她突然用力掐住狄青青的脖颈儿，“翊王已经背弃你，你究竟是何居心？”

狄青青呼吸艰难，勉强道：“是真是假，娘娘拿唇脂一验便知，只消半日。答案已在你心中。我不信你从未怀疑过？当日你难产，我便隐隐有感觉，怎么会这么巧，皇上突然离宫办事。我断案多年，所有不合理的事，一定会有一个合理的解释。我怀疑，孩子早已死去，保孩子根本没意义。所以，我打翻你的催产汤，执意保大人……”

千乘碧雪像是被烫到了，突然松开狄青青，她惊慌失措，魂不守舍，只喃喃道：“我不信，我与他情分虽淡了，可毕竟是他的骨血……先皇还在时，我一心一意帮他，也只有我能帮他，他不会只是为了利用我……”

“呵呵，可你并非他当初的第一人选。”狄青青冷静地指出。

千乘碧雪骤然抬头：“你的意思是？”

“不然你以为，南宫兰舒因何而死？”狄青青反问道，“南宫兰舒，将满院枫树改种竹子，竹篓里搁着绣了一半的香囊，竹叶花纹，明显是男子使用的款式，还有梳妆台上竹节形状的象牙发簪。我请嬷嬷验过身，她已非处女。她如此偏好竹子，必是心爱之人所好。谁喜欢竹子，你应该最清楚！”

“兰舒公主，是因……因兄妹乱伦而自尽？”千乘碧雪哆嗦着唇，确认道。

狄青青深深吸一口气，给予千乘碧雪最后一击，了断她最后的念想：“我问你，我入宫这么久，为何没有名分？他爱我，我当不起这贵妃？那他还在等什么？”她并没有告诉千乘碧雪宫皓月身份的事，此时不宜。

千乘碧雪安静下来，静得可怕，方才的激动，令她后背被汗水浸湿，此时被寒风一吹，冻得每个毛孔都在叫嚣，她像是被冰水从头淋到脚，终于清醒过来。她半晌不语，再抬首，已是泪痕满面。

“他要我死，让你取而代之。”

狄青青长舒一口气，看来，千乘碧雪终于想通了。良久，她轻轻吐出三个字：“不值得。”

千乘碧雪怆然大笑，笑得不可遏制，泪，一滴一滴没入她高耸华丽的领口，她笑得仿佛将此生的泪都流尽了。

她倾其一生，竟是得到这样的结果……

宫灯直摇，恰似能照亮人心。

良久，千乘碧雪仿佛下定决心，泪痕已干，唇齿间没有丝毫温度，连同她的心，一并冰封，她的声音淡淡的：“狄青青，你说吧，想要我帮你什么？”

狄青青眼角扬起，目光乍然变得锐利：“我要出宫。”

墨黑的夜迅速蔓延，不多时已笼罩天地，一轮孤月高悬，瞧着令人心冷。

狄青青悄悄地先行潜出宜和宫，在前往宫门的必经小道边等候千乘碧雪的马车出宫。

突然，几名小太监交头接耳匆匆走过，狄青青连忙躲至假山后。

一名小太监道：“动作快，狄娘娘不见了，皇上下令速找。”

另一名小太监抱怨道：“兴许狄娘娘只是在皇宫闲逛呢，作甚这么火急火燎。”

“你少议论，谁不知狄娘娘是皇上心头之好，一刻见不着都受不住。”

“快快快，到那边去找找。”

狄青青暗自心惊，看来宫皓月已经去过玉华殿找她，定是见她不在，四处寻她。若被宫皓月发现她欲出宫，真可谓前功尽弃。而她不可能再找到第二次机会。

不远处，一辆华丽的马车远远驶来。

狄青青正凝神等待，突然身后有人唤她：“娘娘。”

她吓了一跳，原本像这样的事惊不了她，可此刻她草木皆兵。

转头见是芷灵，狄青青松口了气：“你在这里做什么？”

芷灵扑通一声跪在地上：“娘娘是否想出宫？情况危急，皇上已派人四处寻你。请娘娘将身上衣裳脱下，与我交换。我去帮娘娘引开他们。”说完，她已脱下外袍。

风簌簌吹过，树叶哗哗直响，寒风自狄青青面上冷冷刮过。

“芷灵，你若扮作我，必定会被发现，将有性命之忧。”狄青青拒绝。

芷灵急了，用力推一推狄青青，催促道：“娘娘不要犹豫。芷灵受小姐所托，一直暗中跟着娘娘，只待娘娘有所需求。小姐有恩于芷灵，比起秦家上下数百条人命，芷灵微不足道，还请娘娘以大局为重。”

狄青青双拳收紧，指甲刺入掌心，令她分外清醒。何止是秦家百条人命，此事牵连太大太广，她必须要顺利出宫。远处，点点灯笼交错闪烁。如黑夜之中，数百双眼睛眨动，似有宫女太监来回奔走寻找，芷灵确实可以转移他们的注意力。一将功成万骨枯，她已没有选择的余地。

狄青青三下两下脱下外衣，与芷灵交换。

芷灵迅速穿好，道：“我去那边引开他们，娘娘只管放心。”说罢，她转身便要走。

狄青青一把抓住她的胳膊，真切道：“你要小心，多谢你。”

芷灵眼里有泪花闪烁：“我不知娘娘任何计划，即便抓到我，他们也休想从我口中问出什么。娘娘，一切拜托你。”她挣脱狄青青，身影飞快地没入夜色之中。

千乘碧雪的马车已然抵达，速度略略减慢。

狄青青赶紧一跃上车，车内没有点灯，黑暗中唯见千乘碧雪耳坠微晃，折射出清冷的光芒。

千乘碧雪道：“委屈你藏在我的座椅之下。”

“无妨。”狄青青弯腰屈身钻入长椅之下，空间很小，勉强容下她，千乘碧雪宽大的裙摆刚好全部遮住，眼前一片漆黑。

马车走着，到达宫门前，禁卫军见到千乘碧雪，立即放行。可刚出宫门没几步，突然禁卫军统领戚风追来：“皇后娘娘请留步。”

千乘碧雪眉心如烛焰微跳，她镇定地撩开车帘：“什么事？”

戚风拱手：“皇后娘娘得罪了，皇上有令，任何人不得出宫。”

“皇上知晓本宫有要事，怎么？你耽误得起？快快放行！”千乘碧雪冷着脸斥责。

"娘娘，皇上片刻便到。"戚风面有难色，回道。

千乘碧雪心内一惊，手情不自禁攥紧裙摆，将裙摆揉得极皱。

狄青青躲在座椅下，几乎能听见自己猛烈的心跳声。她警觉地听到了熟悉的脚步声，朝马车急奔而来，这是宫皓月的脚步声。

宫皓月奔至马车前，眸子深邃如无底的黑洞，幽深难测。

"皇后这是要去哪？"他问道。

"回娘家一趟，皇上此前所说，臣妾思虑再三，觉得应当赶回去一趟和弟弟促膝长谈最妥。"千乘碧雪端正衣冠，巍峨不动，有着历经风霜的气势。

宫皓月被堵得无话，只得道："也不必急于一时，明早出宫即可。夜黑也不安全，若不然朕派人护送皇后？"

千乘碧雪撩开马车门帘，故意将车内全貌露出，她步下马车，抬眼直视宫皓月："皇上这是不信任臣妾？派人盯着？"

宫皓月瞥了一眼马车内并无异常："皇后多虑了，朕着实是考虑你的安危。"

正在双方僵持不下时，突然一名太监来报："皇上，有宫女发现狄娘娘往掖庭方向去了。"

宫皓月立即转身，对那太监道："可看清楚了？她去那作甚？"

"瞧衣裳没错。"太监垂首禀道。

戚风亦在一旁听着。

天色暗沉，此时马车已停在宫门外。

谁都没有注意到，狄青青已然从马车上悄悄爬下来，碎步轻移，趁着宫皓月在和太监说话，趁着夜色浓郁，躲在巨大的石雕之后。

戚风其实察觉到一些动静，他犹豫了一下，没有作声。其实从心里，他特别敬佩狄青青。尽管心里更偏向南宫翊，可身为禁卫军统领，他的职责必须效忠历代皇帝，听从命令。但此时，他权当作不知，能帮则帮，相信狄青青要出宫定有她的道理。

千乘碧雪自是清楚狄青青的计划的，她假意上前询问道："皇上，你们在说什么？"

宫皓月长眉深锁："朕遍寻不见青青。"

“怕是她闷了，四处走走，皇上不必担忧。深宫寂寞，长夜漫漫，女人都如此。”千乘碧雪意有所指，淡淡道。

宫皓月心思全系在狄青青身上，无心理会，只安排道：“戚风，派人与皇后一道回府。”说罢，他又对前来禀报的太监道：“在哪见到她了？你带路，朕与你一同去。”

千乘碧雪见机道：“既然皇上心系狄青青，臣妾明早再回，或许今晚皇上有用得上臣妾的地方。”说罢，她示意马车掉头，回到宫门内。

此举，令宫皓月再无疑虑，他下令关闭宫门，直奔掖庭方向。

看着沉重的宫门缓缓关上，狄青青终于松了一口气。果然一切如她计划，宫皓月不好糊弄，千乘碧雪突然异动，他势必会跟至宫门，所以她和千乘碧雪说好，将马车停在宫门外，巨型石雕附近，她趁着夜色，悄悄躲在石雕后。而千乘碧雪再返回宫中，就如同从未出去过一般，宫皓月也不会起疑。

时不我待，狄青青转身，背影很快消失在绵延弯曲的宫墙后。

夜幽暗，月色如霜。

千乘家。

千乘浪睡得正香，突然他警觉地自床上坐起来，藏在枕下的匕首瞬间出鞘，银光乍闪，折射出耀眼的光芒。下一刻匕首已然抵住来人的咽喉。

“是谁？”千乘浪声若寒冰，周身散发出危险的气息。

“呵呵，沉睡的猛虎终于醒了？”

来人声音清冷悦耳，娇柔中带着锐气。

千乘浪浑身一激灵，赶紧放下匕首，将床头的蜡烛点上。烛火如豆，照清来人赛过冬日新雪，孤枝寒梅，绝世无双的容颜。

“青青，怎么是你？你是怎么进来的？”千乘浪几乎惊呆下巴，以为是做梦，反复揉着眼睛，不敢确定面前之人真的是狄青青。他喃喃道，“难道老天知道我夜有所思，终得所见了？你竟到我床前来？可是……”

“少贫嘴。”狄青青打断，素手一松，手中抖落一枚金色令牌，“问你姐姐要的，当然畅通无阻。”

“好吧。”千乘浪收起玩世不恭的样子，“说吧，什么事这么紧急，都让青青亲自登门了。”

“来通知你一声，你很快就会死了。”狄青青半是玩笑，半是认真道。

“喀喀。”千乘浪差点被自己的口水呛到。

“你可记得，当日你我在后宫赌牌九，你说若我赢了，你便许我一个心愿。”狄青青提醒道。

“嘿嘿。”千乘浪调笑道，“别说一个心愿，就算是要我的人，也给你啊。”

“我要你的兵符。”狄青青一句话堵住他的顽劣不恭。

千乘浪：“……”

狄青青敛了神色，简单地将千乘碧雪诞下死胎的原委，宫皓月栽赃秦玉贞，逼得秦雷阳兵反，并让南宫翊前往镇压，其实是想将南宫翊和秦雷阳一网打尽之事叙述了一遍。

千乘浪听完，沉默了。

对于千乘浪的反应，狄青青没有意外，作为大家族的子弟，千乘浪必须得考虑家族利益。

所谓心愿承诺，亦不能儿戏。

幸好，狄青青早就意识到这一点，她是有备而来。

“怎样，你愿意出兵吗？”狄青青故意问道。

千乘浪良久才道：“千乘家族百年基业，虽然现在父亲老了，兵权由我掌握。可我毕竟不能做有悖祖上宗旨的事。虽然皇上欲嫁祸翊王与秦雷阳，一举灭之。可毕竟千乘家族师出无名，弄不好，会成为千古罪人啊，青青。”他痛惜的眼神略过狄青青纤弱的身姿，平坦的小腹，冷声道，“你的事我都听说了。南宫翊将你气得早产，昏迷数十日，又将你的孩子抱养给了沈妃。如今还未足月，你身体尚未恢复，你却为了救他偷偷出宫，值得吗？”

狄青青反问道：“我问你，既然南宫翊已臣服，又移情沈妃。那皇上为何非要置南宫翊于死地？”

“这……皇族是非，不一向是争个你死我活？青青，不如这样，我带数队人马，隐瞒身份，助你救出南宫翊，你看如何？”千乘浪思忖片刻，皱眉道。

“待到皇上除去秦雷阳和南宫翊，下一个就轮到千乘家族，千乘家族才是皇上最大的隐患，你没有这个认知？”狄青青提醒道。

“君要臣死，臣不得不死。可不等于我们能造反，毁去我千乘家族千古名声。”千乘浪叹道，宫皓月的心思，他岂会不知，只有他那痴心的姐姐，被玩弄于股掌之中。

“事情远不止这么简单。我给你看一样东西，看完之后，你必定会出兵。”狄青青说罢，从怀中掏出两方手巾，她将手巾靠近此前千乘浪点燃的红蜡烛前。

千乘浪诧异地看着狄青青手中的手巾，不解其意。

时间缓缓流逝。

火一般的光芒，映得一个个字在烈焰中浮起，似飘在眼前，渐渐清晰。

千乘浪看完后，玉面惊愕，眉心揪起：“你是从哪弄来的？”

“你莫要管我从哪弄来的。所有不合理的事，一定会有一个合理的解释。千乘浪，如今你总该想通整件事情的关联了吧。”狄青青缓缓道。

“今夜我就调兵。”千乘浪郑重道，“此等大事，关乎天下苍生，我事后再同爹爹解释。”

“不过，青青，你为何一开始不把这个拿出来？”他不满道。

“自然是看看你有什么反应。若你不知详情就满口答应，说明你是不可靠的人。”狄青青白了他一眼。

千乘浪：“……”

暗夜静谧如水，隐约听得沙漏点点滴滴滑落，时间流逝，千乘浪正色道：“事不宜迟，我们赶紧出发。”

狄青青的语调有着清冷萧疏的意味：“宫皓月找不到我，自然能参透我的意图。不能让他注意到你，你假装不在府中，明夜再调兵。还记得上次狩猎，你带我去的被烧毁的前朝皇家寺院吗？我要去一趟。”

“我的姑奶奶，都什么时候了，你去那里作甚？”千乘浪急道，“耽误一整日，若皇上派出奇兵围剿，也许南宫翊性命不保。”

“那他只有自求多福，我要做的事更重要。”狄青青目光深沉又坚定，素手一扬，衣袍带风，“走。”

千乘浪此前望着她似水美眸，只觉得里面的睿智明光将自己牢牢吸进去，动弹不得。他知道自己完了，彻底沦陷在她身上，只怕这辈子，都难以忘怀待到她走出门口，他才反应过来，连忙跟上。

皇宫，御书房。

宫皓月负手而立，俊颜混杂着嗜血、阴沉与恼怒，他手一扬，将书桌上的案卷统统扫落。

戚风跪在地上，身旁是穿着狄青青衣裳引开禁卫军的芷灵。

芷灵怕得瑟瑟发抖，她极力控制自己的恐惧。

“快说啊，为何要假扮娘娘？娘娘究竟去哪了？”戚风冷声催促。

“奴婢真的不知道。狄娘娘答应帮玉妃娘娘查案，让奴婢跟她交换衣服，之后奴婢就不知她去哪了。”芷灵连连叩首。

“一派胡言！”宫皓月大怒，厉喝，“戚风，用刑，直到她说为止。朕不信，偌大的皇宫找不到一个人！”

“唔！”

突然芷灵凄厉地闷哼一声，五官痛苦地扭曲，一双眼眸睁得比铜铃还大，嘴角涌出大量鲜血。

“不好，她咬舌自尽！”戚风连忙上前捏住芷灵的下巴，可为时晚矣，大量的鲜血自她口中喷涌而出，染红了光滑如镜的地面。

宫皓月气急败坏，猛地拔出长剑，一剑刺穿芷灵的胸口：“废物！”

芷灵软软倒下，如破絮般躺在地上，已无生息。

“扔在乱葬岗。”宫皓月的声音冷如冰窖，转头对戚风喝道，“她必定已出宫，下令帝都所有关口城门严加防范。挨家挨户搜，客栈商户都不能落下。朕就不信，她能逃出朕的手掌心。”

戚风领命：“是，皇上。”他心中微叹，身为禁卫军统领，改朝换代，他必须侍奉新皇。可对狄青青，他屡次见她查案，心中敬重。他知晓狄青青不易，刚才搜查时，故意放慢速度，只希望她能逃多远是多远。

戚风命人将芷灵的尸体拖走，旋即告退。

宫女们低垂着头，颤抖地清洗地上的血迹，很快御书房大殿地上光亮如新，仿佛之前的血腥场景从未发生过。

夜更深，静得风声清晰可闻。

一名身穿黑袍的神秘人，来到御书房。

宫皓月冷冷地道："计划提前，明日直攻北漠，围剿秦雷阳与南宫翊，时不我待。"

黑衣人道："恭喜皇上筹谋多年，终将如愿以偿。"

"事情恐有些许变化，不得掉以轻心，定将他们一举歼灭。"宫皓月提醒道。

"请皇上放心，匡复大业，指日可待，臣告退。"黑衣人拱手退下。

偌大的书房，冰冷的殿内，只余宫皓月一人。

他捏紧拳，猛地一拳击在石柱上，鲜红的血顺着他的指缝缓缓流下，他咬牙切齿："可恶！狄青青，你究竟何时，又是怎样出宫的！"也怨他，以为她对自己敞开心扉，放下芥蒂，疏忽了对她的监视。

他收回手，摊开手掌，望着被鲜血浸透的掌心，似着了魔："天涯海角，你逃不了，朕即将匡复前朝。他们都得死，而你，只能是朕的。"

北漠边境，落雁峡谷。

落雁峡谷一带山势峥嵘，巨石纵横，是天然奇险的兵家要地。落雁峡谷横亘北漠与天启国之间，翻过峡谷北边山坡，便是荒无人烟的北漠。

南宫翊率军疾驰奔入落雁峡谷，峡谷两边到处都是断层，山石嶙峋，有的似凌空巨斧，有的像利剑削天，山坡上荆棘横生，在这严冬的日子里，积雪未化，一望无际绵延的白色，看不到尽头。

正值晚霞时分，血色的光芒投射在积雪上，一切景色仿佛被冻结，晶莹透明、祥和静谧，分外壮观。

然而，谁也不知道，一派宁静中却杀机暗藏，波涛汹涌。宫皓月早已派人在峡谷南边山坡布满埋伏的军队。

"驾。"叶武纵马紧随南宫翊，他神情警觉，提醒南宫翊道，"王爷，好像不对劲，恐怕有埋伏。"

南宫翊并未停马，朗声道："我知晓。无妨，先找到秦雷阳的主力部队，他们一定藏在这峡谷之中。"

"是。"叶武仍有担忧，既然南宫翊有所安排，亦有所察觉，他也稍稍放心。

滚滚马蹄声如雷响起。

不多时，前方出现黑压压的一片军队，因着他们的到来严阵以待。

秦雷阳遥望，见到为首之人是南宫翊，大声喊道："翊王，你我同朝为官，更有昔日沙场多年相携情谊，如今你真要为了新帝围剿我？"

南宫翊率令大军在离秦雷阳军队百米处停下，他缓缓举起手，示意军队不要向前，他只身一人纵马奔向秦雷阳。

秦雷阳亦是纵马上前，两人在对峙军队中间处交会。

马儿嘶鸣，南宫翊勒马停下，言简意赅："秦尚书，还记得昔年你我一道扫平昭承余党，你身负三箭依然指挥得当，不知尚书还能战否？"

"哈哈哈，亏得王爷记得老夫当年之勇。老夫身子骨历经风雨，铁打的。王爷休要小看。"秦雷阳拍了拍胸前盔甲，粗眉飞扬，声如洪钟。

"那便好，今日恐怕你我还得重演当年盛战。且看秦尚书一展昔年风华。"南宫翊爽朗直言。

秦雷阳有些糊涂："王爷此话何意？皇上派你来围剿我，你我如何重演当年盛战？"

"你听。"南宫翊竖起一指，靠近薄唇边，示意秦雷阳侧耳细听，"听仔细。"

秦雷阳凝眉聚神细听，片刻后大惊："有埋伏，已经到了。恐怕来不及了！"他猛地抬眸，苍老的脸上布满岁月纵横的皱纹，不敢置信道，"原来皇上不是派王爷前来围剿我，而是想将你我一网打尽。"

南宫翊森森冷笑，他银甲披身，超凡脱俗，嘴角微扬，在夕阳下形成绝美的弧度。

秦雷阳感慨道："王爷既有所察觉，仍旧赶来。老夫……"他心内澎湃感激，竟不知如何开口。

形势来不及多想，突然落雁峡谷南边"轰"一声巨响。

大地因此而颤抖，紧接着，南山坡上滚下密密麻麻的巨石，顿时，人仰马翻，惊叫声、呼喊声、鸣鼓声响成一片，场面混乱。

南宫翊与秦雷阳互换眼神，旋即各自发出指令，命两方部队集结，一致抗敌。很快两方部队汇聚一处，将携带的辎重马车等物排成直线抵御滚落的大石。

秦雷阳虽指挥镇定，却不免担忧：“王爷，落雁峡地势险要，北边难以翻越，南边又被皇上设下埋伏，形势对你我很不利。想要从峡谷两头突围，恐怕是插翅也难逃。”

南宫翊抬头望一眼即将退去的霞色，凝眉道：“比本王预计的时辰要早，当下我们必须撑到天黑，本王另有安排。”

此时叶武来报，他喘着粗气：“王爷，我已派人暗探，对方的人数远比我们加起来要多，眼下如何是好？”

语未毕，南宫翊突然一掌推开叶武，令他躲过一支冷箭。

死亡擦肩而过，叶武冷汗涔涔落下，忙道：“多谢王爷搭救。”

然而，随着南坡震耳欲聋的高呼声响起，火光四起，无数支燃着火焰的羽箭自南坡如潮水般射下，携着万千杀气。

南宫翊拔出腰间银剑，纵身飞跃上前，剑气横扫，将一大波火羽箭扫落至积雪上。其余士兵们也纷纷照做，有的火羽箭被积雪熄灭，有的人身中火羽箭痛苦不堪，有的火羽箭射中粮草辎重燃起大火，火龙冲天，浓烟滚滚，战况惨烈。

今日傍晚格外漫长，天边才有丝缕暮色。

“冲啊！”南坡埋伏的人马见对方阵脚已乱，蜂拥自南坡而下，将南宫翊和秦雷阳的军队团团包围。一时间战马嘶吼，箭雨如蝗。

秦雷阳早已加入战斗，敌众我寡，他脸上血污焦黑一片，且战且退，与南宫翊并肩道：“王爷，恐怕皇上想在天黑前将我等歼灭，眼下快撑不住了，如何是好？”

南宫翊亦知形势危急，他看了看天色，浓墨才笼罩半壁天空：“撑住，这是唯一的办法。”

混战的人群里，也不知谁高喊一声：“皇上有令，翊王谋反，秦雷阳谋反，拿下此二人首级者，封万户侯，赏黄金万两。”

士兵们顿时沸腾了。

南宫翊全力迎战，叶武护其左右。突然侧方冲上来一名挥舞着大刀的士兵，南宫翊剑气横扫，那名士兵顿时气绝倒地。然而更多的士兵杀红眼般涌上来，他一一击退。

叶武全身被汗水浸湿，急忙道：“王爷你先撤，我在此顶着，我们损失惨重，坚持不了多久。”

南宫翊决然摇头：“岂有主帅弃军。”他猛然跃上一辆载有辎重的马车，衣袂猎猎翩飞，振臂高喊：“弟兄们，你们都是跟随本王征战多年的兄弟，我们一起上过刀山，下过火海，扫平前朝余党，远征过西番。而今皇上误信小人，污蔑忠臣，本王势与你们共同进退，本王能从西番活着回来，就能带你们活着走出落雁峡！弟兄们，我等杀出一条血路，还世间一个公道！”

南宫翊的声音如雷洪亮，嘹亮深远，在山谷里不断地回荡，越传越远。

士兵们仿佛被鼓舞了士气，一扫方才的颓丧害怕，重燃信念，蜂拥而上，战况益发激烈。

恰恰此时，落雁峡谷西方，数队轻装人马火速赶来。

也不知是谁高喊一声：“援军来了。”

狄青青与千乘浪率人马疾驰，远远便看到峡谷内火光迸射，浓烟冲天，漫山遍野的喊杀声，听得让人心惊肉跳。

她心知情急，再耽误不得，用力猛夹马腹，人已如离弦的箭一般冲向前，朝峡谷深处奔去。

“哎，你慢点。”千乘浪赶紧追上，磁性的声音在风中化开，“看不出来，你骑马技术不错啊！”

狄青青回眸瞪他一眼，都什么时候了，还有心思贫嘴。

待到接近战区，碎石横飞，乱箭飞舞，千乘浪手中长剑不断地挥舞，为她扫去危险，挡住流矢，他一边披荆斩棘，一边抱怨：“你看看，风头你出尽，扫尾的事都是我干，哎呀呀。”

千乘浪一边抱怨，一边挥剑扫落飞溅而来的碎石，顿时冷光火花四溅。

“你专心点好不好！”狄青青无语，她竟不知，这千乘少年将军上战场这么啰唆。一路上叽叽喳喳，真是受够了。

“我不专心，你早没命了。专心又不代表不能说话，要一心二用，像这样！”千乘浪向狄青青吹了声口哨，抛了个媚眼，与此同时，徒手接住一支冷箭，还扬手炫耀，冲她直笑。

狄青青只觉后背一阵恶寒。她懒得理他，猛夹马腹，奔驰速度更快。

暮色重重堆积，天几乎全黑下来，仅剩天边最后一缕白。

叶武第一个自远处瞧清，竟是狄青青。他惊呼："王爷，是……是王妃来了！"

他改不掉称呼，依然唤狄青青王妃。在他心目中，这点永不变。

南宫翊顺着叶武的目光望过去，只见狄青青纵马踏风而来，身后积雪飞溅，扬成一团团雪雾，将她矫捷的身形笼罩得宛若天仙。那一刻，他脑海里一片空白，低咒道："该死的，这么危险，她来做什么？"

此刻天已完全暗下来，是以南坡埋伏的军队看不到增援的人马。

南宫翊刚要上前拦下狄青青，谁知千乘浪突然自马背纵身飞下，一个漂亮的腾空翻滚，稳稳站在南宫翊面前。与此同时，狄青青亦勒住缰绳，翻身下马，随他们一同而来的军队迅速加入混战之中，顿时南宫翊的军队士气大增。

未及南宫翊开口。

千乘浪率先调侃道："兄弟，本帅来救你了。"

南宫翊白他一眼，冷冷道："你们来做什么？打仗岂是儿戏！"

"我来助你撤退呀，眼下天黑了，我帮你挡一阵子，你们赶紧撤。一会儿我会跟皇上的人马说，我奉家姐之令前来增援，谁知弄错对象，毕竟我不知道皇上要围剿翊王嘛，自然攻击翊王要攻击的人，你看这借口如何？"千乘浪玉面神色飞扬，得意道。

"听着也不像你的主意。弄错对象，措辞倒挺符合你纨绔的形象。宫皓月一时也不好跟你翻脸。"南宫翊说话时，视线一直落在狄青青身上，突然，他忍不住将狄青青一把拽至身侧，劈头盖脸怒斥，"你疯了！刚生完孩子还没满月就跑出来，要是落下病根今后怎么办？"

狄青青被他训得本能一缩。

南宫翊眼尖，瞥见她的胳膊似被割开一道口子，他更愤怒了，撕下衣摆，用力地三下两下替她包扎起来。

千乘浪尖声怪叫："你瞧瞧都打成这样了，一点点小伤，现在不着急包扎！"

南宫翊瞪他一眼："你不就是来替换我的吗？该你上场了。"

千乘浪："……"

此时叶武以及秦雷阳上前询问："王爷，眼下如何办？"

南宫翊长眉扬起，冷声道：“此前让你保护的那名樵夫，名唤丁大，可在？”叶武连忙转身将樵夫带来：“王爷，他在这。”

这是一名年约四十的汉子，因着风吹日晒，脸上的皮肤几乎开裂。

“丁大常年在落雁坡砍柴，熟悉小道。现由丁大带路。本王要率军抄近道，翻越北坡！”南宫翊号令一下，周身溢满霸气。

“是，王爷。”丁大躬身道。

秦雷阳一惊：“王爷，北坡不是无法翻越？”若能翻越，他何必在峡谷死守。

南宫翊露出一抹高深莫测的笑容：“自然有常人不知道的密道。本王儿时就走过数次，时隔多年，找个向导也是怕记忆有差错。”

“原来如此，难怪死守至天黑才撤。若皇上部队发觉，从外围赶至北坡，你我已然脱险。”秦雷阳鹰眸一眯，颔首。

“脱险？”南宫翊玩味这两字，他并不是这样打算的，没再多说，他缓缓举起右臂，号令众军往北坡撤退。

“这里交给你。”临走前，南宫翊意味深长地直视千乘浪。

千乘浪此刻倒是十二分正经，孩子气褪尽，取而代之的是一种难言的责任感：“放心交给我。”

“嗯。”南宫翊重重拍了下他的肩。转身时，他猛地将狄青青拽到身边，“你跟我走。免得你到处乱跑。”

狄青青：“……”

大部队在樵夫丁大的带领下，前行约两里路，似起了夜风，寒风咆哮，卷起漫天银雪。天黑，几乎伸手不见五指。天边一轮冷月高悬，几颗赤裸的星星似冻得瑟瑟发抖。为了隐匿行踪，众人并没有点火折，仅靠着微弱的月光，缓慢攀上北坡。

攀上北坡约两层楼高，翻转过一处凸起的巨石，一条蜿蜒的盘山小路出现在众人面前。

秦雷阳叹道：“果然别有洞天。王爷不愧久经沙场，此等地形全都了然于胸，老夫服了。天启国怕是回不去了。老夫愿跟随王爷天涯海角，赴汤蹈火。”

南宫翊不语，只紧紧握了握秦雷阳的手。那是男人间传递信心与力量的方式。“哎，可怜了小女。”黑夜中，秦雷阳的神情看不清，唯听见声音苍老痛心。

狄青青适时道：“秦尚书言重了，秦尚书会和家人团聚的。”

秦雷阳瞥了一眼狄青青，面露防备之色。

毕竟狄青青现下是皇上的人，他不知此时狄青青来的目的。

狄青青看出他的心思，一笑置之。

盘山路越走越险，越走越窄，最后仅能容纳两人通过。

“秦尚书与叶武领头，务必保证所有人都上北坡。”南宫翊吩咐叶武，转身对身后众将士道，“大家坚持住，转过北坡到达另一面，便可点燃火折照路。本王断后。”

南宫翊将帅风范，霸气担当令人佩服和敬仰。

狄青青亦是心中一暖，她从未见过他带兵打仗的一面，原来如此英勇热血。

众军齐齐应声，逐一通过。

南宫翊与狄青青在一旁等待，许是尴尬，南宫翊虽一言不发，却牢牢抓住她的手，十指相扣。

狄青青试了几次都抽不回手，只得作罢。

大部队缓慢通行。用了很久主力部队才尽数通过。此时夜已深，月儿躲入浓厚的云层，四下无光。

“好了，该我们走了。夜深露重，小心地上湿滑。”

南宫翊摸黑拉着狄青青往前走，通道狭窄，路上荆棘横生，皆是利刺般的枯枝，经过大部队的践踏，山路参差的石子都被踩入土中，积雪松动，地上更湿更滑。

因不能点火折，怕引来敌军注意，南宫翊拔剑小心地劈开荆棘，护着狄青青顺利通过。

狄青青亦小心走着。

在一处险要的转弯处，突然她脚下踩到一块凸起的大石，她脚下不稳不慎扭到了，钻心的疼瞬间传至头皮，她痛得唇齿直哆嗦，低喊一声，因全身颤抖导致另一脚亦是一滑，整个人往坡下跌去。

刚好此前南宫翊放开了她的手，双手挥剑劈断一根粗壮的树枝。听得身后异常，他敏捷转身，以电闪雷鸣般的速度，凭听力与直觉，伸手去抓狄青青。

千钧一发之际，好在他抓牢她的衣袖。

“青青。”南宫翊失控地大喊，这一刻他气血猛冲心头，几乎停止呼吸，就像他自己掉入了万丈深渊，黑暗笼罩着一切，而他几乎看不清她。

他不敢用力，生怕联系着她的这一片薄薄的布料会撕裂，会绷断。

“青青，把你的手给我。”黑暗中，他慌乱地大喊着，恐惧将他彻底淹没，世上没有哪种痛苦能与他此时的痛苦相比，痛得深刻，锐利，沉重。

“你放手！”狄青青在黑暗中回答。

“不。”他嘶吼着，“青青，我不能没有你。你若有事，我岂能独活。”

“你快点放手！”狄青青在黑暗中喊道。

“把你的手给我，我拉你上来，青青，你不要生我气，今后我会和你解释。”南宫翊痛苦万分，声音支离破碎，仿佛一卷上好的绢帛被人寸寸撕裂。

“谁要你解释！”狄青青没好气道。

“青青，求你了，把手给我。上来后随你怎么处置我。”他毫无尊严，几乎是乞求，他什么都顾不上了，心里像是被掏空了一样。

“我再说一遍！放开我！”狄青青咬牙切齿说着，在黑暗里无法看清她的神情。

“青青，我真的爱……”

“够了！”狄青青终于忍无可忍，大声喊道，“我没掉下悬崖！我脚下踩着凸起的磐石呢！你一直死拽着我的衣服，我没法爬上来！”

南宫翊：“……”

此时他才意识到，好像手上拽的重量是不同，他刚才太紧张，完全乱了方寸。他连忙松开手，狄青青顺势便爬了上来，十分轻松。

南宫翊更尴尬了，好在夜色浓厚，掩去他涨得通红的俊颜。

狄青青没好气地掸去身上的尘土、积雪以及落叶，道：“赶紧走吧，我们耽误了不少时间。”

她刚要挪步，突然“哎”一声，原是脚扭伤了，看起来比她想的要严重得多。南宫翊自然发觉，连忙蹲下身子，将她侧抱在怀，托起她受伤的脚踝："我看看。已经肿了，我有跌打损伤药。"

说罢，他从怀里取出一包药粉，搓入掌心，轻轻来回抚摸着她受伤的脚踝，像是对待一件爱不释手的珍宝。

他的体温源源不断地传递给她，在这冰天雪地的山间，像是一股暖流，直流入她心底。

他默默地为她揉了许久，柔声问道："好些了吗？"

置身他的怀中，他炙热的鼻息喷洒在她颈侧，痒痒的，一阵酥麻，似有电流流遍全身。

狄青青脸上一热，自他怀里挣脱，起身试着走了一步，虽然还有些疼，但是勉强能走路。她忙道："我好了，快赶路吧。"

南宫翊突然自黑暗中按住她的手，轻声道："山路崎岖，你的脚扭伤了，我背你。"

"不用。"狄青青推辞道。

"你若不喜背，我抱也行。"南宫翊微笑道。

狄青青："……"

最终，她拗不过他，只得伏身在他背后。任他背着自己，走在崎岖的盘山路上。

转过北坡到达另一面时，南宫翊自怀里取出火折，交给狄青青道："已经到了山的北面，可以点火了。"

狄青青伏在他身上，点燃火折，猩红的火苗渐渐燃起，愈来愈亮，照亮脚下的路，更是将他俩交错重叠的身影投射在碎石积雪纵横的地面上。她一只素手挂在他肩上，举着火折照路，另一只手环抱在他硬朗的胸前。

火折映照得他侧颜立体俊美，长睫毛浓密，眼角微扬，充满魅力，高挺的鼻梁凌厉霸气，棱角分明的唇微抿着，如一弯犀利的匕首。山风吹乱了他的长发，夜露凝结在他似雪的额发发梢上，缓缓滴落。

开始下山了，路开始有了台阶。

他一步一步背着她走下台阶。冷月早不见踪影，寒星更是躲得深远。狂风大作，在山间来回呼啸，鬼魅一般嘶吼着。

"暴风雪又要来了。"南宫翊停顿一下，望了望聚拢的浓云，皱眉道。

狄青青依靠着他浑厚的背，侧耳倾听他雄劲有力的心跳，只觉得心格外平静。

“这是今年最后一场暴风雪。”她轻轻道。

南宫翊微怔，轻轻别过脸，恰好与她额头抵着额头。

那一瞬间，温情脉脉流转，温馨的感觉四处弥漫，彼此炙热的鼻息交融着，两人的脸颊似乎越来越烫。

他望入她眼底，她亦是。

四目久久相望，不曾移开。

有太多思念，每分每秒，难以忘怀。

有太多话，此时此刻，无暇去说。

有太多事，今时今日，还未结局。

不过，凡事终有结局。

良久，狄青青先别开脸，换了个方向贴着他的后背。她轻轻道：“你快些吧，怕是他们都已经到了，就等我们了。”

“好。”他的声音略哑，背着她继续往山下走去。

她有些累了，将脸深深埋入他的颈窝，暴风雪要来了，先睡一会儿。

第十二章 尘埃落定

翻过落雁峡北麓，呈现在眼前的是一片狭长的平地，一条大河横亘，波涛汹涌，河水滚滚。北漠与天启国，便以怒云江为界，过了怒云江，便是一望无际的荒漠，属北漠国境地。

晨光昏暗，阴沉的天际仿佛压迫到江面上，翻滚的水花与黑暗的阴云几乎融合在一处，狂风呼啸，四处横冲直撞。

南宫翊背着狄青青一步步下山，抵达山脚时，他猛地停下脚步。

狄青青伏在他宽阔的背上，睡得正香，突然的停顿让她从梦中醒转，只是睡得太香了，她一时半会儿不愿睁开眼睛，头依旧埋在他颈窝里。

眼前的形势……

南宫翊僵直身躯，俊眉拧成死结，他轻轻唤了声："青青，醒一醒。"

"嗯。让我再睡一会儿。"狄青青咕哝一声，换了一边侧脸贴着他，手搂得更紧。

"青青，真的不能再睡了。"南宫翊的声音带着几分急迫。

狄青青缓缓睁开眼，甩了甩头，眼前起先白茫茫一片，接着情景由模糊到清晰。绝美的瞳仁猛地收缩一下，她松开南宫翊，自他背上滑下，稳稳落地。

眼前，宫皓月率大军抵达，他高高在上，端坐在战马之上，居高临下望着一切。手下的人马将秦雷阳和叶武带领的人马团团围困在怒云江边，背后是绝路，身前是明晃晃的利刃，无处可逃。

千乘浪亦被数名士兵以长矛抵住囚禁。他依旧吊儿郎当，并未露出丝毫紧张。

看起来宫皓月已识破他们的计划，迅速自峡谷外围包抄，将他们团团围困。

狄青青昂首望去，但见马上宫皓月金冠玉带，广袖长袍，他还是那般俊朗非凡，只是周身迸发的寒意与之清润的气质极不协调。

他的背后是风雪将至、黯淡无光的天空，风越来越大，江面上掀起狂涛巨浪。然而，此刻，他眼底的风暴更胜暴风雪，浑身散发出嗜血的气息。

他一字一句道："狄青青！你好大的本事，竟能从朕眼皮底下逃出皇宫。"

狄青青站得笔直，寒风卷起她的青衣，若扬起三尺碧水。她的脸庞因坦荡、直率而闪耀着熠熠光辉。她提高声音，冷冷嗤笑："逃？皇上也知对我是囚禁？"

"你！"宫皓月指着南宫翊，怒道，"朕待你如何？他又待你如何？从前朕是有错，利用了你。朕为你做尽一切弥补。可他呢？辜负你，重伤你。你却原谅他，偏偏对朕耿耿于怀，是何道理？"

"呵呵，我不需要原谅任何人，皇上，包括翊王。"狄青青昂首回答。

南宫翊心一揪，薄唇紧抿，一言不发。

狄青青慢慢道："皇上想多了。我闲来无事，终于破解谜题，想要给皇上一个答案，亦给世人一个真相。"

这时，南宫翊的视线牢牢盯着宫皓月身后的黑衣将领，如火般的视线似要将那人洞穿，他冷冷道："从皇宫潜逃的姚公公姚德广，原来是你一直在暗中辅助宫皓月。难怪你们人脉四通八达。"

姚德广仰头狂笑不止："翊王没想到吧。哈哈哈！你们都是瓮中之鳖，临死挣扎，皇上何须与他们废话，全部杀了。你是宇文家唯一的血脉，匡复前朝名正言顺！二十多年大业今日可成。哈哈哈！"他眼里露出嗜血的光芒，"也不枉我潜伏二十多年，呕心沥血。"

秦雷阳被控制住，听罢极度震惊："原来，原来你们竟是宇文余孽。难怪朝中重用前朝旧臣，对我们这些人赶尽杀绝。我今日始知缘由！"

姚德广不屑地瞥了一眼秦雷阳，讥讽道："能让你做个明白鬼，已是你修来的福分。哼！"

秦雷阳不甘地想挣脱控制，可惜都是徒劳。

宫皓月牢牢盯着狄青青，想要从她眸中找出退缩与惧怕，可惜什么都没有，只有晶亮、精明。她是那样淡定，让他瞬间有种错觉，心底掠过一丝慌乱。仿佛她才是那个掌控一切之人。怎么可能？

"狄青青，你莫要怪我，朕要大开杀戒，从此世上再无南宫翊。你认清形势，没人能阻挡朕匡复前朝，赶快回到朕身边。今日一切都会结束，我既往不咎。"宫皓月冷言相逼。

他最后一句话用了"我"字，狄青青知他有几分真切，只是眼下形势，容不得半点差池。

狄青青淡淡一笑："放眼望去，青青自然明白已插翅难逃。"她抬头望了望天，天更暗了，风更大了，似有细小的雪花随风狂舞。

她慢慢伸手，指尖接住一点晶莹的雪花，转瞬即化，默念道："今日一切都会结束。"

"青青。"南宫翊望着她美丽的侧颜，心内安详又平静。她这样的神情，他太熟悉了，他知她定有十足的把握。

狄青青哈出一口气，慢慢道："既然大局已定，皇上不妨悠闲地听青青讲完一个故事。承乾年间，苏家乃是最大的名门望族。苏家有女苏沐雨，更是生得颜色如花，肌肤似雪，仿若月下仙子。"

宫皓月听到"苏沐雨"三个字时，沉下脸色："你想说什么？"

狄青青伸手捋一捋额发，道："当年苏家与姻亲尉迟家是世交，尉迟家长子尉迟烨温文尔雅、俊美无双，与苏沐雨是一双璧人，天作之合。无奈苏沐雨的父亲苏候翔贪恋权势，苏沐雨的兄长苏云杰更是推波助澜，明知宇文鸿暴政横行，不得人心，仍将妹妹送入火坑。"

"世人都道南宫家族外戚专权，后取得帝位。其实世人不知，若不是苏家满门被灭，取而代之的应该是苏家。当年苏候翔布下一局好棋，苏云杰更是等着当太子。是也不是？姚德广？"狄青青语出惊人，一针见血指出姚德广的真实身份。

"你！你是苏云杰！你不是当年早就被斩首示众了？"千乘浪惊叫道。

他虽未见过苏云杰，但是当年的事经常听父亲提起。

南宫翊更震惊，苏云杰竟然没死！父皇竟然多年未发觉，他真是隐藏得太好了。

苏云杰笑得阴邪："呵呵。是又如何？女人还是不要太聪明。"

狄青青不客气地回击："以免像你妹妹那样，不好控制，对吗？你们拆散了苏沐雨与尉迟烨，本想借此掌握皇权，谁知却是自掘坟墓，早入黄泉。你们自诩聪明，却都中了宇文鸿的圈套。他并不贪图苏沐雨的美色，一心算计着如何铲除苏家。苏云杰，你还记得祭天台上，天降祸兆，鸳鸯泣血，那一对流出血泪的鸳鸯钗吗？"

苏云杰眯眼："当然，若不是此物坑害苏家，天下早已在囊中，何须等待二十多年！"

暴风雪来临前，往往格外平静。

狄青青自怀里取出一直小心放好的鸳鸯钗，对宫皓月道："还记得千乘老将军六十大寿那日，你我一道前往祝寿吗？当时千乘二夫人搬来一尊古董铜鼎贺寿，后经我鉴别，此鼎并非古董，而是祭祀所用，是人为覆上锈迹作假。恰恰这就是当年祭天台上那尊铜鼎，被丢弃后又被人造假转卖。冥冥之中自有天意，而这一对鸳鸯钗，便是清理铜鼎时从灰里刨出来的。虽然烧得乌黑，但鸳鸯形状依稀可见。同皇上手臂上的印记，如出一辙。"

她盈盈莲步走上前，广袖一扬，将手中的鸳鸯钗抛给宫皓月。

宫皓月接住，皱眉看了看，他咬牙切齿道："正是南宫婉彤这个贱人，害死朕的母后，令朕母族百余人丧命。"

"你错了。害死苏沐雨的并不是南宫婉彤，而是皇帝宇文鸿。"狄青青语出惊人。

宫皓月不齿："朕不信。父皇为何要害母后，简直可笑。"

狄青青自顾自说下去："昔年，皇后苏沐雨头戴凤冠参加祭天仪式，凤冠上斜插着这一对鸳鸯钗，祭天台上，鸳鸯双目流下血泪，被宇文鸿冠以皇后引来天怒为由，赐其死罪，株连九族。其实，当年这对鸳鸯的双目是用掺着血狐粉的蜡烛填充。血狐粉是一种奇特的东西，明明是白色，却唤作血狐，此物受热后会呈现出鲜艳的红色，加上蜡烛受热融化，便形成了所谓的鸳鸯泣血！然而这一谜题，二十多年过去了，无人解开。"

宫皓月的眼神冰凉："即便这样，你又凭什么说，是我父皇所为，而非南宫婉彤陷害？"

狄青青知道他会这么问，回道："因为只有前朝皇帝宇文鸿才有机会碰触到这一双苏沐雨视若珍宝、从不离身的鸳鸯钗。这是她与尉迟烨的定情信物。我猜想，是这样一个美丽的故事，曾经年少共剪烛，曾经彼此倾心，日日相携绘下戏水鸳鸯图。曾经的少年将二人绘制的鸳鸯图，去珠宝店订制一双鸳鸯钗，赠给了心爱之人。入宫以后，皇帝的虚伪、阴毒，苏沐雨不是不懂，漫漫长夜只能靠枕着这一双鸳鸯钗入眠。除了枕边人，没人能办到。"

"苏沐雨死时，你还未出生，怎么可能知道得这么清楚？真是笑话，让我等在此听你胡言乱语。"姚德广，也就是苏云杰不屑地冷笑道。他转向宫皓月，苦心劝道，"皇上，江山都是你的，后宫三千，要什么样的女人没有？杀了她，万万不可栽在女人手里！"

宫皓月不为所动："青青只有一个。"

"你真的不清楚？恐怕你应该是最清楚之人，苏云杰！"狄青青冷冷瞪着苏云杰。

她伸手掸了掸被风吹乱的衣袖，眼中闪着精光，娓娓道来："苏云杰，我还是从你开始说起吧。起先我一直猜测有这么一个人存在，这个人布置以及操控了全局。话说当年，你买通狱卒，找人替你斩首，你逃出生天后，意识到这是前朝皇帝宇文鸿的一场阴谋，你心有不甘，认为时局动荡，天下应当落入你们苏家之手。那时，你遇到受苏皇后所托，抱着承庆太子出逃的宫女紫秦。你们带着襁褓中的承庆太子藏匿起来。"

"苏沐雨死后，宇文鸿暴政，虽然时机尚未成熟，南宫万海率兵起义，或许也因冲冠一怒为红颜，与宇文鸿对峙。你知道机会来了，便开始精密计划，数年后，趁着政权更替，后宫混乱，你先让紫秦返回宫中，好为你效力。"

"你将宫皓月寄养在一户贫苦的山中人家，随后你改换容貌，想尽一切办法自己也混入宫中，最后当上太监副总管。在这二十多年间，你早就在外建立了广大的人脉和根基，随时助你一臂之力。"

说到这里时，宫皓月瞥了苏云杰一眼，神情冷寂。

狄青青停一停，继续道："宫皓月天资聪颖，你从小便灌输他将来要匡复前朝的思想，你利用人脉让他在极短的时间内坐上了雍南六郡按察使的位子，从此进入权力的中心。宫皓月远超你所望，一心想要报仇，想要拿回自己应有的东西。他一步一步布局，计谋远胜你。渐渐地你只需听他差使，你也乐得坐享其成。我没说错吧。"

宫皓月勒紧手中的缰绳，不置可否。

狄青青继续道："苏云杰，紫涵是你的亲生女儿，你入宫之前曾占有紫秦，却嫌弃她们卑贱的出身，从未将她们当作自己的亲人，对她们只有利用！紫秦在宫中，被调去南宫婉彤身边，为你谋得信息。至于紫涵，起先一直在宫外生活，她也是你威胁紫秦的筹码。机缘巧合之下，你让紫涵冒名顶替救过翊王的沈冰蓝，进入翊王府为你卧底，谋取消息。"

"谁承想，紫涵自小见惯母亲被利用被操纵之苦，她心灰意冷，不愿自己和母亲再受你摆布。后来，在江城与紫涵发生争执时，江城不慎将紫涵推倒，致使紫涵头部撞在桌角之上，血流不止。紫涵姑娘不想再做棋子，生无可恋，因而坐着等死。那日江城被我揭穿后，越狱出逃，他去十里坡本想找你汇报情况，却被你残忍灭口。是也不是？"

苏云杰只冷笑："是又如何？"

狄青青对他的态度不以为意，抬首将视线落在宫皓月身上："也就是这一次，我断案的才能，被你发觉后，你想到了一条更快接近皇权的捷径，就是假装自己是南宫万海的私生子。你在天香茶楼里用笛声吸引我，意图让我对你惺惺相惜。当时南宫翊罚你跪在雨中，你趁机故意让我看到你手臂上的鸳鸯印记。你知晓我对这些特殊的印记，必定过目不忘。"

宫皓月听罢，俊颜掠过一丝被戳穿的窘迫，却很快隐去。他直直望向狄青青。

狄青青却避开他的目光，对苏云杰道："如此一来，你们便开始了下一步计划。紫涵死后，起先深宫中的紫秦并不知情，她依旧因女儿受你们控制，为你们做事。宫皓月用暹罗国的天蚕丝以及他设计的精巧的机关，布下了完美的南宫婉彤金丝断头密室杀人案。接着故意向南宫万海推荐我入宫破案。"

宫皓月见她回避自己的目光，不悦地打断道："我想知道，我哪里露出破绽，让你怀疑我？”

狄青青微叹一声：“人非圣贤，做事岂会不留一丝痕迹？你既识得天蚕丝，岂会不认识鹦鹉？恐怕你与暹罗国渊源匪浅，当时你向我详细介绍天蚕丝，是怕我不能破案，便不能由此引出你的伪造身份。杀人凶手不难猜到是紫秦，你却推说不知嫌疑人是谁。你掌管刑狱出身，能力岂会在我之下？苏云杰手中持有苏沐雨的遗物，又身处后宫高位，方便做事。”

“你们找出昔年南宫万海赠给苏沐雨的手帕，苏云杰擅长书法，更是对妹妹的字迹了如指掌，模仿不难，你们用的全是昔年旧物，再花些功夫做旧，无人能识破。当时这些物件也非我能过目。即便到时候物证都送去大理寺校验，你们也不惧，一手提拔宫皓月的大理寺卿霍进贤也是你们的人，一切天衣无缝。计划随着你的设想顺利进行，而此时的紫秦方才得知唯一的女儿已死，她万念俱灰，生无可恋，于是在房间内挂满红灯笼，悬梁自尽。对于这一切，你们自然喜闻乐见，因为目的达成，这两枚棋子，早已失去价值。”

宫皓月浑身一颤，身下马儿也跟着躁动起来，他沉声道：“原来，你那么早，便已不信任我。”

南宫翊凝眉立在狄青青身旁，朝她投去温柔的眼神。

狄青青察觉到，回他一抹恬静的笑容。

这一幕，让宫皓月看得心火顿生。

狄青青接着道：“紧接着，我与你们一道前往临江查探狄家涉嫌的粮仓一案。苏云杰在宫内，为了瓦解先帝的实力，挑唆先帝与我父亲狄谨仁的关系，又怂恿先帝让我嫁给南宫翊，好让皇室名正言顺地侵占狄家的全部财产。接着苏云杰又一手策划了粮仓一案，谋得你们需要的资金。漕运总督李荣江便是你们的人，常年为你们榨取民脂民膏。”

“你们心知狄家案情必定会暴露，是以先杀死李荣江的相好琴雨儿，警告李荣江安分守己，后来在萧县的春风楼，你们暗中派人用皇宫里的禁药绝命散从楼上木板缝隙里滴落至李荣江的碗里，致使他毒发身亡，因被我察觉，你们的人只能服毒自尽，但他的太监身份暴露，至此所有的线索和矛头全指向皇宫。”

“世人只会以为是先帝容不下狄谨仁，设下此计，你们正好将这罪名栽到先帝头上。于我，于南宫万海都只能吃哑巴亏。你们知道此事败露，但于你们大计并无碍，时机也成熟，苏云杰索性逃出皇宫，从此转为暗中相助宫皓月。”

此时苏云杰阴鸷一笑：“算你有点本事，可惜，你还是迟了！”

寒风自耳畔刮过，冷冽若刀刃。

狄青青闭一闭眼，她走上前，在离宫皓月几步远时，停下脚步，她仰望着此刻高高在上的他，痛声道：“是啊，可惜当时我心知有异，识破却太晚。我直到查清狄家粮仓案从临江返回，来到你府中，才终于破解。你府上门楣虽简陋，里面却别有洞天。”

“院子里紫竹、假山铺设精巧，安了一盏琉璃灯。屋内一盏长台，台上供着盆景小松，香炉里焚的是紫萝香。要知道，一个人的习惯最难改，你说自己小时候穷苦，可骨子里却是贵族做派，这屋内屋外的摆设，与宫廷布置何异？再来，我见到你屋中那支缀着象牙装饰的竹笛。好眼熟的竹叶样式，我回想很久。终于，我猛然联想起南宫兰舒的枫月院，满院枫树改种竹子，竹篓里搁着绣了一半的香囊，竹叶花纹，还有梳妆台上竹节形状的象牙发簪。与你的竹笛，竹叶样式一样。而南宫兰舒之死，正是在你受封静王那日。”

“种种细节穿成线，我这才恍然大悟。一切的不合理，只有一种解释，你根本不姓南宫！起先你欲靠南宫兰舒上位驸马，进入皇室。只不过后来你有了更高的招数，便弃了她，南宫兰舒以为你们是兄妹，接受不了事实，投水自尽，香消玉殒，实在可惜。”

天地间格外静，静得能听见她深深吸一口气：“我此时才明白，你根本不是先帝的私生子。可惜为时晚矣。”遗憾的尾音飘散在风中，袅袅回荡。她是有罪过的，若不是利用她引出宫皓月伪造的身份，何至于此。她亦是遗憾的，若能早些识破，何至于此。

宫皓月俯首望着狄青青，他多么想伸手抚摸她精致的脸庞，多么想将她拥入怀中。大千世界，唯有她的睿智，才能征服他的心。即便她生来是和他作对的，他也放不下她。

狄青青很快从自责中回过神，还有更重要的事必须要说，她继续道：“宫皓月，我一直忘不了你告诫我的一句话，你说机会是留给懂得忍耐之人的。从此我便长隐于宫中，静待机会。我看着你故意接近以及挑唆赵婕妤，令容婕妤被妒火蒙蔽心智，设计害死赵婕妤。你本想利用容婕妤之罪革除吏部尚书容怀青之职，可惜一场大火使凝香宫付之一炬，真相也随之灰飞烟灭。可惜你的这步棋，被我打乱。”

宫皓月俊颜涨得发青，齿间迸出几个字：“原来真的是你。”

南宫翊则一脸恍然，他疼惜地望着狄青青。难怪她起先和他说赵婕妤被人所害，手段高明，后来却又改口。他心疼她，知她必会自责。

狄青青自嘲一笑：“是又如何？我自诩断案，是为还世间真相，却一手掩盖事实，逼迫容婕妤自尽，我亦是手染鲜血，彻夜难眠，良心难安。你此计不成，故技重施，可怜千乘碧雪痴心一片，怎知你从一开始便不想要她的孩子，你岂能容忍自己再受外戚控制？对千乘家将来必然要扫除。”

“什么！”一直旁听沉默的千乘浪突然嚷起来，他大骇，“难道……”

狄青青直指真相：“宫皓月，你的计策太高明，将七花莪术粉末混入千乘碧雪平日用的唇脂中，每日抹一点，每日吞食一点，日复一日孩子临产而亡。然后你将七花莪术放入曾赐予秦玉贞的香料瓶中，栽赃给秦玉贞，并将她打入冷宫，逼反秦雷阳，再诱南宫翊前往北漠镇压。你却回头诬陷南宫翊与秦雷阳一道谋反，如此你好将他们一网打尽。”

宫皓月大惊，只觉得凉意直窜脊背，他的声音几乎发抖：“你怎可能识破？”

“呵呵，非常手段自然识破不得。若不是你栽赃秦玉贞，必须抛出七花莪术这个谜底，我也没那么容易查到。下毒需要将药粉混入唇脂中，是以你必须亲手操作。那么盛有唇脂的贝壳底部必定会有你左手拇指的指纹。”狄青青当场比画了一下用拇指托住底部的动作，又伸出拇指示意，“西方有本奇书记载，千人指纹千人不同，我在千乘碧雪的贝壳唇脂底部吹上一层胭脂粉，令你的左手拇指指纹显露无遗，恰恰你的左手拇指，指纹上还有三道刀割伤痕，一看便知。所以给她下毒之人，非你莫属。”

千乘浪愤怒了，狂吼道：“宫皓月，家姐一心牵挂在你身上，处处维护，事事相帮，你竟如此践踏她一片痴心。”

宫皓月突然大笑，笑得不可遏制，畅快笑后恢复阴冷，决然道：“你既已识破，我也不隐瞒，的确都如你所说，那又如何？成大事者不拘小节，一将功成万骨枯。”

狄青青一脸惋惜，摇了摇头：“宫皓月，你错了。可惜这么多年，你隐忍，你苦心经营，你历经万难，可支撑你的信念，从一开始就是错的！而这一切，苏沐雨的贴身宫女紫秦最是清楚。虽然她死了，但是她与紫涵死前均为我们留下了线索，冥冥之中自有天意，真相总会大白于天下。”

“千乘浪，你装够了吧！我交给你的灯笼呢？”狄青青高喊一声。

用长矛抵住千乘浪的士兵们均诧异地望着千乘浪，不解其意。

千乘浪干笑一声，伸手挠了挠头，有些不好意思。他突然振臂一挥，困住他的士兵只感觉一股强大的气浪将他们瞬间撂倒在地。蛟龙岂是池中物，千乘浪一跃而起，挣脱控制。

其余人马蠢蠢欲动，想要上前制服千乘浪。

宫皓月却抬手阻止，他倒要看看，他们究竟能玩什么花样。

千乘浪从自己马背的行李中取来一个黑布包裹，打开里面是一个灯笼的骨架。他嬉笑着快步穿梭于军队之间，走上前，将灯笼骨架双手奉上交给狄青青，仍不忘调笑道：“您交代的，我都完成了。您还有何吩咐？”

南宫翊诧异地望着他们俩，也不知他们葫芦里卖的什么药。

狄青青瞪了千乘浪一眼，从怀中取出她之前已经制成灯笼罩的手巾，罩在灯笼支架上。

南宫翊虽不知她要做什么，却主动取出火折擦亮，为她点上灯笼。

此刻的天，大约暴风雪前的宁静即将过去，逐渐暗沉得犹如黑夜，这时一点鲜红的明光燃起，像是照亮地狱的最后一盏明灯。随着红烛在风中瑟瑟狂抖，灯笼罩上的字迹缓缓呈现。

狄青青指着在火中显现的字迹，大声道：“各位看清楚了，这便是我一直未解开的红灯之谜。我大婚之夜，紫涵死于自己的房间，她生无可恋地等死，死前却拼命地点亮桌上的红灯笼。当时我不解其意，只能将从她身上找到的半块手巾收藏起来。手巾上沾染了荧光绿粉，其实这只是她害怕别人发现不了手巾，想要引人注意，与点亮红灯笼解开谜题并无关联。所以我被误导了很长时间，想不出原因。”

“紫秦死时，她点燃了一室的红灯笼，与紫涵之死一幕太像了，不禁让我想起这始终未解的红灯笼之谜。果不其然，我在紫秦身上找到了另外半块手巾。我深知背后定有隐情，可惜我一直没有找到答案。直到有一日，我想亲手做孔明灯给赵婕妤、容婕妤超度亡魂，便去尚宫局司设房制作红灯笼的工坊里索要一些染料，意外地发现了血狐粉。工坊的徐嬷嬷告诉我，血狐粉是一种奇特的物质，用了这粉能使染出的布料更红更艳丽，这是自前朝沿用下来的方法。后来，我偶然间想起，如果我用这两块手巾染上血狐粉，还原成红灯笼，能否找到答案？因为这两块布料，如果自始至终，并不是我以为的手巾，根本就是制作灯笼的布料呢！”

红灯笼上的字迹一一显现，紫秦将昔年真相一一记载。

承乾四十年，苏沐雨被迫入宫，尉迟烨一怒之下，不愿继承家业，不知所踪。尉迟家族从此没落。苏沐雨夜夜枕着一双鸳鸯钗，流泪至天明。

承乾四十一年，南宫婉彤受宠，苏沐雨皇后之位在后宫形同虚设。

承乾四十二年，南宫万海在看望妹妹时，偶遇苏沐雨，一见倾心。常暗中私赠礼物，恋恋不舍。

承乾四十三年，苏沐雨自请前往皇家寺院清修，宇文鸿应允。清修期间，遇到空无住持，竟是青梅竹马的尉迟烨。虽尉迟烨已落发为僧，两人骤然相逢，干柴烈火，红烛帐暖，互诉衷肠。然而，南宫万海得知苏沐雨在皇家寺院，连忙赶至，为了得到她，不惜买通僧人在她饭菜里下药。尉迟烨察觉后，当夜将南宫万海灌醉迷倒，另找了一名女子送上他的床，南宫万海醒后，一直以为自己得到了苏沐雨，并向苏沐雨郑重发誓，将来一定要救她出皇宫。这时，宇文鸿将苏沐雨召回皇宫，南宫万海心系佳人，魂不守舍，数次偷偷入宫幽会，苏沐雨只得敷衍应对。回宫以后不久，苏沐雨发觉自己怀孕，她知晓是尉迟烨的孩子，因她与宇文鸿欢好时，都会佩戴麝香避孕。

承乾四十三年，苏沐雨怀孕之后，仍数次前往皇家寺院与尉迟烨私下幽会。

承乾四十四年，苏沐雨诞下皇儿，受封承庆太子。她用鸳鸯钗在火中烧灼，在孩子手臂上烫下印记，以明身份。

承乾四十五年，苏沐雨察觉宇文鸿对她起疑，她与尉迟烨谋划许久，制造一场皇家寺院离奇大火，空无住持，也就是尉迟烨假装圆寂。尉迟烨准备在祭天仪式后乘乱带走苏沐雨。谁知等到的却是苏沐雨满门抄斩，命丧黄泉。

承乾四十五年，紫秦深知孩子来历，受苏沐雨临终所托，恐日后被宇文鸿知晓加害，偷偷抱走承庆太子，遇到侥幸存活的苏云杰，两人一道逃亡，相依相存，产生感情。

记载完真相以后，紫秦记录了自己痛苦的情爱。她为苏云杰赴汤蹈火，两人育有一女紫涵。然苏云杰只是一味利用她，亦利用女儿，还用女儿胁迫她。她们母女被苏云杰逼得痛苦不堪，苏云杰明知宫皓月并非前朝太子，却顶此名义四处拉拢前朝旧臣权贵，以达到他的目的。她良心受到谴责，却又饱受胁迫，她绝望之中，将真相写在两块染有血狐粉的灯笼布料上，一块交给紫涵，一块自己留着，以求日后真相不要从此被埋没。

众军看完真相后，大惊失色。

狄青青一语直击要害，字字如闪电般划破暗黑的："宫皓月，你赖以生存的信念，你自以为背负血海深仇，你为之日夜算计，呕心沥血，到头来不过是镜花水月。你根本就不是前朝太子，而是苏沐雨与尉迟烨的私生子罢了。"

"不，不可能。"宫皓月猛地摇头，喃喃自语。

他只觉得五雷轰顶，脑中嗡嗡直响，四周的声音仿佛都听不到，手不住地颤抖，连马缰绳都握不住，最终从手心滑落。

他虽高高在上端坐马背，此刻却将他的神情暴露无遗，他的俊脸一点点惨白，直至毫无血色："仅凭两块破布，陈年旧书，谁知真假，朕不信，朕是天子。"

狄青青高声补充道："这一切，你身边的苏云杰是知情的！他早知你并非前朝太子，所谓的匡复前朝，不过是他自己贪恋权势编造的借口。他对你鞍前马后，不过是想借你的'太子'身份，联系残存的前朝势力，笼络前朝旧臣权贵，登上他一直没有到达的权力巅峰罢了。宫皓月，你也该醒了！"

苏云杰"哈哈"放声大笑，声音恐怖诡异，他的五官扭曲，好似暗夜修罗，他癫狂地喊道："狄青青、南宫翊，死到临头，谁要听你说这些废话。皇上，杀了他们，一切都结束了。你还是承庆太子。"

"不，朕不信。谁，谁能证明你说的是真的！"宫皓月怒吼着，咆哮着，他的呼吸急促狂乱，全身的血液逆流，憋得他透不过气来。

“我能证明她所说，是真的。”

一道苍凉的声音自宫皓月身后军中响起。声音并不高，也不低，恰恰所有人都能听见。

众人循声望去，只见一名年长的士兵装扮模样的中年男子缓缓走上前来，他步履沉重，每一下都仿佛踏在心尖上，震得人心更加惊惶。

中年男子走至宫皓月与苏林杰马前，他脱去身上的盔甲，露出里面的灰色禅衣。今日他没有易容，五官俊美，棱角分明，不再是废弃寺院扫地僧能慧那副懒散邋遢样。虽然他面上有历经风霜的皱纹横亘，依旧掩不住他清流似的俊朗。想来宫皓月的清润气质便是遗传自他。

“我便是皇家寺院的住持——空无。尉迟家族的继承人，尉迟烨！”空无住持柔和地望向狄青青道：“你的神探之名，果然名副其实。”

“你要的答案，我已经解释。我们要的答案，还请你亲口说罢。”狄青青尊敬地致以微笑。

苏云杰像是见了鬼一样，眼珠暴突，伸出一指，指着他说不出话来：“你，你竟然还活着！”

“别来无恙，苏云杰。”尉迟烨只淡淡瞥了一眼苏云杰，接着望向宫皓月。这一刻，他眼神复杂，掠过激动、震颤、懊悔、痛惜，这是他的亲生儿子啊。如今大错已铸成，但愿能挽回一二。

尉迟烨声音嘶哑，沉痛回忆道：“当年，我将准备好的灯油洒满房间，打翻灯台，趁着夜色销声匿迹。我本意只想烧毁自己的禅房，让世人以为我已死。谁知起了夜风，寺院又大多是木房，燃烧起来，便不可收拾。我一介高僧，却为了一己私欲毁了寺院。”

“这是我应得的天谴啊，与心爱之人九泉相隔，只能眼睁睁看着她血流断头台。后来，我苟且偷生，易容回到寺院扫地，一来是想赎罪，二来只有一个心愿，便是想知晓沐雨究竟是被何人害死。没想到，真相竟然是这样的。狄青青你只来过寺院一次，却一眼看穿我是曾经消失的空无住持，洞察力之强，令人叹为观止。”

尉迟烨的声音益发沧桑：“皓月，紫秦所写全是事实，我无话可说，这一切都是真的。我与你娘情投意合，可惜天不遂人愿。那日你去寺庙里，我一看便知你是我的儿子。尉迟家的男人，耳后都有一枚血色胎记，代代相传。”

千乘浪好奇地伸出头，凑过去张望。果然，宫皓月耳后的胎记十分明显。

宫皓月下意识地触摸自己耳后，他有胎记，他当然知道。

他像是瞬间泄了气，又像是被一桶冰水从头淋到脚，冷彻骨。烈风刮在脸上，更像是一掌接一掌地掌掴着他，他几乎无法坐稳。马儿似乎感受到他的狂躁，不安地动起来。他的手无力握紧缰绳，不住地颤抖，他的腿发软，已毫无知觉。他捂住胸口，只觉全身的血液都逆流向那里，痛如刀绞，整个人仿佛要炸裂。

突然，“噗”一大口鲜血自他喉间喷涌而出，染得衣襟前仿佛盛开了数朵妖冶的花，直刺人眼。

他眼前一黑，跌下马来，昏倒在地。

苏云杰见宫皓月昏倒跌下马来，知道事情败露，恼羞成怒，五官扭曲，号令身后的将士们：“今日知情人都在此，只要杀光他们。荣华富贵享用不尽！”

尉迟烨摇摇头：“苏云杰，你残害苍生，瞒天昧地，天不容，地不载。回头是岸啊！”

“住口！都怨你，若不是你勾引妹妹，岂会坏我大事。苏家何至于沦落至此！去死吧！”苏云杰眼底皆是嗜血的光芒，拔剑猛地刺向尉迟烨。

尉迟烨并没有躲，背挺若青山，站直迎向长剑，嘴边带着一抹释然的微笑。他身后是黯黑将至的暴风雪，此刻他却像是周身闪耀着光辉，毫无惧色。

“小心！”狄青青失声尖叫，可惜已来不及阻止。

银亮的剑尖刺穿他的胸膛，周遭静得风声似乎都停了，唯有鲜血“滴答”“滴答”落地，越来越清晰。

尉迟烨缓缓倒地，像一片飘旋的落叶归了根。

狄青青几步奔上前，双膝跪地，用力托住他的后脑勺，眼眶湿润：“空无住持，你不能死。”

“死又如何，生又如何？”尉迟烨艰难地说道，嘴边鲜血不断地往外涌。他已苟活了那么久，如今终于知晓真相，他死而无憾。

“死了，终究没有活着好。”狄青青哽咽了。

南宫翊来到狄青青身边，按住她微颤的双肩，给予她些许温暖。他知晓，尉迟烨定是狄青青此次找来证实真相的。

尉迟烨轻轻摇了摇头，他的目光越来越涣散，喘息着：“有些人活着，却等同于死……有些人死了，又等同于活着。我日日清扫寺院门庭，却无法扫除心中业障。我夜夜惦念着她，从天黑到天亮，我终于可以去见她了……”狄青青望着尉迟烨，心内震动，沉默不语。

“你是不是瞧不起我，想我一介高僧，却如此荒淫，如此自私……”尉迟烨的声音越来越轻，几不可闻。

“住持多虑了。心有羁绊，人之常情。”狄青青苦涩地回答。

尉迟烨仿佛很倦，脸色是近乎死亡的透明，油尽灯枯，眼里最后的光亮消逝，他缓缓闭上眼：“该死的人，一直是我。私情私欲，一切皆空。我早该阻止他。但愿现在不晚……你既然叫我来，想来这围困之势，你也早有安排……我也好放心去了……”他侧头望向昏倒在地的宫皓月，努力伸出染满鲜血的手，想要去碰触，可他始终都够不到，最后手无力地垂下，再无声响。

沉寂、憋屈了太久的暴风雪终于开始肆虐。天空像破了个洞，鹅毛大雪狂肆落下，不断地打在人们身上，寒风灌入衣襟，众人冻得瑟瑟发抖。

苏云杰红了眼，像是发了狂，手举染血长剑，高声喊道：“敌寡我众，都给我上，将他们统统都杀了！”

此时，一直沉寂隐忍的南宫翊终于站至最前列。

银发在风中狂舞，霸气凛然，他冷笑道：“苏云杰，你别做梦了，真以为本王会坐以待毙？你以为掌控一切，殊不知螳螂捕蝉，黄雀在后。当你设下圈套之时，何尝不是中了本王的圈套？你朝两侧远方看看。”说罢，他自怀里取出一枚纯银鸣哨，薄唇吹响，声音尖锐嘹亮，穿透厚厚的云层，穿越千军万马，在苍茫大地间回荡。

苏云杰惊愕瞠目，立即跃上马，伸长颈子瞭望远方，哨响之后，嘹亮的号角声跟随响起，声音浑厚深远，此起彼伏，漫山遍野，远处，更远处，蓝色旌旗漫天飘摇，正中红色的“翊”字穿透风雪浓雾，直刺眼中。

“怎，怎可能……你哪来这么庞大的军队……怎么可能……你的兵权明明……”苏云杰脸色黑得骇人，眼珠暴突，几欲瞪出眼眶，他完全不敢相信，他以为他们包围了南宫翊，竟是南宫翊反包围了他们。

“呵呵，苏云杰，本王筹谋已久，当日征战西番数月，本王招兵买马扩充实力，得胜后更是隐藏绝大部分主力军队，一直屯军在西番边境，只等本王一声令下，助本王清除尔等余孽，拨乱反正。”南宫翊冷眉扬起，大声道。“隐藏、供养这么庞大的军队，大半年之久，得要多少银两，怎么可能？怎么可能？你怎么可能办到！”苏云杰惊惶地直摇头，依旧不信，大吼道，“除非你勾结外邦，通敌卖国。”

“这得感谢本王敬仰的岳父大人。狄谨仁走前，将一枚玉佩交与我，西郡鹏通银楼里有他毕生的积蓄，数百万两黄金。足够本王大肆招兵，否则，就凭宫皓月拨给本王的数万人，与送死何异？”南宫翊说话时，眼神温柔地落在狄青青身上。

狄青青微惊，爹爹竟然……她竟不知。

“苏云杰，你颠倒是非，重燃战火，置苍生于水火，生灵涂炭，罪不容诛！众军将士，真相大白，本王才是南宫皇室正统！尔等皆因受奸人蒙蔽，此刻醒悟，弃械投降者，其罪可免。连年征战，尔等可想返乡？热血满腔，本应为正义抛洒，尔等可愿成为罪人逆党？众军听令，速速将此逆贼拿下！”南宫翊振臂高喊，顿时漫山遍野，山呼声如海潮般汹涌，号角声连绵不断，整个大地都在摇晃。

雪越下越大，风越来越紧。

苏云杰身后的将士们听罢这番振奋之语，顿时沸腾了。谁都不愿再打仗，谁也不想再作无谓的牺牲，谁都惦念着远方的家人。他们齐齐将兵器卸下，将盔甲脱下抛向空中，高喊道：“翊王英武！”猛然间，他们疯狂地扑向苏云杰，瞬间便将他制服在地。苏云杰丧尸一般被按在地上，面如土灰，动弹不得。

天空亦像是压抑久了，彻底释放般，暴风雪漫天漫地卷起。顷刻间，天地间一切都被风雪笼罩。

放眼白色迷茫一片，几乎不能视物，几乎站立不稳。马儿纷纷屈腿坐在地上抵御风雪。秦雷阳与千乘浪都有将帅之风，不慌不忙指挥着大军团抱一处，席地坐下等待这阵风雪过去。

南宫翊紧紧环抱住狄青青，用宽阔的披风为她尽数遮挡风雪。

天地间一切仿佛都被卷起，抛下，再卷起，再抛下。所幸暴风雪持续时间并不长，待到这一阵狂风过去，纷纷扬扬的雪花形成的白雾慢慢消退。待狄青青看清眼前的景象，率先发现异常，大喊道：“宫皓月不见了！”

南宫翊神情一凛，立即望过去，果然，此前宫皓月尚吐血昏迷在地，此时却消失了，甚至连地上的血迹都被风雪掩盖。

他一惊，纵虎归山，后患无穷。

千乘浪连连懊悔，自知失职，刚才只顾着调配大军，他连忙四处询问有无人看到宫皓月。少顷他打听到消息，赶紧来报：“翊王，士兵看见有人投江，因风雪太大不知是谁，会不会是宫皓月？”

狄青青与南宫翊赶紧来到江边，怒云江波涛滚滚，狂风之下浪花尺余高，狄青青四下找寻，在江边一处嶙峋凸起的大石边，找到一缕浅金色绢布，她伸手取下，看了看道：“的确是宫皓月的衣裳，他应该是从这里跃下怒云江。”

千乘浪皱眉望着翻滚湍急的江水，撇了撇嘴道：“如此安能有命？必死无疑。”

狄青青瞳孔收缩了几下，风渐渐止住，她一言不发，一绺额发垂落，恰处遮去她此刻微妙的表情。

南宫翊长身玉立，丰神俊朗，侧头瞥了一眼狄青青，他微微皱眉，不知在想什么。

狄青青长久地立在江边，晶莹的雪花落在她浓密的睫毛上，转瞬化作水珠，顺着脸颊缓缓滑落。她心中五味陈杂，说不清也道不明，对宫皓月，她也有一分惺惺相惜之情。

大婚之夜，她蒙冤入狱，他心细如尘，相赠衣裳一套，木梳一把，维护她的颜面。那时他并未利用她。这一份感激之情，她从未忘却。

她欣赏他的才能，他们本可以是最好的搭档，可惜他却步步算计。可不论他如何狠毒，对她却是真心。过往的点点滴滴浮在眼前，他一味地讨好她，她一味地防范他。

到头来，他终究也不过是镜花水月，一切皆空。此刻，水天一线，雪雾笼罩，看着江水一浪翻过一浪，形成的巨大漩涡咆哮着吞没一切，她缓缓闭眼，心里默默道："宫皓月，你真的死了吗？"

尘埃落定，终于落幕。风雪已停，天地浸染在一片白茫茫里，树林、山脉和整个大地浑然一体。

秦雷阳领命率大军与降军先行返回帝都。返程路上，大军浩浩荡荡，一眼望不到尽头。南宫翊与千乘浪则稍晚，处理好善后事宜再撤退。

待到离开时，只剩下三三两两的人。

千乘浪骑马靠近狄青青身侧，小声说道："喂，青青。如今曲终人散，南宫翊想必明日便会登基。我准备去宫中接出家姐，回府颐养天年。我千乘家族愿搬去边陲小镇，永不入权力中心。"

狄青青收紧手中的缰绳，瞟了一眼千乘浪，眼中露出赞赏之色："看来你不过是假装纨绔，真性情也。此次你居功却不自傲，实属难得。"

千乘浪被夸赞后得意了，玉面生辉，拍拍胸口道："那当然。官场沉浮，我早就腻烦。"见到南宫翊纵马回头，他更是抛去挑衅的眼神，故意道，"青青，你看大局已定。横竖他是负心汉，府中已有娇妻。不如你考虑考虑我？你看我，出得官场，入得沙场。样貌非凡，家世雄厚。最重要的是，我能保证，此生只取你一瓢饮。"

南宫翊的眼神如刀子般直刺过来，咒骂了一句："找死！"

狄青青笑出声，逗他道："我看你是出得赌场，入得情场吧。"

千乘浪不管不顾地怪叫道："青青，话不能这么说嘛。我都是逢场作戏。我刚满弱冠，可还是很纯洁的童男，如假包换。你试试便知。"

"噗。"狄青青笑得肚子直疼，连忙摆摆手，"得了得了，不知害臊。"

千乘浪纵马挨得更近，噘嘴不满道："青青，你不会就这么简单原谅这个渣男吧！他做了那样禽兽不如的事！"

渣男？如果眼神能杀人，千乘浪早被南宫翊千刀万剐。但南宫翊懒得搭理他，隐忍不发。

三人一路纵马赶路。

行至北城郊山脚村庄时，因着路窄，放慢了速度。村口有一家农户是新盖的瓦房，院子里积雪扫得干干净净，东西也收拾得整齐。

南宫翊突然勒住缰绳，翻身下马道："大家都累了，我们进去这户人家，喝杯茶歇歇脚吧。”

闻言，狄青青在马上停滞片刻，美眸微眯，盯着这户人家看了许久，若有所思。片刻后她翻身下马，前方南宫翊已将马缰绳拴在院门柱上，径自走进农户家中。

千乘浪下马跟在狄青青身后，表情夸张道：“他是不是被我骂傻了？到这来喝什么茶？这里明显不是茶社？”

“这户人家不普通，房子是新盖的，院子里没有悬挂过冬的玉米，门口还有拴马的地方。明显不是农户，更像是……隐居的落脚地。”狄青青眼眸一亮，朝他摆摆手道，“进去看看便知。”

风雪过后，一丝暖阳奇迹般地钻出厚重的云层。虽只是寥寥一点，却让人心情顿时开朗。

走近屋前，南宫翊已在门口等着，他并未敲门，而是等狄青青到了，轻轻推开门。门没有上锁，那一刹那像是推开一段神秘的时光，屋中的景象，令人意想不到。

千乘浪最是沉不住气，率先惊叫起来：“你，你不是死了！还有你，你们俩怎么在一起？天，这到底是怎么回事？”

狄青青莞尔一笑，果然。

琉璃怀中抱着孩子，孩子睡得正香，她轻轻摇晃着，嘴边哼着家乡的小曲。见到狄青青，她顿时泪光闪烁，神色激动，几乎要蹦跳起来，因顾着孩子，她极力克制着兴奋，起身迈着小碎步跑至狄青青身边：“小姐你终于来了。你看，这是晟儿。姑爷给起的名字，南宫天晟，可霸气了。”

襁褓里，晟儿睡得香甜，他又小又软，皮肤皱皱的尚未完全舒展开，大大的眼睛，好看的眉形，小小的唇含着手指，细弱的呼吸声如树叶微颤。

狄青青的心仿佛刹那间被这柔软的孩子融化，她颤抖着双手抱过他，她忍了那样久，想念了那样久，连他出生时都没能看一眼。

如今抱在手里，感觉这样不真实。她甚至不敢动，生怕怀里的孩子会受伤。

她端详许久，才确定这一切不是梦。真的，一切都结束了。

狄青青没有忘却屋中还有另外一个人，她搂着孩子抬头望过去。只见沈冰蓝已将包裹斜挎在肩上，今日的她穿着素白棉袄，清丽淡雅，温婉柔顺，眸子里水光盈盈，我见犹怜，倒像是初次在百花楼见到她的模样。

狄青青抿了抿嘴，思忖片刻后道：“沈姑娘，辛苦了。”

这个称呼恰到好处，千乘浪怪异地瞅着狄青青，见她表情无波无澜，更是吃惊。

沈冰蓝慢慢走上前，在南宫翊和狄青青面前停住脚步，她的笑容明媚坦然，与屋中漏进的一点点阳光同色。

南宫翊只是客气地冲她略微颔首。

沈冰蓝虽怅然若失，仍旧扯出一抹笑容，道：“我的任务结束了，所以我该走了。”

她望向狄青青，半是羡慕，半是感慨：“我可不可以叫你青青？”

狄青青轻轻点头，转身将怀中熟睡的晟儿，小心地放入摇篮中，仔细为他盖上被子。

沈冰蓝深吸一口气，微微一笑：“青青，你是我从未见过的睿智女子。我敬你、服你。你与王爷情深似海，金石为开。祝你与王爷白头偕老。”

“等等！这到底怎么回事？你们到底在说什么？”千乘浪不满地大声打断，他再也忍不住了，他看看沈冰蓝，又看看琉璃，“我怎么什么都听不懂？你不是小产了？你不是死了？你们？”

沈冰蓝亦道：“其实我也好奇？青青你方才见到我，见到琉璃时一点都不惊讶，可见你心中有数，你究竟何时看穿了一切？我究竟哪里做得不好，露出了破绽？”

狄青青缓缓道：“之前你并没有露出破绽。只是那日你从宜和宫殿前台阶上摔下去小产时，你忽略了一个细节。当时鲜血浸没了你下身的衣裳。可如果是真的小产，小腹位置不应该有大片浸透的鲜血，最多是擦拭到的血迹。而应该是从小腹下方渗出，对吗？我猜你定是在小腹处藏有血袋，故意将其挤破造成流产假象。”

沈冰蓝恍然大悟，由衷赞道：“你果然非同一般，我等在你面前，丝毫做不得假。”

千乘浪横着脑袋，插进来道：“就算这样，只能证明她是假装小产，或许她是既骗你，又骗南宫翊，博取南宫翊同情呢？这样的伎俩我可见多了。你凭什么这么相信南宫翊？”

“还记得南宫翊凯旋，皇宫设宴那晚吗？”狄青青思绪飘回过去，眸中似有秋水横波，神情幽幽。

千乘浪撇了撇嘴：“当然记得，琵琶别抱嘛。”

“我日盼夜盼，惴惴不可终日，终于等到他活着回来。可那晚，他却带着沈冰蓝凯旋，我也十分吃惊。当时宫皓月让他献曲，本有羞辱为难之意。他却欣然同意。他所弹奏的这一曲没有前奏，直接奏出战场的金戈铁马，继而琴声陡转，由激昂转为舒缓，缠绵，渐行渐低，直至最后一个尾音，似有若无。此曲与当日他在册封静王晚宴之上为南宫万海所奏，异曲同工，只不过他稍加改编。而这一首他纪念母妃的曲子，恰恰由我题名为‘妾心依旧’。而那日，他奏此曲，便是想通过琴声告诉我，‘君心依旧’。对吗？”说完，她盈盈望向南宫翊，此刻，她的背后仅有一缕寥落的斜阳，她的眼睛闪烁着，似晶亮的宝石。

南宫翊俊朗的身形一僵，薄唇微微发抖，声音沙哑又哽咽：“我好担心你不能明白。”

“原来啊，你们几个一直都在相互演戏啊。喂，你们不去当戏子太可惜了。把旁人骗得团团转啊。啧啧。”千乘浪阴阳怪气道，“青青，你就对他这么有信心，从没动摇过？”

这话，戳到狄青青的痛处，当真没有动摇过？

其实是有的，即便听出琴音，可当知晓沈冰蓝怀孕，宫皓月赐婚，看着他欣然接受，在晚宴上细心照拂，后携沈冰蓝离开。她留下他询问，虽想做做样子给旁人看，可他冷言冷语，她的心仿佛被绵绵针刺。她始知，爱情如此自私，她的胸襟也不大。

她动摇过。祭天狩猎，他故意没射中双雕，却能于黑暗中贯穿黑狼双眼，她知他是故意隐忍，假装臣服宫皓月。可当见他搂着沈冰蓝的纤腰，斥责她没有看管好琉璃。她始知，心淌血的滋味，并不痛，而是极难受。所以当千乘浪将她带走，她甚至想，就这样消失，也挺好的。

她动摇过。宫皓月将他软禁在皇宫，她知晓宫皓月即将开展行动。她心急如焚却无计可施。可当宫皓月带着她去林夕宫，见他酣畅饮酒，沈冰蓝翩翩起舞，他将佳人抱满怀。她始知，妒忌的感受，比烈火烧灼还要挠心。她一直站着，直至夜深露重，双腿麻木。她动摇过，她心急如焚，他呢？

她动摇过。千乘碧雪诞下死婴，她盘查沈冰蓝起了争执，沈冰蓝摔下台阶假装流产。林夕宫中众人对质，当南宫翊一剑刺穿琉璃的胸膛，几乎刺穿她所有的信仰。曾经他终身不改，曾经她此生不改。如今，都要改了吗？那一刻，她深深地动摇了。

狄青青陷入深深的回忆中，胸口因情绪波动起伏着，她极力稳住呼吸。

见她不说话，千乘浪用剑尾戳了戳南宫翊，冷冷道："这么说，你推了她一把，令她早产，你是故意的？"

南宫翊俊眉纠结片刻，道："是，我知宫皓月要行动，而我外围也布置好。他将我软禁皇宫中，我能光明正大出宫自然是好。此举定能令宫皓月放松警惕。另外，我必须将孩子带走，包括琉璃，所有会羁绊她的，都要带出宫。她才能无所顾忌。"说完，他补充了一句，"我反复与御医宋文轩商议，他很肯定，此计万无一失。"

"啊！推青青早产能万无一失！亏你们想得出来，青青昏迷十几日！命悬一线你知不知道？"千乘浪不认同这种做法，凝眉斥道。

"我没有昏迷十几日。"狄青青突然插话道，"是他们合计，由宋文轩给我下了昏睡药，我想醒醒不了，每日半睡半醒。我能感觉到。"

千乘浪眼睛瞪得更大，不敢置信："啊！"

"我刚入宫时，便知晓御医宋文轩效力于南宫翊。所以，当我醒来后，我便彻底明白，他肯定有所行动。所以我努力找出真相，助他一臂之力。"狄青青莞尔，她停顿一下，幽幽道，"我介意的是，不知琉璃……"

"小姐，我没事。"琉璃突然窜进来，笑靥如花，拍拍胸口，"你瞧我，生龙活虎。啊……"她莽莽撞撞，拍到伤口，不由得痛叫出声，其状搞笑。

"可那一剑？"狄青青疑惑道。

南宫翊尚未开口解释，千乘浪率先叫嚷起来："我明白了，那一剑必是对着神督脉络刺入，人的两根胸骨这儿有一处空隙，可穿透，深入不见血。"他指了指自己的胸口，比画了具体位置，"此脉络紧挨心脉，不过两指来宽。哇，南宫翊，你真是本事了得，你的剑宽穿过神督脉络已是极限，差发丝那样一毫可都是致命的！要是我，肯定做不到。"

"本王有把握。"南宫翊白了千乘浪一眼，"看来你剑术不过关，得回家勤加苦练。"

千乘浪吐了吐舌头，做了个鬼脸。

琉璃则挠了挠头，干笑道："没事，不打紧，我皮厚。原来是刺穿脉络，难怪也不是很疼。我说呢，怎么也就跟针灸过似的。嘿嘿，我家姑爷怎么舍得我死呢，我还要侍奉姑爷一辈子呢。再说了，我要死了，叶武可就娶不上媳妇了。我可不忍心让他打一辈子光棍。嘿嘿。"

千乘浪一脸不屑地瞪着琉璃："女孩子家说话没脸没皮的，真是有什么样的主人就有什么样的丫鬟。"

狄青青："……"

真相说清，沈冰蓝拢了拢肩上的包裹，微微福身行礼："王爷、青青，既然大家都已说清楚，我也该走了。"

"你，要回西郡？"狄青青问道。

"嗯，我打算回去开一家医馆，重振沈家门庭。"沈冰蓝答道。她似乎想了想，索性将心底憋了许久的话，都说了出来。

"其实，青青，我没有你想得那般好。我不是圣人，我也起过邪念，我不敢妄想取代你，我想着即便能做你的替身，哪怕只能每日看着王爷，也是好的。可是……"她欲言又止，嘴边漫过涩涩苦笑。

"你有所不知，当日王爷在刑场上饮下的，其实是毒酒。他一直以雄厚的内力压制着毒性，出了城门后又自己服用了一些解毒汤药，到达西郡时他已支撑不住，机缘巧合又遇到了我。我用银针倾尽全力为他解毒，半年后余毒才慢慢解去。即便如此，毒性还是让他白了额发。"

狄青青震撼了，原来南宫翊额发变为银白，竟是因为中毒。她早该想到，当时三杯酒被他混合了，无人知晓他饮下的是什么酒，竟真的是毒酒。

沈冰蓝的笑容无奈又凄凉；"我以为，我的倾力相助能打动他。可没想到，却是他对你的日日思念，最终打动了我，让我自惭形秽。我的父亲沈四海，是前朝名医，我也算是名门之后。我虽自小流落风尘，可母亲循循善诱，心却从未沦落。若我工于心计，夺人所爱，拆散良缘，那我与风尘中人何异？那便是连心也沦落了。所以我放弃了执念。但我没有离开，我留在战场上，帮助那些战士们，算是我一些心意，也算是我为曾起过的邪念赎罪。"

说完这些，沈冰蓝长舒一口气，像是卸下心间沉重的包袱。

她幽幽道来，逐一讲述过去之事。

“每每夜深时，便见他坐在荒野之中，望月思念。他毒发时，昏迷时，战场受伤时，他清醒时，不清醒时，从来只唤着你的名字。

“他说当日曾对你父亲狄谨仁发誓，若负你，愿受百毒蚀骨之苦。所以，毒入脏腑，痛不欲生，他甘愿承受。

“他不眠不休，研究地图，只为早日得胜，回到你身边。

“可当真的打胜了，回到帝都，终于能见到你，他却只能强忍着内心的渴望，非但不能相近，更不能相亲，还要重重伤害你。他备受煎熬，我都看在眼里。宫皓月一直派人暗中监视他的一举一动，皇宫中，王府内，围猎时，林夕宫，时时刻刻，他真的身不由己。尤其围猎时你失踪那次，他心急如焚，我只得强行留下他，阻止他去寻你，提醒他不能功亏一篑。青青，他所承受的痛，不会比你少，每一次……”

“不用说了。”南宫翊冷冷地打断她。

“为何不说？”沈冰蓝并不理会，突然上前一把拽住南宫翊的手臂，执意继续道，“每一次他伤害你后，都会在手臂上划一刀，记住这彻骨的痛。他说，让你心痛，他就该承受身痛。”

狄青青心内大惊，忙上前撸开南宫翊的袖子，果然，数十道伤痕横亘，每一道都深可见骨，狰狞蜿蜒。她像是停滞了呼吸，心跳得四处乱撞，也不知是疼，还是闷，难受得直想大哭一场。

“第一道伤痕，是凯旋宴当晚，他冷言伤你，回来所划。这一道，是狩猎那日。这一道……这一道最深的，是他推你早产……”沈冰蓝一一细数过去，数着数着不禁黯然落泪。这样的他，她就算用尽手段，又能争到什么？

道道伤痕，历历在目。

狄青青眼眶湿润，当嘴角尝到咸涩的味道，她才惊觉自己竟然落泪了。她慌忙抬袖擦拭，深吸一口气，她睁大眸子不让泪水落下来，谁知却越擦越多，最后豆大的眼泪滚落。她觉得尴尬，索性转过身去。

“我该走了。这是上好的金创药，我自己调配的，每日上药两次，很快可痊愈，只是疤痕免不了。”沈冰蓝匆匆将一只药瓶塞入狄青青手中，快速转身走出农屋。

她的步履起先沉重，似是不舍，终究没有回头，越走越快，直至消失。她不敢停留，几乎是落荒而逃，生怕多待一刻，便会控制不住自己。终其一生，她都不可能得到他半分关注，又何必作践自己。

琉璃心内感慨万千，终于守得云开见月明。眼下这状况，她赶紧上前拉走千乘浪，死拖硬拽，小声嘀咕道："别看了别看了，走吧走吧，别在这碍眼了，快带我去找叶武。"

"哎呀呀。男女授受不亲，你别拉拉扯扯呀。"千乘浪心不甘情不愿地被琉璃拖走，一路大声怪叫着。

木门轻轻合上，屋外已近黄昏。

终于，只剩下他们两人。

南宫翊长身玉立，狄青青擦干泪痕，四目相望。

时光似乎静止。

暴风雪后格外安宁，金色夕阳冲破牢笼，喷薄而出，将云海，山水，天地一切都染成了金色。这是今年最后一场雪，今年的春天虽然迟了许久，终究还是来了。春日气息拂过每一个角落。细看，积雪下新竹破土，茶梅微绽，生机盎然，连带小小的农舍，都笼罩在朦胧的霞色之中。

他深深望着她，像是注视着自己失而复得的珍宝，虽近在眼前，却不敢轻易碰触，害怕这一切只是一场虚无的梦。他一直望着，不曾移开视线，周遭一切仿佛都不存在。天地间，他的眼里只剩下她。

他的目光无处不在，她无处可避。她被他看得，心渐渐跳得杂乱无章，如小鹿乱撞。

往事一幕幕在他们眼前不断上演、交错、翻滚。大婚天牢的初识，互相怨怼的开始，渐渐地互相吸引，生死相依，相近不能相亲的苦痛……

可无论多么遥远的距离。

若有灵犀，心灵也会一近再近。

他们彼此望着，似要望到地老天荒。

谁都不愿轻易开口，生怕打破这梦幻一般的画面。

良久，久到霞光渐渐退去，暮色轻笼。

狄青青终于忍不住，嗔怪道："难道还要我主动？"

南宫翊俊颜微红，想起上次她的主动，只觉浑身热血直涌脑门，他有些不好意思道："你不是生产尚未足月，不能那个？"

狄青青鄙视地白了他一眼："我的意思是亲我，你想多了。"

南宫翊大窘："……"

"算了，没劲。"狄青青没好气道。

她霍地转身，却猛地被他拉回怀里。天旋地转间，灼热的吻随之覆下。这一吻绵长又深入，乌发纠缠，交颈相拥，狂野中带着温柔，柔情中带着迷醉，直吻得她指尖都在颤抖。她几乎站不稳，只能牢牢攀住他，整个人仿佛融化在他怀里。

不忘初情，不枉此生，不负岁月。不愿分开，只想沉溺。然而，"哇"一声，煞风景的哭喊声骤然响起。

相拥的两人一怔，赶紧分开。

他们竟然忘了晟儿还在摇篮里睡着。

"哇哇哇——"晟儿扯开嗓门大哭，不管不顾。

狄青青和南宫翊赶紧奔向摇篮……

一个月后。

桃花处处盛放，粉红如雨，纷纷翩飞。

帝后大婚，大赦天下。

经历政变的帝都并没多大变化，繁荣依旧，动荡仿佛已是很久前的事，被人们遗忘在昨日。十里长风街，布满喜庆的红色，丝带飘摇，灯笼高悬，整个天启国都沉浸在喜悦之中。

冗长又繁重的大婚仪式，百官朝拜，耗时三个多时辰。

狄青青顶着沉重的后冠，抱怨道："我全身酸痛，何时才能结束！"

南宫翊柔声哄道："快了，再忍忍。"

狄青青："再忍忍？你昨晚也是这么说的！结果呢？"

南宫翊："……"

整个封后过程，南宫翊一直紧握着狄青青的手，不曾放开，连跪拜仪式时都是。

狄青青怎么也甩不开他的手，不满道："把你的手拿开。"

南宫翊："不放。昨夜让夫人耗费过多体力，怕你腿软，走路摔倒。"

狄青青：“……”

好不容易挨到全部仪式结束，百官退下。

南宫翊返回元极殿，换了袭轻便龙袍的工夫，转眼间便找不到自己的皇后。只余沉重的后冠搁在桌上，佳人已无踪影，他什么也顾不上，连忙四下寻找，见到余公公便询问：“青青呢？方才她还在殿前等朕，怎么不见了？”

余公公一撩拂尘，打趣道：“皇上一刻见不着皇后娘娘就急成这样？这里是皇宫，皇上还怕她飞了不成？怕是闷得慌，四处走走。”此前，余公公虽效力宫皓月，但暗中没少帮助南宫翊。

南宫翊也觉得自己紧张过度，也是，经历生死，经历重重困难，好不容易在一起，他至今都感觉不真实，生怕这只是一场梦。这种失而复得的惴惴不安，旁人不懂。

可是，她会去哪呢？

余公公掩嘴偷笑，提议：“皇上不如做根长绳，将皇后娘娘每日拴在腰带上，便不用担心了。”

南宫翊若有所思地望着他，郑重颔首：“有道理，交给你去办。”

余公公：“……”

这边南宫翊四处寻找狄青青，那边狄青青听得戚风来报，发现尚宫局有一名年长的嬷嬷已在房中死去多时。

无聊的后宫，无聊的大婚，她早憋疯了，再也坐不住。听到这样的消息，她自然第一时间赶赴现场，也顾不得洞房花烛，反正她和南宫翊不是第一次成婚，无所谓。

尚宫局掌管整个后宫饮食起居，分别设有司设、司制、司膳和司珍四个部门，此次死去的是司膳房一名烧火的粗使下人林嬷嬷。平时要是死了个下人，大理寺都懒得来查，直接掩埋了事。自从南宫翊登基，狄青青掌管后宫，生死大事，事无巨细，都要上报她。

“发现多久了？”狄青青连皇后礼服都未来得及脱去，只卸下后冠，一面走，一面询问。

戚风恭敬地回道：“门前传来腐烂尸体的味道，估计人肯定死去多时，微臣已经派人严加把守。害怕破坏现场，还未进去查探。所以巨细不知。”

“明白了，做得很好，走吧。”狄青青点头道。

林嬷嬷住在最次等的下人房，狄青青与戚风走过漫长的阴暗潮湿的走廊，来到尽头处紧挨着柴房的下人房。

老旧的木门布满岁月的裂痕，门下角腐烂发霉，里面飘出阵阵臭味。门口侍卫见到狄青青，恭敬道：“皇后娘娘。”

狄青青颔首，示意打开门。

两名侍卫大力将门撞开，门开的那一刻，狄青青惊呆了。

只见林嬷嬷横躺在床榻上，胸口破了一个大洞，血早已流干，流得四处都是。

脏乱不堪的地上，用鲜血写就两个大字——等你。

第一章
长安城噩耗

京都最近发生了一件大事：六王爷萧煜突然成亲了，六王妃还是个傻子！

这个消息一传出，京都一片沸腾，当天晚上太湖旁边的大家闺秀们排着队等跳湖，没排到位子的只能躲在家里哭，街头巷尾哭声不断。

别说大家一脸蒙，就连六王妃本尊——刚代嫁过来的雪倾城接到消息的时候，都像接到了一道天雷，被雷得外焦里嫩，心想：这六王爷怕不是脑子有病吧！

后来，她发现，这六王爷不仅是个神经病，还是个有钱的神经病。

雪倾城本是混迹江湖的小混混，吃百家饭长大，不知来历。

因为和雪太傅失踪的傻女儿有几分相似，被雪太傅捡回家后，当养女养着。当然，这个便宜女儿也不是那么好当的，雪倾城从街头混混小六变成雪家大小姐的代价就是——她要代嫁。

雪倾城看着一箱箱抬进她房里的那些彩礼，她托着腮，看得眼花缭乱。

“王爷说了，这些东西都交给王妃处理。”丫鬟鄙视地看着雪倾城，一个傻子，懂持家之道吗？

雪倾城没忘记自己是个傻子的事实，装作很兴奋的样子上前开箱子，一箱的金银珠宝差点没把她的眼睛闪瞎。

“哇，这么多！”

“这还只是一个箱子，外面一整个院子都是呢！”丫鬟的语气里有掩藏不住的自豪，“我们家王爷，财力雄厚！”

“那给我塞床底下，这么多，可不能被人偷了。”

丫鬟翻了翻白眼，道：“王妃，王府里有库房，还有重兵把守。”

“那万一他们自己偷了呢？”

“府中的将士跟随王爷出生入死，都是王爷多年的亲信，他们绝对不可能背叛王爷。”

“哇，听上去很厉害的样子。”雪倾城一脸崇拜。

“那是当然，我们王爷英勇善战，对人极好，想拜入王爷麾下的将士可多了去了。”

雪倾城眼珠子滴溜溜转着，小脑袋瓜里已经开始盘算了。

丫鬟的话里信息量可不小，六王爷财力雄厚，还拥有重兵。这样的人会娶她一个傻子做王妃，真是越来越令人费解了。

“那我要去库房玩。”她必须亲眼看看这位六王爷，到底有多大的实力。

雪倾城蹦起来，拎着还没来得及换下来的大红嫁衣就往外跑。刚跑到门口就撞入了一堵肉墙中。

那人胸膛很硬，撞得雪倾城的脑袋都有点蒙了。她摇了摇脑袋，才让自己止住那种晕眩感，定睛看向那堵“肉墙”。

和她身上穿的一样，也是大红色的袍子，这人不会是……

雪倾城瑟瑟地抬头，不期然撞入了一双深邃的眼眸里。

她从没见过这么好看的人。

那人面如冠玉，五官端正且有英气，眉头轻蹙，若有所思的样子十分迷人。

被这么帅气的人含情脉脉地盯着，让她不由自主地脸红心跳，手足无措。

雪倾城意识到自己还在对方的怀里，红着一张脸想退出来，却被一双大手她箍住，不给她半分后退的余地。

“娘子这般着急，可是想为夫了？”

“娘子”“为夫”这样的称呼让雪倾城忍不住一个哆嗦，鸡皮疙瘩掉了一地。可是她被那人搂在怀里，逃不掉，躲不了，只能像一只快被煮熟的虾子，腾腾往上冒热气。

雪倾城没看到的是，拥着她的这个男人，脸色冷若冰霜：“你们就是这么照顾王妃的？”

被王爷的眼神扫到，两个丫鬟吓得一个哆嗦，忙跪在原地，身体抖动得跟筛子似的。

“王爷恕罪。”

“自己下去领罚。”说着，将管家叫来，吩咐道，“换两个懂事的丫鬟来照顾王妃。”

两个丫鬟面面相觑，都知道王爷其实已经算是网开一面了，磕头谢恩后就被人拖下去了。

萧煜这才将怀里的小人儿放出来，改搂为牵，拉着她的手走到软榻边道：“娘子，为夫送你的东西还喜欢吗？”

雪倾城不敢直视他的眼睛，将目光望向房间里大大小小的箱子上。

“不喜欢。”她小嘴一噘，满脸的不高兴。

萧煜的笑容僵住了，管家的脸色挂不住了。

管家擦了擦冷汗，忙上前来拱手道：“王妃若是有什么不满意的地方，尽管告诉属下，属下一定改。”

雪倾城指着房间里的大大小小的箱子，不满地道：“太多了，而且太重了。”

她见管家立在原地，一脸蒙，无奈地解释道：“刚才那两个姐姐告诉我，这些都要放进库房。我看不见，摸不着，自然不喜欢了！”

扑哧，身边的人突然发出笑声。

雪倾城回头狠狠地瞪了那人一眼，不知道她装傻很累的吗！

萧煜伸手，刮了刮她的小俏鼻，从衣袖里掏出一把金钥匙来。这钥匙做工非常精致，

与其说是钥匙，倒不如说是一件装饰品，萧煜动手替她将绳子戴在脖子上。

“这是什么？”雪倾城伸手摸了摸，心里想的却是：这是真的金子吗？拿出去当了能换不少馒头吧？

“库房钥匙。”那人说得十分轻巧，就像给她的只是一个小玩意儿一样。

“库……库房钥匙？”

“是的。”萧煜的大手掌包住她的小手，“以后你什么时候想看了就去看，什么时候想摸了就去摸，你既然已经成为我的王妃，那府里的一切都是你的。”

“王爷也包括在内吗？”

雪倾城只是随口一说，没想到萧煜却十分认真地说：“包括我。”

此时，管家已经很识趣地招呼着房里一堆人退下去了，走的时候还很贴心地为这对新婚小夫妻关上房门。

房门“哐啷”合上的那一刻，雪倾城才意识到事情的严重性。

今天是她和眼前这个陌生男人的洞房花烛夜。

什么情况？她这是刚代嫁过来就要失身的节奏吗？

雪倾城正胡思乱想着，萧煜已经从桌上倒了两杯酒过来，将其中的一杯递到雪倾城的手里，然后执起她的手穿过他的手臂，和她喝交杯酒。

雪倾城心里却在打鼓，这人不会是想把她灌晕了然后对她行不轨吧。

这种套路，雪倾城再熟悉不过了，畅春楼的姐姐和她说过，陌生男人的酒，千万不能喝！

雪倾城偷偷把酒倒进袖子里。

万幸只喝了一杯，萧煜就把杯子放下了，没有再喝的意思。

雪倾城长舒了一口气，正想着要怎么应付过去呢，一抬头就发现萧煜已经在脱衣服了。

她吓得花容失色，连声音都变了：“你……你干什么？”

“娘子，天色已晚，是时候休息了。”

休息？是睡觉吗？是她想的那样吗？

观音娘娘，玉帝王母……谁来救救她啊！

“那个……我现在还不想睡觉。”雪倾城的眼珠滴溜溜地转着，努力想办法熬过这一夜，“要不我们来玩游戏吧！”

此时，萧煜已经脱掉了外衣，如今只穿着一身雪白的亵衣，整个人看上去英挺俊朗。即便是在街头巷尾混迹多年，见过各种形形色色帅哥的雪倾城，也还是忍不住看直了眼。

这个男人太好看了！

萧煜看着雪倾城，她的一双大眼睛里是没有丝毫掩饰的喜欢，或许因为她是个傻子的缘故，这份喜欢单纯没有杂质，让人十分舒服，也让人有一种想吃掉她的冲动。

萧煜的嘴角挂上一抹邪笑，将亵衣拉开一个口子，露出精壮的身材。

“既然娘子不想睡觉，那为夫只能陪娘子来玩游戏了。”

傻子都看得出来你不怀好意吧！

雪倾城内心在咆哮，身体在不断地往后退。

“你……你别过来。”

“娘子，别害羞嘛。”萧煜长腿长脚，跨上床榻，像大猩猩一样，手脚并行地朝雪倾城爬过来。

而雪倾城已经被逼到床角，退无可退了。

“你……你想干什么？”

“不是说了嘛，陪你玩游戏。”萧煜笑得十分邪恶，“娘子，我们来玩‘亲亲抱抱’的游戏吧。”

“啊，臭流氓！”

偌大的王府只听到新王妃的一声喊叫，惊起树上前来蹭喜气的喜鹊无数。

第二天一大早，前来围观新王妃的将士们冲到王府来的时候发现王爷的俊脸上多了一块瘀青。而新王妃待在王爷身边寸步不离，每次只要王爷稍微表现出一点不舒服的样子，她就紧张兮兮地看着王爷，满脸歉意，直到王爷再三说了自己没事，让她跟着丫鬟去换衣服准备进宫见皇上，新王妃才依依不舍地离开。

王妃一走，那些平日里和王爷在军营里厮混、开玩笑开习惯了的小将们就凑上前来。

“王爷，看来昨晚战况激烈呀！”

“是啊，王爷这般英明神武的人都挂彩了，可见……啧啧。”

“王爷，新王妃看上去十分娇弱，您还是要怜香惜玉呀。”

萧煜不可能听不出这些小子们话里话外的调戏味道，不耐烦地挥了挥手：“早操做了吗？跟我这儿瞎闹，赶紧走！”

一群人又笑着跑开了，原本热热闹闹的走廊里，就只剩下一个年约三十捧着暖手炉的书生。他面色苍白，穿着厚厚的棉布袄子，也不惧怕萧煜故意做出来的恼羞成怒的样子，上前和他并肩而立。

“王爷，您辛苦了。”

“安先生，真正辛苦的不是我，而是我的这些将士们。”萧煜叹了口气，语气变得意味深长起来，“他们本来都是一腔赤诚、征战沙场的好男儿。如今却因为我，只能被困在这里。”

“没有王爷，也没有他们的今天。王爷您无须自责，兄弟们都是自愿的。”安先生身体不好，说话也有点中气不足，不过他的话确实有安抚人心的效果。

萧煜叹了口气，道：“是啊，兄弟们都是自愿的，可是有个人不是。”

“王爷您指的是六王妃？”安先生做了萧煜这么多年的军师，萧煜皱皱眉头，他就知道他说的是谁了。

萧煜没有直接回答他，反而问道："你觉得雪太傅这个人怎么样？"

雪太傅就是雪倾城的父亲，这是要让外人来评价自己的岳父呀。

王爷突然这么问，倒让安先生不知道怎么接话了，顿了顿回道："雪太傅为人圆滑，是出了名的和事佬。这个人我之前和王爷您分析过，他算是朝堂上为数不多眼光长远的聪明人。"

"那老狐狸当然聪明了，也亏得他聪明，当年才能……"

"当年？"安先生颇为疑惑。

"无事，说说雪太傅。"想起雪太傅有些憨态可掬的模样，萧煜心情倒还不错，"老狐狸那么聪明，你觉得他可能会冒欺君之罪的危险吗？"

"欺君之罪？王爷您何出此言。"

"如果那老家伙对外说他女儿是傻子只是谎称呢？"

"难不成王爷你在王妃身上发现了什么不对劲的地方？"

萧煜摇摇头："我只是觉得有时候她不太像一个傻子，昨天晚上她不过寥寥几语，就从丫鬟口中套话知道了我府里有重兵的事，还说要去库房。"

"这是在打探王爷您的实力呀！"安先生惊得嘴里都能塞下一颗鸡蛋了，"那现在怎么办？六王妃是雪太傅安排过来的细作吗？我是不是要派人……"

"你知道我不信"宁可错杀一千，不能放过一个"那一套，更何况，这一切都还只是我的猜测而已。"

而且，雪倾城现在已经是他的王妃了，他是早就做好了一辈子护她周全的准备的。

顿了顿，萧煜挥挥手道："罢了，先这样吧，若是发现有异样再议。不过雪太傅那边你还是要派人盯紧点，特别是他那三个儿子。切记，不可惊动雪家人，让雪家察觉我们的行动。"

"是。"

而另一边，被人猜成细作的人，正在为昨晚上的事发愁。

昨天晚上，她没控制住自己，一脚踢到了王爷的脸上。

她本以为自己死定了，可没想到萧煜不仅没有怪罪她，昨天晚上压根儿就没碰她，还向她道歉，说"是我不好，吓到你了" 。最后只是搂着她和衣而睡了。

所以一大早起来，雪倾城看到萧煜脸上瘀青的时候，说不内疚那是骗人的。

新换来的两个丫鬟比昨天的那两个安静多了，见雪倾城不说话，她们也就默默地替她梳妆打扮。

雪倾城心里都纠结成一团乱麻了，又没人可以商量，正纠结着，听到门口有动静，似乎是丫鬟给萧煜请安的声音。

她看着铜镜里自己那张只画了一半的脸——此刻丫鬟刚为她把左边的眉毛画上，粉饼也才铺上一层——整个人就像一个掉了漆的陶瓷娃娃，要多恐怖有多恐怖。

而此时，萧煜的身影已经出现在门外了。

“不，不行，快去关门！”

雪倾城都要哭了。

她这个样子怎么见人嘛！

丫鬟举着眉笔也是不知所措，就在刚刚，王妃动作太大，她手不小心一歪，眉毛画偏了，现在王妃的脸上就像多了一条弯弯曲曲的毛毛虫。

“王妃恕罪。”

“恕什么罪啊，赶紧去关门呀！”雪倾城见丫鬟们都跪在地上不敢起来，只能提着厚重的宫服跑上去关门，还没走到门口就不小心踩到了裙摆。

就在她以为自己一定会脸先着地，摔个狗吃屎的时候，一双大手将她拦腰抱起。

“娘子，见到为夫不用行此大礼。”

雪倾城回过神来，想到了什么，忙捂着脸。

“不，你不要看我！”

“娘子怎么了？可是哪里不舒服？”萧煜伸手就要去拉她的小手，却发现那双手就像长在了雪倾城的脸上，压根儿就拉不动。

他只能看向地上跪着的两个丫鬟。

丫鬟忙磕了两个响头请罪。

“王爷恕罪，王妃恕罪，是奴婢在给王妃画眉毛的时候不小心画歪了。”

听到丫鬟这么说，萧煜才算是懂了，他捏拳捂嘴笑起来：“我说怎么突然不敢露面了，原来是怕吓到我呀！”

雪倾城被刺激到了，原本担心被萧煜看到自己丑丑的样子的她，反倒来脾气了。

她拿下双手，扬起小脸，道：“吓死你。”

不过雪倾城低估了此刻的自己有多丑，这番动作下来，她脸上的粉都混在了一起，整个人看上去就像一只大花猴。

萧煜强忍住笑的冲动，吩咐丫鬟道：“把王妃的妆都卸了吧，清爽点就行，母后也不喜欢浓妆艳抹。”

丫鬟们领命，起身就要来伺候雪倾城卸妆，偏偏雪倾城不配合，看着萧煜脸上的笑意，就更往他跟前凑。

她就是要吓死他！

萧煜被她逗得没忍住，“扑哧”笑出声来。

他伸手，替雪倾城将发间的碎发都拢上去，眼神、动作都十分温柔。

“好，你吓到我了，现在可以乖乖听话去洗脸了吗？”

他突然正经起来，倒让雪倾城也不好再胡闹了，任由丫鬟领着自己去净室洗脸。

她进去没多久，净室里就传来一声惨叫。萧煜正想着冲进去呢，就听惨叫声后，传来雪倾城撕心裂肺的吼声：“啊！怎么这么丑，我不要活了！”

门外的守卫都忍不住了，想起王妃刚才那张“惊世骇俗”的脸，捂着嘴偷偷地笑。

“咳咳。”萧煜轻咳一声。

守卫们不敢再放肆，乖乖地立正站好，面无表情，就像门神一样。

倒是萧煜，刚制止了守卫们，自己却没忍住笑起来。

就为这事，雪倾城直到上了马车都一直在纠结，扯着萧煜的袖子说个不停：“六王爷，早上的事你不许对别人说。”

“让我不说也可以。”萧煜眨眨眼睛，眼神里尽是盘算，“你必须答应我一个条件。以后不许叫我六王爷，叫我的名字或者夫君。”

“什么？”

“怎么？做不到吗？”萧煜直勾勾地看着她，这倒让雪倾城更加不好意思了。

“那个……六王爷……您除了叫六王爷，还叫什么？”

此语一出，让周围伺候的仆人都笑弯了腰，甚至还有些不怕事的前来捣乱：“是是，王妃您说得对，六王爷不叫六王爷，叫什么？”

对于这点，雪倾城很委屈，她是代嫁过来的，只知道自己嫁给了一个王爷，是真不知道他的大名呀。

“记住了，我叫萧煜，是你的夫君。”萧煜执起她的手，一字一顿地说着，末了还在她的手心里写下两个字：萧煜。

雪倾城的耳根红了，攥紧手心，别过头去不看萧煜。

对于萧煜为什么会娶她这样的一个傻子做王妃这件事，一直是雪倾城心里的一道谜。而对于萧煜为什么会对一个傻子如此细心照顾这件事，她就更想不通了。

难不成萧煜真的爱上她了？

雪倾城摇摇头。

她知道自己几斤几两，不算丑，但绝对不是倾国倾城的美人。更何况以萧煜的条件，什么样的女人找不到。

想来想去，雪倾城也只得出了一个结论：这王爷，怕是真的傻掉了。

萧煜见雪倾城一直盯着自己看，忍不住伸手刮了刮她的俏鼻。

“我知道你夫君我很好看，但是等会儿在父王面前，你可一定要克制住自己的小眼睛，不能乱瞟。”

他跟她说话，都跟哄小孩子一样。

“好的，我听王爷……呃……夫君的。”软软糯糯的小孩子语气。

说完，雪倾城别过脸去，装傻还真挺累的。

到了皇宫门前就不能坐马车了，萧煜牵着雪倾城的手往皇宫里走，一路上碰到许多宫女，她们目不斜视，见到了也只是规规矩矩地让开到一边，这倒让雪倾城有些压力。

见皇帝呀，好可怕！

萧煜察觉到她的紧张，轻轻拍了拍她的手背，安抚道："有我在，不要怕。"

雪倾城的紧张感并没有因为他的话消除多少，注意力倒是完全被他那双五指修长的大手给吸引过去了。

这个男人是怎么做到连手都长得这么漂亮的。

简直太没有天理了！

萧煜一路牵着雪倾城的手，也不管路过的文武百官眼神有多惊讶，就连到了御书房外也没松开。待太监通报了之后，直接牵着自己的小王妃往里走去。

"儿臣参见父王、母后。"萧煜给坐在上位的、穿着明黄色龙袍的皇上和穿红色凤袍的皇后请安。

雪倾城偷偷瞥了他一眼，来之前没学过宫规，她只能有样学样地跟萧煜一样，先是拱拱手弯腰，然后撩了下裙摆，单膝下跪，道："儿臣参见父王、母后。"

他们知道雪倾城是个傻子，但没想到会这么傻，连个请安的方式都分不清，居然跟萧煜学着男人的请安方式。

皇后皱了皱眉头，问道："煜儿，你府里没有教养嬷嬷吗？"

萧煜拱拱手，代为请罪："是煜儿考虑不周，忘记教倾城宫规，回去之后煜儿一定会好好教她。"

"你们男人就该在外建功立业，这些琐事找个嬷嬷教就行了。你若是觉得嬷嬷教得不好，我就把我身边的宫女给你派过去做通房，一方面能照顾你的王妃，一方面也能照顾你。"

哟，这是刚成亲婆婆就要给丈夫房里塞小妾的戏码吗？

如果真是这样，那简直太完美了！

雪倾城生怕皇后反悔，一口替萧煜应了下来："谢皇后娘娘。"

这下萧煜就郁闷了，他偏头看向雪倾城，问道："你很高兴？"

雪倾城感受到身边人的低气压，缩了缩脖子。

皇帝见状，咳嗽两声提醒皇后。

皇后意识到自己在人家小两口刚成亲的当口儿，就提给儿子纳妾的事的确有些不妥，皇后只能干笑两声将这个话题岔开。

"罢了，这些事以后再说吧。"

别……别以后啊！

雪倾城欲哭无泪，皇后你这样任性反悔真的好吗？

皇后自然听不到雪倾城内心的咆哮，还笑着对她招呼道："话说回来，这还是我第一次看到六王妃呢。来，到母后身边来，让母后瞧瞧。"

雪倾城下意识地就想应下，转头想想：不对呀，她是一个傻子，傻子怎么可能那么听话。于是她装作很害怕的样子，拉着萧煜的衣袖往他身后躲。

萧煜倒是很受用，很是自然地将小娘子揽进怀里。

“倾城她怕生，我替她向父皇母后赔不是了。”

“行了行了，人我们也见到了……”皇帝扫了一眼被萧煜搂在怀里的雪倾城，很是头疼。“让宫女带你的王妃去御花园玩吧，父皇有话和你交代。”

雪倾城纵使一千个一万个不情愿，皇命难违，她还是只能跟着宫女出去了。

雪倾城走后不久，皇帝就收起了一副慈祥的面孔，抄起桌上的砚台就往萧煜身上砸。

“你这是胡闹！”皇帝气得一句话都说得气喘吁吁，“普通人家尚且知道“父母之命，媒妁之言”，你倒好，也不通知父皇母后，直接就把一个傻子娶进门了！”

而且皇帝最气的是，这萧煜娶谁不好，偏偏娶了雪太傅的宝贝女儿。这个雪太傅算是皇帝在朝堂上为数不多的心腹，很多疑难之事都要借雪太傅的手才能解决。所以，就算他儿子娶妻是自作主张，他也不能贸然让儿子休妻。

“傻子又如何，倾城心思单纯，善良淳朴，在儿子眼中她就是最佳的王妃人选。”

“你还当真爱上了那个傻子不成！”这下轮到皇帝吃惊了，和雪倾城一样，他盯着萧煜看了好久，得出了一个结论：他怕是傻了吧。

萧煜没有正面回答皇帝的问题，淡淡地道：“儿子会一辈子对她好的，还请父皇给她一个名分。”

这才是萧煜带雪倾城进宫的主要原因：他虽然是八抬大轿大摇大摆地娶了雪倾城进门，在外人眼中雪倾城就是她明媒正娶的王妃了。可是只要雪倾城一日没有被皇帝认可，她的名字没有写进皇谱，她就算不得是皇家媳妇。

“如果我不答应呢。”

“那儿臣就只能求助泰山大人了。”

“你……”皇帝的脑海里，马上出现了一个圆溜溜的身影跪在他的御书房门前，像个泼妇骂街一样，痛哭流涕的情形。

皇帝默了默，无奈屈服。

“罢了罢了，你也长大了，父皇也管不了你了，随你去吧。”

说着，皇帝也只能认命地让太监端来纸笔，朱砂御批允许雪倾城进皇谱的奏折。写到一半，皇帝还是觉得不甘心，搁下御笔。

“要让我批准也不是不可以。”

萧煜知道父皇的脾气，叹了口气，直接道：“父皇有什么要求，儿臣一定办到。”

“眼下国家无战事，你手下的那些将士们你准备如何处置？”

萧煜眼神一冷，该来的，还是来了。

皇帝见萧煜沉默着不说话，叹着气走下台阶，想将儿子从地上扶起来，奈何他动都不动。

“我知道，你的兄弟们都是为我朝抛头颅洒热血的战士。这样吧，父皇答应你不解散他们，但是他们必须自给自足。战后国库吃紧，父皇也实在拿不出那么多军饷了。”

萧煜黑着脸，沉默地点点头。

“好了，等你把你的将士们安顿好了，这道折子，你再呈给父皇吧。”

皇帝将那道批了一半的折子还给萧煜，上面的“准”字，还只写了两笔。

萧煜没有多说，收起折子，拱拱手就退下了。

皇帝看着儿子挺着脊背走出去的样子，心里多少有点心酸。

“皇后，你说我对老六是不是太过苛刻了？”

“皇上您这也是为了他好，老六是我们几个儿子里面能力最出众的，只可惜他不是长子。现在让他收敛点儿，总好过日后兄弟阋墙，骨肉相残。”

提起太子，皇帝就头疼。

“太子最近又去哪里了？”

“听宫女说一直在东宫用功呢，太子最近收敛了不少。”皇后说这话的时候，头冒虚汗，底气不足，生怕被皇帝看出端倪来。

好在皇帝如今正发着愁，没心思管太子的事，皇后这么说，他便也就信了。

“太子你多盯着点，老六这里也别放松，怎么着也是我们的儿子，不能让他胡来。就算不能让煜儿休妻，也得想法子让他们和离。”

“可是皇上您……”刚才明明答应萧煜了呀。

后面的话皇后没敢说，倒是皇帝自己回过神来，脸色有些挂不住了。

“咳咳，缓兵之计，缓兵之计。”说着，皇帝拍拍皇后的肩膀，一脸的意味深长，“煜儿的幸福，就靠你了。”

从执掌凤印起就顺风顺水，帝后同心，后宫和睦，从没经历过什么宫斗，也没耍过什么心机的皇后表示：臣妾做不到呀！

皇后身边的宫女，显然也是不怎么待见雪倾城这个傻子王妃的，她们将她丢到御花园，就自顾自地聊天去了，偶尔探探头来看看雪倾城，只要她没惹乱子，便也不管她——她们这哪里是在带雪倾城逛御花园啊，分明就是在放羊呢。

雪倾城演戏演得累，本就浑身不痛快。宫女们没心思应付她，她也乐得自在。

她从小在街头巷尾听到了不少关于皇宫的传说，听说皇宫里所用的东西都是极品，金砖玉瓦，处处都是银子堆砌起来的。

要不，偷一片瓦出去，总不算白来了皇宫一趟。

看那墙头瓦片金光闪闪的，想必值不少钱。

雪倾城是个行动派，回头偷瞄了一眼，发现宫女们没有看她这个方向，她便也放心了，撸起袖子就往墙头上爬。这御花园的墙不算高，再加上雪倾城以前可没少干这种勾当，三两下就爬上去了。她终于摸到了金瓦，动手敲了敲。声音非常清脆。听着却不似金子。

雪倾城正狐疑间，听到墙那边传来动静，雪倾城伸了个脑袋出去望。

墙的那边是一片竹林，竹林下，种着一大片雪倾城叫不上名字来的蓝色小花，有一个身着月白色长衫的男人，此刻正侧卧在花丛中，黑发如墨，白衣胜雪，衣服上沾染上了蓝色花汁，就像一朵朵的蓝色小花在他身上绽放了一样。

男人似乎睡得很熟，半张脸埋在花丛中，露出来的那半张侧脸那叫一个倾国倾城，若不是男人胸前的衣裳大敞，露出光滑如玉，骨骼分明的胸脯，单凭那张妖孽似的脸，雪倾城当真要误认为此人是个绝世大美女了。

雪倾城一时看得有些呆了，眼前的景象如画一般，当真能把人的眼给迷住了。

她不自觉地往前爬了爬，想看得更清楚一些，却忽略了这瓦头乃是松动的，一个不察，踩碎了一片金瓦，声音惊醒了熟睡中的“睡美人”。

只听一声低呵，雪倾城只觉得耳边一阵疾风闪过，似有利剑朝自己射来，她跨坐在墙头，本就摇摇欲坠，这一躲避，就更加没法稳住自己的身子了，从墙头翻下去，直接脸朝下，跌了一个狗吃屎。

再抬眼时，才发现那“睡美人”已经醒了，此刻正揽着衣衫，单手捻着一片竹叶，以一种防备又带着困惑的眼神看着雪倾城。

毕竟是她偷窥别人在先，雪倾城只得爬起来，拍拍身上的竹叶，干笑着道：“不好意思，纯属路过，惊扰公子休息了。”

之前只得见这“睡美人”半张侧脸，如今见到了全部容颜，更是惊为天人，说他貌比潘安，估计潘安都要脸红，道一句“比不上”。

那人许是看穿雪倾城毫无武功底子，倒也放下心来，丢下竹叶，嘴角荡漾出一抹笑容来。

“我只当是梁上君子，不想竟是梁上女子？我从未见过你，倒是不知你是哪个宫里的。”他上下打量了她一眼，看这穿着打扮，不似宫女。

“睡美人”的眼睛眯了眯，似乎在揣摩着什么。

雪倾城这人快言快语，还未经过大脑，便将自己的名讳说了出来：“本姑娘行不更名坐不改姓，江湖人称小六。”

“小六？还有姓小的？这倒是个奇怪的名字。”

雪倾城悄悄吐吐舌，她从小吃百家饭长大，就得了这么一个诨名，还是她那不靠谱的师父随便给她取的。她第一次有大名，就是顶替雪家大小姐的时候，当然，她还不傻，自然知道雪倾城这个名字在这里可不能随便说。于是，雪倾城只能脸不红心不跳地开启忽悠模式：“那是自然，世间之大，无奇不有。”她怕“睡美人”再就这个问题追问下去，忙生硬地岔开话题，“这竹间风凉，美人……公子幕天席地，小心着凉。”

“睡美人”四下看了看，淡淡地笑了。

“多谢小……六姑娘提醒。”

雪倾城挥挥手，顺口就接道：“小事小事，美人公子不必言谢。”

“美人公子？”那人四下回头看看，语气中带着疑惑，“此处除了你我，还有其

他人不成？”

“你既生得这般貌美，自然是美人，但你却又是男儿身，又该叫你公子，我若不叫你美人公子，该叫你什么呢？美男人？”

那人怔了怔，旋即笑开，低低的笑声，清润如玉石相撞，如竹节相击，好听极了。似有些无奈，他回道：“那小六姑娘，你还是叫我美人公子吧。”

雪倾城一副“你看，就该这样”地点点头，正聊着呢，却听到墙那边传来动静，似乎是那几个宫女终于发现了她不见了，正在四处寻她呢，她分明都听到有人在喊“王妃”了。

雪倾城被美色迷昏了的头脑，听到声音才清醒过来，忙拱手告辞。

“有人在寻我了，我先走了。”

她跑了两步，又匆匆折了回来，脸上带着几分不好意思地讨好的笑。

“那个……请问这儿怎么出去啊。”

那人也不知道怎么回事，竟又笑开了。

雪倾城疑惑地问：“你笑什么？”

“小六姑娘当真是个趣人儿。”

雪倾城虽然不知道自己到底哪里让美人公子觉得有趣了，不过美人公子到底是在夸自己，她也毫不犹豫地照单全收了。

笑完了，美人公子才给她指了一条林荫小道：“小六姑娘从这条小道往前走，不出半里，便有一个月门，可通往御花园。”

雪倾城拱手谢过，提起裙子就往前跑，跑了两步，觉得脚下这双为了面见皇帝才穿的绯金丝绣鞋颇不合脚，索性脱下鞋子，拿在手中，踩着竹叶铺就的小径，一路往前跑去。

很快，小小的身影，就隐没在丛丛的竹林中。

美人公子盯着她离去的方向，喃喃自语：“宫人在寻王妃，她便如此慌张，想必寻的便是她。如此眼生，又这般惊世骇俗，想必……”

他眼皮一挑，眼神一抬，眼里竟带了几分冷意，又似有些遗憾。

“你便是那傻子王妃了！”

他正自言自语间，有人踩着竹叶走近，那人顺着他看的方向看过去，只看得到一片空荡荡的竹林。

“王爷，您在看什么呢？”

思绪突然被人打乱，美人公子这才赶紧敛好衣裙，问道：“你怎么来了？”

“太子爷酒醒了，正寻您呢，说要和您继续斗蛐蛐。”

美人公子扶额：“皇兄这坛青竹酿着实厉害，竟连我都醉倒了，你替我去回太子，就说我酒劲儿未消，身体不适，改日再进宫来陪他。”

那人拱拱手，领命：“是。”

这话很快就被带到了太子殿下的面前，此刻，太子殿下脸带酡红，显然刚从深醉中清醒过来，一听那人的话，语气中颇有些遗憾。

“四弟这酒量也忒差了，罢了，他不陪我，你们陪我玩！”说着，他挥手，招呼着伺候他的太监来，一起陪他斗蛐蛐。

太监们都是陪他玩惯了的，也不觉得有何不妥，围坐一团，看着那陶盅里的小家伙，每个人都跃跃欲试。

看此情况，来传话的那人只能拱手请辞。太子挥挥手，准了。

就在那人走后不久，太子突然想到了什么，惊呼：“今天是不是六皇弟带弟妹进宫面圣的日子？”

“是……是的。”小太监怯怯地回道。

“那我是不是应该去见一见？”

“是……是的。”

太子苦恼了一秒，问道：“我若是没出席，六皇弟会怪我吗？”

“应……应该不会吧。”

“嗯，那就没事了。”

太子想通了，专心抱着自己的蛐蛐研究去了。

小太监：主子你这么任性真的好吗？

而另一边，雪倾城好不容易循着路找到了月亮门，穿过月亮门，她正在穿鞋，手却突然被人抓住了，吓得雪倾城“啊啊”大叫，甩手就想跑。

一个用力太猛，“啪”的一声，她一掌挥到了那个抓她的人的脸上。

新婚夜被踢，第二天被打，天天被“家暴”的萧煜很委屈。

“娘子……”

听到熟悉的声音，雪倾城回头，看到萧煜捂着脸，惨兮兮的样子，本来就对他十分愧疚的她更慌乱了。

“啊——对不起，对不起，我不是故意的。”

雪倾城双手捧住萧煜的脸，对着那被她拍红的半边脸轻轻呼气。以前她受了伤，奶奶都会这样帮她吹一下，风是凉的，痛的地方也很快就不会再痛了。

她太着急了，没有意识到男女之别，也没意识到两人的距离已经太过接近。

但是萧煜盯着那张近在咫尺的小脸，眼前的背景都已经自动虚化，只剩下一张捧着他的脸小心翼翼地吹着的小嘴，习习凉风吹过他的脸颊，他被拍过的地方早就不痛了，坏心情也一扫而光，甚至还忍不住红了脸。

不带任何思索，萧煜顺势伸手，从雪倾城的腰间穿过去，搂着她的腰靠近自己，在不明情况的雪倾城瞪大眼睛看着自己的时候，含着笑低头，准确无误地找到那张令

他意乱神迷的俏唇，吻了下去。

雪倾城脑海中瞬间有一万朵烟花炸开，炸得她一片空白，怔在原地。

她孤身一人，用野小子的身份在街头巷尾混了十多年，这是她第一次以女人的身份和男人靠得这么近，也是第一次被人亲吻，她甚至笨拙到不知道该怎么呼吸，若不是萧煜察觉到她体温不正常放开她，这才发现她涨红了一张小脸，明显是呼吸不畅导致的。

这要是再晚一点，雪倾城估计就要把自己憋死了。

“傻丫头，你不知道换气的吗？”

雪倾城也很委屈：“谁让你突然……我是第一次，不行啊！”

“第一次？”萧煜的笑容里，掺着让人欠揍的得意，他再次紧紧手臂，将雪倾城拉入怀中。

双唇再次被人含住之前，雪倾城分明听到男人在她耳边说：“不会不要紧，一辈子这么长，我慢慢教你。”

从小到大，雪倾城就没被异性这么撩过。

她从小就和男孩子一起厮混，束起头发，爬树掏鸟窝。同龄女孩子在研究怎样相夫教子的时候，她和一群男孩子拉帮结派，占地为王。长大后，她比那群大老爷们儿还爷们儿，到最后甚至连性别都被人忽略了，见到她的人，没有不喊一句“六哥”的。

如果不是遇到了萧煜，她都不知道自己还有“少女心”这个东西，也不会知道面对异性害羞低头不是矫情，而是人之常情。至少她现在的脸红得像虾子，是不敢和萧煜对视的。

萧煜放开她，改搂为牵，准备带着她往回走时，才发现她还有一只脚没有穿上鞋，白色的袜子上，已经沾满了泥土。

他无奈地摇摇头，认命地单膝跪地，捡起那只被雪倾城丢在一边的绣花鞋。

雪倾城长这么大，一直毛手毛脚的，哪里被人这么服侍过，更何况，服侍她的这个人还是当朝王爷，她当时就想去拦，不好意思地缩回脚。

“王……王爷，还是我自己来吧。”

萧煜没答话，手上的动作却十分干脆，大手握住她的脚踝，温热的体温，透过薄薄的袜子传遍全身。

雪倾城觉得自己就像一只烤熟的虾子，又像是坐在火炉上、已经沸腾的水壶——她不用看也知道，自己的头顶，肯定也像那水壶，“腾腾”冒热气呢。

她只见萧煜握住她的脚，动作十分温柔地替她拍掉袜子上的泥土，然后才替她将绣花鞋穿上。因是新鞋，多少有些不合脚，他穿的过程不算顺利，因此也皱了皱眉。

穿完后，他站起来，扶着雪倾城。

“府里的丫鬟们办事越来越不尽心了。”

雪倾城倒不觉得有啥，想着这人在大婚当日才发落过一批丫鬟，她可不想他回去

又对丫鬟们大发雷霆，毕竟上次过后，敢和她说话的丫鬟都没几个了。

“我觉得这鞋子挺好看的呀。”

萧煜闻言，也不多说，两人一路往回走，一路闲聊。

“你怎么一个人跑这里来了？”

“这……这边好看就过来了。”

“那娘子觉得是皇宫好看，还是为夫好看？”

雪倾城怯生生地抬头看他一眼，发现他正直勾勾地望着自己，又跟受惊的兔子一样缩回头，本来想说“都好看”来着，结果话到了嘴边，变成了——“你好看。”

萧煜心里很高兴，牵着小王妃的手往回走，一路上问一些“花好看，还是我好看”“云好看，还是我好看”的傻问题。

两个人一个忙着提问，一个忙着回答，两个人都没注意到，就在他们离开后不久，他们忘情拥吻的桃花树下，多了一个孤单身影。

那人着一身月白色长衫，气质翩翩，神情里却多了几分落寞。

本以为偷得香吻，至少能更进一步的萧煜当天晚上还是被王妃踢下了床。原因是他这新王妃的睡相实在是太差了，半夜翻来覆去都算小事，拳打脚踢上演全武行才是常情。

不知道第几次被踢下床之后，人高马大的王爷抱着被子站在床边，可怜兮兮地看着手舞足蹈，“指点江山”的小娘子。

“东边去人，西边的赶紧上啊！还愣着干什么，堵死他们，今天一定要让这群鸡仔喊我做爷爷！”

“鸡仔”是街头黑话，听得萧煜一头雾水。

“鸡？这是饿了想吃鸡肉吗？”他想起饭桌上雪倾城干掉三碗大米饭的样子，不由得产生了深深的怀疑。

“吃了那么多还没吃饱吗？”

六王爷突然意识到，要养活自家小娘子，可能不是件容易的事。

萧煜替雪倾城盖好被子，他衣衫不整，顶着一头乱糟糟的头发敲响了军师的房门。

安先生正在挑灯夜读，一开门见到这个样子的萧煜，吓得捂住胸口。

“王爷你要干什么？”

萧煜没好气地把怀里的被子往他身上一推，道：“我就算喜欢男人也不会喜欢你！”说着，很是自觉地爬上安先生的床。

“我睡床，你打地铺，敢打扰我睡觉，军法处置！”

看他这副心气不顺的样子，安先生回过神来，讪讪一笑：“王爷您不会是被王妃赶出来了吧。”

一听这话，萧煜就奓毛了：“我那是让着她！”

萧煜“霍地”从床上坐起来，就差脑门上刻着“我很生气”几个大字了。

“是是是，六王爷是“宰相肚里能撑船”，不会与王妃一般计较。”安先生已经开始打哈欠了，默默地在软榻上铺好被子，正准备吹灭蜡烛躺下，就听到身后传来一道郁闷的声音，“安先生，要不我们回绢城算了！”

绢城靠南，以盛产彩绢而得名，本该是富庶之地，却因南蛮子经常骚扰导致民不聊生。这些年来，萧煜带着人镇守绢城，带着他一手操练出的南征兵打出了许多奇胜大战。

年前，南蛮国王主动求和，萧煜也被召回长安，这一搁置就是大半年。

安先生没有吹蜡烛，拥被而坐，看着萧煜。

“可是皇上和王爷说了什么？”

“下个月，朝廷会断掉南征军的军饷。三万条人命，都是为国家抛头颅洒热血的好男儿，他们说不管就不管了！”

说到动情处，饶是萧煜这样铁骨铮铮的汉子也红了眼眶。

“我们出城时五万人，回来只剩三万，谁身上不是带着一身的伤。与其留在长安看着他们酒肉逍遥，倒不如回绢城自在！”

“王爷您切莫冲动。”安先生见他这样，也有些着急，一口气没接上来咳嗽了两声，“咳咳……您该知道，私自带兵出城是死罪。”

萧煜冷着脸，淡淡地回道：“我知道。我带兄弟们回来是为求生，不是来找死的。”

说话间，萧煜将求助的目光投向安先生。

“安先生，你做了我五年的军师，出了很多奇谋，这次我实在是没辙，只能靠你了。”

安先生叹了口气，他就知道王爷大半夜敲响自己的房门绝对不是被王妃赶出来了这么简单。

三万人，每个月的军饷可是上百万的雪花银！他就算去变，也变不出这么多银子来呀！更何况自从南征军回城以来，除了几个主将允许进城，其他大部分的将士都还驻扎在城外等候回城的命令。

这一等就是大半年，纵然王爷在军中颇有声望，勉强还能稳住军心，但也经不起朝廷这么耗。

安先生心中一忧愁，喉中的痰意更浓了。他怕惊扰王爷，只能抽出帕子压低声儿咳，口中突然一阵腥甜，摊开帕子一看，竟是一口殷红的血！

安先生忙将帕子合上，抬头发现萧煜已经背朝里躺下了，这才放下心来，捏着帕角擦干唇上的血迹。

萧煜浑然不知身后发生的事，他侧躺着，颇带情绪地说道：“安先生，我都已经娶了一个傻子做王妃了，为什么父皇还要防着我？就因为我不是太子，所以就注定只能做一个闲散王爷吗？”

“王爷，皇上也是为了大局着想。”

“是啊，为了顾全他所谓的大局，我都娶了雪倾城了！雪太傅是他的心腹，雪倾城又是个傻子，我不会有显赫的岳家去威胁太子的地位，我这忠心表得还不够明显吗？他还要我怎么样！”

同样是皇子，别人享尽荣华富贵，他的生母因触犯龙威，如今是谁都不敢提起的禁忌，他从小就被丢到定北王府，多年不闻不问。他不求别的，只求平等对待，可是……

萧煜有些心灰意冷，只能想点别的来转移注意力，突然，他想起一事来。

“今日我和倾城在皇宫，似乎有人在跟踪我们。”

“跟踪？难不成是皇上授意的？”安先生安询分析着，“您突然求娶雪小姐，以皇上的脾气，会怀疑您也在意料之中。这段时间，王爷您务必要表现出很喜欢王妃的样子，让皇上放心。至于跟踪您的人，属下会尽快查出来。”

安询的话没说完，突然觉得身后没声音了，回头一看，发现萧煜冷着脸，侧躺着，也不知道在想什么。

“王爷，您可是觉得委屈？”毕竟当初让他娶雪倾城做王妃的计谋是他出的，如今王爷还要装作很喜欢那个傻子的样子。对于这点，安询一直觉得愧疚。

突然，他猛然想起了那日，王爷似乎和他说过：发现雪倾城不似一个傻子。如今这种情况，如果雪倾城的身份还有待考察的话，那……

“如若实在让您为难，不如……”

他的身体大不如前，也不知还能辅佐王爷多久，王爷在战场上所向披靡，屡建奇功，哪怕没有他这个军师，也能应付自如。倒是在皇宫这个兵不血刃的战场里，王爷到底是顾念兄弟情，父子义，不敢也不愿以恶意去揣度和自己有血缘关系的人，是以常常陷入被动之中。

正是因为他知道王爷本性纯良，安询才会劝萧煜娶了雪倾城为妃，但如果娶进来的是一个细作的话，那他真的万死难辞其咎了。

“你想让我休妻？”

安询当了他这么多年的军师，他的建议，萧煜一直都很尊重，就算不赞同，也会认真考虑。可是这次王爷的语气明显不对劲！

“属下不敢。”安询忙惶恐地低头认错。

“这事不怪你，也不怪她。”萧煜叹气，怪只怪当年他不该在五万军民被困绢城，在主将被一箭穿心，六军无主的时候扛起那面军旗，在明知道长兄是太子，自己不该太冒进的时候，还成了三军的主心骨！

更何况，他一想到雪倾城扬起小脸眼巴巴地望着自己的样子，他就感觉心里的某个地方蓦然颤动了一下。

他不忍心。

不知为何，雪倾城总能让他想起小时候养的那只小兔子，傻傻的，很爱吃，可爱得很。

安询还在劝他：“王爷您之前不是说发现王妃不寻常嘛，毕竟是枕边人，实在危

险倒不如及早拔除。还是说王爷您已经……”

“那就更要放在身边就近监视了。”萧煜暗暗发誓，“安先生你放心，我还不至于对一个傻子动心，我知道什么该做什么不该做。”

闻言，安询苦笑一声，也不多劝，和衣而卧。

一夜平静。

雪倾城醒得很早，她做梦回到了熟悉的小街，正在指挥一场街头霸权的争夺战，她是指挥，负责调度各个部队去打对方，一整晚打得酣畅淋漓，就在对方跪地求饶的时候，梦醒了。

雪倾城一摸身边的被子，和昨天一样，早就没人了，也不知道萧煜什么时候走的。

雪倾城穿着亵衣爬起来，从梳妆台下抽出一沓宣纸，在其中一张纸上接着昨天的“第四天”，写下“第五天”。

她的字只能用惨不忍睹来形容，她看了一眼就丢进梳妆台了。

王府的生活还算安逸，毕竟有萧煜这么大一个后台给她撑腰，也没人敢对她不敬。

梳洗完毕之后，百无聊赖的雪倾城决定去园子里逛一逛，经过一处曲径通幽的院落时，小院子的门突然被人从里面拉开了，衣衫不整的萧煜顶着一头凌乱如鸡窝的头发从里面走出来，背后跟着一个身形消瘦的男子。他虽然穿戴整齐，可是眼底有掩盖不住的瘀青，一看昨晚就没怎么睡好。

没少出入“相公馆”的雪倾城脑海里立马蹦出了一些少儿不宜的画面，再看眼前两人，一个器宇轩昂，一个温润如玉，怎么看都……

“难怪萧煜会娶一个傻子做王妃。”雪倾城喃喃念着，已经脑补出：一个痴情王爷为了保护心爱的人，不惜娶一个傻子掩人耳目的凄惨爱情故事。

慢着，她怎么突然变成了戏文里那种苦情悲惨女配角。

被雪倾城一脸诧异地盯着，萧煜也是一脸诧异，他上前来，不客气地赏了雪倾城一个栗暴，将她的思绪拉回现实。

“你怎么到这里来了？”

雪倾城恍惚间抬头，看了萧煜和他身后的安先生一眼。

“啊，我打扰你们的好事了？”说完她才意识到自己是一个配角，忙解释，“我就是随便逛逛，我什么也没看见，什么也没听见，我保证不会说出去，我嘴很紧的！”

她瞥见萧煜未扣上的领口下那令人血脉偾张的肌肉，胸前甚至还有好几处抓痕！

天啊，这也太刺激了！王爷这么猛吗！

脑补出的画面已经超出了雪倾城能承受的心理范围，雪倾城忙别过脸去。

“我什么也没看见，什么也没听见。”

萧煜低头，看到了自己的胸口，那几条红痕很是明显，他上前两步抓住雪倾城的小手。

“王爷饶命啊！”

饶命？

萧煜愣住了，他有这么可怕吗。

雪倾城趁着他不注意，抓住机会，一溜烟跑掉了，萧煜想去追，哪里还看得到人影。

安询也是一脸诧异，问道：“王妃这是怎么了？”

“谁知道呢！”萧煜指着胸前的抓痕说道，“昨晚她做梦抓的，兴许她是看到了这个觉得心里过意不去才跑的吧。”

安询瞥了眼那几条抓痕，跟小猫挠过一样，印记的确挺深的。他轻咳两声，提醒道：“王爷还是快把衣服穿好吧，天凉了。”

“不用，我昨天答应了几个副将，要和他们比武，迟早要脱的。我看你还是先管管你自己吧，怎么又咳起来了？”

“老毛病了，王爷放心，我已经约了师兄，稍晚些我就去拿药。”

“就是你之前提过的，有小药王之名的师兄？”

“正是。“

“如此便好。”萧煜放下心来，随手把披风一披，抬步往外走，安询忙追上去。

“王爷，您今天最好还是别去军营了。”

“为什么？”

安询本想提醒他那几道抓痕会很容易让人想入非非，但是一想到王爷是个常年在大男人堆里混，荤段子虽然说过不少，却从没尝过男女情事的男人，估计不会懂，只能挥挥手任他去了。

安询放纵的后果就是王爷一到军营，刚脱衣就引起了围观。

“哟，王爷您身材不错呀。”

萧煜对自己的身材很有信心，秀了秀胸肌，道：“那是自然，爷可是一直有锻炼。”

“看来晚上和王妃肯定……这都留下爱的痕迹了。”有人这般说。

萧煜才意识到他们看的不是自己胸肌，而是胸口那几道抓痕。

“爱的痕迹？这还不是她睡觉不老实……唉，算了，和你们说这些干什么。”

然而几个人早就抓到了话里的重点。

“睡觉？”

“不老实？”

萧煜看着众人，不明白他们今天怎么都喜欢围着他抠字眼：“怎么了？有什么不对吗？”

副将打着哈哈道：“哪有哪有，王爷您和王妃颠龙倒凤，我等为王爷高兴。”说着副将还对他挤眉弄眼，“王爷您这么厉害，下次不忘了也教教小的们。”

“是啊，是啊，没想到王爷您还是个中高手啊！”毕竟以前他们说荤段子，王爷都要想半天才会懂的。

“王爷不愧是王爷。”

萧煜莫名其妙地受了一顿夸赞，直到最后他都没想明白胸口有几道抓痕和男人雄风有什么关系。

萧煜和副将练了几把之后，照例在军营里处理军务，无非就是看看将士们的日常操练记录，待在军营能让他暂时忘记朝堂上的那些尔虞我诈，所以比起王府，他更喜欢这里。

突然有人闯进营帐来，说是要见他。

萧煜抬眼，看到的是一张有些陌生又有些熟悉的脸，他想了半天才认出他来。

“你是伙夫长？”

伙夫长就是军营里负责三军伙食的人，因他一直负责后勤，不常上前线，萧煜一时才没认出他来。

“王爷，我们什么时候能回家？”伙夫长搓着手，脸上含着焦急，又有些期待。

什么时候能回家？

这个问题别说伙夫长着急了，王爷也着急。

“朝廷说了，会妥善处置我们的，耐心等着就是。”

“可是这都大半年过去了。”伙夫长“扑通”一声在萧煜面前跪下来，“王爷，奴才已经五年没有回家了，求您就让奴才回去看一看吧。”

“军中将士，又有哪一个是回了家的？我若批了你的假，又如何向其他将士交代？难道他们就不想回家吗？”

“可是王爷……”

“好了，不要多说了，退下吧。”

伙夫长努力想再争取，被伺候在王爷身边的副将拉出去了。

拉出军营很远了，副将才放开他。

“没看到王爷已经很不高兴了嘛，你说你好好的，没事为什么要去招惹他。”

伙夫长一脸的生无可恋：“眼下无战事，朝廷不让我们进城，又不让我们回家，我……”

“好了，别说了。”眼见着他越说越激动，副将忙打断他的话，“王爷也有王爷的苦衷，你也放宽心，最迟年末，王爷会给我们答复。”

“年初说年中会有答复，现在又说年末！”伙夫长实在是太生气了，说的话也不过脑子。“王爷肯定不急了，他有新王妃相伴，哪里管我们的死活。”

“放肆！”副将厉声喝住他，“王爷是什么样的人，我们跟随他这么多年，难道还不知道吗？”

副将当然不能将王爷是为了三军才娶了一个傻子为妃这种话告诉伙夫长，见他态度缓和下来，才放缓声音问道：“是不是家中出事了？”

伙夫长含泪点头："母亲前日给我来信，说我妻子怀孕了，让我赶紧回去。"

"恭喜恭喜啊。"副将品了一会儿，觉得不对劲，"你都五年没回家了，你妻子怎么怀孕的？"

伙夫长一脸怨恨地看向副将，他这不是在他的绿帽子上浇油嘛！

气氛一时很是尴尬，副将想安慰伙夫长也不知道从何说起，只能拍了拍他的肩，安慰道："理解你。"

伙夫长一掌拍掉他的手："你理解什么！"

副将尴尬地摸摸鼻头，的确，他一个连媳妇都还没娶的人，哪里能体会被戴绿帽子的感受。不对，他为什么要去体会戴绿帽子是什么感受。

副将完美地将自己绕晕了，等他再抬头的时候，伙夫长已经走远了。

要不要将这件事告诉王爷？毕竟被戴绿帽子是大事，看伙夫长那样子的确蛮可怜的。

副将抬步，刚想往营帐里走，想了想还是转身走了，伸手敲了敲自己的脑袋。

"王爷刚结婚，给他说这事多不吉利呀，还是去找军师商量吧。"

副将下定决心，抬步往军营外走去。

萧煜这边在兵营为安顿士兵的事发愁，王府里的雪倾城却十分悠闲，准确来说，是有点无聊了。

雪倾城将丫鬟们都打发走了，一个人在院子里闲逛，逛到大门口，见门口立着几辆大马车，里里外外有人在忙碌着。

雪倾城好奇，嗑着瓜子靠近，摊开手心，将瓜子递给正站在门口的管家，问："你们这是在干什么呢？"

那管家没有回头，顺手抓了几粒瓜子，回道："安先生要出门，自然要好好准备。"

说话间，管家还不忘指挥护卫："你们检查仔细了，若是有半点差池，你我都没办法向王爷交代！"

雪倾城的脑海里顿时蹦出了早上看到的那个画面，深有同感地点点头。

看来安先生和王爷这事，不算什么秘密呀，连管家都知道了。

雪倾城抚抚胸口，感叹：幸亏我发现得早。

畅春楼传唱的那些话本子里，后宅里妻妾争宠是最血腥可怕的事了，若是她发现得迟，一个不小心得罪了安先生，她肯定要被安先生虐成渣。

管家回头，发现站在他身后一直和他聊天的人居然是王妃，吓得就要下跪："王妃恕罪，属下不知是您，冒犯了。"

雪倾城最烦皇家这种跪来跪去的礼仪了，伸手虚扶了他一把，岂料管家这个人，一点都不领情就算了，还派人去把她房里负责伺候的丫鬟喊过来了，对着丫鬟一顿狠批，大意就是她们没有照顾好王妃，吓得丫鬟们一个个抖得都跟筛子一样。

他这边训人训得正起劲，身后突然传来一道男声："这两个丫鬟犯了何事？"

是安询，他捧着一个暖炉，由人扶着，正往这边来。

管家见到安询，脸色和善了许多，迎上去解释道："这两个丫鬟是伺候王妃的，却没有照顾好王妃。王妃千金之躯，若是有半点闪失，那还得了。是以我这边正在训她们呢，惊扰了安先生，真是不好意思。"

安询扫了一眼站在一旁的雪倾城，眼睛眯了眯，心下已经开始盘算了——

王妃房里的丫鬟都是王爷千挑万选出来的，半照顾半监视，这傻子王妃居然支开了丫鬟，还跑到正门来了，莫不是想出府去见接头人，传递府中情报。

安询这边心思活络，雪倾城也没闲着——都说安先生是这世上第一聪明人，要骗过他很难。之前有萧煜在，她对萧煜撒撒娇，也就蒙混过去了，眼下可怎么办。

雪倾城耸耸肩，吸吸鼻子，做出可怜状："不怪姐姐们，是我自己要跑出来玩的，安叔叔求求您，快帮我劝劝管家哥哥吧，让他不要再骂姐姐们了。"

年纪和萧煜相差无几，却被雪倾城脆生生喊成叔叔的安询："……"

他血气上涌，这次是被雪倾城气的。

"王妃您言语间还是注意一些为好，可不是随便哪个人都能做您的哥哥、姐姐，甚至叔叔的。"

因为心中不满，安询看着雪倾城那傻乎乎的样子，更觉得不爽，越看雪倾城，越觉得她的傻是装的。

雪倾城嘟起嘴，"哦"了一声。

管家见状，站出来对地上那两个丫鬟道："还不扶王妃进房！"

丫鬟们忙惶恐地从地上爬起来，扶着雪倾城往房间里走。

雪倾城还听到身后，管家和安询在说话——

"安先生，马车还需要半个时辰才能备好，您还是先回去歇息一下吧。"

"我不过是去城东取药，无须这么麻烦。"

"安先生您是府中贵客，王爷再三交代过，让我们务必保护好您的安全，还请您不要让在下为难。"

"既然如此，那就麻烦你们了。"

"这是在下分内之事。"

雪倾城嗤鼻，哼，这管家，对她就是一副冷冰冰的态度，对安询那叫一个尊重。

不就是王爷更在意安询嘛，瞧那个在乎劲儿，去城东而已，紧张得跟什么似的。

有什么了不起的！

突然，她想到了什么。

城东？就是那个传说中有很多小吃的城东吗？她也想去玩！

城东小药馆

“我早跟你说过，不要忧虑太重，你偏不听。”留着一撇小胡子的大夫收起药包，对前来问诊的安询挥挥手，“你走吧，你已经病入膏肓了，神仙都救不了！”

安询也不恼，气定神闲地喝了一口茶：“开药吧。”

“我说了救不了，你是不是听不懂人话！”大夫怒吼着回头，却猛然愣住了，他分明看到有个人从马车底下钻了出来。

“嘿，丫头！”

大夫一声怒吼，吓得刚找到机会从马车底下钻出来的雪倾城“虎躯一震”。她正想跑，衣领已经被人一把抓住了。

“你躲在我家马车底下干什么？”身手敏捷的大夫三两下就捉住了准备开溜的雪倾城。

“谁说是你的马车，这马车明明是……”雪倾城话说到一半，连忙住嘴。

雪倾城一抬头，就见安先生正一脸疑惑地打量着自己。

第一次偷溜出来玩就被抓了个现行，雪倾城只能一脸尴尬地朝他挥挥手：“嗨。”

安询在她眼中现在已经是萧煜“正房”一样的存在了，透着一种威严不能侵犯的气质，虽然安询现在只是在发愁怎么搞定雪倾城这个跟上来的麻烦。

“你们认识？”大夫一看这状况就明白了，他问雪倾城，“既然认识，你没事钻什么马车底。”

雪倾城尴尬地笑了笑，眼下想跑是不可能了，只能乖乖地走到安询身边。

“王妃您稍等，我这就派人送您回去。”

“不……不用。”雪倾城连连摆手，“你忙你忙，等你忙完了我跟你一起回去。”

安询出来的时候带了侍卫，倒不怕雪倾城出了什么事，于是点点头答应了，对大夫道：“快开药吧。”

安询一回头，就发现大夫正像发现新大陆一样盯着雪倾城看。

“咳咳。”安询轻咳，提醒他。

大夫不耐烦地挥挥手：“都说了你无药可医了，我没药，滚吧。”

他像个看到小妹妹的猥琐大叔，扬着一脸邪笑走向雪倾城：“你就是那个六王妃呀，有没有哪里不舒服，需不需要叔叔给你把把脉呀？”

大夫不安分的小手已经伸出去了，结果没摸到雪倾城，倒是摸到了一只男人的手——安询半路拦下了。他站在两人之间，挡住小胡子大夫那明显另有所图的猥琐目光。

“胡闹，这位是六王妃！”

“我知道呀，就是那个有名的傻子王妃嘛。”大夫撩了撩额前的头发，“如果不是她，一般人我还不感兴趣呢！”

隔着安询瘦弱的身躯，那小胡子大夫踮起脚问雪倾城：“六王妃，听说你小时候生了一场重病，烧坏了脑子之后就傻了，你是心智停留在六岁了吗？这么多年过去了，难道你就没有一点点长进吗？按理来说你这种情况……”

"住口！"安询打断他，回头去向已经傻掉了的雪倾城赔罪，"王妃恕罪，我这位朋友是个医痴，见到病人就走不动道。"

雪倾城这才算弄明白，敢情这小胡子大夫是把自己当成实验对象了。

她默默地点头不说话。

"这么看挺正常的呀。"小胡子大夫捏着胡子，仔细打量着雪倾城。如果不是安询说她是六王妃，他没办法把眼前这个安静的姑娘和傻子联系起来。

雪倾城心里"咯噔"一声，自己可千万不能露馅。

她忙做出小孩子的姿态，扯住安先生的袖子。

"大哥哥，你什么时候走啊，我不想看到那个怪叔叔。"

雪倾城可不傻，适才在王府门口她叫安询"叔叔"惹得他发了好一顿火，事后回去想了想。她是萧煜的王妃，安先生是萧煜的"宠妃"，算下来都是平辈，所以她很机智地改了口。

只是这一次没惹怒安询，倒是彻底激怒了小胡子大夫——"你叫我怪叔叔？"他指着安先生，"还叫他大哥哥？"

小胡子大夫郁闷得差点没吐出一口老血来，道："小姑娘，我看你不是脑子不好，是眼神不好，我和你口中的大哥哥是同门，这老家伙，还和我同年！"

这下轮到雪倾城吃惊了，她瞥了一眼风度翩翩、玉树临风的安先生，再看一眼邋里邋遢，还留着一小撮胡子的大夫，这两人怎么看都不在一个年龄层啊。

面对雪倾城吃惊的目光，安询淡定地拿起挂在椅子上的披风，搁在手上，对雪倾城做了一个请的手势。

"王妃，回去吧。"

"欸，你不拿药了吗？"小胡子大夫拦住他。

安询瞥了他一眼，如果不是他修养好，这会儿怕是白眼都要翻出来了。

"你不是说神仙都救不了嘛。"

"那要看神仙心情好不好。"小胡子大夫好不要脸地给自己脸上贴金，"要是神仙心情好，续上个把月的命也是没问题。"

小胡子大夫说着，踱步走进内室，不多时提了一串用绳子绑好的药包出来。

"这药劲很大，回去熬着备用，发病了再吃。"

见雪倾城睁着大眼睛眼巴巴地望着自己，小胡子大夫有些话倒不好说，他将安询拉到一边，低声耳语了几句，然后摊开安询的手心，在他的手心里写下一个字。

安询顿时脸色凝重，手指尖都在颤抖，半晌才捏成团，像是用尽了毕生力气一样。

雪倾城将这一幕看在眼里，蓦然觉得眼前的画风也挺养眼的。

惨了惨了，安先生可是六王爷的人，眼下又和小胡子大夫勾肩搭背，这不是……

可怜的萧煜。

怀着这样的心思，上马车的时候雪倾城一直冷着脸，安询自然不敢和她同坐一辆

马车，只能坐在马车外，不过赶马车这活还轮不到他，自有人在他身边扬鞭驱马。

还是雪倾城先坐不住了，她敲敲马车车壁，问道：“安先生，您生重病了吗？”

雪倾城知道安先生是“大房”之后，可是做足了工作。

她通过对丫鬟们的旁敲侧击早就知道了安先生是萧煜最为倚重的军师，跟着萧煜南征北战，是过命的交情。

也就是知道这些事，雪倾城才觉得自己还是安安心心当个混吃等死的米虫就算了，争宠这种费脑力和体力活的事，还是别往上凑了。

更何况有安先生在，她也不用担心萧煜会对自己做什么事，毕竟安先生还在王府呢，萧煜就算想做什么不也得看安先生的脸色嘛。但眼下，安先生就要“病亡”了，这可糟糕了。

而一直靠着马车壁，闭目养神的安询，陡然睁开眼，眼神里的情绪复杂难明。

“王妃，您怎么知道的？”在发现有雪倾城在场之后，他可是刻意避开了和大夫讨论病情。

“你都去看大夫了呀，难道不是生了病才需要看大夫吗？”雪倾城努力学着小孩子的口气，“而且那个奇怪的大夫说出你‘无药可医’这样的话来，难道不是生了重病的意思吗？”

安询这才想起，那个嘴上没个把门的小胡子，的确是说过这样的话。他这才敛住眼神里的杀意。

“他说话从来不着边际，王妃您不用放在心上。”

“这样啊。”雪倾城嘴上虽然这么说，可心里却一点都不认同。

一个身为医痴看到值得研究的病人就两眼放光的大夫，会胡乱说一个人“无药可医”吗。当她是傻子，这么好忽悠呢。

哦，不对，她现在的确就是个“傻子”。

雪倾城想到自己现在是个“傻子”，一个不值得说实话的傻子，也就原谅了安先生敷衍自己的事了。

雪倾城不知道，她不过是出于好心随便一问，却在安询的心里埋下了怀疑的种子——一个心细如发、非敌非友的王妃，如果不是傻子，对六王爷来说绝不是什么好事。

安先生心中装着事，也没有注意路，等回过神来，才发现马车已经被人开到了荒山之中，而身后的护卫早就不见了。

安询顿时察觉到不对劲了，他偏头一看，才发现车夫不知道什么时候已经换人了。他一下就认出了那人。

“伙夫长？你怎么在这里？”

“王爷有急事要找先生商量，特命我来接先生。”

萧煜有急事会派一个伙夫长来接自己，更何况这条路明显就不是去军营的方向。

“停车。”

伙夫长自然没听他的，抡鞭挥向马屁股，马儿吃痛，扬蹄跑得更远了。

原本平稳前行的马车顿时变得颠簸起来，若不是安询勉力抓着车椽，这会子已经被甩出去了。

安询身体弱，连番折腾下来，脸色煞白，根本不用伙夫长做什么，身体就已经受不住了。

伙夫长省了对付他的麻烦，直接用马鞭将探出头来的雪倾城一把绑了，将两人推搡着塞进一间破庙里。

雪倾城的双手被反扣着，完全在状况外的她伸长了脖子看着那个身材略微有些发福的绑匪，问：“这位大哥，你为什么要绑我们呀。”

“绑匪”回头，努力想做出凶神恶煞的样子，结果只是把脸挤成了一团，吓是能吓到人——毕竟丑得不忍直视。

“我要回家，我不要待在这个鬼地方了，要是王爷不放我走，我就把你们都杀了！”

雪倾城听到这个答案，下意识地反问道：“那你为什么不直接逃跑？”

比起费尽心思把他们绑起来，直接逃跑要简单得多吧。

“王妃，你有所不知。”安询此刻已经恢复了一点力气，他挣扎着坐起来，回答雪倾城，“军中将士名册都有记录，原籍何处，家中尚余几人，这头才出事，那头乡长就会找到家里去了，若是做了逃兵就一辈子回不了家。更何况，如果是正常的回家省亲，将士们能领到一大笔慰问金。看他这穷酸样，就是还没拿到钱的。”

安询一番话说得伙夫长一个壮汉红了脸，他气急败坏地吼道：“烦死了，闭嘴！”

不过安先生这悠闲自在的神态倒是给雪倾城打了一剂强心针，安先生应该是对这个绑匪十分熟悉，且知道对方不会伤害自己才会如此淡定。

意识到这一点，雪倾城也不慌了，她打量着那个伙夫长，发现他的腰间别着一大堆的瓶瓶罐罐，罐子外面还有一些油盐酱醋的痕迹。

刚才安先生称这个人什么来着，伙夫长？

雪倾城记得以前在街头认识的那个退伍的老军官，好像也是这个职位。

“喂，你是厨子吗？我饿了。”

头一次干劫匪的伙夫长，感觉自己受到了深深的侮辱。

伙夫长难以置信地看着雪倾城：“你难道不知道你被我绑架了吗？”

“知道啊。”

“那你不应该害怕吗？”

“怕，但我也饿啊。”雪倾城拍拍空荡荡的肚皮。她这人就是这点不好，受不了饿，一饿就发慌不说，为了吃的什么事都做得出来。毕竟她可是曾经能够一边指挥街头大战，一边腾出手来点小笼包的人。

更何况现在一个现成的厨子就摆在自己面前，她不使唤岂不是太浪费人才了。

伙夫长这才意识到王妃是个傻子的事实来，他认命地从鼓囊囊的衣服里掏出一小袋面粉来，道：“条件有限，只有烧饼。”

雪倾城已经被他身上随便一掏就能掏出食材的特异功能给震惊了，只见他像是变杂耍一样，一会儿掏出面粉来，一会儿又弄出一根趁手的擀面杖来。出去接个水的工夫，还能顺手带回来一只五彩斑斓的壮硕野鸡。

雪倾城很没骨气地咽了咽口水。

伙夫长干起厨子来比干劫匪熟练多了，“唰唰”几下那只野鸡就被脱净鸡毛，被放在火上来回转着烤，火堆里还放着刚捏好的烧饼，香味很快就出来了。

这对本来就肚子饿的雪倾城而言，就是种折磨，看着鸡肉已经变了色泽，焦黄喷香。她“噌噌噌”跑到伙夫长的身边。

“可以吃了吗？可以吃了吗？”

伙夫长从腰间取下一个水壶。

“去净手。”

伙夫长在烹饪这件事上展示出了异于常人的专注和固执，雪倾城身为等吃的那一个，乖乖地照做了。

她洗完手回来，才得以被恩赐一只鸡腿，用刚采摘回来的新鲜的芭蕉叶包裹着，一口下去，唇齿留香。

雪倾城学着伙夫长的样子，席地而坐，一边狂啃，一边还不忘给伙夫长点赞。

“哇，你这个鸡肉不老不嫩，火候刚刚好。”

“那可是，入伍我就在烧火了，两军对峙的时候我都能在战场上做饭，这算什么。”

“你还在战场上做过饭？”

“那是当然，那次王爷和南蛮王子对战，南蛮王子窝在山坳里不出来，也不鸣鼓迎战，只会耍嘴皮子骂我们王爷，僵持了足足有两个时辰。王爷说他饿了，命我在阵前生火做饭。那些南蛮子被我们困住，该有两日没进米了，闻到肉香味一个个都忍不住了，哪里还肯打仗，最后我们不费一兵一卒就将南蛮降服了。”

这才叫“不战而屈人之兵”。

不知道为什么，虽然她知道安先生是萧煜的军师，萧煜好几场大战都是安先生出谋划策拿下的，但是对阵前炊火这种奇谋，她却没有任何怀疑地相信这是萧煜想出来的。

大抵是因为萧煜对她动不动就亲亲抱抱，从来都不正经的缘故吧。

她刚想到安先生，还被绑着扔在草垛上的安先生就猛烈地咳嗽起来。

雪倾城回过神来——自己吃得太起劲，把他给忘了。

她撕了一块鸡胸肉，捧着伙夫长刚才递给她的那个水壶，来到安先生身边。而此时，啃鸡骨头啃得起劲的伙夫长终于意识到了不对劲，他诧异地望着雪倾城，问：“你什么时候跑出来的？”

安询可是亲眼看着雪倾城三下五除二就挣脱了捆着她的马鞭，本以为她一定会找

机会跑出去搬救兵，结果这个吃货，挣脱了马鞭之后的第一件事居然是跑去讨吃的。任他快把肺都咳碎了去提醒她，她都没一点反应。

好不容易有点反应，还被伙夫长发现了。

安询手脚都被捆着，纵身一扑，拦住伙夫长的路。

“王妃，你快跑！”

雪倾城抓起鸡肉啃了一口，一脸无辜，道：“这里有好吃的，我为什么要跑？”

安询被气到内伤，一口血差点没吐出来。

他果然不该对一个傻子王妃抱太大的希望。

伙夫长没想到他又是伪装，又是绑架，结果还没一只野鸡管用，劫匪生涯备受打击的同时，厨子的身份却是得到了极大的肯定。他心想：这傻子王妃也太好糊弄了。又从火堆里拨出一个烧饼来，浇上蜂蜜，对雪倾城招手：“王妃，烧饼也好了，您快尝尝。”

雪倾城高兴地跑过去，热乎乎的烧饼入肚，整个人都暖和了。

其实她不是蠢，且不说她最近被人喂猪一样地养着，早就跑不动了。就算她真的侥幸能够跑脱，这荒郊野岭的，也不识路。她要是自己跑出去了，救兵没找到，遇到个野狼、老虎什么的，那小命就要不保了。

与其这样，倒不如在这里待着，反正有安先生这个军师在，萧煜再怎么说也不会见死不救。

安询和伙夫长自然想不到雪倾城心里的小心思，特别是安询，已经对雪倾城彻底绝望了。看着她啃烧饼啃得正香，他也饿了。

“给我松绑，我答应你，不跑。”安询对伙夫长命令道。

岂料这次伙夫长却是很不给面子地摇摇头：“我不能答应你。”

伙夫长从火堆里拨出一个烧饼来，拍掉灰搁在一旁的芭蕉叶上。

“安先生你别急，等我们吃完了来喂你。”

安询这回算是体会到当年三军阵前，我方炊火时对方战士的心理感受了，看得到，吃不着真是难熬。

“喂，你都放王妃自由了，为什么我不可以？”毕竟从体能上来说，雪倾城比他这个病人要好太多了！

“你太聪明了，能跟王妃比吗？”

伙夫长一句话堵得安询说不出话来，最可气的是，雪倾城还在一边猛啃烧饼，一边点头附和。

“是的，太聪明了，不能放！”

等伙夫长好不容易吃饱喝足了，他才端着早就凉了的鸡肉和烧饼，准备喂给安询。

安询抗议：“凭什么王妃的加了蜂蜜，我的没有？”

伙夫长摇了摇已经空了的蜂蜜罐，道：“安先生，真不好意思，我也没想到王妃

这么能吃。”顿了顿，伙夫长补充道，“再说了，你也知道人家是王妃，吃得肯定要比我们好些。”

安询再一次被堵得无言以对，身为天下第一聪明人，他有一种被人玩弄的屈辱感。而眼下，他肚子饿得咕咕叫，又不得不咬着伙夫长那只油腻腻的手递过来的烧饼，一口一口地把这满肚子的屈辱咽下去。

一顿饭饱，天色也渐渐暗下来了。山中寒气浸润入庙，三人围着篝火而坐，促膝而谈。

其中说得最多的是伙夫长和安先生，雪倾城满嘴里塞着伙夫长烤的小零嘴，除了点头应两声，压根儿腾不出口来说话。

“伙夫长，你说有没有什么办法能够让三军将士吃饱？”

安询突然来了这么无厘头的一句，伙夫长顺口就接了：“要吃饱还不容易，有米有菜就行了。”

“如果无米无菜呢？”这件事一直压在安询的心里，他只差没有直接说朝廷不给拨军饷了。

伙夫长没有听明白，直接回道：“无米无菜那就没办法了，‘巧妇难为无米之炊’嘛。”

安询低下头，喃喃念着：“也是。”

他自己都想不到的难题，怎么能指望一个伙夫长给出答案。

雪倾城就水咽下一口烧饼，插话道：“没有米没有菜就自己种嘛。”

“三军将士可都是上场杀敌的汉子，都去做农活了，谁去保家卫国！”伙夫长当即就反驳了雪倾城。

“现在不是没打仗嘛。”

“但是这样势必会动摇军心，大敌当前，如何能迅速应敌。”这次说话的是安询，他已经在思考雪倾城的建议了。

“把种菜当打仗不就行了。”

雪倾城想不通，这么简单的道理怎么这群人要想这么多。就连她混街头的那些兄弟，要想吃饱吃好，都要去种菜养猪。

她的那群兄弟，每次杀猪比打架还要兴奋。

雪倾城想起自己的那群兄弟，顿时有些伤感，虽然他们平日里大部分时候都像一群傻瓜，但是一离开他们，还是蛮想他们的。

也不知道他们过得好不好，是不是有新的指挥官了，取代了她的位置带领他们去街头巷尾瞎溜达。

雪倾城难得地伤感一回，自然没注意到身旁的男人已经震惊到都快掉下来的下巴。

安询已经被雪倾城惊世骇俗的言论震惊到了。

不！

应该说是醍醐灌顶。

他从没想过军队还能这么玩。

一般战时都会直接从地方抓壮丁上战场，闲时只会留小部分留守都城，大部分抓壮丁上来的人会遣散回原籍。

所以其实安询和萧煜心里都很清楚，皇上让六王爷自负盈亏，等于让他遣散军队。但毕竟是出生入死过的兄弟，更何况大部分都是从绢城来的，都没了家，没了亲人，毕生的仰仗只有萧煜一个人。

更何况，南蛮突然求和，其心难测，谁也不敢贸然在此时遣散冲锋军。

一直堵在心里的一块心病豁然开朗，安询激动地抓住雪倾城的手，就跟见到再生父母一样："王妃，谢谢您！"

雪倾城被她弄得一头雾水。

就在此时，破庙的大门被人一脚踢开，萧煜怒气冲冲地出现在门后："你们在干什么？"

萧煜冲上前，一把拍掉安询握着雪倾城的那只手，将雪倾城拉起来，霸道地搂在自己怀里。

"我当你是兄弟，你居然敢挖我墙脚！"

安询急得直冒冷汗，忙摇头解释："我没有！"

"我没有！"

后面这句是雪倾城说的，她认为萧煜是在吃安先生的醋，毕竟安先生才是他的"正房"，如今他居然和一个女人有说有笑，萧煜会吃醋是很正常的。

只是两个人如此有默契地异口同声地反驳，无疑在萧煜的醋火上浇了一盆油。

他瞥了安先生一眼，怒气冲冲道："安询，我等你解释！"

他的样子落在雪倾城的眼里，活脱脱一副受了委屈的小妻子的模样。

为了家庭和睦着想，雪倾城觉得自己似乎有必要解释一下她这个挂名王妃真的没有和安先生争宠的必要。

不过还没等她开口解释，安询已经将萧煜拉到一边，低声耳语了几句，萧煜的脸色顿时由阴转晴。

"妙，当真是妙！"

萧煜激动得难以自抑，伸手狠狠地抱了安询一把，还狠狠地拍了他几下，差点没拍出内伤。

然而雪倾城已经没眼看了。

大庭广众之下搂搂抱抱，实在是有伤风化，她都看不下去了。

然而心情上好的萧煜走过来的时候，满面春风，就连看着伙夫长的眼神都柔和许多。

"你就是劫持王妃的那个劫匪？"

伙夫长被他这个样子吓坏了："王……王爷……"

“行，你的事副将跟我说过了，我很同情，你的假我批了，不过只有一个月，一个月之后你必须回来。”想了想，萧煜板起脸，“你擅离军营，绑架王妃，回来了自己去找副将领板子吧。”

伙夫长感动得痛哭流涕，连磕了好几个响头，一直跪在地上，送萧煜一行人出门。

雪倾城虽然清楚军营里“没有规矩不成方圆”，可是看着高兴得像个孩子一样的伙夫长，她还是忍不住感慨：“都要被打板子了，还这么高兴。”

“你还有这工夫担心别人！”登上马车，萧煜一个栗暴敲在雪倾城的头上，“说，你擅离工府，该怎么罚！”

雪倾城吐了吐舌头，缩回脖子。

她这样子让萧煜喉头一紧，顺势就要吻下去，结果还没等动作，只听到两声轻咳，正掀帘走进来的安询见状就要退出去。

“那个……我什么都没看见，你们继续。”

“给我滚进来！”萧煜一声怒吼，吓得雪倾城和安询都是一震。

雪倾城吓得将身子缩进角落里。

暴怒中的萧煜还是很可怕的。

萧煜意识到自己的态度吓到小王妃了，放软态度，却拉不下脸来对雪倾城道歉，只能对安询说道：“你进来，我有话问你。”

雪倾城更委屈了，果然安先生才是他的最爱啊，对她就是暴躁魔王，对安先生秒变温顺小绵羊。

唉，当一个夹在王爷和安先生之间的空壳王妃，心好累！

其实安询也忐忑不安，自从王爷娶了这个小王妃之后，脾气就难以捉摸了，他不敢靠近，只挑了一个离门口最近的地儿，正襟危坐。

不料王爷这番把他喊进来只是为了商量处置军队的事。

安询瞥了一眼雪倾城，怯怯地问了一句：“王爷您确定要在这里说？”

“你不是说这主意还是倾城提醒你的嘛，正好让她也听听，兴许她能有更好的主意。”

安询想了想，点点 头，遂说道：“经王妃点醒之后，我仔细想了想，让兵士自给自足的主意的确不错，不过有几个问题要解决。其一，这么多人要安排到哪里？”

萧煜捏着下巴，也陷入为难中。

“是啊，若是带进京都，势必会引起骚乱。可扎营也非长久之计，久了也容易出事。”

萧煜将目光投向雪倾城，问：“你怎么看？”

雪倾城正神游太虚呢，猛然被点名，就像是被先生教训的小学生，顿时乖乖坐好。后知后觉意识到萧煜的问题之后，又不敢置信地指了指自己：“你是……在问我吗？”

“嗯，我在问你。”

雪倾城突然伸手往萧煜的额头上探去，萧煜将她的手拉下来，脸色微沉：“别闹，

跟你说正事呢。”

“我没闹啊，我只是想看看你有没有发烧。”

“我好好的，你怎么突然这么问？”

“如果不是像我一样烧坏脑子，那怎么会来问我呀？”言下之意：军机大事什么的，咨询一个傻子真的没问题吗。

萧煜的脸色更不好看了。

看他和安先生都是一脸为难，似乎很苦恼的样子，雪倾城倒不忍心真的不理他们。她认真地考虑起这个问题来。

雪倾城长到这么大，在街头打架几乎贯穿了她的上半辈子，她能去找答案的地方，也只有这一方面了。

虽说她动不动就指挥“街头大战”，但关于安顿问题她还真的没有考虑过。毕竟没有架打的时候，都会自己去找地方玩，而她自己，找些寺庙混点免费施舍的斋饭，日子也过得十分逍遥。

不过……

灵光一闪，雪倾城眼神一亮。她兴奋地想告诉萧煜答案，瞥到安先生正探究地看着自己，雪倾城这才想起自己傻子的身份来，换了个语气，说道：“我觉得刚才那个破庙就能装很多人呀，还能做好吃的呢。”

在座的都是聪明人，她只是稍微提醒了一下，萧煜顿时就明白了。

“对呀，我怎么没想到！”萧煜手舞足蹈地描述，颇有几分指点江山的霸气，“城外有那么多和尚庙，几乎整个山头都是他们的，一座庙容纳几百人绝对不成问题。寺庙一般会分有土地，连地的问题都解决了。”

有了主意，萧煜顿时条理清明了。

“安先生，这件事交给你去办，你派人去统计一下，方圆百里内共有多少寺庙，将底下的人都安排下去。”

安询狐疑地打量了雪倾城一眼，被萧煜带有防备地一瞪之后，这才敛下眼神里的防备，恭恭敬敬地回道：“是。”

雪倾城又出了一个奇谋，萧煜大喜过望，直呼她是福星，还说作为奖励，本来已经准备去睡书房的他，决定搬回来和她一起睡觉。

雪倾城心想：你这算哪门子的奖励，我并不想和你一起睡觉啊！

虽然雪倾城内心已经在狂骂，却还是不得不挂着微笑，看着萧煜把早上才搬出房间的衣物又搬回来。不过跟着搬进来的，还有一张躺椅。

不大不小，刚够一个人躺。

晚间，雪倾城才知道，这个躺椅就是他的床。

萧煜见雪倾城吃惊地看着自己，一脸坏笑：“怎么了，我的王妃。难不成你想和为夫一起睡躺椅？”

雪倾城以光速脱鞋掀被，把自己埋进去，绝不再多看他一眼，免得那个自恋狂又以为她对他有什么非分之想。

见雪倾城躺下来，萧煜放下兵书，吹熄了桌上的蜡烛，皎白的月光洒进来，落在帷幕里那个鼓起的小身板上。

萧煜单手撑着头，只是看着她的背影，就忍不住弯了嘴角。

从成亲的第一天起，他就发现这个傻子王妃逗起来还挺有意思的。

就在这时，逗起来很有意思的王妃开始发问了："工爷，你为什么这么喜欢逗我？"

"我不是喜欢逗你。"

我是喜欢你呀，傻瓜。

哪怕他自己都还说不清到底是男女之间的那种喜欢，还是只是单纯的饲主对小动物般的喜欢，雪倾城会让他感到安心舒服，这是事实。

他萧煜不是个拐弯抹角的人，喜欢就要让人家知道，这是他一贯的风格。雪倾城却只觉得他是在敷衍自己，索性不问了，蜷着身子，睡过去了。

萧煜看着那一抹小身影，含笑合上眼，沉入梦乡。

虽然睡椅不如床榻舒服，不过却是萧煜自打成亲以来难得的一个好觉。一夜无梦，第二天天刚亮就醒了。他掀被坐起来，伸了个懒腰，习惯性地往雪倾城那边望过去，只见大红的喜被早就被踢落在地上，而床上空荡荡的，早就不见人影。

这倒让萧煜好奇了，一向睡到日上三竿，不到午膳时绝对不起床的雪倾城，居然这么早就起床了。

他正纳闷儿呢，突听得床底下传来"哎哟"一声响。

接着，他就见他的小王妃披头散发，灰头土脸地从床底下爬出来，她睡眼惺忪，半睁着眼找了找，看到地上有被子，估计以为那是床，一头扎了进去，像裹粽子一样将自己裹成一个蚕宝宝，然后带着满足的微笑，继续睡过去了。

萧煜顿时觉得，自己昨晚要分床睡的决定实在是太明智了。

他认命地走上前去，拎起地上的那个蚕宝宝，第一次用力太轻，还差点闪了腰。

这两天雪倾城又长了不少呀！

萧煜还得咬了咬牙，才能连人带被地将雪倾城从地上拎起来，扔到床上。干完这一切，饶是常年征战，身材健硕的他，气息也变得有些紊乱，他看着裹在被子里兀自不安分乱动的人，想了想还是觉得不放心，遂将丫鬟喊进门来，交代道："去找一些枕头来。"想了想，补充道，"等王妃醒了之后，命人将床底下打扫干净，铺上软垫。"

丫鬟虽然不明白王爷在抽什么风，提这些稀奇古怪的要求，不过主子有命，她不敢推辞，领命退下去了。

不过退下去的第一件事却不是安排王爷吩咐的事，而是忙着八卦："王爷一大早和王妃的战况很是凶猛，我看王爷那脸色，啧啧……一看就是还没缓过来。"

"这个傻子王妃这么厉害吗？王爷素来不近女色，以前我还以为王爷和安先

生……”

“唉，想安先生为王爷呕心沥血这么多年，可怜啊。”

几个丫鬟讨论得正欢，殊不知八卦的主角正站在他们身后。

“王府是你们乱嚼舌根的地方吗？”

几个丫鬟一回头，就发现安先生正站在自己的身后，莫不被吓破了胆，低着头匆匆道别，踩着小碎步一哄而散了。而安先生皱着的眉头却没有放松，看着王妃所住的方向，若有所思。

“晨间露重，安先生怎么不多休息一会儿？”身后陡然响起一道声音，安先生转过身子，朝那人鞠躬。

“王爷。”

萧煜穿着一身劲装，本是准备去耍一套枪，见到安询了就过来打个招呼。

“看你的脸色，似乎有什么心事。”

“王爷，您曾经对我说过，觉得王妃不是个傻子。”

萧煜拧眉。

“你发现了什么？”

“倒是没有直接证据。”

安先生这么说，萧煜居然松了一口气。不过安先生话锋一转，将他的心再次提起来了。

“不过，以我之见，王爷还是和王妃保持距离为好，如有机会就和离。”

“和离？”萧煜很是震惊，“当初可是你让我娶她的。”

“是，但是前提是雪倾城必须是个傻子。”安先生苦口婆心地劝着萧煜，“王爷，依奴才这些天的观察，这王妃绝非等闲之人。就冲她屡进奇谋来看，绝对不是一个简单的傻子！”

萧煜却挥挥手，满不在乎。

“我说你是怎么了呢，原来只是因为倾城昨天出了几个好主意啊，她那是瞎猫撞上死耗子，碰巧罢了。”

“化兵为农还可以说是凑巧，屯兵进庙却绝不是巧合。”

安先生揪着这事不放，让萧煜心烦气躁。

“屯兵进庙明明是我想出来的主意，哪里有她什么事。”

“可是王爷您别忘了，若是没有王妃恰到好处提醒您的那一句，您不一定想得到。”

“你是在质疑我的智商，觉得我还比不过傻子吗？”

“我不敢。”

虽然安先生先低头，不再就这个事和萧煜争辩，可怀疑的种子却是在萧煜的心里种下了，其实萧煜的心里很清楚，昨天的那两条解了燃眉之急的奇策，的确是凑巧得太不寻常了。

“安先生，应该是你多想了，那道要停军饷的口谕只有你知我知，父皇知。她应该只是碰巧撞上了，不是预谋。”萧煜不是不怀疑，只是一想到雪倾城早间干的那件蠢事，他又只想笑。

雪倾城如果是细作，那绝对是史上最蠢的细作了。

“我自然相信王妃绝不是有预谋为之，但是王爷您这一路走来，哪一步不是如履薄冰，如今不少人都盯着您，就等着您出事呢。王妃如果不是个傻子，对您而言绝对不是个什么好事。况且……”

况且他还担心六王爷真的对雪倾城动情了。

“情”之一字，最是误事，它会让原本无坚不摧的人有软肋，有把柄。对别人而言或许不算什么，可是对举步维艰的萧煜而言，这就是致命弱点。

“所以，为了您，也是为了王妃着想，我觉得王爷您等这段时间风头过了，还是赶紧找个机会和王妃和离吧。”安先生劝道

“如果我不愿意呢。”萧煜的眼神却异常坚定。

安先生心里“咯噔”一下。

看到萧煜眼神的那一刻，他心里就响起两个字——坏了！

“如果我不愿意呢。”萧煜又重申了一遍，分毫不让。

安先生也不甘示弱，抬头和他直视，两人眼神里碰撞出噼里啪啦的火花：“我这辈子就是为了保护王爷而生，为了王爷我能做任何事！”

“你这话是什么意思？”

“王爷如果执意不肯和离，一旦我抓到王妃在装傻的证据，我不会介意帮助王爷处理掉隐患！”

听到这话，萧煜顿时红了眼：“你敢！”

“谋士一生只为一主，为了保护王爷，我能做任何事。王爷既然执意要保王妃，那就祈祷她不被我抓到把柄吧。”安先生拱拱手，“王爷，请恕我失礼，先行一步了。”

安询梗着脖子，挺直脊背往自己的住处走去。走了没两步，喉头上就涌上一口腥甜，他将那股恶心强压下去了，拼命撑着摇摇欲坠的身体往前走，努力不让人看出端倪。

他知道自己时日不多了，一定要在他死之前，为王爷找到一给能够替代他的军师，代替他继续为王爷保驾护航。

还有那个傻子王妃。

他已经有九成的把握，确定她在装傻了，他一定要将她揭穿！

萧煜在安先生走了之后，也骂咧咧地走了。等他们都走了，一直趴在墙外面偷听的雪倾城才敢探出头来。

其实萧煜将她抱上床的时候她就醒了，她听到他吩咐丫鬟给她多加几个枕头，还说要在床底下铺软垫。她追上来想问问他到底想干什么，却一不小心听了个墙角。

听完安先生的话，雪倾城回想起自己在他面前露出的那些马脚，顿时觉得整个人

都不好了。

在她不知道的时候，居然在鬼门关走了这么多次！

“不过这个安先生也真是。”雪倾城忍不住吐槽，“看上去挺大肚的一个人，怎么心眼这么小啊。我不过是和萧煜做了挂名夫妻，他就忍不住吃醋了。如果我真的和萧煜有什么，那还不得拖刀砍过来呀。”

雪倾城摸了摸自己的脖子，深深地咽下一口口水。

虽然在王府当米虫很爽，但还是小命要紧。既然安先生吃醋吃得这么厉害，到了她不和离就要宰了她的地步，她还是识时务，早点让出王妃之位算了。

那么问题来了——怎样才能让萧煜休了自己？

往后几天，萧煜发现他的小王妃似乎有意在躲着自己，不仅一看到他就跑，就连用膳的时候，她也不肯露面了。

而且据丫鬟说，王妃这几天很不安分，总是会犯下一些啼笑皆非的小错，比如往鱼缸里倒墨汁，比如裁掉床单做披风，傻得底下人很是头疼。就好像，她生怕别人不知道她是个傻子一样。

这种情况一直持续到她归宁的那天。

雪倾城一回到家后，就把自己锁在闺房里，无论大家怎么劝她都不肯再跟萧煜回去了，这让萧煜差点被雪倾城那护妹狂魔的兄长们狂揍。

萧煜也是一脸无辜，他也很想知道自家小王妃到底是怎么回事啊！

雪倾城不肯回王府，萧煜也不管雪家人欢不欢迎，自作主张地将书房搬到了雪倾城闺房的隔壁。看到他这副自来熟的做派，雪倾城的大哥雪轻墨啐了一口唾沫，骂道：“他还真不把自己当外人！”

雪倾城的三哥雪轻书看不过去了，提醒道：“大哥，王爷现在是我们的妹夫，本来就不是外人。”

雪轻墨毫不客气地赏了弟弟一个栗暴：“胳膊肘往哪里拐呢！”

雪太傅有三个儿子，长子雪轻墨，次子雪轻剑，幼子雪轻书。因为是三胞胎，太傅夫人生产的时候，可是轰动一时的大新闻。

可一举得三子的雪太傅并不是很开心，毕竟他只喜欢软萌的、会甜甜地叫他爹爹抱抱的女儿。

在雪太傅夜以继日的努力下，太傅夫人终于在次年又怀上了，生下了一个女儿，雪太傅高兴得笑了一整天，还很不要脸地给女儿取名倾城，逢人都要夸自己宝贝女儿一番。

在这样的家庭环境下长大的雪家三胞胎，难免沾染上了父亲的恶习。

只不过雪太傅是宠女如狂，他们三个就是爱妹如痴了。

哪怕是对着义妹，他们也会不自觉地就暴露出宠妹的习惯来。

所以一看妹妹回来就把自己锁在房里，死活不肯见萧煜，他们就笃定萧煜欺负了自己的宝贝妹妹。

三个人自发组织在雪倾城的闺房门口轮班，就差没在门口立上一块牌子：萧煜与狗不得入内。

雪家唯一理智一点的就是太傅夫人了，她也是雪家唯一一个能够坐下来和萧煜聊两句的人。

太傅夫人霸气十足地将一把菜刀拍在桌上，道：“说吧，你对我女儿做了什么，怎么才几天没见，她就成这样了？”

萧煜也十分无语。

“岳母大人，我对天发誓，对倾城绝对没有半分亏待，她突然这样，我也很想知道原因。”

太傅夫人撇撇嘴道：“我当然知道你小子不敢对倾城怎么样了，我是问你怎么把倾城养得这么胖了？”

“什么？“

“你难道不知道身为一个女人，身材和容貌一样重要吗？你让她没有节制地吃，和毁她的容有什么区别？”

萧煜觉得自己已经跟不上这家人神奇的思路了，默默地抹了一把冷汗，毕恭毕敬地回道：“岳母大人放心，不管倾城变成什么样，我都不会嫌弃她。”

没想到太傅夫人毫不客气地翻了一个白眼，道：“我嫌弃！以后你可不许再这么喂她了！

萧煜只能点头应是。

闹完了，太傅夫人收回菜刀，回到正题：“当初你来我家求娶倾城的时候，说过你会对她一辈子好，我可是当了真的。”

“我萧煜说到做到，绝不违誓。”萧煜举手发誓，他从来就不是那种始乱终弃的男人，既然已经决定娶雪倾城为妻，便是他的责任，他就做好了护她一辈子的准备。

“我自己的女儿，我知道她有几斤几两。把她嫁给你，就没指望你们夫妻能够举案齐眉，过正常的夫妻生活，你就只当你是她的哥哥，那般对她就行了。”虽然不是自己亲生的女儿，但是太傅夫人是真的把雪倾城当成了自己的亲女儿对待。

萧煜听得很是认真，比当年听太傅讲课的时候还要认真，提起问来也是毕恭毕敬。

“还请岳母大人示下。”

“还不明白？”

“小婿愚钝。”

“我那丫头没几天就会发一次疯，等她疯完就好了。你看他几个哥哥就知道了，倾城在气头上，他们哪有往上头凑的。所以，你该干吗就去干吗，不用管倾城。她毕竟年纪小，没两天就忘了。”

“这……这样吗？”萧煜虽然很想说：感觉倾城这次是动真格的，不是闹着玩的。不过看着太傅夫人那犀利的眼神和那把锋利的菜刀，萧煜把要说的话都咽进肚子里。

“岳母大人英明，小婿受教了。”

由于太傅夫人再三保证，会把雪倾城劝回来，萧煜这才放心地一个人回了王府。

萧煜走后，太傅夫人拎着菜刀就冲进了雪倾城的房间。

彼时，听说萧煜终于走了的雪倾城，正高兴地摆了一大桌子菜庆祝呢，一抬眼发现太傅夫人拎着一把菜刀就冲进来了，吓得差点没从凳子上跌下去。

“回王府，还是去阴曹地府，自己选。”

太傅夫人将刀一把插进红木桌子上，刀尖入木，功力深厚。

迫于太傅夫人的淫威，雪倾城只能乖乖地收拾了东西，回王府去了。

这两天一直要应付小心眼皇上的雪太傅，一边目送女儿离开，一边给夫人捏肩。

“还是夫人有办法，皇上还以为我和六王爷在商量什么坏事呢，就今天一天都召见我三次了，那小祖宗要是再不走，我都要走了。”

太傅夫人白了雪太傅一眼，霸气侧漏：“还不是你宠的！”

“是，夫人教训得是，是为夫不好。”

太傅夫人被他逗得又好气又好笑：“要是咱们女婿有你一半嘴甜，也不至于连个倾城都哄不住了。”

“那孩子实诚嘛。”

“唉，让她代嫁我是一百个不乐意的，那孩子本来就吃了那么多苦，现在还要代替倾城……”

见她越说越多，雪太傅忙抓住妻子的手，郑重承诺：“这也是权宜之计，为社稷苍生。再说了，六王爷虽然不如其他皇子那般得皇上喜欢，但是他的人品秉性的确是不可多得的，为我们女儿的夫婿，是上佳人选。”

“我才不管你的社稷苍生，我只心疼孩子！”太傅夫人叹了口气，“我现在就希望他们夫妻和睦，要是她能为六王爷生个一儿半女，有儿女伴身，哪怕事发，看在孩子的面子上也能自保。对了，相公，你说那孩子那大大咧咧的样子，会知道男女之事嘛，要不我们再请人教教她？”

雪太傅的脸霎时就红了：“我说夫人呀，你不是往女儿的嫁妆里面塞了那种书了嘛，再说了，六王爷不傻。放心吧。”

而被雪太傅高度评价的萧煜，此刻正抱着被子，像一只可怜的小狗。

“虽然我不知道我哪里做得不好，惹你生气了，不过既然你不喜欢我，我走就是。”

他往外挪了两步，发现雪倾城并没有挽留他的样子，又忍不住道：“不过下次你生我的气，赶我出去就是，不要一个人跑到我看不到的地方，这样我不放心。”

雪倾城虽然被太傅夫人的菜刀吓了回来，可这两天她不分青红皂白地就要和萧煜断绝关系。萧煜不仅没发脾气，还好声好气地守着，面对雪家人的刁难也一直和颜以对。

这样的男人，纵然知道他属于另一个人，雪倾城还是忍不住偷偷动了心。

她拽住萧煜的衣角："对不起。"

软软糯糯的奶音，虽然是她为了装傻子刻意捏出来的，可是那话里的愧疚却是实打实，不掺假的。

在雪倾城看不到的角度，萧煜的嘴角轻扬，回过头来面对雪倾城的时候，又板起了脸："知道自己错哪里了吗？"

"我不该生你的气。"

"错！"萧煜伸手点了点雪倾城的脑袋，"你可以生我的气，但一定要告诉我你为什么生气，就算是死刑犯，也得知道所犯何罪吧。"

雪倾城垂下脑袋，更不敢和萧煜直视了。

她总不能告诉萧煜，她不想当这个王妃，是因为顾忌到安先生，怕他一个不高兴砍死自己。

不过想起太傅夫人那把泛着寒光的菜刀，雪倾城摸了摸脖子。算了，比起雪家，还是王府安全。安先生什么的，兵来将挡了！

雪倾城这边在王府里过得战战兢兢，一转眼，就入初秋了。

宫里的菊花开了，皇后发了赏菊帖，说是要在本月十五举办赏菊宴。

雪倾城是从伺候的侍女口中听到这个消息的，说起这件事的时候，侍女一脸羡慕。

雪倾城不懂她有什么好羡慕的，问："为什么要办赏菊宴啊？"

侍女偏头想了想，似乎她也从没认真考虑过这个问题，雪倾城陡然一问，倒让她十分为难："这个……好像是因为御花园的菊花开了。"

雪倾城："……"

宫里的人一看就是吃太饱了，闲的。

侍女继续说着："赏菊宴可是天下女子都羡慕的聚会呢，皇后每年都会邀请京都中有名的世家小姐和出色的公子哥进宫赏菊，当然公主皇子也都会在，每年都会成就好几对佳偶呢。要是能收到皇后的赏菊帖，那可是无上的光荣。"

雪倾城恍然大悟，原来是大型皇宫相亲宴啊。

身为一个已婚妇女，雪倾城对相亲实在是没什么兴趣，突然又听到侍女说："听说赏菊宴上，有从全国各地来的厨子做的山珍美味，数不胜数。"

雪倾城双眼顿时就亮了："真的吗？那个赏菊帖你有吗？有吗？"

侍女被追问得很是为难："奴婢只是一个小小的侍女，怎么会有？不过您是王妃，想着皇后娘娘肯定会邀请您的。"

侍女的话，让刚走到门外的萧煜停住了脚步，而门内的两人，完全没有意识到门外已经多了一个听墙角的，兀自说得兴起："听说福满楼的水晶肘子很好吃，赏菊宴会有吗？还有还有，江南的桃花糕我也早就想吃了，还有……"

侍女被问得不耐烦了，正想打断雪倾城，就听门外有声音响起："王妃若是想吃，为夫带你去吃便是。"

侍女一回头，就发现王爷不知道什么时候已经出现在门口，他这一出声，吓得她直哆嗦，想自己刚才差点就对这傻子王妃不耐烦了，若是让王爷听到了，肯定跟之前伺候王妃的几个侍女一个下场。

她的心"怦怦"直跳，看着萧煜竟"扑通"一声，跪下去请安："王爷。"

雪倾城看着她，只觉得奇怪，什么时候府里有跪安的习惯了。不过她眼下顾不上，跳着跑过去，习惯性地扯萧煜的袖子："真的吗？真的吗？你真的会带我去赏菊宴吗？"

萧煜脸上闪过一丝为难，他本来的意思是，若是雪倾城想去吃那些，那么福满楼，江南，他带她去便是了，可是赏菊宴……

看着雪倾城一脸的期待，他笑着摸摸她额前的碎发，语气是连他自己都没有意识到的宠溺："好，我带你去。"

雪倾城顿时来了精神，当下便拉着侍女挑赏菊宴会上要穿的衣服。

侍女挑了一件月白色的褂裙来，被雪倾城一眼就否定了。

"这么白，一定很容易蹭到油，不要！"她自己从衣柜里抽出一件黑色的裙子来，很是满意，"就这件吧，蹭多少油都不怕！"

侍女心想：您这是选衣服，还是选抹布呢？

房里叽叽喳喳一片，萧煜见这事上他也帮不上忙，索性喝了两口茶，坐了会儿就出去了。毕竟军营事务繁多，一堆事等着他去拿主意呢。

连祁小步跟上他，有些担忧："王爷，您明明没有收到赏菊帖，为何要答应王妃呀？"

"不过一张赏菊帖，大不了再觍着脸去求太后。"

连祁都快要不认识这个主子了，要知道萧煜铮铮男儿，向来都是流血流汗不低头，一身傲骨，是军中多少人膜拜的战神啊！

唉，红颜祸水，红颜祸水啊。

赏菊宴当日，雪倾城本想穿了一件深色的袄子出门，到门口才发现萧煜居然也穿着一身玄装，两人站在一起，倒颇有些情侣装的味道。

毕竟这次是托萧煜的福，她才有机会去赏菊宴，对恩人，雪倾城丝毫不吝惜夸赞之言："王爷，您穿成这样真好看！"

萧煜被夸得心花路放，然后就听到雪倾城继续说着："王爷也是怕蹭上油吗？"

萧煜："……"

连祁实在是看不下去了，上前解疑："王爷挑了一上午的衣服呢，就是为了配合王妃您今日的这一身玄装。"

岂料得到的，只是雪倾城一句嗤之以鼻："挑个衣服还要配？你们有钱人就是麻

烦！”

萧煜：“连祁，我们走吧。”

说着，也不管雪倾城，兀自登上了马车。

雪倾城嘟嘟嘴，也不知道自己又哪句话得罪了萧煜。

男人心，真是海底针！

连祁随着萧煜登上了马车，回头望，发现雪倾城并没有跟上来，请示道：“王爷，我们不等王妃吗？”

萧煜抬眼，给了他一个冰冷的眼神，连祁瞬间明了。

得，吵架归吵架，心疼也是真心疼。

说着，便拉着缰绳，坐在车椽上，和王爷一起坐等那个还在路边嘀嘀咕咕不知道在说些什么的王妃。

想到了什么，连祁问到：“不过王妃也真是奇怪，刚刚说什么‘你们有钱人就是麻烦’，难道雪太傅家里很穷吗？”

经连祁提醒，萧煜才想起这个来，正疑惑呢，就听到马车壁已经被人敲响了。

萧煜掀开帘子，就看着雪倾城正乖乖地站在车外面，问道：“我们可以走了吗？再不动身，会迟了。”

到时候好吃的都被别人吃完了可怎么办。

问完了，她又乖乖待在马车旁边，像随行侍女一样，恭恭敬敬地站着。

萧煜：“上车。”

“我……我不敢。”

“为什么？”

“你在生气。”

“我……”萧煜忍住暴脾气，问她，“我生气会吃人吗？”

雪倾城偏着脑袋认真想了想。

好像也是欸，自从她认识萧煜这么多天，萧煜偶尔也会生生闷气，但是对她从来连重话都没说过一句，她到底是在些什么啊！

虽然心里是这么想，但是面对萧煜的时候，雪倾城还是不自然地害怕，她小心地、试探着问：“那……我真的可以上车？”

萧煜已经不想和她说话了，甩下帘子。

雪倾城内心腹诽：瞧瞧，这会儿又生气了。

正在吐槽呢，马车里传来了声音：“还不上车！”

“哦。”雪倾城领命，乖乖地钻进马车里。

萧煜一看到她，又是一阵心烦。但是一想到她是个傻子，终究是不忍心，少不得压住脾气，耐心教她：“倾城，你要记住，你是我的王妃，不是我的丫鬟。我娶你进门，不是让你来学丫鬟的。”

一想到刚才她学丫鬟站在马车外，他就心里不爽，与其说他是在生雪倾城的气，倒不如说是在生自己的气。

他一定是哪里做得还不够好，才让雪倾城这般小心翼翼，宁愿去学丫鬟，也不想看到他生气。

雪倾城显然不能理解萧煜那弯弯绕绕的心思，她就是一个直肠子，想到什么就问了，比如此刻——

“那你为什么娶我啊？”

萧煜：“那是我的事，和你无关。”

雪倾城“哦”了一声，便没有再说话了，自己一个人缩在角落里，默默琢磨着，越想越不对劲。

他娶的人是她，怎么就变成和她无关了。

雪倾城怀着这样深刻的，对婚姻和人生的哲理性疑问，一路上都十分安静，直到到了皇宫的御花园，看到满桌子的美食，她的注意力才终于被吸引了。

此时，宴会上已经来了不少人了，其中以女子居多，大都是朝中重臣的闺秀，也有不少是从外地赶过来的。

京都里的女子，对萧煜这个头号男神自然是已经非常熟悉了，但是外地的闺秀们，大多数人都是第一次见到萧煜。

他一身玄装，眉宇间尽是冷峻，浑身上下透着一种生人勿近的威严，这种霸气，是那些只会吟诗作对的京都公子们所没有的。所以萧煜一出现，直接把在场的男子都比了下去，惹得不少小姐芳心暗动，悄悄打听萧煜的身份。

知道萧煜身份的，在回答姑娘们问题的时候，都会带着一些惋惜。

“真可惜，听说他已经成亲了。”

“六王妃还是个傻的。”

“啊，那更可惜了。”

回京这些天来，萧煜已经习惯了这些女人的注目礼，只是担心自家小王妃会吃醋，低头一看，雪倾城的一双眼睛，牢牢盯着桌上的那一盘烤鸭。

这下，换萧煜吃醋了——他居然还不如一只烤鸭诱人吗？

不对，他为什么要和一只烤鸭比。

萧煜万分郁闷的时候，听到宫人喊：“皇后娘娘、太子殿下到。”

众人都齐齐跪在地上，恭迎皇后大驾，听到皇后让起来之后，这才盈盈起身。

皇后的眼睛在闺秀们的身上一一扫过，一个个如花一样，不错不错，我大祁果然是人杰地灵，女孩儿们一个个都如出水芙蓉。

看到最后一个，雪倾城的时候，皇后的笑容瞬间僵硬了，忍不住感叹：人杰地灵也有出纰漏的时候。

忽略雪倾城，皇后调整好精神，吩咐众人不用管她，只管自己玩自己的。皇后按照惯例，出了一个词牌，命众人一边赏菊，一边即兴作诗，写得好的，她会重重有赏。

雪倾城一时好奇，问身边的萧煜。

“重重有赏，赏什么啊？”

萧煜还没来得及回答呢，就被一个来问话的闺秀给缠住了，雪倾城看他似乎很忙，大家都来找他，虽然心中纳闷儿怎么来找下萧煜的都是女子，不过还是很懂事地没有追问，坐回去啃自己的鸭脖。

“皇后娘娘准备了十二朵金雕的菊花，每一朵均出自宫中能人巧匠之手，精美绝伦。今年的赏菊宴，这些金菊花，便是赏赐。”

熟悉的声音让雪倾城连鸭脖都忘记啃了，兴奋地回头，果然看到一张熟悉的脸。

在这个陌生的环境里，终于见到一个除了萧煜之外的熟人了，雪倾城的小脸笑得跟朵花似的，和来人打招呼：“美人公子？你怎么在这里？”

“赏菊宴，宴请的就是才子佳人，我如何不能来。”

萧玟摇着手中的折扇，在雪倾城身旁的蒲团上落座，伸手，抓起桌上的青瓷茶壶，给自己砌上了一杯茶。

整个动作，行云流水，好看极了。

雪倾城看呆了，忍不住道：“美人公子绝对称得上是京都，哦，不对，是祁国第一佳人，不请你的确说不过去。”

萧玟没想到自己竟然被划分到“佳人”那一类去了，偏头，发现雪倾城正看着自己，大大咧咧，不遮不掩，眼神里是纯粹的、坦荡的欣赏。

萧玟失笑，问她：“小六姑娘如此看着我，我可要误会你是喜欢在下了。”

雪倾城想也没想，脱口而出：“我是喜欢你呀。”

萧玟的手一抖，杯中的茶尽数泼在了垫在桌子上的云锦上。茶水在云锦上渍染出一朵小花来，一如他此刻的心情。

“小……小六姑娘此话……当真？”

“自然当真啊！”雪倾城回答得十分坦荡，“美人公子生得如此好看，自然人人都会喜欢啊。”

萧玟的眼神瞬间就黯淡了下来。

“人人都会喜欢，原来小六姑娘只当自己是之一吗？”他的语气里，有一些落寞，“可是小六姑娘对我而言，却十分特别呢。”

“这样哦。”雪倾城偏头想了想，师父常常教她，要礼尚往来，而且特别的朋友，就是比朋友更要亲近几分，那就是哥们了！

“既然美人公子把我当特别的朋友，那我自然是要礼尚往来，从今天开始，美人公子也是我特别的朋友了。只是可惜……”

萧玟听得高兴，见原本豪气万丈的雪倾城像一只泄了气的皮球，一下子就没了精神，

不免好奇，问道：“小六姑娘这是怎么了？什么可惜？”

“可惜这是在皇宫，不能拜天地。”

“拜……拜天地？”萧玫一口茶差点没喷出来。

这小妮子是认真的吗？他只是想让她不要把他当作普通朋友一样等闲对待，可是一上来就要拜天地？

看着美人公子因为自己的一句话吓得脸色涨红，咳嗽不已，雪倾城想破了脑袋也不明白怎么美人公子对拜天地有这么大的反应，她疑惑地问道：“难道结拜兄弟不需要拜天地吗？还是说你们京都里的习俗不一样？”

萧玫这才反应过来，一想到刚才自己的那种反应，自己都觉得好笑。他亲手给雪倾城倒了一杯茶。

“小六姑娘果真是个妙人儿啊。”

雪倾城向来对夸她的都是来者不拒：“多谢美人公子夸奖。美人公子也不错，慧眼识珠，慧眼识珠。”

“哈哈。”

萧玫和雪倾城这边，气氛融洽。一个是六王妃，一个是四皇子，再加上萧玫这妖孽般的容貌，让人想不关注都难，就连皇后，都发现了他们，问着身边的宫女：“和四皇子说话的可是六王妃？”

宫女伸长了脖子瞥了一眼，回道：“好像只有六王爷和六王妃穿的是玄色的衣服，应该就是她。”

皇后眉头紧皱：“六王妃是个傻的，难道萧玫也傻不成，也不知道避嫌，这样成何体统！”

“奴婢也觉得奇怪，娘娘您想啊，这雪倾城不过是一个傻女人，样貌虽然也还过得去，到底也没有到那种倾国倾城的地步。偏偏就能让六王爷和四王爷都为她上心。且不说六王爷如何，这四王爷可是出了名的风流王爷，什么女人他没见过。娘娘您不觉得这件事可疑吗？”

宫女的话倒是提醒了皇后。

“我初见那雪倾城，便觉得她的确是有些奇怪，说她痴傻吧，行事说话又并非全无章法；说她不傻吧，偏偏思路古怪，让人无法理解。”

皇后看着座下相谈甚欢的两人，对宫女吩咐道：“你去找个由头把四王爷支走吧，他在这儿“艳压群芳”，那些姑娘家的眼睛都往他那儿跑，太过醒目了一些。”

宫女领命，退下。

美人公子被皇后的宫女叫走之后，雪倾城一个人又无聊了，偏头一看，发现萧煜还在和一个女孩子说话，无由来地，心里冒起了一团火。

这都聊了多长时间了！不知道她也很无聊嘛！

算了，山不过来，她就过去！

雪倾城巴巴地凑过去，本想听他们说说什么，看她能不能插进去话，迎面而来的，就是萧煜的嘲讽：“怎么，如今想起我来了？刚才不是和人聊得挺开心的吗？”

雪倾城觉得十分委屈：“那还不是你一直在和别人聊天！”

这人真是不讲理，反倒怪起她来了。难不成是因为她打扰了他勾搭美人，所以他在生气。

而且萧煜看着她的眼神，冷冷的，再加上他本来就身材高大，以前还不觉得，配上这个眼神，真叫一个凶神恶煞！

雪倾城又害怕了。

“那……你们聊，我不打扰了。”

萧煜还没说话，没想到在萧煜面前的那位闺秀，反倒是先受不了了，看着雪倾城要走，忙叫住她：“不打扰不打扰，王爷，王妃，你们聊，我就先走了。”

她在这里待着每一分都是煎熬，她本来是想来找萧煜聊聊天，想说当不了正妃，能当他的侧妃她也心满意足了。一开始萧煜态度虽然冷淡，倒好歹称得上是彬彬有礼，可是当萧煜发现王妃在和别人聊天的时候，脸色就瞬间变黑了，不仅不再理她，甚至还不许她走。

他这是拿她来刺激王妃呢！

只是这王妃就是个榆木脑袋，和人聊了那么久，聊到她的脚都要断了，才算走过来。

算了，还是赶紧走吧，不然六王爷又要把她当作刺激王妃的道具，再罚她站半个时辰，那可就遭殃了！

看着刚才还和王爷相谈甚欢，此刻却溜得比兔子还快的女子的身影，雪倾城摇摇头，啧啧感叹。

“王爷，您这技术，相当差劲啊。”

“你说什么？”

“没什么没什么，我说王爷您丰神俊朗，举世无双。”

“还算你有眼光。”

“夫妻俩聊什么呢？这么开心？”身后陡然响起一道声音，两人循声望去，发现一个穿着讲究，打扮精致的女妇人，正往这边走来。到他们跟前了，才微微屈膝行礼，“六王爷，王妃。”

萧煜先认出来人，拱手请安：“丞相夫人。”

雪倾城学着萧煜的样子，给来人请安：“丞相夫人。”

岂料这一学，倒让那妇人大吃了一惊，她讶异地看着雪倾城：“倾城，你不认识我了？”

雪倾城被问蒙了，用求救的目光看着萧煜，萧煜也是一脸不解，只能替雪倾城发问：“丞相夫人，您认识倾城吗？”

"何止是认识啊！"丞相夫人凑到雪倾城跟前，看她的确是愣的，不甘心地问道，"倾城你真的想不起来我是谁了？"

雪倾城有些慌了，听这人的语气，看来是以前就认识雪倾城，听口气还很熟。现在摆在她面前的就是一道生死拷问啊，她若是猜出来了还好，猜不出来就……

雪倾城："我……我想起来了，你不是……"

那妇人一听雪倾城这么说，拉家常的兴致也被调动起来了。

"是啊是啊，我前年去拜访太傅夫人，你还追在我屁股后面要糖吃呢。没想到两年不见，你倒是稳重了不少，看来把你送到山上去静修还是有用的。"

听她这语气，似乎和雪夫人很熟。

雪倾城眼珠子一转，笑着接话："是的，在山上的时候，我经常想起姨娘您呢。"和雪夫人很熟，年纪又何雪夫人差不多，叫姨娘总归没错了吧。

岂料丞相夫人的脸色瞬间就变了。

雪倾城一看她这脸色，就知道大事不妙了。

丞相夫人把脸一板，语气瞬间变得冰冷："想必六王妃是认错人了吧，你以前可是叫我美人姐姐的，不过两年不见，倒成了你姨娘了？"

美……美人姐姐?

雪倾城一口血差点没喷出来，这个称呼哪怕是她想破脑袋也猜不出来!

没想到啊，以前的那个雪倾城不仅脑子不行，眼神更不好使，眼前这个丞相夫人，美不美且不说，光是年纪看上去就比雪夫人要大几岁了，雪倾城居然叫她"姐姐"。

一个是真敢叫，一个是真敢应啊。

眼看着让自家小王妃再说下去，迟早要闯出祸来了，萧煜只能站出来圆场。

"倾城认错了人，还请丞相夫人不要见怪。"

"算了，我又怎么可能和一个……"傻子两个字差点就要脱口而出，但是一对上萧煜那严肃的眼神，丞相夫人瞬间就把话憋回去了。

"我怎么可能和一个小孩子计较。对了，我刚从太后宫里过来，太后把你送给她的《竹山图》拿出来给我们看过了，不愧是南道子的画，那画功和意境都是一流！我家大人也很喜欢南道子，日后若是有机会，还烦请六王爷帮忙引荐一二。"

萧煜没有应下，也没有拒绝，笑着搪塞过去了，丞相夫人见要不到准话，闷闷不乐地走了。

雪倾城在她走后，才探个小脑袋出来问："《竹山图》？这名字好熟悉啊！是你挂在书房里的那幅吗？"

雪倾城一个粗人，当然不懂赏书鉴画了，只是有好几次路过书房，都听过管家在交代下人，一定要小心书房里的那幅《竹山图》，说那是萧煜十分喜欢的，万不可弄脏了。

雪倾城见萧煜没有回答她，就当他是默认了，追问："你不是很喜欢那幅画吗？怎么舍得送人了？"

“不过一幅画而已，我看太后喜欢，便送给她赏玩了。”

“这样啊。”雪倾城喃喃自语，“很喜欢的东西，也舍得送人吗？”

萧煜看了她一眼，意味深长：“那是因为，我有更喜欢的啊。”

“哦！”

雪倾城没有多想，只当他还是在说画的事，心里还想着：萧煜这家伙也太随便了，今天喜欢这个，明天喜欢那个，不喜欢了就随便送人。

见异思迁！

雪倾城在赏菊宴吃了一个肚胀腰圆，回来的时候撑得走不动路了，都是萧煜一路给背着回来的。

萧煜一边吐槽：“你这是吃了多少啊，半个赏菊宴都被你吃进肚子里了吧！”一边把因为吃得太饱，昏昏欲睡的雪倾城托得更紧。

只是他背着雪倾城一路出宫，少不了会引起人的注意，每当别人问起来六王妃是怎么了，萧煜实在是丢不起那人，只能说：“王妃身体不舒服。”

于是，在赏菊宴过后的第二天，雪家那三胞胎就上门来了，美其名曰是来探望妹妹和妹夫，但明眼人都能看得出来，他们是来给兴师问罪的。

只是进门一看，雪倾城生龙活虎的，这罪也问不起来，只能给下马威了——

三哥雪轻书：“倾城从小睡觉就不安分，极容易跌下床。”

萧煜：“三哥放心，我已命人在床底铺上软垫，断不会让倾城伤到分毫。”

二哥雪轻剑：“在家里，都是我们三个哥哥轮流教倾城功课的。”

萧煜：“四哥放心，我已是倾城的夫君，以后教功课的事，我来就行。”

大哥雪轻墨：“男主外，女主内，倾城虽然纯真，但是身为王妃，主管中馈，教化底下人，这些是她的职责所在。”

萧煜：“大哥放心，仓库钥匙我已经交给了王妃。”

这下轮到雪家三兄弟吃惊了，一个个都转头过来看着雪倾城，一副“小样，你混得这么好”的样子。

雪倾城缩了缩脑袋，尴尬地笑了几声，她总不能告诉他们，王爷是给了她仓库钥匙不错，但是……那仓库门口日日有重兵把守，进取物件都需要登记，她这钥匙拿了和没拿没两样。最重要的是，安先生在府，她不敢造次啊！

最后，来给萧煜下马威的三胞胎吃了一顿瘪之后灰溜溜地回去了。三个哥哥倒也没白来，临走时都给雪倾城留了“宝贝”。

大哥留了一柄做工精致的仅巴掌大小却能削铁如泥的手剑；二哥留了一本不知道从哪里淘来的《如何做好王妃》的手册；三哥最夸张，留下了一对长相平平的丫鬟，据说她们功夫和智商都超群，而且十分忠心，能够为雪倾城保驾护航。

雪倾城照单全收了，只是在看着那两个丫鬟的时候犯了难。雪轻书没有给她们留

名字，只说让雪倾城自己取，她肚子里墨水本来就不多，绞尽脑汁也只想出来一个“平安”“吉祥”来，那两个侍女的脸瞬间黑了。

萧煜在一旁，笑着建议：“叫安宁、安瑞如何？”

不就是“平安吉祥”的意思嘛！雪倾城撇撇嘴，还不如她的平安吉祥好记呢。

但是那两个丫鬟却生怕雪倾城再开口说出更惊世骇俗的名字来，连忙下跪——

“奴婢安宁。”

“奴婢安瑞。”

“谢王爷、王妃赐名。”

整齐划一的谢恩声中，还带着几分劫后余生的惊恐，她们看着萧煜的眼神里，满是感激。

这一刻，雪倾城很想告诉三哥——他给她用来防着萧煜的丫鬟，可能在进府第一天，因为一个名字就要倒戈了。

唉，真愁人。

安宁和安瑞本是姐妹，父母双亡之后由雪夫人接回来一直在家里养着，是以对雪家非常忠心。有她们在，雪倾城也省事不少。

当然，省事的后果就是——她更无聊了。

偏偏萧煜还没空陪她。

萧煜进宫面圣，换来了额头上一大块疤，和圣上批准屯兵进庙的圣旨。

萧煜这两天忙前忙后，神龙见首不见尾。人虽然忙，却是比以前开心很多，偶尔回府，一定会来雪倾城的房间，时不时会带些小玩意进来，走的时候还会揉揉雪倾城的小脑袋。虽然每次雪倾城都反抗，但是避免不了被萧煜当作小狗“宠爱”的命运。

这日，萧煜刚出门，安宁就端着银耳莲子羹进来了，看着萧煜的背影，忍不住感叹：“王妃，王爷对您可真好。”

安宁是姐姐，脾气温婉，雪倾城很喜欢她。但是她的妹妹安瑞就……

雪倾城还没说话呢，安瑞先呛声了。

“我看啊，男人没一个好东西，都是假象！”安瑞愤愤地说道，“我可是听说了，王爷和定北王的郡主是青梅竹马，两人感情可好了，当时皇后还有意为两人赐婚来着。如今王爷和王妃才新婚不久，定北王就突然带着女儿进京了，他们打着什么算盘还不知道呢。”

雪倾城一听也紧张了，抓着安瑞的手就问：“消息准确吗？王爷应该不会在新婚的时候就娶侧妃进门吧？”

“消息是真的，我打听过了，定北王这两日就要抵达京都了。”安瑞瞥了雪倾城一眼，叹了口气，“王妃，您可长点心吧。”

安瑞的眼神里都是恨铁不成钢，她这样也是有原因的——

她们是千挑万选出来的，两人经历过层层选拔才从一众丫鬟中脱颖而出，可都是铆足了劲儿要来辅佐雪倾城的。

可是到了王府才发现，说雪倾城是“扶不上墙的烂泥”那都是抬举她了，雪倾城每天只知道吃吃喝喝，拿着库房的钥匙却从未使过，六王爷有多少家底，府中资金的动向，甚至连库房在哪儿都一概不知。

这让带着好好辅助王妃的斗志进府的两个人，在头一天就感受到了“府斗”的艰难。所以，两人只能紧急调整方案，把辅助王妃执掌大权，变成了先把王妃这个阿斗扶起来。

安宁忧心忡忡，雪倾城却完全是另一种想法。

当初答应代嫁纯粹是为了报答雪太傅的恩情，反正她一个混混，在哪儿不是混，而且雪太傅答应过她，只有一年，一年之后若是找到了真正的雪倾城，就想办法把她替出来。若是找不到雪倾城，也会想办法安排她和萧煜和离。

只是她进府来才知道自己把事情想得太简单了。

王府这日子也不好混啊，她现在甚至觉得安询看自己的眼神都是带刀子的。万一哪天把小命交待在这儿了，那就得不偿失了。

如果侧妃进府，至少能有个人帮她分散注意力。

这么一想，原本觉得人生无望的雪倾城，突然又充满了干劲——

一定要找个机会拉这个郡主下水！

军帐。

萧煜和安询正在敲定一些关于实施屯兵入庙的一些小细节，门外突然传来声音，是守门将士：“王爷，连祁求见。”

萧煜和安询相视一眼，两人都从对方的眼神中读出了诧异。

如果说安询是萧煜的左膀的话，那连祁就是萧煜的右臂。一个在明，做谋士，负责出谋划策；一个在暗，做暗卫，负责处理一些私隐之事。

是以，如非有重大消息，连祁一般是在王府，不对外露面的。

萧煜放下手中的笔，道：“进来吧。”

一道黑色的身影掀开门帘走进来，他面无表情地在萧煜面前下跪请安之后，也不等萧煜发问，直接道：“爷，定北王进京了。”

萧煜诧异地抬头，问：“定北王？他进京干什么？”

连祁总算有了反应，抬头看了萧煜一言，眼神中带着点复杂的情绪，而后才道：“定北王是来为女儿求亲的。”

“求亲？”萧煜缓缓回过神，“也对，昌平郡主也到嫁人的年纪了，也不知道谁这么倒霉，娶了她，那家里可别想安宁了。”

连祁有问必答，道：“定北王欲将郡主嫁给您。”

萧煜一听，像是遇到了洪水猛兽一般，“噌地”一下从座位上弹起来——

“那老东西脑子没毛病吧，我已经娶妻了！”

“他似乎并不介意让昌平郡主做您的侧妃。”

萧煜：“我介意啊！”

一直坐在旁边没有出声的安询，反问了一句：“王爷，您都不介意娶雪家小姐做王妃，何故对昌平郡主如此排斥？”

“我那是……”萧煜一张脸涨得通红。

他总不好当着自己的属下说，当年他和昌平郡主比武，被这母夜叉打得三天没能下床，导致从此他听到这母夜叉的名号就心惊胆战吧。而且这位郡主嗜血残忍，小时候就能做出剥兔子皮烤来吃这么残忍的事来，如今长大了，那还得了！

惹不起，惹不起。

萧煜内心的小九九，安询并不知道，看着王爷这个样子，安询的眼神微眯，暗忖：王爷莫不是真的对雪倾城生了情意？

想到此，安询的眼神中蹦出了一丝杀机。

萧煜没有注意到安询眼神的变化，岔开话题，问连祁：“若只是定北王进京的消息，我早晚都会知晓，亦不值得你特意进京相告。可是还有其他变故？”

连祁点点头，道：“王爷，属下查到，在定北王进府之前，凉国太子曾经夜访定北王府。此次定北王进京，凉国太子也派了人，一路尾随。”

凉国、蛮夷和祁国三国对峙，这次祁国和蛮夷大战，凉国就一直作壁上观。蛮夷曾多次求援凉国，凉国都未有反应。但是这并不代表凉国就没有狼子野心！

凉国觊觎祁国富庶已久，凉国苦寒，每次都要用矿产从祁国换取粮食，之前为了抢夺接壤处的良田，两国之间也没少起摩擦。

凉国人不像蛮夷人，他们最擅长奇门遁甲，摆弄权势，心思阴沉，所以虽然他们没有正面宣战，但是绝不可小觑。

因此，一听说定北王和凉国太子有来往，安询和萧煜都大吃一惊。

“莫不是定北王有反心？”安询捏着下巴，喃喃念叨。

此言一出，萧煜就斩钉截铁地反驳：“先生有所不知，我少时在定北王府长大，定北王算是我的半个老师，我再了解他不过。他对朝廷忠心耿耿，断不会有反心。凉国太子此举，定然别有深意。”

想到这儿，萧煜对连祁交代：“你去盯着凉国太子的人，看看他们接近定北王到底是何用意。”

连祁领旨退下了，萧煜左想右想也不放心，起身就往外走。

“我去见见定北王。”

安询忙拦住他：“王爷，藩王进京，理应先面见圣上，您此去不妥。您既然与定北王交好，待他面见完圣上，自会来见您，您不必急于这一时。”

如此，总算把萧煜给劝住了。

定北王即将进京的消息很快就传遍了京都的大街小巷，因着萧煜少时寄养在定北王府中，自小和昌平郡主一起长大，所以从萧煜在战场上屡建奇功，成为众人焦点开始，关于萧煜会娶昌平郡主的传言就没消停过。

只是萧煜这家伙不按常理出牌，自作主张去求了太后要了赐婚懿旨，扑灭了很多人心中的幻想。

眼下，昌平郡主随着定北王进京，有些人心中的那点星星之火又成燎原之势。

兴许昌平郡主对王爷一往情深，做王爷的侧妃也不介意呢。毕竟六王妃可是众所周知的傻子，实在是不足为患。

因着这份八卦心思，打听六王爷府事的人越来越多，就连皇子们也没闲着，纷纷加入了进来。

是以，萧煜刚回家，就接到了拜帖——太子和四王爷来访。

萧煜只得起身相迎，好酒好茶伺候着。

八卦群众一号太子，一落座就开门见山地问："昌平郡主进京之事，六弟可知情？"

"我也是刚刚才收到消息。"

"那你的消息也太滞后了，我可是听说了，定北王这次进京，可是有意把昌平郡主嫁给你。"

萧煜一想到那个恐怖的画面，顿时将头摇得跟拨浪鼓似的："不会的。"

"六弟自小在定北王府长大，与郡主青梅竹马，又怎知郡主不是对你早种了情根？"说话的是四王爷萧玟。

面对萧玟，萧煜苦笑一声，道："没想到向来闲云野鹤，不问世事的四哥，竟也和大哥一样拿愚弟打趣。"

萧煜会诧异萧玟对他和昌平郡主的绯闻感兴趣，是有理由的。

萧玟和萧煜一样，非皇后嫡出皇子。

萧煜的生母是将军之女，性格刚烈，生下萧煜之后，颜色尽衰，不复得宠，心灰意冷的她一尺白绫将自己吊死在宫里。此事成了梗在皇帝心中的一个结，皇帝因此也不待见萧煜，在萧煜很小的时候就把他送出了宫，由定北王府抚养，大了些，又把他丢进了军营，任他自生自灭。

萧玟的生母出身更是低微，不过是一介洗脚宫女，因有几分姿色，被皇上看中，抬了贵人，生了萧煜之后，封了妃位，奉为柔妃，如今也不过在后宫中默默无闻地熬着日子罢了。

四王爷萧玟倒是比他的生母有名气得多，他不问朝事，好游历名川，向来如闲云野鹤，这般姿态，颇得才子学士们的追捧，因此在读书人中小有名气。

萧煜之前与萧玟也不算熟，不过他被父皇从绢城召回来，也就这个四哥和太子来看他，比起父皇和其他兄弟，萧玟和太子勉强算得上有点人情味。再加上萧玟和他一样，

无心权势，是以两人多少会有些共同话题，一来二去，便也熟悉了。

萧玟笑着抿了一口茶，只道："我这是在关心六弟，齐人之福，可不是谁都能享的。"

萧煜的苦笑更深了："且不说我在定北王府那几年，与郡主只有兄妹之谊。如今我既已娶了倾城进门，自不会负她，另纳侧妃。"

萧煜说得理直气壮，他没注意到，他身边的萧玟眼神闪了闪，神色也黯淡下去了。

倒是太子，接过话来："那日你带王妃进宫见父皇，我……因公事耽误，没见到你的王妃，如今听你这么说，我倒是也好奇了。想必你这王妃定人如其名，倾国倾城，否则也不至于让六弟你这般在乎，弱水三千，只取一瓢饮了吧。如此，倒不如请出来，让我们也认识认识？"

提到雪倾城，萧煜的嘴角竟不自觉地挂上一抹笑容。

"她小孩子心性，怕冲撞了皇兄。"

"小孩子心性好啊，我正愁没人陪我玩呢！"太子一边说着，指着萧玟，"每天也就只能找四弟陪我，他这张脸，我早就看腻了。"

萧煜见太子这么说，也不好再推辞，叫了侍卫过来，命他去请王妃。

侍卫很快就回来了，没将王妃带过来，还带来了一个坏消息——

王妃失踪了。

而此刻，雪倾城正穿着一身男装，在大街上闲逛。

许久不曾出来放过风的她，好不容易感受到了自由的味道，这一出来就收不住手了，愣是从东街逛到了西街，看得跟在她身后的安宁和安瑞十分焦灼。

"王……公子，您忘了您的正事了？"

"正事？"雪倾城一拍脑袋，这才想起来，当初她拐这两个丫鬟出府，是说要去会会那个昌平郡主，"哦，我想起来了。"

安宁和安瑞一脸的期待。

雪倾城却道："吃喝玩乐比郡主重要，听说福满楼的水晶肘子不错，走，去看看。"

安宁，安瑞："……"

福满楼是长安城最有名的酒楼，雪倾城当年还在镇上当小混混的时候，结识了不少南来北往的食客，从他们口中知道了不少美食，其中尤以福满楼的水晶肘子出场频率最高。

雪倾城带着安宁和安瑞进了酒楼，小二眼尖，从她们的穿着中就看出来几人身价不菲，当即安排了二楼的雅座给她们。

福满楼食客不少，上个楼居然都要排队，站在雪倾城前面的男人贼眉鼠眼，四处瞟着。雪倾城当即就警醒起来。

那男人发现并没人注意他，把手伸进了他前面的那个异域打扮的女人的腰包中。

雪倾城一把抓住那小贼的手，喝道："有小偷。"

一语惊得众人慌乱，也惹得那小贼慌不择路，竟一把推开雪倾城，翻过栏杆，试图跳下去。

不想那小贼的手被女人腰包上的流苏缠住了，他这一跳，把女人跟着拉下了楼。雪倾城见状不妙，一跃而起，抱住女人，千钧一发之际伸手解开了女人的腰带。一脚将那小贼踹开，抱着女人，稳稳地落地。

"事出从急，还望姑娘见解。"

雪倾城将女人交给随后跟上来的女人的侍女，正想去追那小贼，却见一道人影先她一步冲了出去。只见那小贼还没爬起来，就被人一脚踹中后背，顿时一口鲜血喷出来。

雪倾城定睛一看，这追贼之人，竟是刚才她救的那个女人。

雪倾城顿时为自己的命运有些担忧了。

她刚才解了人的腰带，怕是……

雪倾城缩了缩脖子，拉着安瑞和安宁的手，缩进围观的人流中，开溜！

待那女人回过神来，去寻人的时候，哪里还有踪影。

"去找！"

"是，那人轻薄郡主，定要将他碎尸万段。"

"你们敢！"想到刚才那张生得比女人还要漂亮的小脸，她顿时心驰神荡，脸颊绯红，"找到人后，自然是要给本郡主绑过来，当……"

"当如何？"

"当郡马！"

等雪倾城带着两个丫鬟，回到王府的时候，府里已经乱成了一团，进进出出不少人，似乎有什么重要的事情发生。

雪倾城叫住了一个守卫，问道："发生什么事了？"

岂料，那人竟恶狠狠地道："王府中的事你也敢乱打听，不要命了！你这小生，快让开，切莫挡道。"

雪倾城："……"

王府中乱成一团，也没人注意到有三人偷偷溜进了王府。

雪倾城带着安宁和安瑞，几乎是畅通无阻地回到了知心阁。却见知心阁外，乌压压地跪着一群人，都是伺候她的小厮丫鬟，她正纳闷儿呢，一个碟子从门内飞了出来，"啪"的一声在雪倾城面前碎成了瓷花。

屋内，传来萧煜的怒吼："找，若是找不到人，你们都提头来见！"

这还是雪倾城第一次见萧煜发这么大的脾气，正想着自己要不要先去避避风头。一个丫鬟正好看到了雪倾城，一开始还诧异呢，想问这陌生公子是何人，再一看，认出她来，惊呼出声："王妃？！"

这一声可不得了，众人纷纷抬头，又惊又喜地看着雪倾城。

机灵点的忙向门内的主子汇报："王爷，王妃回来了。"

萧煜听到了动静，气冲冲地冲出门来，一眼就看到了站在门口，做男装打扮的雪倾城。

雪倾城这才算明白，敢情府中大乱，竟是因为自己私溜出府。

看萧煜这似乎要吃人的样子，雪倾城不免为自己捏了一把冷汗。

"倾城！"萧煜一声怒吼，大步就朝雪倾城走来，雪倾城当下就转身想逃，手腕却被人扣住。吓得雪倾城连忙抱头，正想求饶。却没有等到意料之中的暴揍，而是一个温暖的怀抱。

诧异中，雪倾城听到了一阵急促的心跳声，萧煜的声音从她的头顶传来："倾城，你吓死我了。"

雪倾城被萧煜紧紧地箍在怀里，心中有些狐疑。

萧煜是吃错药了吗？这么紧张她。难不成是因为之前她几个哥哥给他下了下马威，所以他才这么紧张。

萧煜屏退左右，拉着雪倾城进了房，本想好好教训她一番，但看着她那害怕极了的可怜模样，又下不去手，最后只能无奈一叹，道："以后若想出去玩，告诉我，我带你出去便是。"

让萧煜带她出去，那肯定是这不许那也不许，还有什么好玩的。

"王爷您放心，安宁和安瑞会保护好我的。"想到什么，雪倾城又补充了一句，"还有，王爷不用怕我那几个哥哥，他们就是吓吓您，不会真的对您怎样。"

萧煜花了点时间才明白雪倾城话中的意思，顿时怒了："你以为我是因为你兄长的交代才会在乎你？"

雪倾城偏着脑袋看着他："难道不是吗？"

萧煜："……"

罢了，他是疯了才会跟一个傻子讨论这个问题。

他还是对雪倾城太过宽容了，萧煜冲门而出之前，道："以后，没有我的允许，不许出府，谁若帮你出府，军法处置！"

欸，这和刚刚说的不一样啊。

雪倾城还想争取争取，萧煜却已经走远了。

看着萧煜气冲冲的背影，雪倾城满心感慨。

真是男人心，海底针啊！

萧煜一路冲到了安询的住处。

安询对此已经见怪不怪了，默默地打开地铺，自己铺床。

萧煜心中气愤，还在一边念念叨叨："你说她，居然说我是因为害怕她那几个哥

哥才会紧张她！“

“王爷若不是因为顾忌雪家和皇上那边，那您对王妃好的原因是什么呢？”安询反问一句，顿时将萧煜给堵得出不了声了。

半晌，萧煜才念着：“我心中有数，才不会对那个傻子动心！”

安询轻轻“哦”了一声，道：“乔装打扮，瞒天过海，王爷还认为王妃是个傻子吗？”

“那不是……都是因为安宁和安瑞那两个丫鬟！”

“可是在安宁和安瑞入府之前，王妃就已偷偷溜出去过一回。属下不知王妃到底是为何要三番五次偷溜出府，但她将府中侍卫玩弄于股掌之间却是事实。”

萧煜摸着下巴，仔细想了想，末了得出结论：“先生说得没错，府中守卫是该换一换了。”

安询：“……”

和王爷打了这么久的太极，安询也有点腻了，开门见山道：“王爷，您或许自己还没意识到，但是你已经喜欢上王妃了。”

萧煜当即板起了脸，义正词严地反驳：“胡说！我怎么可能喜欢一个傻子。”

说起傻子，他就想到了雪倾城那天把自己画成一个大花脸的模样，忍不住笑出声来，笑完了才想起来自己正在安询的房里，复又正襟危坐，强忍笑意，道：“我若是喜欢一个傻子，那我不也成一个傻子了。”

安询抖抖被子，脸色阴沉地念叨了一句：“你现在可不就是个傻子吗。”

不过萧煜没听到安询的念叨，他的心此刻都被勾到知心阁去了。许是因为一个时辰没见到她了，现在连她踢被子的样子，想起来都觉得十分可爱。

第二天一早，萧煜早早就起来了，他没有像往常一样去军营，反倒是先找了连祁。

连祁对于王爷一大早跑来和自己讨论王妃这种事，他的内心也是拒绝的。只是多年以来陪在王爷身侧，早就让他练就了泰山临崩于前也面不改色的本领。

他只是在听完萧煜的一顿念叨之后，冷漠地问道：“王爷既然觉得王妃有可能是在装傻，那除去就好了。”

岂料这话却彻底激怒了萧煜：“你说我养你这么多年，怎么就养出了你这样一副铁石心肠的人。动不动就说除去，视人命如草芥吗？”

连祁：“……”

他们暗卫生来就是为了杀人而存在的呀，以前也没少干杀人舔血的勾当，王爷派他去取敌人首级的时候，可不是这么说的。

“她装傻或许是有苦衷呢？雪家幼女是傻子众所周知，她雪倾城又不是什么神算，总不至于算到我会娶她，然后提前十多年装傻吧。”

连祁算是看明白了，王爷这是压根儿就不想对王妃怎么样，所以与其说是来找他

商量，倒不如说就只是想找个人谈谈心而已。

意识到自己的作用不过是一个谈心的工具而已的连祁，也放弃了和王爷争论的打算，直接问道："那王爷您准备怎么着。"

"去查，看她到底是不是真的在装傻，如果是真的在装傻，背后的原因又是什么。"

连祁叹了一口气，认命地道："领命"。

他就知道，王爷一大早来找他准没好事。

得，又给他加活来了。

连祁是萧煜的外公赐给萧煜的，在萧煜五岁被赶出皇宫之后，连祁就一直以暗卫的身份陪在萧煜的身边，默默保护着萧煜，后来战场上刀剑无眼，连祁多次救萧煜于危难之际，三军将士也渐渐都知道了连祁这个人。只是京都中知道他的人还是很少，再加之他轻功了得，出入皇宫都能如入无人之境，更何况只是小小的太傅府，要打听消息简直是再轻松不过的事。

不出三天，连祁就回来了。

"王妃的确是从七岁发了一次高烧之后就神志不清，期间雪太傅也遍寻名医，为她医治，但始终不见成效，三年前，雪太傅将王妃送上山去清修，直到婚礼前几天接回来，这一切都与外界传闻的一致，并无出入。只是有一处颇为蹊跷。"

"何处？"

"我在雪家发现了两处小姐闺房，均不像是有人居住的痕迹。一处是王妃出嫁前的闺房，一处似乎是他人的。而且我时常听雪府公子提起一个二小姐，但据我所知，雪太傅就得了王妃这一个女儿，也不知道这个'二小姐'是何方神圣，就好像凭空出现的一般。"

"有没有可能是雪家的远房亲戚？"

"这一点，属下也想到了，去调查过，目前尚无结果。但是有一物，王爷您还是看看为好。"说着，他呈上了一沓宣纸。

萧煜摊开宣纸，宣纸上有两句话，分别是两种字迹，一种字迹粗犷，写着："春蚕到死丝方尽。"

一种字迹娟秀，在后面续着："蜡炬成灰泪始干。"

这摆明了是情诗。

"这是从何而来？"

"这是属下从王妃出嫁前的闺房带出来的。"连祁说着，指着底下的另外几页纸张，那几页纸上的字，对比起之前的字迹，简直是天壤之别。

"这是从另一处不知是何人的闺房里带出来的。"

歪歪扭扭，惨不忍睹。而且这落笔之人似乎还在练字，写的都是"一、日、永"这些最基本的字。

这个笔迹就有点熟悉了。

萧煜皱皱眉，从桌子底下抽出一沓宣纸来，将两沓纸摆在一起对比，果然字迹相同。

连祁见状，也颇为震惊。

“欸，王爷您此处，为何会有……”

“这是王妃写的，伺候的丫鬟因为不知道王妃到底是在写字，还是在画图，所以依样描了过来。王妃自入府开始，每天都写一张，如今已经近一百张了。我辨了很久，才知道她是在计数，却不知她是何意。”萧煜抬眼，看着连祁，脸色凝重，“连祁，你确定没弄错顺序吧？”

连祁不假思索地点头：“王爷放心，属下能够保证，绝对没有弄错顺序。”

“也就是说，倾城以前并没有住在那间房里，可是雪家隐瞒这件事，到底意欲何为，还是说……”

萧煜正在思索间，手中下意识地捏紧了宣纸，异样的手感却让他回过神来，诧异地看着手中的宣纸。

连祁察觉到他神色的变化，关切地问：“王爷，怎么了？”

萧煜看着手中的宣纸，他如今拿着的，正是写有李商隐《无题》情诗的那一张。他没有回答连祁的话，用手搓了搓，而后甚至干脆将纸撕开。

连祁被王爷异常的举动弄得一头雾水，看着他把一张好好的宣纸撕成好几瓣了，才听到萧煜口中蹦出了一个结论——

“这是凉国纸。”

“什么？”连祁奔上前去，仔细检查那些纸屑，在他看来，这都是白纸，并无不同啊。

“凉国地处偏寒，造纸的材料和工艺都与我国不同，凉国纸更硬挺，撕开声音清脆。我和凉国打了这么多年的仗，截获他们的军信无数，凉国纸我肯定不会认错的。”

“可是……雪太傅家里怎么会有凉国纸？难不成……雪太傅他……”

“不会的！”连祁的猜想还没来得及蹦出口，就被萧煜一口否决了，“雪太傅绝对不是那种会通敌卖国的人！”

连祁知道他，王爷哪里都好，偏偏就是重感情，他叹了口气，放下纸屑，看看王爷的神色，揣度着主子的心思。

“王爷您还是念着雪太傅当年的恩情呢？可是这么多年了……”看萧煜的脸色越来越差，连祁很识相地换了个说法，“那也许太傅不知情呢？王爷您看这纸上的诗，分明是一个男子和一个女子情意相通，您说，会不会是……”

萧煜的脸色更黑了，黑得发绿。

连祁意识到自己又说错话了，连忙改口：“王爷您别着急，不是已经核对过字迹，证明王妃并非这回信之人，所以，王爷您并没有……”“被戴绿帽子”这几个字还没说出口，看着萧煜能杀人的眼神，连祁吓得一个哆嗦，“这诗应该，哦，不，肯定是那个二小姐写的。属下这就去查，这就去查。”

连祁说着，连滚带爬、跌跌撞撞地就要冲出了房间。

萧煜盯着桌面上一大沓纸出神。

雪家只有一个小姐，却有两处闺房，还有一处闺房中，居然出现了凉国纸，着实令人生疑。

他拿起桌上的一张纸，上面歪七扭八地写着："第六十六天。"

这几个字，还是萧煜连猜带蒙才认出来的，雪倾城每天都在计算日子，谁也不知道她写这些是作何用处。

他看着那张纸出神，嘴中喃喃念着："雪倾城，你到底想干什么？"

看着那张纸已经被王爷捏成了团，即将要出门的连祁出声提醒，将他的心思唤过来："爷，王爷……"

萧煜回过神来，将手中的纸团丢进纸篓中，问道："还有事吗？"

"王爷之前不是让属下去打听凉国太子夜访定北王府是为何事吗？属下探得，这凉国太子是为了寻太子妃而来。"

"太子妃？"

"是的，太子妃在外出时意外失踪，因事发在我国境内，所以凉国太子才连夜去定北王府要人。好像他不仅没有要到人，还在定北王那里吃了瘪。但是属下不解的是，这凉国太子妃失踪，乃是大事，凉国完全可以上书皇上要人，不知为何要如此偷偷摸摸。"

萧煜分析道："凉国太子此人，我曾偶尔见过一两回，看上去纯良无害，心思却极为深沉。太子妃一事，只是他下的一盘棋，意在挑起两国战事也未可知。"

连祁一听这话，慌神了。

"那我们现在该怎么办？"

"别无他法，只能静观其变！不过，若是他凉国真的想打仗，我定会让他知道，我南征军也不是吃素的！"

而此刻，正横躺在房顶上晒太阳的雪倾城，突然感觉鼻头一痒，打了个喷嚏。

这动静惊动了廊下路过的男人。

他走出长廊，伸头一望，就看到房顶上大大咧咧躺着的小人儿。

雪倾城也听到了脚步声，还以为是萧煜过来了，偏头一望，看到来人，眼神一亮。

"美人公子？"

萧玟已经十分自然地接受了"美人公子"这个称呼，甚至看着她如此欢喜地唤着自己，他的心里也跟吃了蜜一样甜。

"怎么我每次见小六姑娘，你不是在墙头，就是在屋顶啊？"

雪倾城坐起来，拍拍身边的位置，对萧玟道："我在晒太阳啊，每天闷在家里，都闷坏了，自然要晒晒。美人公子要不要一起来？"

在别人家上房揭瓦，这不太好吧。

萧玟想了想，笑着道："我不擅武功，这房顶太高，我上不去，还是算了吧。我在这底下陪着小六姑娘说话就成。"

雪倾城听到萧玟这么说，看着他，一副弱不禁风的公子哥儿模样。想着这人倒也可怜，肯定也是那种从小便被拘在家中读四书五经，手无缚鸡之力的公子哥儿。

这样可不行，日后被人欺负了，可怎么办。

雪倾城生出了一副好为人师的心，她从屋顶上站起来，看得底下的萧玟胆战心惊，连说了好几句"小心"。

雪倾城无所谓地摆摆手，道："不碍事，我每天都这么爬。其实上房顶，根本不需要什么武功，会爬树就行了。美人公子你就在原地，别走开，等一下我就来教你。"

萧玟见她在房顶上行走，如履平地，相信了她所说的"每天都这么爬"，也放心了不少。听到她说要教自己，俊脸如春雪化开，笑着道："好。"

走廊的拐角处，有一棵歪脖子杏树，雪倾城攀上那树枝，像一只猴子一般，三两下就爬了下来，看得萧玟目瞪口呆，直叹："小六姑娘好功夫。"

雪倾城拍拍手，对萧玟道："看到了吧，很简单的。"说着，她就想为萧玟示范如何往上爬，只是她身上的裙子到底碍事，她想了想，提起裙摆的两边，在腿前打了一个结。

如此豪放的作风，直把萧玟看得目瞪口呆。

就在雪倾城搓搓手，跃跃欲试的时候，墙那边传来丫鬟的声音："王妃，王妃，您在哪儿？"

雪倾城就像是被人戳破了的气球，顿时就泄了气。

她挪到萧玟身边，一脸的抱歉。

萧玟已经看出来了，脸上依旧挂着好看的笑容："又是寻你的？"

雪倾城点点头，低低地吐槽了一句："烦死了！"

萧玟想起那日和大哥来六王府，却意外听到六王妃偷溜出府的消息，想必因为这丫头贪玩，所以萧煜才格外看得她紧。

萧玟了然地点点头，道："小六姑娘你快过去吧。"

"好，那我下次再教美人公子爬树！"

萧玟笑得一双眼都弯成了一双小月牙，温柔地应下："好。"

雪倾城和萧玟告了别，顺着声音的方向跑过去。

来寻她的丫鬟看到了她，忙迎上来。

因为她有前车之鉴，这次来找她的，除了安宁和安瑞，还有管家。管家眼尖，老远就看见雪倾城似乎在和人说话，于是问道："王妃，您刚才可是在和人说话。"

雪倾城不疑有他，随后就回："是啊，美人公子。"说着，回头去指，可那棵歪脖子树下，早就没有人了。

雪倾城狐疑地回过头，正想着这美人公子看着弱不禁风，跑起来可真快。一抬眼，

撞上了管家冰冷的眼神。

雪倾城吓得一怔。

只听管家的语气都冰冷了几分：“王妃，您既已嫁给王爷，就应该要恪守本分。”

这话听得雪倾城一愣，难不成管家在说她爬树上房的事。这点事就算没有恪守本分了吗。

雪倾城撇撇嘴，不甘不愿地嘟囔一句：“我下次不做了就是。”

而在花丛的另一边，因为怕给雪倾城招惹是非所以特意寻了隐秘花径走，无人察觉的萧玟，在听到这句话的时候，也是一怔。

脑海中闪过一个画面，父皇当年对他的怒吼再次在他的耳边响起：“朕给你取名萧玟，就是要你恪守本分，你是萧玟，璠玟，次玉，永远都不可能越过界去！”

萧玟苦笑一声，不再停留，负手往前走去。

许是因为触到了心底的感伤，萧玟在与萧煜喝酒的时候，无意之间说起了父皇偏爱嫡子的事。

萧煜的眼神闪了闪，看着素日里有闲云野鹤清名的萧玟，突然觉得眼前的这个四哥，似乎并不像表面上表现的这么简单。

父皇可不是他们能够随便讨论的，他不敢置喙，只道：“父皇与母后感情深厚，又是多年夫妻，父皇会看中皇后生的嫡子，也是正常的。”

“感情深厚？”萧玟像是听到了什么好听的笑话一样，却也知道自己今日话已经说得比较多了，不再继续往下说，换了一个话题。

“凉国太子前日派人给父皇递了请求开通两国贸易的书信来，你说他们凉国这次真的能消停吗？”

说到了萧煜最熟悉的话题，对凉国国情的分析，萧煜可谓是信手拈来：“我与凉国太子交过几回手，他有手段，也有魄力，若不是我们注定要在战场上相见，兴许我们还能成为知己。但是这个凉国太子在凉国却没有多少实权，现在凉国国王病重，凉国当权的是摄政王苏淼，此人阴险毒辣，可不是好对付的。而且苏淼和太子向来立场不同，政见不合。”

“贤弟的意思是，凉国太子这次来信，并非凉国皇室的意思，有可能只是太子一个人的意思，凉国摄政王并不知情。”

萧煜摇摇头，道：“我并非凉国人，其中是否有何隐情，我也不得而知，目前我们也只能等，等凉国太子的下一步动作了。”

萧玟抿了一口清酒，点头道：“想来，也只能如此了。”说到这里，他心中感慨万千，“说来，我也是羡慕六弟你的，想你还能在战场上奋勇杀敌，拼出自己的一方天地。而我，只能每日困在这身份中，与诗酒山水为伴，有志不得展。”

萧煜觉得今日的萧玟着实有些奇怪，似乎格外感怀。

他不知该如何去接他这话，反倒是萧玟自己深吸了一口气，似乎是放下了，却又更像只是在逃避，他举杯，对萧煜道："既已如此，何必自找苦吃，给自己寻不痛快，还不如干干脆脆，喝个痛快，来，六弟，干了。"

说着，不等萧煜举杯，自己就将杯中酒一饮而尽。

萧煜沉默着，跟在其后，将酒倒入腹中。

两人推杯换盏，直到喝得尽兴才算散场。萧煜命人备马车送萧玟回去，自己则颤颤巍巍地往知心阁走去。

管家见他走路都有些虚浮了，忙过来扶他，看他方向是往知心阁去的，管家想起白天的事，正犹豫着要不要跟王爷说。萧煜此时已经醉得十分迷糊，大半个身体压在管家身上，管家与他说什么，他也是胡乱应着。

管家正为难时，却见安询捧了个火炉子，正往这边过来。

管家一下子便像是找到了主心骨，忙将王爷递给安询身边的护卫，并将安询拉到一边，将上午发现王妃在府中与一男子相谈甚欢的事说了。

"奴才当时离王妃比较远，没有看到那男人的面容，只是听王妃叫他什么'美人公子'，想来王妃心智不全，不知男女大防。奴才怕惹得王爷烦心，不敢将此事告诉王爷，已经私底下劝诫过王妃了，只是王妃那样子，似乎并没有听进去多少。"

"你确定王妃所见之人，并非我六王府中人？"

"奴才打理王府这么久了，若是府中人，奴才定能一眼就认出来。"管家信誓旦旦地保证道。

安询点点头，看着已经彻底醉迷糊了的王爷，挥挥手，对底下人道："抬我房里去。"

这一下，就连管家看着安询的眼神都带着几分难以置信了。

早就听说王爷这些天，天天在安先生房里留宿，两人莫不是，真的有某种不可告人的关系吧。

安询向来擅长识人辨物，又怎会不知管家已经想歪了，他不想与这些俗人争辩，自顾自地往前走，走了两步，还是觉得心里不安，折回来，捉着管家的衣领，一字一句地重申："我这是为了照顾王爷，并无其他心思，你可懂？"

那新王妃葫芦里到底卖的是什么药还没弄清楚，要是趁着王爷喝醉，对王爷欲图不轨又怎么办。

管家觉得自己的命就被捏在安询的手里，他但凡要说半个"不"字，估计今晚就得去见阎王爷了，于是赶快点头如捣蒜。

安询这才松开手，跟上护卫们的步子，一路往自己居住的竹居去。

管家看到安询走了，才长松了一口气，摸着怦怦乱跳的胸口，心想着安先生平日里看上去一副很好说话的性子，真发起火来还是挺可怕的。

不是有一个词叫"欲盖弥彰"嘛，看安先生这般怕别人误会的样子，八九不离十了。

管家心里想着，同时也决定将这个秘密埋在肚子里。

他还想多活几年呢，可不能得罪安先生。

护卫将萧煜抬到安询的床上，替他脱好鞋子盖好被子之后，就退下了。

安询拿了个毛巾过来，本想替他醒醒酒，但一想到这家伙冥顽不化，明知道雪倾城有问题还不听他的劝，死活要留着她，顿时气不打一处来，一张湿毛巾直接朝萧煜的脸上摔过去。

萧煜被痛醒，从床上“霍地”坐起来，下意识地就要去抽自己的佩剑，可是抽了半天也摸不到佩剑，倒让他整个人显得格外滑稽。

安询被他这样子蠢到了。

他觉得自己当初一定是眼瞎了，才会选萧煜做主子辅佐。

萧煜这一折腾，酒也醒了大半，睁开眼看清环境，仰着头坐起来，一开口，就让满屋子都是酒气。

“我怎么到这儿来了？”看到安询又在铺床，萧煜忙叫住他。“安先生你身体不好，还是别睡软榻了。”

管家早就来向他报告过，说是安先生最近的药量明显增加了，想来他最近天天霸占他的床，也加剧了他的病情。

“王爷可是要去知心阁？”安询冷冷地问。

萧煜头疼，想了想摇了摇头，道：“倾城这会儿许是早就睡了，我过去反倒扰了她的清梦，我去书房。”

安询叹了口气，看着萧煜这副样子，有种深深的无力感。

“王爷，您曾说过，不会对王妃轻易动心。”

又是这个问题！

萧煜的头更疼了。

“我何时说过我对她动心了不成？”萧煜穿好鞋子，站起身来，拍了拍安询的肩膀，“你呀，就是忧思太重，如今又不是在前线，你安心养好病就成。“

说着，也不再多说，拿着披风就出门了。

安询看着他的背影，眼神渐渐变得深晦。

王爷对王妃已经情根深种，尚不自知。这已经不是他可以阻止的事了。

本想着在他走之前，为王爷铺好以后的路，却不想为王爷招进来一个大麻烦。

这个雪倾城，他定要想个法子处理了才好。

而另一边，雪倾城刚睡下，这会儿正梦见在破庙里和师父烤叫花鸡呢，叫花鸡的荷叶已经被揭开，荷香混着鸡肉香味扑鼻而来，雪倾城舔舔嘴唇，对着鸡屁股张开了大嘴，眼看着就要咬住了，一道惊呼，活生生把她吓醒了。

睁开眼，叫花鸡没了，只有安宁那一张让人看了没什么食欲的小脸。

安宁趴在雪倾城的床边，口中喃喃念着就五个字："王妃不好了。"

清梦被吵醒，雪倾城烦躁地翻了一个身，嘟囔一句："王妃我好着呢，别烦我，我要睡觉。"

安宁却把雪倾城当成了那砧板上的面团，揉过来，揉过去。雪倾城被揉得烦了，挥手赶她。

"安宁你是疯了吗？"

"奴婢没疯，是王爷疯了。哦，王爷也没疯。"安宁语无伦次，说了半天，连她自己都不知道自己在说什么，一阵疯言疯语之后，终于说到了重点，"奴婢适才看见王爷喝醉了，本来是想来找王妃的，但是安先生半路把王爷拦下了，把王爷扶到自己房里去了。王妃，您说安先生和王爷，是不是……"

雪倾城顿时来了精神，她如遇知音，抓着安宁的手。

"你也这么觉得是不是？我就说，不可能只有我一个人这么觉得。"

安宁实在是不理解王妃此刻满脸的兴奋从何而来，她怯怯地提醒道："王妃，王爷都要被人抢走了，您就一点都不着急吗？"

雪倾城耸耸肩，抱着被子坐起来。

"着急有用吗？反正大家心里都清楚，王爷肯定不是因为喜欢我这个傻子，才娶我的。"更不用说她本来就只是一个冒名顶替的赝品罢了。

"可是，您是王妃啊。这样，您以后的日子该怎么办啊？"

不似安宁的忧心忡忡，雪倾城倒是看得挺开。

"现在这样挺好的啊，我们互不干扰，等时间一到，分道扬镳，谁也不耽误谁。"

"时间一到？王妃您在说什么啊？"安宁听得一头雾水。

雪倾城不给安宁深究的机会，含混地应付了过去，只说自己要睡觉了，打发安宁走了。

安宁走后，她披衣下床，抽出衣柜底层的那个抽屉，里面放着一沓叠得整整齐齐的宣纸，如今已经有上百张了。

时间也挺好混的嘛。

雪倾城拿着那叠宣纸想着。

但是安宁说的话也在耳边回荡，以前安先生和萧煜好歹还会避避嫌，如今安先生居然明目张胆，公然抢人了，看来，安先生对她宣战是迟早的事。

还有这么多天，她总想办法安然混过去才是。

一定要找个靠山！

自从偷溜出府引得王府大乱之后，雪倾城彻底被萧煜禁了足，别说出府了，就连外府都不许她去。

雪倾城也不傻，知道问题症结在哪儿，每天铆足了劲儿去求萧煜，更何况自从那晚之后，雪倾城也想通了，要想在王府立足，就得找个靠山。放眼整个王府，没有哪个靠山比萧煜还靠谱了。

奈何雪倾城虽然从小在男人堆里长大，打架她在行，哄人这种技术活，还真不是她擅长的。

只能跟别人求助。

安宁和安瑞一听说雪倾城想讨好萧煜，感动得热泪盈眶——“王妃，您终于懂事了！”

雪倾城一头雾水：“这和懂事有什么关系？我若是不好好求求他，他下次肯定不会放我出去玩了。”

安宁、安瑞：“……”

还是安宁想得开：“罢了，虽然王妃的出发点是为了去玩，好歹也是能哄住王爷，效果一样就行了。”

因着这样的想法，两个丫头对这件事格外上心，废寝忘食，在之前雪轻剑带来的那本《如何做好王妃》的基础上，进行扩写，第二天就给雪倾城出了一本《搞定王爷一百条攻略》。

但是她们都忘了——雪倾城识字不多，一本攻略翻下来，她能认识的字寥寥无几，更不用说照着书上的内容去实践了。

“这么多条，要全部做完得到何年何月呀，两位姐姐行行好，有没有那种最有效的，一针见血的办法啊。”

安宁和安瑞面面相觑，肯定地点点头。

“有！欲夺心，先夺胃！”